Edgar Allan Poe, geboren am 19. Januar 1809 in Boston, ist am 7. Oktober 1849 in Baltimore gestorben.

Erst das 20. Jahrhundert hat so recht die Visionen des großen amerikanischen Erzählers Edgar Allan Poe wahr- und ernstgenommen. Dabei wollte Poe mit seinen unheimlichen Erzählungen, den Nachtstücken, dem Grauen, den Alpträumen, den Nervenkrisen, der Flucht ins Jenseits des Grabes, mit dem Überwirklichen und Kriminellen, nicht nur die zynische Grausamkeit und das menschliche Verbrechen messerscharf analysieren, sondern auch seiner inhumanen Mitwelt einen düsteren Groteskspiegel vorsetzen.

Basierend auf der 1989 im Insel Verlag erschienenen dreibändigen Poe-Werkausgabe, ist in der vierbändigen Sammlung *Sämtlicher Erzählungen* das erzählerische Werk von Edgar Allan Poe in einer Neuübersetzung versammelt. Der Übersetzung liegt die historisch-kritische Ausgabe von Thomas Ollive Mabbott zugrunde, die textlich abgesicherte Originalfassungen der Werke Poes enthält.

Die Erzählungen sind hier chronologisch nach der Erstveröffentlichung angeordnet.

insel taschenbuch 1529

Edgar Allan Poe

Die Morde in der Rue Morgue

EDGAR ALLAN POE
SÄMTLICHE ERZÄHLUNGEN

in vier Bänden

Herausgegeben von Günter Gentsch

Zweiter Band

EDGAR ALLAN POE
DIE MORDE IN DER RUE MORGUE

und andere Erzählungen
Aus dem Amerikanischen von
Barbara Cramer-Nauhaus,
Erika Gröger
und Heide Steiner
Insel Verlag

Umschlagabbildung:
Max Ernst, Rêve d'une petite fille

insel taschenbuch 1529
Erste Auflage 1993

Vertrieb durch den Suhrkamp Taschenbuch Verlag
Umschlag nach Entwürfen von Willy Fleckhaus
Druck: Nomos Verlagsgesellschaft, Baden-Baden
Printed in Germany

2 3 4 5 6 – 98 97

INHALT

Die Morde in der Rue Morgue 9
Sturz in den Malström 53
Feeneiland 75
Das Gespräch zwischen Monos und Una 82
Mit dem Teufel ist schlecht wetten 94
Eleonora 107
Drei Sonntage in einer Woche 115
Das ovale Porträt 124
Die Maske des Roten Todes 128
Die Grube und das Pendel 136
Der Landschaftspark 156
Das Geheimnis um Marie Rogêt 169
Das verräterische Herz 235
Der Goldkäfer 242
Der schwarze Kater 288
Morgen auf dem Wissahiccon 301
Das Diddeln als eine der exakten Wissenschaften betrachtet 307
Die Brille 321
Eine Geschichte aus den Ragged Mountains 352
Die längliche Kiste 365

Edgar Allan Poe, Sämtliche Erzählungen. Alphabetische Inhaltsübersicht der vier Einzelbände . 381
Zu dieser Ausgabe 384

DIE MORDE IN DER RUE MORGUE

> Welches Lied die Sirenen sangen oder welchen Namen Achill sich gab, als er sich bei den Frauen barg, das sind wohl verwirrende Fragen, doch sie entziehen sich nicht ganz *aller* Mutmaßung.
>
> Sir Thomas Browne

Die Geisteskräfte, die man die analytischen nennt, sind in sich selbst kaum analysierbar. Nur in ihren Auswirkungen vermögen wir sie zu fassen. Wir wissen von ihnen unter anderem, daß sie für ihren Eigner, wenn er sie im Übermaß besitzt, stets eine Quelle lebhaftesten Vergnügens sind. So wie der Starke über seine Körperkraft frohlockt und in Übungen schwelgt, die seine Muskeln in Aktion treten lassen, so erfreut sich der Analytiker jener geistigen Behendigkeit, welche Verworrenes *entwirrt.* Selbst die trivialsten Beschäftigungen, wenn sie nur sein Talent ins Spiel bringen, ergötzen ihn. Er ist versessen auf Rätsel, auf Vexierfragen, auf Hieroglyphen; und bei einer jeden Lösung legt er einen Grad von *Scharfsinn* an den Tag, der den Durchschnittsverstand geradezu übernatürlich anmutet. Seine Lösungen, allein und einzig durch die rechte Methode zuwege gebracht, wirken gleichwohl wie pure Intuition.

Mag sein, daß die Fähigkeit zum Ent-wirren durch mathematische Studien erheblich gefördert wird, Studien vor allem in jenem wichtigsten Zweig, den man zu Unrecht und nur wegen seiner rückläufigen Operationen analytisch genannt hat – gleichsam analytisch *par excellence.* Doch ist Berechnen an sich noch nicht Analysieren. Ein Schachspieler zum Beispiel tut das eine, ohne sich um das andere auch nur zu bemühen. Daraus folgt, daß man das Schachspiel in seiner Wirkung auf die Geistesanlagen gröblich mißverstanden hat. Doch will ich hier keine Abhandlung schreiben, sondern nur einer ziemlich eigenartigen Erzählung ein paar ganz zufällige Bemerkungen vorausschicken; so möchte ich die Gelegenheit ergreifen, zu behaupten, daß die sublimeren Kräfte des denkenden Verstandes entschiedener und zweckdienlicher von dem bescheidenen Damespiel beansprucht werden als von aller ausgeklügelten Oberflächlichkeit des Schachspiels. Bei letzterem, wo den Figuren verschiedenartige und *bizarre* Züge mit unterschiedlichen und variablen Werten eignen, wird (ein nicht ungewöhnlicher Irrtum) das, was nur kompliziert ist, fälschlich für tiefgründig gehalten. Die *Aufmerksamkeit* wird hier mit allem Nachdruck auf den Plan gerufen. Erlahmt sie für einen Augenblick, so unterläuft auch schon ein Versehen, das Schaden oder Niederlage zur Folge hat. Da die möglichen Züge nicht nur mannigfaltig, sondern auch verworren sind, vervielfacht sich die Gefahr solchen Versehens; und in neun von zehn Fällen ist es eher der konzentriertere als der scharfsinnigere Spieler, der gewinnt. Beim Damespiel hingegen, wo die Züge *einheitlich* sind und kaum voneinander abweichen, ist eine Unachtsamkeit weniger wahrscheinlich, und da die pure Aufmerksamkeit verhältnismäßig unbeschäftigt bleibt, sind die Vorteile, die die eine oder andere Partei erringt, allein überlegenem *Scharfsinn* zuzuschreiben. Um mich weniger abstrakt auszudrükken: Stellen wir uns ein Damespiel vor, wo die Steine sich auf vier Damen reduziert haben und wo ein Versehen natürlich nicht zu erwarten ist. Es leuchtet ein, daß der Sieg (gleichrangig, wie die Spieler sind) hier nur durch irgendeinen ausgeklügelten Zug errungen werden kann, das Ergebnis einer entschiedenen Anstrengung des Verstandes. Gängiger Hilfsmittel beraubt, versetzt sich der Analytiker in den Geist seines Gegenspielers, identifiziert sich damit und erkennt so nicht selten auf den ersten Blick, auf welchem Wege allein (mitunter wirklich einem lächerlich einfachen) er den anderen in eine Falle locken oder zu einer Fehlrechnung verleiten kann.

Seit langem rühmt man dem Whistspiel nach, daß es das

sogenannte Berechnungsvermögen schule; und Geister von höchstem Rang haben, wie man weiß, ein scheinbar unerklärliches Vergnügen daran gefunden, während sie das Schachspiel als oberflächlich verwarfen. Zweifellos gibt es nichts Vergleichbares, was derart hohe Ansprüche an die Fähigkeit zum Analysieren stellt. Der beste Schachspieler der Christenheit mag kaum mehr sein als nur eben der beste Schachmeister; Fertigkeit im Whist dagegen begreift in sich die Befähigung, in all jenen gewichtigeren Unternehmen erfolgreich zu sein, wo Geist gegen Geist streitet. Wenn ich Fertigkeit sage, so meine ich jene Vollkommenheit im Spiel, die ein Erfassen *aller* Möglichkeiten einschließt, aus denen sich rechtens Vorteil ziehen läßt. Diese sind nicht nur mannigfaltig, sondern auch vielgestaltig und liegen oft in Schlupfwinkeln des Denkens verborgen, die dem gewöhnlichen Verstand ganz und gar unzugänglich sind. Aufmerksam beobachten heißt deutlich im Gedächtnis behalten; und insofern wird der konzentrierte Schachspieler auch beim Whist bestehen; zumal die Regeln von Hoyle (die auf dem reinen Mechanismus des Spiels basieren) hinlänglich und allgemein verständlich sind. So sind ein gutes Gedächtnis und ein Vorgehen streng ›nach dem Buche‹ Kernpunkte, die allgemein als die Summe guten Spielens gelten. Das Geschick des Analytikers aber zeigt sich auf Gebieten, die jenseits der Grenzen purer Regeln liegen. Stillschweigend stellt er zahllose Beobachtungen an und zieht seine Schlüsse. Das gleiche tun vielleicht auch seine Mitspieler; doch die unterschiedliche Spannweite der gewonnenen Information liegt nicht so sehr in der Stichhaltigkeit der Schlüsse wie in der Qualität der Beobachtung. Wissen muß man vor allem, *was* es zu beobachten gilt. Unser Spieler legt sich da keinerlei Beschränkungen auf; und sein Hauptanliegen, das Spiel, hindert ihn nicht, Schlüsse aus Dingen zu ziehen, die außerhalb des Spiels liegen. Er prüft die Miene seines Partners und vergleicht sie sorgfältig mit der seiner beiden Gegenspieler. Er beachtet, auf welche Art und Weise ein jeder die Karten in der Hand gruppiert, und liest an den Blicken, die ihre Eigentümer auf jede Karte werfen, oft Trumpf um Trumpf und Bildkarte um Bildkarte ab. Er bemerkt jede Veränderung des Gesichtsausdrucks im Verlauf des Spiels und erschließt eine Fülle von Gedanken aus den Schattierungen von Gewißheit, Bestürzung, Triumph oder Verdruß. Aus der Art, wie jemand einen Stich aufnimmt, folgert er, ob derselbe Spieler einen zweiten Stich in der Farbe gewinnen kann. Er erkennt eine Finte an der Gebärde, mit der die Karte auf den Tisch geworfen wird. Ein beiläufiges oder unachtsames Wort; das versehentliche Fallenlassen oder Aufdecken einer Karte, begleitet von dem ängstlichen oder unbekümmerten Bemühen, sie zu verbergen; das Zählen der Stiche und ihre Anordnung; Verlegenheit, Zögern, Eifer oder Zagen – alles bietet seiner scheinbar intuitiven Wahrnehmung Hinweise auf den wahren Stand der Dinge. Nachdem die ersten zwei oder drei Runden gespielt sind, weiß er genau, was jeder in Händen hält, und von nun an spielt er seine Karten mit so entschiedener Zielsicherheit aus, als hätte die übrige Gesellschaft die Bildseiten ihrer Karten nach außen gekehrt.

Die analytische Begabung sollte nicht mit einfachem Scharfsinn verwechselt werden; denn während der Analytiker notwendigerweise auch scharfsinnig ist, ist der Scharfsinnige oft erstaunlich unfähig zu analysieren. Die konstruktive Begabung oder Kombinationsfähigkeit, durch die Scharfsinn sich gewöhnlich manifestiert und der die Phrenologen (ich glaube zu Unrecht) ein gesondertes Organ zugeordnet haben, weil sie sie für ein Urvermögen hielten, ist so oft bei Menschen beobachtet worden, deren Denkvermögen im übrigen geradezu an Schwachsinn grenzte, daß es bei den Sittenlehrern allgemeine Aufmerksamkeit erregt hat. Zwischen Scharfsinn und analytischer Begabung besteht tatsächlich ein weitaus größerer Unterschied als zwischen Phantasie und Vorstellungskraft, wiewohl er seiner Natur nach durchaus analog ist. In der Tat wird man gewahren, daß scharfsinnige Leute immer phantasiereich sind, daß *echte* Vorstellungskraft hingegen stets mit analytischer Begabung einhergeht.

Die folgende Erzählung wird den Leser gewissermaßen wie ein Kommentar zu den eben vorgebrachten Behauptungen anmuten.

Als ich mich während des Frühjahrs und eines Teils des Sommers 18.. in Paris aufhielt, machte ich dort die Bekanntschaft eines Monsieur C. Auguste Dupin. Dieser junge Herr war von bester – ja von illustrer Familie, aber durch eine Reihe widriger Umstände in so große Armut geraten, daß seine tatkräftige Natur ihr unterlag und er aufhörte, sich in der Welt zu tummeln oder sich um die Wiedergewinnung seines Vermögens zu kümmern. Dank der Gefälligkeit seiner Gläubiger war ihm noch ein kleiner Rest seines väterlichen Erbteils verblieben, und mit den Einkünften, die ihm daraus zuflossen, gelang es ihm durch rigorose Sparsamkeit, seinen puren Lebensunterhalt zu bestreiten, ohne sich um die Entbehrlichkeiten des Lebens zu scheren. Bücher allerdings waren sein einziger Luxus, und die sind in Paris wohlfeil zu erwerben.

Zum ersten Mal begegneten wir uns in einer obskuren Bücherei in der Rue Montmartre, wo der Umstand, daß wir beide auf der Suche nach demselben sehr seltenen und merkwürdigen Buche waren, uns in engere Verbindung brachte. Wir sahen uns ein ums andere Mal. Ich nahm tiefen Anteil an der kleinen Familiengeschichte, die er mit all der Offenheit vor mir ausbreitete, welche dem Franzosen eigen ist, wo immer es um die eigene Person geht. Zudem erstaunte mich das Ausmaß seiner Belesenheit; und vor allem entflammten mich das lodernde Feuer und die lebhafte Frische seiner Vorstellungskraft. Da ich in Paris das zu finden hoffte, wonach ich damals trachtete, glaubte ich, daß die Gesellschaft eines solchen Mannes ein unschätzbarer Gewinn für mich sein werde, und freimütig bekannte ich ihm diese meine Meinung. Schließlich vereinbarten wir, für die Dauer meines Aufenthalts in der Stadt zusammen zu wohnen, und da meine Lebensumstände etwas weniger verworren waren als die seinen, überließ er es mir, auf meine Kosten ein altersschwaches wunderliches Haus zu mieten und in einem Stil einzurichten, welcher der recht phantastischen Düsternis unserer beider Gemütsverfassung angemessen war; ein Haus, das lange schon leergestanden hatte, abergläubischer Vorstellungen wegen, denen wir nicht nachforschten, und das in einem abgelegenen, einsamen Viertel des Faubourg St. Germain nun seinem Einsturz entgegenschwankte.

Wären der Welt unsere Lebensgewohnheiten an diesem Ort bekannt geworden, so hätte man uns für Verrückte gehalten – wenn auch vielleicht für Verrückte harmloser Natur. Unsere Zurückgezogenheit war vollkommen. Wir empfingen keinen Besuch. Freilich hatte ich unseren Zufluchtsort sorgfältig vor meinen früheren Freunden geheimgehalten; und Dupin hatte schon seit vielen Jahren jeden Umgang gemieden und war selbst ein Unbekannter in Paris. Wir lebten ganz auf uns selbst bezogen.

Es war eine merkwürdige Marotte meines Freundes (denn wie sonst soll ich es nennen?), in die Nacht, ganz um ihrer selbst willen, verliebt zu sein; und gelassen schickte ich mich in diese *bizarrerie*, wie in all seine anderen; ja, ich überließ mich seinen wilden Anwandlungen mit schrankenloser *Hingabe.* Die finstere Gottheit selbst wollte nicht immer bei uns verweilen; aber wir konnten ihre Gegenwart vortäuschen. Beim ersten Morgengrauen schlossen wir alle wuchtigen Fensterläden unseres alten Gebäudes und entzündeten ein paar stark duftende Wachskerzen, die nur einen ganz matten geisterbleichen Schein verbreiteten. Bei diesem Lichtschimmer tummelten wir unsere Seelen nun in Träumen – lasen, schrieben oder führten Gespräche, bis die Uhr uns den Anbruch der echten Dunkelheit kündete. Dann wanderten wir Arm in Arm hinaus auf die Straßen, setzten die Gespräche des Tages fort oder streiften bis in die tiefe Nacht weit umher und suchten inmitten der schwankenden Lichter und Schatten der volkreichen Stadt jenes Übermaß geistig-seelischer Erregung, das ruhige Betrachtung gewähren kann.

Bei solchen Gelegenheiten konnte ich nicht umhin, eine eigentümliche analytische Fähigkeit (die ich freilich bei seiner reichen Vorstellungskraft hätte erwarten können) an

Dupin zu gewahren und zu bewundern. Auch schien er lebhaftes Vergnügen daran zu finden, diese Gabe zu betätigen – wo nicht gar zur Schau zu stellen –, und bekannte mir ohne Zögern, welch großen Genuß ihm das bereite. Er rühmte sich mir gegenüber mit verhaltenem, kicherndem Lachen, daß für ihn die meisten Menschen Fenster in der Brust trügen, und pflegte solchen Behauptungen eindeutige und geradezu bestürzende Proben folgen zu lassen, die seine gründliche Kenntnis meines eigenen Innenlebens bekundeten. In solchen Augenblicken gab er sich kühl und abwesend; seine Augen waren ausdruckslos, während seine Stimme, gewöhnlich ein volltönender Tenor, sich zu einem schrillen Diskant erhob, der wohl mißlaunig geklungen haben würde, wäre dieser Eindruck nicht von der bedachtsamen und völlig deutlichen Ausdrucksweise widerlegt worden. Beobachtete ich ihn in solchen Anwandlungen, so hing ich oft gedankenvoll der alten Lehre von der zweigeteilten Seele nach und ergötzte mich an der Vorstellung von einem doppelten Dupin – dem schöpferischen und dem zergliedernden.

Aus dem soeben Gesagten möge man nicht schließen, daß ich hier irgendein Geheimnis preisgeben oder eine phantastische Geschichte erdichten will. Was ich an dem Franzosen geschildert habe, war nur die Auswirkung eines erregten oder vielleicht auch krankhaften Erkenntnisvermögens. Doch wird ein Beispiel am besten erhellen, welcher Natur seine Bemerkungen bei solchen Gelegenheiten waren.

Wir schlenderten eines Nachts durch eine lange schmutzige Straße in der Nähe des Palais Royal. Beide hatten wir, offenbar tief in Gedanken versunken, seit mindestens fünfzehn Minuten keine Silbe gesprochen. Mit einem Mal brach Dupin das Schweigen mit folgenden Worten:

»Er ist wirklich sehr klein geraten und würde sich viel besser für das *Théâtre des Variétés* eignen.«

»Daran ist nicht zu zweifeln«, erwiderte ich arglos und bemerkte zunächst gar nicht (so sehr war ich in meinen Gedanken befangen), auf welch außergewöhnliche Weise der

Sprecher sich in meine Überlegungen eingedrängt hatte. Im nächsten Augenblick besann ich mich, und meine Verwunderung war grenzenlos.

»Dupin«, sagte ich ernst, »dies geht über meinen Horizont. Ohne Zögern gebe ich zu, daß ich bestürzt bin und kaum meinen Sinnen trauen kann. Wie in aller Welt konnten Sie wissen, daß meine Gedanken gerade bei ...« Hier hielt ich inne, um mit absoluter Sicherheit herauszubringen, ob er wirklich wußte, an wen ich dachte.

»... bei Chantilly waren«, sagte er, »warum halten Sie inne? Sie stellten fest, daß seine winzige Gestalt ihn für die Tragödie ungeeignet macht.«

Haargenau dies war der Gegenstand meiner Überlegungen gewesen. Chantilly war ein ehemaliger Flickschuster aus der Rue St. Denis, der sich, von plötzlicher Leidenschaft für die Bühne ergriffen, in der Rolle des Xerxes in Crébillons gleichnamiger Tragödie versucht hatte und für seine Bemühungen sattsam verspottet worden war.

»Verraten Sie mir um des Himmels willen«, rief ich aus, »die Methode – wenn es eine Methode gibt –, die es Ihnen erlaubt, auf diese Weise mein Inneres auszuloten.« In Wahrheit war ich noch viel bestürzter, als ich mir wollte anmerken lassen.

»Es war der Obsthändler«, erwiderte mein Freund, »der Sie zu dem Schluß kommen ließ, daß der Sohlenflicker für Xerxes *et id genus omne* nicht die ausreichende Körpergröße habe.«

»Der Obsthändler! – Sie setzen mich in Erstaunen – ich kenne überhaupt keinen Obsthändler.«

»Der Mann, der mit Ihnen zusammenstieß, als wir in diese Straße einbogen – es mag fünfzehn Minuten her sein.«

Jetzt erinnerte ich mich, daß wirklich ein Obsthändler, der einen großen Korb Äpfel auf dem Kopf trug, mich versehentlich fast umgerissen hätte, als wir aus der Rue C... in die große Durchgangsstraße einbogen, in der wir jetzt standen; was aber dies mit Chantilly zu tun hatte, war mir schlechterdings unverständlich.

An Dupin war auch kein Fünkchen von Scharlatanerie. »Ich will es Ihnen erklären«, sagte er, »und damit Sie alles lückenlos begreifen können, wollen wir zunächst den Gang Ihrer Betrachtungen zurückverfolgen, von dem Augenblick an, da ich das Wort an Sie richtete, bis zu dem der *rencontre* mit besagtem Obsthändler. Die größeren Glieder der Kette sind folgende: Chantilly, Orion, Dr. Nichol, Epikur, Stereotomie, die Pflastersteine, der Obsthändler.«

Es gibt wohl nur wenige Menschen, die sich nicht zu irgendeiner Zeit ihres Lebens damit vergnügt hätten, die Schritte zurückzuverfolgen, durch die sie zu bestimmten Schlußfolgerungen gelangt sind. Diese Beschäftigung ist oft überaus reizvoll, und wer sich zum erstenmal darauf einläßt, ist erstaunt über den scheinbar unermeßlichen Abstand und das Fehlen jeden Zusammenhangs zwischen dem Ausgangspunkt und dem Ziel. Wie groß mußte also meine Verblüffung gewesen sein, als ich den Franzosen die eben angeführten Worte sprechen hörte und nicht umhin konnte, zuzugeben, daß er die reine Wahrheit gesagt hatte. Er fuhr fort:

»Wir hatten, kurz bevor wir die Rue C... verließen, von Pferden gesprochen, wenn ich mich recht erinnere. Das war das letzte Thema, das wir erörterten. Als wir in diese Straße einbogen, fegte ein Obsthändler mit einem großen Korb auf dem Kopf eilig an uns vorüber und drängte Sie ab auf einen Haufen Pflastersteine, die an einer Stelle lagen, wo der Damm instand gesetzt wird. Sie traten auf einen der losen Bruchsteine, glitten aus, verstauchten sich leicht den Knöchel, schienen verärgert oder mißgestimmt, murmelten ein paar Worte, wandten sich um, den Steinhaufen zu betrachten, und setzten dann schweigend Ihren Weg fort. Ich gab nicht sonderlich acht auf Ihr Tun; doch ist exaktes Beobachten bei mir in letzter Zeit zu einer Art Zwang geworden.

Sie hefteten den Blick auf den Boden – sahen mit verdrossener Miene auf die Löcher und Furchen im Pflaster (so daß ich merkte, daß Sie noch immer an die Steine dachten), bis wir die kleine, ›Lamartine‹ genannte Gasse erreichten, die man probehalber mit lückenlos aneinandergefügten Blöcken gepflastert hat. Hier hellten Ihre Züge sich auf, und als ich gewahrte, daß sich Ihre Lippen bewegten, konnte ich gar nicht daran zweifeln, daß Sie das Wort ›Stereotomie‹ murmelten, eine Bezeichnung, die man recht gespreizt auf diese Art von Pflasterung anwendet. Ich wußte, daß Sie den Ausdruck ›Stereotomie‹ nicht formen konnten, ohne an Atome erinnert zu werden und somit an die Lehren von Epikur; und da ich Sie vor noch nicht langer Zeit, als wir über diesen Gegenstand sprachen, darauf hinwies, wie einzigartig – und dabei kaum bemerkt – die vagen Vermutungen jenes erlauchten Griechen von der jüngsten Nebularkosmogonie bestätigt worden sind, glaubte ich, daß Sie nun zwangsläufig Ihre Augen zu dem großen Nebel im Orion aufheben müßten, ja, ich rechnete mit Sicherheit darauf. Sie schauten wirklich hinauf; und jetzt war ich überzeugt, daß ich Ihren Schritten richtig gefolgt war. Nun machte in jener bissigen Tirade gegen Chantilly, die im gestrigen ›Musée‹ erschien, der Krittler ein paar zynische Anspielungen auf des Flickschusters Namenswechsel beim Anlegen des Kothurns und zitierte dabei eine lateinische Verszeile, über die wir oft gesprochen haben. Ich meine die Worte:

Perdidit antiquum litera prima sonum.

Ich hatte Ihnen erklärt, daß sich dies auf Orion beziehe, den man früher Urion schrieb; und wegen gewisser Sarkasmen, die mit dieser Erklärung einhergingen, wußte ich wohl, daß Sie sie nicht vergessen haben konnten. Es lag deshalb auf der Hand, daß Sie nicht verfehlen würden, die beiden Gedanken – an Orion und an Chantilly – zu koppeln. Daß Sie es wirklich taten, sah ich an der Art des Lächelns, das über Ihre Lippen huschte. Sie dachten an des armen Flickschusters Opferung. Bis dahin waren Sie leicht gebeugt gegangen; nun aber sah ich, daß Sie sich zu voller Höhe emporrichteten. Da war ich denn sicher, daß Sie über das winzige Format von Chantilly nachdachten. An dieser Stelle unterbrach ich Ihre Betrachtungen, um zu bemerken, daß er – da er in der Tat sehr klein geraten sei, dieser Chantilly – sich viel besser für das *Théâtre des Variétés* eignen würde.«

Nicht lange darauf durchblätterten wir eine Abendausgabe der ›Gazette des Tribunaux‹, als plötzlich die folgenden Abschnitte unsere Aufmerksamkeit bannten:

›Ungeheuerliche Mordfälle. – Heute morgen gegen drei Uhr wurden die Bewohner des Quartier St. Roch durch eine Reihe entsetzlicher Schreie aus dem Schlaf gerissen, die allem Anschein nach aus dem vierten Stockwerk eines Hauses in der Rue Morgue drangen, das, wie man wußte, nur von einer Madame L'Espanaye und ihrer Tochter, Mademoiselle Camille L'Espanaye, bewohnt wurde. Nach einiger Verzögerung durch den vergeblichen Versuch, sich auf die übliche Weise Einlaß zu verschaffen, wurde mit einem Brecheisen das Haustor aufgebrochen, und acht oder zehn Leute aus der Nachbarschaft betraten in Begleitung von zwei Gendarmen das Haus. Um diese Zeit waren die Schreie verstummt; doch als die Gesellschaft die erste Treppe hinaufstürmte, waren zwei oder mehr rauhe Stimmen in zornigem Streit zu vernehmen, die aus dem oberen Teil des Hauses herzukommen schienen. Als man den zweiten Treppenabsatz erreicht hatte, waren auch diese Laute verstummt, und alles blieb völlig ruhig. Die Gruppe verteilte sich und eilte von Zimmer zu Zimmer. Beim Betreten eines geräumigen Hinterzimmers im vierten Stock (dessen Tür aufgebrochen wurde, da sie verschlossen war und der Schlüssel innen steckte) bot sich ein Anblick, der alle Anwesenden mit Bestürzung, ja mit Grausen erfüllte.

Das Zimmer war in einem chaotischen Zustand – das Mobiliar zertrümmert und in alle Richtungen wüst umhergeworfen. Nur eine einzige Bettstatt war zu sehen; und aus dieser war das Bettzeug herausgerissen und mitten auf den Fußboden geworfen worden. Auf einem Stuhl lag ein Rasiermesser, mit Blut beschmiert. Auf dem Feuerrost fanden sich zwei oder drei lange dicke Strähnen grauen Menschenhaars, blutbesudelt auch sie und allem Anschein nach mit den Wurzeln ausgerissen. Auf dem Fußboden fand man vier Napoleondors, einen Topasohrring, drei große Silberlöffel, drei kleinere aus Neusilber und zwei Beutel, die an die viertausend Franc in Gold enthielten. Die Schubladen einer Kommode, die in einer Ecke stand, waren aufgezogen und offensichtlich ausgeraubt worden, wiewohl noch viele Gegenstände darin verblieben waren. Einen kleinen eisernen Safe entdeckte man unter dem Bettzeug (nicht unter der Bettstatt). Er war offen, und der Schlüssel steckte noch im Schloß. Es war nichts weiter darin als ein paar alte Briefe und andere Papiere von geringer Bedeutung.

Von Madame L'Espanaye fehlte jede Spur; da man aber eine ungewöhnliche Menge Ruß auf der Feuerstelle entdeckte, untersuchte man den Rauchfang und zerrte (entsetzlich zu sagen!) die Leiche der Tochter, mit dem Kopf nach unten, daraus hervor, die in dieser Haltung ein beträchtliches Stück den engen Schacht hinaufgezwängt worden war. Der Körper war noch warm. Bei näherem Hinsehen entdeckte man zahlreiche Hautabschürfungen, die zweifellos von dem gewaltsamen Hinaufstoßen und Herausziehen herrührten. Auf dem Gesicht fanden sich viele schlimme Kratzwunden und auf dem Hals dunkle Quetschungen und tiefe Einschnitte von Fingernägeln, als sei die Verstorbene erdrosselt worden.

Nach einer gründlichen Durchsuchung aller Teile des Hauses, die aber keinen weiteren Aufschluß brachte, begab sich die Gesellschaft in einen kleinen gepflasterten Hof hinter dem Gebäude, wo die Leiche der alten Dame lag, deren Hals fast völlig durchtrennt war, so daß bei dem Versuch, sie aufzuheben, der Kopf abfiel. Der Körper wie auch der Kopf waren grauenhaft zugerichtet – jener so schlimm, daß er kaum mehr etwas Menschenähnliches hatte.

Bisher gibt es, soviel wir wissen, nicht den geringsten Anhaltspunkt, dieses schreckliche Rätsel zu lösen.‹

Die Zeitung des nächsten Tages brachte folgende ergänzende Einzelheiten:

›*Die Tragödie in der Rue Morgue.* Viele Personen sind im Hinblick auf diese ungeheuerliche und gräßliche Affäre befragt worden‹ (das Wort *affaire* hat in Frankreich noch nicht jenen Hauch von Leichtfertigkeit, der ihm bei uns anhaftet), ›aber nichts, was irgend Licht darauf werfen könnte, ist dabei verlautbart. Wir geben im Folgenden alle wesentlichen Zeugenaussagen wieder, die sich beibringen ließen.

Pauline Dubourg, Wäscherin, sagt aus, daß sie die beiden Verstorbenen seit drei Jahren gekannt hat, da sie in diesem Zeitraum für sie gewaschen hat. Die alte Dame und ihre Tochter schienen sich gut zu verstehen – gingen sehr zärtlich miteinander um. Sie waren vorbildliche Zahler. Konnte nichts über ihre Lebensweise oder ihre Erwerbsquellen sagen. Glaubte, daß Madame L. ihren Unterhalt mit Kartenlegen verdiente. Es hieß, sie habe Ersparnisse. Traf nie eine Menschenseele im Haus, wenn sie die Wäsche abholte oder zurückbrachte. War sicher, daß sie keinen Dienstboten beschäftigten. Das ganze Haus schien völlig unmöbliert zu sein, mit Ausnahme des vierten Stockwerks.

Pierre Moreau, Tabakhändler, sagt aus, daß er etwa vier Jahre lang kleine Mengen von Tabak und Schnupftabak an Madame L'Espanaye zu verkaufen pflegte. Ist in dem Viertel geboren und war immer dort ansässig. Die Verstorbene und ihre Tochter lebten seit über sechs Jahren in dem Haus, in welchem die Leichen gefunden wurden. Vorher wurde es von einem Juwelier bewohnt, der die oberen Räume an verschiedene Personen untervermietete. Das Haus gehörte Madame L. Sie wurde ungehalten über den Mißbrauch des Gebäudes durch ihren Mieter und zog selbst hinein, lehnte es aber ab, irgendeinen Teil davon zu vermieten. Die alte Dame war kindisch. Zeuge hatte die Tochter nur etwa fünf- oder sechsmal in den sechs Jahren gesehen. Die beiden lebten äußerst zurückgezogen – es hieß, sie hätten Geld. Hatte unter den Nachbarn sagen hören, daß Madame L. wahrsage – glaubte es aber nicht. Hatte nie einen Menschen das Haus betreten sehen, außer der alten Dame selbst und ihrer Tochter, ein- oder zweimal einem Dienstmann und etwa acht- oder zehnmal einem Arzt.

Viele andere Personen, Nachbarn, machten Aussagen gleichen Inhalts. Nicht einem einzigen Menschen wurde nachgesagt, er habe das Haus öfter besucht. Niemand wußte, ob es irgendwelche lebenden Verwandten von Madame L. und ihrer Tochter gab. Die Läden der Frontfenster wurden selten geöffnet. Die auf der Rückseite waren immer geschlossen, bis auf die des großen Hinterzimmers im vierten Stock. Das Haus war in gutem Zustand – nicht sehr alt.

Isidore Musèt, Gendarm, sagt aus, daß er etwa um drei Uhr morgens zu dem Haus gerufen wurde und einige zwanzig oder dreißig Personen vor der Haustür antraf, die sich bemühten, hineinzugelangen. Brach die Tür schließlich mit einem Bajonett auf – nicht mit einem Brecheisen. Hatte nicht viel Mühe damit, weil es eine Doppel- oder Flügeltür war, weder unten noch oben durch einen Riegel gesichert. Die Schreie dauerten an, bis die Tür aufgebrochen war – und verstummten dann plötzlich. Es schienen die Wehlaute eines Menschen (oder mehrerer Menschen) in höchster Todesnot zu sein – sie waren laut und langgedehnt – nicht kurz und rasch aufeinanderfolgend. Zeuge stieg den anderen voran die Treppe hinauf. Hörte, auf dem ersten Absatz angekommen, zwei Stimmen in lautem und zornigem Wortwechsel – rauh die eine, die andere viel schriller – eine sehr merkwürdige Stimme. Konnte einige Wörter der ersteren unterscheiden, welche zu einem Franzosen gehörte. War überzeugt, daß es keine Frauenstimme war. Konnte die Wörter ‚sacré' und ‚diable' unterscheiden. Die schrille Stimme war die eines Ausländers. War sich nicht im klaren, ob es eine Männer- oder eine Frauenstimme war. Konnte nicht ausmachen, was gesagt wurde, glaubte aber, daß es Spanisch war. Der Zustand des Zimmers und der Leichen wurde von diesem Zeugen genauso beschrieben, wie wir es gestern schilderten.

Henri Duval, ein Nachbar und von Beruf Silberschmied, sagt aus, daß er zu der Gruppe von Leuten gehörte, die als erste das Haus betraten. Bestätigt im großen und ganzen die Aussage von Musèt. Sobald sie sich den Zutritt erzwungen hatten, schlossen sie die Tür wieder ab, um die Menge fernzuhalten, die trotz der späten Stunde sehr rasch zusammenströmte. Die schrille Stimme war nach Meinung dieses Zeugen die eines Italieners. War sicher, daß es kein Französisch war. War sich nicht klar darüber, ob es eine Männerstimme war. Es könnte auch eine Frauenstimme gewesen sein. Ist nicht vertraut mit der italienischen Sprache. Konnte die Wörter nicht ausmachen, war aber wegen des Tonfalls überzeugt, daß der Sprecher ein Italiener war. Kannte Madame L. und ihre Tochter. Hatte des öfteren mit beiden gesprochen. War sicher, daß die schrille Stimme keiner der beiden Verstorbenen gehörte.

... *Odenheimer, restaurateur.* Dieser Zeuge erbot sich freiwillig, eine Aussage zu machen. Wurde, da er nicht Französisch spricht, durch einen Dolmetsch befragt. Stammt aus Amsterdam. Ging um die Zeit der Schreie am Haus vorüber. Sie dauerten etliche Minuten an – schätzungsweise zehn. Sie waren langgedehnt und laut – überaus schrecklich und beklemmend. War einer von denen, die in das Gebäude eindrangen. Bestätigte die vorhergehenden Aussagen in allen Punkten bis auf einen. War sicher, daß die schrille Stimme die eines Mannes war – eines Franzosen. Konnte die ausgestoßenen Wörter nicht unterscheiden. Sie waren laut und hastig – abgerissen – offenbar in Furcht wie auch in Wut gesprochen. Die Stimme war krächzend – nicht so sehr schrill wie krächzend. Konnte sie nicht eigentlich eine schrille Stimme nennen. Die rauhe Stimme sagte wiederholt ‚sacré', ‚diable' und einmal ‚mon Dieu'.

Jules Mignaud, Bankier vom Bankhaus Mignaud et Fils, Rue Deloraine. Ist Mignaud senior. Madame L'Espanaye besaß etwas Vermögen. Hatte im Frühjahr ... (vor acht Jahren) ein Konto bei seiner Bank eröffnet. Zahlte häufig kleine Summen ein. Hatte nie etwas abgehoben, bis sie sich drei Tage vor ihrem Tod persönlich die Summe von viertausend Franc abholte. Diese Summe wurde in Gold ausgezahlt, und ein Angestellter mußte ihr das Geld nach Hause tragen.

Adolphe Le Bon, Angestellter bei Mignaud et Fils, sagt aus, daß er an dem fraglichen Tage um Mittag mit den in zwei Beuteln verwahrten viertausend Franc Madame L'Espanaye zu ihrer Wohnung begleitete. Nach dem Öffnen der Haustür erschien Mademoiselle L. und nahm ihm den einen Beutel ab, während die alte Dame sich den anderen aushändigen ließ. Dann verbeugte er sich und ging. Sah um diese Zeit nicht einen einzigen Menschen auf der Straße. Es ist eine Nebenstraße – sehr einsam.

William Bird, Schneider, sagt aus, daß er zu der Gruppe gehörte, die in das Haus eindrang. Ist Engländer. Lebt seit zwei Jahren in Paris. War einer der ersten, die die Treppe hinaufeilten. Hörte die streitenden Stimmen. Die rauhe Stimme war die eines Franzosen. Konnte verschiedene Wörter ausmachen, kann sich aber nicht mehr an alle erinnern. Vernahm deutlich ‚sacré' und ‚mon Dieu'. Zu gleicher Zeit war ein Geräusch zu hören, als wenn mehrere Personen miteinander rängen – ein scharrendes, schlurfendes Geräusch. Die schrille Stimme war sehr laut – lauter als die rauhe. Ist sicher, daß es nicht die Stimme eines Engländers war. Schien die eines Deutschen zu sein. Hätte eine Frauenstimme sein können. Versteht kein Deutsch.

Vier der obengenannten Zeugen sagten bei nochmaliger Befragung aus, daß die Tür des Zimmers, in dem die Leiche von Mademoiselle L. gefunden wurde, von innen verschlossen war, als die Gruppe dort anlangte. Alles war völlig still – kein Stöhnen, keinerlei Geräusche irgendwelcher Art. Nach dem Aufbrechen der Tür war niemand zu sehen. Die Schiebefenster sowohl des hinteren wie des vorderen Zimmers waren heruntergelassen und von innen fest verriegelt. Eine Tür zwischen den beiden Räumen war zugeklinkt, aber nicht verschlossen. Die Tür, die vom vorderen Zimmer in den Korridor führt, war abgeschlossen, und der Schlüssel steckte innen. Ein kleiner Raum im vierten Stockwerk, an der Frontseite des Hauses und am oberen Ende des Korridors, stand offen; das heißt, die Tür war nur angelehnt. Dieser Raum war vollgestopft mit alten Betten, Kisten und Kasten und dergleichen. Diese wurden sorgfältig auseinandergerückt und durchsucht. Es gab nicht einen

Zollbreit im ganzen Hause, der nicht sorgfältig durchsucht wurde. Stoßbesen wurden die Kamine hinauf- und heruntergeschoben. Das Haus war vierstöckig, mit Bodenkammern (Mansarden). Eine Klapptür am Dach war fest zugenagelt – schien seit Jahren nicht geöffnet worden zu sein. Die Zeit zwischen dem Gewahrwerden der streitenden Stimmen und dem Aufbrechen der Zimmertür wurde von den Zeugen unterschiedlich angegeben. Bei einigen waren es nicht mehr als drei Minuten – bei anderen nicht weniger als fünf. Die Tür ließ sich nur mit Mühe öffnen.

Alfonzo Garcio, Leichenbestatter, sagt aus, daß er in der Rue Morgue ansässig ist. Stammt aus Spanien. Gehörte zu der Gruppe, die in das Haus eindrang. Stieg nicht mit die Treppe hinauf. Ist nervös und fürchtete die Folgen der Aufregung. Hörte die streitenden Stimmen. Die rauhe Stimme war die eines Franzosen. Konnte nicht ausmachen, was gesagt wurde. Die schrille Stimme war die eines Engländers – ist dessen sicher. Versteht zwar kein Englisch, urteilt aber nach dem Tonfall.

Alberto Montani, Zuckerbäcker, sagt aus, daß er unter den ersten war, die die Treppe hinaufstiegen. Hörte die fraglichen Stimmen. Die rauhe Stimme war die eines Franzosen. Unterschied mehrere Wörter. Der Sprecher schien jemanden zur Rede zu stellen. Konnte nicht ausmachen, was die schrille Stimme sagte. Sprach schnell und abgehackt. Hält sie für die Stimme eines Russen. Bestätigt im ganzen die übrigen Aussagen. Ist Italiener. Hat nie mit einem gebürtigen Russen gesprochen.

Mehrere Zeugen erklärten hier auf neuerliche Befragung, daß die Rauchabzüge aller Zimmer im vierten Stock zu eng seien, um einen Menschen hindurchzulassen. Mit ‚Stoßbesen' waren zylindrische Kehrbürsten gemeint, wie sie zum Reinigen der Schornsteine gebraucht werden. Diese Bürsten wurden, auf und nieder, durch jede Esse im Haus geschoben. Es gibt keinen hinteren Treppenaufgang, durch den irgend jemand hätte entweichen können, während die Gesellschaft treppauf stieg. Die Leiche der Mademoiselle L'Espanaye war so fest in den Abzug hineingezwängt worden, daß es erst der vereinten Kraft von vier oder fünf Männern gelang, sie herauszuziehen.

Paul Dumas, Arzt, sagt aus, daß er gegen Tagesanbruch herbeigeholt wurde, um die Leichen in Augenschein zu nehmen. Sie lagen zu dem Zeitpunkt beide auf dem Sackleinen der Bettstelle, in dem Zimmer, wo Mademoiselle L. gefunden worden war. Der Leichnam der jungen Dame war voller blauer Flecke und Schürfwunden. Die Tatsache, daß er den Kamin hinaufgezwängt worden war, würde diesen Befund hinlänglich erklären. Der Hals war arg zerschunden. Dicht unterm Kinn fanden sich mehrere tiefe Kratzwunden, außerdem eine Reihe bläulicher Flecke, die offenbar von Fingereindrücken herrührten. Das Gesicht war entsetzlich verfärbt, die Augäpfel quollen aus den Höhlen. Die Zunge war zum Teil zerbissen. Eine große Quetschung, die offensichtlich vom Eindruck eines Knies herrührte, fand sich über der Magengrube. Nach Ansicht von M. Dumas ist Mademoiselle L'Espanaye von einer oder mehreren unbekannten Personen erdrosselt worden. Die Leiche der Mutter war gräßlich verstümmelt. Alle Knochen des rechten Beines und Armes waren mehr oder weniger zertrümmert. Die linke *tibia* erheblich zersplittert, desgleichen alle Rippen auf der linken Seite. Der ganze Körper furchtbar zerschunden und verfärbt. Es ließ sich nicht feststellen, wodurch die Verletzungen verursacht worden sind. Eine schwere Holzkeule oder eine breite Eisenstange – ein Stuhl – jede große, schwere und stumpfe Waffe, von einem sehr starken Mann gehandhabt, könnte solche Folgen gezeitigt haben. Niemals hätte eine Frau mit irgendeiner Waffe die Schläge führen können. Der Kopf der Verstorbenen war, als der Zeuge ihn sah, völlig vom Rumpf abgetrennt und ebenfalls schlimm zugerichtet. Der Hals war zweifellos mit einem sehr scharfen Instrument durchschnitten worden – vermutlich einem Rasiermesser.

Alexandre Etienne, Wundarzt, wurde zusammen mit M. Dumas herbeigeholt, um die Leichen in Augenschein zu nehmen. Bestätigte die Aussage und die Ansichten von M. Dumas.

Sonst wurde nichts Bedeutsames herausgebracht, obwohl noch verschiedene andere Personen vernommen wurden. Ein so rätselhafter Mord – sofern es sich hier überhaupt um einen Mord handelt –, so bestürzend in allen Einzelheiten, ist nie zuvor in Paris begangen worden. Die Polizei ist in der größten Verlegenheit – ein ungewöhnliches Vorkommnis bei derartigen Begebenheiten. Doch ist auch nicht der geringste Anhaltspunkt zu sehen.‹

Die Abendausgabe der Zeitung meldete, daß im Quartier St. Roch noch immer die größte Aufregung herrsche – daß das fragliche Grundstück noch einmal sorgfältig durchsucht und neuerlich Zeugen vernommen worden seien, doch alles ohne Erfolg. Ein Nachtrag indessen berichtete, daß Adolphe Le Bon verhaftet und gefangengesetzt worden sei – obschon außer den bereits angeführten Tatsachen offenbar nichts Belastendes gegen ihn vorliege.

Dupin schien außerordentlich interessiert am Fortgang dieser Angelegenheit – jedenfalls schloß ich das aus seinem Verhalten, denn er äußerte sich nicht. Erst nachdem wir die Notiz gelesen, daß man Le Bon festgenommen habe, fragte er mich nach meiner Meinung über die Mordfälle.

Ich konnte nur der Ansicht von ganz Paris beipflichten und sie für ein unlösbares Rätsel halten. Ich sah keinen Weg, der dazu führen könnte, den Mörder aufzuspüren.

»Wir dürfen uns«, sagte Dupin, »nach diesem bloßen Gerippe von einer Untersuchung kein Urteil über den Weg bilden. Die Pariser Polizei, so hoch gepriesen wegen ihres Scharfsinns, ist gewitzt, aber nicht mehr. Es ist keine Methode in ihrem Verfahren, außer der Methode, die der Augenblick eingibt. Sie paradieren mit großspurigen Maßnahmen; doch nicht selten sind diese den jeweiligen Zwekken so wenig angepaßt, daß wir an Monsieur Jourdain erinnert werden, der nach seiner *robe-de-chambre* verlangte – *pour mieux entendre la musique.* Die so erzielten Ergebnisse sind oft überraschend, werden aber meistenteils durch puren Eifer und Geschäftigkeit zuwege gebracht. Sind diese

Eigenschaften unzulänglich, so schlagen die Pläne fehl. Vidocq zum Beispiel konnte gut raten und war ein beharrlicher Mann. Aber ungeschult im Denken, ging er gerade durch den Übereifer seiner Nachforschungen ständig fehl. Er schmälerte sein Sehvermögen, indem er sich den Gegenstand allzu dicht an die Augen hielt. Er mochte vielleicht das eine oder andere Teilstück mit ungewöhnlicher Deutlichkeit sehen, aber dabei verlor er notwendigerweise die Sache als Ganzes aus den Augen. So ergeht es auch dem allzu Tiefgründigen. Die Wahrheit liegt nicht immer in einem Brunnen. Ja, was die wichtigeren Aufschlüsse betrifft, so glaube ich fest, daß sie sich immer an der Oberfläche befindet. Dunkel ist in den Tälern, wo wir sie suchen, nicht aber auf den Berggipfeln, wo sie zu finden ist. Für Art und Ursprung solchen Irrtums bietet die Betrachtung der Himmelskörper ein gutes Beispiel. Einen Stern nur eben streifen mit den Blicken – ihn aus halbem Auge anschauen, indem man ihm nur die äußeren Teile der *retina* zukehrt (die empfänglicher sind für schwache Lichteindrücke als die inneren) – das heißt, den Stern deutlich sehen – heißt, seinen Glanz am besten gewahr werden – einen Glanz, der in ebendem Maße trüb wird, wie wir ihm den *vollen* Blick zuwenden. Gewiß trifft in letzterem Fall eine größere Anzahl von Strahlen auf das Auge, in ersterem aber ist das Wahrnehmungsvermögen ungleich schärfer. Durch unangemessene Tiefgründigkeit irritieren und schwächen wir das Denken; und es ist wohl möglich, die Venus selbst vom Firmament verschwinden zu lassen, wenn man sie allzu beharrlich, allzu konzentriert oder allzu direkt aufs Korn nimmt.

Was nun diese Morde anbelangt, so wollen wir zunächst auf eigene Faust einige Untersuchungen anstellen, ehe wir uns eine Meinung darüber bilden. Eine Nachforschung wird uns Vergnügen bereiten« (ich fand diesen Ausdruck seltsam in solchem Zusammenhang, sagte aber nichts), »und zudem hat mir Le Bon einmal einen Dienst erwiesen, für den ich ihm dankbar bin. Wir wollen uns aufmachen und uns das Grundstück mit eigenen Augen besehen. Ich kenne G., den Polizeipräsidenten, und werde mühelos die notwendige Erlaubnis erwirken.«

Die Erlaubnis wurde erteilt, und wir begaben uns sogleich zur Rue Morgue. Sie ist eine jener kümmerlichen Verbindungsstraßen zwischen der Rue Richelieu und der Rue St. Roch. Es war spät am Nachmittag, als wir dort anlangten, denn dieses Stadtviertel ist weit von dem entfernt, in dem wir wohnten. Das Haus war leicht zu finden; denn noch immer gafften viele Leute von der gegenüberliegenden Straßenseite aus mit zielloser Neugier zu den geschlossenen Fensterläden hinauf. Es war ein alltägliches Pariser Haus mit einem überdachten Eingang, auf dessen einer Seite sich ein verglastes Wärterhäuschen mit einem Schiebefenster befand, das eine *loge de concierge* vorstellte. Ehe wir eintraten, gingen wir ein Stück weiter die Straße hinauf, bogen in eine Gasse ein und gelangten, wiederum abbiegend, an die Rückseite des Gebäudes – und fortwährend beobachtete Dupin die ganze Gegend sowie das Haus mit minutiöser Aufmerksamkeit, für die ich freilich keinerlei irgend ergiebiges Objekt sehen konnte.

Denselben Weg zurückgehend, kamen wir wieder an die Frontseite des Hauses, läuteten und wurden, nachdem wir unsere Beglaubigungsschreiben vorgezeigt hatten, von den wachhabenden Beamten eingelassen. Wir stiegen die Treppe hinauf – bis in das Zimmer, wo man die Leiche der Mademoiselle L'Espanaye gefunden hatte und wo nun noch immer die beiden Toten lagen. Das heillose Durcheinander in diesem Raum hatte man, wie üblich, unverändert belassen. Ich sah nicht mehr als das, was schon in der ›Gazette des Tribunaux‹ berichtet worden war. Dupin untersuchte alles und jedes – die Körper der Opfer nicht ausgenommen. Dann gingen wir in die anderen Räume und in den Hof; ein Gendarm begleitete uns auf Schritt und Tritt. Die Untersuchung beschäftigte uns, bis es dunkel war; dann erst entfernten wir uns. Auf dem Heimweg verschwand mein Gefährte für einen Augenblick in der Redaktion einer der Tageszeitungen.

Ich sagte schon, daß die Marotten meines Freundes vielfältig waren und *je les ménageais* – hierfür gibt es keine entsprechende englische Wendung. Jetzt ließ er sich's einfallen, bis gegen Mittag des nächsten Tages jeglicher Unterhaltung über das Mordthema auszuweichen. Dann fragte er mich plötzlich, ob ich irgend etwas *Eigentümliches* am Ort der Greueltat beobachtet hätte.

In der Art und Weise, wie er das Wort ›eigentümlich‹ betonte, war irgend etwas, das mich schaudern machte, ohne daß ich wußte warum.

»Nein, nichts *Eigentümliches*«, sagte ich; »nicht mehr wenigstens, als wir beide schon in der Zeitung gelesen haben.«

»Die ›Gazette‹«, erwiderte er, »hat, wie ich fürchte, das ungewöhnlich Grauenhafte der Geschichte überhaupt nicht begriffen. Aber sehen Sie einmal ab von den nichtigen Ansichten dieses Blattes. Mir scheint, daß dieses Rätsel aus ebendem Grunde als unlösbar angesehen wird, der vielmehr Anlaß geben sollte, es für leicht lösbar zu halten – ich meine wegen des *outrierten* Charakters seiner Grundzüge. Die Polizei ist irritiert durch das scheinbare Fehlen eines Motivs – nicht für den Mord selbst, sondern für die Ungeheuerlichkeit des Mordes. Auch verwirrt sie die scheinbare Unmöglichkeit, die streitenden Stimmen, die man vernommen, mit den Tatsachen in Einklang zu bringen, daß außer der ermordeten Mademoiselle L'Espanaye niemand im oberen Stockwerk zu entdecken war und daß der Täter keinesfalls hätte entweichen können, ohne von der hinaufeilenden Gesellschaft bemerkt zu werden. Das wüste Durcheinander im Zimmer; die mit dem Kopf nach unten in den Rauchfang hinaufgezwängte Leiche; die entsetzliche Verstümmelung des Leichnams der alten Dame: diese Umstände sowie die eben erwähnten und andere, die ich nicht zu erwähnen brauche, haben hingereicht, um die Geisteskräfte der Polizeibeamten zu lähmen, indem sie ihren vielgepriesenen *Scharfsinn* völlig in die Irre führten. Sie sind dem groben, aber weitverbreiteten Irrtum verfallen, das Ungewöhnliche mit dem Abstrusen zu verwechseln. Doch sind es gerade diese Abweichungen von der ebenen Bahn des Alltäglichen, an denen der Verstand auf seiner Suche nach Wahrheit allenfalls seinen Weg ertastet. Bei Untersuchungen, wie wir sie jetzt anstellen, sollte nicht so sehr gefragt werden: ›Was ist geschehen?‹ als vielmehr: ›Was ist geschehen, das nie zuvor so geschehen ist?‹ Tatsächlich entspricht die Leichtigkeit, mit der ich dieses Rätsels Lösung finden werde oder bereits gefunden habe, genau seiner scheinbaren Unlösbarkeit in den Augen der Polizei.«

In sprachlosem Staunen starrte ich den Sprecher an.

»Ich erwarte jetzt«, fuhr er fort und blickte nach der Tür unseres Zimmers – »ich erwarte jetzt eine Person, die, obzwar vielleicht nicht gerade der Urheber dieser Metzeleien, doch gewissermaßen in das Verbrechen verwickelt gewesen sein muß. An dem ärgsten Teil der verübten Untaten ist er wahrscheinlich unschuldig. Ich vermute, daß ich mit dieser Annahme recht habe; denn darauf gründe ich meine Hoffnung, das ganze Rätsel zu lösen. Ich erwarte den Mann hier – in diesem Zimmer – jeden Augenblick. Freilich kann es sein, daß er nicht kommt; aber aller Wahrscheinlichkeit nach wird er kommen. Sollte er erscheinen, wird es notwendig sein, ihn festzuhalten. Hier sind Pistolen; und beide wissen wir mit ihnen umzugehen, wenn es die Notwendigkeit gebietet.«

Kaum wissend, was ich tat, kaum glaubend, was ich hörte, nahm ich die Pistolen, während Dupin fast wie im Selbstgespräch fortfuhr. Ich erwähnte schon seine abwesende Art bei solchen Gelegenheiten. Seine Rede war an mich gerichtet; aber seine Stimme, obwohl keineswegs laut, hatte jenen Tonfall, wie er sich gewöhnlich einstellt, wenn man über eine weite Entfernung hin zu jemandem spricht. Seine Augen, bar jeden Ausdrucks, hefteten sich nur auf die Zimmerwand.

»Daß die streitenden Stimmen«, sagte er, »welche die Gesellschaft auf der Treppe gehört hatte, nicht die Stimmen der Frauen selbst waren, ist durch die Zeugenaussagen vollauf bestätigt worden. Das enthebt uns jeden Zweifels angesichts der Frage, ob die alte Dame etwa zuerst die

Tochter umgebracht und danach Selbstmord verübt haben könnte. Ich spreche von diesem Punkt hauptsächlich um der Methode willen; denn die Kräfte der Madame L'Espanaye wären der Aufgabe, die Leiche der Tochter den Rauchfang hinaufzuzwängen, so wie man sie dann vorgefunden hat, ganz und gar nicht gewachsen gewesen; und die Art der Wunden an ihrer eigenen Person schließen den Gedanken an Selbstmord völlig aus. Der Mord ist also von einer dritten Partei verübt worden; und die Stimmen dieser dritten Partei waren es denn auch, die man miteinander hatte streiten hören. Nicht auf die ganze Zeugenaussage hinsichtlich dieser Stimmen möchte ich nunmehr Ihre Aufmerksamkeit lenken, sondern auf das, was an dieser Zeugenaussage *eigentümlich* war. Haben Sie irgend etwas Eigentümliches daran wahrgenommen?«

Ich bemerkte, daß zwar alle Zeugen einhellig annahmen, die rauhe Stimme sei die eines Franzosen gewesen, daß aber in bezug auf die schrille oder, wie eine Person es nannte, die scharfe Stimme die Meinungen weit auseinanderklafften.

»Das waren die Aussagen selbst«, sagte Dupin, »aber es war nicht das Eigentümliche daran. Sie haben nichts Besonderes bemerkt. Und doch *gab* es etwas Besonderes zu bemerken. Die Zeugen, wie Sie sagen, stimmten hinsichtlich der rauhen Stimme überein; hier waren sie ganz einer Meinung. Was aber die schrille Stimme angeht, so ist das Eigentümliche – nicht daß sie einander widersprachen, sondern daß einer wie der andere, ein Italiener, ein Engländer, ein Spanier, ein Holländer und ein Franzose, bei dem Versuch, sie zu beschreiben, sie als die Stimme *eines Ausländers* bezeichneten. Jeder ist überzeugt, daß es nicht die Stimme eines seiner eigenen Landsleute war. Nicht einer vergleicht sie mit der Stimme eines Angehörigen irgendeines Volkes, mit dessen Sprache er vertraut ist – im Gegenteil. Der Franzose hält sie für die Stimme eines Spaniers und ›hätte wohl einige Worte ausmachen können, *wenn ihm das Spanische vertraut gewesen wäre*‹. Der Holländer behauptet, es sei die Stimme eines Franzosen gewesen; doch wird erwähnt, daß ›dieser Zeuge, da er *kein Französisch versteht, mit Hilfe eines Dolmetschs verhört wurde*‹. Der Engländer hält sie für die Stimme eines Deutschen und ›*versteht kein Deutsch*‹. Der Spanier ›ist sicher‹, daß es die Stimme eines Engländers war, urteilt aber ›ausschließlich nach dem Tonfall, *da er kein Englisch versteht*‹, der Italiener glaubt, es sei die Stimme eines Russen gewesen, hat aber ›*noch nie mit einem gebürtigen Russen gesprochen*‹. Ein zweiter Franzose ist gar noch anderer Meinung als der erste und ist absolut sicher, daß es die Stimme eines Italieners gewesen sei; da er aber *dieser Sprache nicht mächtig ist*, hat ihn, wie auch den Spanier, ›der Tonfall davon überzeugt‹. Nun, wie extrem abartig muß jene Stimme in der Tat gewesen sein, daß sie Zeugenaussagen wie diese hervorlocken konnte! – daß Bürger dieser fünf großen Länder Europas nicht einmal in ihrem *Klang* etwas irgend Vertrautes erkennen konnten! Sie werden sagen, daß es die Stimme eines Asiaten – eines Afrikaners gewesen sein könnte. Asiaten wie Afrikaner sind in Paris nicht eben dicht gesät; doch ohne die Hypothese zu verwerfen, will ich Ihre Aufmerksamkeit jetzt nur auf drei Punkte lenken. Die Stimme ist von einem Zeugen ›eher scharf als schrill‹ genannt worden. Von zwei anderen ist sie als ›hastig und *abgerissen*‹ bezeichnet worden. Keine Wörter – keine wortähnlichen Laute – wurden von irgendeinem Zeugen als auch nur erkennbar erwähnt.

Ich weiß nicht«, fuhr Dupin fort, »welche Wirkung ich bisher auf Ihr eigenes Denkvermögen ausgeübt haben mag; doch zögere ich nicht, zu behaupten, daß die logischen Schlüsse allein schon aus diesem Teil der Zeugenaussagen – dem Teil, der die rauhe und die schrille Stimme betrifft – in sich ausreichend sind, um einen Verdacht zu erwecken, der für alles weitere Vorgehen bei der Aufhellung des Geheimnisses wegweisend sein sollte. Ich sagte ›logische Schlüsse‹; aber was ich meine, ist damit noch nicht völlig ausgedrückt. Ich wollte zu verstehen geben, daß diese Schlüsse die allein angemessenen sind und daß der Verdacht sich *unweigerlich* als das einzig mögliche Resultat aus ihnen ergibt. Welcher Verdacht das ist, will ich jedoch vorerst noch nicht sagen. Ich möchte Ihnen nur vergegenwärtigen, daß er bei mir selbst zwingend genug war, um meinen Untersuchungen im Zimmer eine klar umrissene Form – eine bestimmte Richtung zu geben.

Versetzen wir uns nun im Geist in dieses Zimmer. Wonach werden wir hier zuallererst suchen? Nach dem Fluchtweg, den die Mörder benutzt haben. Es ist wohl nicht zuviel gesagt, daß keiner von uns beiden an übernatürliche Ereignisse glaubt. Madame und Mademoiselle L'Espanaye wurden nicht von Geistern umgebracht. Die Täter waren real und entkamen auf reale Weise. Aber wie? Glücklicherweise gibt es nur eine einzige Methode, diese Frage zu durchdenken, und diese Methode *muß* uns zu einem eindeutigen Ergebnis führen. – Prüfen wir also der Reihe nach die möglichen Fluchtwege. Es ist klar, daß die Mörder, als die Gesellschaft die Treppe hinaufeilte, in dem Raum waren, wo Mademoiselle L'Espanaye gefunden wurde, oder doch wenigstens in dem angrenzenden Raum. Also brauchen wir nur nach Ausgängen aus diesen beiden Zimmern zu forschen. Die Polizei hat die Fußböden, die Decken und das Mauerwerk der Wände in allen Richtungen freigelegt. Keine *geheimen* Ausgänge konnten ihrer Umsicht entgangen sein. Dennoch mißtraute ich *ihren* Augen und forschte mit meinen eigenen. Es gab denn wirklich *keine* geheimen Ausgänge. Die beiden Türen, die von den Zimmern in den Korridor führen, waren fest verschlossen; die Schlüssel steckten innen. Wenden wir uns den Rauchabzügen zu. Diese, zwar von gewöhnlicher Weite bis zu einigen acht oder zehn Fuß über den Feuerstellen, würden in ihrer ganzen Ausdehnung nicht einmal dem Körper einer großen Katze Platz bieten. Da ein Entweichen auf den genannten Wegen sich denn als absolut unmöglich erwiesen hat, kommen für uns nur noch die Fenster in Frage. Durch die des Vorderzimmers hätte keiner entfliehen können, ohne von der Menge auf der Straße bemerkt zu werden. Die Mörder *müssen* also durch die Fenster des Hinterzimmers entkommen sein. Und uns, die wir auf so eindeutige Weise zu diesem Schluß gelangt sind, steht es als logisch denkenden Menschen nicht an, ihn wegen scheinbarer Unmöglichkeiten zu verwerfen. Uns bleibt nur übrig zu beweisen, daß diese scheinbaren Unmöglichkeiten in Wirklichkeit gar keine sind.

Es gibt zwei Fenster in dem Zimmer. Das eine ist nicht von Möbeln verstellt und in voller Größe sichtbar. Der untere Teil des anderen wird dem Blick durch das Kopfende der klobigen Bettstelle verdeckt, die dicht vor das Fenster geschoben ist. Das erstgenannte fand man von innen fest verriegelt. Es widerstand der äußersten Kraftanstrengung derer, die es hochzuschieben versuchten. Ein großes Loch war auf der linken Seite in den Rahmen gebohrt, und darein eingepaßt, fast bis zum Kopf, fand man einen sehr starken Nagel. Beim Untersuchen des anderen Fensters bemerkte man einen ähnlichen Nagel, der auf ähnliche Weise eingepaßt war; und ein angestrengter Versuch, dieses Schiebefenster zu öffnen, mißlang ebenfalls. Die Polizei war nun gänzlich davon überzeugt, daß auf diesem Wege niemand entkommen sein konnte. Und *deshalb* hielt man es für überflüssig, die Nägel herauszuziehen und die Fenster zu öffnen.

Meine eigenen Untersuchungen waren etwas eingehender, und zwar aus ebendem Grunde, den ich gerade nannte – weil sich nämlich hier, wie ich nicht zweifelte, erweisen *mußte*, daß alle scheinbaren Unmöglichkeiten in Wirklichkeit gar keine waren.

Meine weiteren Überlegungen – *a posteriori* – waren diese: Die Mörder *mußten* durch eines dieser Fenster entkommen sein. Da dem so war, konnten sie die Schiebefenster nicht von innen wieder so gesichert haben, wie man sie vorgefunden hatte – eine Überlegung, die wegen ihrer Augenfälligkeit den Untersuchungen der Polizei an dieser Stelle ein Ende setzte. Doch die Schiebefenster *waren* fest geschlossen. Sie *mußten* sich also selbsttätig schließen können. Diesem Schluß war nicht auszuweichen. Ich trat zu dem unverstellten Fenster, zog mit einiger Mühe den Nagel heraus und versuchte, das Fenster hochzuschieben. Es widerstand, wie ich vorausgesehen hatte, allen meinen Anstrengungen. Es mußte, das war mir nun klar, eine verborgene Feder geben; und die Bestätigung meiner Mutmaßung überzeugte mich, daß zumindest meine Prämissen stimmten, so rätselhaft auch noch immer die Sache mit den Nägeln schien. Eine sorgfältige Untersuchung brachte bald die verborgene Feder ans Licht. Ich drückte sie nieder, stand aber, zufrieden mit meiner Entdeckung, davon ab, das Fenster hochzuschieben.

Nun setzte ich den Nagel wieder ein und betrachtete ihn aufmerksam. Eine Person, die durch dieses Fenster entkommen war, hätte es wohl wieder schließen können, und die Feder wäre eingeschnappt – der Nagel aber konnte nicht wieder eingesetzt worden sein. Der Schluß war eindeutig und verengte wiederum das Feld meiner Nachforschungen. Die Mörder *mußten* durch das andere Fenster entkommen sein. Vorausgesetzt also, daß die Federn beider Fenster sich glichen, was wahrscheinlich war, *mußte* sich ein Unterschied bei den Nägeln finden, oder doch zumindest in der Art ihrer Befestigung. Ich kletterte auf das Sackleinen der Bettstelle und betrachtete über das Kopfbrett hinweg eingehend das zweite Fenster. Indem ich meine Hand hinter dem Brett nach unten führte, entdeckte und betätigte ich sogleich die Feder, die, wie vermutet, von gleicher Beschaffenheit war wie die benachbarte. Dann besah ich mir den Nagel. Er war ebenso stark wie der andere und anscheinend auf die gleiche Weise eingepaßt – nahezu bis zum Kopf in den Rahmen getrieben.

Sie werden meinen, daß ich nun doch ratlos war; aber wenn Sie das denken, haben Sie wohl die Art meiner Schlußfolgerungen nicht begriffen. Um einen Jagdausdruck zu gebrauchen: ich bin nicht ein einziges Mal ›auf falscher Fährte‹ gewesen. Nie habe ich auch nur für einen Augenblick die Spur verloren. In nicht einem Glied der Kette war ein Sprung. Ich war dem Rätsel bis zu seiner endgültigen Lösung nachgegangen – und diese Lösung war *der Nagel*. Er glich, sage ich, äußerlich in jeder Hinsicht seinem Bruder im anderen Fenster; doch war diese Tatsache (unwiderlegbar, wie sie scheinen mochte) eine absolute Nichtigkeit gegenüber der Einsicht, daß hier, an diesem Punkt, der Ariadnefaden endete. ›Es *mußte*‹, sagte ich mir, ›mit dem Nagel irgend etwas nicht stimmen.‹ Ich berührte ihn, und der Kopf mit etwa einem Viertelzoll vom Schaft glitt in meine Finger. Der übrige Schaft steckte abgebrochen im Bohrloch. Der Bruch war alt (denn die Bruchstellen waren mit Rost überzogen) und rührte offenbar vom Schlag eines Hammers her, der das Kopfende des Nagels teilweise in den oberen Rahmenteil des unteren Schiebefensters hineingetrieben hatte. Sorgfältig paßte ich dieses Kopfteil nun wieder in die Vertiefung ein, aus der ich es herausgelöst hatte, und das Erscheinungsbild eines makellosen Nagels war komplett – der Bruch war nicht zu sehen. Die Feder niederdrückend, schob ich behutsam das Fenster um ein paar Zoll in die Höhe; der Nagel hob sich mit und verharrte fest in seiner Höhlung. Ich schloß das Fenster, und wiederum war das Bild des heilen Nagels perfekt.

Das Rätsel war nun soweit enträtselt. Der Mörder war durch das Fenster entkommen, das sich hinter dem Bett befand. Nach seinem Abgang von selbst niederfallend (oder vielleicht auch vorsätzlich heruntergeschoben), hatte es sich mittels der Feder geschlossen; und die Funktion ebendieser Feder hatte die Polizei fälschlich für die des Nagels genommen – und damit weiteres Nachforschen für überflüssig erachtet.

Die nächste Frage ist die nach der Art und Weise des Abstiegs. Über diesen Punkt hatte mir schon der Gang mit Ihnen rings um das Gebäude Aufschluß gegeben. Etwa fünfeinhalb Fuß von dem fraglichen Fenster entfernt verläuft ein Blitzableiter. Von diesem aus das Fenster selbst zu erreichen oder gar einzusteigen, wäre jedem unmöglich gewesen. Ich bemerkte jedoch, daß die Fensterläden im vierten Stock von jener besonderen Art waren, welche die Pariser Zimmerleute *ferrades* nennen – eine Art, die heutzutage kaum noch verwendet wird, die man aber häufig an sehr alten herrschaftlichen Häusern in Lyon und Bordeaux findet. Sie haben die Gestalt einer gewöhnlichen Tür (einer einfachen, nicht einer Flügeltür), nur daß die obere Hälfte aus Latten- oder Gitterwerk besteht – und somit den Händen einen vortrefflichen Halt bietet. In unserem Fall sind diese Läden gut dreieinhalb Fuß breit. Als wir sie von der Rückseite des Hauses her erblickten, waren sie beide etwa halb geöffnet – das heißt, sie standen im rechten Winkel von der Mauer ab. Es ist anzunehmen, daß die Polizisten so gut wie ich selbst die Rückseite des Hauses untersucht haben; wenn sie es taten, so sahen sie diese *ferrades* aber von der Kante her in der Verkürzung (mußten sie so sehen) und bemerkten gar nicht die große Breite der Läden oder versäumten jedenfalls, sie gebührend in Betracht zu ziehen. Da sie ja nun einmal davon überzeugt waren, daß an dieser Stelle keiner entkommen sein konnte, dürften sie hier natürlich nur sehr flüchtige Untersuchungen angestellt haben. Mir war indessen klar, daß der Laden, der zu dem Fenster am Kopfende des Bettes gehörte, wenn man ihn bis zur Hauswand aufstieße, nur noch zwei Fuß von dem Blitzableiter entfernt wäre. Auch war nicht zu bezweifeln, daß es durch Aufbietung eines ganz ungewöhnlichen Maßes von Gewandtheit und Mut gelungen sein könnte, vom Blitzableiter aus in das Fenster zu gelangen. Über die Spanne von zweieinhalb Fuß hinwegreichend (gesetzt, der Laden war gänzlich geöffnet), hätte ein Räuber einen soliden Anhalt an dem Lattenwerk finden können. Den Halt am Blitzableiter fahrenlassend, die Füße fest gegen die Hauswand gestemmt und sich kühn davon abstoßend, hätte er den Laden herumklappen und somit schließen, ja, sich sogar ins Zimmer hineinschwingen können, vorausgesetzt, das Fenster war zu der Zeit geöffnet.

Ich bitte Sie, insonderheit zu bedenken, daß ich von einem ganz ungewöhnlichen Maß von Gewandtheit gesprochen habe, welches zum Gelingen eines so gewagten und so schwierigen Kunststücks erforderlich ist. Mir liegt daran, Ihnen zunächst zu verdeutlichen, daß die Sache durchaus so hat vollbracht werden können; zweitens aber und *vor allem* möchte ich Ihrem Denkvermögen den *ganz außergewöhnlichen* – den fast übernatürlichen Charakter jener

Behendigkeit einprägen, die solches hat vollbringen können.

Sie werden zweifellos einwenden, sich der Sprache des Rechts bedienend, daß ich, ›um meine Gründe als stichhaltig zu beweisen‹, die in dieser Sache erforderliche Gewandtheit lieber herunterspielen als auf ihrer vollen Würdigung bestehen sollte. Dies mag in Rechtsdingen der Brauch sein, aber es ist nicht die Gewohnheit der Vernunft. Mein höchstes Ziel ist allein die Wahrheit. Mein derzeitiges Anliegen aber ist, Sie zu bestimmen, jene *ganz ungewöhnliche* Behendigkeit, von der ich soeben sprach, und jene *ganz eigentümlich* schrille (oder scharfe) und *abgerissene* Stimme nebeneinander zu halten, über deren Nationalität keine zwei Personen gleicher Meinung befunden werden konnten und in deren Äußerungen nicht einmal Silben auszumachen waren.«

Bei diesen Worten Dupins huschte mir, vage und nur halb geformt, eine Ahnung von ihrer Bedeutung durch den Sinn. Ich schien auf der Schwelle des Begreifens zu stehen, ohne die Kraft, zu begreifen – so wie man sich bisweilen am Rande des Erinnerns befindet, ohne am Ende der Erinnerung habhaft werden zu können. Mein Freund fuhr in seinen Darlegungen fort.

»Sie werden bemerken«, sagte er, »daß sich meine Frage verlagert hat von der Art des Entkommens auf die des Hineingelangens. Ich wollte zu verstehen geben, daß beides auf die gleiche Weise, an derselben Stelle bewerkstelligt wurde. Kehren wir nun ins Innere des Zimmers zurück. Prüfen wir sorgsam, was sich hier unseren Blicken darbietet. Die Schubladen der Kommode, heißt es, seien ausgeplündert worden, wiewohl viele Kleidungsstücke noch darin verblieben waren. Die Schlußfolgerung hierbei ist absurd. Es ist eine reine Vermutung – eine sehr törichte – und nicht mehr. Wie können wir wissen, daß die in den Schubladen vorgefundenen Gegenstände nicht alles waren, was diese Schubladen schon vorher enthalten hatten? Madame L'Espanaye und ihre Tochter lebten äußerst zurückgezogen – verkehrten mit niemandem – gingen selten aus –

hatten kaum Verwendung für eine große Auswahl an Kleidungsstücken. Was man vorfand, war zumindest von so guter Qualität, daß es schwerlich Besseres im Besitz dieser Damen gegeben haben dürfte. Wenn ein Dieb überhaupt einige Sachen entwendet hatte, warum nahm er dann nicht die besten – warum nahm er nicht alles? Kurzum, warum ließ er viertausend Franc in Gold liegen, um sich mit einem Bündel Wäsche zu beschweren? Denn das Gold blieb *tatsächlich* liegen. Fast die ganze von Monsieur Mignaud, dem Bankier, erwähnte Summe fand man in Beuteln auf dem Fußboden. Sie sollten deshalb aus Ihren Gedanken die irreführende Vorstellung von einem *Motiv* verbannen, die jener Teil der Zeugenaussage, welcher von dem an der Haustür abgelieferten Gelde spricht, in den Hirnen der Polizei erzeugt hat. Koinzidenzen, zehnmal so bemerkenswert wie diese (die Ablieferung des Geldes und drei Tage später die Ermordung der Empfänger), begegnen uns allen zu jeder Stunde unseres Lebens, ohne daß sie auch nur flüchtig unsere Aufmerksamkeit erregen. Koinzidenzen sind im allgemeinen große Hemmschuhe auf dem Weg jener Kategorie von Denkern, die von Haus aus rein gar nichts von der Wahrscheinlichkeitslehre wissen – jener Lehre, der die großartigsten Gegenstände menschlicher Forschung das großartigste Anschauungsmaterial zu verdanken haben. Wäre nun in unserem Fall das Gold nicht mehr dagewesen, so hätte die Tatsache, daß es drei Tage zuvor ausgehändigt worden war, etwas mehr als eine Koinzidenz ausgemacht. Sie hätte die Vorstellung von einem Tatmotiv bekräftigt. Wollten wir aber unter den hier gegebenen Umständen Gold als das Motiv dieser Greueltat ansehen, so müßten wir zugleich den Täter für einen ganz unschlüssigen Idioten halten, der sein Gold und sein Motiv gleichermaßen fahrenließ.

Halten wir uns nun beharrlich die Punkte vor Augen, auf die ich Ihre Aufmerksamkeit gelenkt habe – jene eigentümliche Stimme, jene ungewöhnliche Behendigkeit und das bestürzende Fehlen jeden Motivs bei einem so außerordentlich grauenhaften Mord wie diesem –, und betrachten wir die Metzelei selbst. Da ist eine Frau von starken Händen zu Tode gewürgt und, den Kopf nach unten, in einen Rauchfang gezwängt worden. Gewöhnliche Mörder bedienen sich nicht derartiger Mordmethoden. Am allerwenigsten entledigen sie sich des Ermordeten auf solche Weise. In der Art, die Leiche den Rauchfang hinaufzuzwängen, liegt, das werden Sie zugeben, etwas *ungemein Outriertes* – etwas, das völlig unvereinbar ist mit unseren gängigen Vorstellungen von menschlichem Tun, selbst da, wo wir die Täter für den Abschaum der Menschheit halten. Bedenken Sie auch, wie groß jene Kraft gewesen sein muß, die den Körper durch eine derartige Öffnung *hinauf*zwängen konnte, so gewaltsam, daß die vereinte Stärke von mehreren Personen sich als kaum zulänglich erwies, ihn wieder *herunter*zuzerren!

Wenden wir uns nun weiteren Anzeichen einer schier wunderbaren Kraftentfaltung zu. Auf der Feuerstelle lagen dicke Strähnen – sehr dicke Strähnen – grauen Menschenhaars. Diese waren mit den Wurzeln ausgerissen worden. Sie werden wissen, welch großer Kraftaufwand nötig ist, um auch nur zwanzig oder dreißig Haare zugleich aus dem Kopf herauszureißen. Sie sahen die besagten Haarbüschel so gut wie ich selbst. Ihre Wurzeln (ein gräßlicher Anblick!) waren verklumpt mit Fetzen der Kopfhaut – sicheres Zeichen der ungeheuren Stärke, die aufgeboten wurde, um etwa eine halbe Million Haare auf einmal mit den Wurzeln herauszureißen. Nicht nur war die Kehle der alten Dame durchschnitten, sondern der Kopf war vollends vom Rumpf abgetrennt: das Instrument war nichts weiter als ein Rasiermesser. Bitte beachten Sie auch die *brutale* Wildheit dieser Untaten. Von den Prellungen am Körper von Madame L'Espanaye will ich nicht reden. Monsieur Dumas und sein ehrenwerter Kollege Monsieur Etienne haben erklärt, sie seien ihr mit irgendeinem stumpfen Gegenstand beigebracht worden; und insofern haben diese Herren ganz recht. Der stumpfe Gegenstand war fraglos das Steinpflaster des Hofes, auf welchem das Opfer aufschlug, als es vom Fenster hinter dem Bett hinabgeworfen wurde. Diese

Erklärung, so simpel sie jetzt auch scheinen mag, entging der Polizei aus ebendem Grunde, aus dem ihr auch die Breite der Fensterläden entging – weil nämlich die Sache mit den Nägeln ihr Wahrnehmungsvermögen hermetisch vor der Möglichkeit verschlossen hatte, die Fenster könnten überhaupt je geöffnet worden sein.

Wenn Sie nun zu alledem auch das merkwürdige Durcheinander im Zimmer gebührend bedacht haben, sind wir so weit gediehen, daß wir die einzelnen Eindrücke zueinander in Beziehung setzen können: eine verblüffende Behendigkeit, eine übermenschliche Kraft, eine brutale Wildheit, eine Metzelei ohne Tatmotiv, eine *grotesquerie* des Grauens, die jedes menschliche Maß sprengt, und eine Stimme, die in ihrem Klang den Ohren von Menschen vieler Nationen fremd war und die jeder deutlichen oder erkennbaren Silbenbildung ermangelte. Was also ergibt sich daraus? Welchen Eindruck habe ich in Ihrem Vorstellungsvermögen hinterlassen?«

Es überrieselte mich kalt, als mir Dupin diese Frage stellte. »Ein Wahnsinniger«, sagte ich, »hat diese Tat verübt – irgendein rasender Irrer, der aus einer benachbarten *Maison de Santé* entflohen ist.«

»In gewisser Hinsicht«, erwiderte er, »ist Ihr Gedanke nicht von der Hand zu weisen. Aber noch nie, selbst in den wildesten Ausbrüchen nicht, hatten die Stimmen von Wahnsinnigen Ähnlichkeit mit jener eigentümlichen Stimme, die man da auf der Treppe gehört hat. Auch Wahnsinnige gehören irgendeinem Volk an, und ihre Sprache, so zusammenhanglos die Wörter auch sein mögen, wahrt doch immer noch den Zusammenhang von Silben. Außerdem ist das Haar eines Irrsinnigen nicht von der Art, wie ich es hier in der Hand halte. Ich löste dieses kleine Büschel aus den fest zusammengekrallten Fingern der Madame L'Espanaye. Sagen Sie mir, was Sie davon halten.«

»Dupin!« sagte ich, völlig außer Fassung; »dieses Haar ist höchst ungewöhnlich – das ist kein *Menschen*haar.«

»Ich habe nicht behauptet, daß es das ist«, sagte er; »doch bevor wir diese Frage entscheiden, sollten Sie einen

Blick auf die kleine Skizze werfen, die ich hier auf diesem Blatt festgehalten habe. Es ist eine genaue Nachbildung dessen, was in einem Teil der Zeugenaussage als ›dunkle Quetschungen und tiefe Einschnitte von Fingernägeln‹ auf dem Hals von Mademoiselle L'Espanaye beschrieben worden ist und in einem anderen (nämlich von den Herren Dumas und Etienne) als eine ›Reihe bläulicher Flecke, die offenbar von Fingereindrücken herrührten‹.

Sie werden bemerken«, fuhr mein Freund fort, indem er das Blatt auf dem Tisch vor uns ausbreitete, »daß diese Zeichnung die Vorstellung von einem starken und festen Zugriff vermittelt. Kein *Abgleiten* ist wahrzunehmen. Jeder Finger hat – möglicherweise bis zum Tode des Opfers – den furchtbaren Klammergriff beibehalten, mit dem er sich ursprünglich eingrub. Versuchen Sie nun einmal, alle Ihre Finger zu gleicher Zeit auf die entsprechenden Abdrücke zu legen, die Sie hier sehen.«

Ich versuchte es vergebens.

»Vielleicht ist unser Experiment nicht ganz angemessen«, sagte er. »Das Blatt liegt ausgebreitet auf einer ebenen Fläche; doch der menschliche Hals ist zylindrisch. Hier ist ein Holzklotz, dessen Umfang ungefähr dem des Halses entspricht. Wickeln Sie die Zeichnung herum, und machen Sie den Versuch noch einmal.«

Ich gehorchte; aber das Mißlingen war gar noch augenfälliger als zuvor. »Dies hier«, sagte ich, »ist nicht der Abdruck einer Menschenhand.«

»Lesen Sie nun«, erwiderte Dupin, »diesen Abschnitt aus Cuvier.«

Es war eine eingehende anatomische und allgemein beschreibende Darstellung des großen gelbbraunen Orang-Utan von den ostindischen Inseln. Der gigantische Wuchs, die ungeheure Stärke und Behendigkeit, die unbändige Wildheit und der Nachahmungstrieb dieser Säugetiere sind allen zur Genüge bekannt. Auf der Stelle begriff ich die Greuel der Mordtat in ihrem ganzen Ausmaß.

»Die Beschreibung der Finger«, sagte ich, als ich zu Ende gelesen hatte, »stimmt genau mit dieser Zeichnung überein. Mir ist klar, daß kein anderes Tier als allein ein Orang-Utan der hier erwähnten Spezies die Eindrücke, wie Sie sie skizziert haben, verursacht haben kann. Auch dieses Büschel gelbbraunen Haars entspricht in seiner Beschaffenheit genau dem Haar von Cuviers Bestie. Aber die Einzelheiten dieses schrecklichen Geheimnisses kann ich ganz und gar nicht begreifen. Auch hörte man doch *zwei* Stimmen im Streit miteinander, und die eine war fraglos die Stimme eines Franzosen.«

»Richtig; und Sie werden sich eines Ausrufs erinnern, der von den Zeugen fast einmütig dieser Stimme zugeschrieben wurde – des Ausrufs ›mon Dieu!‹. Unter den obwaltenden Umständen ist er von einem der Zeugen (Montani, dem Zuckerbäcker) mit Recht als ein Ausruf der Ermahnung und Zurechtweisung charakterisiert worden. Auf diese zwei Wörter habe ich deshalb hauptsächlich meine Hoffnungen gegründet, das Rätsel vollends zu lösen. Ein Franzose wußte von dem Mord. Es ist möglich – ja, es ist weit mehr als wahrscheinlich, daß er an jeglicher Mitwirkung bei den blutigen Vorgängen unschuldig ist. Der Orang-Utan mag ihm entlaufen sein. Er mag von ihm bis in das Zimmer verfolgt worden sein; aber unter den aufregenden Umständen, die dann eintraten, hätte der Besitzer das Tier niemals wieder einfangen können. Es ist noch immer auf freiem Fuß. Ich will mich über diese Mutmaßungen nicht weiter auslassen – denn sie anders zu nennen habe ich kein Recht; sind doch die Schatten von Überlegungen, auf die sie sich gründen, kaum klar genug umrissen, um meinen eigenem Verstand faßbar zu sein, so daß ich mir nicht anmaßen dürfte, sie jemand anderem begreiflich zu machen. So wollen wir sie denn Mutmaßungen nennen und von ihnen auch als solchen sprechen. Wenn besagter Franzose wirklich, wie ich annehme, an dieser Greueltat unschuldig ist, so wird dieses Inserat, das ich gestern abend auf unserem Heimweg in der Redaktion von ›Le Monde‹ aufgab (einer Zeitung, die sich Marinebelangen widmet und bei Seeleuten sehr gefragt ist), ihn in unsere Wohnung führen.«

Er reichte mir ein Blatt, und ich las das Folgende:

›Eingefangen wurde im Bois de Boulogne früh am Morgen des ... dieses Monats (dem Morgen des Mordes) ein sehr großer gelbbrauner Orang-Utan der Borneo-Spezies. Der Eigentümer (wie man ermittelt hat, ein Matrose von einem Malteser Schiff) kann sich das Tier abholen, sofern er sich glaubhaft als Besitzer ausweist und die geringfügigen Kosten begleicht, die aus Einfangen und Unterhalt entstanden sind. Zu erfragen Faubourg St. Germain, Rue ..., No. ... – *au troisième.*‹

»Wie nur konnten Sie wissen«, fragte ich, »daß der Mann ein Matrose ist und zu einem Malteser Schiff gehört?«

»Ich weiß es durchaus nicht«, sagte Dupin. »Ich bin dessen keineswegs sicher. Hier ist jedoch ein schmales Stück Band, das, aus seiner Form und seinem schmierigen Aussehen zu schließen, offenbar dazu benutzt worden ist, das Haar zu einer jener langen *queues* zu binden, die bei Matrosen so beliebt sind. Überdies ist das ein Knoten, wie ihn außer den Matrosen nur wenige zu schürzen verstehen und wie er gerade für die Malteser charakteristisch ist. Ich hob das Band am Fuße des Blitzableiters auf. Zu einer der beiden Verstorbenen kann es nicht gehört haben. Wenn ich aber am Ende doch fehlgehe mit meiner Schlußfolgerung aus diesem Band, daß nämlich der Franzose ein Seemann von einem Malteser Schiff sei, so kann ich mit dem, was ich in dem Inserat behauptet habe, dennoch keinen Schaden angerichtet haben. Wenn ich mich irre, wird er lediglich annehmen, daß ich durch irgendeinen Umstand, dem nachzuforschen er sich keine Mühe geben wird, fehlgeleitet worden bin. Habe ich aber recht, so ist Entscheidendes gewonnen. Von dem Morde wissend, wenn auch unschuldig daran, wird der Matrose natürlich Bedenken haben, auf das Inserat einzugehen – sich den Orang-Utan einzufordern. Er wird folgende Überlegungen anstellen: ›Ich bin unschuldig; ich bin arm; mein Orang-Utan ist von großem Wert – für jemand in meinen Verhältnissen ein ganzes Vermögen –, warum sollte ich ihn durch nichtige Furcht vor Gefahr verlieren? Hier ist er, zum Greifen nahe. Man hat ihn im Bois de Boulogne gefunden – weit entfernt vom Schauplatz jenes Blutbades. Wie sollte jemals der Verdacht aufkommen, daß ein wildes Tier die Tat begangen haben könnte? Die Polizei ist in größter Verlegenheit – sie hat nicht den geringsten Anhaltspunkt entdecken können. Selbst wenn sie dem Tier auf die Spur kommen sollte, wäre es doch unmöglich, mir nachzuweisen, daß ich von dem Mord gewußt habe, oder mich gar auf Grund dieser Mitwisserschaft in Schuld zu verwickeln. Vor allem aber *weiß man bereits von mir*. Der Inserent bezeichnet mich als den Besitzer des Tieres. Ich bin mir nicht sicher, wieweit sein Wissen reichen mag. Wenn ich es mir versagte, ein Eigentum von so großem Wert zurückzufordern, von dem bekannt ist, daß es mir gehört, so würde ich zumindest das Tier einem Verdacht aussetzen. Es liegt mir fern, die Aufmerksamkeit auf mich oder auf den Affen zu lenken. Ich werde also dem Inserat Folge leisten, den Orang-Utan abholen und ihn verborgen halten, bis über die Sache Gras gewachsen ist.‹«

In diesem Augenblick hörten wir einen Schritt auf der Treppe.

»Halten Sie die Pistolen bereit«, sagte Dupin; »aber machen Sie keinen Gebrauch davon und lassen Sie sie nicht sehen, bis ich Ihnen ein Zeichen gebe.«

Die Haustür war offengelassen worden, und der Besucher war eingetreten, ohne zu klingeln, und einige Stufen die Treppe hinaufgestiegen. Jetzt aber schien er zu zögern. Bald darauf hörten wir ihn hinuntergehen. Dupin lief rasch an die Tür; da hörten wir ihn wiederum heraufkommen. Er machte kein zweites Mal kehrt, sondern stieg entschlossen treppauf und pochte an die Tür unseres Zimmers.

»Herein!« sagte Dupin in munterem und herzlichem Ton.

Ein Mann trat ein. Es war offensichtlich ein Matrose – ein großer kräftiger und muskulös anmutender Mensch, dessen Gesichtsausdruck, keineswegs abstoßend, eine gewisse Verwegenheit verriet. Sein Gesicht, tief dunkel gebräunt von der Sonne, war zum guten Teil verdeckt von Backenbart und *mustachio*. Er führte einen riesigen Eichenknüttel mit sich, schien aber sonst unbewaffnet. Er verbeugte sich linkisch und wünschte uns einen guten Abend, in einem Französisch, das zwar etwas provinziell-neufchâtellisch klang, aber doch zur Genüge auf eine Pariser Herkunft deutete.

»Nehmen Sie Platz, mein Freund«, sagte Dupin. »Ich nehme an, Sie kommen wegen des Orang-Utans. Auf mein Wort, ich beneide Sie fast um diesen Besitz; ein bemerkenswert schönes und zweifellos sehr wertvolles Tier. Für wie alt halten Sie ihn wohl?«

Der Matrose atmete tief auf, mit der Miene eines Mannes, der von einer unerträglichen Last befreit ist, und erwiderte dann in forschem Ton: »Das kann ich Ihnen nicht sagen – aber mehr als vier oder fünf Jahre alt kann er nicht sein. Haben Sie ihn hier?«

»O nein; hier konnten wir ihn nicht gut unterbringen. Er ist ganz in der Nähe in einem Mietstall in der Rue Dubourg. Sie können ihn morgen früh abholen. Sie sind doch gewiß in der Lage, Ihren Besitzeranspruch glaubhaft zu machen?«

»Natürlich bin ich das, mein Herr.«

»Es tut mir leid, mich von ihm zu trennen«, sagte Dupin.

»Ich möchte nicht, daß Sie sich diese ganze Schererei für nichts aufgehalst haben, mein Herr«, sagte der Mann. »Kann ich nicht erwarten. Bin durchaus bereit, einen Finderlohn für das Tier zu zahlen – das heißt, wenn er sich in Grenzen hält.«

»Gut«, erwiderte mein Freund, »das ist alles recht und billig. Lassen Sie mich überlegen! – was sollte ich wohl bekommen? Oh, ich will es Ihnen sagen. Sie sollen mir mitteilen, was immer Sie von diesen Mordfällen in der Rue Morgue wissen.«

Dupin äußerte die letzten Worte in sehr leisem Ton und sehr ruhig. Ebenso ruhig ging er auch zur Tür, schloß sie ab und steckte den Schlüssel in die Tasche. Dann zog er eine Pistole aus dem Rock und legte sie ohne jede Hast auf den Tisch.

Das Gesicht des Matrosen lief rot an, als kämpfte er mit dem Ersticken. Er sprang auf und packte seinen Knüttel; aber schon im nächsten Augenblick fiel er auf seinen Sitz zurück, heftig zitternd und bleich wie der leibhaftige Tod. Er sprach kein Wort. Mir tat er in der Seele leid.

»Mein Freund«, sagte Dupin begütigend, »Sie regen sich unnötig auf – wirklich. Wir wollen Ihnen kein Haar krümmen. Bei der Ehre eines Gentleman und eines Franzosen verspreche ich Ihnen, daß wir nichts Unbilliges mit Ihnen vorhaben. Ich weiß ganz genau, daß Sie an den Greueltaten in der Rue Morgue unschuldig sind. Doch läßt sich nicht gut leugnen, daß Sie bis zu einem gewissen Grade darin verwickelt sind. Aus dem, was ich bereits gesagt habe, werden Sie ersehen, daß ich Mittel und Wege fand, mir über diese Angelegenheit Aufschluß zu verschaffen – Mittel und Wege, an die Sie im Traum nicht gedacht hätten. Nun steht die Sache so: Sie haben nichts getan, was Sie hätten vermeiden können – ganz gewiß nichts, womit Sie sich strafbar gemacht hätten. Nicht einmal des Raubes sind Sie schuldig, obwohl Sie ungestraft hätten rauben können. Sie haben nichts zu verheimlichen. Sie haben keinen Grund dazu. Andererseits muß Ihnen Ihr Ehrgefühl gebieten, alles zu bekennen, was Sie wissen. Ein Unschuldiger sitzt jetzt im Gefängnis, dem man ebenjenes Verbrechen zur Last legt, dessen Urheber Sie benennen können.«

Der Matrose hatte, während Dupin diese Worte vorbrachte, seine Geistesgegenwart bis zu einem gewissen Grade wiedergewonnen; aber sein erst so forsches Gebaren war ganz dahin.

»So helfe mir Gott«, sagte er nach einer kurzen Pause, »ich will Ihnen alles erzählen, was ich über diese Sache weiß; aber ich erwarte nicht, daß Sie auch nur die Hälfte von dem glauben, was ich sage – ich wäre wirklich ein Narr, wenn ich das täte. Doch unschuldig *bin* ich, und ich will mir's von der Seele reden, und wenn's das Leben kostete.«

Was er aussagte, war im wesentlichen dies: Er hatte vor kurzem eine Fahrt zum ostindischen Archipel gemacht. Eine Gruppe von Seeleuten, darunter auch er, ging auf Borneo an Land und unternahm zum Zeitvertreib einen Ausflug ins Innere. Er selbst und ein Kamerad hatten den Orang-Utan eingefangen. Als dieser Kamerad starb, fiel das Tier ihm allein zu. Nach vielen Scherereien auf der Heimreise, verursacht durch die unbändige Wildheit seines Gefangenen, gelang es ihm schließlich, das Tier sicher in seiner eigenen Behausung in Paris einzuquartieren, wo er es, um nicht die unliebsame Neugier der Nachbarn auf sich zu lenken, sorgsam unter Verschluß hielt, bis es eines Tages von einer Wunde am Fuß genesen sein würde, die ihm ein Splitter an Bord des Schiffes beigebracht hatte. Seine Absicht war letztlich, es zu verkaufen.

Als er in der Nacht oder vielmehr am Morgen der Mordtat von irgendeinem Seemannsvergnügen heimkam, fand er das Tier in seiner eigenen Schlafkammer vor, entwichen aus einem angrenzenden Verschlag, wo es, wie er geglaubt hatte, fest eingeschlossen gewesen war. Das Rasiermesser in der Hand und gründlich eingeseift, saß es vor einem Spiegel und versuchte sich in der Prozedur des Rasierens, bei der es zweifellos seinen Herrn schon öfter durchs Schlüsselloch des Verschlages beobachtet hatte. Entsetzt beim Anblick einer so gefährlichen Waffe im Besitz eines so wilden Tieres, das sie obendrein so gut zu handhaben verstand, wußte der Mann einige Augenblicke nicht, was tun. Doch hatte er das Tier bisher selbst in seinen unbändigsten Launen mit Hilfe einer Peitsche gefügig machen können, und dazu nahm er auch jetzt seine Zuflucht. Bei ihrem Anblick sprang der Orang-Utan sogleich durch die Kammertür, die Treppe hinunter und von dort durch ein Fenster, das unglücklicherweise offenstand, auf die Straße.

Der Franzose folgte voller Verzweiflung, während der Affe, in der Hand noch immer das Rasiermesser, hin und wieder haltmachte, um zurückzusehen und den Verfolger mit Gebärden zu narren, bis dieser ihn fast eingeholt hatte. Dann nahm er aufs neue Reißaus. Auf diese Weise dauerte die Jagd noch eine gute Weile so fort. Die Straßen waren totenstill, denn es ging auf drei Uhr morgens. Beim Passieren eines Gäßchens hinter der Rue Morgue wurde die Aufmerksamkeit des Flüchtlings von einem Licht gebannt, das aus dem offenen Fenster von Madame L'Espanayes Schlafzimmer im vierten Stock ihres Hauses schimmerte. Auf das Gebäude zujagend, entdeckte er den Blitzableiter, kletterte mit unvorstellbarer Behendigkeit hinauf, packte den Fensterladen, der bis an die Hauswand zurückgeschlagen war, und schwang sich mit dessen Hilfe geradewegs auf das Kopfbrett des Bettes. Das ganze Kunststück dauerte keine Minute. Der Laden wurde von dem Orang-Utan, als er ins Zimmer eindrang, mit einem Tritt wieder aufgestoßen.

Der Matrose war unterdessen erfreut und bestürzt zugleich. Er hoffte zuversichtlich, das Tier nun wieder einzufangen, da es kaum aus der Falle entwischen konnte, in die es sich gewagt, außer über den Blitzableiter, wo man es abfangen könnte, wenn es herunterkam. Andererseits hatte er alle Ursache, sich Sorgen zu machen, was es in dem Hause anstellen mochte. Letztere Überlegung nötigte den Mann, den Flüchtigen noch weiter zu verfolgen. Ein Blitzableiter läßt sich mühelos erklimmen, zumal von einem Matrosen; als er aber in der Höhe des Fensters angelangt war, das weit entfernt zu seiner Linken lag, da war seine Kletterpartie zu Ende; allenfalls vermochte er sich so weit hinüberzubeugen, daß er einen flüchtigen Blick ins Innere des Zimmers werfen konnte. Bei diesem Anblick verlor er fast den Halt vor namenlosem Entsetzen. Um die Zeit geschah es, daß jene schrecklichen Schreie in die Nacht brachen, welche die Bewohner der Rue Morgue aus dem Schlummer gerissen hatten. Madame L'Espanaye und ihre Tochter, beide mit ihren Nachtgewändern angetan, waren offensichtlich damit beschäftigt gewesen, ein paar Papiere in dem bereits erwähnten eisernen Kasten zu ordnen, der in die Mitte des Zimmers gerückt worden war. Er stand offen, und sein Inhalt lag daneben auf dem Fußboden. Die Opfer müssen mit dem Rücken zum Fenster gesessen haben; und da zwischen dem Eindringen des Tieres und den Schreien einige Zeit verstrich, ist zu vermuten, daß man es nicht sofort bemerkte. Das Zuschlagen des Fensterladens dürfte man natürlicherweise dem Wind zugeschrieben haben.

Als der Matrose durchs Fenster sah, hatte das gewaltige Tier Madame L'Espanaye beim Haar gepackt (das gelöst war, da sie es gerade gekämmt hatte) und fuchtelte mit dem Rasiermesser vor ihrem Gesicht herum, als wollte es die Bewegungen eines Barbiers nachahmen. Die Tochter lag hingestreckt und reglos am Boden; sie war ohnmächtig geworden. Das Zetern und Zappeln der alten Dame (während ihr das Haar aus dem Kopf gerissen wurde) hatte zur Folge, daß die vermutlich friedlichen Absichten des Orang-Utans sich in hellen Zorn verkehrten. Mit einem einzigen entschlossenen Schwung seines muskelstarken Armes trennte er ihren Kopf nahezu vom Rumpf ab. Der Anblick des Blutes entfachte seine Wut vollends zur Raserei. Zähneknirschend, mit funkensprühenden Augen stürzte er sich auf den Leib des Mädchens, grub seine schrecklichen Klauen in ihren Hals und ließ nicht ab von seinem Würgegriff, bis sie verblichen war. Seine schweifenden, wilden Blicke fielen jetzt auf das Kopfende des Bettes, über dem, starr vor Entsetzen, das Gesicht seines Herrn zu sehen war. Die Wut des Tieres, das sich zweifellos der gefürchteten Peitsche erinnerte, verkehrte sich unversehens in Angst. Wohl wissend, daß es Strafe verdient hatte, schien es dringlich darauf bedacht, seine blutigen Taten zu vertuschen, sprang in einem Taumel furchtsamer Erregung im Zimmer umher, warf bei seiner Jagd die Möbel um und zerbrach sie und zerrte das Bettzeug aus der Bettstelle. Schließlich packte es den Leichnam der Tochter und zwängte ihn in den Rauchfang, so wie man ihn dann gefunden hat; danach die Leiche der alten Dame, die es im Handumdrehen kopfüber aus dem Fenster warf.

Wie sich der Affe nun mit seiner verstümmelten Bürde dem Fenster näherte, schrak der Matrose entsetzt zurück, ließ sich mehr gleitend als kletternd am Blitzableiter hinunter und eilte schnurstracks nach Hause – voller Furcht vor den Folgen des Blutbades und in seinem Grauen alle

Sorge um das Schicksal des Orang-Utans gern fahrenlassend. Die Worte, welche die Gesellschaft auf der Treppe vernommen hatte, waren die Schreckens- und Entsetzensrufe des Franzosen, vermischt mit dem höllischen Geschnatter des Untiers.

Ich habe kaum noch etwas hinzuzufügen. Der Orang-Utan muß, unmittelbar bevor die Tür aufgebrochen wurde, aus dem Zimmer und über den Blitzableiter entwichen sein. Er muß beim Hinausspringen das Fenster geschlossen haben. Er wurde später von seinem Besitzer selbst eingefangen, der im Jardin des Plantes eine sehr hohe Geldsumme für ihn erhielt. Auf Grund unserer Darstellung des wahren Sachverhalts (mit einigen Erläuterungen von seiten Dupins) im Büro des Polizeipräsidenten wurde Le Bon unverzüglich auf freien Fuß gesetzt. Jener Beamte, so wohlgesinnt er meinem Freund auch war, konnte doch nicht ganz seinen Verdruß über die unerwartete Wendung der Dinge verbergen und machte sich in ein paar sarkastischen Bemerkungen Luft – des Inhalts, daß sich doch gefälligst jeder um seine eigenen Angelegenheiten kümmern sollte.

»Lassen Sie ihn reden«, sagte Dupin, der es nicht für nötig gehalten hatte, etwas zu erwidern. »Lassen Sie ihn schulmeistern; das wird sein Gewissen beruhigen. Ich bin es zufrieden, ihn in seiner eigenen Festung geschlagen zu haben. Gleichwohl ist sein Versagen beim Lösen dieses Rätsels keineswegs so verwunderlich, wie er annimmt; denn in Wahrheit ist unser Freund, der Präsident, etwas zu gescheit, um scharfsinnig zu sein. Seine Klugheit ist ohne Saft und Kraft. Sie ist nur Kopf und kein Leib, gleich den Bildern der Göttin Laverna – oder bestenfalls nur Kopf und Schultern wie beim Dorsch. Aber letzten Endes ist er doch ein guter Kerl. Ich mag ihn vor allem wegen seines bravourösen Redeflusses, der ihm den Ruf eingetragen hat, ein Wunder an Scharfsinn zu sein. Ich meine seine Gewohnheit, ›*de nier ce qui est, et d'expliquer ce qui n'est pas*‹.«[1]

1 Rousseau, ›La Nouvelle Héloïse‹

STURZ IN DEN MALSTRÖM

Die Wege Gottes in der Natur wie in der Vorsehung gleichen nicht *unseren* Wegen; noch entsprechen die Modelle, welche wir uns formen, in irgendeiner Weise der Unermeßlichkeit, Abgründigkeit und Unerforschlichkeit Seiner Werke, *welche eine Tiefe an sich haben, unergründlicher denn der Brunnen des Demokrit.*

Joseph Glanvill

Wir hatten jetzt den Gipfel der höchsten Felsklippe erreicht. Einige Minuten lang schien der alte Mann zu erschöpft, um sprechen zu können.

»Es ist noch gar nicht lange her«, sagte er schließlich, »da hätte ich Sie auf diesem Wege ebensogut wie der jüngste meiner Söhne geführt; doch vor etwa drei Jahren habe ich etwas erlebt, was noch keinem Sterblichen zuvor widerfahren ist – oder wenigstens wie es noch kein Mensch je überlebt hat, um davon berichten zu können – und die sechs Stunden tödlichen Grauens, die ich damals durchlitt, haben mich an Leib und Seele gebrochen. Sie halten mich gewiß für einen *sehr* alten Mann – das bin ich aber nicht. Weniger denn einen einzigen Tag hat es gebraucht, da war dieses Haar, früher pechschwarz, weiß geworden, meine Glieder kraftlos und meine Nerven schwach, so daß ich bei der geringsten Anstrengung zittre und mir schon vor einem Schatten bange ist. Wissen Sie, daß ich kaum über den Rand dieser kleinen Klippe blicken kann, ohne daß mir schwindlig wird?«

Die ›kleine Klippe‹, an deren Rand er sich so unbekümmert hingeworfen hatte, um auszuruhen, daß der schwerere Teil seines Körpers darüberhing, indes ihn nur sein auf der äußersten und schlüpfrigen Kante aufgestützter Ellenbogen vorm Hinunterfallen bewahrte – diese ›kleine Klippe‹, ein glatter, senkrechter Absturz schwarzglänzenden Felsgesteins, ragte wohl fünfzehn- oder sechzehnhundert Fuß hoch aus dem Felsenmeer unter uns auf. Nichts in der Welt hätte mich dazu bewegen können, ihrem Rand auch nur auf ein halbes Dutzend Yards nahe zu kommen. Wahrhaftig, schon die gefährliche Lage meines Gefährten erregte mich derart, daß ich der Länge lang mich zu Boden fallen ließ, an die Büsche ringsum klammerte und nicht einmal wagte, zum Himmel aufzublicken – während ich mich vergeblich gegen die Vorstellung wehrte, daß durch des Sturmes Wüten dem Berg selbst in den Grundfesten Gefahr drohe. Es dauerte lange, bis ich mir durch vernünftiges Zureden genügend Mut gemacht, daß ich mich aufsetzen und in die Ferne blicken konnte.

»Über solche Anwandlungen müssen Sie wegkommen«, sagte mein Führer, »denn ich habe Sie hierhergebracht, damit Sie den Schauplatz, wo sich besagtes Geschehen zugetragen hat, möglichst gut zu sehen vermöchten – und Sie die Stelle genau vor Augen haben, wenn ich Ihnen das Ganze erzähle.

Wir befinden uns jetzt«, fuhr er in der ihm eigenen umständlichen Weise fort, »wir befinden uns jetzt nahe der norwegischen Küste – auf dem achtundsechzigsten Breitengrad – in der großen Provinz Nordland – und im düstren Distrikt der Lofoten. Der Berg, auf dessen Gipfel wir sitzen, heißt Helseggen, der Wolkenverhangene. Nun richten Sie sich ein wenig höher auf – halten Sie sich am Grase fest, wenn Ihnen schwindlig wird – so – und schauen Sie über den Dunstgürtel unter uns weg hinaus aufs Meer.«

Benommen blickte ich dahin und sah eine endlose Fläche Ozean, dessen Wasser eine so tintenschwarze Färbung aufwiesen, daß mir sogleich der Bericht des Nubischen Geographen vom *Mare Tenebrarum* in den Sinn kam. Ein trostloser ödes Panorama vermag keines Menschen Phantasie sich vorzustellen. Rechts und links, so weit das Auge reichte, dehnten sich, gleich irdischen Festungswällen, Reihen von schaurig schwarzen und rauh ragenden Klippen, deren Düsternis nur desto eindringlicher noch ins Bild gesetzt ward durch die Brandung, welche unter unendlichem Brüllen und Tosen sich mit ihrem weißen, grausigen Gischtkamm hoch daran aufbäumte. Genau gegenüber dem Vorgebirge, auf dessen Gipfel wir uns befanden, war in einer Entfernung von wohl fünf oder sechs Meilen draußen im Meer eine kleine, öd wirkende Insel zu sehen; genauer gesagt, ihre Lage ließ sich im Gewirre und Gewoge der See erkennen, die sie umtoste. Vielleicht zwei Meilen näher zum Land hin ragte noch ein kleineres Eiland auf, fürchterlich zerklüftet und wüst, und umgeben, in verschiedenen Abständen, von einer Gruppe finsterer Felsen.

In dem Raume zwischen der entfernteren Insel und der Küste hatte der Anblick des Ozeans etwas sehr Ungewöhnliches an sich. Obzwar zur Zeit eine so steife Brise landeinwärts wehte, daß eine Brigg draußen auf hoher See unter doppeltgerefftem Gaffelsegel beigedreht lag und mit dem Rumpf ständig untertauchte, so herrschte hier dennoch keine richtige Dünung, sondern das Wasser schlug nur kurz, rasch und heftig kreuz und quer nach allen Richtungen – gegen den Wind als auch sonstwie. Gischt gab es kaum, höchstens in der unmittelbaren Nähe der Felsen.

»Die Insel da draußen«, nahm der Alte die Rede wieder auf, »nennen die Norweger Vurrgh. Die da in der Mitte ist Moskö. Dort, eine Meile nordwärts, liegt Ambaaren. Da drüben sind Iflesen, Hoeyholm, Kieldholm, Suarven und Buckholm. Weiter weg – zwischen Moskö und Vurrgh – liegen Otterholm, Flimen, Sandflesen und Skarholm. So lauten ihre richtigen Namen – doch warum man es überhaupt für notwendig gehalten hat, ihnen Namen zu geben, können Sie und ich wohl sowieso nicht begreifen. Hören Sie etwas? Sehen Sie im Wasser irgendeine Veränderung?«

Wir befanden uns nun etwa zehn Minuten auf der Spitze des Helseggen, zu welchem wir vom Lofoten-Innern aus aufgestiegen waren, so daß wir vom Meere nichts gesehen, bis wir den Gipfel erreicht und es sich mit einem Male unserem Blicke darbot. Während der Alte noch sprach, vernahm ich einen lauten, allmählich anschwellenden Ton, ähnlich dem Gestöhn einer riesigen Büffelherde auf einer amerikanischen Prärie; und im selbigen Augenblick gewahrte ich, wie unter uns das, was die Seeleute das *stoßweise Schlagen* des Ozeans nennen, sich unversehens in eine Strömung wandelte, die ostwärts verlief. Noch während ich hinschaute, nahm diese Strömung eine reißende Geschwindigkeit an. Mit jedem Augenblick gewann sie an Schnelle – an rasendem Ungestüm. Binnen fünf Minuten war die ganze See bis hin nach Vurrgh in unbändiger Wut aufgepeitscht; doch zwischen Moskö und der Küste herrschte der größte Aufruhr. Hier barst das ungeheure Bett der Wasser, in tausend widerstreitende Stromrinnen zerrissen und zerfurcht, mit einem Male in rasendem Tumult auseinander – da wogte und brodelte und zischte es – kreiste in zahllosen gigantischen Strudeln, und das Ganze wirbelte und stürzte ostwärts hin mit einer Schnelligkeit, wie Wasser sie sonst nie erreicht, es sei denn, es fällt steil hinab.

Wenige Minuten später wandelte sich das Bild abermals von Grund auf. Der Wasserspiegel glättete sich im ganzen etwas, und die Strudel verschwanden einer nach dem andern, indes ungeheure Schaumstreifen erschienen, wo vorher keine zu sehen gewesen. Diese Streifen breiteten sich schließlich auf weite Entfernung hin aus, vereinigten sich, nahmen die Kreiselbewegung der abgeflauten Strudel in sich auf und schienen den Keim zu einem neuen, noch gewaltigeren Wirbel zu bilden. Plötzlich – urplötzlich – nahm dieser in einem Kreise von mehr als einer halben Meile im Durchmesser deutlich bestimmtes Dasein an. Den Rand des Strudels bildete ein breiter Gürtel von schimmernder Gischt; doch kein Teilchen davon glitt in den Schlund des fürchterlichen Trichters, dessen Inneres, so weit das Auge zu dringen vermochte, eine glatte, glänzende, pechschwarze Wand von Wasser war, zum Horizont hin in einem Winkel von wohl fünfundvierzig Grad geneigt, und diese nun wirbelte schwindelerregend herum und herum in schwingend-schwankender Bewegung und stieß in die Lüfte empor einen entsetzlichen Laut, halb Schrei, halb Gebrüll, wie ihn nicht einmal der mächtige Niagara-Katarakt je in seiner Agonie gen Himmel schickt.

Der Berg erzitterte bis auf den tiefsten Grund, und der Felsen bebte. Über die Maßen erschreckt, warf ich mich zu Boden und klammerte mich an das spärliche Gras.

»Das«, sprach ich schließlich zu dem alten Manne – »das *kann* nichts andres sein denn der große Strudel des Malström.« – »So wird er zuweilen genannt«, sagte er. »Wir Norweger heißen ihn den Mosköström, nach der Insel Moskö da in der Mitte.«

Die gewöhnlichen Beschreibungen dieses Strudels hatten mich in keiner Weise auf das vorbereitet, was ich hier sah. Die des Jonas Ramus, welche vielleicht von allen die ausführlichste ist, vermag nicht die geringste Vorstellung zu vermitteln, weder vom Grandiosen noch vom Grausigen des Schauspiels – auch nicht von dem wild verwirrenden Gefühl des *Neuartigen*, das den Betrachter ganz betroffen macht. Ich weiß nicht sicher, von welchem Blickpunkte aus der genannte Verfasser ihn gesehen hat, noch, zu welcher Zeit; doch konnte dies weder vom Gipfel des Helseggen noch während eines Sturms gewesen sein. Indes enthält seine Beschreibung einige Passagen, die um ihrer Einzelheiten willen hier zitiert seien, obgleich sie kaum vermögen, einen Eindruck von dem Schauspiel zu vermitteln.

›Zwischen Lofoten und Moskö‹, heißt es dort, ›beträgt die Wassertiefe zwischen sechsunddreißig und vierzig Faden; doch auf der anderen Seite, nach Ver (Vurrgh) zu, nimmt diese Tiefe derart ab, daß ein Seeschiff nicht ausreichend Fahrwasser findet, ohne Gefahr zu laufen, auf den Felsen zu zerschellen, was selbst bei ruhigstem Wetter vorkommt. Bei Flut tobt der Strom zwischen Lofoten und Moskö mit rasender Schnelligkeit dem Lande zu; doch flutet die Ebbe wildtosend ins Meer zurück, kommt seinem Gebrüll kaum der lauteste und schrecklichste Katarakt gleich; meilenweit hört man das Brausen, und die Strudel oder Wasserschlünde sind von solchem Ausmaß und solcher Tiefe, daß ein Schiff, gerät es in ihren Sog, unweigerlich verschlungen und auf den Grund hinuntergerissen wird, wo es an den Felsen zerschellt; und wenn das Toben des Wassers nachläßt, werden die Trümmer wieder ausgespien. Doch diese Ruhepausen gibt es nur beim Wechsel von Ebbe und Flut und bei ruhigem Wetter, und nur eine Viertelstunde dauern sie, dann fängt der Aufruhr allmählich wieder an. Wenn der Strom am wildesten tobt und seine Wut noch durch Sturm verstärkt wird, ist es gefährlich, ihm auf eine norwegische Meile nahe zu kommen. Boote, Jachten und Seeschiffe sind fortgerissen worden, weil sie sich nicht vorgesehen hatten, ehe sie in seine Reichweite gerieten. Gleicherweise geschieht es häufig, daß Wale der Strömung zu nahe kommen und von ihrer Heftigkeit überwältigt werden; und nicht zu beschreiben ist dann, wie sie heulen und brüllen bei ihrem vergeblichen Kampf freizukommen. Einmal wurde ein Bär, der von Lofoten nach Moskö zu schwimmen versuchte, vom Strome erfaßt und hinabgerissen, wobei er so entsetzlich brüllte, daß es an Land zu hören war. Mächtige Stämme von Fichten und Föhren tauchen, nachdem die Strömung sie verschluckt, derart zertrümmert und zerrissen wieder auf, als würden Borsten darauf sprießen. Dies erweist deutlich, daß der Grund aus zerklüfteten Felsen besteht, zwischen denen sie hin und her gewirbelt werden. Dieser Strom wird von Flut und Ebbe des Meeres geregelt – gleichbleibend alle sechs Stunden wechseln Hoch- und Niedrigwasser. Im Jahre 1645, früh am Morgen des Sonntags Sexagesima, tobte er so laut und wütend, daß an der Küste sogar die Steinmauern der Häuser einstürzten.‹

Was die Wassertiefe betrifft, so vermochte ich nicht zu begreifen, wie man diese in der unmittelbaren Nähe des Strudels überhaupt hatte feststellen können. Die ›vierzig Faden‹ beziehen sich wohl lediglich auf die Teile der Stromrinne ganz in Küstennähe von Moskö oder der Lofoten. In der Mitte des Moskötröm muß die Tiefe unermeßlich größer sein; und für diese Tatsache braucht es keines besseren Beweises, als ihn schon ein seitlicher Blick in den Abgrund des Strudels bietet, wie man ihn von der höchsten Felsspitze des Helseggen herab haben kann. Als ich von dieser Zinne auf den heulenden Phlegethon hinuntersah, konnte ich nicht umhin, über die Einfalt zu lächeln, mit welcher der ehrenwerte Jonas Ramus die Geschichten von den Walen und Bären wie etwas schier Unglaubliches erzählt; denn mir schien es in der Tat selbstverständlich, daß auch das größte Linienschiff, das es gibt, geriete es in den Bereich jenes tödlichen Sogs, ihm ebensowenig widerstehen könnte wie eine Feder dem Hurrikan und ganz und gar und auf der Stelle darin verschwinden müßte.

Die Versuche, das Phänomen zu erklären – von denen mir einige, so erinnere ich mich, beim Lesen hinlänglich plausibel vorgekommen waren –, zeigten sich jetzt in einem ganz anderen und unzureichenden Lichte. Die allgemein anerkannte Auffassung besagt, es habe dieser Strudel ebenso wie drei kleinere zwischen den Färöischen Inseln ›keine andere Ursache denn den Zusammenprall der bei Ebbe und Flut steigenden und fallenden Wassermassen gegen eine Kette von Riffen und Felsbänken, wodurch sich das Wasser so staut, daß es wie ein Katarakt hinabstürzt; je höher somit die Flut steigt, desto tiefer muß der Fall sein, und das natürliche Ergebnis von alledem ist ein Strudel oder Wirbel, dessen gewaltige Sogkraft aus kleineren Experimenten hinlänglich bekannt ist.‹ – So die ›Encyclopaedia Britannica‹. Kircher und andere vermuten, daß es mitten in der Malström-Rinne einen Abgrund gebe, der den ganzen Erdball durchdringe und in irgendeiner sehr entlegenen Gegend wieder hervorkomme – in einem Falle ist einigermaßen bestimmt vom Bottnischen Meerbusen die Rede. Diese an sich müßige Meinung war es nun, welche meine Phantasie, indes ich hinabschaute, am ehesten guthieß; und als ich dies meinem Führer gegenüber äußerte, überraschte es mich doch einigermaßen, von ihm zu hören, daß diese Ansicht nicht die seine sei, wenngleich so fast alle Norweger vom Gegenstande dächten. Was die zuvor erwähnte Auffassung betreffe, so bekannte er sich unfähig, diese zu begreifen; und hierin pflichtete ich ihm bei – denn wie einleuchtend sie sich auch auf dem Papier ausnehmen mag, sie wird inmitten des Donnergetöses aus dem Abgrund doch gänzlich unverständlich, ja nachgerade absurd.

»Sie haben den Strudel jetzt lange genug gesehen«, sagte der alte Mann, »und wenn Sie nun um diesen Felsvorsprung kriechen wollen, wo wir uns im Windschatten befinden und das Brüllen des Wassers gedämpfter ist, so möchte ich Ihnen eine Geschichte erzählen, die Sie davon überzeugen wird, daß ich den Mosköström ganz gut kenne.«

Ich ließ mich nieder, wo gewünscht, und er fuhr fort.

»Meine beiden Brüder und ich besaßen einst eine Siebzig-Tonnen-Schmacke mit Schoner-Takelung, damit pflegten wir zwischen den Inseln hinter Moskö, in der Nähe von Vurrgh, auf Fischfang zu gehen. In allen heftigen Strudelgewässern des Meeres kann man gut fischen, zu den rechten Gelegenheiten, wenn man nur den Mut hat, es zu wagen; doch unter allen Küstenfahrern der Lofoten waren wir drei die einzigen, die regelmäßig zu den Inseln hinauszufahren pflegten, das sage ich Ihnen. Die üblichen Fanggründe liegen ein ganzes Stück weiter unten im Süden. Dort kann man jederzeit ohne viel Gefahr fischen, und deshalb sind diese Plätze auch bevorzugt. Die ausgesucht guten Stellen hier drüben zwischen den Felsen liefern jedoch nicht nur die feinsten Sorten, sondern auch in weit größerer Fülle, so daß wir oft an einem einzigen Tage soviel gefangen hatten, wie die Ängstlicheren im Gewerbe in einer ganzen Woche nicht zusammenkratzen konnten. Ja, in der Tat wurde dies für uns eine verzweifelte Spekulation – Lebensgefahr trat an die Stelle von Arbeit, Mut ersetzte das Kapital.

Die Schmacke hatten wir in einer kleinen Bucht liegen, von hier ungefähr fünf Meilen die Küste weiter aufwärts; und für gewöhnlich machten wir uns bei schönem Wetter die Viertelstunde Stillwasser zunutze, um über die Hauptrinne des Mosköström zu kommen, weit oberhalb von dem Strudel, und dann irgendwo bei Otterholm oder Sandflesen Anker zu werfen, wo die Wirbel nicht so heftig sind wie anderswo. Hier sind wir dann geblieben, bis es bald wieder Zeit für Stillwasser war, da haben wir dann den Anker gelichtet und uns auf den Heimweg gemacht. Nie sind wir zu dieser Unternehmung aufgebrochen, ohne daß für die Hin- wie Rückfahrt ein beständiger Seitenwind geweht hätte – einer, bei dem wir sicher sein konnten, daß er uns bis zur Rückkehr nicht im Stich lassen würde –, und in diesem Punkte haben wir uns nur selten geirrt. Zweimal in sechs Jahren waren wir gezwungen, die ganze Nacht wegen Flaute vor Anker liegenzubleiben, was hier in der Gegend wirklich kaum vorkommt; und einmal mußten wir bald eine Woche da draußen auf unserm Fangplatz bleiben und wären fast verhungert, und zwar war kurz nach unserer Ankunft draußen Sturm aufgekommen, und der Strom war viel zu reißend, als daß an Heimfahrt zu denken gewesen wäre. Damals hätte es uns trotz allem noch aufs offene Meer hinausgetrieben (denn die Strudel wirbelten uns immerzu so wild herum, daß unser Anker schließlich unklar kam und wir vor ihm trieben), wären wir nicht in eine der zahllosen Gegenströmungen geraten – heute hier und morgen wieder fort –, welche uns in den Schutz von Flimen brachte, wo wir zu unserm Glück vor Anker gingen.

Ich könnte Ihnen auch nicht den zwanzigsten Teil der Schwierigkeiten schildern, auf die wir ›in unsern Gründen‹ gestoßen sind – es ist kein angenehmer Aufenthaltsort, auch bei gutem Wetter –, doch haben wir es immer geschafft, den Spießrutenlauf durch den Moskoström selbst ohne Zwischenfall zu überstehen; obgleich ich zuzeiten mächtiges Herzklopfen hatte, wenn es geschah, daß wir vielleicht eine Minute vor oder nach dem Stillwasser kamen. Manchmal war der Wind nicht ganz so stark, wie wir beim Ausfahren gedacht, und dann ging es langsamer voran, als uns lieb sein konnte, während die Schmacke in der Strömung dem Ruder nicht gehorchen wollte. Mein ältester Bruder hatte einen Sohn von achtzehn Jahren, und ich selber besaß auch zwei kräftige Jungen. Die wären uns in solchen Zeiten eine große Hilfe gewesen, an den Petschen, und dann beim Fischen – doch ob wir schon selber das Risiko auf uns nahmen, haben wir es irgendwie nicht übers Herz gebracht, die Kinder der Gefahr auszusetzen – denn schließlich und endlich *war* es furchtbar gefährlich, und das ist wahr.

In ein paar Tagen werden es drei Jahre, daß sich das zutrug, was ich Ihnen nun erzählen will. Es war am zehnten Juli 18 – –, einem Tag, den die Leute in diesem Teile der Welt wohl nie vergessen werden – denn da blies der schrecklichste Orkan, den der Himmel jemals geschickt. Und doch hatte den ganzen Morgen über, ja, noch bis in den späten Nachmittag eine sanfte, stetige Brise aus Südwest geweht, dazu strahlende Sonne geschienen, so daß auch der älteste Seemann unter uns nicht hatte voraussehen können, was dann folgen sollte.

Wir drei – meine beiden Brüder und ich – waren nachmittags gegen zwei Uhr zu den Inseln hinübergefahren und hatten bald die Schmacke voll feinster Fische geladen, welche, so stellten wir alle fest, es an dem Tage dort noch weit mehr gab, als wir je zuvor erlebt hatten. Es war, *nach meiner Uhr*, gerade sieben, als wir den Anker lichteten und die Heimfahrt antraten, um den schlimmsten Teil des Ström bei Stillwasser hinter uns zu bringen, das, wie wir wußten, um acht einsetzen würde.

Bei frischem Wind von Steuerbord fuhren wir los und machten eine Weile tüchtig Fahrt, niemals hätten wir auch nur im Traum an Gefahr gedacht, denn wir sahen wirklich nicht den leisesten Grund zu Besorgnis. Da wurden wir mit einem Mal von einer Brise vom Helseggen drüben überrascht. Dies war ganz und gar ungewöhnlich – etwas, das uns noch nie vorgekommen war –, und ich wurde ein wenig unruhig, ohne daß ich gewußt hätte, warum. Wir gingen nun an den Wind, konnten aber wegen der Strudel überhaupt nicht vorwärts kommen, und schon wollte ich vorschlagen, wieder zu unserem Ankerplatz zurückzukehren, als wir bei einem Blick nach achtern sahen, wie den ganzen Horizont eine einzige, seltsam kupferrote Wolke bedeckte, die mit erschreckender Geschwindigkeit heraufzog.

Inzwischen hatte sich die Brise, die uns entgegengeblasen, wieder gelegt, und in völliger Windstille trieben wir richtungslos umher. Dieser Zustand hielt aber nicht lange genug an, daß wir Zeit gehabt hätten, darüber nachzudenken. In weniger denn einer Minute war der Sturm über uns – in weniger denn zweien hatte sich der Himmel völlig überzogen – und hierdurch wie durch den aufgewirbelten Gischt wurde es mit einem Mal so finster, daß wir einander in der Schmacke nicht mehr sehen konnten.

Einen solchen Orkan, wie er dann losbrach, beschreiben zu wollen wäre Wahnsinn. So etwas hat auch der älteste Seemann in Norwegen nie erlebt. Wir hatten die Segel zwar eilends geborgen, ehe es gänzlich über uns hereinbrach; doch schon beim ersten Windstoß gingen unsere beiden Masten über Bord, als wären sie abgesägt worden – der Großmast riß meinen jüngsten Bruder mit sich, der sich zur Sicherheit daran festgebunden hatte.

Unser Boot war das federleichteste Ding, das je auf dem Wasser schwamm. Es hatte ein komplettes Glattdeck, nur am Bug befand sich eine kleine Luke, und diese Luke pflegten wir immer zu verschalken, wenn es über den Ström gehen sollte, zur Vorsicht gegen Sturzseen. Wäre dieser Umstand nicht gewesen, so wären wir auf der Stelle gesunken – denn ein paar Augenblicke blieben wir völlig begraben. Wie mein älterer Bruder dem Verderben entging, kann ich nicht sagen, denn nie mehr fand ich Gelegenheit, dies festzustellen. Was mich betraf, so warf ich mich, sobald ich das Focksegel losgemacht hatte, flach aufs Deck, die Füße gegen den schmalen Dollbord des Bugs gestemmt, während die Hände einen Ringbolzen am Fuße des Fockmastes umklammerten. Es war bloßer Instinkt, der mich dies tun ließ – zweifellos das allerbeste, das ich tun konnte –, denn zu denken vermochte ich in meiner Verwirrung nicht.

Eine Weile waren wir, wie gesagt, vollkommen überflutet, und die ganze Zeit hielt ich den Atem an und klammerte mich an den Bolzen. Als ich es nicht mehr aushalten konnte, erhob ich mich auf die Knie, indes ich mich noch immer mit den Händen festhielt, und bekam so den Kopf frei. Im selben Augenblick schüttelte sich unser kleines Boot, wie es ein Hund tut, wenn er aus dem Wasser kommt, und befreite sich so in gewissem Maße von den Fluten. Ich versuchte nun, mich aus der Betäubung zu befreien, die sich meiner bemächtigt hatte, und meine Sinne zu sammeln, um zu sehen, was sich tun ließe, da spürte ich, wie mich jemand am Arm packte. Es war mein älterer Bruder, und mein Herz tat einen Sprung vor Freude, denn ich wähnte ihn ganz gewiß über Bord – doch im nächsten Augenblick schon hatte sich all diese Freude in Entsetzen verkehrt – denn er schob den Mund dicht an mein Ohr und schrie laut das Wort: *Mosköström!*

Was ich in jenem Augenblicke empfand, wird keiner jemals wissen. Es schüttelte mich von Kopf bis Fuß, als hätte mich ein Anfall der schrecklichsten Fieberschauer gepackt. Nur zu gut wußte ich, was er mit diesem einen Worte meinte – wußte, was er mir begreiflich machen wollte. Bei dem Wind, der uns jetzt vor sich her jagte, trieben wir unweigerlich dem Strudel des *Malström* zu, und nichts konnte uns retten!

Schauen Sie, um die *Rinne* des Ström zu überqueren, sind wir immer einen großen Umweg bis weit oberhalb des Strudels gefahren, auch bei ruhigstem Wetter, und mußten dann warten und genau das Stillwasser abpassen – doch nun trieben wir geradewegs auf den Strudelschlund selber zu, und noch dazu bei einem solchen Orkan! ›Bestimmt‹, dachte ich, ›werden wir gerade bei Stillwasser dort eintreffen – darin liegt noch ein wenig Hoffnung‹ – doch im nächsten Augenblick verwünschte ich mich und schalt mich einen Narren, überhaupt noch von Hoffnung zu träumen. Ich wußte sehr wohl, daß wir verloren waren, und wären wir zehnmal auch ein Neunzig-Kanonen-Schiff gewesen.

Um diese Zeit hatte sich die erste Wut des Sturmes gelegt, oder vielleicht empfanden wir es nur nicht mehr so sehr, da wir ja davor lenzten, jedenfalls aber türmten sich nun die Wellen, die zunächst vom Winde niedergehalten worden waren, flach und schäumend dagelegen hatten, zu wahren Bergen auf. Auch mit dem Himmel war eine seltsame Veränderung vorgegangen. Rundum in jeder Richtung war er noch immer so schwarz wie Pech, doch fast direkt über uns riß es auf, und ein kreisrundes Stück klaren Himmels drängte sich plötzlich hervor – so klar, als ich ihn je gesehen – und leuchtete in tiefem Blau – und daraus erstrahlte der volle Mond mit einem Glanze, wie ich ihn nie zuvor an ihm geschaut. Er erhellte alles um uns herum mit größter Deutlichkeit – doch, o Gott!, welches Bild bot sich da in seinem Lichte!

Nun nahm ich ein paar Anläufe, mit meinem Bruder zu sprechen – doch auf irgendeine mir unbegreifliche Weise hatte der Lärm so zugenommen, daß er kein einziges Wort verstehen konnte, wiewohl ich ihm, so laut ich's vermochte, ins Ohr schrie. Gleich darauf schüttelte er den Kopf, sein Gesicht war bleich wie der Tod, als er einen Finger hob, wie wenn er sagen wollte: *›Horch!‹*

Zuerst vermochte ich nicht auszumachen, was er meinte – doch bald durchfuhr mich ein gräßlicher Gedanke. Ich zog meine Uhr aus der kleinen Tasche meiner Hose. Sie ging nicht mehr. Im Mondlicht blickte ich auf ihr Zifferblatt und brach dann in Tränen aus, als ich sie weit hinaus ins Meer schleuderte. *Sie war um sieben Uhr stehengeblieben! Wir hatten die Zeit des Stillwassers verpaßt, und der Strudel des Malström tobte mit voller Gewalt!*

Ist ein Boot gut gebaut, richtig getrimmt und nicht zu tief beladen, scheinen bei starkem Sturm die Wellen, wenn es raumschots segelt, immer unter ihm hervorzugleiten – was eine Landratte sehr seltsam anmutet –, und das heißt bei den Seeleuten *reiten.* Nun, bis jetzt waren wir sehr geschickt auf der Dünung geritten; bald aber erfaßte uns eine gigantische Woge direkt unter der Gillung und riß uns, als sie sich auftürmte, mit sich empor – höher – immer höher, als sollte es in den Himmel gehen. Nie hätte ich geglaubt, daß Wellen sich so steil aufrichten können. Und dann ging es wieder hinab: wir flogen, glitten, stürzten kopfüber zu Tale, daß mir Hören und Sehen verging, so als fiele ich im Traum von hohem Bergesgipfel. Doch während wir oben waren, hatte ich rasch den Blick schweifen lassen – und dieser eine Blick sagte mir genug. Im Nu hatte ich unsere genaue Lage erfaßt. Direkt vor uns, eine Viertelmeile etwa, befand sich der Strudel des Mosköström – doch war er dem gewöhnlichen Mosköström ebensowenig ähnlich, wie der Strudel, den Sie jetzt sehen, einem Mühlgerinne gleicht. Hätte ich nicht gewußt, wo wir waren und was unser harrte, hätte ich die Stelle überhaupt nicht erkannt. Angesichts der Lage schloß ich vor Grauen unwillkürlich die Augen. Wie im Krampfe preßten sich die Lider zusammen.

Es waren höchstens zwei Minuten vergangen, da merkten wir plötzlich, wie die Wellen nachließen und Schaum uns umgab. Das Boot vollführte jählings eine halbe Drehung nach Backbord und schoß dann wie ein Blitz in der neuen Richtung fort. Im selben Augenblick ging das Brüllen des Wassers gänzlich in einer Art gellenden Geschrills unter – das klang etwa, vielleicht können Sie sich's so vorstellen, wie wenn viele tausend Dampfschiffe allesamt gleichzeitig den Dampf aus ihren Ventilen entweichen lassen. Wir befanden uns nun in dem Brandungsgürtel, welcher immer den Strudel umgibt; und ich dachte natürlich, im nächsten Augenblick würden wir in die Tiefe stürzen – in die wir auf Grund der fürchterlichen Geschwindigkeit, mit der wir dahingerissen wurden, nur undeutlich hinabzusehen vermochten. Das Boot, so wollte es scheinen, tauchte überhaupt nicht mehr ins Wasser ein, sondern flog wie eine Luftblase auf der Oberfläche der wogenden See dahin. Sein Steuerbord war dem Strudel zugekehrt, und Backbord türmte sich das Wassergebirge, das wir hinter uns gelassen. Es stand da wie eine riesige wogende Wand zwischen uns und dem Horizont.

Es mag sonderbar anmuten, doch nun, da wir uns genau im Rachen des Schlundes befanden, war ich gefaßter als zuvor, da wir nur auf ihn zutrieben. Nachdem ich mich damit abgefunden hatte, daß keine Hoffnung mehr bestehe, wurde ich einen Großteil jenes Schreckens los, der mich anfangs hatte verzagen lassen. Es war wohl Verzweiflung, die mir die Nerven stärkte.

Es mag nach Prahlerei aussehen – doch was ich Ihnen erzähle, ist die Wahrheit – ich fing an, mir Gedanken zu machen, welch großartige Sache es doch sei, auf solche Weise den Tod zu erleiden, und wie töricht von mir, angesichts einer so wunderbaren Offenbarung von Gottes Macht an etwas so Armseliges wie mein eigenes Leben zu denken. Ich glaube gar, ich wurde rot vor Scham, als dieser Gedanke mir durch den Sinn fuhr. Nach einer kleinen Weile ergriff die lebhafteste Neugier von mir Besitz, den Strudel selbst kennenzulernen. Ich verspürte geradezu den *Wunsch*, seine Tiefen zu ergründen, auch um den Preis des Opfers, das zu bringen ich im Begriffe stand; und am meisten Kummer bereitete mir, daß es mir nie vergönnt wäre, meinen alten Gefährten an der Küste von den Geheimnissen zu erzählen, welche ich schauen würde. Das waren ganz zweifellos seltsame Vorstellungen im Geiste eines Menschen, der sich in solch äußerster Not befindet – und seither habe ich oft gedacht, daß die Umdrehungen des Bootes um den Strudelschlund mir vielleicht ein wenig den Kopf verwirrt hatten.

Und noch ein Umstand mochte wohl dazu beigetragen haben, meine Geistesgegenwart wiederherzustellen: der Wind hatte aufgehört, er konnte uns in unserer jetzigen Lage nicht erreichen – denn wie Sie selber gesehen haben, liegt der Brandungsgürtel beträchtlich niedriger als die allgemeine Fläche des Meeres, und dies letztere nun türmte sich über uns auf, ein hoher, schwarzer Gebirgsgrat. Wenn Sie noch nie einen schweren Sturm auf See erlebt haben, so können Sie sich gar keinen Begriff davon machen, wie Wind zusammen mit Gischt den Geist doch verwirren. Blind werden Sie und taub, es benimmt Ihnen die Luft, und Sie sind außerstande, etwas zu tun oder zu denken. Doch dieser Plagen waren wir nun weitestgehend ledig – ganz wie man zum Tode verurteilten Verbrechern im Gefängnis geringfügige Vergünstigungen gewährt, die ihnen, solange das Urteil noch ungewiß, versagt sind.

Wie oft wir den Brandungsgürtel umkreist, läßt sich unmöglich sagen. Wohl eine Stunde lang rasten wir immerzu rundherum im Kreise, schwebten mehr denn daß wir schwammen, und gerieten allmählich mehr und mehr in die Mitte der Sturzsee, näher und näher dann an ihren entsetzlichen Innenrand. Diese ganze Zeit hatte ich den Ringbolzen nicht losgelassen. Mein Bruder befand sich im Heck und hielt sich an einem großen leeren Wasserfasse fest, das unter dem Fischkorb der Gillung festgezurrt war, das einzige Ding an Deck, das nicht über Bord gegangen, als zum ersten Mal der Sturm uns angegriffen hatte. Da wir uns nun dem Rande des Höllenloches näherten, ließ er das Faß los und wollte nach dem Ringe greifen, von welchem er in seiner Todesangst meine Hände gar zu verdrängen suchte, war der Bolzen doch nicht groß genug, uns beiden sicheren Griff zu bieten. Niemals empfand ich tieferen Schmerz als in dem Augenblick, da ich ihn dies versuchen sah – obwohl mir klar war, der es tat, war nicht bei Sinnen – ein Wahnsinniger, den pure Angst um den Verstand gebracht. Doch lag mir nichts daran, mit ihm in diesem Punkte zu streiten. Ich dachte mir, es sei ja sowieso egal, ob sich nun einer von uns festhielt oder nicht; so ließ ich ihm den Bolzen und ging nach achtern zu dem Fasse hin. Dies war ohne große Mühe getan; denn die Schmacke flog recht gleichmäßig herum im Kreis und auf ebenem Kiel – nur mit dem ungeheuren Wirbeln und Schwirbeln des Strudels schwang sie hin und her. Kaum hatte ich an meinem neuen Standort festen Halt gewonnen, da tat es einen heftigen Ruck nach Steuerbord, und kopfüber schossen wir in den Abgrund hinab. Ich murmelte noch schnell ein Gebet zu Gott und dachte, nun sei alles vorbei.

Als ich den schwindelerregenden Sturz in die Tiefe spürte, hatte ich mich instinktiv nur um so fester an das Faß geklammert und die Augen geschlossen. Sekundenlang wagte ich nicht, sie zu öffnen – indes ich augenblicks das Ende erwartete und mich wunderte, daß mein Todesringen mit dem Wasser noch nicht begonnen hatte. Doch ein Augenblick nach dem andern verstrich. Ich lebte noch. Das Gefühl des Fallens hatte aufgehört; und die Bewegung des Schiffes schien ganz dieselbe zu sein, wie sie es zuvor im Streifen von Gischt gewesen, nur daß es jetzt mehr krängte. Ich faßte Mut und sah mich noch einmal am Orte um.

Nie werde ich vergessen, mit welchem Gefühl von Grauen, Schrecken und Bewunderung ich um mich schaute. Es sah aus, als hinge das Boot, wie durch Magie, auf halber Höhe an der Innenwand eines Trichters von enormem Umfang und ungeheurer Tiefe, dessen vollkommen glatte Seitenwände man leicht für Ebenholz hätte halten können, wäre nicht die verwirrende Geschwindigkeit gewesen, mit welcher sie im Kreise wirbelten, und der gleißende, gespenstisch-grausige Schimmer, der von ihnen ausging, als die Strahlen des Vollmonds aus jenem kreisrunden Loch in den Wolken, welches ich bereits beschrieben, in einer Flut von goldenem Glanz die schwarzen Wände dahinströmten, weit, weit hinab in die tiefsten Tiefen des Abgrunds.

Zunächst war ich zu verwirrt, um genauer Beobachtung fähig zu sein. Die plötzliche Allgegenwart schreckenerregender Größe war alles, was ich wahrnahm. Als ich mich jedoch wieder ein wenig gefaßt hatte, fiel mein Blick unwillkürlich nach unten. So wie die Schmacke an der schrägen Wandung des Wassertrichters hing, hatte ich in dieser Richtung ungehinderte Sicht. Sie schwamm noch ganz auf ebenem Kiel – das heißt, das Deck lag in einer Ebene parallel zu der des Wassers – letzteres aber neigte sich in einem Winkel von mehr denn fünfundvierzig Grad, so daß wir fast zu kentern schienen. Desungeachtet konnte ich nicht umhin festzustellen, daß ich bei dieser Stellung kaum mehr Mühe hatte, meinen festen Halt mit Händen und Füßen zu behaupten, als wenn wir uns in waagerechter Lage befunden hätten; und dies, denke ich, lag wohl an der Geschwindigkeit, mit welcher wir uns drehten.

Die Strahlen des Mondes schienen bis in den tiefsten Grund des unermeßlichen Schlundes zu dringen; aber dennoch konnte ich nichts deutlich erkennen, war da unten doch alles eingehüllt in dichtem Nebelschleier, und darüber hing, der schmalen, schwankenden Brücke gleich, die, so sagen die Muselmänner, der einzige Pfad zwischen Zeit und Ewigkeit sei, ein prachtvoller Regenbogen. Dieser Nebel oder Gischt wurde zweifellos vom Aufeinanderprall der gewaltigen Wände des Trichters verursacht, die da unten in der Tiefe alle zusammentrafen – das Geschrei aber, das aus diesem Nebel zum Himmel aufgellte, wage ich nicht zu beschreiben.

Unser erstes Gleiten vom Brandungsgürtel droben in den Abgrund selber hatte uns ein großes Stück auf der Schrägwandung hinabgetragen; doch im weiteren verlief unser Fall unvergleichlich anders. Rundherum wirbelten wir, immer rundherum – nicht in gleichförmiger Bewegung, sondern in schwindelerregenden Schwüngen und Schüben, die uns bald nur wenige hundert Fuß weit – bald um nahezu den ganzen Kreis des Strudels herumschleuderten. Bei jeder Umdrehung ging es langsam, aber sehr merklich weiter hinunter.

Als ich meinen Blick über die weite Wüste aus flüssigem Ebenholz schweifen ließ, die uns solcherart trug, gewahrte ich, daß unser Boot nicht der einzige Gegenstand in der Umarmung des Wirbels war. Über wie unter uns waren Wrackteile zu sehen, riesige Mengen Bauholz und Baumstämme, dazu viele kleinere Dinge wie etwa Stücke von Hausrat, zerbrochene Kisten, Fässer und Stabholz. Die unnatürliche Neugier, die an die Stelle meines ursprünglichen Entsetzens getreten war, habe ich schon geschildert. Sie schien gar noch zu wachsen in mir, dieweil ich meinem fürchterlichen Verhängnis immer näher kam. Ich fing nun an, mit ungewöhnlichem Interesse mir die zahllosen Gegenstände anzusehen, die in unserer Gesellschaft dahintrieben. Ich *muß* einfach wahnsinnig gewesen sein – denn ich suchte sogar *Vergnügen* darin, Spekulationen über die Geschwindigkeit anzustellen, mit der sie jeweils zum Gischtkessel drunten hinabtrieben. ›Diese Föhre‹, so ertappte ich mich einmal, ›wird bestimmt als nächstes den furchtbaren Sturz tun und verschwinden‹ – und dann war ich geradezu enttäuscht, als ich sah, wie das Wrack eines holländischen Kauffahrteischiffes sie überholte und vor ihr hinabtauchte. Nachdem ich schließlich verschiedene solche Mutmaßungen angestellt und mich jedesmal darin geirrt hatte, brachte mich diese Tatsache – die Tatsache meiner beständigen Fehlkalkulation – auf einen Gedankengang, der mich wieder an allen Gliedern zittern und mein Herz ungestüm schlagen ließ.

Es war nicht etwa neuerliche Angst, die mich so gepackt, sondern das Aufdämmern einer viel aufregenderen *Hoffnung.* Diese Hoffnung stieg zum Teil aus der Erinnerung auf, zum Teil aus gegenwärtiger Beobachtung. Ich rief mir die große Vielfalt des Treibguts ins Gedächtnis, wie es, vom Mosköström einst verschlungen, dann wieder ausgespien, die Lofoten-Küste bedeckte. Bei weitem die meisten Gegenstände waren in der ungewöhnlichsten Weise zertrümmert – so zerscheuert und zerschabt, daß es aussah, als steckten sie voller Splitter – dann aber erinnerte ich mich deutlich, daß *einige* von ihnen überhaupt nicht verunstaltet waren. Nun konnte ich mir diesen Unterschied nicht anders erklären als mit der Annahme, daß die aufgerissenen Trümmer die einzigen seien, welche *gänzlich hinabgesogen* worden waren – die anderen aber so spät nach Eintritt der Gezeiten erst in den Strudel geraten oder aus irgendeiner Ursache so langsam hinabgesunken seien, nachdem sie hineingeraten, daß sie nicht mehr den Grund erreichten, ehe die Flut – oder die Ebbe, je nachdem – wieder wechselte. In beiden Fällen hielt ich es für möglich, daß sie dadurch wieder an die Oberfläche des Meeres emporgewirbelt werden könnten, ohne das Schicksal jener Gegenstände zu erleiden, die früher in den Sog gezogen oder schneller verschlungen worden waren. Außerdem machte ich drei wichtige Beobachtungen. Die erste war, daß in der Regel die Körper desto schneller sanken, je größer sie waren; zweitens, daß bei zwei gleich großen Massen, von denen die eine sphärische und die andere eine *beliebig andere Gestalt* hatte, die sphärische die höhere Sinkgeschwindigkeit aufwies; und drittens, daß von zwei Massen gleicher Größe, eine davon zylindrisch, die andere von beliebiger Gestalt, der Zylinder langsamer hinabgezogen wurde. Seit meiner Rettung habe ich verschiedentlich mich über dieses Thema mit einem alten Schulmeister aus der Gegend hier besprochen; und von ihm habe ich auch gelernt, die Wörter ›Zylinder‹ und ›sphärisch‹ zu gebrauchen. Er hat mir erklärt – die Erklärung habe ich allerdings vergessen –, wie das, was ich da beobachtet, sich tatsächlich als ganz natürliche Folge aus den Formen der treibenden Trümmer ergab – und mir gezeigt, wie es kommt, daß ein in einem Wirbel treibender Zylinder dem Sog einen größeren Widerstand entgegensetzt und schwerer hineingezogen wird als ein gleich großer Körper von beliebig anderer Gestalt.[1]

Ein verblüffender Umstand hat mich besonders nachdrücklich auf diese Beobachtungen gelenkt und das Verlangen in mir geweckt, sie mir zunutze zu machen, nämlich der, daß wir bei jeder Umdrehung an irgendwelchen Gegenständen vorüberkamen, einem Faß, einer zerbrochenen Segelstange oder einem Schiffsmast, indes viele dieser Dinge, welche mit uns auf gleicher Höhe gewesen waren, da ich zum ersten Mal meine Augen über den Wundern des Strudels geöffnet hatte, jetzt hoch über uns schwebten und sich nur wenig von ihrer Ausgangslage entfernt zu haben schienen.

Nun wußte ich, was ich zu tun hatte. Ich beschloß, mich an dem Wasserfaß festzubinden, an dem ich mich jetzt anhielt, es von der Gillung loszumachen und mich damit ins Wasser zu stürzen. Durch allerlei Zeichen zog ich die Aufmerksamkeit meines Bruders auf mich, wies auf die treibenden Fässer, die in unsere Nähe kamen, und tat alles, was in meiner Macht stand, ihm begreiflich zu machen, was ich vorhatte. Endlich glaubte ich, er habe meine Absicht verstanden – doch, ob dies nun der Fall war oder nicht, er schüttelte verzweifelt den Kopf und weigerte sich, von dem Ringbolzen zu lassen. Es war unmöglich, ihn zu zwingen; die Not duldete kein Zögern mehr; und so schwer es mir fiel, überließ ich ihn also seinem Schicksal, band mich vermittels der Taue, welche es an der Gillung hielten,

1 Siehe Archimedes, ›De incidentibus in fluido‹, Lib. 2.

an dem Fasse fest und stürzte mich damit, ohne auch nur einen Augenblick länger zu zaudern, in die See.

Es kam genauso, wie ich es gehofft hatte. Da ich selber es bin, der Ihnen das alles erzählt – da Sie sehen, daß ich *tatsächlich* daraus entkommen bin – und da Sie auch bereits wissen, auf welche Weise die Rettung ins Werk gesetzt wurde, und Sie sich also alles, was noch zu sagen bleibt, im weiteren denken können –, will ich meine Geschichte rasch zu Ende bringen. Es mochte vielleicht eine Stunde vergangen sein, nachdem ich die Schmacke verlassen hatte, da wirbelte diese, inzwischen tief unter mir, drei- oder viermal rasch hintereinander wild im Kreise herum und stürzte, mit meinem geliebten Bruder, kopfüber urplötzlich und für immer hinab in das Chaos aus Gischt. Das Faß, an dem ich festgebunden war, sank nur sehr wenig weiter denn bis auf die halbe Strecke zwischen dem Grunde des Strudels und der Stelle, an der ich über Bord gesprungen war, als mit dem Wirbel eine große Veränderung vor sich ging. Die Neigung der Wände des riesigen Trichters nahm mit jedem Augenblick mehr und mehr ab. Allmählich wurden die heftigen Kreiselbewegungen des Strudels schwächer und immer schwächer. Nach und nach schwanden Schaum und Regenbogen, und der Grund des Kraters schien sich langsam zu heben. Der Himmel war klar, der Sturm hatte sich gelegt, und leuchtend ging im Westen der Vollmond unter, als ich mich auf der Oberfläche des Meeres fand, gerade vor den Ufern der Lofoten, über die Stelle, wo der Strudelschlund des Mosköström *gewesen war.* Es war die Zeit des Stillwassers – doch noch immer ging die See in berghohen Wellen als Folge des Orkans. Heftig ward ich in die Rinne des Mosköström gerissen, und in wenigen Minuten trieb ich die Küste hinunter zu den ›Fanggründen‹ der Fischer. Ein Boot nahm mich auf – ich war total erschöpft – und (nun, da die Gefahr vorüber war) sprachlos in Erinnerung an das Entsetzliche. Die mich an Bord zogen, waren meine alten Freunde und täglichen Gefährten – doch kannten sie mich ebensowenig, wie sie einen Wanderer aus Geisterlanden erkannt hätten. Mein Haar, das tags zuvor noch rabenschwarz gewesen, war so weiß, wie Sie es jetzt sehen. Auch mein ganzer Gesichtsausdruck soll sich vollkommen geändert haben. Ich habe ihnen meine Geschichte erzählt. Sie glaubten sie mir nicht. Nun erzähle ich sie *Ihnen* – und ich darf wohl kaum erwarten, daß Sie ihr mehr Glauben schenken als die fröhlichen Lofotenfischer.«

FEENEILAND

Nullus enim locus sine genio est.
Servius

›*La musique*‹, sagt Marmontel in jenen ›Contes moraux‹,[1] welche in all unseren Übersetzungen wir so beharrlich, ihrem Geist gleichsam zum Hohn, ›Moralische Erzählungen‹ geheißen – ›*la musique est le seul des talens qui jouissent de lui-même; tous les autres veulent des témoins.*‹ Hierbei verwechselt er wohl die Lust, aus süßem Klang bereitet, mit der Fähigkeit, solchen hervorzubringen. Nicht mehr denn irgend sonst ein *Talent* vermag das musikalische dort, wo kein zweiter teilhat, die Ausübung zu würdigen, vollkommenen Genuß gewähren. Und genau wie andere Talente erzielt sie *Wirkungen*, welche man für sich allein vollkommen genießen kann. Der Gedanke, welchen der *raconteur* entweder nicht in aller Klarheit erwogen oder im Ausdruck der seiner Nation eigenen Vorliebe für *Pointen* geopfert hat, ist nun zweifellos der sehr vertretbare, daß nämlich die höhere Ordnung der Musik aufs vollkommenste dann geschätzt wird, wenn man ganz für sich allein ist. In dieser Form dürfte die Behauptung sogleich von all jenen zugestanden werden, welche die Lyra um ihrer selbst wie um ihrer geistigen Nutznießung willen lieben. Doch noch ein Genuß ist indes den gefallenen Sterblichen erreichbar – und vielleicht nur der eine –, welcher dem zusätzlichen Empfinden von Abgeschiedenheit gar mehr noch schuldet denn die Musik. Ich meine das Glücksgefühl, welches man bei der Betrachtung natürlicher Landschaft erfährt. Wahrlich, der Mensch, so er hienieden die

1 *Moraux* leitet sich von *mœurs* her und bedeutet soviel wie ›modern, modisch‹, eigentlich ›die Sitten betreffend‹.

Herrlichkeit Gottes so recht erschauen will, muß diese Herrlichkeit in Einsamkeit schauen. Mir zumindest ist die Gegenwart – nicht nur menschlichen Lebens – sondern von Leben in jeglicher anderen Form denn der jener Grüngestalten, welche dem Erdreich entwachsen und ohne Stimme sind – ein Fleck auf einer Landschaft – dem Geist des Ortes abhold. Ja, gern betrachte ich die dunklen Täler und die grauen Felsen und die Wasser, die da lächeln so still, und die Wälder, die seufzen in ruhlosem Schlaf, und die Berge, wachsam und stolz, die auf alles herabschauen – gern betrachte ich diese als nichts denn die gewaltigen Teile eines lebendigen und empfindenden mächtigen Ganzen – eines Ganzen, dessen (sphärische) Gestalt die vollkommenste und umfassendste von allen ist; dessen Bahn im Bunde der Planetengesellen dahinführt; dessen demütiger Knecht der Mond, dessen mittelbare Gebieterin die Sonne ist; dessen Leben ewig währt; dessen Denken das eines Gottes, dessen Genuß Wissen ist; dessen Geschicke sich in Unendlichkeit verlieren; dessen Kenntnis von uns selbst zu vergleichen ist unserer eigenen Kenntnis der *animalculae*, wie in großer Zahl das Gehirn sie plagen – ein Wesen, das wir folglich als rein unbelebt und stofflich betrachten, ganz auf dieselbe Weise, wie diese *animalculae* mithin uns betrachten müssen.

Unsere Teleskope wie unsere mathematischen Forschungen überzeugen uns allenthalben – unbeschadet des Kauderwelschs der Unbedarfteren aus der Priesterschaft –, daß Raum und mithin, daß Masse eine Sache von wesentlichem Belang in den Augen des Allmächtigen sei. Die Kreise, in denen die Sterne sich bewegen, sind von solcher Art, wie sie wohl aufs beste sich eignet, daß, ohne Kollision, die größtmögliche Zahl von Körpern darauf wandern kann. Die Gestalt dieser Körper ist genau diejenige, welche innerhalb einer gegebenen Oberfläche die größtmögliche Menge an Materie enthält; die Oberflächen selbst hinwiederum erscheinen derart beschaffen, einer dichteren Population Raum zu bieten, als sie sonst auf einer gleich großen, doch anders gegliederten Oberfläche Platz fände. Dagegen, daß Masse für Gott von Bedeutung sei, gilt auch das nicht als Argument, es sei der Raum selber ja unendlich; mag es doch eine unendliche Materie geben, ihn zu füllen. Und da wir klar erkennen, wie es um ein Prinzip sich handelt – ja, soweit wir zu urteilen vermögen, um das *Haupt*prinzip im Wirken der Gottheit, der Materie Leben zu verleihen, erscheint es wohl kaum logisch, sich vorzustellen, es sei auf die Bereiche des Winzig-Kleinen beschränkt, wo wir es täglich antreffen, und erstrecke sich nicht auf die des Erhabenen. Da Weltenkreis in Weltenkreis wir finden, ohne Ende – die aber sämtlich um ein weit entferntes Zentrum sich drehen, die Gottheit –, dürfen wir da nicht analog hierzu annehmen, in der gleichen Weise sei Leben in Leben beschlossen, das geringere im größeren, und jegliches im Göttlichen Geiste? Kurzum, wir sind, aus Eigendünkel, einem törichten Irrtum verfallen, wenn wir glauben, es sei der Mensch, in seinem zeitlichen oder künftigen Geschick, von größerer Bedeutung im Universum denn jene gewaltige ›Scholle des Tales‹, welche er bestellt und geringschätzt und welcher er eine Seele aus keinem tieferen Grunde abspricht, als daß er eine solche nicht wirken sehe.[1]

Solche und ähnliche Vorstellungen haben nun stets meinen Betrachtungen inmitten der Berge und Wälder, an Flüssen und am Meere einen Hauch dessen verliehen, was die gemeine Welt nicht verfehlen würde, das Phantastische zu nennen. So manchesmal bin ich in solchen Gefilden gewandert, weit, und oft allein; und die Hingabe, mit welcher ich manch dämmertiefes Tal durchstreift oder in manch schimmerndem See das Spiegelbild des Himmels geschaut habe, diese Hingabe fand Stärkung in dem Gedanken, daß *allein* ich wanderte und schaute. Wie hieß doch jener frivol geschwätzige Franzose,[2] welcher in Anspielung auf das bekannte Werk Zimmermanns sagte: *›La solitude est une belle chose; mais il faut quelqu'un pour vous dire que la solitude est une*

1 In seiner Schrift ›De situ orbis‹ sagt Pomponius Mela, da er von den Gezeiten spricht: ›Entweder ist die Welt ein großes Tier, oder …‹ usw.

2 Balzac – sinngemäß – der genaue Wortlaut ist mir entfallen.

belle chose‹? Das Epigramm sei nicht bestritten; doch eine solche Notwendigkeit besteht nun sicher nicht.

Auf einer meiner einsamen Wanderungen nun begab es sich, in einer weit abgelegenen Gegend, da sich ein Berg an den andern reihte, dazwischen sich düstere Flüsse schlängelten oder trübdunkle Seen dämmerten – daß ich von ungefähr an ein Flüßchen mit einem Eiland kam. Ganz unversehens stieß ich darauf, im laubreichen Juni, und warf mich unterm Gezweig eines unbekannten duftenden Strauches ins Gras, daß ich, in den Anblick der Gegend versunken, vor mich hindämmern mochte. Ich meinte, nur so sollte ich sie betrachten – derart war der unwirkliche Eindruck, der allem anhaftete.

Auf allen Seiten – außer nach West, wo die Sonne gerade unterzugehen im Begriffe stand – ragten die grünen Wände des Waldes auf. Der kleine Fluß, welcher sich scharf in seinem Laufe krümmte und dem Blicke alsogleich entschwand, schien keinen Ausgang aus seinem Gefängnis zu haben, sondern aufgesogen zu werden vom tiefgrünen Laubwerk der Bäume im Osten – indes in entgegengesetzter Himmelsrichtung (so dünkte es mir, da ich lang ausgestreckt lag und hinaufschaute) still und unaufhörlich aus den himmlischen Springbrunnen der untergehenden Sonne ein prächtig goldenroter Wasserfall sich ins Tal herab ergoß.

Wohl auf halbem Wege in der begrenzten Aussicht, welche mein verträumter Blick umfing, ruhte im Schoße des Gewässers ein kleines kreisrundes Eiland in üppigstem Grün.

> Ufer und Schatten sich verweben,
> wesenseins im Äther schweben –

So spiegelgleich war das glasklare Wasser, daß es kaum möglich gewesen wäre zu bestimmen, an welchem Punkte der Böschung des smaragdgrünen Rasens sein kristallenes Reich denn eigentlich begann.

Mein Standort erlaubte es mir, mit einem einzigen Blicke das östliche wie das westliche Ende des Inselchens zu umfassen; und in der Erscheinung beider fiel mir ein eigentümlich ausgeprägter Unterschied auf. Das letztere war ein einziger strahlender Harem von Gartenschönheiten. Da glühte und blühte es im rötlichen Scheine des schräg herniederfallenden Sonnenlichts und lachte im Blumenkleide. Das Gras war kurz, saftig, süßduftend, hie und da von Asphodill durchwirkt. Die Bäume waren aufrecht, heiter, biegsam – licht und schlank und anmutig – orientalisch von Gestalt und Laubwerk, die glatten Rinden schimmerten blank und bunt. Ein tiefes Gefühl von Leben und Freude schien über dem Ganzen zu liegen; und obschon vom Himmel her kein Lüftchen wehte, regte sich doch alles im sanften Hin und Her zahlloser Schmetterlinge, welche auch für Tulpen hätten gelten können, denen Schwingen gewachsen.[1]

Das andere oder östliche Ende des Eilands war unter schwärzestem Schatten verschüttet. Dunkles, doch schönes und friedvolles Düster durchdrang hier alle Dinge. Die Bäume trugen finstre Farbe und trauerten in Haltung wie Gestalt – krümmten sich, trüb-ernste, gespenstische Schemen, daß an irdisches Leid und vorzeitigen Tod man denken mußte. Das Gras hatte die dunkle Tönung der Zypresse, und kraftlos hingen die Spitzen seiner Halme herab, und dazwischen wölbten sich hie und da viele unscheinbare winzige Hügelchen, flach und schmal und nicht sehr lang, welche Gräbern glichen, doch keine waren; obschon allenthalben darauf Raute und Rosmarin rankten. Der Schatten der Bäume fiel schwer auf das Wasser, als durchtränke er die Tiefen des Elements, sich darein zu begraben, mit Finsternis. Ich stellte mir vor, wie jeder Schatten, während tiefer und tiefer die Sonne sank, gramvoll von dem Stamme sich löste, der ihn geboren, und so verschluckt wurde vom Flusse; indes jeden Augenblick andere Schatten hervortraten aus den Bäumen, den Platz ihrer so bestatteten Vorgänger einzunehmen.

Nachdem diese Vorstellung meine Phantasie einmal ergriffen, ward diese beflügelt, und ich verlor mich alsbald in

1 *Florem putares nare per liquidum aethera.* – P. Commire

Träumereien. ›Wenn je ein Eiland verwunschen war‹, sprach ich bei mir, ›so dieses. Hier ist der Ort der wenigen guten Feen, welche den Untergang ihres Geschlechts überdauert. Sind diese grünen Gräber die ihren? – oder geben sie ihren holden Geist auf ebensolche Weise auf wie der Mensch den seinen? Heißt sterben für sie nicht vielmehr, trauervoll dahinzuschwinden; schrittweis Gott ihr Sein zu geben, so wie diese Bäume Schatten um Schatten hingeben und ihre Wesenheit erschöpfen bis zur Auflösung? Was der dahinschwindende Baum dem Wasser ist, das seinen Schatten aufsaugt und so schwärzer wird von dem, was es erbeutet, mag das Leben der Fee nicht dem Tode sein, welcher es verschlingt?‹

Wie ich so, die Augen halb geschlossen, in Sinnen versunken war, indes die Sonne rasch zur Rüste ging und flinke Wasserwirbel das Eiland rings umspielten, auf welchen zuoberst große, wirrweiße Flocken von Sykomorenrinde flirrten – Flocken, deren Vielgestalt allüberall auf dem Wasser eine lebhaft-gewandte Phantasie in alles Mögliche verwandeln mochte –, dieweil ich so in Sinnen versunken war, dünkte mir, wie wenn die Gestalt grad einer jener Feen, welchen ich in Gedanken nachgehangen, langsam aus dem Lichte an des Eilands westlichem Ende ihren Weg in die Dunkelheit nähme. Aufgerichtet stand sie in einem ungemein zierlich-zerbrechlichen Kanu und trieb es mit reinstem Geisterruder an. Solange die Sonnenstrahlen noch auf ihr verweilten, schien ihre Haltung von Freude zu künden – doch Kummer entstellte sie, da sie im Schatten vorbeizog. Langsam ward sie dahingetragen, umrundete endlich das Eiland und kehrte erneut ein in den Bereich des Lichts. ›Die Kreisbahn, welche die Fee gerade vollzogen‹, fuhr ich in meinem Sinnen fort, ›entspricht wohl dem Ablauf ihres kurzen Lebensjahres. Sie ist dahingeglitten durch ihren Winter und ihren Sommer. Ein Jahr näher kam sie dem Tode: denn mir ist nicht entgangen, wie ihr Schatten, da sie ins Dunkel eintrat, von ihr fiel und im finsteren Wasser verschlungen ward, so daß dessen Schwärze sich noch schwärzer färbte.‹

Und wieder erschien das Boot und die Fee; doch aus der Haltung der letzteren sprach jetzt mehr Sorge und Ungewißheit und weniger lebhafte Freude. Abermals glitt sie aus dem Lichte hinaus in Düsternis (welche sogleich düstrer ward), und abermals fiel ihr Schatten von ihr ins ebenholzdunkle Wasser und ward in dessen Schwärze aufgesogen. Wieder und immer wieder umfuhr sie das Eiland (indes die Sonne eilends zur Ruhe sich hinab begab), und jedesmal, da ins Licht sie herauskam, verriet größeren Kummer ihre Gestalt, dieweil schwächer sie ward und weit matter und weniger deutlich; und jedesmal, da sie in die Düsterkeit glitt, fiel ein dunklerer Schatten von ihr, welcher von noch schwärzerer Finsternis verschlungen ward. Schließlich jedoch, als die Sonne endgültig Abschied genommen, fuhr die Fee, nunmehr der bloße Schatten ihres früheren Selbst, traurig mit ihrem Nachen ein in das Reich der ebenholzschwarzen Flut – und ob sie daraus wieder aufgetaucht, kann ich nicht sagen – denn Dunkelheit senkte sich auf alles herab, und ich sah ihre Zaubergestalt nicht mehr.

DAS GESPRÄCH ZWISCHEN MONOS UND UNA

Μέλλοντα ταῦτα

Diese Dinge sind zukünftig.
Sophokles, ›Antigone‹

Una: ›Von neuem geboren?‹

Monos: Ja, schönste und geliebteste Una, ›von neuem geboren‹. Dies waren die Worte, über deren mystischen Gehalt ich so lang nachgesonnen, hab ich doch die Erklärungen der Priesterschaft verschmäht, bis der Tod nun selber mir das Geheimnis löste.

Una: Der Tod!

Monos: Wie seltsam, süße Una, du meine Worte nachsprichst! Auch bemerke ich ein Zaudern in deinem Schritt – eine freudige Unrast in deinen Augen. Du bist verwirrt und bedrückt ob der majestätischen Neuheit des Ewigen Lebens. Ja, vom Tode war's, daß ich gesprochen. Und wie so sonderbar klingt hier nun dieses Wort, das ehedem stets Schrecken in alle Herzen getragen – das wie ein Mehltau fiel auf alle Wonnen!

Una: Ah, der Tod, gespenstisch Gevatter aller Feste! Wie oft nur, Monos, hatten wir uns in Mutmaßungen über sein Wesen verloren! Wie so geheimnisvoll trat er nicht auf, tat Einhalt menschlichem Entzücken – indem er also sprach: ›Bis hierher und nicht weiter!‹ Diese unsere tiefe Liebe, mein innig geliebter Monos, die in unser beider Herzen brannte – wie wiegten wir uns nicht, glücklich, wie wir waren in ihrem ersten Sprießen, in eitler Hoffnung, es werde unser Glück erstarken mit ihrer Stärke! Ach, wie sie wuchs, so wuchs auch in unseren Herzen die Furcht vor jener unseligen Stunde, die eilends nahte, auf immer uns zu trennen! So ward zu lieben mit der Zeit zur Qual. Haß wäre Gnade da gewesen.

MONOS: Sprich hier nicht mehr von diesen Betrübnissen, liebste Una – mein, jetzt für immer mein!

UNA: Doch die Erinnerung an vergangenes Leid – ist sie nicht Freude in der Gegenwart? Viel hab ich noch zu reden von dem, was einst gewesen. Vor allem brenne ich darauf zu wissen, wie es dir ergangen ist, da du gewandert bist durchs finstre Tal.

MONOS: Und wann je hätte von ihrem Monos die strahlende Una vergebens etwas erbeten? Ich werde treulich alles dir erzählen – an welchem Punkte aber soll die Schicksalskunde ich beginnen?

UNA: An welchem Punkte?

MONOS: Du sagst es.

UNA: Monos, ich verstehe dich. Im Tode haben beide wir des Menschen Neigung wohl erkannt, das Unbestimmbare zu bestimmen. So will ich denn nicht sagen, beginne mit dem Augenblick, da das Leben endigte – sondern: beginne mit jenem traurigen, ach so traurigen Moment, da das Fieber von dir gewichen und du in atem- und reglose Starre gesunken warst und ich mit den heißen Fingern der Liebe die bleichen Lider dir schloß.

MONOS: Ein Wort erst, meine Una, über des Menschen allgemeine Lage zu jenem Zeitpunkt. Du wirst dich erinnern, daß ein paar der Weisen unter unseren Vorfahren – Weisen in Wahrheit, wenngleich nicht in den Augen der Welt – es gewagt hatten, die Richtigkeit des Begriffs ›Vervollkommnung‹ in Zweifel zu ziehen, wie er auf das Fortschreiten unserer Zivilisation angewendet ward. Es gab Zeiten in jedem der fünf oder sechs Jahrhunderte, welche unserer Auflösung unmittelbar vorausgegangen, da ein starker Geist aufstand und kühn um jene Grundgedanken stritt, deren Wahrheit nun unserm allen Vorrechtsdenkens ledigen Verstande so vollkommen klar erscheint – Grundgedanken, welche uns Menschen hätten lehren sollen, sich von den Naturgesetzen leiten zu lassen, statt zu versuchen, sich zum Herren über sie zu machen. In langen Zeitabständen traten des Geistes Koryphäen auf, die jeden Fortschritt in der praktischen Wissenschaft als einen Rückgang hinsichtlich der wahren Nützlichkeit betrachteten. Gelegentlich ging der poetische Verstand – jener Verstand, welcher nach unserm jetzigen Empfinden der erhabenste überhaupt gewesen ist – da jene Wahrheiten, die für uns von höchst bleibender Wichtigkeit waren, nur vermöge jener *Analogie* erreicht werden konnten, welche in überzeugenden Tönen einzig die Phantasie anspricht und dem hilflosen Verstande nichts gilt – gelegentlich also ging dieser poetische Geist einen Schritt weiter bei der Entfaltung der vagen Idee des Philosophischen und fand in dem mystischen Gleichnis, das vom Baume der Erkenntnis erzählt und von dessen verbotener Frucht, der todbringenden, einen deutlichen Fingerzeig, daß Erkenntnis dem Menschen nicht zieme im infantilen Zustande seiner Seele. Und diese Männer – die Dichter – die da lebten und starben allen ›Utilitariern‹ zum Gespött – rohen Pedanten, welche sich einen Titel anmaßten, der recht eigentlich nur den Verhöhnten gebührt hätte –, diese Männer nun, die Dichter, sie sannen sehnsuchtsvoll, jedoch nicht töricht, über die alten Zeiten nach, da unsere Bedürfnisse nicht einfacher waren als unsere Freuden stark – Zeiten, da *Lust* als Wort noch unbekannt, so tief und feierlich gestimmt klang ja das Glück – heilige, hehre und selige Zeiten, da blaue Flüsse uneingedämmt noch zwischen ungerodeten Hügeln dahinströmten, weit fort in Waldeseinsamkeit, urzeitlich, duftend, unerforscht.

Doch diese edlen Ausnahmen von der allgemeinen Mißherrschaft dienten nur dazu, diese durch Opposition zu stärken. Ach! von all unsren schlimmen Tagen war nun der schlimmste angebrochen. Die große ›Bewegung‹ – so lautete das Schlagwort – ging weiter: ein krankhafter Aufruhr von Seele und Leib. Die Kunst – die Künste – stiegen auf zu allerhöchstem Rang, und einmal auf dem

Throne, legten Ketten sie dem Geiste an, welcher sie an die Macht erhoben. Der Mensch, da er die Majestät der Natur nun einmal anerkennen mußte, verfiel in kindisches Frohlocken ob seiner erlangten und noch weiter wachsenden Herrschaft über ihre Elemente. Und während er einherstolzierte, ein Gott in seiner eigenen Einbildung, überkam ihn kindischer Schwachsinn. Wie vom Ursprung seiner Zerrüttung her vermutet werden darf, ward von System und Abstraktion er infiziert. Er hüllte sich ein in Allgemeinheiten. Unter anderen absonderlichen Ideen gewann auch die der allgemeinen Gleichheit Boden; und vor dem Angesicht von Analogie und von Gott – trotz der laut warnenden Stimme der *Gradations*gesetze, welche so sichtbarlich alle Dinge im Himmel und auf Erden durchdringen – versuchte man sich aufs heftigste an einer allbeherrschenden Demokratie. Doch dieses Übel entsprang notwendigerweise dem Grundübel, der Erkenntnis. Der Mensch konnte nicht beides: wissen und unterliegen. Indem erhoben sich ungeheure qualmende Städte, ohne Zahl. Das grüne Laub verdorrte im heißen Atem der Schlote. Wie von den Verheerungen einer ekelhaften Krankheit ward das schöne Antlitz der Natur entstellt. Und mich dünkt, holde Una, selbst unser schlummernder Sinn für das Gekünstelt-Gezwungene und Weithergeholte hätte uns hier Einhalt tun können. Nun aber scheint es, daß wir in der Verirrung unseres *Geschmacks* oder vielmehr in der blinden Vernachlässigung seiner Ausbildung an den Schulen unser eigenes Verderben geschaffen hatten. Denn wahrhaftig, in dieser Krisis war es allein der Geschmack – jenes Vermögen, welches, da es eine Mittelstellung zwischen dem reinen Intellekt und dem moralischen Empfinden innehat, niemals ohne Gefahr mißachtet wird –, an diesem kritischen Punkte war es nun einzig der Geschmack, der uns sanft zu Schönheit, Natur und Leben hätte zurückführen können. Aber ach, der reine kontemplative Geist und die majestätische Intuition Platons! Ach, die μουσική, welche er zu Recht als allgenügend erachtete, die Seele zu erziehen! Ach, weh ihm und weh ihr! – denn beide waren sie bitternötig, als beide so ganz und gar vergessen oder verachtet waren.[1]

Pascal, ein Philosoph, den wir beide lieben, hat, wie wahr!, gesagt, daß *›tout notre raisonnement se réduit à céder au sentiment‹*; und es ist nicht unmöglich, daß das Gefühl für das Natürliche, hätte die Zeit es zugelassen, sein altes Übergewicht über den strengen mathematischen Verstand der Schulen wiedergewonnen hätte. Doch dazu kam es nicht. Vorzeitig herbeigeführt durch Unmäßigkeit in der Erkenntnis, näherte sich das Greisenalter der Welt. Dies sahen die meisten Menschen jedoch nicht beziehungsweise wollten es, glücklos zwar, doch munter dahinlebend, nicht sehen. Was mich indes betraf, so hatte mich die irdische Vergangenheit gelehrt, als den Preis höchster Zivilisation tiefstes Verderben zu erwarten. Ich hatte ein Vorwissen um unser Geschick aus der Vergleichung Chinas erworben, des einfachen und dauerhaften, mit Assyrien, dem Architekten, mit Ägypten, dem Astro-

1 ›Wohl schwerlich wird sich eine bessere Erziehungsmethode finden lassen denn jene, welche die Erfahrung so vieler Zeitalter bereits gefunden hat; und diese, so darf man zusammenfassen, besteht in Leibesübungen für den Körper und *Musik* für die Seele.‹ – ›Staat‹, Buch 2.

›Aus diesem Grunde ist eine musikalische Erziehung höchst wesentlich; da sie Rhythmus und Harmonie innigst in die Seele dringen läßt, ergreift sie diese zutiefst, erfüllt sie mit *Schönheit* und verleiht dem Menschen *schöne Gesittung* … Er wird *das Schöne* preisen und bewundern; wird es freudig in seine Seele einlassen, wird sich davon nähren und *seinen eigenen Zustand ihm assimilieren.*‹ – Ebd., Buch 3.

Musik (μουσική) hatte freilich bei den Athenern eine weitaus umfassendere Bedeutung denn bei uns. Sie beinhaltete nicht nur die Harmonie von Zeitmaß und Melos, sondern desgleichen die poetische Diktion, Empfindung und Schöpfung, jeweils im weitesten Sinne. Das Studium der *Musik* bildete bei ihnen faktisch die allgemeine Kultivierung des Geschmacks – jenes Vermögens also, welches das Schöne erkennt –, im Gegensatz zum Verstande, der es nur mit dem Wahren zu tun hat.

logen, und mit Nubien, das kunstreicher war als sie beide, die ungestüme Mutter aller Künste. In der Geschichte[1] dieser Regionen stieß ich auf einen Strahl aus der Zukunft. Bei dem jeweils eigentümlichen Merkmal der drei letztgenannten handelte es sich um lokale Krankheitsbilder der Erde, und in ihrem jeweilig ebenso eigentümlichen Untergange sahen wir lokale Heilmittel angewendet; aber für die infizierte Welt im ganzen vermochte ich keine Regeneration zu erhoffen, es sei denn im Tode. Damit das Menschengeschlecht nicht unterginge – müßte der Mensch, so erkannte ich, *›von neuem geboren‹* werden.

Und nun geschah es, Schönste und Liebste, daß wir täglich unsere Seelen in Träume hüllten. Nun kam es, daß in der Dämmerung wir von den Zeiten sprachen, die da kommen sollten, da die von den Narben der Kunst gezeichnete Oberfläche der Erde, nachdem sie jene Läuterung erfahren,[2] welche allein ihre rechtwinkligen Obszönitäten auszumerzen vermöchte, sich neuerlich schmükken würde mit dem frischen Grün und den Bergeshängen und den lächelnden Wassern des Paradieses und endlich dem Menschen wieder eine angemessene Wohnstatt würde: – dem Menschen, den Tod geläutert – dem Menschen, dessen nunmehr erhabenem Geist Erkenntnis nicht Gift mehr wäre – dem erlösten, wiedergeborenen, seligen und nun unsterblichen, doch noch immer *leiblichen* Menschen.

Una: Sehr wohl erinnere ich mich dieser Gespräche, lieber Monos; doch der Zeitpunkt des feurigen Unterganges stand nicht so nahe bevor, wie wir geglaubt und wie die Verderbnis, von welcher du sprichst, uns mit Gewißheit zu glauben erlaubte. Die Menschen lebten; und starben jeder für sich allein. Du selber wurdest krank und sankst

1 ›Geschichte‹ oder ›Historie‹ kommt von ἱστορεῖν – betrachten, nachdenken.

2 Das Wort ›Läuterung‹ oder ›Purifikation‹ scheint hier mit Bezug auf seine Wurzel im griechischen πῦρ (Feuer) verwendet zu sein.

ins Grab; und dahin folgte dir deine getreue Una bald nach. Und obschon das Jahrhundert, das seitdem vergangen ist und dessen Ende uns also erneut zusammengebracht, unsere schlummernden Sinne mit keiner Ungeduld der Dauer wegen gequält, so war's, mein Monos, dennoch ein Jahrhundert.

Monos: Sag lieber, ein Punkt in der unbestimmten Unendlichkeit. Unzweifelhaft war es in der Zeit, da die greise Erde kindisch ward, daß ich gestorben. Im Herzen müde ob all der Sorgen, welche ihren Ursprung im allgemeinen Aufruhr hatten und Verfall, erlag ich dem wütenden Fieber. Nach einigen wenigen Tagen der Qual und vielen des traumverworrenen Fieberwahns voller Ekstase, dessen Symptome du irrtümlich für Schmerzen hieltest, dieweil ich dir so gerne darob die Augen geöffnet hätte, es aber nicht vermochte – nach ein paar Tagen kam über mich, wie du gesagt, atem- und reglose Starre; und die mich umstanden, nannten dies den *Tod.*

Worte sind vage Gebilde. Mein Zustand raubte mir nicht das Empfindungsvermögen. Mir kam er nicht sehr viel anders vor als die ungeheure Ruhe dessen, der lange und tief geschlummert hat, nun reglos hingestreckt daliegt im Mittsommermittag und langsam beginnt, wieder ins Bewußtsein zurückzufinden, nicht daß er durch äußere Störungen wach geworden wäre, sondern einfach, weil er lange genug geschlafen.

Ich atmete nicht mehr. Der Puls stand still. Das Herz hatte zu schlagen aufgehört. Die Willenskraft war nicht gewichen, doch war sie kraftlos. Die Sinne waren ungewöhnlich rege, wenngleich auf recht exzentrische Weise – aufs Geratewohl übernahm der eine oftmals eines anderen Funktionen. Geschmacks- und Geruchssinn waren unentwirrbar ineinander verstrickt und wurden eine Empfindung, abnorm und intensiv. Das Rosenwasser, mit welchem deine zarte Sorge mir bis zum letzten Atemzug die Lippen genetzt hatte, erweckte in mir süße Phantasien von Blumen – phantastischen Blumen, weit lieblicher als alle auf der alten Erde, deren Urbilder aber nun um uns herum hier blühen. Die Augenlider, transparent und blutlos, verwehrten nicht gänzlich den Blick. Da die Willenskraft nichts mehr vermochte, konnten die Augäpfel sich nicht in den Höhlen bewegen – doch waren alle im Gesichtskreis befindlichen Gegenstände mehr oder weniger deutlich zu erkennen; wobei die Strahlen, welche auf die äußere Netzhaut oder in den Winkel des Auges fielen, eine lebhaftere Wirkung hervorriefen als jene, welche auf die Vorder- oder Innenfläche trafen. Doch im ersteren Falle war diese Wirkung so ganz und gar anormal, daß ich sie nur als *Klang* wahrnahm – als Wohlklang oder als Mißklang, je nachdem, ob die Dinge, die sich mir zur Seite darboten, von hellerer oder dunklerer Schattierung – von gerundetem oder eckigem Umriß waren. Zu gleicher Zeit verhielt sich das Gehör, obzwar einigermaßen überreizt, aber nicht abweichend in seiner Tätigkeit – es nahm wirkliche Töne mit ebenso ungeheurer Schärfe als auch Empfindlichkeit auf. Der Tastsinn hingegen hatte sich auf seltsamere Weise verändert. Eindrücke empfing er nur langsam, zögernd, bewahrte sie jedoch hartnäckig, und stets endete dies in höchster physischer Lust. So geschah es auch mit dem Druck, den deine holden Finger auf meine Augenlider übten: zuerst war's nur ein optischer Eindruck, schließlich dann, lange, nachdem du sie weggenommen, erfüllte er mein ganzes Wesen mit unermeßlich sinnlicher Wonne. Mit sinnlicher Wonne, sage ich. *All* meine Wahrnehmungen waren rein sinnlich. Dem Material, welches die Sinne dem passiven Hirn zuleiteten, ward nicht im mindesten Grade von dem abgestorbenen Verstand Gestalt anverwandelt. Schmerz empfand ich nur wenig; Lust hingegen viel; doch geistigen Schmerz oder geistige Lust ganz und gar nicht. So flutete dein wildes Schluchzen mir ins Ohr mit all seinen Trauerkadenzen und ward in der ganzen Ausdrucksskala des Klagetons wahrgenommen; doch waren es lieblich sanfte Klänge von Musik, nichts mehr; dem erloschenen Verstande übermittelten sie nichts von dem Gram, der sie hervor-

gebracht; und derweil die großen Tränen, die unablässig auf mein Gesicht niederfielen, den Umstehenden von einem Herzen sprachen, das brach, jagten einzig Schauder der Verzückung sie in jede Faser meines Leibes mir. Und dies war in Wahrheit der *Tod*, von dem diese Umstehenden ehrfurchtsvoll sprachen, leis flüsterten sie – du, liebste Una, seufztest und schluchztest laut.
Sie kleideten mich für den Sarg – drei oder vier dunkle Gestalten, welche geschäftig hin und her huschten. Wenn diese meine direkte Sehlinie kreuzten, wirkten sie auf mich als *Formen*; doch wandten sie sich mir zur Seite, erfüllten ihre Bilder mich mit der Vorstellung von Schreien, Stöhnen und anderen bedrückenden Bekundungen von Grauen, Entsetzen oder Weh. Du allein, in deinem weißen Gewande, warst Wohlklang mir, ganz gleich, wohin du dich auch wandtest.
Der Tag neigte sich; und als sein Licht dahinschwand, befiel mich ein vages Unbehagen – eine Bangigkeit, ganz wie sie ein Schläfer empfindet, wenn unaufhörlich schwermütige Töne, wirkliche, ins Ohr ihm dringen – feierliches Glockengeläut, leis und fern, in langen, aber gleichen Intervallen, und sich mit trüben Träumen mischen. Es kam die Nacht; und mit ihren Schatten schwere Unruhe. Sie lastete wie eine dumpfe Last mir auf den Gliedern, war fühlbar gar. Auch klang da ein Ächzen, nicht unähnlich dem fernen Widerhall der Brandung, stetiger nur, welches mit der ersten Dämmerung eingesetzt und mit dem Dunkel dann an Stärke zugenommen hatte. Plötzlich wurden Lichter in den Raum gebracht, und sogleich ward dieser Widerhall zerrissen in unregelmäßig wiederkehrende Ausbrüche desselben Lauts, doch weniger düster nun und weniger deutlich. Die bleierne Last ward nun um vieles leichter; und aus der Flamme einer jeden Lampe (denn deren waren es viele) hervor strömte unaufhaltsam in meine Ohren eine wohlklingend monotone Melodie. Und als nun du, liebe Una, ans Bette tratst, auf welchem ich ausgestreckt lag, und setztest dich sanft neben mich, dein süßer Atem

streifte mich, und du preßtest auf die Stirn mir die Lippen, da regte sich zitternd etwas in meiner Brust und vermischt mit den rein körperlichen Empfindungen, welche die Umstände hervorgerufen hatten, ein Etwas, das dem Empfinden an sich entsprach – ein Gefühl, das deine tiefe Liebe und Bekümmernis halb gewahrte und halb sie auch erwiderte; doch faßte dies Gefühl nicht Wurzel im pulslosen Herzen, ja wirkte eher wie ein Schatten denn etwas tatsächlich Vorhandenes und schwand gar rasch dahin, zuerst in äußerste Ruhe und dann, wie schon zuvor, in rein sinnliche Lust.

Und nun schien es, als sei aus den Trümmern und dem Chaos der gewöhnlichen Sinne ein sechster, höchst vollkommener, mir erstanden. Ihn zu gebrauchen war mir ungeheure Wonne – doch eine Wonne, die noch immer körperlich war, insofern als der Verstand keinen Teil daran hatte. In der animalischen Hülle hatte jede Regung aufgehört. Kein Muskel zitterte; kein Nerv zuckte; keine Ader pulste. Im Hirn jedoch, so schien es, war *jenes* entstanden, wovon dem bloß menschlichen Geiste keine Worte auch nur einen undeutlichen Begriff zu geben vermögen. Ich will es ein geistig-schwebend Pulsieren nennen. Es war die innerliche Verkörperung von des Menschen abstraktem Begriffe der *Zeit.* Durch die absolute Ausgleichung dieser Bewegung – oder einer solchen wie dieser – waren die Zyklen der himmlischen Gestirne selber in Übereinstimmung gebracht worden. Damit nun maß ich die Unregelmäßigkeiten der Uhr auf dem Kamine und der Taschenuhren der Anwesenden. Ihr Tikken drang sonor an meine Ohren. Die leichteste Abweichung vom rechten Maß – und solche Abweichungen waren allüberall – wirkte auf mich genauso, wie Verstöße gegen die abstrakte Wahrheit auf Erden das sittliche Empfinden zu verletzen pflegten. Obschon keine zwei der Zeitmesser im Zimmer auf die Sekunde genau übereinstimmten in ihrem Schlag, hatte ich doch keine Schwierigkeit, den Klang und jeweils im Augenblicke die Fehler eines jeden mir zu merken. Und dies – dieses scharfe, vollkommene, aus sich heraus bestehende Empfinden von *Dauer* – dieses Empfinden, welches (auf eine Weise, wie es sich der Mensch unmöglich hatte vorzustellen vermocht) unabhängig von jeglicher Ereignisfolge existierte – diese Vorstellung – dieser sechste Sinn, der aus der Asche der übrigen entsproß, war der erste unverkennbare und gewisse Schritt der zeitlosen Seele über die Schwelle der zeitlichen Ewigkeit.

Es war Mitternacht; und noch immer saßest du an meiner Seite. Alle andern hatten die Kammer des Todes verlassen. Man hatte mich in den Sarg gelegt. Die Lampen brannten flackernd; wohl erkannte ich dies am zittrigen Klang der monotonen Melodien. Plötzlich aber ließen diese Weisen in Deutlichkeit und Stärke nach. Schließlich verstummten sie. Der Duft in meiner Nase verging. Formen erschienen nicht mehr meinem Blick. Der Druck der Düsternis hob sich von meiner Brust. Ein dumpfer Schlag, gleich dem von Elektrizität, fuhr mir durch den Leib, wonach ich dann gänzlich den Begriff von Berührung verlor. All das, was der Mensch Sinn geheißen, ging im alleinigen Bewußtsein von Wesenheit auf und in dem einen bleibenden Empfinden von Dauer. Die sterbliche Hülle war endlich getroffen von der Hand des tödlichen *Verfalls*.

Doch war nicht alles Empfinden geschwunden; denn das Bewußtsein und das Gefühl, soweit sie mir verblieben, ersetzten einige ihrer Funktionen durch eine lethargische Intuition. Ich war mir des gräßlichen Wandels, welcher nun mit dem Fleische vorging, durchaus bewußt, und wie der Träumer zuweilen die körperliche Gegenwart spürt, wenn sich jemand über ihn beugt, so, süße Una, fühlte ich noch immer dumpf, daß du an meiner Seite saßest. Auch als der Mittag des zweiten Tages kam, entgingen mir nicht jene Bewegungen, welche dich von meiner Seite entfernten, welche mich in den Sarg einschlossen, welche mich in den Leichenwagen schoben, welche mich zum Grabe trugen, welche mich darein niedersenkten, welche schwer die Erde auf mich häuften und

welche mich so, in Schwärze und Fäulnis, dem traurig-ernst-trüben Schlummer überließen mit dem Wurm.
Und hier, in dem Kerker, der wenige Geheimnisse nur zu enthüllen hat, gingen dahin Tage und Wochen und Monde; und die Seele achtete genau jeder Sekunde, die da floh, und vermerkte ohne Mühe ihre Flucht – ohne Mühe und ohne Ziel.
Es verging ein Jahr. Das Bewußtsein des *Seins* war mit jeder Stunde weniger deutlich geworden, und das bloßer *Örtlichkeit* hatte in großem Maße sich seiner Stelle bemächtigt. Der Begriff des Seins ging mählich auf in dem des *Orts*. Der enge Raum, der unmittelbar das umgab, was einst der Leib gewesen, ward nun zum Leibe selbst. Schließlich, wie es oft dem Schläfer widerfährt (einzig durch Schlaf und seine Welt läßt der *Tod* im Bild sich denken) – schließlich, wie es auf Erden zuweilen dem tief Schlafenden widerfuhr, wenn irgendein flüchtiges Licht ihn halb aufgeweckt, doch halb in Träume befangen ihn ließ – so drang zu mir in der engen Umarmung der *Finsternis jenes* Licht, welches allein wohl mich aufzuwecken vermocht hätte – das Licht beständiger *Liebe.* Männer mühten sich am Grabe, darin ich im Dunkeln lag. Sie warfen die feuchte Erde auf. Herab auf mein modernd Gebein senkte sich Unas Sarg.
Und wieder war nun alles leer. Jenes Nebellicht war erloschen. Jener schwache Schauder war zitternd ausgeklungen in Ruhe. Viele *lustra* waren vergangen. Erde war zu Erde geworden. Der Wurm fand keine Nahrung mehr. Das Gefühl des Seins war schließlich ganz und gar geschwunden, und an seiner Statt – an Statt aller Dinge – herrschten – mächtig und immerdar – die Autokraten *Raum* und *Zeit. Dem*, was *nicht war* – dem, was nicht Gestalt hatte – dem, was ohne Gedanken war und ohne Empfinden auch – dem, was seelenlos, daran Materie doch keinen Teil mehr hatte – all dieser Nichtigkeit, Unsterblichkeit gleichwohl, war das Grab noch immer eine Heimstatt, waren Gefährten die nagenden Stunden.

MIT DEM TEUFEL IST SCHLECHT WETTEN

Eine Geschichte mit einer Moral

›*Con tal que las costumbres de un autor*‹, sagt Don Tomás de las Torres in der Vorrede zu seinen ›Liebesgedichten‹, ›*sean puras y castas, importa muy poco que no sean igualmente severas sus obras*‹ – was in schlichten Worten heißt: wofern nur die Moral eines Autors persönlich recht rein ist, so ist die Moral seiner Bücher ohne Belang. Wir nehmen an, daß Don Tomás für diese Behauptung jetzt im Fegefeuer schmort. Auch wäre es, mit Rücksicht auf die poetische Gerechtigkeit, das Gescheiteste, man ließe ihn dort, bis seine ›Liebesgedichte‹ vergriffen sind oder aus Mangel an Lesern endgültig beiseite getan. Jede Dichtung *sollte* nämlich *unbedingt* eine Moral haben; und was zu dem Zweck noch dienlicher ist, so haben ja die Kunstrichter festgestellt, daß jede Dichtung auch eine *hat.* Philipp Melanchthon, es ist schon einige Zeit her, hat einen Kommentar zur ›Batrachomyomachia‹ geschrieben, darin er nachgewiesen, es sei des Dichters Gegenstand, Widerwillen gegen den Aufruhr zu wecken. Einen Schritt weiter noch geht Pierre la Seine, als er zeigt, die Absicht bestehe darin, jungen Männern Mäßigung im Essen und Trinken nahezulegen. Desgleichen hat sich auch Jacobus Hugo der Überzeugung verschrieben, daß Homer mit Euenis auf den Johann Calvin habe anspielen wollen; mit Antinoos auf Martin Luther; mit den Lotophagen auf die Protestanten ganz allgemein; und mit den Harpyien auf die Holländer. Unsere moderneren Scholiasten sind gleichermaßen scharfsinnig. Diese Zeitgenossen zeigen einen verborgenen tieferen Sinn in den ›Antediluvianern‹ auf, eine Parabel im ›Powhatan‹, ganz neue Aspekte in ›Alle meine Entchen‹ und transzendentale Philosophie im ›Däumling‹. Kurzum, es ist erwiesen, daß kein Mensch sich zum Schreiben hinsetzen kann ohne gar tiefsinnigen Plan. Auf diese Weise wird den Autoren im allgemeinen viel Mühe erspart. Ein Romanschreiber zum Beispiel braucht sich um seine Moral nicht den Kopf zu zerbrechen. Sie ist ja da – das heißt, irgendwo steckt sie schon –, und Moral wie Kunstrichter können sich selber darum kümmern. Wenn die rechte Zeit gekommen ist, wird alles, was der edle Herr beabsichtigte, wie auch alles, was er nicht beabsichtigte, ans Licht gebracht werden, im ›Dial‹ oder im ›Down-Easter‹, im Vereine mit all dem, was er eigentlich hätte beabsichtigen sollen, nebst allem übrigen, das er ganz offenbar hatte beabsichtigen wollen: – so daß am Ende denn alles in schönster Ordnung sich findet.

Es besteht gar kein rechter Grund für die Beschwerde, welche seitens gewisser Ignoramusse gegen mich erhoben wird – daß ich niemals eine moralische Geschichte geschrieben hätte oder, besser gesagt: eine Geschichte mit einer Moral. Das sind nun freilich nicht die Kunstrichter, welche dazu berufen wären, mich herauszubringen und meine diversen Moralien *zutage zu fördern*: – das ist das ganze Geheimnis. Später einmal wird sie der ›Nordamerikanische Quartalsheckmeck‹ ob ihres Stumpfsinns beschämen. Inzwischen – um die Vollstreckung zu sistieren – um den Beschuldigungen gegen mich die Schärfe zu nehmen – offeriere ich die nachstehende traurige Mär – eine Geschichte, an deren unverkennbarer Moral es keinerlei Zweifel geben kann, da sie ohne weiteres, quasi im Vorübergehen, in den Großbuchstaben zu lesen ist, welche den Titel der Erzählung bilden. Ich hätte Anerkennung verdient ob dieser Anordnung – ist sie doch weitaus vernünftiger als die des La Fontaine und anderer, welche die Wirkung, auf die sie es abgesehen, bis zum letzten Augenblick aufsparen, um sie erst kurz vor Toresschluß in ihre Fabeln hineinzuheimsen.

Defuncti injuria ne afficiantur lautete eines der Zwölftafelgesetze, und *De mortuis nil nisi bonum* ist ein treffliches Gebot – selbst wenn der besagte Tote nichts weiter denn ein rechter Niemand gewesen. Es ist daher also keineswegs meine Absicht, meinen verblichenen Freund Toby Dammit etwa schmähen zu wollen. Zwar hat er's arg getrieben, der elende Kerl, das ist wahr, und arg und elend war auch der Tod, den er gefunden; doch war er selber für seine Laster nicht zu schelten. Sie erwuchsen aus einem persönlichen Defekt seiner Mutter. Sie tat ihr Bestes, ihn im zarten Kindesalter zu züchtigen – denn ihrem wohlgeregelten Sinne waren Pflichten stets auch Freuden, und kleine Kinder geraten ja, wie zähe Steaks oder die modernen griechischen Olivenbäume, durch Schlagen nur desto besser – doch, die Ärmste! sie hatte das Mißgeschick, Linkshänder zu sein, und ein Kind, von linker Hand geprügelt, wäre wohl besser ohne Prügel geblieben. Die Welt dreht sich von rechts nach links. Es geht also nicht an, ein Kleinstkind von links nach rechts zu verhauen. Wenn jeder Schlag in der richtigen Richtung eine üble Neigung austreibt, so folgt doch daraus, daß jeder Hieb, entgegengesetzt verabreicht, seinen Anteil Schlechtigkeit hineinbleut. Ich war des öfteren bei Tobys Züchtigungen zugegen, und selbst schon an der Art, wie er sich mit Händen und Füßen wehrte, vermochte ich zu erkennen, daß er von Tag zu Tag immer schlimmer ward. Zuletzt nun sah ich, durch die Tränen in meinen Augen, daß es um den Schelm ganz und gar hoffnungslos stand, und eines Tages, als die Faustschläge auf ihn niedergehagelt, bis im Gesicht er so schwarz aussah, daß man ihn für einen kleinen Afrikaner hätte halten können, und keine andere Wirkung erzielt worden war, als daß er sich im Krampfe wand, vermochte ich es nicht länger zu ertragen, sondern fiel sogleich nieder auf die Knie, und mit erhobener Stimme prophezeite ich seinen Untergang.

Tatsache ist, daß seine Frühreife im Laster entsetzlich war. Im Alter von fünf Monaten bereits pflegte er sich in solch heftige Wutausbrüche zu steigern, daß er der Sprache nicht mehr mächtig war. Mit sechs Monaten ertappte ich ihn einmal dabei, wie er an einem Pack Spielkarten knabberte. Mit sieben Monaten pflog er hartnäckig die Gewohnheit, die Babymädchen zu haschen und zu küssen. Mit acht Monaten weigerte er sich mit aller Entschiedenheit, dem Mäßigkeitsvereine seine Unterschrift zu geben.

So nahm er denn, Monat um Monat, immer mehr zu an Schlechtigkeit, bis er zu Ende des ersten Jahres nicht nur darauf bestand, einen *Schnurrbart* zu tragen, sondern auch die Neigung gefaßt hatte, gotteslästerlich zu fluchen und zu wettern und seinen Behauptungen mit Wetten Nachdruck zu verleihen.

Durch diese letztere, so überaus unanständige und für einen Gentleman höchst unwürdige Gepflogenheit ereilte Toby Dammit denn schließlich auch der Untergang, welchen ich ihm vorausgesagt hatte. Diese seine Unsitte war ›mit seinem Wachsen gewachsen und mit seiner Stärke erstarkt‹, so daß er, als er zum Manne herangereift, kaum einen Satz mehr zu äußern vermochte, ohne daß darinnen eine Aufforderung zum Wetten enthalten gewesen wäre. Nicht, daß er sich *wirklich* auf Wetten eingelassen hätte – o nein. Ich will meinem Freund die Gerechtigkeit widerfahren lassen zu sagen, daß er ebenso gern sich aufs Eierlegen eingelassen hätte. Bei ihm war das Ganze eine bloße Formel – weiter nichts. Seine Äußerungen in diesem Betrachte wollten ganz und gar nichts besagen. Es waren einfache, wenn nicht überhaupt arglose Füllsel – phantasiereiche Redensarten, um einen Satz zum gehörigen Schlusse zu bringen. Wenn er sagte ›Ich wette mit dir um dies und das‹, so wäre es nie jemandem in den Sinn gekommen, ihn beim Wort zu nehmen; aber dennoch konnte ich nicht umhin, es für meine Pflicht zu halten, ihn zum Schweigen zu bringen. Die Angewohnheit war eine unmoralische, und das sagte ich ihm denn auch. Sie war ordinär – dies bat ich ihn zu glauben. Sie hatte die Mißbilligung der Gesellschaft – damit sagte ich nichts denn die Wahrheit. Sie war durch Kongreßbeschluß verboten – hierbei hatte ich nicht die leiseste Absicht, eine Lüge aufzutischen. Ich protestierte – doch umsonst. Ich monierte – vergebens. Ich flehte – er lächelte. Ich bettelte – er lachte. Ich predigte – er grinste nur höhnisch. Ich drohte – er fluchte. Ich versetzte ihm einen Tritt mit dem Fuße – er rief nach der Polizei. Ich zog ihn an der Nase – da schneuzte er diese und erbot sich, dem Teufel seinen Kopf zu verwetten, daß ich es nicht wagen würde, selbiges Experiment noch einmal zu probieren.

Armut war ein weiteres Laster, welches das besondere körperliche Gebrechen von Dammits Mutter auf den Sohn vererbt hatte. Er war aufs abscheulichste arm; und dies war nun zweifelsohne der Grund dafür, daß seine Wettfloskeln selten eine pekuniäre Wendung nahmen. Niemals, auf mein Wort, habe ich ihn eine Redewendung gebrauchen hören wie ›Ich wette um einen Dollar‹. Gewöhnlich ging seine Rede ›Ich gehe mit Ihnen jede Wette ein‹ oder ›Was gilt die Wette‹ oder ›Da wett ich aber eine Kleinigkeit‹ oder sonst, bezeichnender noch, ›Teufel, ich wette meinen Kopf‹.

Die letztere Form schien ihm am besten zu behagen: – vielleicht weil sie das geringste Risiko beinhaltete; denn Dammit war überaus knauserig geworden. Hätte ihn jemand beim Wort genommen, so wäre, da sein Kopf klein war, auch sein Verlust nur ein kleiner gewesen. Doch dies sind meine eigenen Gedanken, und ich bin mir keineswegs sicher, ob ich sie ihm mit Fug unterstellen darf. Jedenfalls stieg besagter Ausdruck von Tag zu Tag in seiner Gunst, ungeachtet der Tatsache, wie gar gröblich ungehörig es doch ist, sein Gehirn wie Banknoten zu verwetten: – doch war dies ein Punkt, den zu begreifen meines Freundes verderbte Gemütsart nicht zulassen wollte. Am Ende verzichtete er dann auf alle anderen Formen eines Einsatzes und widmete sich gänzlich dem Geschäfte, *dem Teufel seinen Kopf zu verwetten*, mit einer so hartnäckigen und ausschließlichen Hingabe, die mir nicht minder mißfiel, als sie mich überraschte. Umstände, die ich mir nicht erklären kann, empfinde ich stets als Ärgernis. Geheimnisse zwingen den Menschen zum Denken und schaden mithin seiner Gesundheit. Die Wahrheit ist, es gab da etwas in *dem Gebaren*, mit welchem Mr. Dammit seine anstößige Redensart zu äußern pflegte – etwas in der *Art und Weise, wie* er es sagte – was zunächst wohl Interesse weckte, mir hernach aber äußerst lästig ward – etwas, das – in Ermangelung eines entschiedeneren Ausdrucks – gegenwärtig *wunderlich* zu nennen mir verstattet sei; das jedoch Mr. Coleridge mystisch, Mr. Kant pantheistisch, Mr. Carlyle kryptoistisch und Mr. Emerson hyperkasuistizistisch genannt hätte. Es begann mir im höchsten Grade zu mißfallen. Mr. Dammits Seele befand sich in einem gefährlichen Zustand. Ich beschloß, meine ganze Beredsamkeit aufzubieten, sie zu retten. Ich gelobte, ihm so zu dienen, wie St. Patrick in der irischen Chronik der Kröte gedient haben soll, das heißt, ›ihn zum Bewußtsein seiner Lage zu erwecken‹. Sogleich widmete ich mich dieser Aufgabe. Noch einmal verlegte ich mich auf mahnende Einwendungen. Wieder sammelte ich meine Kräfte zu einem endgültigen Versuch, ihn ins Gebet zu nehmen.

Als ich mit meiner Strafpredigt geendigt, legte Mr. Dammit ein höchst zweifelhaftes Betragen an den Tag. Eine Weile schwieg er und sah mir nur forschend ins Gesicht. Alsbald aber warf er den Kopf auf die Seite und zog die Augenbrauen ganz gewaltig in die Höhe. Dann breitete er die Handflächen aus und zuckte die Achseln. Dann zwinkerte er mit dem rechten Auge. Dann wiederholte er den Vorgang mit dem linken. Dann schloß er sie beide fest. Dann riß er sie wieder so überaus weit auf, daß ich mich ob der Folgen ernstlich ängstigte. Dann fand er es, indem er den Daumen an die Nase hielt, für tunlich, mit den restlichen Fingern eine unbeschreibliche Bewegung zu vollführen. Endlich bequemte er sich, die Arme in die Seite gestemmt, zu einer Erwiderung.

Ich kann mich nur noch an die Hauptpunkte seiner Rede entsinnen. Er wäre mir sehr verbunden, wenn ich den Mund halten wollte. Er wünsche mitnichten meinen Rat. Er verachte all meine Insinuationen. Er sei alt genug, selbst auf sich achtzugeben. Ob ich ihn noch immer für das Baby Dammit hielte? Ob ich gar irgend etwas gegen seinen Charakter sagen wolle? Ob ich die Absicht hätte, ihn zu beleidigen? Ob ich ein Dummkopf sei? Kurzum, ob wohl mein mütterlicher Elternteil überhaupt von meiner Abwesenheit von Haus und Heim wisse? Diese letztere Frage wolle er an mich als einen wahrheitsliebenden Mann richten, und er stehe dafür, sich an meine Antwort zu halten. Noch einmal verlange er ausdrücklich zu erfahren, ob meine Mutter wisse, daß ich ausgegangen sei. Meine Verwirrung, so sagte er, verrate mich, und gern wolle er dem Teufel seinen Kopf verwetten, daß sie es nicht wisse.

Eine Erwiderung meinerseits wartete Mr. Dammit nicht ab. Er machte auf dem Absatz kehrt und entfernte sich aus meiner Gegenwart mit würdeloser Hast. Daran hat er gut getan. Denn meine Gefühle waren verwundet. Selbst mein Zorn war geweckt. Dieses eine Mal wäre ich auf sein schmähliches Wettgebot eingegangen. Und ich hätte dem Erzfeind Mr. Dammits kleinen Kopf gewonnen – denn Tatsache ist, meine Frau Mama war *sehr wohl* im Bilde über meine nur zeitweilige Abwesenheit von zu Hause.

Doch *Khoda shefa midêhed* – der Himmel gibt Linderung –, wie die Muselmänner sagen, wenn man ihnen auf die Zehen tritt. Es war im Verfolge meiner Pflichterfüllung, daß man mich gekränkt, und ich trug die Kränkung wie ein Mann. Nun wollte es mir freilich scheinen, ich hätte im Falle dieses Nichtswürdigen alles getan, was man von mir verlangen konnte, und ich beschloß, ihn nicht länger mit meinem Ratschlag zu behelligen, sondern ihn sich selbst und seinem Gewissen zu überlassen. Doch obgleich ich es vermied, ihm meinen Rat aufzudrängen, vermochte ich es doch nicht über mich zu bringen, seiner Gesellschaft gänzlich zu entsagen. Ich ging sogar so weit, einigen seiner minder sträflichen Neigungen gefällig zu sein; und es gab Zeiten, da ich mich gar dabei ertappte, wie ich seine lästerlichen Scherze pries, mit Tränen in den Augen zwar, wie Feinschmecker beim Senfe: – so zutiefst grämte es mich, seine ruchlosen Reden zu hören.

Eines schönen Tages, da wir Arm in Arm zusammen umhergeschlendert, führte uns unser Weg an einen Fluß. Dort gab es eine Brücke, und wir beschlossen, sie zu überschreiten. Zum Schutze vor dem Wetter war sie überdacht, und da der Bogengang mit nur wenigen Fensteröffnungen versehen, war es höchst unangenehm dunkel dort. Als wir den Durchgang betraten, fiel mir der Gegensatz zwischen der

Grelle draußen und dem Grauduster drinnen schwer aufs Gemüt. Nicht so jedoch auf das des unglücklichen Dammit, der sich sogleich erbot, dem Teufel seinen Kopf zu verwetten, daß ich an Trübsinn leide. Er schien bei außerordentlich guter Laune zu sein. Er sprühte vor maßloser Lebhaftigkeit – und zwar so sehr, daß mir ich weiß gar nicht was alles an beklemmendem Argwohn kam. Schon möglich, daß er an den Transzendenteln litt. Allerdings bin ich in der Diagnose dieser Krankheit nicht genug bewandert, um mit Entschiedenheit darüber sprechen zu können; und unglücklicherweise war keiner meiner Freunde vom ›Dial‹ zugegen. Wenn ich dessenungeachtet den Gedanken anzudeuten wage, so ist es wegen einer gewissen Art von abstoßender Hanswursterei, welche meinen armen Freund zu bedrängen schien und ihn veranlaßte, einen rechten Narren aus sich zu machen. Er war es nicht anders zufrieden, als schlängelnd und tänzelnd herumzuspringen, drunter und drüber, was immer ihm in den Weg kam; und dabei, bald laut jauchzend, bald leise lispelnd, allerlei komische, kleine und große Worte auszustoßen, wobei er dennoch die ganze Zeit das ernsteste Gesicht von der Welt behielt. Ich vermochte wirklich zu keinem Entschlusse zu kommen, ob ich ihm einen Fußtritt oder Mitleid gönnen sollte. Schließlich, da wir die Brücke beinahe überschritten hatten, gelangten wir an das Ende des Fußwegs, wo sich uns ein Drehkreuz von einiger Höhe als Hindernis in den Weg stellte. Dieses passierte ich gemächlich, indem ich es, wie üblich, herumschob. Doch diese Drehung war nicht Mr. Dammits Dreh. Er bestand darauf, über das Kreuz zu springen, und behauptete, er könne obendrein noch in der Luft einen Kobolz schießen. Daß er dies könne, glaubte ich nun, ehrlich gesagt, nicht. Die besten Kobolze, stil- und kreuzweis alleweil, schoß nämlich mein Freund Mr. Carlyle, und da ich wußte, *er* vermöchte dies nicht, traute ich es Toby Dammit erst recht nicht zu. Also sagte ich ihm ausdrücklich, er sei ein Prahlhans und habe den Mund wohl etwas zu voll genommen. Dies sollte mir hernach mit gutem Grund noch leid tun – denn stracks erbot er sich, *dem Teufel seinen Kopf zu verwetten*, daß er dies doch vermöchte.

Schon wollte ich zu einer Erwiderung anheben, um ihm, ungeachtet meines letzthin gefaßten Vorsatzes, ob seines ruchlosen Anerbietens mit Vorwürfen zu bedenken, als ich dicht an meinem Ellenbogen ein Hüsteln vernahm, welches so ganz wie der Stoßseufzer ›ä-hem!‹ klang. Ich stutzte und sah mich überrascht um. Mein Blick fiel schließlich in einen Winkel im Brückengebälk und auf die Gestalt eines lahmen kleinen alten Herrn von ehrfurchtgebietendem Äußern. Nichts konnte ehrwürdiger sein als seine ganze Erscheinung; denn nicht nur trug er einen Anzug, ganz in Schwarz, sondern sein Hemd war vollkommen sauber und der Kragen sehr ordentlich über eine weiße Krawatte geschlagen, während sein Haar wie bei einem Mädchen vorn gescheitelt war. Die Hände hielt er gedankenvoll über dem Leibe gefaltet und seine beiden Augen bedachtsam gen Himmel verdreht.

Bei näherem Hinsehen bemerkte ich, daß er über seinen engen Beinkleidern eine schwarze Seidenschürze trug; und dies dünkte mich nun gar merkwürdig. Ehe ich jedoch Zeit gefunden, mich zu einem so eigentümlichen Umstand zu äußern, unterbrach er mich mit einem neuerlichen ›ä-hem!‹.

Auf diese Bemerkung zu antworten war ich nicht sogleich gefaßt. Ja, tatsächlich sind Äußerungen solch lakonischer Natur beinahe nicht zu beantworten. Mir ist eine gewisse Vierteljahreszeitschrift bekannt, welcher es von dem Worte ›Blödsinn!‹ gänzlich die Sprache verschlagen. Ich schäme mich daher keineswegs zu gestehen, daß ich mich an Mr. Dammit um Beistand wandte.

»Dammit«, sprach ich, »was machen Sie da? hören Sie denn nicht? – der Herr sagt ›ä-hem!‹ –« Ich blickte meinen Freund gestreng an, während ich ihn solcherart anredete; denn, um die Wahrheit zu sagen, ich fühlte mich ganz irr verwirrt, und wenn ein Mann ganz irr verwirrt ist, muß er die Stirne runzeln und gar grimmig dreinschauen, sonst sieht er gewißlich wie ein Dummkopf aus.

»Dammit«, bemerkte ich – und obschon das ganz wie

ein Fluch klang, lag doch nichts meinen Gedanken ferner – »Dammit«, äußerte ich – »der Herr hier sagt ›ähem!‹«

Ich möchte mitnichten versuchen, meine Bemerkung ob besonderen Tiefsinnes zu verteidigen; ich fand sie selber ja nicht gerade tiefgründig; doch habe ich festgestellt, daß die Wirkung unserer Reden durchaus nicht immer im angemessenen Verhältnis steht zu ihrer Bedeutsamkeit in unseren eigenen Augen; und hätte ich Mr. D. mit einer Paixhans-Bombe gänzlich mittendurch geschossen oder ihm mit den ›Dichtern und Dichtungen Amerikas‹ den Schädel eingeschlagen, hätte er wohl kaum fassungsloser sein können, als da ich ihn mit so schlichten Worten ansprach – ›Dammit, was machen Sie da? – hören Sie denn nicht? – der Herr sagt ‚ä-hem!'‹

»Nein, wirklich?« keuchte er schließlich, nachdem er öfter die Farben gewechselt hatte, als ein Pirat sie aufzieht, eine nach der andern, wenn er von einem Kriegsschiff verfolgt wird. »Sind Sie ganz sicher, daß er *das* gesagt hat? Na schön, da sitze ich nun jedenfalls drin und kann dem Ganzen also ebensogut auch beherzt die Stirn bieten. Wohlan denn – *ä-hem*!«

Darob schien der kleine alte Herr höchlichst erfreut – Gott allein weiß, warum. Er verließ seinen Standort im Winkel der Brücke, humpelte mit huldvoller Miene herbei, nahm Dammit bei der Hand und schüttelte diese herzlich, wobei er ihm die ganze Zeit über unentwegt mit einem Ausdruck des unverfälschtesten Wohlwollens, wie es menschlichem Geiste nur vorstellbar, direkt ins Gesicht blickte.

»Ich bin ganz sicher, Sie werden gewinnen, Dammit«, sagte er mit dem allerfreiesten Lächeln, »doch sind wir, wie Sie wissen, verpflichtet, eine Probe zu machen, der bloßen Form halber.«

»Ä-hem!« erwiderte mein Freund, legte mit einem tiefen Seufzer seinen Rock ab, schlang sich ein Taschentuch um den Leib und veränderte, indem er die Augen verdrehte und die Mundwinkel herabzog, in schier unerklärlicher

Weise den Ausdruck seines Gesichts – »ä-hem!« Und »ä-hem!« sagte er noch einmal nach einer Pause; und kein anderes Wort als »ä-hem!« habe ich je danach von ihm vernommen. ›Aha!‹ dachte ich, ohne mich freilich laut zu äußern – ›dies ist ja eine ganz beachtliche Schweigsamkeit auf Seiten Toby Dammits und ohne Zweifel eine Folge der Redseligkeit, wie er sie zu früherer Gelegenheit bewiesen. Ein Extrem bedingt das andere. Ich möchte wohl wissen, ob er die vielen nicht zu beantwortenden Fragen vergessen hat, mit welchen er mich so geläufig und fließend an dem Tage, da ich ihm meine letzte Strafpredigt hielt, traktierte? Von den Transzendenteln jedenfalls ist er kuriert.‹

»Ä-hem!« erwiderte hier Toby, ganz so, als hätte er meine Gedanken gelesen, dabei blickte er drein wie ein sehr altes dösendes Schaf.

Nun ergriff ihn der alte Herr beim Arm und geleitete ihn tiefer ins Dunkel der Brücke – wenige Schritte von dem Drehkreuz zurück. »Guter Freund«, sagte er, »mein Gewissen gebietet mir, Ihnen soviel Anlauf zu gewähren. Warten Sie hier, bis ich meinen Platz an dem Drehkreuz eingenommen habe, damit ich sehen kann, ob Sie auch vortrefflich und hübsch transzendental hinüberkommen und keine Wendung beim Kobolz unterlassen. Eine bloße Formsache, wissen Sie. Ich sage ›eins, zwei, drei und los‹. Und bei dem Worte ›los‹ geht's los.« Hiermit nahm er seinen Platz beim Drehkreuz ein, verhielt einen Augenblick wie in tiefem Sinnen, dann *schaute er auf* und, so dachte ich, lächelte ganz leicht, dann band er sich die Schürze fester, darauf warf er einen langen Blick auf Dammit und rief schließlich, wie vereinbart, die Worte –

Eins – zwei – drei – und los!

Prompt beim Worte ›los‹ setzte mein armer Freund sich in Galopp. Das Drehkreuz war der Bildung nach nicht gar so hoch wie Mr. Lord – doch auch nicht ganz so niedrig wie Mr. Lords Rezensenten, und im ganzen war ich mir sicher, daß Dammit darüber springen werde. Und wenn nicht, was wäre dann? – ah, das war die Frage – was geschah, wenn es ihm nicht gelingen sollte? »Welches Recht«, sprach ich,

»hatte denn dieser alte Herr, einen anderen Herrn überhaupt springen zu lassen? Das kleine alte Hinkebein! wer *ist* er denn? Sollte er *mich auffordern* zu springen, ich würd's nicht tun, das ist klar, und mir ist's gleich, wer *zum Teufel er ist.*« Die Brücke war, wie gesagt, überwölbt und auf eine sehr absurde Art überdacht, und die ganze Zeit gab es darunter ein höchst unangenehmes Echo – ein Echo, wie ich es noch nie so sonderbar bemerkt wie da, als ich die vier letzten Worte meiner Rede äußerte.

Doch was ich gesagt oder was ich gedacht oder was ich gehört, nahm nur einen Augenblick in Anspruch. In weniger denn fünf Sekunden nach dem Start hatte mein armer Toby den Sprung vollbracht. Ich sah, wie er hurtig rannte und gewaltig vom Boden der Brücke absprang, wobei er, als er hochschnellte, die Beine gar behende schwang. Ich sah ihn hoch in der Luft, wie er in bewundernswerter Weise genau über dem Drehkreuz den Kobolz schoß; und natürlich dünkte es mir ein gar eigen Ding, daß er nicht *weiter-* und also drübersprang. Doch der ganze Sprung war die Sache eines Augenblicks, und ehe ich auch nur im mindesten die Möglichkeit zu tieferer Überlegung gehabt hätte, war Mr. Dammit auch schon wieder unten und lag flach auf dem Rücken, auf derselben Seite des Drehkreuzes, von welcher er abgesprungen war. Im gleichen Augenblick sah ich, wie der alte Herr in höchster Eile davonhumpelte, nachdem er in seiner Schürze etwas, das aus der Dunkelheit des Gewölbes gerade über dem Drehkreuz schwer hineingefallen war, aufgefangen und darein gewikkelt hatte. All dies wunderte mich gar sehr; doch blieb mir keine Muße, darüber nachzudenken, denn Mr. Dammit lag sonderbar still da, und ich kam zu dem Schlusse, daß seine Gefühle verletzt seien und er meines Beistandes dringend bedürfe. Ich eilte hin zu ihm und stellte fest, daß er etwas erlitten hatte, was man wohl eine schwere Verletzung nennen darf. Ja, wahrhaftig, er hatte seinen Kopf verloren, welchen ich auch nach gründlicher Suche nirgends finden konnte – so beschloß ich denn, ihn heimzuschaffen und nach den Homöopathen zu schicken. Unterdessen war mir ein Gedanke gekommen, und ich stieß ein Brückenfenster in der Nähe auf; worauf mir sogleich wie ein Blitz die traurige Wahrheit aufging. Etwa fünf Fuß oberhalb vom Drehkreuz, quer durch den Gewölbebogen über dem Fußweg, verlief als Verstrebung ein flacher Eisenbalken, dessen Breite waagerecht lag und der zu einer ganzen Reihe gehörte, welche dazu diente, das Bauwerk in seiner gesamten Ausdehnung zu festigen. Ganz offensichtlich schien mit der Kante dieser Verstrebung der Hals meines unglücklichen Freundes genau in Berührung gekommen zu sein.

Nicht lange überlebte er seinen schrecklichen Verlust. Die Homöopathen verabreichten ihm wohl nicht wenig genug Arznei, und das Wenige, das sie ihm gaben, zögerte er noch zu nehmen. So ward es am Ende schlimmer noch mit ihm, und schließlich starb er gar, eine Lehre für alle aufrührerischen Menschen. Ich benetzte sein Grab mit meinen Tränen, brachte auf seinem Familienwappen einen Schräg*balken* an und schickte über die allgemeinen Begräbniskosten meine sehr bescheidene Rechnung an die Transzendentalisten. Die Schurken weigerten sich zu zahlen, so ließ ich Mr. Dammit denn unverzüglich wieder ausgraben und verkaufte ihn als Hundefutter.

ELEONORA

Sub conservatione formae specificae salva anima.
Raymond Lully

Ich entstamme einem Geschlecht, das berühmt ist ob der Kraft seiner Phantasie und der Glut seiner Leidenschaft. Die Menschen haben mich verrückt genannt; doch steht die Frage noch dahin, ob der Wahnsinn gar als höchstes Genie zu gelten habe oder nicht – ob vieles, das glorreich – ob alles, das tief – nicht doch krankem Geiste entspringe – *Launen* des Gemüts, welche auf Kosten des allgemeinen Verstandes zu Verzückung sich erhoben. Sie, die bei Tage träumen, wissen um viele Dinge, welche denen entgehen, die nur bei Nacht zu träumen pflegen. In ihren grauen Visionen werden ihnen flüchtige Blicke in die Ewigkeit, und erwachend überrieselt sie ein Schauer, da sie erkennen, wie sie dem großen Geheimnis nahe waren. Hie und da, für Augenblicke nur, erfahren sie ein wenig von der Weisheit, die des Guten ist, und mehr aber von der bloßen Erkenntnis, die des Bösen ist. Sie wagen sich, und sei es auch noch so steuer- oder kompaßlos, hinaus auf den weiten Ozean des ›unsäglichen Lichts‹ und wieder, gleich den Abenteurern des Nubischen Geographen, *›aggressi sunt mare tenebrarum, quid in eo esset exploraturi‹*.

Sagen wir denn also, ich sei verrückt. Zumindest räume ich ein, daß es zwei voneinander unterschiedliche Zustände meiner geistigen Existenz gibt – den Zustand klarer Vernunft, welcher ganz unbestreitbar ist und die Erinnerung an Ereignisse betrifft, welche die erste Epoche meines Lebens bilden – und einen Zustand voller Schatten und Ungewißheit, welcher der Gegenwart angehört und der Rückbesinnung auf das, was die zweite große Ära meines

Daseins ausmacht. Darum mag getrost man dem vertrauen, was ich von der früheren Periode erzählen werde; und dem, was ich aus der späteren Zeit berichte, schenke man nur insofern Glauben, als füglich dies geraten scheint; oder ziehe gänzlich es in Zweifel; oder, falls Zweifel gar unmöglich, dann spiele den Ödipus man bei dem Rätsel.

Sie, die ich als Jüngling geliebt und von der ich nun ruhig und bestimmt diese Erinnerungen zu Papier bringe, war die einzige Tochter der einzigen Schwester meiner längst verstorbenen Mutter. Eleonora war meine Base geheißen. Unter einer tropischen Sonne hatten wir stets beieinander gewohnt im Tale des Mannigfarbenen Grases. Kein Schritt, der nicht geleitet, verirrte sich in dieses Tal; denn weitab lag es, hoch droben inmitten einer Kette gigantischer Berge, welche ringsum hoch aufragten über dem Grund und dem Sonnenlicht so den Zutritt zu seinen lieblichsten Winkeln wehrten. Kein Pfad war getreten in seiner Nähe; und um unser glücklich Heim zu erreichen, hätte man, kraftvoll und mit Gewalt, das Laubwerk Tausender und aber Tausender Waldbäume beiseite drängen und die Pracht vieler Millionen duftender Blumen zu Tode trampeln müssen. So lebten wir denn ganz allein und ohne Kenntnis von der Welt dort jenseits unseres Tales – ich, die Base mein und deren Mutter.

Aus den Dämmerregionen hinter den Bergen am oberen Ende unseres umschlossenen Reiches stahl sich gemächlich ein schmaler und tiefer Fluß hervor, klarer denn alles, außer Eleonorens Augen allein; verstohlen schlängelte er sich dahin auf gewundenen Wegen und floß schließlich davon durch eine schattige Schlucht zwischen Hügeln, noch dämmriger denn die, aus denen er hervorgetreten. Wir hießen ihn den ›Fluß des Schweigens‹; denn es war, als ginge von seinem Fließen sanfte Ruhe aus. Kein Murmeln stieg aus seinem Bett empor, und so sanft wanderte er dahin, daß die perlklaren Kiesel, auf denen unser Blick so gerne weilte, tief drunten in seinem Schoße, sich nie und nimmer rührten, sondern in regloser Genüge ruhten, ein jeglicher am angestammten Platze, leuchtend im Glanze, immerdar.

Die Ufer des Flusses wie auch die der vielen flirrenden Bächlein, welche sich auf allerlei Umwegen in sein Wasserbett schlängelten, desgleichen die Flächen, welche sich von den Rändern bis in die Tiefen der Wasser hinab erstreckten, bis sie das Kieselbett drunten erreichten – diese Stellen, und der ganze Grund des Tales nicht minder, vom Flusse bis hin zu den Bergen, welche es umschlossen, waren allüberall bedeckt von einem Teppich aus weichem grünem Gras, dicht, kurz, aufs vollkommenste glatt und vanilleduftend, doch so über und über gesprenkelt vom gelben Hahnenfuß, dem weißen Maßliebchen, dem blauen Veilchen und dem rubinroten Asphodill, daß die gar grenzenlose Schönheit laut unseren Herzen von Gottes Liebe und Herrlichkeit kündete.

Und hie und da auf diesem grasigen Grunde wuchsen in Hainen, Wildnissen in Träumen gleich, phantastische Bäume empor, deren hohe schlanke Stämme nicht kerzengerade aufragten, sondern sich anmutig neigten, dem Lichte entgegen, welches zur Mittagszeit hereinlugte in des Tales Mitte. Ihre Rinde, schöngescheckt, schimmerte lebhaft, wechselnd zwischen Ebenholz und Silber, und war glatter denn alles, außer Eleonorens Wangen allein; so daß, wäre nicht das Glitzergrün der großen Blätter gewesen, das von ihren Wipfeln in langen Linien herabflimmerte und mit den Zephirn tändelte, man sie für Syriens gigantische Schlangen hätte halten können, die ihrem Souverän, der Sonne, huldigen.

Hand in Hand durch dieses Tal, fünfzehn lange Jahre, streifte ich mit Eleonoren, ehe die Liebe in unsere Herzen Einzug hielt. Eines Abends war es, da das dritte Lustrum ihres Lebens zu Ende sich neigte, und das vierte des meinigen, daß wir, eins vom andern fest umschlungen, unter den schlangengleichen Bäumen saßen, am Flusse des Schweigens, und auf unsere Spiegelbilder drunten in seinen Wassern schauten. Keiner sprach in Worten mehr den Rest des ganzen süßen Tages; und auch am andern Morgen noch waren bebend unsere Worte und gar wenige nur. Wir hatten den Gott Eros jener Woge entlockt, und spürten nun, wie er unsrer Vorfahren Feuerseelen in uns entfachte. Die Leidenschaften, die unserem Geschlecht jahrhundertelang zu eigen, drängten nun herbei, mitsamt den wunderlichen Phantasien, für die es gleichermaßen berühmt gewesen, und aus ihrer beider Odem strömte unbändige Wonne über das Tal des Mannigfarbenen Grases. Alles wandelte sich mit einem Male. Seltsam schimmernde Blumen, sternengleich, brachen plötzlich an den Bäumen auf, wo Blumen zuvor unbekannt gewesen. Der grüne Teppich ward tiefer in seiner Tönung; und wie, eins nach dem andern, die weißen Maßliebchen schwanden, da schossen an ihrer Stelle zehn mal zehn der rubinroten Asphodillblüten empor. Und Leben erwachte auf unseren Pfaden; denn mit all den farbenprächtigen Vögeln plusterte der ranke Flamingo, bislang hier nicht gesichtet, sein Scharlachgefieder vor uns auf. Gold- und Silberfische tummelten sich im Flusse, aus dessen Tiefe nach und nach leises Rauschen sich erhob und schließlich anschwoll zu einer Wiegenmelodie, himmlischer als die der Äolsharfe – süßer als alles, außer Eleonorens Stimme allein. Und nun – wir hatten lang sie schon in Hespers Regionen erspäht – schwebte von dort auch eine gewaltige Wolke heran, allschimmernd in Gold und Karmin, hing friedvoll da droben über uns und senkte sich hernieder, Tag um Tag, tiefer und tiefer, bis ihre Ränder auf den Gipfeln der Berge ruhten, daß deren Dämmerdunkel zu Herrlichkeit gewandelt ward und wir, wie für ewig, eingeschlossen waren in ein verwunschenes Gefängnis aus Größe und aus Glanz.

Die Lieblichkeit Eleonorens war die der Seraphim; doch war sie eine Jungfrau, natürlich und rein, wie das kurze Leben, das sie inmitten der Blumen geführt. Kein Arg verhüllt die Liebesglut, welche ihr Herz beseelte, und mit mir gemeinsam ergründete sie dessen innerste Winkel, indes wir zusammen im Tale des Mannigfarbenen Grases wandelten und die gewaltigen Veränderungen besprachen, welche sich seit kurzem darin vollzogen.

Schließlich, da unter Tränen sie eines Tages von der letzten düsteren Veränderung gesprochen, so sie dem

Menschsein zwangsläufig beschieden ist, verweilte sie hinfort nur bei diesem einen traurigen Thema noch und wob es in all unsere Gespräche ein, ganz so, wie in den Versen des Dichters von Schiras die nämlichen Bilder sich wiederholen, immer und immer wieder, in jeder nur möglichen eindrucksvollen Sprach-Variation.

Sie hatte erkannt, daß der Finger des Todes ihren Busen berührt hatte – daß sie, der Ephemera gleich, in vollkommener Lieblichkeit geschaffen war, nur um zu sterben; doch das Grauen des Grabes bestand für sie einzig in der einen Vorstellung, welche sie mir eines Abends zur Dämmerung an den Ufern des Flusses des Schweigens offenbarte. Sie grämte sich ob des Gedankens, daß ich, nachdem im Tale des Mannigfarbenen Grases ich sie begraben hätte, für immer dessen glückliche Gefilde verlassen würde, um die Liebe, welche jetzt so leidenschaftlich ihr gehörte, auf ein Mädchen der äußeren und gemeinen Welt zu übertragen. Und alsogleich warf ich mich Eleonoren hastig zu Füßen nieder und brachte ihr und dem Himmel ein Gelübde dar, daß ich mich niemals mit einer Tochter der Erde in Ehe verbinden wolle – daß ich in keiner Weise mich ihrem teuren Andenken treulos erweisen wolle oder dem Andenken der innigen Zuneigung, mit der sie mich gesegnet hatte. Und ich rief den mächtigen Herrscher des Alls zum Zeugen des fromm-feierlichen Ernstes meines Gelübdes an. Und der Fluch, welchen ich, sollte ich meinem Versprechen je untreu werden, mir von IHM und von ihr, einer Heiligen in Helusion dann, erflehte, schloß eine Strafe ein, so über die Maßen grausig, daß hier ich füglich nicht davon berichten kann. Und die strahlenden Augen Eleonorens strahlten noch heller bei meinen Worten; und sie seufzte, als wäre eine tödliche Last ihr von der Brust genommen; und sie zitterte und weinte gar bitterlich; aber sie ließ das Gelübde gelten (denn was war sie anders denn ein Kind?), und es machte ihr das Sterbebett leicht. Und sie sagte zu mir, nicht viele Tage darauf, indes sie ruhig ans Sterben ging, daß sie darob, was ich ihrem Geiste zum Troste getan, sie in ebenjenem Geiste, wenn sie dahingegangen sei, über mich wachen wolle und, so es ihr gestattet sei, in den Stunden der Nacht sichtbar zu mir zurückkehren wolle; sollte dies jedoch außerhalb der Macht der Seelen im Paradiese stehen, so wolle sie zumindest häufige Zeichen ihrer Gegenwart mir geben; mir zuseufzen im Abendwind oder die Luft, die ich atmete, mit Wohlgeruch füllen aus den Weihrauchgefäßen der Engel. Und mit diesen Worten auf den Lippen gab sie ihr unschuldiges Leben auf und setzte der ersten Periode des meinigen ein Ende.

Soweit habe ich getreulich berichtet. Doch nun, da ich die Sperre passiere, welche der Tod meiner Geliebten auf dem Pfade der Zeit errichtet hat, und zu dem zweiten Abschnitt meines Lebens übergehe, fühle ich, wie ein Schatten über mein Hirn sich breitet, und ich zweifle an der vollkommenen Vernunft des Berichtes. Doch will ich fortfahren. – Die Jahre schleppten sich träge dahin, und noch immer weilte ich im Tale des Mannigfarbenen Grases – doch nun hatten sich alle Dinge ein zweites Mal verändert. Die sterngleichen Blumen zogen sich in die Baumstämme zurück und erschienen nimmermehr. Die Tönung des grünen Teppichs verblaßte; und einer nach dem andern welkten die rubinroten Asphodille dahin; und an ihrer Stelle wuchsen zehn mal zehn dunkle Veilchen augengleich empor, die sich ängstlich krümmten, immerzu schwer von Tau. Und das Leben schwand von unseren Pfaden; denn es prunkte der schlanke Flamingo vor uns mit seinem Scharlachgefieder nicht mehr, sondern flog traurig aus dem Tale von dannen in die Berge, samt der ganzen farbenprächtigen Vogelschar, die sich in seinem Gefolge eingestellt hatte. Und die Gold- und Silberfische schwammen davon durch die Schlucht am unteren Ende unseres Reiches und schmückten den lieblichen Fluß nimmermehr. Und die Wiegenmelodie, welche sanfter denn die Windharfe des Äolus und himmlischer denn alles gewesen war, außer Eleonorens Stimme allein, sie starb nach und nach dahin, raunte leiser und immer leiser, bis der Fluß schließlich wieder gänzlich in sein ursprüngliches feierliches Schweigen verfiel. Und zuletzt dann hob sich die gewaltige Wolke empor, überließ dic Gipfel der Berge dem Dämmer von einst, versank wieder in Hespers Regionen und nahm mit sich all die Mannigfalt goldglänzender Glorie aus dem Tale des Mannigfarbenen Grases.

Doch die Versprechen Eleonorens waren nicht vergessen; denn ich vernahm das Gesäusel, da die Engel die Weihrauchgefäße schwangen; und immerfort strömten heilige Düfte durch das Tal; und in einsamen Stunden, wenn das Herz mir schwer, strichen Lüfte, mit sanften Seufzern beladen, mir über die Stirn; und oft erfüllte Raunen undeutlich die nächtliche Luft; und einmal – ach, ein einziges Mal nur!, ward ich geweckt aus meinem Schlummer, dem Schlaf des Todes gleich, als sich Geisterlippen auf die meinen preßten.

Doch die Leere in meinem Herzen wollte sich, selbst so, nicht ausfüllen lassen. Ich sehnte mich nach der Liebe, welche zuvor zum Überströmen es erfüllt. Am Ende gar *peinigte* mich das Tal ob der Erinnerungen an Eleonoren, und ich verließ es für immer, für die Eitelkeiten und die turbulenten Triumphe dieser Welt.

Ich fand mich wieder in einer fremden Stadt, wo alles dazu angetan sein mochte, aus meinem Gedächtnis die süßen Träume zu tilgen, die ich im Tale des Mannigfarbenen Grases so lange geträumt. Die prunkvolle Pracht einer stattlichen Hofhaltung, der Waffen tolles Getöse und die strahlende Schönheit der Frauen verwirrten und betörten meinen Verstand. Aber noch war meine Seele ihrem Gelübde treu geblieben, und in den stillen Stunden der Nacht empfing ich noch immer die Zeichen von Eleonorens Gegenwart. Urplötzlich nun hörten sie auf, diese Bekundungen; und die Welt ward dunkel vor meinen Augen; und erschrocken stand ich da ob der glutvollen Gedanken, welche von mir Besitz ergriffen – ob der schrecklichen Versuchungen, welche mich bedrängten; denn da kam von weit, weit her, aus einem fernen fremden Land, an den kurzweiligen Hof des Königs, dem ich diente, eine Jungfrau, deren Schönheit mein ganzes ungetreues Herz sofort erlag – an deren Schemel ich mich kampflos niederbeugte, in der feurigsten, in der unterwürfigsten Verehrung der Liebe. Ja, wahrhaftig, was war meine Leidenschaft für das junge Mädchen in dem Tale gewesen, verglichen mit der Glut und der Raserei und der den Geist beflügelnden Ekstase dieser Anbetung, in welcher ich meine ganze Seele zu Füßen der himmlischen Ermengarde in Tränen ergoß? – Oh, strahlend war der Seraph Ermengarde! und in diesem Wissen hatte ich nicht Raum für eine andere. – Oh, göttlich war der Engel Ermengarde! und da ich schaute in die Tiefen ihrer erinnernden Augen, dachte ich nur an diese – und *an sie.*

Ich ließ mich trauen – und spürt' kein Grauen vor dem Fluch, den ich erfleht; auch ward seine Bitternis nicht heimgesucht an mir. Und einmal – doch noch einmal nur drangen in nächtlicher Stille durch mein Gitterfenster die sanften Seufzer, die mir verstummt; und sie wurden zur vertrauten süßen Stimme, die da sprach:

»Ruhe in Frieden! – denn der Geist der Liebe heischet und herrschet, und da an dein leidenschaftlich Herz du genommen, die da heißt Ermengarde, bist du erlöset – die Ursach sollst dereinst im Himmel du erfahren – von dem Gelübde, so du getan Eleonoren.«

DREI SONNTAGE IN EINER WOCHE

›Du hartherziger, dämlicher, störrischer, blöder, öder, spröder, schnöder alter Hundsfott!‹ sprach ich in Gedanken eines Nachmittags zu meinem Großonkel Rumdussel und drohte ihm im Geiste mit der Faust.

Im Geiste nur. Die Sache ist nämlich die, daß just da eine unerhebliche Diskrepanz bestand zwischen dem, was ich sagte und was zu sagen ich den Mut nicht hatte – zwischen dem, was ich tat und was zu tun ich nicht übel Lust verspürte.

Als ich die Tür zum Wohnzimmer öffnete, saß der alte Fettwanst da, die Füße auf dem Kaminsims und einen Humpen Portwein in der Pfote, und plagte sich im Schweiße seines Angesichts, dem Liedlein Genüge zu tun, das da geht

Remplis ton verre vide!
Vide ton verre plein!

»Mein *teurer* Onkel«, sagte ich, indem ich die Türe sachte schloß und mit dem gewinnendsten Lächeln auf ihn zutrat, »Sie sind stets so *überaus* gütig und aufmerksam und haben Ihr Wohlwollen auf so vielerlei – so *überaus* vielfältige Weise bewiesen – daß – daß ich fühle, ich brauche zu Ihnen nur noch einmal andeutungsweise die kleine Angelegenheit zu erwähnen, um mich Ihrer vollen Einwilligung zu versichern.«

»Hm!« sagte er, »guter Junge! fahre fort!«

»Ich bin sicher, mein teuerster Onkel (du verdammter alter Schuft!), daß Sie nicht wirklich im Ernste die Absicht hegen, sich meiner Verbindung mit Kate entgegenzustellen. Das ist nur ein Scherz von Ihnen, ich weiß – ha! ha! ha! –, wie so *ungeheuer* witzig Sie bisweilen doch sind.«

»Ha! ha! ha!« sagte er, »zum Teufel mit dir! ja!«

»Gewiß – natürlich! Ich habe doch *gewußt*, Sie haben nur Spaß gemacht. Nun, Onkel, Kate und ich möchten im Augenblick nur das eine, daß Sie die Güte hätten, uns Ihren Rat angedeihen zu lassen, was – was den *Zeitpunkt* betrifft – Sie wissen schon, Onkel – kurz, wann es Ihnen selber wohl am besten passen wolle, daß die Hochzeit – äh – hm, abläuft, Sie verstehen?«

»Abläuft, du Gauner! – was soll denn das heißen? – Warte doch lieber, bis sie anläuft.«

»Ha! ha! ha! – he! he! he! – hi! hi! hi! – ho! ho! ho! – hu! hu! hu! – oh, das ist gut! – oh, ganz groß! – *so* ein Witz! Doch *jetzt* im Augenblick, Onkel, verstehen Sie, ist alles, was wir wollen, daß Sie den Zeitpunkt genau nennen.«

»Ah! – genau?«

»Ja, Onkel – das heißt, wenn es Ihnen recht ist.«

»Würde es nicht reichen, Bobby, wenn ich es so ungefähr beließe – sagen wir zum Beispiel irgendwann innerhalb eines Jahres oder so? – *muß* es denn ganz genau sein?«

»*Wenn* Sie die Güte haben wollten, Onkel – genau.«

»Na schön, also dann, Bobby, mein Junge – du bist ein kluges Kerlchen, nicht wahr? – da du den genauen Zeitpunkt *wünschst*, will ich – also, da will ich dir dies eine Mal den Gefallen tun.«

»Liebster Onkel!«

»Still, Sir!« (meine Stimme übertönend) – »ich will dir dies eine Mal den Gefallen tun. Du sollst mein Einverständnis haben – und den Mammon dazu, die hunderttausend Pfündchen, die dürfen wir ja nicht vergessen – laß mal sehen! wann soll's denn also sein? Heute ist Sonntag – stimmt's? Nun denn, die Hochzeit soll genau dann sein – paß gut auf jetzt! – *genau dann, wenn drei Sonntage in eine Woche fallen!* Hörst du, mein Herr! Was glotzt du denn so? Ich sage, du sollst Kate und den Mammon kriegen, wenn drei Sonntage in eine Woche fallen – aber nicht *eher* – du junger Bruder Liederlich – nicht *eher*, und sollte es mein

Leben kosten. Du kennst mich – *ich bin ein Mann von Wort* – und nun fort mit dir!« Und damit leerte er seinen Humpen Portwein, dieweil ich verzweifelt aus dem Zimmer stürzte.

Ein sehr ›feiner alter englischer Gentleman‹, das war mein Großonkel Rumdussel, doch anders als der im Liede hatte er seine schwachen Punkte. Sie war schon wer, diese kleine, pralle, prahlerische, passionierte Halbkugel, mit einer roten Nase, einem dicken Schädel, einer wohlgefüllten Börse und einem ausgeprägten Bewußtsein der eigenen Wichtigkeit. Trotz des besten Herzens von der Welt brachte er es doch durch einen allbeherrschenden *Widerspruchs*geist fertig, bei denen, die ihn nur flüchtig kannten, sich den Ruf eines Griesgrams und Geizkragens zu erwerben. Gleich vielen ausgezeichneten Menschen schien er regelrecht von einem *Quäl*geist besessen, dessen Schurigelei man bei flüchtigem Hinsehen leicht als Bosheit mißverstehen konnte. Auf jegliches Ersuchen antwortete er sofort mit einem entschiedenen »Nein!«; doch am Ende – am fernen, fernen Ende – gab es nur außerordentlich wenige Bitten, welche er wirklich abgeschlagen hätte. Gegen alle Angriffe auf seinen Geldbeutel wehrte er sich aufs entschiedenste; doch der Betrag, den man ihm schließlich abnötigte, stand allgemein im direkten Verhältnis zur Länge der Belagerung und zur Hartnäckigkeit des Widerstandes. Für mildtätige Zwecke gab keiner großzügiger oder widerwilliger.

Für die schönen Künste und im besonderen die Literatur hegte er abgrundtiefe Verachtung. Das hatte ihm Casimir Périer eingegeben, dessen kleine freche Frage *›A quoi un poète est-il bon?‹* er mit sehr possierlicher Aussprache als das *non plus ultra* logischen Witzes zu zitieren pflegte. So hatte auch meine eigene Neigung zu den Musen sein völliges Mißfallen erregt. Eines Tages, als ich ihn um eine neue Horaz-Ausgabe bat, versicherte er mir, die Übersetzung von *Poeta nascitur non fit* laute ›Ein Poet ist ein genasführter Taugenichts‹ – eine Bemerkung, welche mich sehr verstimmte. Seine Abneigung gegen ›die Humaniora‹ war in letzter Zeit auch sehr viel größer geworden durch eine jähe, zufällig entstandene Vorliebe für etwas, das er als Naturwissenschaft ansah. Da hatte ihn doch einer auf der Straße angesprochen und ihn für keinen Geringeren als den Doktor Dee R. Juhr gehalten, den Professor für Naturhokuspokus. Dies veranlaßte ihn zu jäher Schwenkung; und just zur Zeit dieser Geschichte – denn eine Geschichte soll es schließlich und endlich doch noch werden – war mein Großonkel Rumdussel ansprechbar und friedfertig nur auf Punkte hin, welche zufällig mit den Kapriolen des Steckenpferds, das er derzeit ritt, übereinstimmten. Ansonsten lachte er mit Armen und Beinen, und seine politischen Ansichten waren eigensinnig und leicht verständlich. Er meinte mit Horsley, daß ›das Volk mit den Gesetzen nichts anderes zu tun hat, als ihnen zu gehorchen‹.

Ich hatte mein Lebtag lang bei dem alten Herrn gelebt. Auf dem Sterbebett hatten meine Eltern mich ihm zum köstlichen Vermächtnis hinterlassen. Ich glaube, der alte Schurke liebte mich wie sein eigenes Kind – beinahe, wenn nicht gar ganz so, wie er Kate liebte –, doch war's bei alledem ein Hundeleben, das er mir bereitete. Vom ersten bis zum fünften Lebensjahr erwies er sich mir mit regelmäßigen Züchtigungen gefällig. Von fünf bis fünfzehn drohte er mir stündlich mit der Besserungsanstalt. Von fünfzehn bis zwanzig verging nicht ein Tag, an dem er mir nicht gelobte, mich zu enterben. Ich trieb's gar arg, das ist wahr – doch war es nun einmal Teil meiner Natur – ein Artikel meines Glaubens. In Kate jedoch besaß ich eine treue Freundin, und ich wußte das. Sie war ein gutes Mädchen und sagte mir in sehr süßen Worten, daß ich sie haben könne (mitsamt dem Mammon und allem), wann immer ich meinen Großonkel Rumdussel dazu breitzuschlagen vermöchte, sich zu der notwendigen Einwilligung zu verstehen. Das arme Ding! – sie war kaum fünfzehn, und ohne diese Zustimmung wäre an ihr kleines in Staatspapieren angelegtes Vermögen nicht eher heranzukommen, als bis fünf endlose Sommer ›ihre träge Länge dahingeschleppt‹ hätten. Was also tun? Mit fünfzehn oder selbst mit einundzwanzig (denn ich hatte nun meine fünfte Olympiade bereits hinter mir) dünken einen fünf zu gewärtigende Jahre dasselbe wie fünfhundert. Vergebens bestürmten wir den alten Herrn mit beharrlichen Bitten. Hier lag eine *pièce de résistance* vor (wie die Herren Ude und Carême sagen würden), wie sie seiner verstockten Phantasie aufs Haar genau paßte. Es hätte sogar Hiob höchstpersönlich Entrüstung entlockt, hätte er mit ansehen müssen, als welch arger Mäusefänger er sich uns zwei armen elenden Mäuslein gegenüber gebärdete. Im Herzen wünschte er dabei nichts sehnlicher denn unsere Verbindung. Dies war für ihn schon längst beschlossene Sache. Ja, er hätte sogar zehntausend Pfund aus seiner eigenen Tasche darangegeben (Kates hunderttausend *gehörten ihr*), wenn ihm so etwas wie eine Ausrede hätte einfallen mögen, um unseren so natürlichen Wünschen entgegenzukommen. Doch wir waren nun einmal so unklug gewesen, *selbst* davon anzufangen. Sich unter solchen Umständen nicht zu widersetzen, davon bin ich zutiefst überzeugt, stand einfach nicht in seiner Macht.

Wie gesagt, er hatte seine schwachen Punkte; doch wenn ich davon spreche, so darf man das nicht so verstehen, als meinte ich damit seinen Eigensinn: der war eine seiner Stärken – *›assurément ce n'était pas sa foible‹*. Wenn ich von seiner Schwäche rede, so spiele ich damit auf einen *wunderlichen* Altweiber-Aberglauben an, in dem er befangen war. Träume, Vorzeichen *et id genus omne* von Geschwätz, da war er ganz groß. Auch achtete er mit übertriebener Peinlichkeit auf all die kleinen Ehrensachen, und ohne Zweifel war er, auf seine eigene Weise, ein Mann von Wort. Tatsächlich war dies eines seiner Steckenpferde. Den *Geist* seiner Gelübde für nichts zu achten, kannte er keine Skrupel, der *Buchstabe* jedoch war ihm heilige Verpflichtung. Diese letztere Eigenart in seinem Charakter war es nun, welche Kates Findigkeit eines schönen Tages, nicht lange nach unserer Unterredung im Speisezimmer, auf höchst unerwartete Weise sich zunutze zu machen verstand; und nachdem ich solcherart im Stile aller modernen Barden und Redner die ganze mir zu Gebote stehende Zeit und nahezu den ganzen mir verfügbaren Raum mit den *prolegomena* aufgebraucht habe, will ich nun mit wenigen Worten zusammenfassen, was im ganzen die Quintessenz der Geschichte ausmacht.

Der Zufall wollte es – so hatten es die Schicksalsschwestern bestimmt –, daß sich unter den seemännischen Bekannten meiner Anverlobten zwei Herren befanden, die soeben den Fuß auf englischen Boden gesetzt hatten, nachdem ein jeder von ihnen ein Jahr lang auf Reisen in fremde Länder unterwegs gewesen war. In Begleitung dieser Herren statteten meine Base und ich nach vorheriger Verabredung Onkel Rumdussel einen Besuch ab, am Nachmittag des zehnten Oktober, einem Sonntag – genau drei Wochen nach jener denkwürdigen Entscheidung, die auf so grausame Weise unsere Hoffnungen zerschlagen hatte. Wohl eine halbe Stunde lang ging die Unterhaltung über gewöhnliche Gegenstände, endlich aber gelang es uns, ihr ganz selbstverständlich die folgende Wendung zu geben:

Kapitän Pratt: »Nun, ich bin genau ein Jahr fort gewesen. Heute ist's genau ein Jahr, so wahr ich lebe – lassen Sie mich sehen! ja! – heute ist der zehnte Oktober. Sie erinnern sich doch, Mr. Rumdussel, heute vor einem Jahr war ich bei Ihnen, um mich zu verabschieden. Ach, übrigens, ist das nicht *wirklich* ein merkwürdiger Zufall, wie – daß unser Freund hier, Kapitän Smitherton, ebenfalls genau ein Jahr fort gewesen ist – auf den Tag genau ein Jahr?«

Smitherton: »Jawohl! haargenau ein Jahr! Sie werden sich erinnern, Mr. Rumdussel, daß ich voriges Jahr am selben Tag zusammen mit Kapitän Pratt bei Ihnen meinen Abschiedsbesuch gemacht habe.«

Onkel: »Ja, ja, ja – ich erinnere mich sehr wohl – wirklich sehr merkwürdig! Beide sind Sie genau ein Jahr weg gewesen. Wahrhaftig, ein sehr merkwürdiges Zusammentreffen! Genau das, was Doktor Dee R. Juhr eine außergewöhnliche Koinzidenz der Ereignisse nennen würde. Doktor Dee –«

Kate (ihm ins Wort fallend): »Gewiß, Papa, das *ist* schon merkwürdig; aber andererseits sind Kapitän Pratt und Kapitän Smitherton ja gar nicht zusammen die gleiche Route gefahren, und das ist denn doch ein Unterschied, weißt du.«

Onkel: »Davon weiß ich ganz und gar nichts, du vorlautes Ding! – Woher auch? Ich meine, das macht die Sache nur noch bemerkenswerter. Doktor Dee R. Juhr –«

Kate: »Freilich, Papa, Kapitän Pratt ist um Kap Hoorn gefahren, und Kapitän Smitherton segelte um das Kap der Guten Hoffnung.«

Onkel: »Ganz recht! – der eine ist also gen Osten und der andere gen Westen gefahren, du Wildfang, und beide sind sie rund um die ganze Welt gekommen. Nebenbei bemerkt, Doktor Dee R. Juhr –«

Meine Wenigkeit (hastig): »Kapitän Pratt, Sie müssen morgen abend zu uns kommen – Sie und Smitherton – Sie können uns dann alles von Ihrer Reise erzählen, wir spielen noch eine Partie Whist und –«

Pratt: »Whist, mein Bester – Sie haben wohl vergessen. Morgen ist Sonntag. An einem andern Abend –«

Kate: »Ach nein, pfui! – *Ganz* so schlecht ist Robert ja nun doch nicht. *Heute* ist Sonntag.«

Onkel: »Gewiß – gewiß!«

Pratt: »Ich bitte Sie beide um Verzeihung – aber so kann ich mich nun wirklich nicht irren. Ich weiß genau, morgen ist Sonntag, weil –«

Smitherton (sehr überrascht): »Wo haben Sie denn alle Ihre Gedanken? War denn nicht *gestern* Sonntag, das hätte ich doch gern gewußt?«

Alle: »Gestern, Sie erst noch! unmöglich! Da irren Sie sich!«

Onkel: »Heute ist Sonntag, sage ich – nicht wahr?«

Pratt: »O nein! – morgen ist Sonntag.«

Smitherton: »Sie sind wohl *alle* miteinander nicht bei Trost – jeder einzelne von Ihnen. So sicher, daß ich auf dem Stuhl hier sitze, so genau weiß ich auch, daß gestern Sonntag war.«

Kate (heftig aufspringend): »Ich hab's – ich verstehe das Ganze. Papa, das ist die Strafe Gottes für dich – wegen –

wegen, du weißt schon, weswegen. Laßt mich ausreden, und ich will das Ganze augenblicklich erklären. Das ist wirklich eine sehr einfache Sache. Kapitän Smitherton sagt, gestern sei Sonntag gewesen: so war's auch; er hat recht. Vetter Bobby und Onkel und ich sind der Meinung, daß heute Sonntag ist: so ist's; wir haben auch recht. Kapitän Pratt behauptet, morgen wäre Sonntag: stimmt; er hat ebenfalls recht. Die Sache ist die, wir haben alle recht, und so sind *drei Sonntage in eine Woche gefallen.*«

Smitherton (nach einer Pause): »Tja, Pratt, Kate hat den Finger drauf. Wie dumm von uns beiden! Mr. Rumdussel, die Sache verhält sich so: die Erde hat, wie Sie wissen, vierundzwanzigtausend Meilen Umfang. Nun kreist ja diese Erdkugel um ihre eigene Achse – sie rotiert – sie dreht sich um sich selber – also um diese Strecke von vierundzwanzigtausend Meilen, welche sie in genau vierundzwanzig Stunden von Westen nach Osten zurücklegt. Verstehen Sie, Mr. Rumdussel?«

Onkel: »Gewiß – gewiß – Doktor Dee –«

Smitherton (seine Stimme übertönend): »Nun gut, Sir; das bedeutet also eine Geschwindigkeit von tausend Meilen in der Stunde. Nun, nehmen wir einmal an, ich fahre von dieser Position aus tausend Meilen nach Osten. Natürlich komme ich dem Sonnenaufgang hier in London um genau eine Stunde zuvor. Ich sehe die Sonne eine Stunde eher aufgehen als Sie. Bewege ich mich nun in derselben Richtung noch weitere tausend Meilen, so ist der Sonnenaufgang für mich zwei Stunden vorher – nochmals tausend, und es sind schon drei Stunden, und so weiter und so fort, bis ich den Erdball einmal vollkommen umfahren habe und wieder an der Stelle hier ankomme, wonach ich dann also, da ich vierundzwanzigtausend Meilen nach Osten gefahren bin, dem Londoner Sonnenaufgang um nicht weniger als vierundzwanzig Stunden voraus bin; das heißt, ich habe vor Ihrer Zeit einen ganzen Tag *Vorsprung*. Klar, hm?«

Onkel: »Aber Dee R. Juhr –«

Smitherton (sehr laut): »Kapitän Pratt hingegen war, wenn er tausend Meilen von hier aus nach Westen gefahren ist, eine Stunde, und wenn er vierundzwanzigtausend Meilen nach Westen zurückgelegt hatte, vierundzwanzig Stunden oder einen ganzen Tag *hinter* der Londoner Zeit zurück. Und so war denn für mich schon gestern Sonntag – und so ist für Sie also heute Sonntag – und so ist für Pratt eben erst morgen Sonntag. Und was noch wichtiger ist, Mr. Rumdussel, es ist sonnenklar, daß wir *alle recht* haben; denn es läßt sich wohl keinerlei philosophischer Grund anführen, warum die Meinung des einen von uns der des andern vorzuziehen sei.«

Onkel: »Du lieber Himmel! – nun, Kate – nun, Bobby! – da trifft mich wirklich die Strafe Gottes, wie ihr sagt. Aber ich stehe zu meinem Wort – *merkt euch das!* Du sollst sie also haben, mein Junge (Mammon und alles), wenn du möchtest. Reingefallen, Donnerwetter! Drei Sonntage gleich hintereinander! Da muß ich gleich gehen und sehen, was Dee R. Juhr *dazu* meint.«

DAS OVALE PORTRÄT

Das *château*, in welches mein Diener gewaltsam eingedrungen, damit ich, schwer verwundet, die Nacht nicht im Freien zubringen müsse, war eines jener gewaltigen Gemäuer aus düstrer Gräue und Größe zugleich, wie sie schon von alters her finster in den Apenninen ragen, in der Wirklichkeit nicht minder denn in der Phantasie der Mrs. Radcliffe. Allem Anschein nach war es erst vor kurzem und vorübergehend nur verlassen worden. Wir richteten uns in einem der kleinsten und nicht ganz so verschwenderisch ausgestatteten Gemächer ein. Es befand sich in einem entlegenen Turme des Schlosses. Die Ausschmückung war zwar prächtig, doch alt schon und verschlissen. Die Wände waren mit gewirkten Tapeten behangen, auch zierten diese mannigfaltige und vielgestaltige wappengeschmückte Siegeszeichen, desgleichen eine ungewöhnlich große Zahl überaus beseelter moderner Gemälde in prunkvollen gülden-arabesken Rahmen. Vielleicht lag es an meinem beginnenden Fieberwahn, doch diese Gemälde, welche allenthalben an den Wänden hingen, nicht nur da, wo sich große glatte Flächen boten, sondern ebenso in den vielen Nischen, wie sie die bizarre Architektur des Schlosses nun einmal geschaffen hatte – diese Gemälde zogen meine Aufmerksamkeit unwiderstehlich an; so daß ich Pedro bat, die schweren Fensterläden des Raumes zu schließen – war es doch bereits Nacht –, die Kerzen eines großen Kandelabers anzuzünden, welcher am Kopfende meines Bettes stand – und die schwarzen, gefransten Samtvorhänge, welche das Bett selber einhüllten, weit aufzuziehen. Dies alles veranlaßte ich, damit ich mich, wenn schon nicht dem Schlafe, so doch zumindest wechselweise der Betrachtung dieser Bilder hingeben konnte sowie der Lektüre eines Büchleins, das auf dem Kissen ich gefunden und das eine kritische Beschreibung der Bilder enthielt.

Lang – lange las ich – und andächtig-andachtsvoll schaute ich. Schnell und köstlich verflogen die Stunden, und tiefe Mitternacht kam. Die Stellung des Leuchters gefiel mir nicht, also streckte ich – meinen schlafenden Diener wollte ich nicht wecken – mit einiger Mühe die Hand aus und rückte ihn so, daß sein Licht stärker auf das Buch fiel.

Doch damit erzielte ich eine gänzlich unerwartete Wirkung. Der Schein der zahlreichen Kerzen (waren es deren doch viele) drang nun in eine Nische des Gemachs, welche bisher tief im Schatten eines der Bettpfosten gelegen hatte. So sah ich denn in hellem Lichte ein Bild, das mir vorher völlig entgangen war. Es war das Porträt eines jungen, zur Frau heranreifenden Mädchens. Einen hastigen Blick nur warf ich auf das Bild, dann schloß ich die Augen. Weshalb ich dies tat, wußte ich zunächst selber nicht genau. Doch während meine Lider also geschlossen blieben, suchte ich im Geiste den Grund dafür zu finden, daß ich sie geschlossen. Es war eine impulsive Bewegung gewesen, um Zeit zum Nachdenken zu gewinnen – um mich zu vergewissern, daß mein Blick mich nicht trog – um meine Phantasie zu beruhigen und ihr zugunsten eines nüchterneren, sichereren Blickes Zügel anzulegen. Alsbald schaute ich abermals gebannt auf das Bild. Daß ich nun richtig sah, daran konnte und wollte ich nicht zweifeln; denn kaum hatte der Kerzenschein die Leinwand erhellt, da schien die traumartige Lähmung, welche sich meiner Sinne bemächtigen wollte, auch schon verflogen und ich wieder hellwach.

Das Porträt stellte, ich sagte es schon, ein junges Mädchen dar. Es war nur ein Brustbild, gemalt in der sogenannten *Vignetten*manier, im Stile den beliebten Bildnissen Sullys ähnlich. Die Arme, der Busen und selbst die Spitzen des leuchtenden Haars verschmolzen unmerklich mit dem unbestimmten, doch tiefen Dunkel, welches den Hintergrund des Ganzen bildete. Der Rahmen war oval, reich vergoldet und von arabeskem Filigran. Als Kunstwerk konnte nichts bewundernswerter sein denn das Gemälde selbst. Doch daß ich so unvermittelt und so heftig davon angerührt, mochte weder an der Ausführung des Werkes liegen noch an der überirdischen Schönheit des Antlitzes. Und am allerwenigsten daran, daß meine Phantasie, aus dem Halbschlaf aufgeschreckt, den Kopf etwa für den einer lebendigen Person gehalten hätte. Ich sah sogleich, wie die Eigenart von Darstellung, Vignettierung und Rahmen einen solchen Gedanken wohl sofort hätte verjagen müssen – ja, ihn gar nicht erst auch nur einen Augenblick lang hätte aufkommen lassen. So grübelte ich, indes ich wohl eine Stunde halb sitzend, halb zurückgelehnt verharrte und den Blick nicht von dem Bildnis wandte. Endlich ließ ich mich ins Bett zurücksinken, zufrieden darob, nun das wahre Geheimnis dieser Wirkung zu kennen. Ich hatte herausgefunden, daß der Zauber des Bildes in der absoluten *Lebensechtheit* des Ausdrucks lag, die mich zunächst bestürzt, schließlich verwirrt, überwältigt und entsetzt hatte. Voll tiefer, ehrfurchtsvoller Scheu stellte ich den Kandelaber wieder an seinen früheren Platz. Nachdem die Ursache meiner heftigen Erregung so dem Blick entzogen war, suchte ich begierig in dem Buche nach, darin sich die Gemälde und ihre Geschichte erklärt fanden. Als ich die Nummer aufgeschlagen, unter der das ovale Porträt verzeichnet war, las ich die folgenden seltsam dunklen Worte:

›Sie war eine Jungfrau von außergewöhnlicher Schönheit und genauso heiteren Gemüts wie lieblich anzuschaun. Und verrucht war die Stunde, da sie den Maler sah, ihn liebte und sein Weib ward. Er, der leidenschaftliche, arbeitsame, ernste Mann, hatte schon in seiner Kunst eine Braut; und sie, ein Mädchen von außergewöhnlicher Schönheit und genauso heiteren Gemüts wie lieblich anzuschaun; eitel Licht und Lust und übermütig wie ein junges Reh; allem war sie lieb und gut; haßte nur die Kunst, ihre Nebenbuhlerin; und fürchtete nur Palette und Pinsel und anderes widerwärtiges Utensil, welches das Antlitz des Geliebten ihr raubte. So war es ein gar schrecklich Ding für die junge Gebieterin, als sie den Maler von seinem Wunsche sprechen hörte, er wolle nun auch sie, seine junge

Frau, porträtieren. Sie war aber demütig und gehorsam und saß viele Wochen lang holdselig in dem dunklen, hohen Turmgemach, wo das Licht einzig von oben auf die fahle Leinwand sickerte. Doch er, der Maler, schwelgte in seiner Arbeit, welche Stund um Stunde, Tag um Tag ihren Fortgang nahm. Und er war ein leidenschaftlicher und ungestümer und launischer Mann, der sich in Schwärmerei verlor und also nicht sehen *wollte*, wie das Licht, welches so gespenstisch bleich in jenen einsamen Turm hinabfiel, sein junges Weib an Leib und Seele welken ließ; so siechte sie dahin, alle sahen es, nur er nicht. Doch klagte sie nicht, lächelte fort und fort, weil sie sah, daß der Maler (der hohen Ruhm genoß) mit leidenschaftlicher Glut in seinem Werke aufging und Tag und Nacht sich mühte, sie zu malen, die ihn so liebte und doch mit jedem Tage mutloser und schwächer ward. Und wahrlich, manche, die das Bildnis geschaut, sprachen leise davon, wie ähnlich es sei, als sprächen sie von einem gewaltigen Wunder, und so beweise sich nicht weniger die Macht des Malers denn auch seine tiefe Liebe zu ihr, die er so unübertrefflich malte. Doch schließlich, da die Arbeit ihrer Vollendung nahte, fand keiner Einlaß mehr im Turm; denn der Maler war wie von Sinnen, seine Besessenheit grenzenlos, und kaum mehr wandte den Blick er von der Leinwand, nicht einmal, das Antlitz seines Weibes zu schaun. Und nicht sehen *wollte* er, wie die Farben, die auf die Leinwand er auftrug, den Wangen derer entzogen waren, die da neben ihm saß. Und als viele Wochen vergangen und nur wenig noch zu tun blieb – ein Pinselstrich am Mund und ein Hauch Farbe noch am Aug –, da flackerte das Lebenslicht der jungen Frau noch einmal auf wie die Flamme in der Hülse der Lampe. Und dann war der Pinselstrich getan und der Farbhauch aufgetragen; und einen Augenblick stand der Maler verzückt vor dem Werke, das er geschaffen; im nächsten aber, indes er darauf noch starrte, begann er zu zittern, sehr bleich ward er und erschrak. ‚Wahrhaftig', rief er mit lauter Stimme, ‚das ist das *Leben* selbst!' und wandte sich sogleich, seine Liebste zu schaun: – *Sie war tot!*‹

DIE MASKE DES ROTEN TODES

Der Rote Tod hatte lang das Land verheert. Keine Pestilenz war je so unheilvoll gewesen, so gräßlich. Blut war ihr Avatara und ihr Siegel – die Röte und das Grauen des Blutes. Sie brachte heftige Schmerzen und plötzliche Benommenheit, dann starke Blutungen aus allen Poren und schließlich den Tod. Die scharlachroten Flecken auf dem Körper und besonders im Gesicht des Opfers waren der Pestbann, der es von der Hilfe und dem Mitgefühl seiner Gefährten ausschloß. Und Ausbruch, Fortschreiten und Ende des Leidens waren insgesamt das Werk einer halben Stunde.

Fürst Prospero aber war glücklich und furchtlos und weise. Als sein Land schon halb entvölkert, befahl er tausend gesunde und frohgemute Ritter und Damen seines Hofes zu sich, und mit ihnen zog er sich in die tiefe Abgeschiedenheit eines seiner befestigten Schlösser zurück. Dies war ein geräumiges und prächtiges Bauwerk, erschaffen nach des Fürsten eigenem überspannten, doch erlesenem Geschmack. Eine gewaltige, hochragende Mauer faßte es ein. Diese Mauer hatte Tore von Eisen. Nachdem sich die Höflinge hineinbegeben hatten, holten sie Schmelzöfen und mächtige Hämmer und schmiedeten die Riegel. Sie beschlossen, den plötzlichen Regungen von Verzweiflung oder Raserei von drinnen weder Eingang noch Ausgang zu gewähren. Das Schloß war reichlich mit Proviant versehen. Solcherart gerüstet, mochten die Höflinge der Ansteckung wohl Trotz bieten. Die Welt draußen konnte für sich selbst sorgen! Inzwischen wäre es töricht, sich zu grämen und zu grübeln. Der Prinz hatte alle Vorkehrungen zur Sinnenlust getroffen. Da waren Spaßmacher und Stegreifdichter, da waren Ballettänzer und Musikanten, da war Schönheit, da war Wein. All dies und Sicherheit war im Schloß. Draußen war der Rote Tod.

Es war gegen Ende des fünften oder sechsten Monats seines abgeschiedenen Daseins und als die Pestilenz am schlimmsten im Lande wütete, da lud Fürst Prospero seine tausend Freunde zu einem Maskenball von außergewöhnlicher Pracht.

Es war ein überwältigendes Schauspiel, diese Maskerade! Aber zuerst will ich von den Gemächern berichten, in denen sie stattfand. Ihrer waren sieben – eine fürstliche Suite! In vielen Palästen bilden solche Zimmerfluchten einen langen und geraden Gang, und die Flügeltüren lassen sich nach beiden Seiten bis an die Wand zurückschieben, so daß die Sicht auf die Gesamtheit der Räume kaum behindert ist. Hier aber lag der Fall ganz anders, als von des Fürsten Vorliebe für alles *Bizarre* zu erwarten war. Die Gemächer waren so unregelmäßig angelegt, daß der Blick kaum mehr als jeweils eines erfaßte. Alle zwanzig bis dreißig Meter gab es eine scharfe Biegung und bei jeder Biegung einen neuen Eindruck. Rechts und links, in der Mitte jeder Wand, ging ein hohes, schmales gotisches Fenster auf einen abgeschlossenen Korridor, der den Windungen der Suite folgte. Diese Fenster waren aus buntem Glas, dessen Tönung auf die vorherrschende Farbe der Einrichtung des Zimmers abgestimmt war, in das es führte. Das am östlichen Ende gelegene war zum Beispiel in Blau gehalten – und leuchtend blau waren seine Fenster. Das zweite Gemach hatte purpurfarbenen Zierat und Wandbehang, und hier erglänzten die Scheiben purpurrot. Das dritte war vollkommen grün und desgleichen auch die Fenster. Das vierte war orangen beleuchtet und möbliert – das fünfte weiß – das sechste violett. Der siebente Raum war dicht mit schwarzen Samtbehängen ausgeschlagen, die Decke und Wände einhüllten und in schweren Falten auf einen Teppich aus gleichem Material und Farbton herniederfielen. Doch in diesem Raum allein stimmten die Farben von Fenstern und Einrichtung nicht überein. Hier waren die Scheiben scharlachfarben – wie tiefrotes Blut. In keinem der sieben Gemächer gab es eine Lampe oder einen Kandelaber inmitten des verschwenderischen goldenen Zierats, der hier und dort verstreut lag oder von der Decke hing. Da war kein Licht jedweder Art, von einer Lampe oder Kerze in dieser Zimmerflucht entsandt. Doch in den Korridoren daneben stand vor jedem Fenster ein schwerer Dreifuß, eine Feuerschale tragend, die ihre Strahlen durch das bunte Glas warf und den Raum glänzend erhellte. Und so wurde eine Vielheit glitzernder und phantastischer Gebilde geschaffen. Im Westzimmer aber, im schwarzen Zimmer, war die Wirkung des Feuerscheins, der durch die blutroten Fensterscheiben auf die dunklen Wandbehänge flutete, höchst gespenstisch und rief auf den Gesichtern der Eintretenden ein solch wildes Aussehen hervor, daß nur wenige aus der Gesellschaft sich erkühnten, den Fuß über die Schwelle zu setzen.

In ebendiesem Zimmer stand an der Westwand eine riesige Uhr aus Ebenholz. Ihr Pendel schwang hin und her mit dumpfem, schwerem, eintönigem Schlag; und sobald der Minutenzeiger seinen Kreis auf dem Zifferblatt beschrieben und den Schlag der vollen Stunde ankündete, drang aus den ehernen Lungen der Uhr ein Ton, der klar war und laut und tief und überaus melodisch, von so eigenartigem Klang jedoch und solchem Nachdruck, daß die Musiker des Orchesters bei jedem Stundenschlag unfreiwillig eine Weile in ihrer Darbietung innehielten, um dem Klang zu lauschen; und auch die Tänzer verharrten, einem Zwang gehorchend, in ihren schwungvollen Bewegungen, und die ganze ausgelassene Gesellschaft wurde für einen Augenblick von Unbehagen erfaßt; und während die Glokken der Uhr noch schlugen, sah man die Übermütigsten erbleichen, und die Bejahrteren und Besonneneren strichen mit der Hand über die Stirn, wie in wirres Traumgebild und tiefes Sinnen verloren. Doch sobald die letzten Klänge völlig verhallt waren, ging augenblicks ein leises Lachen durch die Gesellschaft; die Musiker blickten einander an und lächelten ob ihrer eigenen Schwäche und Torheit und schworen flüsternd, einer dem anderen, sich vom nächsten

Glockenschlag nicht wieder solcherart aus der Fassung bringen zu lassen – und dann, als die Uhr nach Ablauf von sechzig Minuten (dreitausendsechshundert Sekunden der dahinschwindenden Zeit) ein neues Mal schlug, dann folgten wieder, wie schon zuvor, Beklommenheit und Furcht und Nachdenklichkeit.

Doch ungeachtet dieser Begebnisse war es ein übermütiges und prächtiges Festgelage. Der Geschmack des Prinzen war auserlesen. Er besaß einen feinen Blick für Farben und Wirkungen. Den *decora* bloßer Mode unterwarf er sich nicht. Seine Pläne waren kühn und leidenschaftlich, und seine Einfälle funkelten in wild-großartigem Glanz. Manche mochten ihn wohl für geisteskrank gehalten haben. Sein Gefolge war überzeugt, daß er es nicht war. Man mußte ihn hören und sehen und berühren, um *sicher* zu sein, daß er es nicht war.

Er hatte zum großen Teil die Ausgestaltung der sieben Gemächer aus Anlaß dieser großen *fête* selbst geleitet; und es war sein eigener tonangebender Geschmack, der den Maskierten Charakter verlieh. Und sie waren wirklich grotesk! Da gab es viel Glänzendes und Glitzerndes, Pikantes und Phantasievolles – vieles, was man seither in ›Hernani‹ betrachten kann. Da gab es arabeskenhafte Gestalten mit unförmigen Gliedern und Gewändern. Da gab es närrische Wahngebilde nach Art der Irren. Es gab viel Schönes, viel Tolles, viel *Bizarres*; es gab manches Grausige und nicht wenig, was Abscheu hätte hervorrufen können. Und da wandelte wahrhaftig in den sieben Räumen auf und ab eine Vielzahl von Träumen! Und sie – die Träume – schoben einander hin und her, schillerten im Widerschein der Zimmerfarbe und ließen die wilde Musik des Orchesters wie das Echo ihrer Schritte scheinen. Und wieder schlägt die Ebenholzuhr, die in dem samtenen Gemache steht. Und dann, einen Augenblick lang, ist alles still, und alles schweigt bis auf die Stimme der Uhr. Die Träume stehen schreckversteint. Doch die Echos des Schlages ersterben – sie haben nur einen Augenblick gewährt –, und ein leichtes, halb unterdrücktes Lachen flutet ihnen nach, wie sie verwehen. Und nun schwillt die Musik von neuem an, und die Träume leben und bewegen sich ausgelassener denn je in den Räumen, eingehüllt in die Farben der vielen getönten Fenster, durch welche sich die Strahlen aus den Dreifüßen ergießen. Doch zu dem Zimmer hin, das am westlichsten liegt von den sieben, wagt sich nun keine Maske; denn die Nacht entschwindet schon, und durch die blutfarbenen Scheiben wallt noch grelleres Licht; und die Schwärze des düsteren Wandbehangs macht entsetzen, und er, der seinen Fuß auf den dunklen Teppich setzt, vernimmt von der nahen Ebenholzuhr ein dumpfes Schlagen, das noch erregend ernster klingt als irgendeines, welches in die Ohren derer dringt, die sich in den weiter entfernten Gemächern dem närrischen Treiben hingegeben.

Die anderen Räume indes wimmelten von Leibern, und in ihnen schlug fieberhaft das Herz des Lebens. Und der Trubel ging wirbelnd fort, bis schließlich die Uhr Mitternacht zu schlagen anhob. Und dann verstummte die Musik, wie ich schon sagte, und die Bewegungen der Tänzer wurden sanfter, und wie zuvor trat ein unheilschwangerer Stillstand aller Dinge ein. Doch nun waren es zwölf Schläge, die die Glocke der Uhr erschallen lassen sollte; und so geschah es vielleicht, daß mehr Gedanken sich mit mehr Zeit einschlichen in das Sinnen der Nachdenklichen unter denen, die sich ergötzten. Und so geschah es vielleicht auch, daß viele Personen aus der Menge – ehe noch der letzte Hall des letzten Glockenschlags in tiefstem Schweigen versunken – Muße fanden, eine maskierte Gestalt zu gewahren, der die Beachtung nicht eines einzigen Menschen zuvor gegolten. Und kaum hatte sich die Nachricht von diesem neuen Gast im Flüsterton verbreitet, erhob sich schon aus der gesamten Gesellschaft ein Raunen oder Murmeln, Mißbilligung und Staunen bekundend – dann schließlich Schaudern, Grauen und Entsetzen.

Wo sich in Scharen Truggebilde häufen, wie ich sie hier gezeichnet, mag man mit Fug vermuten, daß keine alltägliche Erscheinung solch Aufregung hätte bewirken können. Die Maskenfreiheit dieser Nacht war wahrhaft schrankenlos; doch hatte die bewußte Gestalt noch einen Herodes übertroffen und war selbst über die Grenzen der unbestimmten Wohlanständigkeit des Fürsten hinausgegangen. Es gibt in den Herzen der Leichtsinnigsten Saiten, die ohne Gefühlsbewegung nicht berührt werden können. Ja, sogar für die unrettbar Verlorenen, denen Leben und Tod gleichwie ein Scherz sind, gibt es Dinge, über die sie nicht zu scherzen wagen. Die ganze Gesellschaft schien nun tief im Inneren zu empfinden, daß sich in Kostüm und Gebaren des Fremden weder Geisteskraft noch Schicklichkeit nachweisen ließen. Die Gestalt war groß und hager und von Kopf bis Fuß in die Tücher des Grabes gehüllt. Die Maske, die ihr Gesicht verbarg, war bis aufs Haar dem Antlitz eines erstarrten Leichnams nachgebildet, daß es selbst bei genauester Prüfung schwerfiele, die Täuschung zu gewahren. Und doch hätte all dies von dem närrischen Volk umher ertragen, wenn nicht sogar gebilligt werden können. Doch war der Vermummte so weit gegangen, die Gestalt des Roten Todes anzunehmen, sein Gewand war *blut*befleckt – und seine breite Stirn wie auch das ganze Gesicht mit dem scharlachroten Schrecken besprenkelt.

Als Fürst Prosperos Blick auf dieses gespenstische Abbild fiel (das mit gemessenen und feierlichen Schritten zwischen den Tanzenden hin und her wandelte, als wolle es seine *rôle* noch mehr betonen), sah man, wie er im ersten Augenblick plötzlich schaudernd zusammenzuckte vor Furcht und Abscheu, aber schon im nächsten rötete sich seine Stirn vor Zorn.

»Wer wagt es«, heischte er schroff von den Höflingen zu wissen, die in seiner Nähe standen – »wer wagt es, uns mit diesem gottlästerlichen Spottbild zu verhöhnen? Packt ihn und reißt ihm die Maske ab – damit wir wissen, wen wir bei Sonnenaufgang an die Zinnen hängen müssen!«

Im östlichen oder blauen Zimmer war es, wo Fürst Prospero stand, als er diese Worte ausstieß. Sie schallten laut und deutlich durch die sieben Räume – denn der Prinz war ein mutiger und kräftiger Mann, und die Musik war auf seinen Wink hin verstummt.

Im blauen Zimmer war es, wo der Fürst stand, umringt von einer Schar bleicher Höflinge. Dieweil er sprach, drängte sich die Gruppe zunächst kaum merklich dem Eindringling entgegen, der, in dem Moment auch nahbei, sich jetzt langsam, majestätischen Schrittes dem Sprecher näherte. Aber aus einer gewissen unerklärlichen Scheu heraus, die die wahnsinnige Anmaßung des Vermummten der ganzen Gesellschaft eingeflößt hatte, fand sich kein einziger, der die Hand ausgestreckt hätte, um ihn zu ergreifen, so daß er sich dem Fürsten ungehindert bis auf Reichweite nähern konnte. Und während alle anderen, wie einer einzigen Eingebung folgend, von der Mitte der Räume bis an die Wände zurückwichen, gelangte er ungehindert mit denselben feierlichen und gemessenen Schritten wie zu Anbeginn durch das blaue Zimmer zum purpurfarbenen – durch das purpurfarbene zum grünen – durch das grüne zum orangefarbenen – von hier weiter bis zum weißen – ja, sogar bis zum violetten Zimmer, ehe etwas Entscheidendes geschah, um ihn aufzuhalten. In dem Augenblick stürzte Fürst Prospero, wütend vor Zorn und Scham über seine flüchtige Feigheit, durch die sechs Zimmer, während niemand ihm folgte, da alle von lähmendem Entsetzen erfaßt waren. Er schwang einen Dolch und war der zurückweichenden Gestalt voll rasender Wut bis auf drei oder vier Schritt nahe gekommen, als sich diese, nachdem sie bereits am Ende des samtenen Zimmers angelangt war, plötzlich umwandte und ihrem Verfolger entgegentrat. Ein gellender Schrei – und der Dolch fiel blitzend auf den schwarzen Teppich, auf den auch Fürst Prospero auf der Stelle tot herniedersank. Da stürmte auf einmal eine Schar von Gästen mit dem wilden Mut der Verzweiflung in das schwarze Gemach, und während sie den Maskierten packten, dessen große Gestalt aufrecht und reglos im Schatten der Ebenholzuhr stand, keuchten sie in unaussprechlichem Grausen, als sie bemerkten, daß die Grabgewänder und die Leichenmaske, die sie mit roher Gewalt ergriffen, keine greifbare Form in sich bargen.

Und nun war die Gegenwart des Roten Todes gewiß.

Wie ein Dieb war er in tiefer Nacht gekommen. Und ein Gast nach dem anderen sank in den blutbesudelten Gemächern des Maskenballs zu Boden, und jeder starb in der verzweifelten Stellung seines Falls. Und das Leben der Uhr aus Ebenholz erlosch mit dem des letzten der fröhlichen Runde. Und die Flammen der Dreifüße verglommen. Und Finsternis, Fäulnis und der Rote Tod herrschten unumschränkt über allem.

DIE GRUBE UND DAS PENDEL

Impia tortorum longas hic turba furores
Sanguinis innocui, non satiata, aluit.
Sospite nunc patria, fracto nunc funeris antro,
Mors ubi dira fuit, vita salusque patent.

Vierzeiler, verfaßt für ein Markttor, das auf dem Gelände des Jakobinerklub-Hauses in Paris errichtet werden sollte.

Ich war krank – krank auf den Tod von dieser langen Qual; und als man mir schließlich die Fesseln abnahm und ich mich setzen durfte, spürte ich, daß mir die Sinne schwanden. Das Urteil – das gefürchtete Urteil zum Tode – war das letzte, was deutlich hervorgehoben meine Ohren erreichte. Danach schien der Klang der Inquisitorenstimmen zu einem einzigen unbestimmten Traumgemurmel zu verschmelzen. Es beschwor in meiner Seele die Vorstellung, daß sich etwas *drehe* – wohl weil sich in der Phantasie das Bild eines kreisenden Mühlrades einstellte. Dies aber nur kurze Zeit; denn bald darauf hörte ich nichts mehr. Doch konnte ich eine Weile noch sehen; mit welch schrecklich übergreller Schärfe aber! Die Lippen der Richter in schwarzer Robe sah ich. Sie erschienen mir weiß – weißer denn das Blatt, auf das ich diese Worte schreibe – und gar bis zum Grotesken dünn; dünn in dem ingrimmigen Ausdruck ihrer Festigkeit – unerschütterlicher Entschlossenheit – grausamer Verachtung menschlicher Qual. Ich sah, wie der Spruch, der mir Schicksal war, noch immer diesen Lippen entströmte. Ich sah, wie sie sich zu tödlicher Rede verzerrten. Ich sah sie die Silben meines Namens formen; und ich schauderte, weil kein Laut darauf folgte. Auch sah ich während weniger Augenblicke wahnsinnigen Entsetzens das sachte und nahezu unmerkliche Wehen der schwarzen Draperien, welche die Wände des Raumes verhüllten. Und dann fiel mein Blick auf die sieben hohen Kerzen auf dem Tische. Zuerst erweckten sie den Eindruck von Barmherzigkeit und wirkten wie weiße schlanke Engel, die mich retten würden; doch dann kam auf einmal eine tödlich-schreckliche Übelkeit über meinen Geist, und jede Fiber meines Leibes fühlte ich erbeben, als hätte ich den Draht einer galvanischen Batterie berührt, während die Engelsgestalten wesenlose Gesichte wurden, mit Flammenhäuptern, und ich erkannte, daß von ihnen keine Hilfe käme. Und dann stahl sich, wie eine köstliche Melodie, der Gedanke mir in den Sinn, wie süß doch die Ruhe im Grabe sein müsse. Ganz sachte und heimlich nahte er sich, und es schien lange zu währen, bis ich ihn klar erfaßt; doch eben als mein Geist ihn endlich recht zu spüren und in sich aufzunehmen begann, verschwanden die Gestalten der Richter vor mir, wie durch Zauberkraft; die hohen Kerzen sanken ins Nichts; ihre Flammen erloschen; das Dunkel der Finsternis brach herein; alle Empfindungen schienen verschlungen von einem wild rasenden Sturze, wie wenn die Seele niederführe in den Hades. Dann waren Schweigen und Stille und Nacht das All.

Ich war ohnmächtig geworden; will aber dennoch nicht sagen, daß das Bewußtsein mir gänzlich geschwunden war. Was mir davon verblieben war, will ich nicht zu bestimmen versuchen noch gar zu beschreiben; doch war nicht alles geschwunden. Im tiefsten Schlummer – nein! Im Fieberwahne – nein! In einer Ohnmacht – nein! Im Tode – nein! selbst im Grabe ist *nicht alles* verloren. Sonst gäbe es ja keine Unsterblichkeit für den Menschen. Erwachen wir aus allertiefstem Schlaf, zerreißen wir das zartfeine Gewebe *irgendeines* Traumes. Doch schon eine Sekunde danach (so dünn mag das Gespinst gewesen sein) erinnern wir uns nicht einmal mehr, daß wir geträumt. Bei der Rückkehr aus der Ohnmacht ins Leben gibt es zwei Stadien; erstens das seelisch-geistige Bewußtwerden; zweitens das Bewußtwerden der physischen Existenz. Es dünkt wahrscheinlich, daß bei Erreichen des zweiten Stadiums – gesetzt den Fall, wir könnten uns der Eindrücke des ersten noch entsinnen – diese Eindrücke uns von Erinnerungen an den Abgrund dahinter Kunde gäben. Und dieser Abgrund ist – was? Wie sollen wir zumindest seine Schatten von denen der Gruft unterscheiden? Doch wenn die Eindrücke dessen, was ich das erste Stadium genannt habe, auch nicht nach Belieben wieder ins Gedächtnis gerufen werden können, kehren sie nicht dennoch nach langer Zwischenzeit ungebeten wieder, indes wir uns verwundert fragen, woher sie kommen mögen? Wer nie die Ohnmacht kennengelernt, der wird auch nie in der Kohlen Glut seltsame Paläste finden und erschreckend vertraute Gesichter; nie wird er, in den Lüften schwebend, die düsteren Visionen schauen, welche dem Blicke der Vielen verwehrt; nie wird er über den Duft einer unbekannten Blume sinnen – nie wird dessen Hirn in Verwirrung geraten ob der Bedeutung irgendeiner melodischen Kadenz, wie sie nie zuvor noch seine Aufmerksamkeit gefesselt.

Inmitten häufiger und nachdenklicher Mühen, mich zu erinnern, inmitten ernsten Ringens, Zeichen jenes Zustandes des scheinbaren Nichtseins wiederzugewinnen, in welches meine Seele versunken war, gab es Augenblicke, da mir Gelingen träumte; gab es kurze, sehr kurze Momente, da ich Erinnerungen heraufbeschwor, die sich, wie es bei klarem Verstand späterer Zeit mir gewiß, nur auf jenen Zustand scheinbarer Bewußtlosigkeit beziehen konnten. Diese Schatten der Erinnerung erzählen undeutlich von großen Gestalten, die mich aufhoben und schweigend hinabtrugen – tiefer hinab – immer tiefer – bis ein gräßlicher Schwindel mich faßte bei dem bloßen Gedanken, es gehe hinab ins Bodenlose. Sie erzählen auch von einem vagen Schauder, der mein Herz gepackt darob, daß dieses Herz so unnatürlich still. Dann kommt, jäh, ein Gefühl der Regungslosigkeit aller Dinge; wie wenn die, welche mich trugen (ein grausig-gespenstischer Zug!), in ihrem Abstieg gar die Grenzen des Grenzenlosen überschritten hätten und nun von den Mühen ihrer Arbeit ruhten. Danach weiß von Ödheit mein Gedächtnis und von Dumpfheit; und dann ist alles *Irrsinnigkeit* – der Irrsinn einer Erinnerung, die mit verbotenen Dingen sich quält.

Ganz plötzlich aber kam in meine Seele Bewegung und Schall zurück – das stürmisch-stoßende Pochen des Herzens und, mir im Ohr, der Klang seines Klopfens. Dann eine Pause, leer ist alles, blank und bar. Dann wieder Laut und Bewegung und Berührung – ein Prickeln geht durch meinen Leib. Dann nichts als das Bewußtsein zu existieren, ohne jeden Gedanken – ein Zustand, der lange anhielt. Dann, ganz plötzlich, *Denken*; und schauderndes Entsetzen, und bedrückendes Bemühen, mein wirkliches Befinden zu erfassen. Dann sehnliches Verlangen, in Empfindungslosigkeit zu versinken. Dann ein jähes Wiederaufleben der Seele, und die Anstrengung, mich zu bewegen, gelingt. Und nun völliges Erinnern: an den Prozeß, die Richter, die schwarzen Draperien, an das Urteil, meine Übelkeit, die Ohnmacht. Dann gänzliches Vergessen von allem, was hernach folgte; von all dem, was spätere Zeit und nachdrückliches Bemühen mir vage wieder in Erinnerung zu bringen vermochten.

Bis dahin hatte ich die Augen nicht geöffnet. Ich spürte, daß ich ungefesselt auf dem Rücken lag. Ich streckte die Hand aus, sie fiel schwer auf etwas Feuchtes, Hartes. Dort ließ ich sie viele Minuten liegen, während ich mir vorzustellen suchte, wo und *was* ich sein könne. Es verlangte mich, meine Augen zu brauchen, doch ich wagte es nicht. Mir bangte vor diesem ersten Blick auf das, was mich umgab. Nicht daß ich fürchtete, Schreckliches zu schauen, sondern mir graute davor, es könne *nichts* zu sehen sein. Endlich riß ich, wilde Verzweiflung im Herzen, die Augen auf. Da bestätigten sich denn meine schlimmsten Ahnungen. Um mich herum herrschte die Schwärze ewiger Nacht. Ich rang nach Atem. Die tiefe, dichte Finsternis schien mich zu erdrücken und zu ersticken. Die Luft war unerträglich dumpf. Noch immer lag ich ruhig da und bemühte mich, meinen Verstand zu gebrauchen. Ich rief mir das Inquisitionsverfahren ins Gedächtnis und versuchte, mir von jenem Punkte aus meine wirkliche Lage abzuleiten. Das Urteil war gefällt; und es wollte mir scheinen, daß seither sehr lange Zeit vergangen sei. Doch nicht einen Augenblick lang hielt ich mich für tatsächlich tot. Eine solche Annahme ist, trotz allem, was wir bei den Dichtern lesen – ganz unvereinbar mit dem wirklichen Sein – doch wo nun und in welcher Lage war ich? Die zum Tode Verurteilten fanden gewöhnlich bei den *autos de fé* ihr Ende, das wußte ich, und ein solches war gerade in der Nacht jenes Tages abgehalten worden, da ich vor Gericht gestanden. Hatte man mich in mein Verlies zurückgebracht, um die nächste Opferung abzuwarten, die erst in vielen Monaten stattfinden würde? Das, so erkannte ich gleich, konnte nicht sein. Opfer hatte man unmittelbar gebraucht. Überdies hatte mein Kerker, wie alle Todeszellen in Toledo, einen steinernen Boden besessen, auch war das Taglicht nicht gänzlich ausgesperrt gewesen.

Ein grauenhafter Gedanke jagte mir nun plötzlich das Blut in Strömen zum Herzen, und für kurze Zeit sank ich erneut in Empfindungslosigkeit zurück. Als ich wieder zu mir kam, sprang ich sogleich auf die Füße, ein krampfhaftes Zittern in allen Gliedern. Wild warf ich nach allen Richtungen die Arme über und um mich. Ich fühlte nichts; doch fürchtete ich, mich auch nur einen Schritt von der Stelle zu bewegen, aus Angst, daß ich an die Wände eines *Grabes* stoßen könnte. Schweiß brach mir aus allen Poren und stand in kalten dicken Tropfen auf meiner Stirn. Die Qual der Ungewißheit ward schließlich unerträglich, und vorsichtig bewegte ich mich vorwärts, die Arme ausgestreckt, und die Augen traten mir bald aus den Höhlen in der Hoffnung, doch einen schwachen Lichtschein zu erspähen. Viele Schritte tat ich vorwärts; doch noch immer war alles Schwärze und Leere. Ich atmete auf. Offenbar schien wenigstens nicht das gräßlichste aller Geschicke meiner zu harren.

Und nun, da ich mich vorsichtig Schritt um Schritt weiter vorwärts tastete, drängten sich mir tausend dunkle Gerüchte von den Schrecken Toledos in die Erinnerung. Seltsame Dinge hatte man sich von den Verliesen erzählt – ich hatte sie stets für Fabeln gehalten – dennoch aber sonderbar und viel zu grausig, als daß man sie anders als flüsternd wiederholen könnte. Hatte man mich bisher verschont, damit ich hier in dieser unterirdischen Welt der Finsternis Hungers sterben sollte; oder welches vielleicht noch furchtbarere Schicksal erwartete mich? Daß am Ende der Tod stehen würde, ein Tod von mehr denn üblicher Grausamkeit, daran zweifelte ich nicht, kannte ich doch die Sinnesart meiner Richter nur zu gut. Die Art nur und die Stunde waren es, die mich beschäftigten und quälten.

Meine ausgestreckten Hände stießen schließlich auf ein festes Hindernis. Es war eine Wand, dem Anschein nach steinernes Mauerwerk – sehr glatt, glitschig und kalt. Ich ging daran entlang; behutsamen Schritts und mit all dem Mißtrauen, welches gewisse alte Erzählungen mir eingeflößt hatten. Dies Vorgehen gewährte mir jedoch keinerlei Aufschluß, um die Ausmaße meines Kerkers bestimmen zu können; mochte ich doch wohl im Kreise gehen und, ohne es recht eigentlich zu merken, zu dem Punkte zurückkehren, von dem ich ausgegangen; so vollkommen gleichförmig wirkte die Wand. Darum suchte ich nach dem Messer, welches in meiner Tasche gewesen war, als man mich vor das Inquisitionsgericht geführt hatte; doch es war fort; meine Kleider waren gegen einen Kittel aus grobem Serge vertauscht worden. Ich hatte die Klinge in einen winzigen Spalt des Mauerwerks treiben wollen, um so meinen Ausgangspunkt zu markieren. Dennoch war die Schwierigkeit nur gering; wiewohl sie mir in meiner verwirrten Phantasie zunächst unüberwindlich schien. Ich riß ein Stück vom Saume des Kittels ab und legte den Fetzen in voller Länge und im rechten Winkel zur Wand. Wenn ich mich nun rings um mein Gefängnis herumtastete, müßte ich unweigerlich wieder auf diesen Stoffetzen stoßen, sobald ich die Runde vollendet hätte. So wenigstens dachte ich: doch ich hatte nicht mit der Ausdehnung des Kerkers gerechnet noch mit meiner eigenen Schwäche. Der Boden war feucht und schlüpfrig. Eine Weile war ich dahingewankt, da strauchelte ich und stürzte. Meine übergroße Erschöpfung ließ mich auf dem Boden liegenbleiben; und wie ich so lag, übermannte mich alsbald Schlaf.

Als ich erwachte und einen Arm ausstreckte, fand ich neben mir einen Laib Brot und einen Krug mit Wasser. Ich war viel zu erschöpft, um über diesen Umstand nachzudenken, sondern aß und trank nur voller Gier. Kurz darauf nahm ich meinen Rundgang in meinem Gefängnis wieder auf, und mit viel Mühe gelangte ich schließlich zu dem Fetzen Serge. Bis zu dem Zeitpunkt, da ich hingefallen, hatte ich zweiundfünfzig Schritte gezählt, und als ich meinen Weg fortsetzte, hatte ich noch achtundvierzig weitere gezählt – wonach ich bei dem Stoffetzen angelangt war. Insgesamt waren es also hundert Schritte;. und wenn ich ihrer zwei auf ein Yard rechnete, so mochte das Verlies wohl fünfzig Yards im Umfang messen. Allerdings war ich in der Mauer auf viele Winkel gestoßen, und so vermochte ich mir keine rechte Vorstellung von der Form des Gewölbes zu machen; denn ein unterirdisches Gewölbe, anders konnte ich es mir nicht denken, mußte es wohl sein.

Ich verband mit diesen Nachforschungen kaum ein Ziel – gewiß keine Hoffnung; doch eine unbestimmte Neugier trieb mich dazu, darin fortzufahren. Ich ließ ab von der Mauer und beschloß, den Raum im Innern des Gemäuers zu durchqueren. Zuerst setzte ich meine Schritte äußerst vorsichtig, denn der Boden, obzwar dem Anschein nach von festem Untergrund, war tückisch glitschig. Endlich jedoch faßte ich mir ein Herz und zögerte nicht mehr, fest auszuschreiten – bemüht, in möglichst gerader Linie hinüberzukommen. Auf diese Weise hatte ich wohl zehn oder zwölf Schritte zurückgelegt, als sich der Rest des abgerissenen Kittelsaums zwischen meinen Beinen verfing. Ich trat darauf und fiel heftig aufs Gesicht.

In der Verwirrung, die mit dem Sturz einherging, bemerkte ich nicht gleich einen einigermaßen erschreckenden Umstand, welcher jedoch ein paar Sekunden später, während ich noch hingestreckt lag, meine Aufmerksamkeit gefangennahm. Und zwar war dies folgendes: mein Kinn ruhte auf dem Boden des Kerkers, meine Lippen aber und der obere Teil des Kopfes, wiewohl allem Anschein nach in geringerer Höhe als das Kinn, berührten nichts. Zugleich schien meine Stirn in feuchtem, kaltem Dunst gebadet, und der eigentümliche Geruch fauligen Schwammes stieg mir in die Nase. Ich streckte den Arm aus und stellte schaudernd fest, daß ich genau am Rande einer kreisrunden Grube hingestürzt war, deren Ausdehnung ich im Augenblick natürlich nicht auszumachen vermochte. Ich tastete am Mauerwerk gleich unterhalb der Kante hin, und es gelang mir, einen kleinen Brocken herauszuklauben, den ich in den Abgrund fallen ließ. Sekundenlang lauschte ich dem Widerhall, da er im Fallen gegen die Seitenwände des Schachtes prallte: schließlich tauchte er mit dumpfem Schlag in Wasser, gefolgt von lautem Echohall. Im selbigen Augenblick vernahm ich einen Laut, wie wenn über mir sich eine Tür hastig öffnete und ebenso rasch wieder schloß, während ein schwacher Lichtschimmer plötzlich durch das Dunkel blitzte und ebenso plötzlich wieder erlosch.

Klar erkannte ich, welches Schicksal mir bestimmt gewesen, und gratulierte mir selber ob des Mißgeschicks, welches mich zur rechten Zeit ereilt hatte, so daß ich diesem Los entronnen war. Noch ein Schritt, bevor ich stürzte, und die Welt hätte mich nie mehr gesehen. Und der Tod, dem ich soeben entgangen, war genau von jener Art, welche mir in den Geschichten über die Inquisition als freie Erfindungen gegolten hatte. Den Opfern ihrer Tyrannei blieb die Wahl zwischen einem Tode unter entsetzlichsten physischen Qualen oder einem Tode voll der gräßlichsten seelischen Torturen. Mir hatte man letzteren bestimmt. Von langem Leiden waren meine Nerven zerrüttet, so daß ich schon beim Klange meiner eigenen Stimme erzitterte und in jeglicher Hinsicht ein passendes Objekt für jene Art der Folter geworden war, die meiner harrte.

An allen Gliedern zitternd, tastete ich mich zur Mauer zurück – entschlossen, lieber dort zugrunde zu gehen, als mich den Greueln der Brunnenlöcher auszusetzen, wie sie meine Phantasie sich nun in großer Zahl allenthalben in dem Verliese vorstellte. In anderer Gemütsverfassung hätte ich vielleicht den Mut gefunden, meinem Elend sogleich durch einen Sprung in einen dieser Abgründe ein Ende zu machen; jetzt aber war ich der allergrößte Feigling. Auch konnte ich nicht vergessen, was ich über diese Gruben gelesen hatte – daß es nämlich keineswegs zu ihrer entsetzlichen Bestimmung gehörte, das Leben *jäh* zu enden.

Heftige Erregung hielt mich viele Stunden wach; doch endlich schlummerte ich wieder ein. Beim Erwachen fand ich, wie zuvor, neben mir einen Laib Brot und einen Krug Wasser. Ein brennender Durst verzehrte mich, und ich leerte das Gefäß auf einen Zug. Es mußte ein Betäubungsmittel enthalten haben – denn kaum hatte ich getrunken, so überkam mich unwiderstehliche Schläfrigkeit. Ich sank in tiefen – todesähnlichen – Schlaf. Wie lange er währte, weiß ich natürlich nicht; doch als ich dann wieder die Augen aufschlug, waren die Dinge um mich her zu erkennen. Durch einen schauerlich schwefelgelben Schimmer, dessen Ursprung ich zunächst nicht entdecken konnte, vermochte ich Ausmaß und Umriß des Gefängnisses wahrzunehmen.

In seiner Größe hatte ich mich gewaltig getäuscht. Der gesamte Umfang seiner Mauern betrug nicht über fünfundzwanzig Yards. Mehrere Minuten lang bereitete mir diese Tatsache eine Menge eitler Sorgen; ja, eitel fürwahr – denn was konnte unter den schrecklichen Umständen, in denen ich mich befand, geringere Bedeutung haben denn die bloßen Maße meines Kerkers? Doch meine Seele zeigte ein ganz unbändiges Interesse an Kleinigkeiten, und ich plagte mich redlich, den Irrtum aufzuklären, welchen ich bei meiner Vermessung begangen. Blitzartig ging mir endlich die Wahrheit auf. Bei meinem ersten Erkundungsversuch hatte ich bis zu dem Zeitpunkt, da ich hinfiel, zweiundfünfzig Schritte gezählt: da mußte ich bis auf einen oder zwei Schritt an dem Sergestreifen gewesen sein; tatsächlich hatte ich meinen Rundgang um das Gewölbe schon fast vollendet. Dann hatte ich geschlafen – und beim Erwachen muß ich wohl denselben Weg wieder zurückgegangen sein – wodurch ich den Umfang beinahe für doppelt so groß gehalten, als er in Wirklichkeit war. Meine geistige Verwirrung ließ mich nicht bemerken, daß ich, die Mauer zur Linken, meinen Rundgang begonnen hatte, und diese am Ende dann zu meiner Rechten lag.

Auch hinsichtlich der Form des Gemäuers hatte ich mich getäuscht. Als ich meinen Weg ertastete, hatte ich viele Winkel gefunden und daraus die Vorstellung großer Unregelmäßigkeit abgeleitet; so mächtig wirkt totale Finsternis auf einen, der aus Betäubung oder Schlaf erwacht! Die Winkel waren nichts weiter, als daß sich in unregelmäßigen Abständen ein paar geringfügige Vertiefungen oder Nischen fanden. Im allgemeinen war der Kerker quadratisch. Was ich für Mauerwerk gehalten, schien mir nun Eisen zu sein oder irgendein anderes Metall, gewaltige Platten, deren Naht- oder Verbindungsstellen jene Vertiefungen bildeten. Die gesamte Oberfläche dieser metallenen Umwandung war aufs primitivste beschmiert mit all den gräßlichen und abstoßenden Ausgeburten, wie sie den abergläubischen Grabesvorstellungen der Mönche entspringen. Teufelsgestalten in drohender Gebärde, daneben Gerippe und andere, tatsächlich viel ärgere Schreckensbilder bedeckten und verunstalteten die Wände. Ich bemerkte, daß die Umrisse dieser Ungeheuer hinreichend deutlich waren, die Farben aber verblaßt und verschwommen wirkten, als habe feuchte Luft das Ihre getan. Nun nahm ich auch den Boden wahr, der aus Stein bestand. In der Mitte gähnte die kreisrunde Grube, deren Schlund ich entronnen war; doch war es die einzige im Verlies.

All dies sah ich nur undeutlich und mit großer Mühe – denn während des Schlafs hatte sich meine Situation sehr verändert. Ich lag jetzt auf dem Rücken, lang ausgestreckt, auf einer Art niedrigem Holzgestell. Mit einem langen Riemen, der einem Sattelgurt ähnelte, war ich darauf festgebunden. Er schlang sich in vielen Windungen mir um Glieder und Leib, nur den Kopf und meinen linken Arm ließ er so weit frei, daß ich unter großer Anstrengung Nahrung aus einer irdenen Schüssel zu mir nehmen konnte, die neben mir auf dem Boden stand. Zu meinem Entsetzen sah ich, daß man den Krug fortgenommen hatte. Zu meinem Entsetzen, sage ich – denn unerträglicher Durst verzehrte mich. Diesen Durst anzuregen schien offenbar die Absicht meiner Peiniger zu sein – denn das Essen in dem Napfe bestand aus scharf gewürztem Fleisch.

Ich hob den Blick und musterte nun die Decke meines Gefängnisses. Sie war etwa dreißig oder vierzig Fuß hoch über mir und ganz so beschaffen wie die Seitenwände. Auf einer ihrer Platten fesselte eine sehr seltsame Figur meine ganze Aufmerksamkeit. Es war die gemalte Gestalt der Zeit, wie sie gewöhnlich dargestellt wird, nur daß sie an Stelle der Sense etwas hielt, das auf den ersten flüchtigen Blick mir die Abbildung eines gewaltigen Pendels dünkte, wie man es an alten Uhren findet. Doch hatte dieses Gerät etwas an sich, das mich veranlaßte, es genauer zu betrachten. Während ich geradezu hinaufstarrte (denn es befand sich genau über mir), kam es mir vor, ich sähe es in Bewegung. Einen Augenblick später bestätigte sich diese Einbildung. Kurz, und natürlich langsam, schwang es hin und her. Ein paar Minuten beobachtete ich es, ein wenig ängstlich, doch mehr noch erstaunt. Schließlich aber ward ich es müde, dem einförmigen Pendeln zuzusehen, und ich wandte den Blick den anderen Gegenständen in der Zelle zu.

Ein schwaches Geräusch ließ mich aufmerken, und als ich auf den Boden schaute, sah ich mehrere riesengroße Ratten darüber hinhuschen. Sie waren aus dem Brunnenloch gekommen, welches rechter Hand gerade in meinem Blickfeld lag. Selbst jetzt, da ich hinschaute, drängten sie, vom Geruch des Fleisches angelockt, in Scharen herauf, eilig, mit gierigen Blicken. Es bedurfte vieler Mühe und Aufmerksamkeit, sie davon zu verscheuchen.

Eine halbe Stunde, vielleicht gar eine ganze Stunde mochte vergangen sein (war doch mein Zeitempfinden nur noch unvollkommen), bis ich wieder den Blick nach oben richtete. Was ich nun sah, verwirrte und bestürzte mich. Das Pendel schwang um nahezu ein Yard weiter aus. Infolgedessen hatte nun natürlich auch seine Geschwindigkeit beträchtlich zugenommen. Doch was mich am meisten beunruhigte, war das unbestimmte Gefühl, es habe sich merklich *gesenkt.* Ich sah nun – mit welchem Entsetzen, bedarf wohl keiner besonderen Erwähnung –, daß sein unteres Ende die Form einer glitzernden stählernen Mondsichel hatte, die von Horn zu Horn wohl ein Fuß in der Länge maß; die Hörner zeigten nach oben, und der untere Bogenrand war offenbar so scharf wie die Schneide eines Rasiermessers. Wie ein Rasiermesser auch schien es massiv und schwer zu sein, lief die Schneide doch, nach oben zu sich verbreiternd, in einer festen starken Oberkante aus. Es hing an einer schweren Bronzestange, und das Ganze *zischte*, als es durch die Luft schwang. Ich konnte nicht länger mehr zweifeln, welches Los mir das Foltergenie der Mönche bestimmt hatte. Daß ich um die Grube wußte, hatten die Schergen der Inquisition inzwischen gemerkt – *jene Grube*, deren Greuel man einem so unbotmäßigen Ketzer wie mir bestimmt hatte – *jene Grube*, Sinnbild der Hölle, die dem Gerücht nach als die schlimmste all ihrer Strafen galt. Dem Sturz in diese Grube war ich nur durch bloßen Zufall entgangen, und ich wußte, daß Überraschung beziehungsweise listige Lockung in die Folterfalle ein wichtiges Moment all dieser greulich-grotesken Kerkertode bildete. Da ich also nicht hinabgestürzt war, gehörte es nun mitnichten zu dem teuflischen Plane, mich in den Abgrund hineinzustoßen; und so (eine Alternative gab es nicht) erwartete mich denn ein anderer und milderer Tod. Milder! Fast mußte ich lächeln in all meiner Qual, wenn ich solchen Ausdruck in solchem Gebrauche bedachte.

Was nützt es, von den langen, langen Stunden eines grausigeren denn Todesgrauens zu sagen, in denen ich die immer schneller schwirrenden Schwingungen des Stahls zählte! Zoll um Zoll – Strich um Strich – nur merklich in Abständen, die wie Ewigkeiten anmuteten – senkte er sich tiefer und immer tiefer! Tage vergingen – viele

Tage mochten gar vergangen sein –, ehe er so dicht über mir schwang, daß er mich mit seinem beißenden Atem umfächelte. Der Geruch des scharfen Stahls drang mir in die Nase. Ich betete – ich quälte den Himmel mit meinem Gebet, das Pendel möge doch schneller herabsinken. Wilder Wahnsinn packte mich, und mit aller Kraft versuchte ich, mich aufzubäumen, dem Streich des gräßlichen Krummsäbels entgegen. Und dann ward ich plötzlich ruhig, lag da und lächelte dem glitzernden Tode zu wie ein Kind einem seltenen Spielzeug.

Ein weiteres Mal verfiel ich in tiefe Bewußtlosigkeit; sie währte nur kurz; denn als ich wieder ins Leben zurückglitt, hatte sich das Pendel nicht merklich weiter gesenkt. Doch mochte sie ebensogut auch lange gedauert haben – denn ich wußte ja, da waren Teufel, die meine Ohnmacht bemerkt und die Schwingung ganz nach Belieben angehalten haben konnten. Auch fühlte ich mich, da ich wieder zu mir gekommen, sehr – oh, unsäglich – schwach und elend, wie durch lange Entkräftung ausgezehrt. Selbst unter den Qualen jenes Augenblicks verlangte die menschliche Natur nach Nahrung. Mühsam und unter Schmerzen streckte ich meinen linken Arm so weit aus, wie es die Fesseln zuließen, und nahm mir den kleinen Rest, den mir die Ratten übriggelassen. Als ich mir einen Bissen davon zwischen die Lippen schob, fuhr mir, noch unausgegoren, ein halbfertiger Gedanke der Freude – der Hoffnung durch den Sinn. Doch wie kam *ich* dazu, an Hoffnung zu denken? Es war, wie gesagt, ein halbfertiger Gedanke – der Mensch hat deren viele, ohne daß sie je vollendet würden. Ich spürte, er verhieß Freude – Hoffnung; doch spürte ich auch, daß er vergangen war, noch ehe er Gestalt gewonnen. Vergebens bemühte ich mich, ihn zu vollenden – ihn wiederzufinden. Das lange Leiden hatte alle Geisteskräfte, über die ich gewöhnlich gebot, nahezu zerstört. Schwachsinnig war ich – ein Idiot.

Das Pendel schwang im rechten Winkel zu meiner Körperlänge. Ich sah, die Sichel, so war es bestimmt, sollte mich in der Herzgegend treffen. Sie würde den Serge meines Kittels zertrennen – sie würde zurückschwingen und ihr Werk wiederholen – wieder – immer wieder. Trotz ihres ungeheuer weit ausgreifenden Schwunges (etwa dreißig Fuß oder mehr) und der zischenden Wucht, mit der sie herabkam und die ausgereicht hätte, selbst diese Eisenwände zu zerschneiden, wäre doch das Aufschlitzen meines Kittels alles, was sie mehrere Minuten lang vollbringen würde. Und bei diesem Gedanken hielt ich inne. Ich wagte nicht, darüber hinauszudenken. So hartnäckig, so ganz und gar verbohrte ich mich darein – als könnte ich vermittels solchen Beharrens den Stahl *hier* aufhalten, daß er nicht tiefer sinke. Ich zwang mich, mir vorzustellen, wie es wohl klingen mochte, wenn die Sichel über mein Gewand dahinfuhr – welch eigentümliches Erschauern die Reibung von Stoff in den Nerven auslöse. Auf all diese Nichtigkeiten war mein Sinnen gerichtet, bis ich aufs äußerste nervös geworden.

Herab kam es gekrochen – unablässig herab. Ich fand wahnsinniges Vergnügen daran, die Geschwindigkeit der Abwärtsbewegung mit der seitwärtigen zu vergleichen. Nach rechts – nach links – hin und her – mit dem schrillenden Schrei einer verdammten Seele! hin zu meinem Herzen mit dem heimlichen Schleichen des Tigers. Ich lachte und heulte abwechselnd, je nachdem die eine oder die andere Vorstellung die Oberhand gewann.

Herab – stetig, unbarmherzig herab! Schon schwang es drei Zoll nur über meiner Brust! Ich mühte mich aufs heftigste – ja verzweifelt –, meinen linken Arm zu befreien. Dieser war frei nur vom Ellbogen bis zur Hand. Letztere konnte ich von der Schüssel neben mir bis zum Munde führen, mit vieler Mühe, doch weiter nicht. Hätte ich es vermocht, die Fesseln über dem Ellbogen zu sprengen, so hätte ich das Pendel gepackt und anzuhalten versucht. Doch ebensogut hätte ich wohl versuchen können, eine Lawine aufzuhalten!

Herab – unaufhörlich noch – unentrinnbar noch herab! Bei jeder Schwingung rang ich nach Luft und bäumte mich auf. Bei jedem Schwunge zuckte ich krampfhaft zusammen. Meine Augen folgten den schwirrenden Ausholbewegungen mit der Gier sinnlosester Verzweiflung; sie schlossen sich im Krampfe, sowie es herabkam, obgleich der Tod eine – oh, wie unsägliche! – Erlösung gewesen wäre. Dennoch bebte jeder Nerv in mir bei dem Gedanken, wie schon durch ein leichtes Sinken der Vorrichtung diese scharfe, glänzende Axt auf meine Brust herabsausen würde. *Hoffnung* war es, welche die Nerven erzittern – den Leib erschaudern ließ. *Hoffnung* war es – jene Hoffnung, die noch über die Folter triumphiert – die selbst den zum Tode Verurteilten noch in den Kerkern der Inquisition zuflüstert.

Ich sah, daß wohl zehn oder zwölf Schwingungen den Stahl nun tatsächlich mit meinem Kittel in Berührung bringen würden – und mit dieser Beobachtung kam plötzlich die ganze gespannte, gefaßte Ruhe der Verzweiflung über meinen Geist. Zum ersten Male seit vielen Stunden – vielleicht seit Tagen – *dachte* ich. Da fiel mir jetzt denn auf, daß das Band oder der Gurt, womit ich gefesselt, aus *einem Stück* bestand. Ich war mit keinem anderen Strick gebunden. Der erste Streich der rasiermesserscharfen Sichel quer über irgendeinen Teil der Fessel würde diese so durchtrennen, daß ich sie mit meiner linken Hand von meinem Leibe losbinden könnte. Doch wie furchtbar wäre in solchem Falle die Nähe des Stahls! Wie tödlich würde schon die geringste Zuckung wirken! War es überdies wahrscheinlich, daß die Büttel meiner Peiniger diese Möglichkeit nicht vorausgesehen und dagegen Vorsorge getroffen haben sollten? War es anzunehmen, daß die Fessel meine Brust auch in der Bahn des Pendels umschlang? Voller Angst, meine schwache und, wie es schien, letzte Hoffnung vereitelt zu finden, hob ich so weit den Kopf, daß ich meine Brust deutlich zu übersehen vermochte. Der Gurt schlang sich allenthalben mir dicht um Glieder und Leib, überall – *nur dort nicht, wo die todbringende Sichel ihren Weg nahm.*

Kaum hatte ich den Kopf in die ursprüngliche Lage zurücksinken lassen, da fuhr mir plötzlich etwas durch den

Sinn, das ich nicht besser zu beschreiben vermag denn die noch nicht Gestalt gewordene Hälfte jener rettenden Idee, von der ich weiter oben gesprochen und die mir nur halb und verschwommen vorgeschwebt hatte, als ich an meine brennenden Lippen die Nahrung hielt. Nun war mir der ganze Gedanke gegenwärtig – schwach zwar, kaum vernünftig klar, kaum definitiv – dennoch aber in Gänze. Sogleich ging ich mit der energischen Kraft der Verzweiflung an den Versuch, ihn auszuführen.

Seit vielen Stunden wimmelte die unmittelbare Umgebung des niedrigen Gestells, auf dem ich lag, buchstäblich von Ratten. Wild waren sie, dreist, heißhungrig – ihre roten Augen funkelten mich an, als lauerten sie nur darauf, daß ich mich nicht mehr rege, um über mich, ihre Beute, herzufallen. ›An welche Nahrung‹, dachte ich, ›mögen sie wohl in dem Brunnenloche gewöhnt sein?‹

Trotz aller meiner Anstrengungen, sie daran zu hindern, hatten sie den ganzen Inhalt des Napfes bis auf einen kleinen Rest verschlungen. Ich war darauf verfallen, beständig die Hand über der Schüssel hin und her zu schwenken; doch schließlich hatte die unbewußte Einförmigkeit der Bewegung dieser die Wirkung genommen. In seiner Gefräßigkeit schlug das Rattengezücht mir des öfteren seine scharfen Zähne in meine Finger. Mit den Überresten der ölichten, scharf gewürzten Fleischspeise rieb ich nun gründlich das mich fesselnde Band überall ein, wo immer ich es nur erreichen konnte; dann hob ich die Hand vom Boden und lag atemlos, still da.

Zunächst waren die gierigen Tiere verstört und erschrokken über die Veränderung – daß sich nun nichts mehr regte. Aufgeregt wichen sie zurück; viele suchten das Brunnenloch auf. Doch das währte nur einen Augenblick. Ich hatte nicht umsonst mit ihrer Gefräßigkeit gerechnet. Als sie merkten, daß ich reglos blieb, sprangen ein oder zwei der dreistesten auf das Gestell und schnupperten an dem Gurt. Dies schien das Signal zum allgemeinen Angriff. In hellen Scharen stürzten sie vom Wasserloch herbei. Sie klammerten sich ans Holz – sie rannten darüber hin und sprangen zu Hunderten auf mich. Die gemessene Bewegung des Pendels störte sie nicht im geringsten. Sie wichen seinen Schlägen aus und fielen gierig über die eingeschmierten Fesseln her. Sie drangen auf mich ein – sie wimmelten über mich hin in immer größeren Haufen. Sie wanden sich auf meiner Kehle; ihre kalten Lippen suchten die meinen; ich war halb erstickt unter ihrem geballten Druck; ein Ekel, für den die Welt keinen Namen kennt, wollte schier überquellen in mir, und mein Herz erstarrte gleichsam unter seiner feucht-klebrigen Schwere. Nur eine Minute noch, und, ich spürte es, der Kampf wäre vorbei. Recht deutlich merkte ich schon, wie die Fesseln sich lokkerten. Ich wußte, daß sie an mehr denn einer Stelle bereits zernagt sein mußten. Mit übermenschlicher Entschlossenheit hielt ich *still.*

Und meine Rechnung ging auf – ich hatte nicht umsonst ausgeharrt. Endlich spürte ich, daß ich *frei* war. Der Gurt hing mir in Fetzen vom Leibe. Doch schon drängte mir der Schlag des Pendels zur Brust. Es hatte den Serge des Kittels zertrennt. Es hatte das Leinenzeug darunter durchschnitten. Zweimal noch schwang es, und ein scharfer Schmerz fuhr mir durch jeden Nerv. Doch der Augenblick des Entrinnens war gekommen. Auf ein Schwenken meiner Hand hin stürzten meine Befreier ungestüm davon. In stetiger Bewegung – vorsichtig, schaudernd und sacht – glitt ich seitwärts aus der Umschlingung der Fessel und aus der Reichweite des Krummsäbels. Für den Augenblick zumindest *war ich frei.*

Frei! – und in den Klauen der Inquisition! Kaum war ich von meinem hölzernen Schreckensbett auf den Steinboden des Gefängnisses getreten, als die Bewegung der Höllenmaschine aufhörte und ich sah, wie sie von unsichtbarer Kraft durch die Decke emporgezogen ward. Dies war eine Lehre, welche ich mir verzweifelt zu Herzen nahm. Unzweifelhaft war jede meiner Bewegungen überwacht. Frei! – Ich war nur dem Tode in einer Marterform entronnen, um einer anderen, schlimmer denn Tod, ausgeliefert zu werden. Bei diesem Gedanken ließ ich meine Augen angstvoll über die eisernen Schranken schweifen, die mich umschlossen. Etwas Ungewöhnliches – eine Veränderung, welche ich anfangs noch gar nicht richtig zu erfassen vermochte – hatte sich offenbar in dem Raume begeben. Viele Minuten träumerischen, schauderbangen Sinnens erging ich mich vergeblich in zusammenhanglosen Mutmaßungen. Während dieser Zeit gewahrte ich zum ersten Male den Ursprung des schwefelgelben Lichts, welches die Zelle erhellte. Es drang aus einem wohl einen halben Zoll breiten Spalt, der rund um das ganze Gefängnis am Fuße der Wände verlief, wodurch diese völlig vom Boden getrennt schienen und auch waren. Ich versuchte, durch die Öffnung zu spähen, aber natürlich vergebens.

Als ich mich von dem Versuche erhob, war mir schlagartig das Geheimnis der Veränderung in der Kammer klar. Ich sagte schon, daß zwar die Umrisse der Figuren an den Wänden recht deutlich waren, die Farben aber verschwommen und unbestimmt wirkten. Diese Farben leuchteten nun, und von Augenblick zu Augenblick wuchs der erschreckend grelle Glanz, welcher den gespenstischen und teuflischen Bildern ein Aussehen verlieh, das selbst stärkere Nerven denn die meinen schaudern gemacht hätte. Dämonenaugen von wilder und gräßlicher Lebendigkeit starrten mich aus tausend Ecken an, wo vorher keine zu sehen gewesen waren, und schimmerten in so fahlem Scheine eines Feuers, welches für unwirklich zu halten ich meine Phantasie nicht zu zwingen vermochte.

Unwirklich! – Sogar beim Atmen stieg mir ja schon der Brodem erhitzten Eisens in die Nase! Erstickender Geruch durchdrang den Kerker! Und mit jedem Augenblick glühten die Augen, die auf meine Qualen starrten, in hellerer Glut! Ein kräftigerer Ton von Karmesin ergoß sich über die gemalten blutigen Greuel. Ich keuchte! Ich rang nach Luft! Kein Zweifel konnte mehr sein an der Absicht meiner Peiniger – oh! dieser unerbittlichsten! oh! dieser teuflischsten der Menschen! Ich wich vor dem glühenden Metall in die Mitte der Zelle zurück. Und mitten im Bewußtsein des Feuertodes, der mir drohte, kam der Gedanke an die Kühle des Brunnens wie Balsam über meine Seele. Ich eilte an seinen tödlichen Rand. Ich warf einen spähenden Blick in die Tiefe. Der Schein der flammenden Decke erhellte seine innersten Winkel. Doch einen wahnsinnigen Augenblick lang weigerte sich mein Geist, die Bedeutung dessen zu fassen, was ich sah. Schließlich erzwang, ja bahnte es sich gewaltsam seinen Weg in meine Seele – es brannte sich ins erschauernde Hirn. Ach! hätt ich doch nur *eine* Stimme, es zu sagen! – Oh! Grauen! – Oh! jeglich Grauen, nur nicht dies! Mit einem Schrei wich ich vom Rande zurück, vergrub mein Gesicht in den Händen – und weinte bitterlich.

Die Hitze nahm rasch zu, und schaudernd, wie im Schüttelfrost, sah ich noch einmal auf. Abermals war eine Veränderung in der Zelle vor sich gegangen – und nun war es offensichtlich die *Form*, die sich verändert hatte. Wie zuvor war es zu Anfang vergebens, daß ich zu erkennen oder begreifen suchte, was geschah. Doch nicht lange ward ich im Zweifel gelassen. Mein zweimaliges Entrinnen hatte die Rache der Inquisition noch angestachelt, und da gab es nun kein Tändeln mehr mit dem König der Schrecken. Der Raum war quadratisch gewesen. Nun sah ich, daß zwei seiner eisernen Winkel spitz geworden waren – zwei, folglich, stumpf. Der fürchterliche Unterschied wuchs rasch unter leisem Poltern oder Ächzen. Im nächsten Augenblick hatte das Gelaß seine Form zu einem Rhombus gewandelt. Doch dabei blieb es nicht – auch hatte ich weder gehofft noch gewünscht, daß es dabei bliebe. Ich hätte die rotglühenden Wände mir um den Busen legen mögen als Gewand des ewigen Friedens. »Den Tod«, sprach ich, »jeden Tod, nur nicht den der Grube!« Ich Narr! hätte ich nicht wissen können, daß *in die Grube* mich zu treiben eben der Zweck des glühenden Eisens war? Konnte ich denn seiner Glut widerstehen? oder, selbst diesen Fall gesetzt, könnte ich dann seinem Druck standhalten? Flacher und flacher ward nun der Rhombus, mit einer Geschwindigkeit, die mir keine Zeit zum Überlegen ließ. Seine Mitte, und damit natürlich seine größte Weite, lag genau über dem gähnenden Schlund. Ich wich zurück – doch die sich nähernden Wände trieben mich unwiderstehlich darauf zu. Endlich fand mein versengter und gekrümmter Leib keinen Zoll Halt mehr auf dem festen Boden des Kerkers. Ich kämpfte nicht mehr, die Qual meiner Seele aber machte sich Luft in einem einzigen langen, lauten, letzten Schrei der Verzweiflung. Ich fühlte, ich taumelte an den Rand – ich wandte die Augen ab –

Da – ein wirres Gemurmel menschlicher Stimmen! Da schmetterte es laut wie aus vielen Trompeten! Da dröhnte es rauh und grollte, als wären's tausend Donner! Die feurigen Wände wichen zurück! Ein ausgestreckter Arm packte den meinen, da ich, von Ohnmacht umfangen, in den Abgrund stürzen wollte. Es war der Arm von General Lasalle. Die französische Armee hatte Toledo erobert. Die Inquisition war in den Händen ihrer Feinde.

DER LANDSCHAFTSPARK

> Es lag der Garten, einer Schönen gleich,
> Die seliger Schlummer fest umfangen hält,
> Das Aug geschlossen vor des Äthers Reich;
> Gewaltig Rund, darin das Himmelszelt
> Azurn sich mit der Blum des Lichts gesellt:
> Schwertlilien rein und all die Tropfen Tau,
> Die glitzern an den Blüten aus Azur –
> Wie Sterne funkeln sie im Abendblau.
>
> Giles Fletcher

Nie hat ein bemerkenswerterer Mann gelebt denn mein Freund, der junge Ellison. Bemerkenswert war er ob der so vollkommenen und immerwährenden Fülle guter Gaben, mit welchen Fortuna verschwenderisch ihn überschüttete. Von der Wiege bis zum Grabe ward vom Winde gütigsten Wohlergehens er dahingetragen. Und das Wort Wohlergehen gebrauche ich dabei mitnichten in seinem rein weltlichen oder äußerlichen Sinne. Ich will es als gleichbedeutend mit Glück verstanden wissen. Die Person, von der ich spreche, schien zu dem Zwecke geboren, die phantastischen Doktrinen der Herren Turgot, Price, Priestley und Condorcet vorwegzunehmen – am besonderen Falle das zu exemplifizieren, was als reines Hirngespinst der Perfektionisten gilt. An Ellisons kurzem Dasein vermeine ich, jenes Dogma widerlegt gesehen zu haben – daß in des Menschen physischer wie geistiger Natur ein Prinzip verborgen liege, Widerpart aller Seligkeit. Eine gründliche und angelegentliche Untersuchung seines Lebensweges hat mich begreifen gelehrt, wie im allgemeinen aus der Verletzung einiger weniger, ganz einfacher Gebote des Menschseins das ganze Elend der Menschheit entsteht; wie wir, als Gattung betrachtet, die natürlichen Elemente zur Zufriedenheit durchaus in unserem Besitze haben und wie, selbst heutzutage, in der derzeitigen Blindheit und Dunkelheit all der Auffassungen hinsichtlich der großen Frage der sozialen Zustände es nicht unmöglich ist, daß der Mensch, als Individuum, unter gewissen ungewöhnlichen und höchst zufälligen Bedingungen glücklich sein kann.

Von derlei Ansichten war auch mein junger Freund völlig durchdrungen; und so ist es wohl ganz besonders des Anmerkens wert, daß der fortwährende Genuß, welcher sein Leben auszeichnete, weitgehend das Ergebnis vorgefaßter Planung war. Ja, es liegt auf der Hand, daß Mr. Ellison mit einem Weniger an instinktiver Philosophie, wie sie zuweilen der Erfahrung so wohl zustatten kommt, sich ob des so außergewöhnlich erfolgreichen Verlaufs seines Lebens kopfüber jählich in dem gemeinen Strudel des Elends drunten wiedergefunden hätte, welcher sich all jenen gierig weit auftut, denen hervorragende Talente zu eigen. Doch ist es keineswegs jetzt meine Absicht, eine Abhandlung über das Glück zu verfassen. Die Ansichten meines Freundes lassen sich in wenigen Worten zusammenfassen. Er ließ nur vier unwandelbare Gesetze oder vielmehr Grundprinzipien der Seligkeit gelten. Dasjenige, welches er für das wichtigste erachtete, war (merkwürdigerweise!) ein einfaches und rein physisches, nämlich körperliche Bewegung in freier Luft. »Gesundheit«, sprach er, »welche anders denn auf diese Weise gewonnen wird, verdient kaum so genannt zu werden.« Er verwies auf den Ackersmann – den einzigen, der, als Klasse, sprichwörtlich glücklicher ist denn andere –, und dann führte er zum weiteren Exempel die hohen Wonnen des Fuchsjägers an. Sein zweiter Grundsatz beinhaltete die Liebe des Weibes. Der dritte bestand in der Verachtung jeglichen Ehrgeizes. Der vierte verlangte einen Gegenstand unablässigen Trachtens; und er behauptete, daß das Ausmaß des Glücks, gesetzt, die anderen Dinge seien gleich, genau der Vergeistigung dieses Gegenstandes entspreche.

Wie gesagt, Ellison war bemerkenswert ob der immerwährenden Fülle guter Gaben, mit welchen Fortuna ihn verschwenderisch überschüttete. An persönlicher Anmut und Schönheit übertraf er alle anderen Männer. Sein Geist war von jenem Range, für den die Erwerbung von Wissen weniger mühselige Arbeit bedeutet denn Notwendigkeit und Intuition. Seine Familie war eine der erlauchtesten im Königreiche, seine Braut die lieblichste und hingebungsvollste der Frauen. Mit irdischen Gütern war er zu allen Zeiten reich gesegnet gewesen; doch da er das einundzwanzigste Lebensjahr erreichte, stellte es sich heraus, daß zu seinem Frommen das launische Schicksal einen jener außergewöhnlichen Streiche gespielt, welche die gesamte Gesellschaftssphäre, in der sie vorfallen, in Aufregung versetzen und nur selten verfehlen, das ganze moralische Gefüge derer, die davon betroffen, von Grund auf zu verändern. Es zeigt sich, daß etwa hundert Jahre, bevor Mr. Ellison volljährig ward, in einer entlegenen Provinz ein gewisser Mr. Seabright Ellison gestorben war. Dieser Herr nun hatte ein fürstliches Vermögen angehäuft, und da er keine unmittelbaren Angehörigen hinterließ, war er auf den absonderlichen Gedanken verfallen, seinen Reichtum sich ein volles Jahrhundert lang nach seinem Ableben vermehren zu lassen. Peinlich genau und scharfblickend verfügte er also die diversen Arten der Investition und vermachte die angehäufte Summe dem nächsten Blutsverwandten, welcher den Namen Ellison trüge und nach Ablauf der hundert Jahre noch am Leben wäre. Viele vergebliche Versuche waren bereits unternommen worden, dieses eigentümliche Legat für nichtig zu erklären; ihr *ex-post-facto*-Charakter ließ sie scheitern; doch war die Aufmerksamkeit einer argwöhnischen Staatsregierung geweckt und schließlich ein Erlaß erwirkt, wonach alle derartigen Kapitalansammlungen fürderhin untersagt waren. Dieser Gesetzesbeschluß hinderte den jungen Ellison jedoch nicht daran, an seinem einundzwanzigsten Geburtstage als der Erbe seines Vorfahren Seabright den Besitz eines Vermögens von *vierhundertfünfzig Millionen Dollar* anzutreten.[1]

Als es endgültig dann bekannt geworden, daß der ererbte Reichtum derart enorm wäre, kam es natürlich zu vielerlei Spekulationen hinsichtlich der Art und Weise, wie dieser zu verwenden sei. Daß die Summe so ungeheuer groß, dazu sofortig verfügbar war, erschreckte und verwirrte alle, die über den Fall nachdachten. Der Besitzer einer nur irgend *abschätzbaren* Summe Geldes hätte ja, so vermochte man sich vorzustellen, tausenderlei Dinge damit anfangen können. Bei Reichtümern, welche diejenigen irgendeines Bürgers lediglich überstiegen, wäre es leicht gewesen, sich vorzustellen, wie er aufs maßloseste den modisch vornehmen Extravaganzen seiner Zeit nun huldigte oder sich mit politischen Intrigen abgäbe, vielleicht mit einem Ministerposten liebäugelte; oder sich höhere Adelswürden zu erkaufen suchte; oder monumentale Prachtbauten zu errichten trachtete; oder in großem Stile Kunstgegenstände sammelte; oder den großzügigen Mäzen der Kunst und Literatur spielte; oder umfängliche Wohlfahrtseinrichtungen stiftete, die dann seinen Namen trügen. Doch im Betrachte des unvorstellbaren Reichtums, wie er tatsächlich im unmittelbaren Besitze des jungen Erben sich fand, schienen diese Zwecke samt allen herkömmlichen Zwecken gänzlich unangemessen. Man nahm seine Zuflucht zu Zahlen; doch Zahlen gereichten erst recht nur zur

1 Ein Fall, dem hier erdachten in den Grundzügen ganz ähnlich, hat sich vor gar nicht allzu langer Zeit in England tatsächlich zugetragen. Der Name des glücklichen Erben (welcher noch lebt) ist Thelluson. Einen Bericht von dieser Angelegenheit habe ich zuerst in dem Reisetagebuch des Fürsten Pückler-Muskau gelesen. Dieser gibt die ererbte Summe mit neunzig Millionen Pfund an und bemerkt mit großem Nachdruck, daß der Aussicht, ›so viel Geld zu haben, etwas Großes‹ anhafte. ›Welche wunderbaren … Dinge ließen sich mit einem solchen Privatvermögen … ausrichten!‹ Um den Zwecken dieses Artikels zu genügen, bin ich der Darlegung des Fürsten gefolgt – wiewohl sie zweifellos in hohem Grade übertrieben ist.

Verwirrung. Man fand, wie selbst bei drei Prozent das jährliche Einkommen aus der Erbschaft nicht weniger denn dreizehn Millionen fünfhunderttausend Dollar betragen würde; was eine Million einhundertfünfundzwanzigtausend pro Monat bedeutete; oder sechsunddreißigtausendneunhundertsechsundachtzig pro Tag; oder eintausendfünfhunderteinundvierzig pro Stunde; oder sechsundzwanzig Dollar für jede Minute, die verstrich. So war denn der jeglichen Mutmaßungen gewohnte Pfad ganz und gar nicht mehr zu begehen. Die Leute wußten nicht, was sie sich vorstellen sollten. Es gab sogar etwelche, die da meinten, Mr. Ellison würde unverzüglich mindestens zweier Drittel seines Vermögens als eines gänzlich übertriebenen Überflusses entraten und hierbei durch Verteilung jener Überfülle seine Verwandten zuhauf zu reichen Leuten machen.

Gleichwohl überraschte es mich nicht, als ich merkte, daß er sich längst schon über einen Gegenstand entschieden hatte, welcher seinen Freunden soviel Kopfzerbrechen bereitete. Auch war ich ob der Art seines Entschlusses nicht sonderlich erstaunt. Er war ein Dichter, im weitesten und edelsten Sinne. Überdies verstand er den wahren Charakter, die hehren Ziele, die höchste Majestät und Würde des poetischen Empfindens. Die rechte Befriedigung dieses Gefühls, so spürte er instinktiv, lag in der *Erschaffung neuer Formen von Schönheit.* Gewisse Eigentümlichkeiten, sei es in seiner frühen Erziehung oder im Wesen seines Geistes, hatten der Art seiner moralischen Spekulationen sämtlich einen Anflug dessen verliehen, was man Materialismus heißt; und vielleicht war es dieser Zug, welcher, unmerklich, ihn zu der Einsicht führte, das vorteilhafteste, wenn nicht gar das einzig wahre Feld zur Ausübung des poetischen Empfindens bestünde in der Erschaffung neuer Seinsweisen rein *physischer* Schönheit. So kam es denn, daß er weder Musiker noch Dichter ward; wenn wir diesen letzteren Begriff in seinem gewöhnlichen Sinne gebrauchen. Oder vielleicht war es auch nur dieser seiner bereits erwähnten Ansicht zufolge, daß er weder das eine noch das andere geworden – der Ansicht nämlich, es liege in der Verachtung jeglichen Ehrgeizes einer der wesentlichen Grundsätze für Glückseligkeit auf Erden. Ja, ist es denn nicht tatsächlich möglich, daß ein Genie von *hohem* Range notwendigerweise wohl ehrgeizig ist, jenes des *höchsten* hinwieder unweigerlich *über* dem steht, was Ehrgeiz geheißen? Und mag es also nicht geschehen, daß mancher weit Größere denn Milton es zufrieden war und ist, ›stumm und unberühmt‹ zu bleiben? Ich glaube, die Welt hat es von Angesicht bisher noch nicht geschaut, und – es sei denn, daß durch eine Verkettung zufälliger Ereignisse ein Geist vom erhabensten Range zu solcher *Verve* getrieben, wie sie ihm zuwider – die Welt wird es auch *niemals* sehen, welch vollen Ausmaßes triumphaler Leistung die menschliche Natur in den bedeutsameren Werken der Kunst an und für sich fähig ist.

Mr. Ellison ward also weder Musiker noch Poet; obschon keinen Sterblichen wohl tiefere Zuneigung zur Musik wie auch zur Muse beseelte. Unter anderen Umständen denn solchen, mit denen er ausgestattet, ist es nicht unmöglich, daß er zum Maler geworden wäre. Der Bereich der Bildhauerkunst, obwohl dem Wesen nach streng poetisch, war doch zu eingeschränkt hinsichtlich Umfang und Bedeutsamkeit, als daß seine Aufmerksamkeit je sonderlich davon beansprucht gewesen. Und so hätte ich denn nun *sämtliche* Gebiete aufgezählt, darin selbst dem weitherzigsten Verständnis des poetischen Empfindens zufolge dieses Empfinden sich erklärtermaßen zu äußern vermöge. Ich meine hier die großzügigste allgemeine oder anerkannte Auffassung des Begriffes, wie ihn der Ausdruck ›poetisches Empfinden‹ enthält. Doch Mr. Ellison fand, es sei das reichste und durchaus das natürlichste und geziemendste Gebiet blindlings vernachlässigt worden. Keine Begriffsbestimmung habe den *Landschaftsgärtner* als einen Poeten erwähnt; gleichwohl vermochte sich mein Freund nicht der Einsicht zu verschließen, daß die Erschaffung eines Landschaftsparks der wahren Dichtkunst die großartigste aller Gelegenheiten böte. Ja, hier auf diesem Felde sei es, daß sich die Erfindungsgabe oder die Phantasie am vollkommensten zu entfalten vermöchten in endlosen Kombinationen von Formen neuer Schönheit; seien doch die Elemente, welche die Verbindung eingingen, allezeit und mit weitem Abstand die herrlichsten, welche die Erde aufzuweisen habe. In der Vielgestalt des Baumes und der Vielfarbenpracht der Blume erkannte er die unmittelbarste und energischste Anstrengung der Natur im Hinblick auf physische Schönheit. Und ebendiese Anstrengung zu lenken oder zu konzentrieren beziehungsweise, genauer gesagt, sie den Augen anzupassen, welche sie auf Erden schauen sollen, hieße, so erkannte er, die besten Mittel zu nutzen – und zum größten Vorteil sich zu mühen –, damit sich sein Schicksal als Poet erfülle.

›Sie den Augen anzupassen, welche sie auf Erden schauen sollen.‹ In seiner Erklärung solcher Ausdrucksweise hat Mr. Ellison viel zur Lösung dessen beigetragen, was mir stets ein Rätsel erschienen. Ich meine die Tatsache (welche nur Ignoranten bestreiten), daß in der Natur keine solchen Kombinationen von Landschaft existieren, wie sie der geniale Maler zu schaffen vermag. Paradiese, wie sie auf den Gemälden eines Claude leuchten, sind in der Wirklichkeit nicht zu finden. Auch in der bezauberndsten der natürlichen Landschaften wird stets ein Mangel oder eine Unmäßigkeit anzutreffen sein – viele Mängel und viele Unmäßigkeiten. Indes die einzelnen Komponenten, für sich betrachtet, auch höchste künstlerische Meisterschaft übertreffen mögen, wird doch die Ordnung der Teile stets zu wünschen übrig lassen. Kurz, es kann kein Standort eingenommen werden, von welchem aus der sichere Blick eines Künstlerauges nicht Grund zu Anstoß fände, und zwar daran, was mit dem *terminus technicus* die *Komposition* einer natürlichen Landschaft geheißen. Und dennoch, wie unverständlich ist dies! In jedem anderen Betrachte lehrt man uns, und dies zu Recht, die Natur als Höchstes zu erachten. Mit ihren Einzelheiten zu wetteifern, scheuen wir zurück. Wer wollte sich schon anmaßen, die Farben der Tulpe nachzuahmen oder das Ebenmaß des Maiglöckchens zu verbessern?

Die Kritik, die da von der Plastik oder der Porträtkunst meint, ›die Natur gelte es nicht zu imitieren denn vielmehr zu erhöhen‹, befindet sich im Irrtum. Keine malerischen noch bildhauerischen Kombinationen von einzelnen *Punkten* menschlicher Schönheit vermögen mehr denn der lebendigen und leibhaftigen menschlichen Schönheit, wie sie täglich uns erfreut, sich lediglich anzunähern. Byron, so oft er auch irrte, irrte doch nicht, da er sagte:

> Ich sah viel schönre Fraun von Fleisch und Bein,
> Als jemals war ein Ideal von Stein.

Einzig für die Landschaft gilt dies Prinzip des Kunstrichters; und da dessen Wahrheit er hier gespürt, ist es nur der vorschnelle Geist der Verallgemeinerung, welcher ihn verleitet hat, es in *allen* Bereichen der Kunst für gültig zu erklären. Da dessen Wahrheit er, wie gesagt, hier *gespürt*. Denn das Gefühl ist weder Pose noch Schimäre. Die Mathematik gewährt der absoluten Beweise nicht mehr, als das künstlerische *Empfinden* dem Künstler vergönnt. Er glaubt nicht nur, sondern *weiß* es genau, daß durch diese und jene, scheinbar willkürliche Ordnung des Gegenstandes, oder: diese Form, und nur dadurch, die wahre Schönheit entsteht. Doch sind seine Gründe noch nicht von der Reife, daß auf eine sprachliche Formel sie zu bringen wären. Es bleibt einer gründlicheren Analyse, als die Welt sie bisher kennt, vorbehalten, sie umfassend zu untersuchen und in Worte zu fassen. Dessenungeachtet wird seinen instinktiven Ansichten Bestätigung im übereinstimmenden Urteil all seiner Mitstreiter. Nehmen wir an, eine Komposition sei mangelhaft; nehmen wir an, es erfolge eine Verbesserung in der rein formalen Ordnung; nehmen wir nun weiter an, diese Verbesserung werde einem jeglichen Künstler auf der ganzen Welt vorgelegt; so würde jeder einzelne ihre Notwendigkeit zugestehen. Ja, weit mehr noch denn dies; zur Behebung des kompositorischen Defektes würde jedes einzelne Mitglied der Bruderschaft eben die nämliche Verbesserung *vorschlagen.*

Ich wiederhole, daß allein hinsichtlich der Anordnung

oder Zusammenstellung von Landschaften die *physische* Natur ›Erhöhung‹ zuläßt und daß ihre Verbesserungsmöglichkeit in diesem einen Punkte mir deshalb ein Rätsel blieb, welches bislang ich nicht zu lösen vermochte. Es war Mr. Ellison, welcher zuerst den Gedanken unterbreitet, wie das, was wir als Verbesserung oder Erhöhung natürlicher Schönheit betrachteten, in Wirklichkeit eine solche nur sei, was den irdischen oder menschlichen *Standpunkt* beträfe; wie jegliche Änderung oder jeglicher Eingriff in die elementare Szenerie möglicherweise einen Makel in dem Bilde bewirke, wenn wir dies Bild von einem entfernten Punkte im Himmel *im ganzen* betrachten könnten. »Es ist leicht verständlich«, sagt Mr. Ellison, »wie das, was ein Detail, aus der Nähe gemustert, vielleicht verbessern mag, zu gleicher Zeit einen allgemeinen und nur aus größerer Entfernung wahrzunehmenden Gesamteindruck verderben kann.« Er sprach mit Wärme über diesen Gegenstand: auch achtete er nicht so sehr auf dessen unmittelbare oder offensichtliche Bedeutung (welche gering nur ist) denn vielmehr auf den Charakter der Folgerungen, zu welchen dies führen könne, oder der indirekten, untergeordneten Neben-Sätze, die zu erhärten oder bestätigen dies helfen könne. Wäre es doch möglich, daß es eine Klasse von Wesen gäbe, menschlich einst, doch nun dem Menschen unsichtbar, für deren prüfenden Blick und für deren verfeinertes Schönheitsempfinden, und nicht für das unsrige, Gott den großen Landschaftsgarten *der ganzen Erde* angelegt.

Im Verlaufe unserer Diskussion nahm mein junger Freund Gelegenheit, einige Stellen von einem Autor zu zitieren, welcher, so heißt es, dieses Thema trefflich behandelt habe.

›In der Landschaftsgärtnerei‹, schreibt er, ›gibt es eigentlich nur zwei Stile: den natürlichen und den künstlichen. Der eine sucht auf die ursprüngliche Schönheit des Landes sich zu besinnen, indem er seine Mittel auf die Umgebung abstimmt; Bäume anpflanzt, welche mit den Hügeln oder der Ebene des benachbarten Landes harmonieren; diejenigen gefälligen Verhältnisse von Größe, Ebenmaß und Farbe aufdeckt und zur Geltung bringt, wie sie, dem gemeinen Beschauer verborgen, sich dem erfahrenen Kenner der Natur allerorten offenbaren. Das Ergebnis dieses natürlichen Stils in der Gartenkunst ist wohl eher in der Abwesenheit aller Mängel und Mißverhältnisse zu sehen – im Vorwalten einer schönen Ordnung und Harmonie – denn in der Schaffung irgendwelcher besonderer Wunderwerke oder außergewöhnlicher Dinge. Der künstliche Stil nun stellt sich in ebenso vielen Spielarten dar, als es verschiedene Geschmäcker gibt, die es zu befriedigen gilt. Er steht in einer gewissen allgemeinen Verwandtschaft mit den verschiedenen Stilen der Baukunst. Da gibt es die stattlich-majestätischen Alleen und Refugien von Versailles; italienische Terrassen; und einen vielfältig gemischten alt-englischen Stil, der eine gewisse Beziehung zur hiesigen gotischen oder englischen Tudor-Architektur hat. Was immer sich auch gegen Mißbräuche der künstlichen Landschaftsgärtnerei vorbringen läßt, so trägt eine Beimischung reiner Kunst in einer Parklandschaft doch höchlich zu ihrer Schönheit bei. Ist diese einesteils doch dem Auge wohlgefällig, als sie von Plan und Ordnung zeugt, und andernteils moralisch-innerer Natur. Eine Terrasse mit einer alten bemoosten Balustrade beschwört dem Auge sogleich die schönen Gestalten herauf, welche sich dort dereinst ergingen. Die geringste Zurschaustellung von Kunst ist ein Beweis von Obsorge und menschlicher Anteilnahme.‹

»Aus dem, was ich bisher angemerkt habe«, sagte Mr. Ellison, »werden Sie verstehen, daß ich die hier vorgetragene Ansicht von der ›Besinnung auf die ursprüngliche Schönheit des Landes‹ ablehne. Die ursprüngliche Schönheit ist niemals so groß wie jene, welche noch hinzugefügt werden kann. Selbstverständlich hängt vieles von der Wahl eines Ortes mit *Möglichkeiten* ab. Was nun gesagt wird im Hinblick auf das ›Aufdecken und Zur-Geltung-Bringen jener gefälligen Verhältnisse von Größe, Ebenmaß und Farbe‹, so ist dies weiter nichts denn verschwommenes Gerede, welches viel oder wenig oder gar nichts besagen mag und keinerlei Anhaltspunkt gibt. Daß das eigentliche ›Ergebnis des natürlichen Stils in der Gartenkunst wohl eher in der Abwesenheit aller Mängel und Mißverhältnisse zu sehen sei denn in der Schaffung irgendwelcher besonderer Wunderwerke oder außergewöhnlicher Dinge‹, ist eine Behauptung, wie sie wohl besser zu dem im Schmutz wühlenden Verstande der Herde des Pöbels paßt denn zu den leidenschaftlichen Träumen des Genies. Das hier behauptete Verdienst ist im besten Falle ein negatives und gehört zu jener Art hinkender Kritik, wie sie, in der Literatur, Addison zu ihrem Gotte erheben würde. In Wahrheit ist es doch so, daß der Wert, welcher lediglich darin besteht, Un-Wert zu vermeiden, unmittelbar den Verstand anspricht und mithin sich in *Regeln* vorher anzeigen läßt, wogegen der erhabenere Wert, welcher in Erfinder- und Schöpferkraft flammend sich offenbart, einzig in den Ergebnissen zu fassen ist. Regeln gelten nur für die Vortrefflichkeiten der Vermeidung – für die Tugenden, die da negieren oder unterlassen. Darüber hinaus kann die kritische Kunst nur Vorschläge machen. Man kann uns vielleicht noch darin instruieren, eine Odyssee zusammenzubauen, doch ist es vergeblich, uns vorschwatzen zu wollen, *wie* ein ›Sturm‹ zu erschaffen sei, ein ›Inferno‹, ein ›Gefesselter Prometheus‹, eine ›Nachtigall‹ wie die von Keats oder die ›Mimose‹ eines Shelley. Ist das Werk aber einmal getan, das Wunder vollbracht, wird die Fähigkeit, es zu erfassen, Allgemeingut. Die Sophisten der *negativen* Schule, die aus schöpferischem Unvermögen über jegliche Schöpfung gespottet, findet man nun am lautesten applaudieren. Was in jenem Stadium des Prinzips, das einer Schmetterlingspuppe vergleichbar, ihren zimperlichen Verstand so beleidigt, verfehlt in seiner reifen Vollendung niemals, ihrem Instinkt für das Schöne oder Erhabene Bewunderung abzuringen.

Gegen die Bemerkungen unseres Verfassers über den künstlichen Stil der Gartengestaltung«, fuhr Mr. Ellison fort, »ist nun weniger einzuwenden. ›Eine Beimischung reiner Kunst in einer Parklandschaft trägt höchlich zu ihrer Schönheit bei.‹ Das ist richtig; und gleicherweise die Erwähnung der ›menschlichen Anteilnahme‹. Ich sage noch einmal, das hier bekundete Prinzip ist unbestreitbar; doch *mag* da gar noch etwas mehr dahinter sein. Könnte es doch ein Ziel geben, in voller Übereinstimmung mit dem angedeuteten Prinzip – ein Ziel, unerreichbar mit den Mitteln, wie sie dem Menschen gewöhnlich zu Gebote stehen, welches jedoch, falls erreicht, dem Landschaftsgarten einen Zauber verliehe, der über alle Maßen alles überträfe, was rein *menschliche* Anteilnahme zu bewirken vermag. Der wahre Dichter, so er über außergewöhnliche pekuniäre Mittel geböte, könnte möglicherweise, dieweil die notwendige Idee von *Kunst* oder *Anteilnahme* oder *Kultur* er beibehielte, seine Entwürfe gleichzeitig mit einer solchen Fülle und Neuartigkeit von Schönheit durchtränken, daß das Gefühl *überirdischen* Eingreifens sich einstellte. Es wird sich zeigen, wie er, indem er ein solches Ergebnis zustande bringt, sämtliche Vorteile von *Anteilnahme* oder *Gestaltung* wahrt, indes sein Werk von all dem Harten und rein Technischen der Kunst er befreit. In den schroffsten der Wildnisse – in den rauhesten der Landschaften der reinen Natur – offenbart sich die *Kunst* eines Schöpfers; doch wird *diese* Kunst nur sichtbar durch Reflexion; in keinem Betrachte hat sie die unverkennbare Kraft eines Gefühls. Wenn wir nun dieses Bewußtsein einer allmächtigen Planung in einem meßbaren Grade *harmonisiert* uns denken; wenn wir uns eine Landschaft vorstellen, darin *Fremdartigkeit*, Weite, Endgültigkeit und Großartigkeit so vereint sich finden, daß der Gedanke an Kultur oder Obsorge oder Beaufsichtigung geweckt wird seitens Geisteswesen, welche dem Menschen zwar verwandt, ihm aber überlegen sind – dann wäre das Empfinden der *Anteilnahme* bewahrt, indes die Kunst den Anschein einer intermediären oder sekundären Natur annimmt – einer Natur, welche weder Gott ist noch eine Emanation Gottes, sondern welche noch immer Natur ist in dem Sinne, daß sie das Kunstwerk der Engel ist, die da schweben zwischen Mensch und Gott.«

Und indem er an die praktische Verwirklichung einer Vision wie dieser seinen gigantischen Reichtum wandte –

in der Bewegung im Freien, wie sie aus der persönlichen Leitung seiner Pläne sich ergab – in dem unablässigen und nie versiegenden *Gegenstande* des Trachtens, welchen diese Pläne boten – in der hohen Vergeistigtheit des Zieles selbst – in der Verachtung jeglichen Ehrgeizes, wodurch er imstande, mehr zu erfühlen als zu erwirken – und schließlich in der Gemeinschaft und Anteilnahme eines ergebenen Weibes – mit alledem erwartete Ellison nur eines zu finden *und fand* es auch: die Befreiung von der Menschen gemeiner Sorge, dazu ein weit höheres Maß an vollkommener Glückseligkeit, denn jemals in den verzückten Tagträumen der Madame de Staël erglühte.

DAS GEHEIMNIS UM MARIE ROGÊT[1]

Eine Fortsetzung zu den ›Morden in der Rue Morgue‹

> Es gibt eine Reihe idealischer Begebenheiten, die der Wirklichkeit parallel läuft. Selten fallen sie zusammen. Menschen und Zufälle modifizieren gewöhnlich die idealische Begebenheit, so daß sie unvollkommen erscheint und ihre Folgen gleichfalls unvollkommen sind. So bei der Reformation; statt des Protestantismus kam das Luthertum hervor.
>
> Novalis,[2] ›Moralische Ansichten‹

Es gibt nur wenige Menschen, selbst unter den besonnensten Denkern, die nicht gelegentlich der jähe Schauder eines vagen, doch schreckerregenden Halbglaubens an das Übernatürliche gepackt hätte, da ihnen *Koinzidenzen* von scheinbar so wunderbarer Natur begegnet, daß der Verstand es nicht vermocht, sie für *bloße* Zufälle zu halten. Solche Empfindungen – denn die Halbgläubigkeit, von der ich rede, besitzt niemals die volle Stärke des *Gedan-*

1 Beim Erstabdruck von ›Marie Rogêt‹ wurden die nun beigefügten Fußnoten für unnötig erachtet; doch da seit der Tragödie, auf welcher die Erzählung basiert, mehrere Jahre vergangen sind, erscheint es wohl angeraten, sie darzulegen und darüber hinaus einige Worte zur Erläuterung des allgemeinen Plans zu sagen. Ein junges Mädchen, *Mary Cecilia Rogers*, wurde in der Nähe New Yorks ermordet; und obwohl ihr Tod gewaltiges, lang anhaltendes Aufsehen erregte, waren die ihn umgebenden Rätsel zu der Zeit, da die vorliegende Arbeit niedergeschrieben und veröffentlicht wurde (November 1842), noch ungelöst geblieben. Hierin ist der Autor, unter dem Vorwande, vom Schicksal einer Pariser *grisette* zu berichten, im kleinsten Detail getreulich den wesentlichen Tatsachen des wirklichen Mordfalles Mary Rogers gefolgt, wobei er Nebensächlichkeiten nur entsprechend daran angepaßt hat. So ist die gesamte, auf Fiktion gegründete Beweisführung auf die wirkli-

kens –, solche Empfindungen lassen sich selten gänzlich unterdrücken, es sei denn, man beruft sich auf die Lehre von den Möglichkeiten oder, wie der *terminus technicus* dafür heißt, die Wahrscheinlichkeitsrechnung. Nun ist diese Rechnung ihrem Wesen nach reine Mathematik; und so haben wir denn hier den anomalen Fall, daß die strengste, exakteste Wissenschaft Anwendung findet auf den unwirklichen Schatten der vagsten Spekulation, die so gar nicht greifbar.

Die außergewöhnlichen Umstände, welche ich nun mitzuteilen aufgerufen bin, bilden, so wird man feststellen, was die zeitliche Abfolge betrifft, die erste Phase einer Reihe kaum faßlicher *Koinzidenzen*, deren zweite oder Schlußphase alle Leser in dem Morde an MARY CECILIA ROGERS, der vor kurzem in New York geschah, wiedererkennen werden.

Als ich mich vor etwa einem Jahre in einer Arbeit des Titels ›Die Morde in der Rue Morgue‹ bemühte, einige sehr bemerkenswerte Züge im geistigen Charakter meines Freundes, des Chevaliers C. Auguste Dupin, zu schildern, wäre es mir nie eingefallen, daß ich das Thema jemals wieder aufgreifen würde. War es doch mein Anliegen gewesen, diesen Charakter zu beschreiben; und dieses Anliegen nun fand in der Folge der Umstände Erfüllung, welche ich zum Belege für Dupins Eigenart beigebracht hatte. Ich hätte

chen, wahren Ereignisse anwendbar: und Ziel war es ja, die Wahrheit aufzuspüren.

›Das Geheimnis um Marie Rogêt‹ wurde fern vom Schauplatz der Greueltat verfaßt und ohne andere Mittel der Untersuchung, denn die Zeitungen sie boten. So entging dem Autor vieles, was er sich hätte zunutze machen können, wäre er an Ort und Stelle gewesen und hätte die Örtlichkeiten in Augenschein genommen. Es mag jedoch nicht unangebracht sein zu erwähnen, daß die Geständnisse von *zwei* Personen (deren eine die Madame Deluc der Erzählung ist), zu verschiedenen Zeiten, lange nach der Veröffentlichung abgelegt, nicht nur die allgemeine Schlußfolgerung vollauf bestätigten, sondern auch ganz und gar *sämtliche* hypothetischen Hauptumstände, welche zu dieser Folgerung geführt.

2 *nom de plume*, eigentlich von Hardenberg

noch andere Beispiele anführen können, doch mehr hätte ich damit auch nicht bewiesen. Indes haben nun jüngste Ereignisse in ihrer überraschenden Wendung mich aufgeschreckt, noch weitere Einzelheiten mitzuteilen, die etwas nach einem erzwungenen Geständnis aussehen mögen. Doch im Betrachte dessen, was mir kürzlich zu Ohren gekommen, wäre es nun wahrlich recht merkwürdig, wollte ich auch fürderhin über das, was ich schon vor so langer Zeit gehört und gesehen, Stillschweigen üben.

Als der Fall um den tragischen Tod der Madame L'Espanaye und ihrer Tochter abgeschlossen war, wandte der Chevalier sogleich seine Aufmerksamkeit von der Affäre ab und verfiel wieder in seine alte Gewohnheit verdrossener Träumerei. Jederzeit zur Zurückgezogenheit geneigt, schloß ich mich bereitwillig seiner Laune an; und so bewohnten wir denn weiter unsere Zimmer im Faubourg Saint-Germain, ließen die Zukunft Zukunft sein und dämmerten ruhig in der Gegenwart dahin, indem wir die schnöde Welt um uns in Träume spannen.

Doch diese Träume blieben nicht gänzlich ungestört. Es läßt sich leicht denken, wie die Rolle, welche mein Freund in dem Drama in der Rue Morgue gespielt hatte, ihren Eindruck auf die Phantasie der Pariser Polizei nicht verfehlt hatte. Bei ihren Emissären war der Name Dupins ein Begriff geworden. Da der einfache Charakter jener induktiven Schlüsse, vermittels derer er das Geheimnis gelüftet hatte, außer mir keinem Menschen, nicht einmal dem Präfekten, erklärt worden war, überrascht es natürlich keineswegs, daß man die Affäre für kaum weniger denn ein Wunder ansah beziehungsweise daß des Chevaliers analytische Fähigkeiten ihm den Ruf außerordentlicher Intuition eintrugen. Seine Offenheit hätte ihn dazu veranlaßt, einen jeden, der danach gefragt, eines Besseren zu belehren; doch seine indolente Gemütsart ließ keine Erörterung eines Gegenstandes zu, der ihm längst gleichgültig geworden. So geschah es denn, daß er dem Auge des Gesetzes wie ein Leitstern leuchtete; und der Fälle waren nicht wenige, bei denen die Präfektur versuchte, seine Dienste in Anspruch zu nehmen. Einer der bemerkenswertesten hierbei war der des Mordes an einem jungen Mädchen namens Marie Rogêt.

Dies Ereignis begab sich etwa zwei Jahre nach der Greueltat in der Rue Morgue. Marie, deren Tauf- und Familienname ob ihrer Ähnlichkeit mit denen des unglücklichen ›Zigarrenmädchens‹ sogleich aufmerken lassen werden, war die einzige Tochter der Witwe Estelle Rogêt. Der Vater war schon während ihrer Kindheit gestorben, und vom Zeitpunkte seines Todes an bis achtzehn Monate vor ihrer Ermordung, die den Gegenstand unserer Erzählung bildet, hatten Mutter und Tochter zusammen in der Rue Pavée Saint André[1] gewohnt; wo Madame, unterstützt von Marie, eine Pension unterhielt. So gingen die Dinge dahin, bis Marie ihr zweiundzwanzigstes Jahr erreicht hatte und ihre große Schönheit die Aufmerksamkeit eines Parfümhändlers auf sich zog, welcher einen der Läden im Untergeschoß des Palais Royal innehatte und dessen Kundschaft vornehmlich aus den verzweifelten Abenteurern bestand, die jene Gegend unsicher machten. Monsieur Le Blanc[2] war sich wohl bewußt, welche Vorteile seiner Parfümerie daraus erwachsen müßten, wenn die schöne Marie darin bediente; und seine großzügigen Angebote wurden von dem Mädchen voller Eifer, von Madame freilich erst nach einigem Zögern angenommen.

Die Erwartungen des Ladenbesitzers erfüllten sich, und bald hatten die Reize der munteren *grisette* seinen Laden stadtbekannt gemacht. Wohl ein Jahr hatte Marie bei ihm in Dienst gestanden, als ihr plötzliches Verschwinden aus dem Laden ihre Verehrer in Aufregung versetzte. Monsieur Le Blanc sah sich außerstande, ihre Abwesenheit zu erklären, und Madame Rogêt war vor Angst und Sorge außer sich. Die Zeitungen griffen die Sache unverzüglich auf, und schon stand die Polizei im Begriffe, ernstliche Nachforschungen anzustellen, als eines schönen Morgens, nach Verlaufe einer Woche, Marie bei guter Gesundheit, doch

1 Nassau Street. – 2 Anderson

mit bekümmerter Miene wieder hinter ihrem gewohnten Ladentisch in der Parfümerie auftauchte. Natürlich wurde alle Nachfrage, sofern nicht rein privater Art, augenblicklich eingestellt. Monsieur Le Blanc bekundete nach wie vor totale Unwissenheit. Marie wie auch Madame erwiderten auf alle Fragen, sie habe die letzte Woche im Hause einer Verwandten auf dem Lande verbracht. So ward es denn ruhig um die Affäre, und bald war sie gänzlich in Vergessenheit geraten; denn das Mädchen nahm nicht lange danach endgültig Abschied von der Parfümerie, offensichtlich, um sich der zudringlichen Neugier zu entziehen, und suchte Zuflucht im Hause der Mutter in der Rue Pavée Saint Andrée.

Es mochte wohl drei Jahre nach dieser Heimkehr sein, daß ihre Freunde zum zweiten Male durch ihr plötzliches Verschwinden in Aufregung versetzt wurden. Drei Tage vergingen, ohne daß man etwas von ihr hörte. Am vierten aber fand man ihren Leichnam in der Seine[1] treiben, nahe dem Ufer, welches dem Viertel der Rue Saint Andrée gegenüberliegt, und an einer Stelle, die nicht allzuweit von der einsamen Gegend der Barrière du Roule[2] entfernt ist.

Die Abscheulichkeit dieses Mordes (denn daß es sich hier um einen Mordfall handelte, war sogleich klar), die Jugend und Schönheit des Opfers, vor allem aber dessen frühere Bekanntheit – all dies zusammen erzeugte eine ungeheure Erregung in den Gemütern der empfindsamen Pariser. Ich kann mich an kein vergleichbares Vorkommnis erinnern, das eine so allgemeine und so gewaltige Wirkung hervorgebracht hätte. Mehrere Wochen lang vergaß man über der Erörterung dieses einen, alles beherrschenden Themas selbst die wichtigsten politischen Tagesfragen. Der Präfekt unternahm ungewöhnliche Anstrengungen; und natürlich wurden die Kräfte der gesamten Pariser Polizei bis zum äußersten aufgeboten.

Anfangs, als die Leiche entdeckt wurde, nahm man nicht an, daß der Mörder den Nachforschungen, die unmittelbar

1 im Hudson. – 2 Weehawken

in Gang gesetzt wurde, für länger denn nur eine sehr kurze Zeit entgehen könnte. Erst nach Ablauf einer ganzen Woche erachtete man es für notwendig, eine Belohnung auszusetzen; und selbst da noch wurde diese Belohnung auf tausend Francs beschränkt. Inzwischen ging die Untersuchung nach Kräften, wenn auch nicht immer mit Verstand, voran, und zahlreiche Personen wurden ergebnislos vernommen; derweil die allgemeine Aufregung, da nach wie vor jegliche Spur fehlte, gewaltig wuchs. Am Ende des zehnten Tages hielt man es für ratsam, die ursprünglich ausgesetzte Summe zu verdoppeln; und als schließlich auch die zweite Woche verstrichen war, ohne irgendwelche Aufschlüsse zu erbringen, und das Vorurteil, das in Paris immer gegen die Polizei besteht, sich in mehreren ernsthaften *émeutes* Luft gemacht hatte, nahm es der Präfekt auf sich, die Summe von zwanzigtausend Francs ›für die Überführung des Meuchelmörders‹ auszusetzen beziehungsweise, falls es sich erweisen sollte, daß mehr als einer an der Tat beteiligt war, ›für die Überführung eines der Meuchelmörder‹. In der Bekanntmachung, welche diese Belohnung ankündigte, wurde auch jedem etwaigen Komplizen, der gegen seinen Kumpan Zeugnis ablegen würde, volle Straffreiheit zugesichert; und dem Anschlag war, wo immer er erschien, der private Aushang eines Bürgerkomitees angefügt, das zusätzlich zu der von der Präfektur ausgesetzten Summe noch weitere zehntausend Francs bot. Die gesamte Belohnung betrug also nicht weniger denn dreißigtausend Francs, was als eine außergewöhnliche Summe gelten muß, wenn man den bescheidenen Stand des Mädchens bedenkt sowie die Tatsache, daß Greueltaten wie die beschriebene in großen Städten doch recht häufig geschehen.

Nun zweifelte niemand mehr daran, daß das Geheimnis dieser Mordtat alsbald ans Licht käme. Doch wiewohl in ein oder zwei Fällen Verhaftungen erfolgten, die Aufklärung verhießen, wurde jedoch nichts aufgedeckt, was den Verdacht bestätigt hätte; und so wurden die Betreffenden bald darauf auf freien Fuß gesetzt. So seltsam es auch scheinen mag, doch war schon die dritte Woche seit Entdeckung des Leichnams verstrichen, und verstrichen, ohne daß irgend Aufschluß gewonnen worden wäre, ehe auch nur ein Gerücht von den Ereignissen, welche die öffentliche Meinung so in Aufruhr versetzt hatten, Dupin und mir zu Ohren kam. In Forschungen vertieft, welche unsere ganze Aufmerksamkeit in Anspruch nahmen, war es schon nahezu einen Monat her, daß einer von uns ausgegangen war oder einen Besucher empfangen oder mehr als nur einen flüchtigen Blick auf die politischen Leitartikel in einer der Tageszeitungen geworfen hatte. Die erste Nachricht von dem Morde wurde uns von G – – höchstpersönlich überbracht. Am frühen Nachmittag des 13. Juli 18 – – sprach er bei uns vor und blieb bis spät in der Nacht. Er war verärgert über die Erfolglosigkeit all seiner Bemühungen, die Mörder aufzuspüren. Sein Ruf – so sagte er mit typisch Pariser *air* – stehe auf dem Spiele. Selbst seine Ehre sei betroffen. Die Augen der Öffentlichkeit seien auf ihn gerichtet; und es gebe wirklich kein Opfer, das er nicht gern für die Aufklärung des Geheimnisses bringen würde. Er schloß seine etwas komische Rede mit einem Kompliment über das, was er Dupins *Taktgefühl* zu nennen beliebte, und machte ihm ein direktes und gewiß großzügiges Anerbieten, dessen genaue Natur zu enthüllen ich mich nicht befugt fühle, das aber für den eigentlichen Gegenstand meiner Erzählung auch keine Bedeutung hat.

Das Kompliment wies mein Freund zurück, so gut er es vermochte, den Vorschlag aber nahm er sofort an, obwohl dessen Vorteile nur zeitweiliger Natur waren. Nachdem nun dieser Punkt geregelt war, beeilte sich der Präfekt, sogleich seine eigenen Ansichten darzulegen, in die er lange Kommentare über die Zeugenaussagen einflocht; welch letztere noch nicht in unsere Hände gelangt waren. Er redete viel und ohne Zweifel in gelehrter Weise; wobei ich hier und da einen gelegentlichen Einwurf wagte, dieweil die Nacht sich schläfrig dahinschleppte. Dupin, der reglos in seinem gewohnten Lehnstuhl saß, war die Verkörperung respektvoller Aufmerksamkeit. Er trug während des gesamten Gesprächs eine Brille; und ein gelegentlicher Blick hinter ihre grünen Gläser reichte hin, mich davon zu überzeugen, daß er während der ganzen sieben oder acht bleiernfüßig dahinschleichenden Stunden, welche dem Aufbruch des Präfekten vorausgingen, sich einem zwar leisen, darum aber nicht weniger tiefen Schlaf hingegeben.

Am Morgen besorgte ich auf der Präfektur einen umfassenden Bericht sämtlicher vorliegender Zeugenaussagen, dazu bei den verschiedenen Zeitungsbüros ein Exemplar jeder Nummer, von der ersten bis zur letzten, darin wichtige Informationen über diese traurige Angelegenheit veröffentlicht worden waren. Befreit von allem, was eindeutig widerlegt wurde, ergab sich aus dieser Masse an Mitteilungen der folgende Tatbestand:

Marie Rogêt verließ die Wohnung ihrer Mutter in der Rue Pavée St. Andrée am Sonntag, dem zweiundzwanzigsten Juni 18 – –, gegen neun Uhr morgens. Beim Fortgehen teilte sie einem Monsieur Jacques St. Eustache,[1] und nur ihm allein, ihre Absicht mit, den Tag bei einer Tante zu verbringen, welche in der Rue des Drômes wohnte. Die Rue des Drômes ist eine kurze und enge, doch belebte Verkehrsstraße unweit der Flußufer und etwa zwei Meilen von der Pension der Madame Rogêt entfernt, wenn man den kürzesten Weg rechnet. St. Eustache war der in Gnaden aufgenommene Freier Maries und logierte in der Pension, wo er auch seine Mahlzeiten einnahm. Er hatte seine Verlobte bei Einbruch der Dunkelheit abholen und sie nach Hause begleiten sollen. Am Nachmittag jedoch setzte ein heftiger Regen ein; und in der Annahme, sie werde die Nacht über bei ihrer Tante bleiben (wie sie es unter ähnlichen Umständen zuvor schon getan hatte), hielt er es nicht für nötig, sein Versprechen zu halten. Als dann die Nacht hereinbrach, hörte man Madame Rogêt (die eine kränkliche alte Dame war, siebzig Jahre alt) die Befürchtung äußern, sie werde ›Marie wohl niemals wiedersehen‹; doch ward diese Bemerkung zu der Zeit nur wenig beachtet.

1 Payne

Am Montag stellte sich heraus, daß das Mädchen gar nicht in der Rue des Drômes gewesen war; und als der Tag ohne Nachricht von ihr vorüberging, nahm man an verschiedenen Punkten in der Stadt und Umgebung eine zögerliche Suche auf. Doch erst am vierten Tage nach ihrem Verschwinden ward Gewißheit über ihr Schicksal. An diesem Tage (Mittwoch, dem fünfundzwanzigsten Juni) erfuhr ein Monsieur Beauvais,[1] der zusammen mit einem Freunde in der Nähe der Barrière du Roule nach Marie gesucht hatte, an dem Seine-Ufer, welches der Rue Pavée St. Andrée gegenüberliegt, daß soeben von Fischern eine Leiche an Land gezogen worden sei, welche sie im Flusse treibend gefunden hatten. Als Beauvais die Tote sah, identifizierte er sie nach einigem Zögern als das Parfümeriemädchen. Sein Freund erkannte sie auf der Stelle.

Das Gesicht war mit dunklem Blute überzogen, das teilweise aus dem Mund geströmt war. Schaum, wie er im Falle bloß Ertrunkener auftritt, war nicht zu sehen. Es lag keine Entfärbung im Zellengewebe vor. Am Hals befanden sich blaue Flecke und Fingerabdrücke. Die Arme waren über der Brust gebeugt und erstarrt. Die rechte Hand war geballt; die linke halb geöffnet. Am linken Handgelenk sah man zwei kreisförmige Hautabschürfungen, die allem Anschein nach von Stricken herrührten oder von einem Strick, der mehrfach herumgeschlungen gewesen. Ein Teil des rechten Handgelenks war ebenfalls stark abgeschürft, desgleichen der Rücken über seine ganze Länge hin, besonders aber an den Schulterblättern. Um den Leichnam ans Ufer zu ziehen, hatten die Fischer zwar ein Seil daran festgebunden; doch rührte keine der Abschürfungen davon her. Am Halse war das Fleisch stark geschwollen. Platzwunden oder Prellungen, wie sie etwa auf die Wirkung von Schlägen deuteten, waren nicht sichtbar. Ein Stück Spitze fand man so fest um den Hals geschlungen, daß es dem Blick entging; es schnürte tief ins Fleisch ein und war mit einem Knoten festgebunden, der genau unter dem linken

1 Crommelin

Ohr lag. Dies allein hätte ausgereicht, den Tod herbeizuführen. Das ärztliche Zeugnis sprach mit Gewißheit vom tugendhaften Charakter der Verstorbenen. Sie sei, so hieß es, brutaler Gewalt zum Opfer gefallen. Der Leichnam war, als man ihn fand, in solchem Zustande, wie er für Freunde keinerlei Schwierigkeit hätte bieten dürfen, diesen zu identifizieren.

Die Bekleidung war arg zerrissen und auch sonst in großer Unordnung. Im Obergewande war ein Streifen, etwa ein Fuß breit, vom unteren Saum bis zur Taille ein-, doch nicht abgerissen worden. Dieser war dreimal um den Leib geschlungen und mit einer Art Knoten im Rücken festgezogen. Das Unterkleid unter dem oberen Gewande war von feinem Musselin; und hieraus war ein achtzehn Zoll breiter Streifen vollständig herausgerissen – und zwar sehr gleichmäßig und mit großer Sorgfalt. Ihn fand man lose um den Hals geschlungen und mit einem festen Knoten gesichert. Über diesem Musselinstreifen und dem aus Spitze waren noch die Bänder eines Hutes festgeknüpft; daran hing noch der Hut. Der Knoten, mit welchem die Hutbänder zusammengebunden waren, sah nicht dem einer Dame gleich, sondern war ein Zieh- oder Seemannsknoten.

Nach der Identifizierung des Leichnams ward dieser nicht, wie üblich, ins Leichenschauhaus gebracht (war diese Formalität doch überflüssig), sondern in aller Eile nicht weit von der Stelle, da man ihn an Land gezogen, begraben. Durch die Bemühungen Beauvais' wurde die Angelegenheit mit Fleiß vertuscht, soweit dies möglich; und so waren schon mehrere Tage verstrichen, ehe die Öffentlichkeit sich regte. Eine Wochenzeitschrift[1] jedoch griff schließlich die Sache auf; der Leichnam wurde exhumiert und eine neuerliche Untersuchung angestrengt; doch nichts kam ans Licht, was nicht bereits bekannt gewesen wäre. Indes wurden die Kleidungsstücke nun der Mutter und Freunden der Verstorbenen vorgelegt und völlig als

1 der ›New York Mercury‹

diejenigen identifiziert, welche das Mädchen getragen hatte, als sie das Haus verlassen.

Unterdessen wuchs die Erregung stündlich. Mehrere Personen wurden festgenommen und wieder freigelassen. Ganz besonders geriet St. Eustache in Verdacht; und anfangs vermochte er auch nicht eine plausible Auskunft über seinen Aufenthalt an dem Sonntage zu geben, da Marie von zu Hause weggegangen war. Später dann legte er jedoch Monsieur G – – eidesstattliche Erklärungen vor, die ausreichend über jede Stunde des fraglichen Tages Rechenschaft ablegten. Als die Zeit verstrich und keine Entdeckung erfolgte, kursierten wohl tausend einander widersprechende Gerüchte, und die Journalisten ergingen sich eifrig in allerlei *Mutmaßungen.* Unter diesen fand am meisten Beachtung die Meinung, daß Marie Rogêt noch am Leben sei – daß der Leichnam, den man in der Seine gefunden hatte, der einer anderen Unglücklichen sei. Es ist nur recht und billig, daß ich dem Leser ein paar Passagen unterbreite, welche die erwähnte Vermutung zum Ausdruck bringen. Diese Stellen sind *wortgetreue* Übertragungen aus ›L'Etoile‹,[1] einem im allgemeinen mit viel Geschick geleiteten Blatte.

›Mademoiselle Rogêt verließ das Haus ihrer Mutter morgens am Sonntag, dem zweiundzwanzigsten Juni 18 – –, mit der angeblichen Absicht, ihre Tante oder irgendeine andere Verwandte in der Rue des Drômes zu besuchen. Von dieser Stunde an hat sie nachweislich niemand mehr gesehen. Es gibt von ihr keinerlei Spur oder Nachricht … Bis jetzt hat sich auch niemand gemeldet, der sie an jenem Tage, nachdem sie aus der Türe des mütterlichen Hauses getreten, überhaupt noch gesehen hätte … Wiewohl wir nun auch keinerlei Beweis besitzen, daß Marie Rogêt am Sonntag, dem zweiundzwanzigsten Juni, nach neun Uhr noch unter den Lebenden geweilt, so ist es doch gewißlich erwiesen, daß bis zu dieser Stunde sie am Leben war. Am

1 der New Yorker ›Brother Jonathan‹, herausgegeben von H. Hastings Weld

Mittwochmittag, gegen zwölf, ward nun ein weiblicher Leichnam entdeckt, der in Ufernähe der Barrière du Roule dahintrieb. Das wären, selbst wenn wir annehmen, Marie Rogêt sei innerhalb von drei Stunden, nachdem sie das Haus ihrer Mutter verlassen hatte, in den Fluß geworfen worden, nur drei Tage von dem Zeitpunkt an, da sie von zu Hause weggegangen – auf die Stunde genau drei Tage. Aber es wäre töricht anzunehmen, daß der Mord, wenn überhaupt Mord an ihr begangen ward, hätte rasch genug vollbracht werden können, um es den Mördern zu ermöglichen, die Leiche noch vor Mitternacht in den Fluß zu werfen. Wer sich solch abscheulicher Verbrechen schuldig macht, wählt die Dunkelheit eher denn das Licht. ... So sehen wir denn, daß der Leichnam, falls die Tote, die man im Flusse gefunden, überhaupt Marie Rogêt *war*, lediglich zweieinhalb, höchstens drei Tage im Wasser gelegen haben konnte. Alle Erfahrung hat aber gezeigt, daß es bei Ertrunkenen oder Leichen, welche unmittelbar nach gewaltsamem Tode ins Wasser geworfen wurden, sechs bis zehn Tage braucht, bis die Zersetzung weit genug fortgeschritten ist, um sie wieder an die Wasseroberfläche zu bringen. Selbst wo eine Kanone über einem Leichnam abgefeuert wird und dieser hochkommt, noch ehe er wenigstens fünf oder sechs Tage im Wasser gelegen, sinkt er wieder hinab, wenn man ihn sich selbst überläßt. Wir fragen nun, was denn in diesem Falle ein Abweichen vom normalen Gange der Natur hätte verursachen sollen? ... Wenn die Leiche in ihrem derart zugerichteten Zustande bis Dienstag nacht am Ufer verwahrt worden wäre, so wäre doch am Ufer irgendeine Spur der Mörder zu finden. Auch ist recht zweifelhaft, ob die Leiche so bald schon an der Oberfläche treiben würde, selbst wenn man sie erst zwei Tage nach dem Tode hineingeworfen hätte. Und überdies ist es höchst unwahrscheinlich, daß Schurken, welche solch einen Mord wie den hier vermuteten begangen, den Leichnam ins Wasser geworfen hätten, so ohne jegliches Gewicht, das ihn zum Sinken gebracht, wo doch eine solche Vorsichtsmaßregel so leicht sich hätte treffen lassen.‹

Der Redakteur führt des weiteren dann zum Beweise an, der Leichnam müsse ›nicht drei Tage nur, sondern wenigstens fünfmal drei Tage‹ im Wasser gelegen haben, weil er so weit zersetzt schon gewesen, daß Beauvais große Mühe gehabt, ihn zu identifizieren. Dieser letztere Punkt ward jedoch vollkommen widerlegt. Ich fahre mit der Übersetzung fort:

›Welches sind also die Tatsachen, auf welche hin M. Beauvais behauptet, er hege keinen Zweifel, daß die Leiche die von Marie Rogêt sei? Er hat den Kleiderärmel aufgeschlitzt und, wie er sagt, Male gefunden, welche ihn von der Identität überzeugten. In der Öffentlichkeit nahm man nun allgemein an, diese Merkmale hätten in irgendwelchen Narben bestanden. Er aber rieb am Arm und fand darauf *Haare* – ein Umstand, der unseres Erachtens so unbestimmt ist, wie man es sich nur denken kann, und so wenig beweiskräftig wie etwa die Tatsache, daß man in dem Ärmel einen Arm fand. M. Beauvais kam in jener Nacht nicht nach Hause, sondern ließ Madame Rogêt ausrichten, und zwar Mittwochabend sieben Uhr, eine Untersuchung, die ihre Tochter betreffe, sei noch im Gange. Wenn wir gelten lassen, daß Madame Rogêt auf Grund ihres Alters und Kummers nicht imstande gewesen, hinüberzugehen (was schon ein großes Zugeständnis wäre), so hätte doch bestimmt jemand da sein müssen, der es der Mühe für wert gehalten hätte, hinzugehen und der Untersuchung beizuwohnen, wäre man der Meinung gewesen, die Leiche sei die von Marie. Aber keiner ging hin. In der Rue Pavée St. Andrée verlautete nicht das geringste über die Angelegenheit, das auch nur bis zu den übrigen Hausbewohnern gedrungen wäre. M. St. Eustache, der Liebhaber und zukünftige Gatte Maries, der im Hause ihrer Mutter logierte, sagt aus, er habe erst am nächsten Morgen erfahren, daß die Leiche seiner Verlobten gefunden worden sei, als M. Beauvais zu ihm ins Zimmer gekommen sei und ihm davon berichtet habe. Bei einer Nachricht wie dieser dünkt es uns doch befremdlich, wie kühl sie aufgenommen wurde.‹

Auf diese Weise versuchte die Zeitung, den Eindruck zu erwecken, als hätten Maries Verwandte eine Gleichgültigkeit bezeigt, wie sie gänzlich unvereinbar sei mit der Annahme, es hielten diese Verwandten die Leiche für die des Mädchens. Die Andeutungen liefen darauf hinaus: – daß Marie sich mit dem stillschweigenden Einverständnis der Ihren aus der Stadt begeben habe, und zwar aus Gründen, die ihre Tugendhaftigkeit in Zweifel zogen; und daß diese Angehörigen nun bei der Entdeckung eines Leichnams in der Seine, welcher dem Mädchen einigermaßen ähnlich sah, die Gelegenheit genutzt hätten, die Öffentlichkeit glauben zu machen, Marie sei tot. Aber ›L'Etoile‹ war wieder einmal voreilig gewesen. Es wurde klar bewiesen, daß eine solche angebliche Gleichgültigkeit gar nicht bestand; daß die alte Dame überaus hinfällig und so erschüttert war, daß sie keinerlei Verpflichtung nachkommen konnte; daß St. Eustache, weit davon entfernt, die Nachricht kühl aufzunehmen, vor Kummer so außer sich geriet und sich so rasend gebärdete, daß M. Beauvais einen Freund und Verwandten bewog, auf ihn achtzugeben und zu verhindern, daß er etwa der Untersuchung bei der Exhumierung beiwohne. Und obgleich ›L'Etoile‹ darüber hinaus noch behauptete, der Leichnam sei auf öffentliche Kosten wieder bestattet worden – die Familie habe ein vorteilhaftes Angebot eines privaten Begräbnisses entschieden abgelehnt – und kein Mitglied der Familie habe der Zeremonie beigewohnt –; obgleich, wie gesagt, all dies von ›L'Etoile‹ behauptet wurde, um den beabsichtigten Eindruck zu befördern ward doch *all* dies hinreichend widerlegt. In einer folgenden Nummer unternahm das Blatt dann den Versuch, Beauvais selbst zu verdächtigen. Der Redakteur schreibt:

›Nun kommt also ein anderes Licht in die Sache. Wie wir erfuhren, hat M. Beauvais, der im Begriff war auszugehen, zu einer Gelegenheit einmal, da eine gewisse Madame B – – im Hause der Madame Rogêt weilte, ihr gegenüber geäußert, daß man einen *gendarme* erwarte und daß sie, Madame B., diesem nicht das mindeste sagen dürfe, bis er zurückkehre, sondern ihm die Sache überlassen solle ... Wie die Dinge jetzt stehen, scheint M. Beauvais die ganze Angelegenheit in seinem Kopfe eingesperrt zu haben. Nicht ein einziger Schritt kann ohne M. Beauvais getan werden; denn welchen Weg man auch immer gehen mag, man stößt auf ihn ... Aus irgendeinem Grunde bestimmte er, niemand außer ihm solle mit den Vorgängen etwas zu tun haben, und die männlichen Anverwandten hat er, nach deren eigener Aussage, auf höchst sonderbare Weise beiseite gedrängt. Auch scheint er eine starke Abneigung dagegen bezeigt zu haben, den Verwandten die Besichtigung der Leiche zu gestatten.‹

Durch die folgende Tatsache erhielt der in solcher Weise auf Beauvais geworfene Verdacht den Anstrich von Wahrscheinlichkeit. Ein Besucher, der wenige Tage vor dem Verschwinden des Mädchens in sein Büro gekommen war, ihn dort aber nicht angetroffen hatte, hatte im Schlüsselloch der Tür eine *Rose* bemerkt und dazu auf einer daneben hängenden Schiefertafel den Namen ›Marie‹.

Soweit wir aus den Zeitungen ersehen konnten, schien der allgemeine Eindruck dahin zu gehen, daß Marie das Opfer einer *Bande* von Verbrechern geworden sei – daß diese sie über den Fluß geschleppt, mißhandelt und ermordet hätten. ›Le Commerciel‹[1] indessen, ein recht einflußreiches Blatt, war eifrig bemüht, diese weitverbreitete Meinung zu bekämpfen. Ich zitiere ein paar Stellen aus seinen Spalten:

›Wir sind überzeugt, daß die Nachforschungen bislang der falschen Fährte gefolgt sind, insofern sie sich auf die Barrière du Roule richteten. Es ist unmöglich, daß eine Person, die Tausenden so wohlbekannt war wie diese junge Frau, auch nur drei Häuserblocks weit gekommen sein sollte, ohne daß einer sie gesehen hätte; und hätte sie jemand gesehen, könnte er sich auch daran erinnern, denn sie interessierte alle, die sie kannten. Zu der Zeit, da sie

1 das New Yorker ›Journal of Commerce‹

weggegangen, waren die Straßen voller Menschen ... Es ist also unmöglich, daß sie zur Barrière du Roule oder zur Rue des Drômes hätte gehen können, ohne von einem Dutzend Personen erkannt zu werden; doch nicht einer hat sich gemeldet, der sie außerhalb des Hauses ihrer Mutter gesehen hätte, und es gibt, abgesehen von dem Zeugnis, welches sich auf diesbezüglich von ihr *geäußerte Absichten* bezieht, nicht den mindesten Beweis dafür, daß sie überhaupt ausgegangen. Ihr Kleid war zerrissen, um sie gewickelt und verknotet; und auf diese Weise ließ sich der Körper wie ein Bündel tragen. Wenn der Mord an der Barrière du Roule begangen worden wäre, so hätte keinerlei Notwendigkeit für eine derartige Vorkehrung bestanden. Die Tatsache, daß der Leichnam in der Nähe der Barrière im Wasser gefunden ward, ist noch lange kein Beweis dafür, wo er in den Fluß geworfen wurde ... Aus einem der Unterröcke des unglücklichen Mädchens war ein Stück, zwei Fuß lang und ein Fuß breit, herausgerissen und unter dem Kinn um den Hinterkopf ihr gebunden, wahrscheinlich um sie am Schreien zu hindern. Dies taten Kerle, welche kein Taschentuch besaßen.‹

Einen Tag oder zwei, bevor der Präfekt uns seinen Besuch gemacht, war der Polizei jedoch eine wichtige Information zugegangen, die zumindest den Hauptteil der Argumentation des ›Commerciel‹ über den Haufen zu werfen schien. Zwei kleine Jungen, Söhne einer Madame Deluc, gerieten, als sie in den Wäldern in der Nähe der Barrière du Roule umherstreiften, zufällig in ein Dickicht, worin drei oder vier große Steine lagen, die eine Art Sitz mit Rückenlehne und Fußbank bildeten. Auf dem oberen Stein lag ein weißer Unterrock; auf dem zweiten ein seidener Schal. Auch wurden hier noch ein Sonnenschirm, Handschuhe und ein Taschentuch gefunden. Das Taschentuch trug den Namen ›Marie Rogêt‹. Kleiderfetzen wurden an den Brombeerbüschen ringsum entdeckt. Der Erdboden war zertrampelt, das Gesträuch geknickt, und alles wies darauf, daß hier ein Kampf stattgefunden hatte. Zwischen dem Dickicht und dem Flusse waren die Einzäunungen umgestoßen, und der Boden zeigte Spuren, wie wenn eine schwere Last darauf entlanggeschleift worden wäre.

Eine Wochenzeitschrift, ›Le Soleil‹,[1] brachte die folgenden Kommentare zu dieser Entdeckung – Kommentare, die bloß die Meinung der gesamten Pariser Presse nachbeteten:

›Die Gegenstände haben offenbar sämtlich wenigstens drei oder vier Wochen dort gelegen; sie waren alle durch Regeneinwirkung stark verschimmelt und klebten vor Schimmel zusammen. Das Gras ringsum war gewachsen und hatte einige von ihnen überwuchert. Die Seide des Sonnenschirms war kräftiges Material, doch waren die Fäden innen schon ineinandergelaufen. Der obere Teil, wo sie zusammengefaltet und doppelt war, zeigte sich ganz verschimmelt und verrottet und zerriß beim Öffnen ... Die Fetzen ihres Kleides, welche von dem Dornengestrüpp herausgerissen worden, waren etwa drei Zoll breit und sechs Zoll lang. Ein Stück davon war der Saum des Kleides, und er war ausgebessert; das andere stammte aus dem Rock selbst, nicht dem Saum. Sie sahen aus wie abgerissene Streifen und hingen am Dornengestrüpp, wohl einen Fuß über dem Boden ... Es kann daher kein Zweifel daran bestehen, daß man den Ort dieser entsetzlichen Greueltat entdeckt hat.‹

Auf diese Entdeckung hin ergaben sich neue Spuren. Madame Deluc sagte aus, daß sie an der Landstraße nicht weit vom Flußufer, gegenüber der Barrière du Roule, ein Wirtshaus betreibe. Es sei eine gar einsame Gegend. Sonntags sei sie gewöhnlich das Ausflugsziel für allerlei Gesindel aus der Stadt, das in Booten über den Fluß setze. An dem fraglichen Sonntage nun, gegen drei Uhr nachmittags, sei ein junges Mädchen in Begleitung eines jungen Mannes von dunkler Gesichtsfarbe zum Wirtshaus gekommen. Die beiden seien eine Weile dageblieben. Als sie gegangen, hätten sie den Weg zu einigen dichten Wäldern in der Umgebung einge-

1 ›Saturday Evening Post‹ in Philadelphia, herausgegeben von C. J. Peterson

schlagen. Madame Deluc sei auf das Kleid aufmerksam geworden, welches das Mädchen trug, sei es doch dem, wie es eine verstorbene Verwandte getragen, recht ähnlich gewesen. Besonders sei ihr ein Schal aufgefallen. Bald nachdem das Paar weggegangen, sei eine Bande von Raufbolden erschienen, habe herumgelärmt, gegessen und getrunken, ohne zu bezahlen, und sei dann demselben Weg gefolgt, wie ihn der junge Mann und das Mädchen genommen, sei in der Dämmerung ins Wirtshaus zurückgekehrt und dann, als ob sie es sehr eilig hätte, wieder über den Fluß gefahren.

Es sei bald nach Einbruch der Dunkelheit an diesem selben Abend gewesen, daß Madame Deluc wie auch ihr ältester Sohn in der Nähe des Gasthauses die Schreie einer Frauensperson vernommen. Die Schreie seien heftig, aber kurz gewesen. Madame D. erkannte nicht nur den Schal wieder, welcher in dem Dickicht gefunden worden, sondern auch das Kleid, das man an der Leiche entdeckt hatte. Ein Omnibus-Kutscher, Valence,[1] trat nun ebenfalls mit seinem Zeugnis hervor, daß er Marie Rogêt an dem fraglichen Sonntage in Begleitung eines jungen Mannes von dunkler Gesichtsfarbe habe mit einer Fähre über die Seine fahren sehen. Er, Valence, kenne Marie und habe sich in ihrer Identität gewiß nicht getäuscht. Die in dem Dickicht gefundenen Gegenstände wurden von Maries Verwandten sämtlich identifiziert.

Die Einzelheiten an Beweisen und Informationen, die ich solcherart auf Anregung Dupins aus den Zeitungen gesammelt, enthielten nur noch einen weiteren Punkt – doch war dies ein Punkt von anscheinend ungeheurer Tragweite. Alsbald nämlich nach der oben beschriebenen Entdeckung der Kleidungsstücke fand man in der Nähe der Stelle, welche allgemein nun als der Schauplatz der Gewalttat galt, den leblosen oder nahezu leblosen Körper von St. Eustache, Maries Verlobtem. Ein Fläschchen, leer, mit der Aufschrift ›Laudanum‹ lag neben ihm. Sein Atem zeugte von dem Gift. Er starb, ohne noch einmal gesprochen zu ha-

1 Adam

ben. An seinem Leibe fand man einen Brief, welcher kurz seine Liebe zu Marie und die Absicht des Selbstmordes darlegte.

»Ich brauche Ihnen wohl kaum zu sagen«, meinte Dupin, als er die Durchsicht meiner Notizen beendet hatte, »daß dieser Fall weit verworrener ist als jener von der Rue Morgue; von welchem er sich in einem wesentlichen Betrachte unterscheidet. Hier handelt es sich um ein zwar scheußliches, aber doch *gewöhnliches* Verbrechen. Daran ist nichts, was besonders *outré* wäre. Es wird Ihnen aufgefallen sein, daß man aus diesem Grunde das Geheimnis für leicht lösbar gehalten hatte, wo dies doch, eben aus diesem Grunde, gerade für schwierig hätte gelten sollen. So hatte man es zunächst auch nicht für nötig erachtet, eine Belohnung auszusetzen. Die Schergen von G – – sahen sich sogleich imstande zu begreifen, wie und warum eine solche Greueltat *begangen worden sein könnte.* Sie vermochten sich in ihrer Phantasie einen Hergang – viele Arten des Hergangs – und ein Motiv – viele Motive – auszumalen; und weil es nicht ausgeschlossen war, daß von diesen zahlreichen Möglichkeiten von Hergang und Motiv eine die tatsächliche gewesen sein *konnte*, haben sie es denn für erwiesen genommen, daß es eine davon gewesen sein *mußte.* Doch die Leichtigkeit, mit der man zu diesen verschiedenen Vorstellungen gelangt, und die gar große Wahrscheinlichkeit, die eine jede an sich hatte, wären wohl besser als Hinweis auf die Schwierigkeiten verstanden worden, welche bei der Aufklärung zu gewärtigen, denn als Anzeichen für eine leichte Lösbarkeit. Ich habe schon früher einmal bemerkt, wie die Vernunft sich, wenn überhaupt, bei ihrer Suche nach der Wahrheit ihren Weg anhand dessen ertastet, was aus der Ebene des Gewöhnlichen herausragt, und wie in Fällen wie diesem gar nicht so sehr gefragt werden sollte ›Was ist geschehen?‹ als vielmehr ›Was ist geschehen, das noch nie zuvor geschehen ist?‹. Bei den Untersuchungen im Hause der Madame L'Espanaye[1] waren G – –s

1 Siehe ›Die Morde in der Rue Morgue‹.

Beamte entmutigt und verwirrt von eben dem *Ungewöhnlichen*, welches aber gerade einem wohlgeregelten Verstande das sicherste Omen des Erfolgs bedeutet hätte; dieweil derselbe Verstand angesichts des gewöhnlichen Charakters all dessen, was sich im Falle des Parfümeriemädchens dem Auge bot, wohl hätte verzweifeln mögen, während die Beamten der Präfektur nichts denn leichten Sieg darin witterten.

Im Falle der Madame L'Espanaye und ihrer Tochter hatte von allem Anfang unserer Untersuchung an kein Zweifel daran bestanden, daß da ein Mord verübt worden war. Der Gedanke an Selbstmord war von vornherein ausgeschlossen. Auch hier sind wir gleich zu Beginn jeglicher Annahme von Selbstmord enthoben. Die an der Barrière du Roule entdeckte Leiche wurde unter Umständen aufgefunden, die uns keinen Raum für etwaige Unklarheiten in diesem wichtigen Punkte lassen. Nun ist aber die Vermutung laut geworden, der aufgetauchte Leichnam sei nicht der von Marie Rogêt, in deren Falle ja für die Überführung des Mörders – oder der Mörder – die Belohnung ausgesetzt ist und einzig im Hinblick auf deren Fall wir mit dem Präfekten unser Übereinkommen getroffen. Wir beide kennen diesen Herrn recht wohl. Es ist nicht tunlich, ihm allzusehr zu trauen. Ob wir nun bei unseren Nachforschungen von der gefundenen Leiche ausgehen, von daher also uns auf die Spur eines Mörders begeben, um dann doch zu entdecken, daß diese Leiche die einer anderen Person als Marie ist; oder ob wir von der lebenden Marie ausgehen, sie auch finden, doch eben nicht ermordet – in beiden Fällen vergeuden wir unsere Mühe; denn es ist ja Monsieur G – –, mit dem wir es zu tun haben. Daher ist es denn schon unsretwegen, wenn nicht gar um der Gerechtigkeit willen unerläßlich, daß unser erster Schritt darin bestehen muß, die Identität der Leiche mit der vermißten Marie Rogêt festzustellen.

Für die Öffentlichkeit haben die Argumente von ›L'Etoile‹ Gewicht gehabt; und daß dieses Blatt selbst von ihrer Bedeutung überzeugt ist, geht schon aus der Art und

Weise hervor, wie es einen seiner Artikel zum Gegenstande beginnt – ›Mehrere der heutigen Morgenblätter‹, heißt es dort, ›sprechen von dem *beweiskräftigen* Artikel in unserer Montagsausgabe‹. Mir scheint dieser Artikel höchstens recht kräftig den Eifer seines Verfassers zu beweisen. Wir sollten doch nicht vergessen, daß es im allgemeinen unseren Zeitungen viel mehr darum geht, Aufsehen zu erregen – Eindruck zu machen, als darum, die Sache der Wahrheit zu fördern. Letzteres Ziel wird nur dann verfolgt, wenn es sich mit ersterem deckt. Das Blatt, welches lediglich in die allgemeine Meinung einstimmt (so wohlbegründet diese Meinung auch sein mag), erntet beim Pöbel keinen Glauben. Die große Masse betrachtet als tiefsinnig nur den, der *scharfe Widerrede* gegen die allgemeine Ansicht führt. In der Logik nicht minder denn in der Literatur ist es das *Epigramm*, welches sich der unmittelbarsten und allgemeinsten Wertschätzung erfreut. In beiden hat es das geringste Verdienst.

Ich will damit sagen, daß es bei der Ansicht, Marie Rogêt lebe noch, wohl eher die Mischung aus Epigramm und Melodram ist und nicht etwa wahrhafte Plausibilität, was ›L'Etoile‹ zu dieser Vorstellung bewogen und ihr eine günstige Aufnahme in der Öffentlichkeit gesichert hat. Untersuchen wir doch einmal die Hauptpunkte der Argumentation dieses Blattes; und bemühen wir uns dabei, die Zusammenhanglosigkeit zu vermeiden, mit welcher sie ursprünglich vorgetragen ward.

Das erste Anliegen des Schreibers ist, auf Grund der Kürze der Zeit, welche zwischen Maries Verschwinden und der Entdeckung des im Wasser treibenden Leichnams lag, zu beweisen, daß dieser Leichnam nicht der Maries sein könne. Die Verminderung dieser Zeitspanne auf das kleinstmögliche Maß wird mithin sogleich ein Zweck desjenigen, der so argumentiert. In der Hast, mit der er diesem Ziel zustrebt, verfällt er nun gleich zu Beginn in bloße Vermutung. ›Es wäre töricht anzunehmen‹, sagt er, ›daß der Mord, wenn überhaupt Mord an ihr begangen ward, hätte rasch genug vollbracht werden können, um es den Mördern zu ermöglichen, die Leiche noch vor Mitternacht in den Fluß zu werfen.‹ Da fragen wir denn sogleich und ganz selbstverständlich, *wieso?* Wieso wäre es töricht anzunehmen, der Mord sei *binnen fünf Minuten*, nachdem das Mädchen das Haus ihrer Mutter verlassen, begangen worden? Wieso wäre es töricht anzunehmen, der Mord sei zu einer beliebigen Zeit des Tages verübt worden? Es hat doch zu allen Stunden Ermordungen gegeben. Hätte aber der Mord irgendwann am Sonntag zwischen neun Uhr morgens und einer Viertelstunde vor Mitternacht stattgefunden, so wäre durchaus genügend Zeit gewesen, ›die Leiche noch vor Mitternacht in den Fluß zu werfen‹. Diese Annahme läuft also genau darauf hinaus – daß der Mord überhaupt nicht am Sonntag begangen worden sei – und wenn wir ›L'Etoile‹ dies zugestehen, mögen wir ihm gleich alle möglichen Freiheiten einräumen. Der Absatz, so ließe sich vorstellen, der mit den Worten ›Es wäre töricht anzunehmen, daß der Mord usw.‹ beginnt, mag er auch im ›L'Etoile‹ stehen, wie er steht, hat im Hirn seines Verfassers tatsächlich vielleicht *so* gelautet: ›Es wäre töricht anzunehmen, daß der Mord, wenn überhaupt Mord an ihr begangen ward, hätte rasch genug begangen werden können, um den Mördern zu ermöglichen, die Leiche noch vor Mitternacht in den Fluß zu werfen; es wäre töricht, wie gesagt, all dies anzunehmen und gleichzeitig auch anzunehmen (wozu wir entschlossen sind), daß die Leiche *nicht nach* Mitternacht hineingeworfen worden sei‹ – ein Satz, der an sich schon genugsam inkonsequent ist, aber doch nicht so ausgesprochen widersinnig wie der gedruckte.

Ginge es mir lediglich darum«, fuhr Dupin fort, »gegen diesen Passus in der Argumentation von ›L'Etoile‹ triftige *Gründe anzuführen*, so könnte ich es wohl dabei belassen. Doch nicht mit ›L'Etoile‹ haben wir es zu tun, sondern mit der Wahrheit. Der fragliche Satz hat so, wie er da steht, nur eine Bedeutung; und diese Bedeutung habe ich klar und deutlich festgestellt; doch ist es wesentlich, daß wir hinter den bloßen Worten nach dem Gedanken suchen, den diese Worte offensichtlich ausdrücken sollten, auch wenn dies nicht gelang. Was der Zeitungsschreiber hatte sagen wollen, war wohl dies: zu welcher Tages- oder Nachtzeit am Sonntag dieser Mord auch begangen wurde, es sei unwahrscheinlich, daß die Täter es gewagt hätten, die Leiche noch vor Mitternacht zum Fluß zu tragen. Und hierin liegt nun wirklich die Annahme, gegen die ich Beschwerde führe. Man geht einfach davon aus, daß der Mord an einem Orte und unter Umständen begangen worden sei, die es notwendig machten, die Leiche zum Fluß zu *tragen*. Nun könnte die Mordtat ja aber auch am Flußufer verübt worden sein oder gar auf dem Flusse selbst; und somit hätte man die Leiche jederzeit, sei es bei Tage oder bei Nacht, in den Fluß werfen können, es wäre die nächstliegende und unmittelbarste Art und Weise gewesen, sich ihrer zu entledigen. Sie können sich wohl denken, daß ich hier nichts als wahrscheinlich verstanden wissen will oder etwa als meine Meinung. Bis jetzt war mein Anliegen nicht auf die *Tatsachen* des Falles gerichtet. Ich möchte Sie nur vor dem ganzen Tenor warnen, in welchem die *These* des ›L'Etoile‹ gehalten, indem ich Ihre Aufmerksamkeit darauf lenke, wie *einseitig* sie schon im Ansatz ist.

Nachdem das Blatt auf diese Weise eine Grenze gezogen hat, die zu seinen eigenen vorgefaßten Ansichten paßt; nachdem es also einfach angenommen hat, der Leichnam Maries, so er dies wäre, könne nur sehr kurze Zeit im Wasser gelegen haben, führt es sodann weiter aus:

›Alle Erfahrung hat aber gezeigt, daß es bei Ertrunkenen oder Leichen, welche unmittelbar nach gewaltsamem Tode ins Wasser geworfen wurden, sechs bis zehn Tage braucht, bis die Zersetzung weit genug fortgeschritten ist, um sie wieder an die Wasseroberfläche zu bringen. Selbst wo eine Kanone über einem Leichnam abgefeuert wird und dieser hochkommt, noch ehe er wenigstens fünf oder sechs Tage im Wasser gelegen, sinkt er wieder hinab, wenn man ihn sich selbst überläßt.‹

Diese Behauptungen sind stillschweigend von sämtlichen Blättern in Paris hingenommen worden, mit Ausnahme von ›Le Moniteur‹.[1] Dies letztere Blatt bemüht sich wenigstens, jenen Passus in dem Artikel anzufechten, in welchem von ›Ertrunkenen‹ die Rede ist, und zitiert dazu etwa fünf oder sechs Fälle, in denen man die Leichen von Personen, die, wie man wußte, ertrunken waren, schon nach Ablauf einer kürzeren Zeit, als ›L'Etoile‹ so hartnäkkig behauptet, an der Oberfläche treibend gefunden hatte. Doch liegt etwas überaus Unphilosophisches in diesem Versuch des ›Moniteur‹, die allgemeine Behauptung von ›L'Etoile‹ durch Zitieren einiger besonderer Fälle widerlegen zu wollen, die gegen jene Behauptung sprechen. Selbst wenn es möglich gewesen wäre, fünfzig statt nur fünf Beispiele dafür anzuführen, wie Leichen bereits nach zwei oder drei Tagen wieder oben schwammen, so hätte man dennoch in diesen fünfzig Beispielen mit Fug und Recht nur die Ausnahmen zu der Regel von ›L'Etoile‹ sehen dürfen, solange die Regel selbst nicht widerlegt war. Läßt man aber die Regel gelten (und diese bestreitet ›Le Moniteur‹ ja nicht, wenn er nur ihre Ausnahmen hervorhebt), behält die Argumentation von ›L'Etoile‹ ihre volle Kraft; denn diese Argumentation erhebt ja keinen Anspruch darauf, es als mehr denn eine Frage der *Wahrscheinlichkeit* zu begreifen, ob die Leiche in weniger als drei Tagen wieder an die Oberfläche gekommen sei; und diese Wahrscheinlichkeit wird so lange dem Standpunkt von ›L'Etoile‹ zuneigen, wie die so kindisch angeführten Gegenbeispiele nicht eine hinreichende Zahl ergeben, um eine Gegenregel aufstellen zu können.

Sie werden sogleich sehen, wie sich die ganze Auseinandersetzung um dieses Kapitel, wenn überhaupt gegen etwas, dann gegen die Regel selbst richten sollte; und zu diesem Behufe müssen wir die *logische Grundlage* der Regel untersuchen. Nun, im allgemeinen ist der menschliche Körper weder viel leichter noch viel schwerer als das Wasser der Seine; das heißt, das spezifische Gewicht des

1 der New Yorker ›Commercial Advertiser‹, herausgegeben von Oberst Stone

menschlichen Körpers, in seiner natürlichen Beschaffenheit, gleicht in etwa dem der Süßwassermenge, die er verdrängt. Die Körper von fetten und fleischigen Personen mit dünnen Knochen, und allgemein die von Frauen, sind leichter als die von mageren und grobknochigen und die von Männern; und das spezifische Gewicht des Wassers eines Flusses unterliegt in gewisser Weise dem Einfluß der Gezeiten vom Meere her. Doch wenn wir diese Gezeiten außer Betracht lassen, läßt sich sagen, daß auch in Süßwasser überhaupt nur *sehr* wenige menschliche Körper *von selbst* untergehen. Fast jeder, welcher in einen Fluß fällt, ist imstande, obenauf zu treiben, wenn er das spezifische Gewicht des Wassers einigermaßen zu seinem eigenen ins Verhältnis bringt – das heißt, wenn er seinen ganzen Körper bis auf einen geringstmöglichen Rest untertauchen läßt. Die richtige Lage für einen, der nicht schwimmen kann, ist die aufrechte Haltung des Fußgängers an Land, wobei der Kopf gänzlich zurückgeworfen und eingetaucht ist; einzig Mund und Nase sollten noch herausschauen. Unter solchen Umständen wird man finden, daß man ohne Schwierigkeit und ohne Anstrengung oben bleibt. Es ist jedoch offensichtlich, daß die Gewichte des Körpers und der von ihm verdrängten Wassermenge sich sehr genau die Waage halten und daß schon eine Kleinigkeit einem von beiden ein Übergewicht verschaffen kann. Ein Arm zum Beispiel, aus dem Wasser gestreckt und somit seiner Unterstützung beraubt, ist ein zusätzliches Gewicht, welches bereits genügt, den ganzen Kopf unter Wasser zu drükken, während der zufällige Beistand des kleinsten Stückchens Holz uns befähigt, den Kopf so weit zu heben, daß wir uns umsehen können. Nun ist es aber so, daß einer, der des Schwimmens ungewohnt, in seinem verzweifelten Ringen unweigerlich die Arme hochwirft, indes er versucht, den Kopf in seiner üblichen senkrechten Lage zu halten. Mit dem Ergebnis, daß Mund und Nase untertauchen und bei dem Bemühen, unter Wasser zu atmen, Wasser in die Lungen dringt. Ein gut Teil gelangt auch in den Magen, und der ganze Körper wird schwerer um die Gewichtsdifferenz zwischen der Luft, welche diese Hohlräume ursprünglich gefüllt, und der Flüssigkeit, die nun darinnen ist. Diese Differenz reicht in der Regel aus, den Körper untersinken zu lassen; doch reicht sie nicht aus im Falle von Personen mit dünnen Knochen und einer abnormen Menge von schlaffem Fleische oder Fett. Solche Menschen schwimmen selbst nach dem Ertrinken an der Oberfläche.

Nehmen wir nun an, der Leichnam sei auf den Grund des Flusses gesunken, so wird er dort bleiben, bis auf irgendeine Weise sein spezifisches Gewicht wieder geringer wird als das der von ihm verdrängten Wassermenge. Diese Wirkung tritt durch Zersetzung und dergleichen ein. Im Ergebnis des Zersetzungsprozesses entsteht Gas, welches das Zellgewebe und alle Hohlräume aufbläht und jenes *gedunsene* Aussehen erzeugt, das so schrecklich ist. Wenn diese Aufblähung so weit fortgeschritten ist, daß der Leichnam wesentlich an Volumen zugenommen hat, ohne aber an *Masse* oder Gewicht entsprechend zuzunehmen, so wird sein spezifisches Gewicht geringer als das des verdrängten Wassers, und er steigt alsbald wieder an die Oberfläche. Der Verwesungsprozeß wird aber von zahllosen Umständen modifiziert – wird beschleunigt oder gehemmt von zahllosen Wirkungsfaktoren; zum Beispiel von Hitze oder Kälte der Jahreszeit, von Mineralgehalt oder Reinheit des Wassers, von dessen Tiefe oder Seichtheit, Strömung oder Stagnation, von der körperlichen Beschaffenheit des Leichnams, dessen Gesundheit oder Krankheit vor dem Tode. So leuchtet es denn ein, daß wir auch nicht mit annähernder Genauigkeit den Zeitpunkt bestimmen können, zu welchem der Leichnam durch Zersetzung wieder emporsteigen wird. Unter gewissen Bedingungen kann dies Ergebnis binnen einer Stunde eintreten; unter anderen hinwieder findet es vielleicht überhaupt nicht statt. Es gibt chemische Extrakte, durch welche die leibliche Hülle *für immer* vor Verwesung bewahrt werden kann; einer davon ist das Bichlorid des Quecksilbers. Doch von der Zersetzung einmal ganz abgesehen, kann im Magen, und meistens geschieht dies auch, durch Gärung pflanzlicher Stoffe (oder in anderen

Hohlräumen aus anderen Ursachen) sich Gas bilden, welches ausreicht, den Körper so aufzublähen, daß er an die Oberfläche kommt. Die Wirkung, welche durch Abfeuern einer Kanone erzielt wird, beruht auf simpler Erschütterung. Diese kann den Leichnam entweder aus dem weichen Schlamm oder Schlick lösen, darin er eingebettet ist, und ihm so das Aufsteigen ermöglichen, falls andere Wirkungsfaktoren ihn bereits entsprechend dazu vorbereitet haben; oder sie kann die Festigkeit einiger faulender Teile des Zellgewebes überwinden; wodurch die Hohlräume sich unter dem Einfluß des Gases weiter ausdehnen.

Nachdem wir nun die gesamte Weisheit dieses Gegenstandes vor uns ausgebreitet haben, können wir mit ihrer Hilfe leicht die Behauptungen in ›L'Etoile‹ überprüfen. ›Alle Erfahrung hat aber gezeigt,‹ schreibt das Blatt, ›daß es bei Ertrunkenen oder Leichen, welche unmittelbar nach gewaltsamem Tode ins Wasser geworfen wurden, sechs bis zehn Tage braucht, bis die Zersetzung weit genug fortgeschritten ist, um sie wieder an die Wasseroberfläche zu bringen. Selbst wo eine Kanone über einem Leichnam abgefeuert wird und dieser hochkommt, noch ehe er wenigstens fünf oder sechs Tage im Wasser gelegen, sinkt er wieder hinab, wenn man ihn sich selbst überläßt.‹

Dieser ganze Abschnitt muß nun als ein Gespinst aus Inkonsequenz und Inkohärenz erscheinen. Die Erfahrung zeigt nämlich durchaus *nicht*, daß es bei ›Ertrunkenen‹ sechs bis zehn Tage *brauche*, bis die Zersetzung weit genug fortgeschritten, um sie wieder an die Wasseroberfläche zu bringen. Sowohl die Wissenschaft als auch die Erfahrung zeigen, daß der Zeitpunkt ihres Auftauchens unbestimmt ist und notwendigerweise sein muß. Wenn darüber hinaus ein Körper durch Abfeuern einer Kanone an die Oberfläche gekommen ist, so sinkt er eben *nicht* ›wieder hinab, wenn man ihn sich selbst überläßt‹, jedenfalls nicht eher, als die Zersetzung so weit fortgeschritten ist, daß sie dem entstandenen Gase zu entweichen erlaubt. Doch ich möchte Ihre Aufmerksamkeit auf die Unterscheidung lenken, welche hier zwischen ›Ertrunkenen‹ und ›Leichen, welche unmittelbar nach gewaltsamem Tode ins Wasser geworfen wurden‹, gemacht wird. Obschon der Schreiber den Unterschied gelten läßt, faßt er beide doch in ein und derselben Kategorie. Ich habe ja nun gezeigt, wie es kommt, daß der Körper eines Ertrinkenden spezifisch schwerer wird als sein Wasservolumen und daß er überhaupt nicht sinken würde, wenn er nicht verzweifelt um sich schlüge und dabei die Arme aus dem Wasser streckte oder unter Wasser nach Atem ränge – wodurch an Stelle der ursprünglichen Luft nun Wasser in die Lungen dringt. Doch dieses Umsichschlagen und Nach-Luft-Schnappen entfällt ja nun bei ›Leichen, welche unmittelbar nach gewaltsamem Tode ins Wasser geworfen wurden‹. Somit würde denn im letzteren Falle *der Körper in der Regel überhaupt nicht hinuntersinken* – eine Tatsache, welche ›L'Etoile‹ offensichtlich unbekannt ist. Erst wenn die Zersetzung schon sehr weit fortgeschritten wäre – wenn das Fleisch weitgehend von den Knochen sich gelöst hätte –, dann allerdings, doch *erst dann*, würde der Leichnam unserem Blick entschwinden.

Und was sollen wir nun von dem Argumente halten, daß die gefundene Leiche deswegen nicht die Marie Rogêts sein könne, weil erst drei Tage vergangen waren, da man diese Leiche an der Oberfläche treibend fand? Wäre sie ertrunken, so wäre sie, eine Frau, möglicherweise nie hinabgesunken; oder wäre sie gesunken, so wäre sie vielleicht nach vierundzwanzig Stunden oder gar noch eher wieder aufgetaucht. Doch keiner nimmt an, sie sei ertrunken; und wenn sie also starb, ehe sie in den Fluß geworfen wurde, so hätte man sie jederzeit danach an der Oberfläche treibend finden können.

›Aber‹, sagt ›L'Etoile‹, ›wenn die Leiche in ihrem derart zugerichteten Zustande bis Dienstagnacht am Ufer verwahrt worden wäre, so wäre doch am Ufer irgendeine Spur der Mörder zu finden.‹ Hier fällt es zunächst schwer, die Absicht des Beweisführenden zu erkennen. Er will etwas vorwegnehmen, das seiner Meinung nach ein Einwand gegen seine Theorie wäre – nämlich: daß der Körper zwei Tage an Land gelegen habe und dabei schnell verwest sei –

schneller als unter Wasser. Der Schreiber nimmt also an, daß in diesem Falle die Leiche schon am Mittwoch an die Oberfläche gekommen sein *könnte*, und meint, daß dies *nur* unter solchen Umständen möglich gewesen wäre. Folglich hat er nichts Eiligeres zu tun, als zu beweisen, daß die Leiche *nicht* an Land gelegen habe; denn in dem Falle ›wäre doch am Ufer irgendeine Spur der Mörder zu finden‹. Ich nehme an, Sie lächeln ob dieses *sequitur*. Sie vermögen nicht einzusehen, wie die bloße Zeitdauer, welche die Leiche *länger* an Land gelegen, es hätte bewirken können, die Spuren der Mörder zu *mehren*. Ich auch nicht.

›Und überdies‹, so fährt unser Blatt nun fort, ›ist es höchst unwahrscheinlich, daß Schurken, welche solch einen Mord wie den hier vermuteten begangen, den Leichnam ins Wasser geworfen hätten, so ohne jegliches Gewicht, das ihn zum Sinken gebracht hätte, wo doch eine solche Vorsichtsmaßregel so leicht sich hätte treffen lassen.‹ Man achte hier doch nur einmal auf die lächerliche Verworrenheit der Gedanken! Niemand – nicht einmal ›L'Etoile‹ – zieht in Zweifel, daß *an dem gefundenen Körper* ein Mord begangen wurde. Zu auffällig sind die Spuren von Gewalt. Unserem Schreiber geht es einzig und allein um den Nachweis, daß diese Leiche nicht die Maries sei. Er möchte beweisen, daß *Marie* nicht ermordet wurde – nicht etwa, daß die Leiche es nicht sei. Doch seine Bemerkung beweist eben nur den letzteren Punkt. Hier ist eine Leiche, die nicht mit einem Gewicht beschwert ist. Mörder, welche sie hineingeworfen, hätten es nicht versäumt, ein Gewicht daran zu befestigen. Darum wurde sie nicht von Mördern ins Wasser geworfen. Dies ist alles, was bewiesen wird, wenn überhaupt etwas bewiesen wird. Die Frage der Identität wird nicht einmal gestreift, und ›L'Etoile‹ hat sich die ganze große Mühe gegeben, um lediglich das zu bestreiten, was sie nur einen Augenblick zuvor anerkannt hatte. ›Wir sind vollkommen davon überzeugt‹, schreibt das Blatt, ›daß der gefundene Körper der einer ermordeten weiblichen Person ist.‹

Und dies ist nicht das einzige Mal, selbst in diesem Teile

des Themas nicht, wo unser Logiker unwissentlich wider sich selbst argumentiert. Wie schon gesagt, ist es sichtlich sein Anliegen, die Zeitspanne zwischen Maries Verschwinden und der Entdeckung der Leiche so weit wie möglich zu verringern. Dennoch ertappen wir ihn dabei, wie er höchst *nachdrücklich hervorhebt*, daß von dem Augenblicke an niemand das Mädchen mehr gesehen, da sie das Haus ihrer Mutter verlassen hatte. ›Wir besitzen keinerlei Beweis‹, heißt es, ›daß Marie Rogêt am Sonntag, dem zweiundzwanzigsten Juni, nach neun Uhr noch unter den Lebenden weilte.‹ Da sein Argument ganz offensichtlich *einseitig* ist, hätte er wenigstens diese Sache außer acht lassen sollen; denn wäre es bekannt, daß doch irgend jemand Marie, sagen wir am Montag oder Dienstag, gesehen hätte, so hätte sich die fragliche Zeitspanne erheblich reduziert und ergo, nach seiner eigenen Logik, auch die Wahrscheinlichkeit, daß die Leiche die der *grisette* sei. Dessenungeachtet ist es höchlich amüsant zu beobachten, wie ›L'Etoile‹ auf diesem Punkte beharrt, im guten Glauben, er befördere ihre allgemeine Argumentation.

Lesen Sie nun nochmals jenen Abschnitt dieser Beweisführung durch, der sich auf die Identifizierung des Leichnams durch Beauvais bezieht. Was das *Haar* auf dem Arm betrifft, so ist ›L'Etoile‹ sichtlich unredlich gewesen. M. Beauvais, der ja kein Schwachkopf ist, hat unmöglich bei der Identifizierung der Leiche nur vorbringen können, daß *Haar auf ihrem Arm* sei. Kein Arm ist *ohne* Haar. Die *Allgemeinheit* der Ausdrucksweise von ›L'Etoile‹ hat die Äußerung des Zeugen einfach verfälscht. Er muß von irgendeiner *Besonderheit* dieses Haars gesprochen haben. Es muß eine Besonderheit der Farbe, der Menge, der Länge oder der Lage gewesen sein.

›Ihr Fuß‹, schreibt das Blatt, ›war klein – das sind wohl tausende Füße. Ihr Strumpfband ist nun ganz und gar kein Beweis – ebensowenig ihr Schuh – denn Schuhe und Strumpfbänder werden kartonweise verkauft. Dasselbe darf man wohl von den Blumen an ihrem Hute sagen. Eine Sache, welche M. Beauvais so hartnäckig hervorhebt, ist die, daß die Schnalle an dem gefundenen Strumpfbande versetzt worden war, um es enger zu machen. Das besagt überhaupt nichts; denn die meisten Frauen finden es schicklicher, ein Paar Strumpfbänder mit nach Hause zu nehmen und sie dort den Gliedmaßen, die sie umschließen sollen, anzupassen, anstatt sie in dem Laden, wo sie diese kaufen, anzuprobieren.‹ Hier fällt es schwer zu glauben, daß der Beweisführende dies ernst meine. Hätte M. Beauvais bei der Suche nach dem Körper Maries einen Leichnam entdeckt, dessen allgemeine Gestalt und Erscheinung dem vermißten Mädchen entsprach, so wäre er (von der Frage der Bekleidung einmal ganz abgesehen) durchaus berechtigt gewesen, sich die Meinung zu bilden, seine Suche habe Erfolg gehabt. Wenn er nun zusätzlich zu dem Punkte der allgemeinen Gestalt und Statur noch eine Eigentümlichkeit der Behaarung auf dem Arme vorgefunden, wie an der lebenden Marie er sie bemerkt hatte, so hätte dies seine Meinung füglich bestärkt; und die Zunahme an Gewißheit mochte sehr wohl im Verhältnis zu der Eigentümlichkeit oder Ungewöhnlichkeit des Haarmerkmals gestanden haben. Wenn nun die Füße Maries klein waren und die der Leiche auch, so wüchse die Wahrscheinlichkeit, daß die Leiche die Maries sei, nicht in einem bloß arithmetischen, sondern in einem höchlich geometrischen oder akkumulativen Verhältnis. Kommen zu all dem noch Schuhe hinzu, wie sie Marie bekanntermaßen am Tage ihres Verschwindens getragen, so vergrößern selbige, mögen diese Schuhe auch noch so kartonweise verkauft werden, die Wahrscheinlichkeit bis zu einem an Gewißheit grenzenden Maße. Was an und für sich kein Identitätsbeweis wäre, wird durch seine bestätigende Zusatz-Behauptung zu höchst sicherem Beweis. Werden dann noch am Hute Blumen präsentiert, welche denen ähnlich sind, wie sie die Vermißte getragen, so suchen wir nach nichts anderem mehr. Schon bei *einer* Blume nur suchten wir nach keinem weiteren Beweise – wie aber, wenn es nun zwei oder drei oder gar mehr sind? Jede weitere vervielfacht die Beweiskraft – *addiert* nicht nur Beweis zu Beweis, sondern *multipliziert* mit Hunderten oder Tausenden. Entdecken wir nun an der Toten noch Strumpfbänder, wie die Lebende sie benutzte, so wäre es fast töricht, noch fortzufahren. Diese Strumpfbänder aber fand man gar enger gemacht, indem ein Haken versetzt worden war, ganz genauso, wie Marie die ihren enger gemacht hatte, kurz bevor sie das Haus verlassen. Da wäre es nun schon Wahnsinn oder Heuchelei, wollte man noch zweifeln. Was ›L'Etoile‹ in bezug auf diese Verkürzung des Strumpfbandes sagt, nämlich daß dies gang und gäbe sei, zeigt nichts weiter, als wie hartnäckig das Blatt auf seinen Irrtum pocht. Die elastische Natur des Haftstrumpfbandes belegt an und für sich schon das *Ungewöhnliche* der Verkürzung. Was so beschaffen ist, sich selber anzupassen, bedarf wohl notwendigerweise nur äußerst selten anderweitiger Anpassung. Es muß wohl im strengsten Wortsinne reiner Zufall gewesen sein, daß diese Strumpfbänder Maries das beschriebene Engermachen nötig hatten. Sie allein schon hätten ihre Identität hinreichend erwiesen. Nun verhält es sich aber nicht so, daß man nur die Strumpfbänder der Vermißten an dem Leichnam fand oder ihre Schuhe, oder ihren Hut, oder die Blumen an ihrem Hut, oder ihre Füße, oder ein besonderes Kennzeichen auf dem Arm, oder ihre allgemeine Gestalt und Erscheinung – sondern es verhält sich doch so, daß die Leiche all und jedes dieser Kennzeichen, sie *alle miteinander* aufwies. Könnte als sicher gelten, daß der Herausgeber von ›L'Etoile‹ unter solchen Umständen *wirklich* noch Zweifel hegte, so brauchte es in seinem Falle gewiß nicht noch einer Kommission *de lunatico inquirendo.* Ihn dünkte es wohl scharfsinnig, das Geschwätz der Advokaten nachzubeten, welche sich meistenteils damit begnügen, die recht-winkligen Verordnungen der Gerichte herunterzubeten. Ich möchte hier anmerken, daß sehr vieles von dem, was ein Gericht als Beweis ablehnt, dem Verstande als bester Beweis gilt. Denn das Gericht, das sich von den allgemeinen Grundsätzen der Beweisführung leiten läßt – den anerkannten und *verbrieften* Grundsätzen –, ist nicht geneigt, in besonderen Fällen davon abzuweichen. Und diese unerschütterliche Prinzipientreue, im Vereine mit rigoroser Mißachtung jeglicher widerstreitender Ausnahme, ist ja wohl eine sichere Methode, in langen Zeiträumen ein *Maximum* erreichbarer Wahrheit zu erreichen. Die Praxis, *en masse*, ist daher wohl weise; doch gilt es als nicht weniger gewiß, daß sie im einzelnen ungeheure Irrtümer hervorbringt.[1]

Was nun die gegen Beauvais gerichteten Verdächtigungen betrifft, so sind Sie wohl nur zu bereit, sie augenblicklich abzutun. Sie haben den wahren Charakter dieses verehrten Herrn natürlich schon erkannt. Er ist ein *Wichtigtuer*, mit viel Romantik und wenig Witz. Wer derart veranlagt ist, wird sich bei einer *wirklich* aufregenden Gelegenheit leicht so benehmen, daß er sich bei den Überschlauen oder Übelgesinnten selber in Verdacht bringt. M. Beauvais hatte (wie aus Ihren Notizen hervorgeht) einige persönliche Unterredungen mit dem Herausgeber von ›L'Etoile‹ und verärgerte diesen, indem er die Ansicht zu äußern wagte, der Leichnam sei, ungeachtet der Theorie des Herausgebers, wirklich und wahrhaftig der Maries. ›Hartnäckig bleibt er bei seiner Behauptung‹, schreibt das Blatt, ›der Leichnam sei der Maries, doch kann er außer den von uns bereits kommentierten keinen weiteren Umstand nennen, um auch andere davon zu überzeugen.‹ Nun, ohne daß wir wieder auf die Tatsache zurückkommen wollen, daß ein stärkerer Beweis, ›um auch andere davon zu überzeugen‹, sich *überhaupt nicht* hätte anführen las-

1 ›Eine Theorie, welche sich auf die Eigenschaften eines Gegenstandes gründet, verhindert, daß dieser nach seinen Zwecken erklärt wird; und wer Regeln mit Rücksicht auf ihre Ursachen bestimmt, hört auf, sie nach ihren Ergebnissen zu beurteilen. So zeigt die Jurisprudenz einer jeden Nation, daß das Gesetz, wird es zur Wissenschaft und zum System, aufhört, Gerechtigkeit zu sein. Die Irrtümer, zu welchen die blinde Anhänglichkeit an Klassifikations*prinzipien* das gemeine Recht verleitet hat, lassen sich daran ersehen, wie oft die Gesetzgebung einschreiten mußte, um das Billigkeitsrecht wiederherzustellen, welches ihrem Schema verlorengegangen.‹ Landor

sen, sei doch die Bemerkung erlaubt, daß man sich sehr wohl vorstellen kann, wie ein Mann in einem Falle dieser Art von etwas überzeugt wäre, ohne dabei imstande zu sein, auch nur einen einzigen Grund vorbringen zu können, der andere zu überzeugen vermöchte. Nichts ist wohl unbestimmter als Eindrücke von persönlicher Identität. Jedermann erkennt seinen Nachbarn wieder, doch dürften sich nur wenige Fälle finden, wo einer dann auch imstande wäre, einen *Grund* für dieses Wiedererkennen zu nennen. Der Herausgeber von ›L'Etoile‹ hatte kein Recht, M. Beauvais' nicht von Vernunft geleitete Überzeugung übelzunehmen.

Die verdächtigen Umstände, welche ihn belasten, passen, so wird man finden, viel besser zu meiner Hypothese *romantischer Wichtigtuerei* denn zu den Andeutungen von Schuld, wie sie unser Zeitungslogiker anklingen läßt. Hat man sich einmal zu wohlwollenderer Interpretation bequemt, fällt es auch nicht schwer, die Rose im Schlüsselloch zu verstehen; das ›Marie‹ auf der Schiefertafel; die Behauptung, er habe ›die männlichen Verwandten beiseite gedrängt‹; seine ›Abneigung, den Verwandten die Besichtigung der Leiche zu gestatten‹; seine Warnung gegenüber Madame B – –, nicht mit dem *gendarme* zu sprechen, bevor er (Beauvais) zurückkehre; und schließlich seine offensichtliche Entschlossenheit, ›niemand außer ihm solle mit den Vorgängen etwas zu tun haben‹. Es scheint mir außer Frage zu stehen, daß Beauvais ein Verehrer Maries war; daß sie mit ihm kokettierte; und daß er ehrgeizig darauf bedacht war, als ihr intimer Freund und Vertrauter zu gelten. Ich werde zu diesem Punkte nichts weiter sagen; und da das vorliegende Beweismaterial die Behauptung von ›L'Etoile‹ hinsichtlich der *Gleichgültigkeit* auf Seiten der Mutter und der anderen Verwandten vollauf widerlegt – einer Gleichgültigkeit, die unvereinbar wäre mit ihrer mutmaßlichen Überzeugung, es sei der Leichnam der des Parfümeriemädchens –, werden wir nun im weiteren fortfahren, als sei die Frage der *Identität* zu unserer vollkommenen Zufriedenheit geklärt.«

»Und was«, fragte ich hier, »halten Sie von den Ansichten des ›Commerciel‹?«

»Daß sie ihrem Wesen nach weit mehr Beachtung verdienen als alles, was zu diesem Thema verbreitet worden ist. Die aus den Prämissen abgeleiteten Schlüsse sind einsichtig und scharfsinnig; allerdings gründen sich die Prämissen in wenigstens zwei Fällen auf mangelhafte Beobachtung. ›Le Commerciel‹ möchte zu verstehen geben, Marie sei nicht weit vom Hause ihrer Mutter von einer Bande gemeiner Kerle ergriffen worden. ›Es ist unmöglich‹, unterstreicht das Blatt, ›daß eine Person, die Tausenden so wohlbekannt war wie diese junge Frau, auch nur drei Häuserblocks weit gekommen sein sollte, ohne daß einer sie gesehen hätte.‹ Das ist die Vorstellung eines Mannes, der schon lange in Paris ansässig ist – der im öffentlichen Leben steht – und dessen Gänge in der Stadt sich meist auf den Umkreis öffentlicher Gebäude beschränken. Er ist sich bewußt, daß *er* kaum von seinem *Bureau* ein Dutzend Häuserblocks weit gehen kann, ohne daß er erkannt und gegrüßt wird. Und da er weiß, wie viele Leute er selber kennt und wie viele ihn kennen, vergleicht er diese seine Bekanntheit mit der des Parfümeriemädchens, findet keinen großen Unterschied zwischen ihnen beiden und gelangt alsbald zu dem Schlusse, daß sie auf ihren Gängen gleichermaßen Bekannte hätte treffen müssen wie er auf den seinen. Dies hätte aber nur dann der Fall sein können, wenn ihre Gänge von demselben unveränderlichen, methodischen Charakter gewesen wären und sich in derselben *species* begrenzter Gegend bewegt hätten wie die seinen. Seine Wege führen ihn hierhin und dahin in regelmäßigen Abständen innerhalb eines bestimmten Umkreises, wo es von Leuten wimmelt, welche seiner Person schon deshalb Beachtung schenken, weil sie ob ähnlich gearteter Tätigkeiten Interesse verbindet. Die Gänge Maries aber dürften im allgemeinen doch wohl unstet gewesen sein. In diesem besonderen Falle versteht es sich als höchst wahrscheinlich, daß sie einen Weg eingeschlagen hatte, der mehr als nur durchschnittlich von den ihr gewohnten Wegen abwich.

Die Parallele, welche unseres Erachtens ›Le Commerciel‹ im Geiste vorgeschwebt haben muß, wäre nur haltbar unter der Voraussetzung, daß die beiden Personen die ganze Stadt durchquert hätten. In diesem Falle, gesetzt, ihrer beider Bekanntenkreis wäre gleich groß, bestünden auch gleiche Chancen, daß beide eine gleich große Zahl von Begegnungen hätten. Ich für mein Teil halte es nicht nur für möglich, sondern für mehr als wahrscheinlich, daß Marie zu jeder beliebigen Zeit jeden der vielen Wege zwischen ihrer eigenen Wohnung und der ihrer Tante hätte gehen können, ohne auch nur einen einzigen Menschen zu treffen, den sie kannte oder dem sie bekannt war. Wollen wir diese Frage im vollen und rechten Lichte besehen, so müssen wir uns ständig vor Augen halten, welch großes Mißverhältnis doch besteht zwischen den persönlichen Bekanntschaften selbst der größten Pariser Berühmtheit und der ganzen Bevölkerung von Paris selbst.

Doch wieviel Beweiskraft der Hypothese des ›Commerciel‹ trotz allem noch innewohnen mag, wird diese doch stark geschwächt, wenn wir *die Stunde* in Erwägung ziehen, zu der das Mädchen ausgegangen. ›Zu der Zeit, da sie weggegangen‹, sagt ›Le Commerciel‹, ›waren die Straßen voller Menschen.‹ Aber nicht doch. Es war neun Uhr morgens. Nun, es stimmt schon, um neun Uhr morgens herrscht in den Straßen der Stadt ein einziges Menschengewimmel, an jedem Tage der Woche *außer am Sonntag.* Sonntags um neun aber sind die meisten Leute wohl größtenteils zu Hause und *bereiten sich auf den Kirchgang vor.* Keinem aufmerksamen Beobachter kann entgangen sein, wie so merkwürdig verlassen die Stadt von etwa acht bis zehn Uhr morgens an jedem Sabbat aussieht. Zwischen zehn und elf wimmelt es dann wieder in den Straßen von Menschen, nicht aber zu so früher Stunde wie der genannten.

Es gibt noch einen weiteren Punkt, wo allem Anschein nach die *Beobachtung* seitens des ›Commerciel‹ zu wünschen übrigläßt. ›Aus einem der Unterröcke des unglücklichen Mädchens‹, heißt es da, ›war ein Stück, zwei Fuß lang und ein Fuß breit, herausgerissen und unter dem Kinn und um den Hinterkopf ihr gebunden, wahrscheinlich, um sie am Schreien zu hindern. Dies taten Kerle, welche kein Taschentuch besaßen.‹ Ob dieser Gedanke wohlbegründet ist oder nicht, werden wir später noch untersuchen; doch mit ›Kerlen, die kein Taschentuch besitzen‹, meint der Herausgeber nun offensichtlich die niedrigste Sorte Lumpengesindel. Und das sind nun freilich gerade die Leute, die man immer im Besitze von Taschentüchern finden wird, selbst wenn es ihnen an Hemden fehlen sollte. Gewiß haben Sie selber schon Gelegenheit gehabt festzustellen, wie absolut unentbehrlich dem abgefeimtesten Halunken in den letzten Jahren das Taschentuch geworden ist.«

»Und was«, fragte ich, »sollen wir von dem Artikel in ›Le Soleil‹ halten?«

»Daß es jammerschade ist, daß sein Verfasser nicht als Papagei geboren wurde – in welchem Falle er das berühmteste Exemplar seiner Art gewesen wäre. Hat er doch lediglich die Einzelheiten der bereits veröffentlichten Meinung wiederholt; hat sie mit durchaus löblichem Fleiße aus dieser und jener Zeitung zusammengeschrieben. ›Die Gegenstände‹, sagt er, ›haben *offenbar* sämtlich wenigstens drei oder vier Wochen dort gelegen, und es kann *kein Zweifel* daran bestehen, daß man den Ort dieser entsetzlichen Greueltat entdeckt hat.‹ Die Tatsachen, welche ›Le Soleil‹ hier noch einmal darstellt, sind nun freilich sehr weit davon entfernt, mir die Zweifel, die ich in dieser Sache hege, zu zerstreuen, und wir wollen sie uns ausführlicher später in Verbindung mit einem anderen Kapitel des Themas gründlicher vornehmen.

Im Augenblick müssen wir uns mit anderen Nachforschungen befassen. Ihnen ist gewiß nicht entgangen, mit welch außerordentlicher Nachlässigkeit die Untersuchung des Leichnams erfolgte. Gewiß, die Frage der Identität war rasch entschieden – oder hätte es jedenfalls sein sollen; doch da galt es noch andere Punkte zu klären. War die Leiche in irgendeiner Hinsicht *beraubt* worden? Hatte die Verstorbene irgendwelchen Schmuck an sich getragen, als sie das Haus verließ? Wenn ja, war dieser noch vorhanden, als man ihre Leiche fand? Das sind durchaus wichtige Fragen, die bei der Beweisaufnahme gänzlich außer acht geblieben sind; und da wären noch andere, nicht minder von Belang, welchen man keinerlei Beachtung geschenkt hat. Wir müssen versuchen, uns durch persönliche Überprüfung darüber Klarheit zu verschaffen. Auch der Fall von St. Eustache muß erneut untersucht werden. Ich habe diesen Mann zwar nicht in Verdacht; doch wollen wir ganz methodisch vorgehen. Wir werden also zweifelsfrei feststellen müssen, was die *eidesstattlichen Aussagen* wert sind, welche er bezüglich seines Aufenthalts am Sonntag gemacht. Solche eidesstattlichen Aussagen werden gern zu Täuschungszwecken genutzt. Sollte sich jedoch hierbei nichts Unrechtes herausstellen, können wir St. Eustache aus unseren Nachforschungen ausklammern. Sein Selbstmord ist, so sehr dieser auch den Verdacht erhärten würde, fände sich Betrug in den Aussagen, ohne solchen Betrug in keiner Weise ein unerklärlicher Umstand oder für uns gar Anlaß, von der Linie gewohnter Analyse abzuweichen.

Im folgenden nun, so schlage ich vor, lassen wir die zentralen Punkte dieser Tragödie einmal beiseite und konzentrieren unsere Aufmerksamkeit auf das, was am Rande liegt. Bei Untersuchungen wie dieser ist es nicht der geringste, wenngleich ein häufiger, Irrtum, die Nachforschungen auf das Unmittelbare zu beschränken und dabei die Begleit- oder Nebenumstände gänzlich außer acht zu lassen. Es ist die sträfliche Praxis der Gerichte, die Beweisaufnahme und Verhandlung auf die engen Grenzen des augenscheinlich Relevanten einzuengen. Doch die Erfahrung hat gezeigt, wie es auch wahre Philosophie stets erweisen wird, daß ein großer, vielleicht der überwiegende Teil der Wahrheit aus dem scheinbar Irrelevanten erwächst. Im Geiste, wenn nicht gar getreu dem Buchstaben dieses Prinzips hat sich die moderne Wissenschaft entschlossen, *mit dem Unvorhergesehenen zu rechnen.* Aber vielleicht verstehen Sie mich gar nicht. Die Geschichte der menschlichen Erkenntnis hat so unablässig bewiesen, wie wir den nebensächlichen, beiläufigen oder zufälligen Ereignissen die allermeisten und wertvollsten Entdeckungen verdanken, daß es schließlich im Hinblick auf künftige Vervollkommnung geradezu zur Notwendigkeit wurde, nicht nur weit-, sondern weitestgehend Erfindungen, welche sich von ungefähr und gänzlich außerhalb des gewöhnlichen Erwartungshorizonts ergeben, zu berücksichtigen. Es kann nicht länger mehr als wissenschaftlich gelten, die Sicht auf Zukünftiges auf das nur zu gründen, was war und ist. Der *Zufall* ist als Bestandteil des Unterbaus anerkannt. Wir machen ihn zum Gegenstand absoluter Berechnung. Wir unterwerfen das Unvorhergesehene und Ungeahnte den mathematischen *Formeln* der Scholastiker.

Ich wiederhole, es ist schlicht und einfach eine Tatsache, daß der *überwiegende* Teil aller Wahrheit vom Nebensächlichen gewonnen ward; und es entspricht also nur dem Geiste des in dieser Tatsache enthaltenen Prinzips, wenn ich im vorliegenden Falle den ausgetretenen und bislang unergiebigen Boden des eigentlichen Geschehnisses verlasse und die Untersuchung auf die Begleitumstände lenke, in die es eingebettet ist. Während nun Sie die eidesstattlichen Aussagen auf ihre Richtigkeit hin überprüfen, werde ich noch einmal die Zeitungen durchsehen, und zwar noch umfassender, als Sie es bereits getan haben. Bisher haben wir nur das Feld unserer Untersuchung erkundet; aber es sollte mich doch wahrhaftig wundern, wenn uns eine so umfängliche Bestandsaufnahme der Presse, wie ich sie vorschlage, nicht die geringsten Anhaltspunkte böte, welche der Untersuchung eine *Richtung* wiesen.«

Ich folgte Dupins Anregung und machte mich an eine gründliche Überprüfung der eidesstattlichen Aussagen. Und diese führte zu der festen Überzeugung, daß es damit seine Richtigkeit habe und die Unschuld von St. Eustache somit feststehe. Inzwischen war mein Freund, und zwar mit einer peinlichen und, wie mir dünken wollte, völlig verfehlten Genauigkeit damit beschäftigt, die diversen Zeitungsstöße durchzusehen. Nach Ablauf einer Woche legte er mir die folgenden Auszüge vor:

›Vor etwa dreieinhalb Jahren hatte das Verschwinden

dieser selben Marie Rogêt aus der *parfumerie* des Monsieur Blanc im Palais Royal schon einmal einige Verwirrung, ähnlich der gegenwärtigen, gestiftet. Nach Ablauf einer Woche jedoch war Marie wieder hinter ihrem gewohnten *comptoir* erschienen, so gesund und frisch wie immer, bis auf eine leichte Blässe, wie sie an ihr sonst ungewohnt. Monsieur Le Blanc und ihre Mutter verbreiteten, sie sei lediglich bei einer Verwandten auf dem Lande zu Besuch gewesen; und die ganze Sache ward eiligst vertuscht. Wir nehmen an, daß es sich bei der derzeitigen Abwesenheit um eine Laune derselben Art handelt und daß nach Verlauf einer Woche oder vielleicht auch eines Monats sie wieder unter uns weilen wird.‹ – ›Abendblatt‹ – Montag, 23. Juni.[1]

›Eine Abendzeitung bezieht sich in ihrer gestrigen Ausgabe auf ein früheres geheimnisvolles Verschwinden von Mademoiselle Rogêt. Wie man weiß, hatte sich diese während der Woche ihrer Abwesenheit von Le Blancs *parfumerie* in der Gesellschaft eines jungen Marineoffiziers befunden, der als notorischer Verführer berüchtigt ist. Vermutlich führte, Fügung des Schicksals, ein Streit dazu, daß sie wieder heimkehrte. Wir kennen den Namen des besagten Lothario, der gegenwärtig in Paris stationiert ist, sehen aber aus naheliegenden Gründen davon ab, ihn öffentlich zu nennen.‹ – ›Le Mercurie‹ – Dienstagmorgen, 24. Juni.[2]

›Eine Gewalttat abscheulichster Art wurde vorgestern in der Nähe unserer Stadt verübt. Ein Herr, in Begleitung von Frau und Tochter, nahm in der Dämmerung die Dienste von sechs jungen Männern in Anspruch, welche müßig mit einem Boot in Ufernähe auf der Seine herumruderten, und ließ sich von ihnen über den Fluß setzen. Am anderen Ufer angekommen, stiegen die drei Passagiere aus, und da sie sich gerade so weit vom Ufer entfernt, daß sie das Boot nicht mehr sehen konnten, merkte die Tochter, daß sie ihren Sonnenschirm darin zurückgelassen hatte. Sie ging

1 ›New York Express‹. – 2 ›New York Herald‹

zurück, ihn zu holen, wurde von der Bande ergriffen, hinaus auf den Fluß gebracht, geknebelt, auf brutale Weise mißhandelt und schließlich unweit der Stelle, wo sie zuvor mit den Eltern das Boot bestiegen hatte, an Land gesetzt. Die Schurken sind für den Augenblick entkommen, doch die Polizei ist ihnen auf der Spur, und einige von ihnen werden bald gefaßt sein.‹ – ›Morgenblatt‹ – 25. Juni.[1]

›Wir haben ein paar Mitteilungen erhalten, welche darauf abzielen, die Schuld an dem kürzlich begangenen Verbrechen Mennais anzulasten;[2] doch da dieser Herr durch eine gerichtliche Untersuchung vollkommen entlastet wurde und die Argumente unserer diversen Korrespondenten mehr von Eifer denn Gründlichkeit zeugen, halten wir es nicht für angeraten, sie zu veröffentlichen.‹ – ›Morgenblatt‹ – 28. Juni.[3]

›Uns sind, allem Anschein nach von verschiedenen Quellen, mehrere überzeugend verfaßte Zuschriften zugegangen, welche soweit gehen, es als gewiß hinzustellen, daß die unglückliche Marie Rogêt einer der zahlreichen Banden gemeinen Gesindels zum Opfer gefallen ist, welche sonntags die Umgebung der Stadt unsicher machen. Auch wir neigen ganz entschieden zu dieser Annahme. Wir werden uns bemühen, einigen dieser Argumente demnächst hier Raum zu geben.‹ – ›Abendblatt‹ – Dienstag, 31. Juni.[4]

›Am Montag sah ein im Zolldienst stehender Schiffer ein leeres Boot auf der Seine treiben. Auf dem Boden des Bootes lagen Segel. Der Schiffer bugsierte es zum Bootsamt. Am nächsten Morgen war es von dort verschwunden, ohne daß irgendeiner der Beamten davon gewußt hätte. Das Steuerruder befindet sich jetzt noch auf dem Bootsamt.‹ – ›Le Diligence‹ – Donnerstag, 26. Juni.[5]

Als ich diese verschiedenen Auszüge durchlas, erschie-

1 ›New York Courier and Inquirer‹. – 2 Mennais gehörte zu denen, die ursprünglich verdächtigt und verhaftet, später aber mangels Beweises freigelassen wurden. – 3 ›New York Courier and Inquirer‹. – 4 ›New York Evening Post‹. – 5 ›New York Standard‹

nen sie mir nicht nur irrelevant, sondern ich vermochte mir auch nicht vorzustellen, in welcher Weise irgendeiner von ihnen mit der vorliegenden Angelegenheit in Zusammenhang gebracht werden könnte. So wartete ich denn auf Dupins Erklärung.

»Es ist im Augenblick nicht meine Absicht«, sagte er, »mich bei den ersten beiden dieser Auszüge *aufzuhalten.* Ich habe sie hauptsächlich deswegen abgeschrieben, um Ihnen die außerordentliche Nachlässigkeit der Polizei zu zeigen, die sich, soweit ich vom Präfekten erfahren konnte, nicht einmal die Mühe gemacht hat, den hier erwähnten Marineoffizier zu verhören. Doch wäre es ausgesprochen töricht, wollte man behaupten, zwischen dem ersten und zweiten Verschwinden Maries könne kein *denkbarer* Zusammenhang bestehen. Nehmen wir einmal an, das erste Fortlaufen des Mädchens habe mit einem Streit der Liebenden und der Heimkehr der Verführten geendet. Wir sind nun vorbereitet, in einem zweiten *Davonlaufen* (falls wir *wissen*, daß es sich erneut um ein solches handelt) eher den Hinweis auf eine neuerliche Annäherung desselben Verführers zu sehen als auf ganz neue Anträge eines zweiten Mannes – wir sind also vorbereitet, darin eher eine Wiederaufnahme der alten *amour* zu erblicken als den Beginn einer neuen. Die Chancen stehen zehn zu eins, daß wohl eher der Mann, der schon einmal mit Marie auf und davon gegangen war, ihr dasselbe wieder antrug, als daß ihr, die sich auf eine Entführung schon einmal eingelassen, selbige von einem anderen vorgeschlagen würde. Und hier möchte ich Ihre Aufmerksamkeit auf die Tatsache lenken, daß die Zeit, welche zwischen der ersten gesicherten und der zweiten vermuteten Entführung verstrichen ist, nur ein paar wenige Monate mehr beträgt, als im allgemeinen die Fahrten unserer Kriegsschiffe dauern. War der Liebhaber etwa bei seinem ersten Schurkenstreich durch die Notwendigkeit gestört worden, auf Fahrt zu gehen, und hat er dann nach seiner Rückkehr gleich die erste Gelegenheit ergriffen, die gemeinen Absichten zu erneuern, welche noch nicht gänzlich in die Tat umgesetzt worden waren – oder wenigstens noch nicht gänzlich *von ihm*? Von all diesen Dingen wissen wir nichts.

Sie werden nun jedoch einwenden, daß im zweiten Falle ja *keine* Entführung, wie vermutet, vorliege. Gewiß nicht – doch sind wir auch geneigt zu behaupten, es habe auch nicht die, vereitelte, Absicht dazu bestanden? Außer St. Eustache und vielleicht noch Beauvais finden wir keine anerkannten, keine offenen, keine ehrenwerten Freier Maries. Von keinem andern ist je die Rede. Wer ist dann aber der heimliche Liebhaber, von dem die Verwandten *(zumindest die meisten von ihnen)* so gar nichts wissen, mit dem sich Marie aber am Sonntagmorgen trifft und der so ganz ihr Vertrauen genießt, daß sie nicht im geringsten zögert, mitten im einsamen Gehölz der Barrière du Roule mit ihm zu verweilen, bis die Abendschatten sich herniedersenken? Wer ist dieser heimliche Liebhaber, frage ich, von dem zumindest die *meisten* Verwandten nichts wissen? Und was bedeutet die merkwürdige Prophezeiung, die Madame Rogêt am Morgen von Maries Weggang geäußert? – ›Ich fürchte, ich werde Marie nie wiedersehen.‹

Doch wenn wir uns auch nicht vorstellen können, daß Madame Rogêt in den Fluchtplan eingeweiht gewesen, dürfen wir nicht wenigstens annehmen, daß das Mädchen diese Absicht hegte? Als sie von zu Hause wegging, ließ sie wissen, daß sie ihre Tante in der Rue des Drômes besuchen wolle, und St. Eustache ward gebeten, sie nach Einbruch der Dunkelheit dort abzuholen. Nun spricht freilich diese Tatsache auf den ersten Blick stark gegen meine Hypothese – aber überlegen wir doch einmal. Daß sie sich *tatsächlich* mit irgendeinem Begleiter traf, mit ihm über den Fluß setzte und erst zu so später Stunde, nämlich um drei Uhr nachmittags, die Barrière du Roule erreichte, ist bekannt. Aber indem sie sich solcherart darauf einließ, diesen Menschen zu begleiten *(mit welcher Absicht auch immer – und ob nun ihre Mutter davon wußte oder nicht)*, muß sie doch daran gedacht haben, welche Absicht sie beim Weggehen geäußert hatte und wie Erstaunen und Argwohn sich im Herzen ihres Verlobten, St. Eustache, regen würden, wenn er sie zur vereinbarten Zeit in der Rue des Drômes abholen käme und erführe, daß sie gar nicht dort gewesen, und wenn er überdies dann mit seiner beunruhigenden Kunde in die Pension zurückkehrte und feststellen müßte, daß sie noch immer ausbliebe. An all dies muß sie wohl gedacht haben, meine ich. Sie muß den Verdruß St. Eustaches, den Argwohn aller vorausgesehen haben. Sie konnte doch wohl kaum im Sinne gehabt haben, bei ihrer Heimkehr diesem Argwohn zu begegnen; dieser Argwohn wird nun aber für sie zu einem Punkt von so gar keinem Belange, sobald wir voraussetzen, daß sie *gar nicht* die Absicht hatte zurückzukehren.

Wir dürfen uns vielleicht vorstellen, daß sie folgendermaßen gedacht hat – ›Ich soll mit einer gewissen Person zusammentreffen, um mit ihr auf und davon zu gehen, oder aus bestimmten anderen, nur mir bekannten Gründen. Es ist notwendig, daß nichts Störendes dazwischenkommen kann – wir müssen genügend Zeit zur Verfügung haben, um etwaiger Verfolgung zu entgehen – ich werde also angeben, daß ich meine Tante in der Rue des Drômes besuchen und den Tag bei ihr verbringen werde – St. Eustache werde ich sagen, mich nicht vor Dunkelheit abzuholen – auf diese Weise ist meine Abwesenheit von zu Hause für die längstmögliche Zeit erklärt, ohne Anlaß für Argwohn oder Besorgnis zu geben, und ich gewinne mehr Zeit als auf irgendeine andere Art. Wenn ich St. Eustache bitte, mich bei Dunkelheit abzuholen, wird er ganz gewiß nicht früher kommen; doch wenn ich es gänzlich unterlasse, ihn darum zu bitten, so verringert sich die Zeit, die zum Entkommen bleibt, da man dann erwarten wird, daß ich desto früher heimkomme, und durch mein Ausbleiben um so eher in Unruhe geraten wird. Also, wenn ich *überhaupt* vorhätte, zurückzukehren – wenn ich also nichts weiter im Sinn hätte, als mit dem fraglichen Menschen ein wenig herumzuspazieren –, wäre es nicht gerade sehr klug von mir, St. Eustache darum zu bitten, mich abzuholen; denn wenn er kommt, muß er ja mit *Sicherheit* merken, daß ich ein falsches Spiel mit ihm getrieben habe – eine Tatsache, über die ich ihn für alle Zeit in Unwissenheit halten könnte, wenn ich von zu Hause wegginge, ohne ihm meine Absicht mitzuteilen, wenn ich vor Einbruch der Dunkelheit wiederkäme und dann erklärte, ich sei bei meiner Tante in der Rue des Drômes gewesen. Doch da es aber meine Absicht ist, *nie* mehr zurückzukehren – oder zumindest für einige Wochen nicht – oder nicht, bis gewisse Heimlichkeiten geschehen –, ist Zeitgewinn der einzige Punkt, der mich kümmert.‹

Sie haben in Ihren Notizen bemerkt, daß die allgemeine Meinung in bezug auf diese traurige Angelegenheit dahin geht, und von allem Anfang an dahin ging, das Mädchen sei das Opfer einer Verbrecher*bande* geworden. Nun ist, unter gewissen Umständen, die Volksmeinung nicht geringzuschätzen. Wenn sie von selbst entsteht – wenn sie sich auf ganz spontane Weise bildet –, sollten wir sie in Analogie zu jener *Intuition* sehen, wie sie dem einzelnen Genie eigen ist. In neunundneunzig von hundert Fällen würde ich mich an ihre Entscheidung halten. Wichtig ist aber dabei, daß wir keinerlei augenfällige Spuren von *Beeinflussung* feststellen. Es muß sich ganz strikt um der Öffentlichkeit *eigene* Meinung handeln; und den Unterschied zu erkennen und zu behaupten ist oft überaus schwierig. Im vorliegenden Falle will es mir scheinen, daß diese ›öffentliche Meinung‹ bezüglich einer *Bande* doch herbeigeführt worden ist durch den parallelen Vorfall, wie er im dritten meiner Auszüge ausführlich beschrieben steht. Ganz Paris befindet sich in Aufregung, da der Leichnam Maries gefunden worden ist, eines jungen, schönen, stadtbekannten Mädchens. Entdeckt wird dieser Leichnam im Fluß, er treibt an der Oberfläche dahin und weist Spuren von Gewalt auf. Nun wird aber bekanntgegeben, wie genau, oder doch annähernd, um die gleiche Zeit, da der Mord an dem Mädchen vermutlich begangen wurde, eine im Ausmaß zwar geringere, der Art nach aber doch ähnliche Gewalttat wie jene, welcher die Tote zum Opfer gefallen, von einer Bande junger Strolche an einem zweiten jungen Mädchen verübt worden ist. Sollte es da verwundern, daß nun die eine bekannte Untat das allgemeine Urteil bezüglich der anderen, unaufgeklärten beeinflußt? Dieses Urteil wartete auf Orientierung, und die bekannte Freveltat schien eine solche bestens anzubieten! Auch Marie ward im Flusse gefunden; und an ebendemselben Flusse war ja diese bekannte Schandtat begangen worden. Die Verbindung beider Ereignisse lag so, zum Greifen, auf der Hand, daß es wahrhaft verwunderlich gewesen wäre, wenn das Volk es *versäumt* hätte, diesen Zusammenhang zu erkennen und aufzugreifen. Doch in Wirklichkeit nun ist dieses eine Verbrechen, von dem es bekannt, daß es auf diese Weise begangen wurde, wenn überhaupt etwas, so ein Beweis dafür, daß das andere, welches beinahe zur gleichen Zeit geschah, *nicht* auf diese Weise begangen wurde. Es wäre ja nun wirklich ein Wunder gewesen, hätte es, während eine Bande von Strolchen an einem bestimmten Orte eine gänzlich unerhörte Schandtat beging, noch eine andere ähnliche Bande gegeben, welche an ähnlichem Orte, in ein und derselben Stadt, unter denselben Umständen, mit denselben Mitteln und Methoden, zu genau derselben Zeit ein Verbrechen genau derselben Art beging! Doch was ist es denn, das zu glauben die so vom Zufall *beeinflußte* Volksmeinung von uns verlangt, wenn nicht diese gar wundersame Kette von Koinzidenzen?

Bevor wir weitergehen, wollen wir uns doch den angeblichen Tatort im Dickicht an der Barrière du Roule einmal näher betrachten. Dieses Dickicht, obzwar nahezu undurchdringlich, liegt in nächster Nähe einer Landstraße. Darinnen befinden sich drei oder vier große Steine, die eine Art Sitzgelegenheit mit Rückenlehne und Fußbank bilden. Auf dem oberen Stein nun entdeckte man einen weißen Unterrock; auf dem zweiten einen seidenen Schal. Auch wurden hier noch ein Sonnenschirm, Handschuhe und ein Taschentuch gefunden. Das Taschentuch trug den Namen ›Marie Rogêt‹. Kleiderfetzen wurden an den Zweigen ringsum entdeckt. Der Erdboden war zertrampelt, das Gesträuch geknickt, und alles wies darauf, daß hier ein heftiger Kampf stattgefunden hatte.

Ungeachtet des Beifalls, mit welchem die Entdeckung dieses Dickichts von der Presse aufgenommen ward, und der Einmütigkeit, mit welcher man annahm, es bezeichne den tatsächlichen Schauplatz des Verbrechens, muß doch zugestanden werden, daß es guten Grund zum Zweifel gab. Ob es der Tatort *war*, mag ich glauben oder auch nicht – daran zu zweifeln, gab es jedenfalls vortrefflichen Grund. Hätte sich der *wirkliche* Tatort, wie ›Le Commerciel‹ meinte, in der Nachbarschaft der Rue Pavée St. Andrée befunden, so wären die Täter, angenommen, sie hielten sich noch in Paris auf, natürlich in Schrecken geraten darob, wie die allgemeine Aufmerksamkeit so scharfsinnig auf die rechte Spur gelenkt war; und bei Gemütern einer gewissen Sorte hätte sich sogleich die Einsicht geregt, wie doch einige Anstrengung nun erforderlich sei, diese Aufmerksamkeit wieder abzulenken. Und da das Gehölz an der Barrière du Roule sowieso schon in Verdacht geraten war, so mochte ihnen ganz natürlich der Einfall gekommen sein, die Gegenstände dort hinzulegen, wo man sie dann auch gefunden hatte. Es gibt keinen gültigen Beweis, auch wenn ›Le Soleil‹ dies annimmt, daß die gefundenen Gegenstände länger als ein paar Tage in dem Dickicht gelegen hätten; wogegen viele Indizien dafür sprechen, daß sie dort, ohne Aufmerksamkeit zu erregen, nicht die ganzen zwanzig Tage hätten liegen können, welche zwischen jenem verhängnisvollen Sonntag und dem Nachmittag verstrichen waren, da die Jungen sie gefunden. ›Sie waren alle durch Regeneinwirkung stark *verschimmelt*‹, sagt ›Le Soleil‹ und macht sich damit die Ansichten seiner Vorgänger zu eigen, ›und klebten vor *Schimmel* zusammen. Das Gras ringsum war gewachsen und hatte einige von ihnen überwuchert. Die Seide des Sonnenschirms war kräftiges Material, doch waren die Fäden innen schon ineinandergelaufen. Der obere Teil, wo sie zusammengefaltet und doppelt war, zeigte sich ganz *verschimmelt* und verrottet und zerriß beim Öffnen.‹ Was nun das Gras betrifft, welches ›ringsum gewachsen war und einige von ihnen überwuchert hatte‹, so ist klar, daß diese Tatsache einzig aus den Worten und somit der Erinnerung zweier kleiner Jungen sich herleitete; denn diese Jungen hatten die Gegenstände ja aufgehoben und mit nach Hause genommen, noch ehe sie ein Dritter zu Gesicht bekommen hatte. Nun wächst aber Gras, besonders bei warmem und feuchtem Wetter (wie es zur Zeit des Mordes herrschte), immerhin zwei bis drei Zoll an einem einzigen Tag. Ein Sonnenschirm, der auf einem mit frischem Rasen bedeckten Boden liegt, kann von dem aufsprießenden Gras also schon innerhalb einer Woche völlig dem Blick verborgen sein. Und was diesen *Schimmel* anlangt, auf dem der Herausgeber von ›Le Soleil‹ so hartnäckig besteht, daß er das Wort nicht weniger denn dreimal in dem eben zitierten kurzen Absatz verwendet, weiß er denn wirklich nicht, wie es sich mit diesem *Schimmel* verhält? Muß man ihm erst sagen, daß es sich dabei um eine der vielen Sorten *fungus* handelt, deren gewöhnlichstes Merkmal darin besteht, daß sie innerhalb von vierundzwanzig Stunden entstehen und vergehen?

So sehen wir denn auf einen Blick, wie alles, was höchst triumphierend zur Stützung der Meinung vorgebracht wurde, die Gegenstände hätten ›wenigstens drei oder vier Wochen‹ in dem Dickicht gelegen, absurderweise überhaupt nichts dazu beiträgt, diesen Umstand zu beweisen. Andererseits ist es überaus schwer zu glauben, diese Gegenstände könnten in dem genannten Gehölz auch nur länger als eine einzige Woche gelegen haben – länger als von einem Sonntag zum andern. Wer die Umgebung von Paris kennt, weiß, wie äußerst schwierig es ist, *Abgeschiedenheit* zu finden, außer weit draußen vor den Vororten. Etwas Derartiges wie einen noch unerforschten oder auch nur selten aufgesuchten Winkel inmitten seiner Wälder oder Wäldchen ist auch nicht einen Augenblick vorstellbar. Lassen Sie doch einmal einen, der die Natur von Herzen liebt, von der Pflicht aber an den Staub und die Hitze dieser großen Metropole gekettet ist – lassen Sie einen solchen den Versuch wagen, selbst während der Wochentage, seinen Durst nach Einsamkeit inmitten der Schönheit der Natur in unserer unmittelbaren Umgebung zu stillen. Auf Schritt und Tritt wird er den wachsenden Zauber vergällt finden, weil irgendein Strolch oder ein Trupp von Zechbrüdern mit Stimme und Person ihn hierin stört. Auch unterm dichtesten Blätterdach wird er die Einsamkeit vergeblich suchen. Hier sind ja gerade die Schlupfwinkel, wo sich der Pöbel am meisten tummelt – hier sind die Tempel am meisten entweiht. Krank am Herzen wird unser Wanderer wieder zurückflüchten in das verderbte Paris, wie zu einem weniger abscheulichen, weil weniger unpassenden Pfuhle der Verderbnis. Doch wenn die nähere Umgebung der Stadt schon während der Arbeitstage der Woche so überlaufen ist, um wieviel mehr erst am Sonntag! Gerade dann zieht es das Stadtgesindel, frei von den Zwängen der Arbeit oder der gewöhnlichen Gelegenheiten zum Verbrechen beraubt, in die Umgebung der Stadt, nicht etwa aus Liebe zum Ländlichen, das jeder Strolch im Grunde seines Herzens verabscheut, sondern um den Fesseln und Konventionalitäten der Gesellschaft zu entfliehen. Ihn gelüstet es weniger nach der frischen Luft und den grünen Bäumen denn nach der gänzlichen *Ungebundenheit* des Landes. Hier, im Wirtshaus an der Landstraße oder unter dem Blätterdach der Wälder, unbehelligt von anderen Blicken als denen seiner Zechkumpane, frönt er all den wahnsinnigen Ausschweifungen einer falschen Fröhlichkeit, wie Freiheit und Branntwein im Vereine sie zeugen. Ich sage nichts mehr, als was jedem unbefangenen Beobachter einleuchten muß, wenn ich wiederhole, der Umstand, daß die besagten Gegenstände in *irgendeinem* Dickicht in der unmittelbaren Umgebung von Paris länger als von einem Sonntag zum andern unentdeckt geblieben sein sollten, dürfte schon fast an ein Wunder grenzen.

Doch fehlt es auch nicht an anderen Gründen für den Verdacht, daß die Gegenstände in dem Dickicht zu dem Zwecke hingelegt wurden, die Aufmerksamkeit von dem wirklichen Schauplatz der Bluttat abzulenken. Richten Sie Ihr Augenmerk zunächst doch bitte einmal auf das *Datum* der Entdeckung dieser Gegenstände. Vergleichen Sie dies sodann mit dem Datum des fünften Auszugs, den ich aus den Zeitungen gemacht habe. Sie werden feststellen, daß die Entdeckung fast unmittelbar auf jene dringenden Zuschriften hin erfolgte, welche dem ›Abendblatte‹ zugegangen waren. Diese Zuschriften, wiewohl verschieden und offensichtlich aus verschiedenen Quellen, zielten sämtlich auf denselben Punkt – nämlich die Aufmerksamkeit auf eine *Bande* als die Täter und auf die Gegend der Barrière du Roule als den Tatort zu lenken. Nun geht es hier natürlich nicht um den Verdacht, daß infolge dieser Mitteilungen oder der von ihnen gelenkten öffentlichen Aufmerksamkeit die Jungen die Gegenstände erst gefunden hätten; sondern es mochte und mag sich sehr wohl der Argwohn aufdrängen, daß die Gegenstände einfach deswegen nicht *eher* von den Jungen gefunden wurden, weil sie sich eher noch gar nicht in dem Dickicht befanden; sind sie doch erst zu einem späteren Zeitpunkt, zum Datum dieser Zuschriften oder kurz zuvor, von den schuldbeladenen Verfassern der nämlichen Zuschriften dort hingelegt worden.

Dieses Dickicht war nun wahrlich einzig in seiner Art. Es war ungewöhnlich dicht. Innerhalb seiner natürlichen Einfriedung fanden sich drei außergewöhnliche Steine, *die einen Sitz mit Rückenlehne und Fußbank bildeten.* Und dieses Dickicht, so voller Naturkunstwerke, befand sich in unmittelbarer Nähe, *nur wenige Ruten entfernt*, von der Wohnung der Madame Deluc, deren Söhne das Gebüsch ringsum auf der Suche nach Sassafras-Rinde zu durchstreifen pflegten. Wäre es nun wohl sehr unbesonnen, wollte ich wetten – und zwar tausend zu eins wetten –, daß für diese Jungen niemals auch nur *ein Tag* verging, da nicht wenigstens einer der beiden sich in der schattenreichen Halle versteckte und auf deren natürlichem Throne Platz nahm? Wer eine solche Wette scheute, ist entweder nie selber ein Junge gewesen oder hat vergessen, wie Jungen sind. Ich wiederhole – es ist überaus schwer begreiflich, wie diese Gegenstände länger als einen Tag oder zwei unentdeckt in diesem Dickicht hätten liegen können; und es besteht mithin guter Grund zu dem Verdacht, trotz der entschiedenen Ignoranz von ›Le Soleil‹, daß sie erst zu einem verhältnismäßig späten Zeitpunkt dort hingelegt worden waren, wo man sie gefunden.

Es gibt aber noch andere und zwingendere Gründe für die Annahme, daß sie nachträglich hingelegt wurden, als ich sie bis jetzt vorgebracht habe. Und nun richten Sie Ihr Augenmerk doch bitte einmal auf das höchst künstliche Arrangement der Gegenstände. Auf dem *oberen* Steine lag ein weißer Unterrock; auf dem *zweiten* ein seidener Schal; ringsum verstreut waren ein Sonnenschirm, Handschuhe und ein Taschentuch mit dem Namenszug ›Marie Rogêt‹. Und dies ist nun gerade eine solche Anordnung, wie sie *natürlicher*weise ein nicht allzu scharfsinniger Mensch vornähme, wenn er die Gegenstände auf möglichst *natürliche* Weise zurechtlegen wollte. Es ist dies jedoch mitnichten ein *wirklich* natürliches Arrangement. Ich hätte vielmehr erwartet, die Gegenstände *sämtlich* auf dem Boden liegend und zertrampelt zu finden. Auf dem engen Raume dieser Laube wäre es doch wohl kaum möglich gewesen, daß bei dem ständigen Hin und Her vieler in einen Kampf verstrickter Personen Unterrock und Schal auf den Steinen liegengeblieben sein sollten. ›Alles wies darauf hin‹, heißt es, ›daß hier ein Kampf stattgefunden habe; und der Erdboden war zertrampelt, das Gesträuch geknickt‹ – doch Unterrock und Schal liegen da wie in ein Regal einsortiert. ›Die Fetzen ihres Kleides, welche von dem Dornengestrüpp herausgerissen worden, waren etwa drei Zoll breit und sechs Zoll lang. Ein Stück davon war der Saum des Kleides, und er war ausgebessert. Sie *sahen aus wie abgerissene Streifen.*‹ Hier hat sich ›Le Soleil‹ aus Versehen eines äußerst verdächtigen Ausdrucks bedient. Die so beschriebenen Stücke sehen nun tatsächlich ›wie abgerissene Streifen‹ aus; doch vorsätzlich abgerissen und mit der Hand. Es geschieht nur äußerst selten, daß aus einem Gewande wie dem hier vorliegenden ein Stück durch die Wirkung eines *Dorns* ›abgerissen‹ wird. Es liegt in der Natur solcher Gewebe, daß ein Dorn oder Nagel, bleibt er darin hängen, einen rechten Winkel hineinreißt – den Stoff also in zwei Längsrissen durchtrennt, die im rechten Winkel zueinander verlaufen und an einem Scheitelpunkte zusammentreffen, dort, wo der Dorn eingedrungen ist – doch ist es kaum vorstellbar, daß das Stück ›abgerissen‹ worden sein soll. Das habe ich noch nie erlebt und Sie wohl auch nicht. Um von solchem Gewebe ein Stück *ab*zureißen, bedarf es in nahezu jedem Falle zweier verschiedener Kräfte, die in verschiedenen Richtungen wirken. Wenn das Gewebe zwei Ränder besäße – wenn es sich zum Beispiel um ein Taschentuch handelte, und man wünschte davon einen Streifen abzureißen, dann und nur dann würde die eine Kraft dem Zweck genügen. Im vorliegenden Falle geht es aber um ein Kleid, und das hat nur einen Rand. Ein Stück aus seinem Innern herauszureißen, wo kein Rand vorhanden ist, könnte von Dornen nur durch ein Wunder bewerkstelligt werden, und ein *einzelner* Dorn brächte es nun gar nicht fertig. Doch selbst bei einem Rande wären zwei Dornen nötig, von denen der eine in zwei verschiedenen Richtungen, der andere in nur einer wirken müßte. Und auch dies nur unter der Voraussetzung, daß der Rand nicht eingesäumt ist. Ist er indessen gesäumt, wäre das Ganze so gut wie ausgeschlossen. Somit sehen wir denn, welch zahlreiche und beträchtliche Hindernisse dem ›Abreißen‹ von Stoffstücken durch die einfache Wirkung von ›Dornen‹ im Wege stehen; gleichwohl sollen wir nun gar glauben, nicht nur ein Stück, sondern viele seien solcherart abgerissen worden. ›Und eines davon war‹ noch dazu *›der Saum des Kleides‹!* Ein anderes Stück ›stammte *aus dem Rock selbst, nicht dem Saum‹* – das heißt, es war durch die Wirkung der Dornen vollständig aus dem randlosen Innern des Kleides gerissen! Daß man so etwas nicht glaubt, das ist, so meine ich, nun wirklich keinem zu verübeln; dennoch ergeben diese Dinge zusammengenommen vielleicht einen weniger plausiblen Grund zum Verdacht als der eine staunenswerte Umstand, daß die Gegenstände überhaupt von irgendwelchen *Mördern*, die genügend Vorsicht bewiesen hatten, an die Entfernung des Leichnams zu denken, in diesem Dickicht zurückgelassen worden sein sollten. Wenn Sie nun aber annehmen, ich wolle *bestreiten*, daß dieses Dickicht den Tatort vorstelle, dann haben Sie mich allerdings mißverstanden. Es mag durchaus *hier* ein Unrecht geschehen sein oder, was wahrscheinlicher ist, ein Unglücksfall im Wirtshaus der Madame Deluc. Doch ist dies nun wahrhaftig ein Punkt von geringem Belang. Schließlich sind wir ja nicht damit befaßt, den Tatort zu ermitteln, sondern die Mörder ausfindig zu machen. Was ich hier ausgeführt habe, ist nun, wenn ich es auch mit so umständlicher Genauigkeit getan, mit der Absicht geschehen, Ihnen erstens einmal die Torheit der so unbedingten und vorschnellen Behauptungen von ›Le Soleil‹ darzutun, zweitens und hauptsächlich aber, Sie auf allernatürlichstem Wege zu weiterem Nachdenken hinsichtlich der höchst zweifelhaften Frage anzuregen, ob dieser Mord nun das Werk *einer Bande* gewesen sei oder nicht.

Wir wollen diese Frage wieder aufnehmen, indem wir lediglich auf die empörenden Einzelheiten verweisen, welche der Wundarzt bei der Leichenschau festgestellt. Gesagt zu werden braucht hier nur, daß die *Folgerungen*, wie er sie bezüglich der Anzahl der Schurken veröffentlicht hat, von allen namhaften Anatomen in Paris mit vollem Recht als unzutreffend und absolut grundlos bespöttelt worden sind. Nicht, daß das Ganze sich nicht so zugetragen haben *könnte*, wie er gefolgert, sondern daß keinerlei Grund für eine solche Folgerung gegeben war: – dafür aber um so mehr für eine andere?

Wenden wir uns nun den ›Spuren eines Kampfes‹ zu; und lassen Sie mich fragen, was denn diese Spuren angeblich beweisen sollen. Eine Bande. Aber beweisen sie nicht vielmehr im Gegenteil, daß es eine Bande nicht gewesen sein kann? Was für ein *Kampf* mochte da wohl stattgefunden haben – was für ein Kampf, der noch dazu so heftig und so lange tobte, daß er nach allen Richtungen hin seine ›Spuren‹ hinterließ – zwischen einem schwachen und wehrlosen Mädchen und jener imaginären *Bande* von gemeinen Strolchen? Nur wenige derbe Arme, die lautlos zugepackt, und alles wäre vorüber gewesen. Das Opfer hätte ihnen völlig widerstandslos zu Willen sein müssen. Hier sollten Sie daran denken, daß die Argumente, welche gegen das Dickicht als den möglichen Tatort eingewendet wurden, größtenteils nur dann zutreffen, wenn es als der Schauplatz einer Gewalttat gelten soll, die von *mehr als nur einer einzigen Person* begangen worden wäre. Wenn wir uns aber nur *einen* Täter vorstellen, dann – und nur dann – ließe sich begreifen, daß der Kampf von so heftiger und hartnäckiger Natur gewesen, daß er sichtbare ›Spuren‹ hinterließ.

Und noch einmal. Ich habe schon erwähnt, wie verdächtig doch die Tatsache ist, daß die besagten Gegenstände *überhaupt* in dem Dickicht, wo man sie fand, liegengelassen wurden. Es scheint schon fast unmöglich, daß diese Schuldbeweise rein zufällig am Fundort zurückgelassen worden sein sollten. Die Geistesgegenwart (so ist jedenfalls anzunehmen) war groß genug, den Leichnam wegzuschaffen; und doch läßt man einen klareren Beweis als die Leiche selbst (deren Züge wohl rasch durch Verwesung zerstört worden wären) so auffällig am Tatort zurück – ich meine das Taschentuch mit dem *Namen* der Verstorbenen. Wenn dies ein Versehen war, so war es doch nicht das einer *Bande*. Es läßt sich nur als das Versehen eines einzelnen denken. Wir wollen doch mal sehen. Ein einzelner Mensch hat den Mord begangen. Er ist allein mit dem Geist der Verschiedenen. Entsetzen packt ihn angesichts dessen, was da reglos vor ihm liegt. Seine Leidenschaft hat sich ausgetobt, und in seinem Herzen ist nun mehr als genug Raum für das natürliche Grauen ob solcher Tat. Er besitzt nichts von jener Zuversicht, wie sie die Gegenwart mehrerer Personen unweigerlich einflößt. Er ist *allein* mit der Toten. Er zittert und ist verstört. Doch steht er vor der Notwendigkeit, sich des Leichnams zu entledigen. Er schleppt ihn zum Flusse, läßt aber die anderen Schuldbeweise hinter sich zurück; denn es ist schwer, wenn nicht unmöglich, die ganze Last auf einmal fortzuschaffen, leicht ist es dagegen, zurückzukehren und das übrige zu holen. Doch auf seinem mühseligen Wege zum Wasser verdoppeln sich die Ängste in ihm. Die Laute des Lebens säumen seinen Pfad. Ein dutzendmal wohl hört er den Tritt eines Beobachters oder vermeint ihn zu hören. Selbst schon die Lichter von der Stadt her verwirren ihn. Doch mit der Zeit, und nach langen und häufigen Pausen tiefer Seelenpein, erreicht er das Ufer des Flusses und entledigt sich seiner grausigen Last – vielleicht mit der Hilfe eines Bootes. Doch *nun*, welche Schätze hätte die Welt zu bieten – mit welcher Rache könnte sie drohen –, die es vermöchten, den einsamen Mörder zur Rückkehr über jenen mühseligen und gefahrvollen Pfad zu bewegen, zur Rückkehr in jenes Dickicht mit seinen Erinnerungen, die das Blut in den Adern erstarren lassen? Er kehrt *nicht* zurück, komme, was da wolle. Er *könnte* gar nicht zurück, auch wenn er es wollte. Sein einziger Gedanke ist: nur schleunigst fort von hier. *Für immer* wendet er diesem entsetzlichen Dickicht den Rücken und flieht, als gelte es, dem künftigen Zorn zu entrinnen.

Wie verhält es sich aber nun mit einer Bande? Ihre Anzahl hätte ihnen Zuversicht eingegeben; falls es an Zuversicht im Busen des abgefeimten Schurken überhaupt je mangeln sollte; und einzig abgefeimte Schurken sind es, welche die vermutlichen *Banden* bilden. Ihre Anzahl schon hätte, wie gesagt, das kopflose und panische Entsetzen nicht aufkommen lassen, wie es nach meiner Vorstellung den einzelnen Täter lähmte. Könnten wir uns auch bei einem, zweien oder gar dreien ein Versehen denken, so hätte ein vierter dies Versehen korrigiert. Sie hätten nichts zurückgelassen; denn ihre Anzahl hätte sie befähigt, *alles* auf einmal zu tragen. Eine *Rückkehr* wäre nicht nötig gewesen.

Bedenken Sie nun noch den Umstand, daß im ›Obergewande‹ der Leiche, da man sie gefunden, ›ein Streifen, etwa ein Fuß breit, vom unteren Saum bis zur Taille eingerissen, dreimal um den Leib geschlungen und mit einer Art Knoten im Rücken festgezogen war‹. Dies geschah zu dem offensichtlichen Zweck, einen *Haltegriff* zu schaffen, an welchem man die Leiche tragen konnte. Wäre es aber *mehreren* Männern auch nur im Traum eingefallen, sich eines solchen Hilfsmittels zu bedienen? Dreien oder vieren hätten die Gliedmaßen der Leiche nicht nur einen ausreichenden, sondern den besten Halt geboten. Die Vorrichtung ist das Werk eines einzelnen; und dies bringt uns zu der Tatsache, daß ›zwischen dem Dickicht und dem Flusse die Einzäunungen umgestoßen waren und der Boden deutlich Spuren zeigte, wie wenn eine schwere Last darauf entlanggeschleift worden sei‹. Doch hätten sich nun aber *mehrere* Männer der überflüssigen Mühe unterzogen, einen Zaun umzustoßen, nur um einen Leichnam hindurchzuzerren, den sie im Handumdrehen über jeden beliebigen Zaun hätten *hinüberheben* können? Hätten *mehrere* Männer eine Leiche überhaupt so entlanggeschleift, daß davon auffällige Schleif*spuren* zurückgeblieben wären?

Und hier müssen wir nun auf eine Bemerkung von ›Le Commerciel‹ zurückkommen; eine Bemerkung, auf die ich schon bis zu einem gewissen Grade eingegangen bin. ›Aus einem der Unterröcke des unglücklichen Mädchens‹, schreibt das Blatt, ›war ein Stück herausgerissen und unter dem Kinn um den Hinterkopf ihr gebunden, wahrscheinlich um sie am Schreien zu hindern. Dies taten Kerle, welche kein Taschentuch besaßen.‹

Ich habe zuvor bereits die Ansicht geäußert, daß ein echter Ganove niemals *ohne* Taschentuch ist. Aber nicht darauf möchte ich jetzt im besondern hinweisen. Daß diese Binde nicht in Ermangelung eines Taschentuches zu dem von ›Le Commerciel‹ vermuteten Zwecke Verwendung fand, erhellt schon daraus, daß im Gebüsch ein Taschentuch lag; und daß dies nicht mit der Absicht geschehen war, ›sie am Schreien zu hindern‹, geht daraus hervor, daß man ebendiese Binde dem vorgezogen, was diesem Zweck so viel besser entsprochen hätte. Doch ist in den Worten der Zeugenaussage die Rede davon, man habe den fraglichen Stoffstreifen ›nur lose um den Hals geschlungen und mit einem festen Knoten gesichert‹ gefunden. Diese Worte sind zwar reichlich vage, weichen aber doch wesentlich ab von dem, was ›Le Commerciel‹ schreibt. Der Streifen war achtzehn Zoll breit, und wenngleich aus Musselin, hätte er daher, der Länge nach gefaltet oder zusammengedreht, ein festes Band ergeben. Und so zusammengedreht wurde er ja auch gefunden. Daraus schließe ich nun folgendes: Nachdem der einzelne Mörder den Leichnam an der um seine Mitte *geknüpften* Schlinge eine Strecke weit getragen hatte (ob nun von dem Dickicht oder sonstwoher), fand er, daß bei dieser Trageweise die Last doch über seine Kräfte gehe. Er beschloß also, diese Last zu ziehen – und daß er dies *getan*, beweisen die Schleifspuren ja deutlich. Zu diesem Zwecke ward es notwendig, etwas Strickartiges an einer der Extremitäten zu befestigen. Am besten eignete sich dazu wohl der Hals, würde der Kopf doch dann ein Heruntergleiten verhindern. Und da besann sich der Mörder zweifellos auf die Schlinge, welche er um die Lenden der Leiche geknüpft hatte. Diese hätte er wohl auch verwendet, wäre sie nicht fest um den Leichnam geschlungen, wäre der *Knoten* nicht hinderlich gewesen ebenso wie die Überlegung, daß der Streifen nicht von dem Kleide ›abgerissen‹ war. Also war es leichter, aus dem Unterrock einen neuen Streifen herauszureißen. Das tat er denn auch, befestigte ihn um den Hals und *schleifte* so sein Opfer zum Ufer des Flusses. Daß diese ›Bandage‹, die nur mit Mühe und Zeitverlust zu bewerkstelligen war, dazu ihren Zweck nur unvollkommen erfüllte – daß diese Bandage *überhaupt* Verwendung fand, beweist, daß die Notwendigkeit zu ihrem Gebrauch Umständen entsprang, die erst zu einem Zeitpunkt auftraten, da das Taschentuch nicht mehr verfügbar war – das heißt also, wie wir es angenommen haben, nach dem Verlassen des Dickichts (falls es das Dickicht war) und auf dem Wege zwischen dem Dickicht und dem Fluß.

Doch die Aussage von Madame Deluc (!), so werden Sie nun sagen, weist doch nachdrücklich darauf hin, daß sich genau oder doch annähernd zur Zeit des Mordes eine *Bande* in der Nähe des Dickichts herumgetrieben habe. Das gebe ich gerne zu. Ich frage mich, ob sich nicht ein *Dutzend* Banden, wie Madame Deluc sie beschrieben, genau oder doch *ungefähr* zum Zeitpunkt dieser Tragödie in der Umgebung der Barrière du Roule herumgetrieben hat. Aber die

Bande, welche den strengen Tadel, dazu das freilich etwas säumige und sehr verdächtige Zeugnis von Madame Deluc herausgefordert hat, ist die *einzige* Bande, von welcher diese ehrenwerte und gewissenhafte alte Dame uns meldet, daß sie ihren Kuchen gegessen und ihren Branntwein getrunken habe, ohne sich der Mühe zu unterziehen, dafür zu zahlen. *Et hinc illae irae?*

Worin *besteht* denn aber nun die genaue Aussage von Madame Deluc? ›Eine Bande von Raufbolden sei erschienen, habe herumgelärmt, gegessen und getrunken, ohne zu bezahlen, und sei dann demselben Wege gefolgt, wie ihn der junge Mann und das Mädchen genommen, seien in der *Dämmerung* ins Wirtshaus zurückgekehrt und dann, als ob sie es sehr eilig hätten, wieder über den Fluß gefahren.‹

Nun, daß sie es ›sehr eilig‹ gehabt, ist den Augen der guten Madame Deluc möglicherweise als noch viel *eiliger* vorgekommen, da sie im Geiste noch immer des Jammerns kein Ende fand, welche Gewalt man ihrem Kuchen und Bier angetan – Kuchen und Bier, auf deren Bezahlung sie im stillen noch immer gehofft haben mochte. Warum hätte sie sonst wohl die *Eile* so betonen sollen, wo es doch schon *Dämmerung* war? Es ist gewiß nichts Verwunderliches daran, daß selbst eine Bande Strolche es *eilig* hat, nach Hause zu kommen, wenn in kleinen Booten ein breiter Fluß zu überqueren ist, wenn ein Unwetter droht und wenn es Nacht *werden will.*

Ich sage: *werden will*; denn es war *noch nicht* Nacht. Es herrschte erst *Dämmerung*, als die ungebührliche Eile dieser ›Raufbolde‹ die gestrengen Augen der Madame Deluc so kränkte. Wir erfahren aber, daß an ebendiesem Abend Madame Deluc wie auch ihr ältester Sohn ›in der Nähe des Gasthauses die Schreie einer Frauensperson vernommen‹. Und mit welchen Worten bezeichnet nun Madame Deluc die Zeit, zu welcher an jenem Abend diese Schreie zu hören waren? Es sei *bald nach Einbruch der Dunkelheit* gewesen, sagt sie. Doch ›bald *nach* Einbruch der Dunkelheit‹ heißt zumindest *Dunkelheit*; und *›in der Dämmerung‹* meint jedenfalls noch Tageslicht. Somit wäre also mehr als klar, daß die Bande die Barrière du Roule verlassen hatte, *noch ehe* diese Schreie Madame Deluc zu Ohren (?) gekommen. Und obwohl in all den vielen Berichten über die Zeugenaussagen die diesbezüglichen in Rede stehenden Ausdrücke deutlich und unverändert gebraucht werden, ganz so wie ich sie in dieser Unterhaltung mit Ihnen gebraucht habe, so ist doch bislang noch keinem der Zeitungsblätter wie auch keinem der Polizeischergen diese ungeheuerliche Diskrepanz irgendwie aufgefallen.

Ich möchte den Argumenten gegen *eine Bande* nur noch eines hinzufügen; dieses *eine* aber hat, zumindest für meine Begriffe, ein gänzlich unwiderstehliches Gewicht. Unter den gegebenen Umständen, da eine beträchtliche Belohnung ausgesetzt ist und jeder Kronzeuge volle Straffreiheit genießen soll, ist es auch nicht einen Augenblick vorstellbar, daß nicht schon längst irgendein Mitglied *einer Bande*, seien es gemeine Strolche oder auch bloß eine Schar irgendwelcher Männer, seine Komplizen verraten hätte. Jeden einzelnen einer so gestellten Bande beherrscht nicht so sehr die Gier nach Belohnung oder das Verlangen, davonzukommen, als die *Angst vor Verrat*. So übt er denn fleißig und beizeiten Verrat, auf daß *er nicht verraten werde*. Daß das Geheimnis noch nicht gelüftet ist, beweist wohl am allerbesten, daß es tatsächlich ein Geheimnis ist. Die Greuel dieser dunklen Tat sind nur *einem* oder zwei lebenden Menschen bekannt und Gott.

Fassen wir nun die mageren, doch sicheren Früchte unserer langen Analyse zusammen. Wir sind zu der Ansicht gelangt, daß es sich entweder um einen verhängnisvollen Unglücksfall handelt, welcher sich unter dem Dache von Madame Deluc zugetragen, oder um einen Mord, welchen in jenem Dickicht an der Barrière du Roule ein Liebhaber oder wenigstens ein vertrauter und heimlicher Freund der Verstorbenen verübt. Jener Vertraute ist von dunkler Gesichtsfarbe. Diese Gesichtsfarbe, die ›Schlaufe‹ im Trageband und der ›Schifferknoten‹, mit dem das Hutband verknüpft war, deuten auf einen Seemann. Daß er mit der Verstorbenen Umgang hatte, einem lebenslustigen, doch nicht verdorbenen jungen Mädchen, zeigt, daß er mehr als ein gemeiner Matrose war. Dies bestätigen auch die recht gut und eindringlich abgefaßten Zuschriften an die Zeitungen. Der Umstand, daß Marie, wie ›Le Mercurie‹ meldet, schon einmal davongelaufen war, legt den Gedanken nahe, diesen Seemann mit dem ›Marineoffizier‹ gleichzusetzen, der bekanntlich die Unglückliche zuerst auf Abwege geführt hatte.

Und hierzu paßt nun vortrefflich die Überlegung, daß jener Mann mit der dunklen Gesichtsfarbe nach wie vor verschwunden ist. Lassen Sie mich die Bemerkung einstreuen, daß die Gesichtsfarbe dieses Mannes dunkel, ja schwarzbraun ist; es war keine gewöhnliche Bräune, welche den *einzigen* Punkt bildete, dessen sich sowohl Valence als auch Madame Deluc erinnerten. Doch warum ist dieser Mann verschwunden? Wurde auch er von der Bande getötet? Wenn ja, warum gibt es dann nur *Spuren* von dem ermordeten *Mädchen*? Den Schauplatz beider Verbrechen müßte man selbstverständlich als ein und denselben sich denken. Und wo ist sein Leichnam? Höchstwahrscheinlich hätten sich die Mörder doch beider Leichen auf die nämliche Weise entledigt. Doch darf man möglicherweise sagen, daß dieser Mann am Leben ist und ihn nur die Angst, des Mordes beschuldigt zu werden, davon abhält, sich zu melden. Diese Überlegung, so ist wohl anzunehmen, dürfte für ihn jetzt bestimmend sein – zu diesem späten Zeitpunkt –, da inzwischen Zeugen ausgesagt haben, daß er mit Marie gesehen wurde – zur Tatzeit wäre sie wohl kaum von Belang gewesen. Ein Unschuldiger wäre dem ersten Antrieb gefolgt und hätte die Mordtat gemeldet und mitgeholfen, die Verbrecher zu identifizieren. Das hätte schon die *Klugheit* geboten. Man hatte ihn mit dem Mädchen gesehen. Auf einem offenen Fährschiff war er mit ihr über den Fluß gefahren. Die Mörder anzuzeigen wäre selbst einem Idioten als das sicherste und einzige Mittel erschienen, sich selbst vom Verdacht zu befreien. Wir können uns nicht vorstellen, daß er an der Greueltat jenes verhängnisvollen Sonntagabends sowohl selber unschuldig sein als auch nichts davon wissen sollte. Doch nur unter solchen Umständen ließe es sich denken, daß er, falls er überhaupt noch am Leben ist, unterlassen hätte, die Mörder anzuzeigen.

Und welche Mittel stehen uns nun zu Gebote, die Wahrheit zu ergründen? Wir werden feststellen, wie sich diese, indes wir voranschreiten, vervielfachen und an Klarheit gewinnen werden. Gehen wir doch dieser ersten Entführungsaffäre einmal so recht auf den Grund. Erforschen wir die ganze Geschichte ›des Offiziers‹, seine gegenwärtigen Umstände wie auch seinen Aufenthalt zur genauen Zeit des Mordes. Und vergleichen wir die verschiedenen Zuschriften, welche bei dem ›Abendblatte‹ eingegangen sind und worin die Schuld einer *Bande* zugeschoben wird, sorgfältig miteinander. Ist das getan, so wollen wir diese Zuschriften auf Stil und Handschrift hin wiederum mit jenen vergleichen, welche zu einem früheren Zeitpunkt an das Morgenblatt gesandt worden waren und so heftig auf der Schuld von Mennais beharrten. Und ist auch dies alles getan, sollten wir wiederum diese verschiedenen Schriftstücke mit der bekannten Handschrift des Offiziers vergleichen. Versuchen wir weiter, durch wiederholtes Befragen von Madame Deluc und ihren Söhnen wie auch des Omnibuskutschers Valence etwas mehr über die äußere Erscheinung und das Auftreten des ›Mannes von dunkler Gesichtsfarbe‹ zu erfahren. Geschickt gestellte Fragen dürften nicht verfehlen, von manchen der Betreffenden zu diesem besonderen Punkte (oder zu anderen) Informationen zu gewinnen – Informationen, von denen die Betreffenden selber vielleicht nicht einmal wissen, daß sie sie besitzen. Und gehen wir nun noch den Spuren des *Bootes* nach, welches am Montagmorgen, dem dreiundzwanzigsten Juni, von dem Schiffer aufgegriffen ward und dann einige Zeit vor der Entdeckung des Leichnams vom Bootsamte wieder verschwand, *ohne das Steuerruder* und ohne daß der diensthabende Beamte etwas gemerkt hätte. Lassen wir dabei die gebührende Vorsicht und Beharrlichkeit walten, werden wir dieses Boot unfehlbar ausfindig machen; denn nicht nur kann es von dem Schiffer, welcher es aufgefischt hat, identifiziert werden, sondern es ist ja noch das *Steuerruder* vorhanden. Und das Steuerruder eines *Segelbootes* hätte wohl keiner, der ein ruhiges Gewissen hat, so ohne Nachfrage verloren gegeben. Und hier lassen Sie mich innehalten, um eine Frage einzuschalten. Daß dieses Boot aufgegriffen worden war, wurde durch keinerlei *Anzeige* öffentlich bekanntgemacht. In aller Stille ward es zum Bootsamte gebracht, und in aller Stille verschwand es wieder von dort. Doch der Eigentümer oder Nutzer – wie *konnte* er schon so zeitig, nämlich am Dienstagmorgen, ohne daß eine Anzeige erschienen war, über den Verbleib des am Montag aufgegriffenen Bootes unterrichtet sein, wenn wir nicht davon ausgehen, daß er in irgendeiner Verbindung zur *Marine* stand – daß fortwährende persönliche Beziehung ihm von den kleinsten Vorkommnissen – den unbedeutendsten Lokal-Neuigkeiten Kenntnis gab?

Als ich davon gesprochen, wie der einzelne Mörder, allein, seine Last ans Ufer schleifte, habe ich bereits die Wahrscheinlichkeit angedeutet, daß er ein *Boot* benutzt habe. Nun sollten wir uns darüber klar sein, daß Marie Rogêt *tatsächlich* von einem Boot ins Wasser geworfen wurde. Das dürfte gewiß der Fall gewesen sein. Den Leichnam konnte man ja schlecht dem seichten Wasser am Ufer anvertrauen. Die eigentümlichen Male auf Rücken und Schultern des Opfers verraten die Spanten eines Bootes. Daß die Leiche, von keinem Gewichte beschwert, gefunden wurde, bestärkt diesen Gedanken ebenfalls. Wäre sie vom Ufer aus hineingeworfen worden, so hätte man ein Gewicht daran befestigt. Wir können uns das Fehlen eines solchen nur durch die Annahme erklären, daß der Mörder versäumt hatte, sich vorsorglich damit zu versehen, ehe er vom Ufer abstieß. Als er den Leichnam dann dem Wasser übergab, hat er fraglos sein Versäumnis bemerkt; doch da war dem nicht mehr abzuhelfen. Jedes Risiko wäre wohl nun einer Rückkehr an jenes verfluchte Ufer vorzuziehen gewesen. Nachdem sich der Mörder also seiner grausigen Last entledigt, hat er sich eilends stadtwärts gewandt. Dort, an irgendeiner dunklen Uferstelle, ist er dann an Land gesprungen. Doch das Boot – hat er das festgebunden? Wohl nicht, er wird in viel zu großer Eile gewesen sein, um an solche Dinge wie das Festmachen eines Bootes noch zu denken. Überdies mochte es ihm gar vorgekommen sein, wie wenn er mit dem Boote ein Beweisstück gegen sich selber an der Anlegestelle festmachte. Sein natürlicher Gedanke mußte sein, so weit wie möglich alles von sich zu werfen, was mit seinem Verbrechen in Beziehung stand. So ist er also nicht nur selber von der Landestelle geflüchtet, sondern dürfte auf keinen Fall zugelassen haben, daß das *Boot* dort verblieb. So hat er es denn gewiß treiben lassen, ihm wohl gar noch einen Stoß versetzt. Überlegen wir also weiter. – Am Morgen wird der Schurke von maßlosem Entsetzen gepackt, als er erfährt, daß das Boot aufgegriffen worden ist und an einem Orte festliegt, den er alltäglich aufzusuchen pflegt – an einem Orte, den aufzusuchen ihn vielleicht gar die Pflicht heißt. In der nächsten Nacht schafft er es fort, *ohne daß er gewagt hätte, nach dem Steuerruder zu fragen. Wo* aber ist nun dieses steuerlose Boot? Das herauszufinden soll eines unserer ersten Ziele sein. Mit dem ersten Schimmer, der uns davon vergönnt, wird der Morgen unseres Erfolgs anbrechen. Dieses Boot soll uns mit einer Schnelligkeit, die uns selber überraschen wird, zu dem führen, der es zur Mitternacht des verhängnisvollen Sonntags benutzte. Bestätigung wird sich an Bestätigung reihen, und man wird den Mörder aufspüren.«

(Aus Gründen, welche wir nicht näher darlegen wollen, die vielen Lesern aber einleuchten werden, haben wir uns die Freiheit genommen, aus dem uns übergebenen Manuskripte hier jenen Abschnitt wegzulassen, welcher die *Verfolgung* der von Dupin gewonnenen, dem Anschein nach winzigen Spur im einzelnen beschreibt. Wir halten es lediglich für angeraten, in Kürze festzustellen, daß man zu dem gewünschten Ergebnis kam; und daß der Präfekt, obschon mit Widerstreben, die Bedingungen seiner Übereinkunft mit dem Chevalier genauestens erfüllte. Mr. Poes

Artikel schließt mit den folgenden Worten. – *Die Herausgeber*[1])

Es versteht sich von selbst, daß ich von Koinzidenzen spreche *und nichts anderem.* Was ich weiter oben zu diesem Thema gesagt habe, muß genügen. In meinem Herzen hat der Glaube an das Übernatürliche keine Heimstatt. Daß die Natur und ihr Gott zweierlei sind, wird kein denkender Mensch leugnen. Daß letzterer, der erstere geschaffen, diese ganz nach Willen beherrschen oder verändern kann, steht ebenso außer Zweifel. Ich sage ›nach Willen‹; denn um das Wollen geht es dabei und nicht, wie logischer Aberwitz unterstellt hat, um Macht. Es steht nicht in Rede, daß die Gottheit ihre Gesetze nicht ändern *könnte*, sondern daß wir Gott beleidigen, wenn wir uns eine mögliche Notwendigkeit für eine Änderung vorstellen. Ihrem Ursprunge nach sind diese Gesetze geschaffen, *alle* Zufälle und Möglichkeiten zu umfassen, welche in der Zukunft liegen *könnten.* Für Gott ist alles JETZT!

So wiederhole ich denn, daß ich von diesen Dingen nur als von Koinzidenzen spreche. Und ferner: Man wird aus dem, was ich berichtet, ersehen, daß zwischen dem Schicksal der unglücklichen Mary Cecilia Rogers, soweit dieses Schicksal bekannt ist, und dem Schicksal einer gewissen Marie Rogêt bis zu einem gewissen Punkte in ihrer Geschichte eine Parallelität besteht, ob deren wunderbarer Genauigkeit der Verstand, so er darüber nachdenkt, in Verlegenheit gerät. Wie gesagt, all dies wird man sehen. Aber nicht einen Augenblick lang nehme man an, es sei beim weiteren Fortgang der traurigen Geschichte von Marie, von dem erwähnten Zeitpunkt an, und beim Aufspüren des Geheimnisses, welches sie umhüllte, bis zu seinem *dénouement* insgeheim meine Absicht gewesen, etwa eine Ausweitung dieser Parallele anzudeuten oder gar zu unterstellen, daß die Maßnahmen, wie man sie in Paris zur Entdeckung des Mörders einer *grisette* ergriff, oder Maßnahmen, welche auf ähnlichen Schlußfolgerungen be-

1 des Magazins, in dem der Artikel erstmalig abgedruckt war

ruhen, auch zu einem ähnlichen Ergebnis führen müßten.

Denn was den letzteren Teil der Vermutung betrifft, sollte man bedenken, daß schon die geringfügigste Abweichung in den Tatsachen der beiden Fälle höchst erhebliche Fehlschlüsse zeitigen könnte, indem sie die beiden Geschehen in ihrem Verlaufe auf ganz verschiedene Bahnen lenkte; ganz wie in der Arithmetik ein Versehen, welches an und für sich unbedeutend sein mag, schließlich vermöge der Multiplikation allenthalben im Verlaufe des Rechenprozesses zu einem Ergebnis führt, welches sehr weit von der Wahrheit entfernt ist. Und was den ersteren Teil angeht, so dürfen wir nicht aus den Augen verlieren, daß gerade die Wahrscheinlichkeitsrechnung, auf die ich mich bezogen habe, jeglichen Gedanken an eine Ausweitung der Parallele verbietet: – sie mit um so größerer und entschiedenerer Bestimmtheit verbietet, als diese Parallele bereits über eine weite Strecke und genau gegeben ist. Dies ist einer jener anomalen Lehrsätze, die sich anscheinend auf alles andere denn mathematisches Denken berufen, und doch ist es einer, mit dem nur der Mathematiker etwas anzufangen weiß. Nichts ist zum Beispiel schwieriger, als den bloßen Durchschnittsleser davon zu überzeugen, daß die Tatsache, daß ein Spieler beim Würfeln zweimal nacheinander Sechsen gewürfelt hat, hinreichend Grund ist, mit höchstem Einsatz darauf zu wetten, daß beim dritten Male keine Sechsen gewürfelt werden. Eine dementsprechende Andeutung wird vom Verstand gewöhnlich sofort zurückgewiesen. Es will nicht einleuchten, daß die beiden Würfe, die doch abgeschlossen sind und nun vollkommen der Vergangenheit angehören, Einfluß auf den Wurf ausüben können, der erst in der Zukunft existiert. Die Chance, Sechsen zu würfeln, scheint genau noch so zu sein, wie sie zu jeder beliebigen Zeit war – das heißt, sie scheint nur dem Einfluß der verschiedenen anderen Würfel zu unterliegen, welche mit dem Würfel sonst noch möglich sind. Und dies ist eine Überlegung, die so über die Maßen einleuchtend erscheint, daß alle Versuche, sie zu bestreiten, häufiger mit einem spöttischen Lächeln aufgenommen werden denn mit respektvoller Aufmerksamkeit. Den hierin liegenden Irrtum darzulegen – einen groben, unheilschwangeren Irrtum – kann ich mir innerhalb der mir im Augenblick gezogenen Grenzen nicht anmaßen; und für den wissenschaftlich-philosophischen Leser bedarf es dessen auch nicht. Hier mag es genügen festzustellen, daß er einen aus einer unendlichen Reihe von Fehlern darstellt, wie sie auf dem Pfade der Vernunft erstehen ob deren Neigung, die Wahrheit *im Einzelnen* zu suchen.

DAS VERRÄTERISCHE HERZ

Fürwahr! – reizbar – sehr, gar fürchterlich reizbar waren meine Nerven gewesen und sind es noch; doch warum gleich behaupten *wollen*, ich sei verrückt? Das Leiden hatte meine Sinne geschärft – beileibe nicht zerrüttet – oder abgestumpft. Recht eigentlich war der Gehörsinn über die Maßen fein. Ich hörte alle Dinge im Himmel und auf Erden. Ich hörte viele Dinge in der Hölle. Wie, bin ich denn also verrückt? Hören Sie gut zu! und haben Sie acht, wie wohlgesund – wie ruhig ich Ihnen die ganze Geschichte erzählen kann.

Wie der Gedanke mir zuerst in den Sinn gekommen, weiß ich unmöglich zu sagen; doch als ich ihn einmal gefaßt, quälte er mich Tag und Nacht. Zweck war es nicht. Leidenschaft war es nicht. Ich mochte den alten Mann. Er hatte mir niemals Unrecht zugefügt. Er hatte mich niemals gekränkt. Nach seinem Golde gelüstete mich nicht. Es war wohl sein Blick! ja, das war es! Eines seiner Augen glich dem eines Geiers – ein blaßblaues Auge mit einem Häutchen darüber. Sooft sein Blick auf mich fiel, stockte mir das Blut in den Adern; und so reifte in mir denn nach und nach – so ganz allmählich – der Entschluß, dem Alten das Leben zu nehmen und so auf immer von dem Auge mich zu befreien.

Und das ist nun der springende Punkt. Sie meinen, ich sei verrückt. Verrückte aber wissen doch nichts. Da hätten Sie aber *mich* nun sehen sollen. Sie hätten nur einmal sehen sollen, wie klug ich vorgegangen bin – mit welcher Vorsicht – mit welchem Vorbedacht – mit welcher Verstellung ich ans Werk gegangen! Nie war ich freundlicher zu dem alten Manne denn während der ganzen Woche, bevor ich ihn getötet. Und jede Nacht, um Mitternacht, drückte ich die Klinke seiner Türe nieder und öffnete sie – oh, so sacht! Und war dann die Öffnung groß genug, den Kopf hindurchzustecken, schob ich eine Blendlaterne hinein, die fest, ach, so fest geschlossen war, daß kein Licht hervorschimmerte, und dann ließ ich den Kopf folgen. Oh, hätten Sie gesehen, wie listig ich dies angefangen, Sie hätten gelacht! Langsam bewegte ich ihn – ganz, ganz langsam, daß ich den alten Mann nicht im Schlafe störte. Eine Stunde brauchte ich dazu, bis ich den ganzen Kopf so weit durch die Öffnung gesteckt hatte, daß ich den Alten sehen konnte, wie er in seinem Bette lag. Ha! – hätte sich ein Verrückter so schlau wohl angestellt? Und dann, wenn ich den Kopf richtig darinnen hatte, blendete ich behutsam die Laterne auf – oh, so behutsam – behutsam (denn die Scharniere quietschten) – blendete ich sie gerade so weit auf, daß ein einziger dünner Strahl auf das Geierauge fiel. Und dieses tat ich während sieben langer Nächte – jede Nacht genau zur Mitternacht –, doch immer fand ich das Auge geschlossen; und so war es unmöglich, das Werk zu vollbringen; denn nicht der alte Mann war's, der mich quälte, sondern seines Bösen Auges Böser Blick. Und jeden Morgen, wenn der Tag anbrach, trat ich kühn in seine Kammer und redete gar unverzagt mit ihm, indem ich in herzlichem Tone beim Namen ihn rief und mich erkundigte, wie er die Nacht verbracht habe. Sehen Sie, so hätte er schon ein sehr scharfsinniger alter Mann sein müssen, um zu argwöhnen, daß ich in jeder Nacht, genau um zwölf, bei ihm hineinschaute, indes er schlief.

In der achten Nacht war ich beim Öffnen der Türe noch vorsichtiger als sonst. Der Minutenzeiger einer Uhr rückt schneller vor, als meine Hand dies tat. Niemals noch vor dieser Nacht hatte ich das Ausmaß meiner eigenen Kräfte – meines Scharfsinns so *gespürt.* Kaum vermochte ich meine Triumphgefühle zu bändigen. Zu denken, daß ich da war und ganz allmählich die Türe öffnete, indes er nicht einmal im Traume etwas von meinen heimlichen Taten oder Gedanken ahnte! Ich mußte regelrecht kichern bei dem Gedanken; und er hörte mich wohl; denn plötzlich, als hätte ihn etwas erschreckt, bewegte er sich im Bett. Nun denken Sie vielleicht, ich hätte mich zurückgezogen – aber nicht doch. Sein Zimmer war in dichtes Dunkel gehüllt, wie Pech so schwarz (denn aus Angst vor Einbrechern waren die Fensterläden fest verschlossen), und so wußte ich, daß er nicht sehen konnte, wie die Tür sich öffnete, und ruhig schob ich sie denn weiter auf, immer weiter.

Ich hatte den Kopf schon drinnen und wollte gerade die Laterne aufmachen, da glitt mein Daumen an dem blechernen Riegel ab, und der alte Mann fuhr im Bette hoch und schrie – »Wer ist dort?«

Ich hielt ganz still und sagte nichts. Eine volle Stunde lang regte ich keinen Muskel, und während dieser ganzen Zeit hörte ich nicht, daß er sich wieder hinlegte. Noch immer saß er im Bett und lauschte – genau wie ich es Nacht um Nacht getan, da auf die Totenuhren in der Wand ich gehorcht.

Alsbald vernahm ich ein leises Stöhnen, und ich wußte, es war das Stöhnen, wie es Todesangst hervorbringt. Nicht Schmerz oder Gram – o nein! –, es war der leise gedämpfte Laut, der vom Grunde der Seele aufsteigt, wenn übergroßes Entsetzen darauf lastet. Mir war dieser Laut wohlbekannt. So manche Nacht, genau zur Mitternacht, wenn alles schlief, ist er hervorgequollen aus meiner Brust und hat mit seinem fürchterlichen Echohall das Grauen noch vertieft, welches mich gequält. Wie gesagt, ich kannte ihn wohl. Ich wußte, was der alte Mann empfand, und er tat mir leid, obschon es im Herzen mich erfreute. Ich wußte, er hatte wach gelegen, seit dem ersten leisen Geräusch, da er sich im Bette umgedreht. Seither war in ihm die Angst immerzu gewachsen. Er hatte versucht, sich einzubilden, sie sei grundlos, doch war es ihm nicht gelungen. ›Es ist nichts denn der Wind im Kamine‹, hatte er auf sich eingeredet – ›es ist nur eine Maus, die über die Dielen huscht‹, oder: ›Es ist bloß ein Heimchen, welches nur einmal gezirpt.‹ Ja, mit derlei Vermutungen hat er sich immer wieder zu trösten versucht: doch alles vergebens. *Alles vergebens;* weil der Tod sich ihm genaht, vor ihn getreten war mit seinem schwarzen Schatten und das Opfer darein gehüllt hatte. Und es war die traurige Gewalt dieses unsichtbaren Schattens – welche ihn – obwohl er nichts sah noch hörte – die Gegenwart meines Kopfes im Zimmer *spüren* ließ.

Als ich lange Zeit voller Geduld gewartet hatte, ohne zu vernehmen, daß er sich hingelegt hätte, beschloß ich, die Laterne um einen kleinen – einen winzig, winzig kleinen Spalt zu öffnen. So öffnete ich sie denn – Sie können sich nicht vorstellen, wie leise, leise –, bis schließlich, wie der Faden eines Spinnengewebs, ein einziger matter Strahl aus dem Spalt hervorschoß und auf das Geierauge fiel.

Es war offen – weit, weit offen – und Wut packte mich, da ich darauf starrte. Ich sah es mit vollkommener Deutlichkeit – das ganze fahle Blau, mit dem gräßlichen Schleier darüber, und erschauerte bis aufs Mark; doch vom Gesicht oder der Gestalt des alten Mannes vermochte ich sonst nichts zu erblicken: denn gleichsam instinktiv hatte ich den Strahl genau auf den verdammten Fleck gerichtet.

Und da – habe ich Ihnen nicht gesagt, daß das, was Sie für Wahnsinn halten, nichts anderes ist denn eine Überschärfe der Sinne? –, also da, sage ich, drang an meine Ohren ein leiser, dumpfer, behender Laut, ganz so wie eine Uhr klingt, wenn man sie in Watte wickelt. Auch *diesen* Laut kannte ich wohl. Es war das Herz des alten Mannes, das da schlug. Dies steigerte meine Wut, wie Trommelschlag des Soldaten Mut anspornt.

Doch selbst jetzt noch hielt ich an mich und blieb still. Ich atmete kaum. Reglos verharrte ich mit der Laterne. Ich versuchte, wie ruhig ich den Strahl auf das Auge gerichtet halten konnte. Unterdessen wuchs das höllische Getrommel des Herzens immer mehr. Schneller, immer schneller ward es mit jedem Augenblick und lauter und immer lauter. Der alte Mann *muß* panische Angst gehabt haben. Lauter, wie gesagt, pochte es, lauter mit jedem Augenblick! – hören Sie mir auch gut zu? Ich habe Ihnen doch gesagt, daß meine Nerven reizbar sind: o ja. Und hier nun, mitten in der Nacht, in der schrecklichen Stille dieses alten

Hauses, erregte mich dies sonderbare Geräusch bis zu unbändigem Entsetzen. Doch noch einige weitere Minuten hielt ich an mich und stand still. Aber das Pochen ward lauter, lauter! Ich meinte, dies Herz müsse zerspringen. Und da packte mich eine neue Sorge – ein Nachbar könne dies Pochen hören! Für den alten Mann war die Stunde gekommen. Mit gellendem Gebrüll riß ich die Laterne vollends auf und sprang ins Zimmer. Er schrie auf, einmal, ein einziges Mal nur. Im Augenblick hatte ich ihn auf den Fußboden gezerrt und das dicke Bett über ihn gezogen. Darauf lächelte ich froh, war doch die Tat soweit vollbracht. Doch minutenlang noch schlug das Herz weiter mit gedämpftem Pochlaut. Das störte mich aber nicht; durch die Wand hindurch wäre das nicht zu hören. Endlich verstummte es. Der alte Mann war tot. Ich nahm das Bett fort und musterte prüfend den Leichnam. Ja, er war tot, mausetot. Ich legte meine Hand auf sein Herz und ließ sie eine ganze Weile dort liegen. Da war kein Klopfen mehr. Es schlug nicht mehr. Er war mausetot. Sein Blick würde mich nimmermehr quälen.

Wenn Sie noch immer denken sollten, ich sei verrückt, dann werden Sie aber jetzt Ihre Meinung ändern, wenn ich Ihnen nun berichte, welche kluge Vorkehrungen ich ergriff, die Leiche zu verbergen. Die Nacht schwand dahin, und ich arbeitete hastig, doch in aller Stille. Zuallererst zerstückelte ich den Leichnam. Ich trennte den Kopf ab sowie die Arme und Beine.

Darauf hob ich drei Dielen vom Fußboden der Kammer auf und verstaute alles zwischen den Verbandstücken. Dann schob ich die Bretter wieder so geschickt, so kunstgerecht an ihren Platz zurück, daß keines Menschen Auge – nicht einmal *seines* – etwas Unrechtes daran hätte erkennen können. Da war nichts wegzuwaschen – kein Fleck irgendwelcher Art – keinerlei Blutspur. Dazu war ich zu umsichtig vorgegangen. Ein Bottich hatte alles aufgenommen – ha! ha!

Als ich diese Arbeiten vollbracht hatte, war es vier Uhr – und noch immer finster wie zur Mitternacht. Als die

Uhr die Stunde schlug, klopfte es an der Haustür. Leichten Herzens ging ich hinunter, sie zu öffnen – denn was hatte ich *nun* noch zu fürchten? Herein traten drei Männer, die sich mit vollendeter Höflichkeit als Polizeibeamte vorstellten. Ein Schrei sei in der Nacht von einem Nachbarn gehört worden; Verdacht auf verbrecherisches Tun sei geweckt; Anzeige sei erstattet worden auf der Polizeiwache und sie (die Beamten) wären nun entsandt, das Anwesen zu durchsuchen.

Ich lächelte – denn *was* hatte ich zu fürchten? Ich hieß die Herren willkommen. Geschrien, so sagte ich, habe in einem Traume ich selber. Der alte Mann, meldete ich ferner, weile auf dem Lande. Ich führte meine Besucher durch das ganze Haus. Ich bat sie, doch zu suchen – *gründlich* zu suchen. Ich geleitete sie schließlich zu *seiner* Kammer. Ich zeigte ihnen seine Schätze, sicher verwahrt, unangetastet. Im Überschwang meines Selbstvertrauens brachte ich Stühle ins Zimmer und forderte sie auf, doch *hier* von ihrer Mühsal auszuruhen, indes ich selber im tollkühnen Übermut meines vollkommenen Triumphes meinen eigenen Stuhl genau auf die Stelle rückte, darunter die Leiche des Opfers ruhte.

Die Polizisten waren zufrieden. Mein *Auftreten* hatte sie überzeugt. Ich fühlte mich außerordentlich wohl, gänzlich unbefangen. Sie setzten sich, und dieweil ich munter Antwort gab, plauderten sie von gewöhnlichen Dingen. Doch alsbald spürte ich, wie ich bleich ward, und wünschte sie fort. Der Kopf schmerzte mir, und in den Ohren vermeinte ich ein Klingen zu hören: doch noch immer saßen sie da, noch immer schwatzten sie. Das Klingen ward deutlicher: – es dauerte an und ward immer deutlicher: ich redete ungezwungener daher, um das Gefühl loszuwerden: doch es dauerte an und gewann an Bestimmtheit – bis ich schließlich merkte, daß es *gar nicht* meine Ohren waren, die da klangen.

Zweifellos ward ich nun *sehr* bleich – doch fließender redete ich dahin und mit lauterer Stimme. Doch das Geräusch schwoll an – und was konnte ich nur tun? Es war *ein leiser, dumpfer, behender Laut – ganz so wie eine Uhr klingt, wenn man sie in Watte wickelt.* Ich rang nach Atem – und doch hörten es die Polizisten nicht. Ich redete schneller – leidenschaftlicher; doch das Geräusch schwoll immer weiter an. Ich erhob mich und debattierte um Nichtigkeiten, in höchsten Tönen und mit heftigen Gebärden; doch das Geräusch ward immer lauter. Warum nur *wollten* sie nicht gehen? Mit schweren Schritten ging ich auf und ab, wie wenn die Bemerkungen der Männer mich wütend aufgebracht – doch das Geräusch ward immer lauter. O Gott! was *konnte* ich nur tun? Ich schäumte – ich tobte – ich fluchte! Ich ergriff mit Schwung den Stuhl, auf welchem ich gesessen hatte, und kratzte damit auf den Dielen herum, doch das Geräusch übertönte alles und schwoll beständig an. Es ward lauter – lauter – immer *lauter!* Und noch immer plauderten die Männer munter daher und lächelten. War es denn möglich, daß sie nichts hörten? Allmächtiger Gott! – nein, nein! Sie hörten es wohl! – sie hegten schon Verdacht! – sie *wußten!* – sie machten sich nur lustig über mein Entsetzen! – so dachte ich damals, und so denke ich noch jetzt. Doch alles, nur nicht diese Pein. Alles ertragen, nur nicht diesen Hohn. Ich hielt dies scheinheilige Lächeln nicht mehr aus! Ich spürte, ich müsse schreien oder sterben! – und da – wieder! – horch! lauter! lauter! lauter! *lauter!* –

»Ihr Schurken!« schrie ich, »genug eurer Heuchelei! Ich gestehe die Tat! – reißt die Dielen auf! – hier, hier! – sein gräßliches Herz, es schlägt!«

DER GOLDKÄFER

Heda! Holla! Der Kerl tanzt ja wie toll!
Er ist wohl von der Tarantel gestochen.
›Alle im Unrecht‹

Vor vielen Jahren schloß ich enge Freundschaft mit einem Mr. William Legrand. Er stammte aus einer alten Hugenottenfamilie und hatte einst Wohlstand gekannt; doch durch eine Reihe von Mißgeschicken war er in Armut geraten. Um der Demütigung, welche seinen Verhängnissen folgte, zu entgehen, verließ er New Orleans, die Stadt seiner Väter, und ließ sich auf Sullivan's Island nieder, nahe Charleston, Süd-Carolina.

Dieses Eiland ist gar einzig in seiner Art. Es besteht aus wenig mehr denn Meeressand und erstreckt sich über rund drei Meilen Länge. Seine Breite geht an keiner Stelle über eine Viertelmeile hinaus. Vom Festlande trennt es ein kaum wahrnehmbarer Bach, der durch eine Wildnis von Schilf und Schlamm dahinsickert, ein Lieblingsaufenthalt des Sumpfhuhns. Die Vegetation ist, wie man sich denken kann, spärlich oder zumindest nur zwergenhaft. Keinerlei Bäume, nur irgend hochgewachsen, sind zu sehen. Am westlichen Ende, wo Fort Moultrie steht und wo es ein paar elende Holzhäuser gibt, während des Sommers bewohnt von Leuten, welche vor Charlestons Staub und Fieber geflohen, mag man zwar die stachlige Zwergpalme antreffen; sonst aber ist die ganze Insel, mit Ausnahme dieser westlichen Spitze und eines Streifens harten, weißen Strandes an der Seeküste, mit dichtem Unterwuchs von jener süßduftenden Myrte bedeckt, welche bei den Gartenbaukünstlern Englands so überaus geschätzt wird. Der Strauch erreicht hier oftmals eine Höhe von fünfzehn oder zwanzig Fuß und bildet ein fast undurchdringliches Dickicht, dessen Wohlgeruch schwer in der Luft lastet.

In der tiefsten Abgeschiedenheit dieses Dickichts, nicht weit von dem östlichen oder entfernteren Ende der Insel, hatte sich Legrand eine kleine Hütte gebaut, welche er bewohnte, als ich rein zufällig seine Bekanntschaft machte. Diese reifte bald zur Freundschaft – denn der Einsiedler hatte vieles an sich, das Interesse und Hochachtung erwekken mochte. Ich fand ihn wohlgebildet und von ungewöhnlichen Geistesgaben, doch vergiftet von Misanthropie und launischen Stimmungsumschwüngen unterworfen, welche zwischen Begeisterung und Schwermut wechselten. Er hatte viele Bücher bei sich, doch schlug er sie nur selten auf. Seinen hauptsächlichen Zeitvertreib bildeten Jagen und Fischen oder auch gemächliche Spaziergänge, bei denen er am Strand und durch die Myrten dahinschlenderte, auf der Suche nach Muscheln oder entomologischen Exemplaren – um seine Sammlung der letzteren hätte ihn wohl selbst ein Swammerdamm beneidet. Auf diesen Ausflügen begleitete ihn gewöhnlich ein alter Neger namens Jupiter, der zwar freigelassen worden war, noch ehe die Familie ins Unglück geriet, den aber weder Drohungen noch Versprechungen zu bewegen vermochten, das aufzugeben, was er für sein Recht ansah, seinem jungen ›Massa Will‹ auf Schritt und Tritt zu folgen. Es ist nicht unwahrscheinlich, daß Legrands Angehörige, welche ihn für einigermaßen wirr im Kopfe hielten, es verstanden hatten, Jupiter diese Halsstarrigkeit eigens einzuflößen, damit er den unsteten Gesellen unter Aufsicht und Obhut nähme.

Auf der Breite von Sullivan's Island sind die Winter selten sehr streng, und im Herbst des Jahres ist es schon ein recht ungewöhnliches Ereignis, wenn einmal ein Feuer notwendig wird. Um die Mitte des Oktobers 18 – – kam jedoch ein bemerkenswert kalter Tag. Kurz vor Sonnenuntergang bahnte ich mir einen Weg durch das immergrüne Gestrüpp zur Hütte meines Freundes, den ich schon mehrere Wochen lang nicht besucht hatte – wohnte ich doch zu der Zeit in Charleston, neun Meilen von der Insel entfernt, und die Möglichkeiten der Hin- und Rückreise standen hinter den heutigen weit zurück. Als ich die Hütte erreicht hatte, klopfte ich an, wie es meine Gewohnheit war, suchte, da ich keine Antwort erhielt, nach dem Schlüssel, dessen Versteck ich kannte, öffnete die Tür und trat ein. Ein treffliches Feuer brannte auf der Herdstatt. Das war eine Überraschung, doch keineswegs eine unangenehme. Ich warf den Überrock ab, rückte mir einen Lehnstuhl vor die knisternden Holzscheite und wartete geduldig, daß meine Gastgeber heimkehrten.

Bald nach Einbruch der Dunkelheit kamen sie und hießen mich aufs herzlichste willkommen. Jupiter, der von einem Ohr zum andern grinste, hantierte geschäftig, ein paar Sumpfhühner zum Abendessen zu bereiten. Legrand hatte einen seiner Anfälle – wie soll ich es sonst nennen? – von schwärmerischer Begeisterung. Er hatte nämlich eine unbekannte zweischalige Muschel gefunden, die eine ganz neue Gattung darstellte, und überdies mit Jupiters Hilfe einen Skarabäus gejagt und auch gefangen, der seines Wissens überhaupt noch nicht bekannt war, bezüglich dessen er aber am andern Morgen meine Meinung hören wollte.

»Und warum nicht heute abend?« fragte ich, indes ich mir die Hände über dem Feuer rieb und die ganze *tribus* der Skarabäen zum Teufel wünschte.

»Ach, wenn ich doch nur gewußt hätte, daß Sie hier waren!« sagte Legrand, »aber es ist so lange her, daß ich Sie gesehen habe; und wie hätte ich ahnen können, daß Sie mich ausgerechnet heute abend besuchen kämen? Auf dem Heimweg habe ich nämlich Lieutenant G – – vom Fort getroffen und ihm dummerweise den Käfer geliehen; so können Sie ihn also unmöglich vor morgen sehen. Bleiben Sie doch die Nacht über hier, und gleich bei Sonnenaufgang soll Jup ihn holen. So etwas Entzückendes gibt es in der ganzen Schöpfung nicht noch einmal!«

»Was? – den Sonnenaufgang?«

»Unsinn! nein – den Käfer. Er hat die Farbe von leuchtendem Gold – ist etwa so groß wie eine dicke Hickorynuß – und hat zwei pechschwarze Flecken am einen Ende des Rückens und einen weiteren, etwas längeren, am andern. Die *Antennen* sind –«

»Da is *kein* Tinn nich drin, Massa Will, sach ich Ihn doch andauernd«, unterbrach ihn hier Jupiter, »das is 'n Goldkäfer, massiv, durch un' durch, in- un' auswendich, bloß de Flügel nich – hab im Leem noch nie nich 'nen Käfer gesehn, der halb so schwer war.«

»Nun, mag schon sein, Jup«, erwiderte Legrand, ein bißchen ernster, wie mir schien, als der Fall erforderte, »aber ist denn das gleich ein Grund, daß du deswegen die Hühner da anbrennen läßt? Die Färbung« – hier wandte er sich mir zu – »ist wirklich fast dazu angetan, Jupiters Ansicht zu rechtfertigen. Einen glänzenderen metallischen Schimmer, als er von den Schuppen ausgeht, haben Sie noch nie gesehen – doch darüber können Sie erst morgen urteilen. Inzwischen kann ich Ihnen eine ungefähre Vorstellung von seiner Gestalt geben.« Mit diesen Worten setzte er sich an einen kleinen Tisch, auf welchem sich zwar Feder und Tinte befanden, doch kein Papier. Selbiges suchte er nun in einem Schubfach, fand aber keins.

»Macht nichts«, sagte er schließlich, »das hier tut es auch«; und damit zog er aus seiner Westentasche einen Fetzen hervor, der mir wie sehr schmutziges Propatriapapier dünkte, und skizzierte mit der Feder eine flüchtige Zeichnung darauf. Dieweil er dies tat, blieb ich auf meinem Platz am Feuer, denn mich fröstelte noch immer. Als die Skizze fertig war, reichte er sie mir herüber, ohne dabei aufzustehen. Wie ich sie entgegennahm, war lautes Knurren zu vernehmen, dem ein Kratzen an der Tür folgte. Jupiter öffnete diese, und ein großer Neufundländer, der Legrand gehörte, stürmte herein, sprang an mir hoch und überhäufte mich mit Liebkosungen; denn ich hatte ihm bei früheren Besuchen viel Aufmerksamkeit bezeigt. Als seine Freudensprünge vorüber waren, sah ich mir das Papier an und war, um die Wahrheit zu sagen, nicht wenig bestürzt über das, was mein Freund da zu Papier gebracht hatte.

»Je nun!« sagte ich, nachdem mein Blick einige Minuten lang darauf verweilt, »dies ist mir ein gar sonderbarer Skarabäus, muß ich gestehen: mir gänzlich neu: dergleichen habe ich noch nie gesehen – es sei denn, es wäre ein Schädel oder ein Totenkopf – solchem gleicht er mehr denn allem sonst, was *mir* je vor Augen gekommen ist.«

»Ein Totenkopf!« wiederholte Legrand – »Oh – ja – hm, auf dem Papier hat er zweifellos ein wenig davon an sich. Die beiden oberen schwarzen Flecke sehen wie Augen aus, wie? Und der längere da unten wie ein Mund – und dazu ist die Form des Ganzen noch oval.«

»Vielleicht«, sagte ich; »aber, Legrand, ich fürchte, Sie sind kein großer Künstler. Ich muß schon warten, bis ich den Käfer selber sehe, wenn ich mir ein Bild von seinem Aussehen machen soll.«

»Nun ja, ich weiß nicht recht«, sagte er ein wenig verdrießlich, »ich zeichne doch wohl ganz leidlich – *sollte* es wenigstens – denn ich hatte gute Lehrer und schmeichle mir, nicht ganz auf den Kopf gefallen zu sein.«

»Aber, mein Lieber, dann ist es Ihnen wohl um einen Scherz zu tun«, sagte ich, »das hier ist ein ganz passabler *Schädel* – ja, ich darf sagen, das ist ein ganz *vortrefflicher Schädel*, nach den landläufigen Vorstellungen zu urteilen, die man von solchen physiologischen Dingen hat – und Ihr *Skarabäus* muß der absonderlichste *Käfer* auf der ganzen Welt sein, wenn er dem hier ähnlich sieht. Je nun, auf diesen Fingerzeig hin mögen wir gar einen höchst schaurigen Aberglauben heraufbeschwören. Ich nehme an, Sie werden den Käfer *scarabaeus caput hominis* oder so ähnlich nennen – in den Naturgeschichten gibt es ja viele derartige Namen. Doch wo sind denn hier die *Antennen*, von denen Sie sprachen?«

»Die Antennen!« sagte Legrand, der sich bei dem Gegenstande merkwürdig zu erregen schien; »Sie müssen die *Antennen* doch gewißlich sehen. Ich habe sie so deutlich gezeichnet, wie sie's an dem Insekte selber sind, und denke doch, das sollte genügen.«

»Schon gut, schon gut«, sagte ich, »das mag ja sein – trotzdem kann ich sie nicht erkennen«; und ich gab ihm ohne weitere Bemerkung das Papier zurück, wollte ich ihm doch auf keinen Fall die gute Laune verderben; doch erstaunte mich nicht wenig die Wendung, welche die Sache genommen; seine Verstimmung wollte mich recht rätselhaft bedünken – und was die Zeichnung des Käfers betraf, so waren darauf ganz bestimmt *keine Antennen* ersichtlich, und das Ganze wies nun einmal eine überaus frappierende Ähnlichkeit mit dem gewöhnlichen Aussehen eines Totenkopfes auf.

Er nahm das Papier überaus mürrisch entgegen und stand schon im Begriffe, es zusammenzuknüllen, offenbar um es ins Feuer zu werfen, als ein zufälliger Blick auf die Zeichnung urplötzlich seine Aufmerksamkeit zu fesseln schien. Im Augenblick überzog eine heftige Röte sein Gesicht – im nächsten ward er leichenblaß. Darauf musterte er einige Minuten lang die Zeichnung sehr eingehend, und zwar an seinem Platze. Endlich stand er auf, nahm eine Kerze vom Tische und begab sich in die hinterste Ecke des Raumes, wo er sich auf einer Seemannskiste niederließ. Hier unterzog er das Papier abermals eifrig einer Prüfung, wobei er es nach allen Seiten wendete. Er sprach jedoch kein Wort, und sein Verhalten erstaunte mich ungemein; doch hielt ich es für das klügste, seine wachsende Verstimmung nicht durch irgendeine Bemerkung noch zu verschlimmern. Alsbald zog er aus seinem Rock eine Geldtasche, legte das Papier sorgsam hinein und tat beides in ein Schreibpult, welches er verschloß. Nun ward er wieder gefaßter in seinem Auftreten; seine ursprüngliche schwärmerische Begeisterung war freilich gänzlich geschwunden. Doch wirkte er nicht so sehr verdrießlich als zerstreut. Wie der Abend langsam dahinging, versank er mehr und mehr in Träumerei, aus der ihn kein noch so witziger Einfall meinerseits aufzurütteln vermochte. Es war eigentlich meine Absicht gewesen, die Nacht in der Hütte zu verbringen, wie ich es schon häufig zuvor getan hatte, doch da ich meinen Gastgeber in dieser Stimmung sah, hielt ich es für tunlich, mich zu verabschieden. Er drängte mich auch gar nicht zu bleiben, doch als ich ging, schüttelte er mir sogar noch herzlicher als sonst die Hand.

Es war wohl einen Monat danach (und während dieser Zeit hatte ich nichts von Legrand zu sehen bekommen), daß ich in Charleston den Besuch seines Dieners Jupiter empfing. Noch nie hatte ich den guten alten Neger so niedergeschlagen gesehen, und ich fürchtete schon, meinem Freunde sei ein ernstliches Unglück zugestoßen.

»Nun, Jup«, sagte ich, »was gibt's? – wie geht es deinem Herrn?«

»Hm, ehrlich gesacht, Massa, ihm tut's gar nich so wohl gehn, wie's ihm sollte.«

»Nicht wohl! Es tut mir aufrichtig leid, das zu hören. Worüber klagt er denn?«

»E-m! das isses ja! – tut nie nich klagen auf was – is aber gant serr krank.«

»*Sehr* krank, Jupiter! – warum hast du das nicht gleich gesagt? Muß er das Bett hüten?«

»Nee, das nich! – gar nich was hüten – das isses ja, wo de Schuh drücken tut – ich mach mir gant serr Sorgen um arme Massa Will.«

»Jupiter, ich wollte, ich würde verstehen, wovon du sprichst. Du sagst, dein Herr sei krank. Hat er dir denn nicht gesagt, was ihm fehlt?«

»No, Massa, müssn dadrum nich gleich krumm nehm' – Massa Will sacht, fehlen tut-m gar nix – aber warum tut er dann mit so 'nem Gesich' rumgehn, Kopp lässer häng' un' de Schuldern hoch, un' is weiß wie 'n Gespenst? Un' dann de Siffern, die er immer mach' –«

»Was macht er, Jupiter?«

»Siffern mit de Figgurn auf de Schiefertafel – de komischsten Figgurn, die 'ch je gesehn hab. Ich kriech's langsam mit de Angs', sach ich Ihn. Muß mächtich aufpassn auf 'm heutertachs. Neulich isser mir aus'rissn, noch eh' de Sonne rauf, un' war de ganten lieben Tach fort. 'ch hatt mir 'nen großen Stock gemach', um ihm 'ne tüchtich' Tracht zu verpassn, wenn er heimkommen tät – aber 'ch bin so 'n dumme Kerl, hab's nich können übers Hert bringn – de Massa sah so erbärmlich aus.«

»Äh? – was? – ach so! – Im ganzen denke ich, du solltest lieber nicht zu streng mit dem armen Kerl sein – schlag ihn nur nicht, Jupiter – das verträgt er nämlich nicht besonders gut – aber hast du denn gar keine Ahnung, was diese Krankheit hervorgerufen haben kann oder vielmehr sein verändertes Betragen? Ist irgend etwas Unangenehmes vorgefallen, seit ich bei euch war?«

»Nee, Massa, *seitdem* is garr nix Un-genehm's passiert – *davor*, fürcht ich – 's war grad an dem Tach, wo Sie da warn.«

»Wie? Was meinst du damit?«

»Na, Massa, ich mein' de Käfer da – das isses.«

»Den was?«

»De Käfer – 'ch bin gant sicher, daß Massa Will is 'biss'n wor'n von de Goldkäfer da ir'ndwo inne Kopp.«

»Und welche Ursache hast du, Jupiter, für eine derartige Annahme?«

»Sach' genuch, Massa, Mund un' Klaun. Ich hab nie nich so 'n verd – – – n Käfer gesehn – der beiß' doch alles, was 'm nahe komm'. Massa Will hat 'n zuers' gefangn, aber hat 'n mächtich gleich wieder loslassn müssn, sach ich Ihn – un' da musser gebissn wor'n sin. Selber, mir hat dem Käfer sein Maul überhaup' nich gefalln, ich hätt 'n nie nich mit meine Finger angefaßt, aber 'ch hab 'n mit 'm Stück Papier gefangn, das 'ch gefundn hab. Wickel 'n rein inne Papier und stopp 'm Stück davon inne Mund – so hab ich's gemach'.«

»Und du denkst also, daß dein Herr wirklich von dem Käfer gebissen worden ist und daß der Biß ihn krank gemacht hat?«

»Ich denk da gar nie nich – 'ch weiß das. Warum tut er denn nu soviel vonne Gold träum', wenn nich darum, weil de Goldkäfer 'n'bissen hat? Hab schon früher davon gehört, so isses mit 'n Goldkäfern.«

»Aber woher willst du denn wissen, daß er von Gold träumt?«

»Woher 'ch das weiß? na, weil er im Schlaf davon redet – darum tu ich's wissen.«

»Nun, Jup, vielleicht hast du recht, doch welchem glücklichen Umstand verdanke ich denn die Ehre deines heutigen Besuches?«

»Äh – was is, Massa?«

»Bringst du mir irgendeine Botschaft von Mr. Legrand?«

»Nee, Massa, 'ch bring bloß de Pistel hier«; und damit überreichte mir Jupiter ein Billett, welches folgendermaßen lautete:

›Mein Lieber …!

Warum haben Sie sich so lange nicht sehen lassen? Sie sind doch hoffentlich nicht so töricht gewesen, irgendeine kleine *brusquerie* meinerseits übelzunehmen? Doch nein, das ist ausgeschlossen.

Seit Sie hier waren, habe ich allerlei Ursache zur Sorge. Ich muß Ihnen etwas erzählen, weiß jedoch kaum, wie ich's anfangen soll oder ob ich es überhaupt erzählen soll.

Mir ist es in den letzten Tagen nicht sonderlich gut gegangen, und der arme alte Jup plagt mich fast bis zur Unerträglichkeit mit seiner gutgemeinten Fürsorge. Ob Sie's wohl glauben? – hatte er sich neulich doch mit einem riesigen Stock versehen, um mich zu züchtigen, weil ich ihm entwischt war und den ganzen Tag *solo* in den Hügeln auf dem Festland verbracht habe. Ich glaube wahrhaftig, nur mein schlechtes Aussehen hat mich vor einer Tracht Prügel bewahrt.

Seit Ihrem Besuch habe ich meiner Sammlung nichts Neues mehr hinzugefügt.

Wenn Sie nur irgend können, kommen Sie doch mit Jupiter herüber. Bitte kommen Sie! Ich möchte Sie noch *heute abend* sehen, es geht um eine wichtige Angelegenheit. Ich versichere Ihnen, die Sache ist von höchster Wichtigkeit.

Immer der Ihrige

William Legrand‹

Es lag etwas im Tone dieses Briefes, das mich zutiefst beunruhigte. Der ganze Stil klang so ganz und gar nicht wie Legrand. Wovon mochte er nur träumen? Von welcher neuen Grille war sein so erregbares Hirn besessen? Welche ›Sache von höchster Wichtigkeit‹ konnte denn *er* schon zu erledigen haben? Was Jupiter von ihm berichtet hatte, ließ nichts Gutes ahnen. Ich fürchtete, daß der anhaltende Druck des Unglücks den Verstand meines Freundes schließlich doch gänzlich zerrüttet habe. Ohne auch nur einen Augenblick zu zögern, machte ich mich darum bereit, den Neger zu begleiten.

Am Ufer angekommen, bemerkte ich auf dem Boden des Bootes, in dem wir uns einschiffen sollten, eine Sense und drei Spaten, alle offenbar ganz neu.

»Was hat das alles zu bedeuten, Jup?« fragte ich.

»Is Sense, Massa, un' Spaten.«

»Ja, freilich; doch was machen die hier?«

»Is Sense un' Spaten, die 'ch unbeding' für Massa Will hab müssn kaufen inne Stadt un' wo 'ch den Deibel hab massich Geld für tahlen müssen.«

»Aber was, im Namen alles Geheimnisvollen, will dein ›Massa Will‹ denn mit Sense und Spaten anfangen?«

»Das is mehr, als *ich* weiß, un' de Deibel soll mich holen, wenn's nich auch mehr is, als er selber weiß. Aber is alles von wegen de Käfer da.«

Da ich fand, daß von Jupiter, dessen ganzer Verstand offenbar von ›de Käfer da‹ in Anspruch genommen war, mir keine Gewißheit ward, stieg ich nun ins Boot und segelte ab. Bei einer schönen frischen Brise liefen wir bald in die kleine Bucht nördlich von Fort Moultrie ein, und ein Fußmarsch von zwei Meilen brachte uns zur Hütte. Es war gegen drei am Nachmittag, als wir ankamen. Legrand hatte uns schon mit großer Ungeduld erwartet. Er ergriff meine Hand mit einem nervösen *empressement*, der mich erschreckte und in meinem bereits gefaßten Verdacht bestärkte. Seine Miene war geradezu gespenstisch bleich, und die tiefliegenden Augen funkelten in unnatürlichem Glanze. Nach einigen Erkundigungen bezüglich seines Befindens fragte ich, da mir nichts Besseres einfiel, ob er den Skarabäus von Lieutenant G – – schon zurückbekommen habe.

»O ja«, antwortete er, indem er heftig errötete, »ich habe ihn gleich am nächsten Morgen von ihm wiederbekommen. Nichts vermöchte mich je von diesem Skarabäus zu trennen. Wissen Sie, daß Jupiter völlig recht damit hat?«

»Womit?« fragte ich, eine trübe Vorahnung im Herzen.

»Mit seiner Vermutung, es sei ein Käfer aus *echtem Gold.*« So sprach er mit tiefernster Miene, und ich verspürte unsägliche Betroffenheit.

»Dieser Käfer soll mein Glück machen«, fuhr er mit triumphierendem Lächeln fort, »er soll mir wieder zu meinen Familienbesitztümern verhelfen. Kann es also wundernehmen, daß ich ihn so hochschätze? Da es Fortuna gefallen hat, ihn mir zum Geschenk zu machen, muß ich mich seiner nur noch entsprechend bedienen, und ich werde zu dem Golde kommen, dessen Wegweiser er ist. Jupiter, bring mir den Skarabäus!«

»Was! de Käfer da, Massa? Ich will de Käfer da lieber nich stör'n – den müssense sich selber hol'n.« Hierauf erhob sich Legrand mit ernster, würdevoller Miene und brachte mir den Käfer aus einem Glasbehälter, darin er eingeschlossen war. Es war ein prächtiger Skarabäus und damals den Naturforschern noch unbekannt – in wissenschaftlicher Hinsicht natürlich also ein großer Glücksgewinn. Er hatte zwei runde, schwarze Flecke am einen Ende des Rückens und einen länglichen am anderen. Die Schuppen, überaus hart und glänzend, wirkten ganz und gar wie poliertes Gold. Das Insekt wog auffallend schwer, und wenn ich alle Dinge in Erwägung zog, so konnte ich Jupiter für seine Ansicht darüber kaum tadeln; was aber davon zu halten war, daß Legrand diese Meinung teilte, das wußte ich bei meinem Leben nicht zu sagen.

»Ich habe Sie holen lassen«, sagte er in pathetischem Tone, als ich die Untersuchung des Käfers beendet hatte, »ich habe Sie holen lassen, da ich Ihren Rat und Beistand mir erhoffe, wenn es gilt, den Zwecken förderlich zu sein, welche das Schicksal und der Käfer – «

»Mein lieber Legrand«, rief ich, ihn unterbrechend, »Sie fühlen sich gewiß nicht wohl, und Sie sollten sich vorsichtshalber einiger kleiner Maßregeln unterziehen. Sie sollten sich zu Bette legen, und ich bleibe ein paar Tage bei Ihnen, bis Sie es überstanden haben. Sie fiebern ja und – «

»Fühlen Sie mir den Puls«, sagte er.

Ich tat es und fand, ehrlich gesprochen, nicht das mindeste Anzeichen von Fieber.

»Aber Sie können krank sein, auch wenn Sie kein Fieber haben. Erlauben Sie mir dies eine Mal, Ihr Arzt zu sein. Zuerst einmal legen Sie sich ins Bett. Alsdann – «

»Sie irren sich«, fiel er mir ins Wort, »mir geht es so gut, wie ich es bei der Aufregung, unter der ich leide, nur erwarten kann. Wenn Sie mir wirklich wohlwollen, so werden Sie diese Aufregung lindern helfen.«

»Und wie soll das geschehen?«

»Sehr einfach. Jupiter und ich begeben uns auf eine Expedition in die Berge auf dem Festland, und bei dieser Expedition werden wir die Hilfe eines Menschen brauchen, auf den wir uns verlassen können. Sie sind der einzige, zu dem wir Vertrauen haben. Ob das Ganze zu gutem oder schlechtem Ende kommt, die Erregung, welche Sie jetzt an mir wahrnehmen, wird, so oder so, sich legen.«

»Ich möchte Ihnen nur zu gern in jeder erdenklichen Weise gefällig sein«, erwiderte ich; »doch wollen Sie etwa sagen, daß dieser infernalische Käfer irgend etwas mit Ihrer Expedition in die Berge zu tun hat?«

»Aber ja.«

»Dann, Legrand, kann ich bei einem so absurden Unternehmen nicht mit von der Partie sein.«

»Das bedaure ich, bedaure ich sehr – denn da müssen wir es allein versuchen.«

»Allein versuchen! Dieser Mann ist ganz gewiß verrückt! – doch halt! – wie lange gedenken Sie denn fortzubleiben?«

»Wahrscheinlich die ganze Nacht. Wir werden unverzüglich aufbrechen und auf jeden Fall bis Sonnenaufgang zurück sein.«

»Und wollen Sie mir bei Ihrer Ehre versprechen, daß Sie, sobald dieser Ihr kindischer Einfall vorüber ist und die Sache mit dem Käfer (du großer Gott!) zu Ihrer Zufriedenheit erledigt ist, dann nach Hause zurückkehren und meinem Rat unbedingt folgen werden, wie dem Ihres Arztes?«

»Ja; das verspreche ich; nun wollen wir aber aufbrechen, denn wir haben keine Zeit zu verlieren.«

Schweren Herzens begleitete ich meinen Freund. Wir gingen gegen vier Uhr los – Legrand, Jupiter, der Hund und ich. Jupiter hatte die Sense und die Spaten bei sich – er bestand darauf, alles allein zu tragen – mehr aus Angst, so schien mir, daß ja keines der Geräte in Reichweite seines Herrn sich befinde, denn aus übergroßem Fleiße oder Gefälligkeit. Sein Betragen war über die Maßen störrisch, und ›dieser verd – – – te Käfer‹ waren die einzigen Worte, welche während des ganzen Weges seinem Munde entschlüpften. Was mich selbst betraf, so war ich mit ein paar Blendlaternen beladen, indes Legrand sich mit dem Skarabäus begnügte, den er an das Ende von einem Stückchen Peitschenschnur gebunden hatte; und dieses wirbelte er beim Gehen mit der Miene eines Geisterbeschwörers hin und her. Als ich diesen letzten, klaren Beweis für die geistige Verwirrung meines Freundes bemerkte, vermochte ich kaum die Tränen zurückzuhalten. Ich hielt es jedoch für das beste, seiner Laune nachzugeben, zumindest im Augenblick, oder doch bis ich mit Aussicht auf Erfolg energischere Maßnahmen ergreifen könnte. Unterdessen bemühte ich mich, jedoch vergebens, ihn nach dem Ziel der Expedition auszuhorchen. Nachdem es ihm gelungen war, mich zur Teilnahme zu überreden, schien er nicht gewillt, sich auf ein Gespräch über irgendein Thema minderer Wichtigkeit einzulassen, und all meine Fragen würdigte er keiner anderen Antwort als: »Wir werden sehen!«

Mit Hilfe eines Skiffs überquerten wir die Bucht an der Spitze der Insel, und nachdem wir die Steilküste des Festlands erklommen hatten, gingen wir in nordwestlicher Richtung weiter, dahin durch einen ungeheuer wilden und wüsten Landstrich, wo keinerlei Spur eines menschlichen Fußes sich fand. Legrand schritt entschlossen voran; nur hier und da hielt er einen Augenblick lang inne, um sich an gewissen Wegzeichen, die er sich allem Anschein nach bei einer früheren Gelegenheit geschaffen, zu orientieren.

Auf diese Weise setzten wir unseren Weg etwa zwei

Stunden lang fort, und die Sonne wollte soeben untergehen, als wir in eine Gegend kamen, die noch unendlich viel öder war als alle, welche wir bis dahin gesehen hatten. Es war eine Art Tafelland nahe dem Gipfel eines fast unzugänglichen Berges, dicht bewaldet vom Fuß bis zur Spitze, dazwischen riesige Felsblöcke, die lose auf dem Boden zu liegen schienen und in vielen Fällen lediglich vom Halt der Bäume, an welche sie sich lehnten, daran gehindert wurden, in die Täler drunten hinabzustürzen. Tiefe Schluchten, in verschiedenen Richtungen, verliehen der Landschaft ein noch strengeres, ernsteres Gesicht.

Die natürliche Plattform, welche wir erklommen, war dicht mit Dornengestrüpp bewachsen, durch welches wir uns, so stellten wir bald fest, unmöglich ohne die Sense hätten einen Weg bahnen können; und auf Geheiß seines Herrn machte sich Jupiter also daran, für uns einen Pfad zum Fuße eines riesigen Tulpenbaumes freizulegen, welcher zusammen mit wohl acht oder zehn Eichen auf dem Plateau stand und sie sämtlich, wie auch alle anderen Bäume, die ich bis dahin je gesehen, durch die Schönheit von Laubwerk und Gestalt, durch die weite Ausbreitung seiner Zweige und durch die allgemeine Majestät seiner Erscheinung weit übertraf. Als wir diesen Baum erreicht hatten, wandte sich Legrand an Jupiter und fragte ihn, ob er glaube, da hinaufklettern zu können. Der alte Mann wirkte ein wenig betroffen ob dieser Frage, und eine Weile gab er keine Antwort. Schließlich trat er an den gewaltigen Stamm, schritt langsam um ihn herum und musterte ihn mit peinlicher Aufmerksamkeit. Als er mit seiner Untersuchung geendet, sagte er nur:

»Ja, Massa, Jup klettert auf jeden Baum, den er in sei'm Leben sieht.«

»Dann hinauf mit dir, so schnell wie möglich, denn bald wird es zu dunkel sein, um für unser Unternehmen noch genügend sehen zu können.«

»Wie weit muß ich rauf, Massa?« fragte Jupiter.

»Klettre zuerst den Hauptstamm hinauf, und dann

werde ich dir sagen, wie es weitergeht – doch halt! – hier – nimm den Käfer mit.«

»De Käfer da, Massa Will! – de Goldkäfer da!« schrie der Neger und wich entsetzt zurück – »zu was muß 'n de Käfer da mit auf 'n Baum 'nauf? – Verd – – – t will 'ch sein, wenn 'ch 's mach!«

»Wenn du Angst hast, Jup, so ein großer starker Neger wie du, einen harmlosen kleinen toten Käfer anzufassen, nun, dann kannst du ihn an dieser Schnur mit hinaufnehmen – doch wenn du ihn nicht auf irgendeine Weise mit hinaufnimmst, so sehe ich mich leider gezwungen, dir mit dieser Schaufel den Schädel einzuschlagen.«

»Was is 'n nu los, Massa?« sagte Jup, Scham ließ ihn offenbar einlenken, »immer wollense gleich so 'n Krach mit 'm alten Nigger anfangn. Hab doch bloß Spaß gemach'. *Ich* un' Angst vor de Käfer da! 'ch mach mir nix draus, is mir egal, de Käfer da!« Damit nahm er vorsichtig das äußerste Ende des Strickes in die Hand, und indem er sich das Insekt so weit vom Leibe hielt, wie die Umstände dies zulassen wollten, schickte er sich an, den Baum zu erklettern.

In seiner Jugend hat der Tulpenbaum oder *Liriodendron tulipiferum*, der prächtigste Baum der amerikanischen Wälder, einen ganz besonders glatten Stamm und wächst oft zu großer Höhe ohne Seitenäste; doch im reiferen Alter wird die Rinde knorrig und uneben, indessen viele kurze Äste an dem Stamme herauswachsen. So war denn im gegenwärtigen Falle die Besteigung gar nicht so schwierig, wie es aussah. Indem Jupiter also den riesigen Zylinder so fest wie möglich mit Armen und Knien umklammerte, mit den Händen einige Vorsprünge ergriff und mit den nackten Zehen auf anderen Halt suchte, wand er sich schließlich, nachdem er ein- oder zweimal nur knapp dem Sturze in die Tiefe entgangen, in die erste große Gabelung hinauf und schien das ganze Unterfangen damit im wesentlichen für vollbracht zu halten. Tatsächlich war das *Risiko* der Heldentat nun vorüber, wenngleich sich der Kletterer etwa sechzig oder siebzig Fuß hoch über dem Boden befand.

»Wie nu weiter, Massa Will?« fragte er.

»Halte dich an den größten Ast – den auf dieser Seite«, sagte Legrand. Der Neger gehorchte unverzüglich und offenbar mit nur geringer Mühe; höher, immer höher stieg er hinauf, bis durch das dichte Laubwerk, das ihn umhüllte, von seiner gedrungenen Gestalt nichts mehr zu sehen war. Bald darauf hörten wir seine Stimme herunterschreien.

»Wie weit 'nauf noch?«

»Wie hoch bist du denn?« fragte Legrand.

»Schon sooo weit«, erwiderte der Neger; »kann 'n Himmel sehn oom durch 'n Baum.«

»Der Himmel soll dich nicht kümmern, sondern paß auf, was ich sage. Schau am Stamm hinunter und zähle die Hauptäste unter dir auf dieser Seite. An wie vielen Ästen bist du schon vorbei?«

»Eins, twei, drei, vier, fümf – an fümf groß'n Ästen vorbei, Massa, hier hüben.«

»Dann klettre noch einen Ast höher hinauf.«

Nach wenigen Minuten ließ sich die Stimme wieder hören, die uns verkündete, daß der siebente Ast erreicht sei.

»Und jetzt, Jup«, rief Legrand, sichtlich sehr erregt, »jetzt möchte ich, daß du auf dem Ast entlangkletterst, so weit vor du nur irgend kannst. Wenn dir irgend etwas Sonderbares auffällt, sag mir Bescheid.«

Spätestens da schwand endgültig auch der letzte Zweifel, den ich an der Geistesgestörtheit meines armen Freundes noch gehegt haben mochte. Es blieb mir nichts weiter übrig, als zu dem Schlusse zu gelangen, daß er vom Wahnsinn befallen sei, und ernstlich sorgte ich mich nun, wie ich ihn wohl zur Heimkehr bewegen könne. Während ich noch darüber nachdachte, was wohl am besten zu tun sei, erscholl erneut Jupiters Stimme.

»Hab Angs, soo viel Angs, tu mich auf dem Ast hier nich serr weit vor trau'n – Ast is 'n gantes Stück morsch un' tot.«

»*Tot* hast du gesagt, der Ast ist *tot*, Jupiter?« schrie Legrand mit zitternder Stimme.

»Jawoll, Massa, is mausetot – res'los hinüber – da is kein Leem nich mehr drin.«

»Was um Himmels willen soll ich bloß tun?« fragte Legrand, anscheinend in größter Not.

»Tun!« sagte ich, froh über die Gelegenheit, ein Wort einwerfen zu können, »nun, kommen Sie mit nach Hause und gehen Sie zu Bett. Kommen Sie doch – seien Sie vernünftig. Es wird schon spät, und im übrigen, denken Sie daran, was Sie versprochen haben.«

»Jupiter«, schrie er, ohne mich auch nur im mindesten zu beachten, »hörst du mich?«

»Ja, Massa Will, tu Ihn' deutlich hör'n.«

»Dann prüfe das Holz einmal genau mit deinem Messer und sieh nach, ob du meinst, es sei *sehr* morsch.«

»Is morsch, Massa, bestimmt«, erwiderte der Neger wenige Augenblicke später, »aber doch nich so serr morsch, als wie 's sein gekonnt. Kann viellei' 'n Stückchen weiter auf 'm Ast, is wahr, ich alleine.«

»Du alleine! – was meinst du damit?«

»Na, ich mein de Käfer da. Is serr schwer, de Käfer da. Ich wer'n woll ers'mal runterfalln lassn, un' dann tut der Ast nich brechen, wenn bloß 's Gewicht von ein' Nigger drauf is.«

»Du infernalischer Schuft!« schrie Legrand, sichtlich erleichtert, »was kommst du mir mit solchem Unsinn? Wenn du den Käfer fallen läßt, brech ich dir das Genick, das schwör ich dir, Jupiter! Hörst du mich?«

»Ja, Massa, müssn arm Nigger nich gleich so anbrülln.«

»Na, schön! nun hör gut zu! – wenn du auf dem Ast da so weit vorrutschst, wie du es für sicher hältst, und dabei den Käfer nicht losläßt, schenke ich dir einen Silberdollar, sobald du wieder unten bist.«

»Bin schon, Massa Will – ja, wirklich«, erwiderte der Neger prompt, »bin fas' gan' draußen am Ende.«

»Am Ende!« Legrand kreischte nachgerade. »Willst du sagen, du bist am Ende des Astes?«

»Fas' am Ende, Massa – o-o-o-o-oh! Herrjemine! was is 'n das hier auf 'm Baum?«

»He!« schrie Legrand in höchstem Entzücken, »was ist da?«

»Ach, 's is nix als 'n Schädel – hat eins doch sein Kopp auf 'm Baum liegn lassn, un' de Krähn ha'm jed's bissel Fleisch davon runtergepickt.«

»Ein Schädel, sagst du! – sehr schön! – wie ist er am Ast befestigt? – Was hält ihn?«

»Gleich, Massa; muß ers' nachsehn. Na, das is ja 'ne serr komische Sach', wirklich – da is 'n großer dicker Nagel in dem Schädel da drin, der hält 'n fes' am Baum.«

»Also, Jupiter, jetzt tu genau, was ich dir sage – hörst du?«

»Ja, Massa.«

»Dann paß auf! – suche das linke Auge des Schädels.«

»Hum! Huh! das is gut! na, da is doch überhaup' kein Auge nich mehr da.«

»Du elender Dummkopf! weißt du, was rechts oder links ist?«

»Ja, weiß ich – un' ob ich's weiß – links is de Hand, wo 'ch holthacken tu.«

»Ganz recht! Du bist Linkshänder; und dein linkes Auge ist auf derselben Seite wie deine linke Hand. Nun, da kannst du doch, denke ich, das linke Auge im Schädel finden oder die Stelle, wo das linke Auge einmal gewesen ist. Hast du's?«

Hierauf gab es eine lange Pause. Endlich fragte der Neger:

»Is das linke Auge von dem Schädel da auch auf derselben Seite als de linke Hand von dem Schädel da? – weil der Schädel da nämlich überhaup' kein bissel Hand nich hat – aber is egal! Ich hab's linke Auge nu – hier isses linke Auge! was muß ich da nu mit machn?«

»Laß den Käfer hindurchfallen, soweit die Schnur reicht – aber sei vorsichtig und laß den Strick ja nicht los.«

»Is gemach', Massa Will; is ja nu kinderleichtich, de Käfer da durchs Loch zu stecken – guckn Se mal da unten!«

Während dieser Unterhaltung war von Jupiter selbst nichts zu sehen gewesen; doch der Käfer, welchen er herabgelassen hatte, ward jetzt am Ende der Schnur sichtbar und glitzerte wie eine Kugel aus glänzendem Golde in den letzten Strahlen der untergehenden Sonne, von welchen einige noch schwach die Anhöhe erhellten, auf der wir standen. Der Skarabäus hing gänzlich frei zwischen den Zweigen und wäre, hätte Jupiter ihn losgelassen, zu unseren Füßen niedergefallen. Sogleich ergriff Legrand die Sense und säuberte damit einen kreisrunden Platz von wohl drei oder vier Yards Durchmesser, genau unter dem Insekt, und als er damit fertig war, befahl er Jupiter, die Schnur loszulassen und von dem Baum herunterzukommen.

Nachdem mein Freund mit großer Sorgfalt genau an der Stelle, wo der Käfer heruntergefallen war, einen Pflock in den Boden geschlagen hatte, zog er nun aus seiner Tasche ein Bandmaß. Ein Ende davon befestigte er an jenem Punkte des Baumstammes, welcher dem Pflock am nächsten lag, rollte das Maß auf, bis es den Pflock erreichte, und rollte es von da in der Richtung, wie sie bereits von den beiden Polen, Baum und Pflock, festgelegt war, auf eine Länge von fünfzig Fuß weiter auf – während Jupiter das Dornengestrüpp mit der Sense abschlug. Auf dem so gewonnenen Flecken ward ein zweiter Pflock in den Boden getrieben und um diesen, als Zentrum, ein ungefährer Kreis von etwa vier Fuß Durchmesser beschrieben. Legrand ergriff nun selber einen Spaten, gab einen Jupiter und einen mir und bat uns, doch so schnell wir es vermochten, uns ans Graben zu machen.

Ehrlich gesagt, ich hatte noch niemals besonderen Geschmack an solcherart Zeitvertreib gefunden, und zumal in jenem Augenblick hätte ich am liebsten abgelehnt; denn es wollte schon Nacht werden, und ich fühlte mich von all der körperlichen Anstrengung, die ich schon geleistet hatte, doch recht erschöpft; aber ich sah keinen Weg, dem zu entgehen, und hatte Angst, durch eine Weigerung den Gleichmut meines armen Freundes noch mehr zu stören. Ja, wäre auf Jupiters Hilfe Verlaß gewesen, so hätte ich freilich nicht gezögert und den Versuch gewagt, den Wahnsinnigen mit Gewalt nach Hause zu schaffen; doch kannte ich die Gemütsart des alten Negers nur zu wohl, als daß ich hätte hoffen dürfen, er werde mir, unter welchen Umständen auch immer, in einer persönlichen Auseinandersetzung mit seinem Herrn beistehen. Ich zweifelte nicht daran, daß den letzteren eine der unzähligen, im Süden so verbreiteten abergläubischen Vorstellungen von einem vergrabenen Schatz befallen habe und daß seiner Phantasie durch den Fund des Skarabäus Bestätigung geworden, oder vielleicht gar durch die Hartnäckigkeit, mit welcher Jupiter behauptete, es sei ›ein Käfer aus echtem Gold‹. Ein Geist, der zum Wahnsinn neigt, ließe sich nur zu willig von solchen Einflüsterungen verleiten – noch dazu, wenn diese mit vorgefaßten Lieblingsideen übereinstimmten –, und dann rief ich mir auch ins Gedächtnis zurück, wie der arme Kerl von dem Käfer als dem ›Wegweiser zu seinem Glück‹ gesprochen hatte. Dies alles verdroß und verwirrte mich gar sehr, doch endlich beschloß ich, aus der Not eine Tugend zu machen – mit aller Kraft zu graben und somit den Träumer nur um so eher durch den Augenschein zu überzeugen, wie irrig seine Ansichten seien.

Nachdem die Laternen angezündet waren, gingen wir alle mit einem Eifer ans Werk, welcher einer vernünftigeren Sache würdig gewesen wäre; und als das Licht auf unsere Gestalten und die Gerätschaften fiel, mußte ich unwillkürlich denken, welch eine malerische Gruppe wir doch bildeten und wie seltsam und verdächtig unsere Arbeit doch einem Eindringling erscheinen mußte, den der Zufall zu uns verschlagen hätte.

Zwei Stunden lang gruben wir ohne Unterlaß. Gesprochen wurde dabei nur wenig; und am meisten störte uns das Gekläff des Hundes, welcher an unserem Tun außerordentlich regen Anteil nahm. Schließlich vollführte er einen solchen Lärm, daß wir zu fürchten begannen, es könnten irgendwelche Landstreicher in der Gegend aufmerksam werden – oder vielmehr war dies Legrands Sorge – ich meinerseits wäre über jede Unterbrechung froh gewesen, die es mir vielleicht möglich gemacht hätte, den rastlosen Phantasten heimzuschaffen. Schließlich bereitete Jupiter dem Krach recht wirksam ein Ende, da er mit einer Miene verbissener Entschlossenheit aus dem Loche stieg, dem

Tier mit einem seiner Hosenträger die Schnauze zuband und dann, unter tiefem Frohlocken, wieder an seine Arbeit zurückkehrte.

Als die erwähnte Zeit verstrichen war, hatten wir eine Tiefe von fünf Fuß erreicht, und doch zeigten sich noch keinerlei Anzeichen eines Schatzes. Darauf folgte eine allgemeine Pause, und ich begann schon zu hoffen, daß die Farce damit zu Ende sei. Legrand jedoch, wiewohl sichtlich verwirrt, wischte sich nachdenklich die Stirn und begann von neuem. Wir hatten den gesamten Kreis von vier Fuß Durchmesser ausgegraben und gingen nun daran, die Begrenzung ein wenig zu verbreitern und um noch zwei Fuß tiefer zu graben. Doch noch immer kam nichts zum Vorschein. Schließlich kletterte der Goldsucher, den ich aufrichtig bedauerte, aus der Grube, bitterste Enttäuschung in jedem Zuge seines Gesichts, und schickte sich langsam und widerwillig an, seinen Rock wieder anzuziehen, den er zu Beginn der Arbeit abgelegt hatte. Während der ganzen Zeit unterließ ich jedwede Bemerkung. Auf ein Zeichen seines Herrn begann Jupiter die Werkzeuge einzusammeln. Als das getan und der Hund von seinem Maulkorb befreit war, wandten wir uns in tiefem Schweigen heimwärts.

Wir hatten vielleicht ein Dutzend Schritte in dieser Richtung getan, als Legrand mit lautem Fluch auf Jupiter zutrat und ihn am Kragen packte. Der verblüffte Neger riß Mund und Augen auf, so weit er es nur vermochte, ließ die Spaten fallen und sank in die Knie.

»Du Schurke«, sagte Legrand, wobei er die Silben zwischen zusammengepreßten Zähnen hervorzischte – »du infernalischer schwarzer Halunke! – sprich, ich sage dir! – antworte mir auf der Stelle, ohne Ausflüchte! – welches – welches ist dein linkes Auge?«

»Oh, verflicks', Massa Will! Is das hier nich bestimm' mein linkes Auge?« brüllte der entsetzte Jupiter und legte die Hand auf sein *rechtes* Sehorgan, wo er sie mit verzweifelter Hartnäckigkeit liegenließ, wie wenn er fürchtete, sein Herr würde es ihm im nächsten Augenblick ausquetschen.

»Hab ich mir's doch gedacht! – Wußte ich's doch! – hurra!« schrie Legrand, ließ den Neger los und vollführte eine Reihe von Luftsprüngen und Drehungen, sehr zur Verblüffung seines Dieners, welcher sich von den Knien erhob und stumm von seinem Herrn zu mir und dann wieder von mir zu seinem Herrn blickte.

»Los! wir müssen zurück«, sagte der letztere, »das Spiel ist noch nicht verloren«; und abermals schritt er auf dem Weg zum Tulpenbaum voran.

»Jupiter«, sagte er, als wir den Fuß des Baumes erreichten, »komm her! – wie war der Schädel an den Ast genagelt, mit dem Gesicht nach außen oder dem Aste zu?«

»'s Gesich' war außen, Massa, so daß die Krähn gut ran konnten an de Augen, ohne weitres.«

»Also schön, und durch welches Auge hast du dann den Käfer heruntergelassen, dies hier oder das da?« – hierbei berührte Legrand erst das eine, dann das andere von Jupiters Augen.

»'s war das Auge, Massa – das linke Auge – genau wie 's ham gesacht«, und da war es sein rechtes Auge, auf das der Neger zeigte.

»Das genügt – wir müssen es noch einmal versuchen.«

Damit versetzte mein Freund, an dessen Wahnsinn ich nun gewisse Anzeichen einer Methode erkannte oder zu erkennen meinte, den Pflock, welcher die Stelle markierte, wo der Käfer heruntergefallen war, an eine Stelle, die etwa drei Zoll westlich der früheren lag. Als er nun wie zuvor das Bandmaß vom nächsten Punkt des Stammes zu dem Pflock auszog und es dann in einer Geraden auf die Länge von fünfzig Fuß ausrollte, war eine Stelle bezeichnet, die um mehrere Yards von dem Punkte entfernt lag, an welchem wir gegraben hatten.

Um diese neue Position ward nun ein Kreis, etwas größer als vorher, beschrieben, und abermals gingen wir mit dem Spaten an die Arbeit. Ich war furchtbar müde, doch ohne daß ich so recht verstanden hätte, was meinen Sinneswandel bewirkt, verspürte ich gar keine große Abneigung mehr gegen die mir auferlegte Arbeitsmüh. Auf ganz unerklärliche Weise war in mir Interesse – nein, geradezu Begeisterung geweckt. Vielleicht lag da etwas in dem ganzen überspannten Gebaren Legrands – etwas wie Vorbedacht oder Überlegung, das mich beeindruckte. Ich grub voller Eifer, und hin und wieder ertappte ich mich dabei, wie ich doch tatsächlich – und das sah schon sehr wie Erwartung aus – nach dem vermeintlichen Schatze Ausschau hielt, dessen Vision meinem unglücklichen Gefährten den Geist verwirrt hatte. Zu einer Zeit nun, da solche Phantastereien ganz und gar von mir Besitz ergriffen hatten und da wir wohl schon anderthalb Stunden am Werke waren, unterbrach uns abermals das wütende Geheul des Hundes. Im ersten Falle war seine Unruhe offenbar nur einer Laune oder Verspieltheit entsprungen, jetzt aber schlug er einen bitteren und ernsten Ton an. Gegen Jupiters erneuten Versuch, ihm einen Maulkorb anzulegen, wehrte er sich wütend, sprang in das Loch hinab und wühlte wie wild mit den Pfoten die Erde auf. In wenigen Sekunden hatte er eine Menge menschlicher Gebeine aufgedeckt, die zwei vollständige Skelette bildeten, dazwischen lagen mehrere Metallknöpfe und etwas, das wie der Staub von verrottetem Wollstoff aussah. Ein oder zwei Spatenstiche förderten die Klinge eines großen spanischen Dolches zutage, und als wir weitergruben, kamen drei oder vier lose Gold- und Silbermünzen ans Licht.

Bei deren Anblick vermochte Jupiter seine Freude kaum noch zu zügeln, die Miene seines Herrn aber verriet maßlose Enttäuschung. Er drängte uns jedoch, unsere Bemühungen fortzusetzen, und kaum waren die Worte über seine Lippen, als ich strauchelte und vornüber fiel, weil ich mich mit der Stiefelspitze in einem großen Eisenring verfangen hatte, der halb im lockeren Erdreich begraben war.

Nun arbeiteten wir voller Eifer, und noch nie habe ich zehn aufregendere Minuten erlebt. In dieser Zeit hatten wir dann gänzlich eine längliche Holzkiste freigelegt, die, ihrer vollkommenen Erhaltung und wunderbaren Härte nach zu schließen, offensichtlich einem Mineralisierungsprozeß unterworfen gewesen – vielleicht durch das Bichlorid des Quecksilbers. Diese Kiste war dreieinhalb Fuß lang, drei Fuß breit und zweieinhalb Fuß tief. Sie war mit schmiedeeisernen Bändern fest gesichert, die, vernietet, das Ganze wie eine Art Gitterwerk umgaben. Auf beiden Seiten der Kiste, nahe dem Deckel, befanden sich drei Eisenringe – sechs insgesamt –, daran sechs Personen gut anfassen konnten. Unsere vereinten, aufs äußerste angespannten Anstrengungen erreichten lediglich, die Truhe um ein weniges nur aus ihrer Lage zu verrücken. Wir erkannten sogleich die Unmöglichkeit, eine so große Last wegzuschaffen. Zum Glück bestand der einzige Verschluß des Deckels aus zwei Gleitriegeln. Diese zogen wir zurück – zitternd und keuchend vor Verlangen. Im nächsten Augenblick lag ein Schatz von unschätzbarem Werte gleißend vor uns. Als die Strahlen der Laternen in das Loch fielen, blitzte aus einem wirren Haufen von Gold und Juwelen eine Glitzerglut herauf, die unsere Augen vollkommen blendete.

Ich maße mir nicht an, die Gefühle beschreiben zu wollen, mit denen ich darauf starrte. Äußerstes Erstaunen herrschte natürlich vor. Legrand wirkte vor Erregung ganz erschöpft und sprach kaum. Jupiters Miene verfärbte sich minutenlang zu so tödlicher Blässe, wie sie nach der Natur der Dinge ein Negergesicht nur anzunehmen vermag. Er schien benommen – wie vom Donner gerührt. Bald darauf fiel er in dem Loche auf die Knie, vergrub seine nackten Arme bis zu den Ellenbogen in Gold und ließ sie darin, ganz als genieße er den Luxus eines Bades. Endlich rief er mit einem tiefen Seufzer, wie im Selbstgespräche, aus:

»Un' das is alles von de Goldkäfer da gekomm'! de hübsche Goldkäfer! das arme kleine Goldkäferchen, wo 'ch so wüst beschimpf' hab! Schäms' dich gar nich, Nigger? – Nu sach schon!«

Zu guter Letzt mußte ich Herrn wie Diener wachrütteln, daß es doch ratsam sei, den Schatz fortzuschaffen. Es wurde schon spät, und es galt nun, sich alle Mühe zu geben, um noch vor Tagesanbruch alles in Sicherheit zu bringen. Was zu tun sei, war schwer zu sagen; und viel Zeit ging über der Beratung dahin – so wirr waren unser aller

Gedanken. Schließlich erleichterten wir die Kiste dadurch, daß wir zwei Drittel ihres Inhalts herausnahmen, worauf wir imstande waren, sie mit einiger Mühe aus dem Loch zu heben. Die entnommenen Gegenstände verbargen wir unter dem Dornengestrüpp und ließen als Wache den Hund zurück, welcher von Jupiter den strikten Befehl erhielt, sich unter gar keinem Vorwande etwa von der Stelle zu rühren noch das Maul aufzumachen, bis wir wiederkämen. Dann begaben wir uns in aller Eile mit der Kiste auf den Heimweg; die Hütte erreichten wir wohlbehalten, doch nach entsetzlicher Mühe um ein Uhr morgens. Erschöpft, wie wir waren, lag es nicht in der menschlichen Natur, sogleich Weiteres zu unternehmen. So ruhten wir denn bis zwei Uhr aus und aßen zur Nacht; gleich darauf brachen wir wieder zu den Hügeln auf, ausgerüstet mit drei derben Säcken, die sich zum Glück auf dem Anwesen gefunden hatten. Kurz vor vier langten wir wieder bei der Grube an, teilten den Rest der Beute so gleichmäßig wie möglich unter uns auf, ließen die Löcher offen und machten uns wieder nach der Hütte auf, wo wir zum zweiten Mal unsere goldene Last abluden, gerade als die ersten Streifen der Morgendämmerung über den Baumwipfeln im Osten aufleuchteten.

Wir waren nun gänzlich erschöpft; doch die starke Anspannung ließ uns keine Ruhe finden. Nach einem unruhigen Schlummer von etwa drei oder vier Stunden Dauer erhoben wir uns wie auf Verabredung, um unseren Schatz zu begutachten.

Die Kiste war bis zum Rande voll gewesen, und wir brachten den ganzen Tag und den größten Teil der folgenden Nacht damit zu, ihren Inhalt gründlich in Augenschein zu nehmen. Eine gewisse Ordnung etwa oder Verteilung war nicht zu erkennen gewesen. Alles war wahllos aufeinandergehäuft. Als wir alles sorgfältig sortiert hatten, fanden wir uns im Besitze eines sogar noch größeren Reichtums, als wir zunächst angenommen. An gemünztem Gelde lagen weit über vierhundertfünfzigtausend Dollar vor uns – wenn man den Wert der Stücke so exakt wie möglich nach den derzeit geltenden Tabellen schätzte. Nicht das kleinste Stückchen Silber war darunter. Alles pures Gold aus alter Zeit und von großer Mannigfalt – französisches, spanisches und deutsches Geld, dazu ein paar englische Guineen und einige Stücke, dergleichen wir noch nie zuvor erblickt. Da waren mehrere sehr große und schwere Münzen, die so abgegriffen waren, daß wir ihre Inschriften nicht mehr erkennen konnten. Amerikanisches Geld fand sich nicht dabei. Den Wert der Juwelen zu schätzen erwies sich als schwieriger. Da gab es Diamanten – einige von ihnen über die Maßen groß und schön – einhundertzehn insgesamt, und nicht einer davon war klein; achtzehn Rubine von bemerkenswertem Glanze; dreihundertzehn Smaragde, alle wunderschön; und einundzwanzig Saphire, dazu ein Opal. Diese Steine waren sämtlich aus den Fassungen gebrochen und lose in die Kiste geworfen worden. Die Einfassungen selber, die wir aus dem übrigen Golde herausklaubten, sahen aus, als wären sie mit Hämmern zerschlagen worden, damit sie nicht mehr wiederzuerkennen wären. Zu alledem kam noch eine gewaltige Menge gediegenen Goldschmucks: nahezu zweihundert massive Finger- und Ohrringe; kostbare Ketten – dreißig, wenn ich mich recht entsinne; dreiundachtzig sehr große und schwere Kruzifixe; fünf goldene Weihrauchgefäße von hohem Wert; eine ungeheure goldene Punschbowle, verziert mit ziseliertem Weinlaub und bacchantischen Gestalten; überdies zwei köstlich gebosselte Schwertgriffe, und noch viele andere kleinere Gegenstände, an die ich mich nicht mehr erinnern kann. Das Gewicht dieser Kostbarkeiten betrug über dreihundertundfünfzig Pfund Handelsgewicht; und in diese Schätzung habe ich noch nicht einmal einhundertsiebenundneunzig prächtige goldene Uhren eingeschlossen; darunter drei, von denen jede mindestens fünfhundert Dollar wert war. Viele von ihnen waren sehr alt und als Zeitmesser wertlos; hatten doch die Werke mehr oder weniger unter Korrosion gelitten – doch alle waren sie reich mit Steinen besetzt und steckten in Gehäusen von hohem Wert. Wir schätzten den gesamten Inhalt der Kiste in jener Nacht auf anderthalb Millionen Dollar; und bei dem späteren Verkauf des Geschmeides und der Juwelen (ein paar behielten wir zum eigenen Gebrauch) stellte sich heraus, daß wir den kostbaren Fund noch bei weitem unterschätzt hatten.

Als wir schließlich unsere Sichtung beendet hatten und die damalige gespannte Erregung sich einigermaßen gelegt hatte, unternahm es Legrand, der wohl sah, daß ich vor Ungeduld beinahe verging, die Lösung dieses so außerordentlichen Rätsels zu erfahren, alle damit verbundenen Umstände ausgiebig und im Detail zu schildern.

»Sie erinnern sich doch«, sagte er, »an jenen Abend, da ich Ihnen die grobe Skizze gab, die ich von dem Skarabäus gemacht hatte. Auch können Sie sich wohl noch besinnen, daß es mich ziemlich verdroß, als Sie darauf beharrten, meine Zeichnung ähnele einem Totenkopfe. Zunächst, als Sie diese Behauptung aufstellten, hielt ich es für einen Scherz; doch später fielen mir die sonderbaren Flecke auf dem Rücken des Insekts ein, und ich mußte bei mir zugeben, daß Ihre Bemerkung tatsächlich nicht ganz unbegründet sei. Dennoch ärgerte mich, wie Sie über meine zeichnerischen Fähigkeiten spotteten – denn ich gelte für einen recht guten Künstler –, und so wollte ich den Pergamentfetzen, als Sie ihn mir zurückgaben, schon zusammenknüllen und wütend ins Feuer werfen.«

»Den Papierfetzen, meinen Sie«, sagte ich.

»Nein; es sah zwar ganz wie Papier aus, und zuerst hielt ich es auch dafür, doch als ich darauf zu zeichnen begann, merkte ich sofort, daß es ein Stück sehr dünnen Pergamentes war. Es war recht schmutzig, Sie erinnern sich. Nun gut, als ich eben drauf und dran war, es zusammenzuknüllen, fiel mein Blick auf die Skizze, welche Sie sich angesehen hatten, und Sie können sich wohl meine Verblüffung vorstellen, als ich doch wahrhaftig die Abbildung eines Totenkopfes gerade da erblickte, wo ich meines Wissens den Käfer gezeichnet hatte. Einen Augenblick lang war ich viel zu verwirrt, um richtig denken zu können. Ich wußte, daß meine Zeichnung im einzelnen von dieser ganz und gar verschieden war – obgleich im allgemeinen Umriß eine gewisse Ähnlichkeit bestand. So nahm ich denn eine Kerze, setzte mich ans andere Ende des Raumes und ging daran, das Pergament genauer zu untersuchen. Als ich es umdrehte, sah ich auf der Rückseite meine eigene Skizze, ganz so, wie ich sie gemacht hatte. Mein erster Gedanke war nun nichts als Überraschung ob der wirklich bemerkenswerten Ähnlichkeit im Umriß – ob der einzigartigen Koinzidenz, wie sie sich in dem Umstand fand, daß auf der anderen Seite des Pergamentes, ohne daß ich es wußte, genau unter meiner Zeichnung des Skarabäus ein Schädel gewesen sein sollte und daß dieser Schädel nicht nur im Umriß, sondern auch in der Größe meiner Skizze so ungemein ähnlich war. Wie gesagt, die Einzigartigkeit dieses Zusammentreffens betäubte mich geradezu. Das ist gewöhnlich die Wirkung solcher Koinzidenzen. Der Geist müht sich ab, einen Zusammenhang herzustellen – eine Folge von Ursache und Wirkung –, und wenn er dazu nicht imstande ist, befällt ihn so etwas wie eine zeitweilige Lähmung. Doch als ich mich von dieser Betäubung erholte, dämmerte mir allmählich eine Überzeugung, die mich weit mehr noch bestürzte als die Koinzidenz. Ich begann mich deutlich, ja mit Bestimmtheit zu erinnern, daß *keinerlei* Zeichnung auf dem Pergament gewesen war, als ich meinen Skarabäus darauf skizziert hatte. Ich war mir dessen vollkommen gewiß; denn ich entsann mich, wie ich das Pergament zuerst auf die eine und dann die andere Seite gewendet hatte, um die sauberste Stelle zu suchen. Wäre der Schädel da bereits darauf gewesen, so hätte ich ihn doch gar nicht übersehen können. Hier stand ich tatsächlich vor einem Rätsel, welches ich nicht zu erklären vermochte; doch selbst damals schon war es mir, als glimme, glühwürmchengleich, in den entlegensten und geheimsten Kammern meines Verstandes eine undeutliche Vorstellung jener Wahrheit auf, wie sie das Abenteuer der vergangenen Nacht aufs glänzendste bewiesen hat. Sogleich erhob ich mich und verwahrte das Pergament sicher und verschob alles weitere Nachdenken, bis ich allein wäre.

Als Sie gegangen waren und Jupiter fest schlief, widmete ich mich einer methodischeren Untersuchung der Angelegenheit. Zuerst einmal überlegte ich, auf welche Art und Weise das Pergament in meinen Besitz gelangt war. Die Stelle, wo wir den Skarabäus entdeckt hatten, lag an der Küste des Festlands, etwa eine Meile östlich der Insel und nur wenig über der Hochwassermarke. Als ich nach dem Käfer griff, biß er mich recht heftig, woraufhin ich ihn fallen ließ. Ehe nun Jupiter das Insekt anfaßte, das auf ihn zugeflogen war, sah er sich mit der ihm eigenen Vorsicht nach einem Blatt oder dergleichen um, womit er zufassen könne. In dem Augenblicke war es nun, daß sein Blick wie auch der meine auf das Stückchen Pergament fiel, das ich damals für Papier hielt. Es lag halb im Sande vergraben, nur eine Ecke ragte hervor. Nahe der Stelle, wo wir dies fanden, bemerkte ich die Überreste dessen, was einstmals offenbar den Rumpf einer Pinasse vorgestellt hatte. Das Wrack schien bereits sehr, sehr lange dort gelegen zu haben; denn eine Ähnlichkeit mit Bootsspanten war kaum noch zu erkennen.

Na schön, Jupiter hob also das Pergament auf, wickelte den Käfer hinein und gab ihn mir. Bald darauf machten wir uns auf den Heimweg und trafen unterwegs Lieutenant G – –. Ich zeigte ihm das Insekt, und er bat, es mit zum Fort nehmen zu dürfen. Auf meine Zusage hin steckte er es sogleich in seine Westentasche, ohne das Pergament, in welches es eingewickelt gewesen und das ich in der Hand behalten hatte, während er den Käfer gemustert. Vielleicht fürchtete er, ich könne mich anders besinnen, und hielt es für das beste, sich der Beute umgehend zu versichern – Sie wissen ja, wie sehr er sich für alles begeistert, was mit Naturgeschichte zusammenhängt. Zur gleichen Zeit muß ich, ohne daß es mir bewußt gewesen wäre, das Pergament mir in die eigene Tasche gesteckt haben.

Sie erinnern sich wohl, als ich an den Tisch trat, um von dem Käfer eine Skizze anzufertigen, fand ich dort, wo es gewöhnlich lag, kein Papier. Ich schaute in die Schublade und fand auch da keines. Darauf suchte ich in meinen Taschen in der Hoffnung, einen alten Brief dort zu haben – und da stieß meine Hand auf das Pergament. Ich schildere

Ihnen derart genau, auf welche Weise es in meinen Besitz gelangt; denn die Umstände haben sich mir besonders nachhaltig eingeprägt.

Zweifellos werden Sie nun glauben, meine Phantasie sei recht lebhaft – doch hatte ich bereits eine Art *Zusammenhang* hergestellt. Zwei Glieder einer großen Kette hatte ich miteinander verbunden. An einer Meeresküste lag ein Boot, und nicht weit von dem Boot fand sich ein Pergament – *kein Papier* – mit dem Bilde eines Schädels darauf. Natürlich werden Sie fragen: ›Wo ist da der Zusammenhang?‹ Darauf erwidere ich, daß der Schädel oder Totenkopf das wohlbekannte Zeichen der Piraten ist. Bei allen Gefechten wird die Flagge mit dem Totenkopf gehißt. Wie gesagt, der Fetzen war Pergament und nicht Papier. Pergament ist dauerhaft – beinahe unzerstörbar. Unwichtige Angelegenheiten werden wohl kaum Pergament anvertraut; denn zu den bloß gewöhnlichen Zwecken des Schreibens oder Zeichnens eignet es sich nicht annähernd so gut wie Papier. Diese Erwägung legte den Schluß nahe, mit dem Totenkopf habe es etwas auf sich – etwas von großem Belang. Auch versäumte ich nicht, auf die *Form* des Pergaments genau zu achten. Obschon eine seiner Ecken durch irgendeinen Zufall zerstört worden war, konnte man doch noch erkennen, daß die ursprüngliche Form länglich gewesen. Ja, es war genau ein solcher Streifen, wie man ihn für ein Merkzeichen wählen würde – für die Aufzeichnung einer Sache, welche lange in Erinnerung bleiben und also sorgfältig aufbewahrt werden soll.«

»Aber«, warf ich ein, »Sie sagen doch, der Schädel sei *gar nicht* auf dem Pergament gewesen, als Sie den Käfer zeichneten. Wie kommen Sie dann auf einen Zusammenhang zwischen dem Boot und dem Schädel – da letzterer ja, wie Sie selber zugeben, erst zu einem späteren Zeitpunkt gezeichnet worden sein muß (Gott allein weiß, wie oder von wem), also *nach* Ihrem Skarabäus?«

»Ah, darum dreht sich ja das ganze Geheimnis; wenngleich mir in diesem Punkte die Lösung verhältnismäßig wenig Mühe bereitete. Meine Schritte waren sicher und konnten nur ein einziges Ergebnis zeitigen. Zum Beispiel bewegten sich meine Gedanken in folgender Richtung: Als ich den Skarabäus zeichnete, war auf dem Pergament keinerlei Schädel sichtbar. Als ich die Zeichnung beendet hatte, überließ ich sie Ihnen und beobachtete Sie aufmerksam, bis Sie mir diese zurückgaben. *Sie* haben also den Schädel nicht gezeichnet, und sonst war niemand da, der es hätte tun können. So war es also nicht durch menschliches Tun geschehen. Und dennoch war es geschehen.

Als meine Überlegungen so weit gediehen waren, versuchte ich, mich an jeden Vorfall innerhalb des fraglichen Zeitraumes zu erinnern, was mir auch in aller Deutlichkeit gelang. Es war kaltes Wetter gewesen (oh, welch seltener und glücklicher Zufall!), und ein Feuer brannte im Herde. Ich war erhitzt von körperlicher Anstrengung und saß am Tisch. Sie hatten sich jedoch einen Stuhl nahe ans Feuer gerückt. Gerade, als ich Ihnen das Pergament in die Hand gedrückt hatte und Sie darin begriffen waren, es zu betrachten, kam Wolf, der Neufundländer, herein und sprang an Ihnen hoch. Mit der linken Hand streichelten Sie ihn und wehrten ihn ab, während Sie Ihre rechte, die das Pergament hielt, unachtsam zwischen den Knien herunterhängen ließen, in nächster Nähe zum Feuer. Einmal dachte ich schon, es hätte Feuer gefangen, und wollte Sie schon zur Vorsicht mahnen, doch noch ehe ich etwas sagen konnte, hatten Sie es zurückgezogen und sich in seine Betrachtung vertieft. Als ich nun all diese Einzelheiten bedachte, zweifelte ich nicht einen Augenblick, daß *Hitze* als die Kraft gewirkt, welche auf dem Pergament den Schädel, welchen ich darauf abgebildet fand, ans Licht gebracht hatte. Ihnen ist sicher bekannt, daß es chemische Präparate gibt und seit undenklichen Zeiten gegeben hat, mit deren Hilfe es möglich ist, so auf Papier oder Velin zu schreiben, daß die Schriftzeichen nur dann sichtbar werden, wenn man sie der Einwirkung von Feuerhitze aussetzt. Zaffer, in *aqua regia* digeriert und mit der vierfachen Gewichtsmenge Wasser verdünnt, wird manchmal verwendet; das ergibt eine grüne Tinte. Löst man Kobaltregulus in Salpetergeist, erhält man eine rote. Diese Farben verschwinden nach längerer oder kürzerer Zeit, wenn das so beschriebene Material abkühlt, werden aber bei neuerlicher Erhitzung wieder sichtbar.

Nun untersuchte ich den Totenkopf mit großer Sorgfalt. Seine Begrenzungslinien – also die Linien der Zeichnung, welche dem Rande des Velins am nächsten lagen – waren weit *deutlicher* als die anderen. Es zeigte klar, daß die Wärmeeinwirkung unvollkommen oder ungleichmäßig gewesen war. Ich entfachte sogleich ein Feuer und setzte jeden Teil des Pergaments glühender Hitze aus. Zunächst bestand die Wirkung einzig darin, daß die schwachen Linien des Schädels stärker hervortraten; doch als ich in dem Experiment beharrlich fortfuhr, wurde in der Ecke des Streifens, welche der Stelle, da der Totenkopf gezeichnet war, diagonal gegenüberlag, eine Gestalt sichtbar, die ich zunächst für eine Ziege hielt. Bei näherer Betrachtung gewann ich aber die Überzeugung, daß es ein Zicklein, ein Kitz, sein sollte.«

»Ha! ha!« sprach ich, »gewiß habe ich kein Recht, Sie auszulachen – anderthalb Millionen sind eine viel zu ernste Sache, um darüber zu spaßen –, aber Sie wollen doch nicht etwa ein drittes Glied in Ihrer Kette einführen – Sie wollen doch wohl nicht eine besondere Beziehung zwischen Ihren Piraten und einer Ziege herstellen – Piraten haben, wie Ihnen bekannt sein dürfte, mit Ziegen gar nichts zu tun; für die sind wohl doch die Landwirte zuständig.«

»Aber ich habe ja gerade gesagt, daß die Figur *keine* Ziege war.«

»Na schön, dann eben ein Ziegenkitz – das dürfte ja wohl so ziemlich dasselbe sein.«

»Ziemlich, aber eben nicht ganz«, sagte Legrand. »Vielleicht haben Sie schon von einem gewissen *Kapitän Kidd*[1] gehört. Ich habe in der Gestalt des Tieres gleich eine Art wortspielerischer oder hieroglyphischer Unterschrift gesehen. Ich sage Unterschrift; weil die Lage auf dem Velin diesen Gedanken nahelegte. Der Totenkopf in der diagonal gegenüberliegenden Ecke sah auf ebensolche Art wie ein

1 *kid*: engl., Kitz, Zicklein. – Anm. d. Übers.

Stempel oder Siegel aus. Aber was so gar nicht in mein Konzept passen wollte, war, daß alles andere fehlte – der Hauptinhalt meines vermeintlichen Dokuments – der Text zu meinem Kontext.«

»Sie erwarteten wohl, zwischen Stempel und Unterschrift einen Brief zu finden.«

»Irgend etwas der Art. Tatsache ist, ich fühlte mich unwiderstehlich durchdrungen von einer Vorahnung kommenden großen Glücks. Warum, vermag ich kaum zu sagen. Vielleicht war es letzten Endes eher ein Wunsch denn wirklicher Glaube – aber wissen Sie, daß Jupiters albernes Gerede, der Käfer bestehe aus massivem Gold, eine bemerkenswerte Wirkung auf meine Phantasie hatte? Und dann diese Reihe von Zufällen und Koinzidenzen – dies alles war so *höchst* außergewöhnlich. Ist Ihnen aufgefallen, welch bloßer Zufall es war, daß sich all diese Ereignisse gerade an dem *einzigen* Tag des ganzen Jahres zutrugen, an dem es bisher kühl genug gewesen war oder gewesen sein mochte, um Feuer zu machen, und daß ohne das Feuer oder ohne das Dazwischenkommen des Hundes in eben genau dem Augenblick, da er erschien, ich niemals des Totenkopfes ansichtig und somit auch nie Besitzer des Schatzes geworden wäre?«

»Fahren Sie doch fort – ich brenne vor Ungeduld.«

»Nun gut; Sie haben natürlich von den vielen Geschichten gehört, die da im Gange – den tausend vagen Gerüchten, die da im Schwange, daß Kidd und seine Spießgesellen irgendwo an der atlantischen Küste Geld vergraben haben sollen. Diese Gerüchte nun müssen irgendwie auf Tatsachen beruhen. Und daß die Gerüchte sich schon so lange und so ausdauernd halten, konnte, wie mir schien, einzig von dem Umstande herrühren, daß der vergrabene Schatz *noch immer* in der Erde lag. Hätte Kidd seine Beute eine Zeitlang versteckt und sich später wiedergeholt, so wären die Gerüchte wohl kaum in ihrer gegenwärtigen, unveränderten Form zu uns gedrungen. Es wird Ihnen nicht entgangen sein, daß in all den Geschichten einzig von Schatzsuchern die Rede ist, nicht aber von glücklichen Findern. Hätte der Pirat sein Geld wieder an sich gebracht, dann wäre es ruhig um die Sache geworden. Mir wollte scheinen, daß irgendein Zufall – etwa der Verlust eines Merkzeichens, in welchem die genaue Stelle angegeben – ihn der Mittel beraubt habe, den Schatz wieder zu bergen, und daß dieser Zufall seinen Gefolgsleuten zu Ohren gekommen sein muß, die sonst wohl nie etwas davon erfahren hätten, daß überhaupt ein Schatz versteckt worden war, und die durch ihre vergeblichen, weil aufs Geratewohl unternommenen Versuche, diesen wiederzufinden, die Geschichten überhaupt erst in die Welt und dann allgemein in Umlauf gesetzt hatten, die heute so verbreitet sind. Haben Sie je davon gehört, daß entlang der ganzen Küste irgendein bedeutender Schatz gehoben worden wäre?«

»Nie.«

»Doch alle Welt weiß, daß Kidd ungeheure Reichtümer angehäuft hatte. Ich nahm es daher für erwiesen an, daß die Erde sie noch immer barg; und es wird Sie nun kaum überraschen, wenn ich Ihnen sage, daß ich Hoffnung, ja fast Gewißheit verspürte, das Pergament, welches auf so seltsame Weise sich fand, enthalte das einst verlorengegangene Dokument über den Ort des Verstecks.«

»Doch wie sind Sie denn nun vorgegangen?«

»Ich hielt das Velin noch einmal ans Feuer, nachdem ich es zu größerer Hitze entfacht hatte; doch nichts zeigte sich. Da kam mir der Gedanke, meine Erfolglosigkeit könne möglicherweise an dem Schmutzüberzug liegen; also spülte ich sorgfältig das Pergament ab, indem ich warmes Wasser darüber goß, und als dies getan war, legte ich es in eine Zinnpfanne, den Schädel nach unten, und stellte die Pfanne auf ein Holzkohlenfeuer. Nach wenigen Minuten, als die Pfanne gründlich erhitzt war, nahm ich den Streifen heraus und fand ihn zu meiner unaussprechlichen Freude an mehreren Stellen gesprenkelt; es sah aus wie in Reihen angeordnete Figuren. Noch einmal legte ich also das Pergament in die Pfanne und ließ es eine weitere Minute darin. Als ich es dann wieder herausnahm, sah das Ganze so aus, wie Sie es jetzt hier sehen.«

Damit reichte mir Legrand das Pergament, welches er erneut erhitzt hatte, zur Ansicht. Zwischen dem Totenkopf und der Ziege standen mit roter Farbe in ungelenker Schrift die folgenden Charaktere geschrieben:

53‡‡†305))6*;4826)4‡.)4‡);806*;48†8¶60))85;;]8
*;:‡*8†83(88)5*†;46(;88*96*?;8)*‡(;485);5*†2:*‡(
;4956*2(5*–4)8¶8*;4069285);)6†8)4‡‡;1(‡9;4808
1;8:8‡1;48†85;4)485†528806*81(‡9;48;(88;4(‡?
34;48)4‡;161;:188;‡?;

»Aber«, sagte ich und gab ihm den Streifen zurück, »ich tappe noch genauso im dunkeln wie zuvor. Und warteten meiner auch all die Juwelen von Golkonda bei der Lösung dieses Rätsels, bei Gott, ich vermöchte es nicht, sie mir zu verdienen.«

»Und dennoch«, sagte Legrand, »ist die Lösung keineswegs so schwierig, wie Sie Ihnen nach dem ersten flüchtigen Blick auf die Zeichen vorkommen mag. Diese Charaktere bilden, wie jedermann leicht erraten mag, eine Geheimschrift – das heißt, sie haben eine Bedeutung; doch nach allem, was man von Kidd weiß, konnte ich mir nicht vorstellen, daß er sich auf das Ausklügeln besonders raffinierter Chiffren verstanden hätte. Ich stellte mich also von vornherein darauf ein, daß diese hier zu der simpleren Sorte gehöre – freilich aber so beschaffen sei, daß sie primitivem Seemannsverstand ohne den Schlüssel gänzlich unlösbar erscheinen mußte.«

»Und Sie haben sie tatsächlich entschlüsselt?«

»Ohne weiteres; habe ich doch schon ganz andere Chiffren aufgelöst, die zehntausendmal komplizierter verschlüsselt waren. Die Umstände und eine gewisse geistige Neigung haben mich an derlei Rätselspielen Gefallen finden lassen, und es darf bezweifelt werden, ob menschlicher Scharfsinn überhaupt ein Rätsel der Art zu ersinnen vermag, welches nicht menschlicher Scharfsinn, mit gehörigem Fleiße, zu lösen vermöchte. Ja, als ich erst einmal zusammenhängende und lesbare Charaktere festgestellt hatte, wandte ich kaum einen Gedanken auf die bloße Schwierigkeit, ihren Sinn zu erschließen.

Im vorliegenden Falle – ja, in allen Fällen von Geheimschrift – gilt die erste Frage der *Sprache*, in der sie abgefaßt ist; denn die Prinzipien der Lösung hängen, besonders was die simpleren Chiffren angeht, vom Geist ab, welcher dem jeweiligen Idiom eigentümlich, und ändern sich entsprechend. Im allgemeinen gibt es nun keine andere Möglichkeit, als (geleitet von Wahrscheinlichkeiten) sämtliche Sprachen durchzuprobieren, die dem, welcher die Lösung unternimmt, geläufig sind, bis die richtige gefunden ist. Doch bei der Chiffre, die wir hier vor uns haben, sind wir durch die Unterschrift aller Schwierigkeit enthoben. Das Wortspiel mit dem Namen ›Kidd‹ ist in keiner anderen Sprache denn der englischen verständlich. Wäre diese Erwägung nicht gewesen, hätte ich es zunächst mit Spanisch und Französisch versuchen müssen, denjenigen Sprachen also, in welchen ein Geheimnis dieser Art von einem Piraten der karibischen Gewässer wohl natürlicherweise abgefaßt worden wäre. Wie die Dinge aber lagen, nahm ich also an, es sei dies ein englisches Kryptogramm.

Wie Sie sehen, gibt es keinerlei Abstände zwischen den Wörtern. Wären die Wörter voneinander getrennt, so hätte ich es mit einem verhältnismäßig leichten Problem zu tun gehabt. In einem solchen Falle hätte ich mit einer Kollation und Analyse der kürzeren Wörter begonnen, und wäre ein Wort aus nur einem einzigen Buchstaben vorgekommen, was ja höchstwahrscheinlich ist (zum Beispiel *a* oder *I*), hätte ich die Lösung für gesichert angesehen. Doch da keine Aufteilung vorlag, ging ich als erstes daran, die häufigsten Buchstaben zu ermitteln und ebenso die am wenigsten häufigen. So habe ich sie denn alle gezählt und folgende Tabelle aufgestellt:

Das Zeichen 8	kommt	33	mal	vor.
;	"	26	"	" .
4	"	19	"	" .
‡)	"	16	"	" .

*	”	13	”	”	.
5	”	12	”	”	.
6	”	11	”	”	.
† 1	”	8	”	”	.
0	”	6	”	”	.
9 2	”	5	”	”	.
: 3	”	4	”	”	.
?	”	3	”	”	.
¶	”	2	”	”	.
] – .	”	1	”	”	.

Nun ist *e* im Englischen der Buchstabe, welcher am häufigsten vorkommt. Danach geht die Reihenfolge: *a o i d h n r s t u y c f g l m w b k p q x z. E* dominiert jedoch in so außerordentlichem Maße, daß kaum ein einzelner Satz von einiger Länge zu finden sein dürfte, in welchem es nicht der vorherrschende Buchstabe wäre.

Somit haben wir also gleich zu Beginn die Grundlage für etwas, das über bloße Vermutung hinausgeht. Der allgemeine Nutzen, der aus der Tabelle zu ziehen ist, liegt auf der Hand – doch bei dieser unserer speziellen Geheimschrift werden wir ihrer Hilfe nur zu einem kleinen Teil bedürfen. Da unser häufigstes Zeichen *8* ist, wollen wir damit beginnen, es für das *e* des natürlichen Alphabets zu nehmen. Um die Richtigkeit dieser Annahme zu prüfen, wollen wir doch einmal sehen, ob *8* häufig paarweise auftritt – denn im Englischen wird *e* sehr oft verdoppelt – in solchen Wörtern zum Beispiel wie *meet*, *fleet*, *speed*, *seen*, *been*, *agree* usw. Im vorliegenden Falle finden wir es nicht weniger denn fünfmal doppelt, obgleich das Kryptogramm nur kurz ist.

Nehmen wir also an, *8* sei *e*. Von allen *Wörtern* der englischen Sprache ist nun der bestimmte Artikel *the* das häufigste; sehen wir also nach, ob sich nicht in der gleichen Anordnung drei Zeichen wiederholen, deren letztes *8* ist. Stellen wir eine solche Zeichengruppe wiederholt fest, so dürfte sie höchstwahrscheinlich das Wort *the* darstellen. Bei der Durchsicht stoßen wir auf nicht weniger denn sieben solche Folgen, und zwar mit den Zeichen *;48*. Wir dürfen daher annehmen, daß das Semikolon *t*, *4* das *h* und *8* das *e* vertritt – das letztere ist nun wohl bestätigt. Damit ist ein großer Schritt getan.

Haben wir aber bereits ein einzelnes Wort festgestellt, sind wir imstande, einen überaus wichtigen Punkt zu bestimmen; nämlich diverse Anfänge und Endungen anderer Wörter. Nehmen wir doch zum Beispiel einmal den vorletzten Fall, da die Kombination *;48* vorkommt – nicht weit vom Ende des Textes. Wir wissen, daß das unmittelbar folgende Semikolon den Anfang eines Wortes darstellt, und von den sechs Charakteren, welche nach diesem *the* kommen, kennen wir nicht weniger denn fünf. Setzen wir nun also für diese Charaktere die Buchstaben ein, welche sie unseres Wissens vertreten, wobei wir für den einen unbekannten einen Zwischenraum frei lassen –

t eeth.

Hier sehen wir uns nun sogleich imstande, das *th* auszusondern, da es keinen Teil des mit dem ersten *t* beginnenden Wortes bildet; denn wenn wir das gesamte Alphabet nach einem Buchstaben durchgehen, welcher in die Lücke passen könnte, stellen wir fest, daß sich kein Wort bilden läßt, das dieses *th* enthalten könnte. So engt sich das Ganze ein auf

t ee,

und probieren wir nun, falls nötig, wie zuvor das Alphabet noch einmal durch, so kommen wir zu dem Wort *tree* als der einzig möglichen Lesart. Somit haben wir einen weiteren Buchstaben gewonnen, *r*, vertreten durch *(*, dazu nebeneinander die Wörter *the tree.*

Schauen wir nun ein kleines Stück weiter, so stoßen wir erneut auf die Kombination *;48* und nutzen dieses nun zur *Abgrenzung* des unmittelbar Vorhergehenden. Wir erhalten also diese Folge:

the tree ;4(‡?34 the,

beziehungsweise lautet diese, wenn wir die uns bekannten Buchstaben einsetzen, nun so:

the tree thr‡?3h the.

Wenn wir nun an Stelle der noch unbekannten Charaktere Zwischenräume lassen oder Pünktchen setzen, so lesen wir:

the tree thr...h the,

worauf sogleich das Wort *through* in die Augen springt. Diese Entdeckung bringt uns aber nun drei neue Buchstaben ein, *o*, *u* und *g*, vertreten durch ‡, ? und 3.

Sehen wir den Text nun genau nach Kombinationen aus den uns bekannten Charakteren durch, so finden wir nicht weit vom Anfang die folgende Gruppe:

83(88, oder *egree,*

was eindeutig der Schluß des Wortes *degree* ist und uns als neuen Buchstaben das *d* beschert, vertreten durch †.

Vier Buchstaben hinter dem Wort *degree* entdecken wir die Kombination

*;46(;88**.

Übertragen wir die bekannten Zeichen und geben die unbekannten wie zuvor durch Pünktchen wieder, so lesen wir:

th.rtee.,

eine Folge, die sogleich das Wort *thirteen* nahelegt und uns abermals mit zwei neuen Buchstaben ausrüstet, *i* und *n*, vertreten durch *6* und *.

Wenden wir uns nun dem Anfang des Kryptogramms zu, so finden wir da die Kombination

53‡‡†.

Übertragen wir diese wie zuvor, so erhalten wir

.good,

was uns die Gewißheit gibt, daß der erste Buchstabe *A* ist und die beiden ersten Worte *A good* lauten.

Um Verwirrung zu vermeiden, ist es jetzt an der Zeit, daß wir unseren Schlüssel, soweit wir ihn entdeckt haben, in einer Tabelle darstellen. Und das sieht so aus:

5	steht für	a
†	"	d
8	"	e
3	"	g
4	"	h

6	"	i
*	"	n
‡	"	o
(	"	r
;	"	t.

Wir haben also nicht weniger als zehn der wichtigsten Buchstaben dargestellt, und es ist sicher nicht nötig, mit den Einzelheiten der Lösung fortzufahren. Ich habe wohl genug gesagt, um Sie davon zu überzeugen, daß Chiffren dieser Art leicht zu entschlüsseln sind, und Ihnen einen Einblick in das logische *Grundprinzip* ihrer Entzifferung zu geben. Doch seien Sie versichert, daß unser Beispiel hier zu den allereinfachsten Sorten von Kryptographie gehört. Es bleibt mir nur noch, Ihnen die vollständige Übertragung der enträtselten Zeichen auf dem Pergament zu geben. Sie lautet:

›A good glass in the bishop's hostel in the devil's seat twenty-one degrees and thirteen minutes northeast and by north main branch seventh limb east side shoot from the left eye of the death's-head a bee line from the tree through the shot fifty feet out.‹[1]

»Aber«, sagte ich, »das Rätsel bedünkt mich um nichts gebessert. Wie sollte es nur möglich sein, aus all dem Kauderwelsch von *devil's seat, death's-head* und *bishop's hostel* einen Sinn herauszuholen?«

»Ich gestehe«, erwiderte Legrand, »daß die Sache noch immer recht schwierig aussieht, wenn man sie flüchtig betrachtet. Mein erstes Bestreben war nun, das Ganze in die natürlichen Abschnitte einzuteilen, wie sie der Kryptograph im Sinn gehabt.«

»Sie meinen, Interpunktion zu setzen?«

»So ungefähr.«

»Aber wie war das zu bewerkstelligen?«

»Ich habe mir überlegt, daß der Schreiber seine Wörter

1 *›Ein gutes Glas in Bishop's Hotel auf dem Teufelssitz einundzwanzig Grad und dreizehn Minuten Nordnordost Hauptast siebter Zweig Ostseite schieß vom linken Auge des Totenkopfes eine gerade Linie vom Baum durch den Schuß fünfzig Fuß fort.‹* – Anm. d. Übers.

absichtlich ohne Abtrennung ineinander übergehen ließ, um die Lösung zu erschweren. Nun, verfolgt ein Mann, der nicht allzu großen Geistes ist, diesen Zweck, so dürfte er mit ziemlicher Sicherheit des Guten zuviel tun. Sobald er nun im Verlaufe der Abfassung bei einem Absatz im Thema anlangt, wie er ganz natürlich einen Gedankenstrich erfordern würde oder einen Punkt, so wäre er nur um so mehr geneigt, seine Zeichen gerade an dieser Stelle noch enger als sonst aneinanderzusetzen. Wenn Sie sich im vorliegenden Falle das Manuskript einmal daraufhin ansehen, so werden Sie ohne weiteres fünf solche Stellen ungewöhnlich dichter Häufung entdecken. Ich folgte diesem Hinweis und gliederte das Ganze folgendermaßen:

›Ein gutes Glas in Bishop's Hotel auf dem Teufelssitz – einundzwanzig Grad und dreizehn Minuten – Nordnordost – Hauptast siebter Zweig Ostseite – schieß vom linken Auge des Totenkopfes – eine gerade Linie vom Baum durch den Schuß fünfzig Fuß fort.‹«

»Selbst diese Einteilung«, sagte ich, »läßt mich noch immer im dunkeln.«

»Mir ging es ebenso«, entgegnete Legrand, »ein paar Tage lang; indessen ich in der Umgegend von Sullivan's Island eifrig nach einem Bauwerk forschte, das den Namen ›Bishop's Hotel‹ führte; denn das veraltete Wort *hostel* behielt ich selbstverständlich nicht bei. Da ich nichts in Erfahrung bringen konnte, stand ich schon im Begriffe, meine Suche auf ein größeres Gebiet auszudehnen und systematischer vorzugehen, als mir eines Morgens mit einem Mal der Gedanke durch den Kopf fuhr, dieses ›Bishop's Hotel‹ könne vielleicht etwas mit einer alten Familie namens Bessop zu tun haben, welche vor undenklichen Zeiten sich im Besitze eines alten Herrenhauses befunden, etwa vier Meilen nördlich der Insel. Also begab ich mich hinüber zu der Plantage und nahm bei den älteren Negern dort meine Erkundigungen wieder auf. Schließlich sagte mir eine der bejahrtesten Frauen, sie habe von einem Orte namens *Bessop's Castle* gehört, und meinte, sie könne mich wohl hinführen, aber ein ›Kastell‹ sei es nicht, auch keine Herberge, sondern ein hoher Felsen.

Ich bot ihr an, ihr ihre Mühe gut zu lohnen, und nach einigem Zögern willigte sie ein, mich zu der Stelle zu begleiten. Wir fanden diese ohne große Schwierigkeit, worauf ich die alte Frau entließ und daranging, die Stelle zu untersuchen. Das ›Kastell‹ bestand aus einer regellosen Ansammlung von Klippen und Felsen – unter den letzteren fiel einer ob seiner Höhe wie auch seiner vereinzelten und künstlichen Erscheinung besonders auf. Ich erklomm seinen Gipfel und wußte dann nicht so recht, was ich nun weiter tun sollte.

Während ich noch mit mir zu Rate ging, fiel mein Blick auf einen schmalen Vorsprung in der Ostwand des Felsens, vielleicht ein Yard unterhalb der Spitze, auf der ich stand. Dieser Vorsprung ragte etwa achtzehn Zoll weit heraus und war nicht mehr als einen Fuß breit, während eine Nische im Felsen darüber ihm eine grobe Ähnlichkeit mit einem der hohlrückigen Stühle verlieh, wie sie unsere Vorfahren in Gebrauch hatten. Ich hegte keinen Zweifel, daß dies hier der ›Teufelssitz‹ sei, von welchem in dem Manuskripte die Rede, und nun war mir, als begreife ich das volle Geheimnis des Rätsels.

Das ›gute Glas‹, so erkannte ich, konnte sich auf nichts als ein Fernrohr beziehen; denn in anderem Sinne wird das Wort ›Glas‹ von Seeleuten kaum verwendet. Hier war also, das sah ich sogleich, ein Fernglas zu benutzen, von einem ganz bestimmten Blickwinkel aus, *der keinerlei Abweichung zuließ*. Auch zögerte ich nicht anzunehmen, daß die Ausdrücke ›einundzwanzig Grad und dreizehn Minuten‹ und ›Nordnordost‹ als Anweisungen für die Einstellung des Glases zu verstehen seien. Höchlich erregt über diese Entdeckungen, eilte ich nach Hause, holte ein Teleskop und kehrte zu dem Felsen zurück.

Ich ließ mich auf den Vorsprung hinab und merkte, daß es unmöglich war, anders als in einer einzigen bestimmten Stellung darauf zu sitzen. Dieser Umstand bestätigte meinen zuvor gefaßten Gedanken. Nun schickte ich mich an, das Glas zu gebrauchen. Natürlich konnten die ›einundzwanzig Grad und dreizehn Minuten‹ nichts anderes meinen als die Richthöhe über dem sichtbaren Horizont, denn die horizontale Richtung war eindeutig mit den Worten ›Nordnordost‹ vorgegeben. Letztere Richtung stellte ich sogleich mittels eines Taschenkompasses fest; dann richtete ich das Glas, so gut ich es zu schätzen vermochte, auf einen Höhenwinkel von einundzwanzig Grad aus und bewegte es vorsichtig auf und ab, bis meine Aufmerksamkeit von einer kreisförmigen Spalte oder Öffnung im Blattwerk eines gewaltigen Baumes gefesselt ward, der seinesgleichen in der Ferne überragte. Im Mittelpunkt dieses Spaltes gewahrte ich einen weißen Fleck, konnte aber zunächst nicht ausmachen, was es war. Als ich das Teleskop schärfer eingestellt hatte, blickte ich abermals hin und erkannte es nun als einen menschlichen Schädel.

Diese Entdeckung stimmte mich so zuversichtlich, daß ich das Rätsel als gelöst betrachtete; denn der Ausdruck ›Hauptast, siebter Zweig, Ostseite‹ konnte nur die Stelle bezeichnen, an der sich der Schädel auf dem Baume befand, während ›schieße vom linken Auge des Totenkopfes‹ hinsichtlich der Suche nach einem vergrabenen Schatze auch nur eine Deutung zuließ. Ich verstand nun, daß der Plan darin bestand, eine Kugel vom linken Auge des Schädels herabfallen zu lassen, und daß eine gerade Linie oder, anders ausgedrückt, der kürzeste Weg vom nächstgelegenen Punkt des Baumstammes durch ›den Schuß‹ (bzw. die Stelle, wo die Kugel heruntergefallen war) und von dort auf eine Strecke von fünfzig Fuß verlängert, einen ganz bestimmten Punkt anzeigen würde – und unter diesem Punkte hielt ich es zumindest für *möglich*, daß da ein Schatz verborgen läge.«

»All dies«, sagte ich, »ist ungemein einleuchtend, und obschon sinnreich erdacht, ist es doch einfach und klar. Und was geschah, als Sie das ›Bishop's Hotel‹ verlassen hatten?«

»Nun, nachdem ich mir die Lage des Baumes genau eingeprägt hatte, wandte ich mich wieder heimwärts. Sobald ich jedoch den ›Teufelssitz‹ verlassen hatte, verschwand der kreisförmige Spalt; auch danach konnte ich keinen Blick mehr davon erhaschen, wie sehr ich mich auch wenden mochte. Was mir bei der ganzen Sache wirklich genial vorkommt, ist die Tatsache (und wiederholtes Experiment hat mich überzeugt, daß es eine Tatsache *ist*), daß die besagte kreisrunde Öffnung von keinem anderen erreichbaren Standpunkte aus sichtbar ist denn ebenjenem, den der schmale Vorsprung an der Felswand gewährt.

Bei dieser Expedition zum ›Bishop's Hotel‹ hatte mich Jupiter begleitet, der zweifellos schon etliche Wochen mein zerstreutes Wesen bemerkt hatte und ganz besondere Vorsicht walten ließ, mich nicht allein zu lassen. Am nächsten Tage aber, da ich sehr zeitig aufgestanden war, gelang es mir, ihm zu entwischen, und ich ging in die Berge hinüber, den Baum zu suchen. Nach vieler Mühsal fand ich ihn dann. Als ich abends heimkehrte, wollte mein Diener mir eine Tracht Prügel verabreichen. Mit dem Rest des Abenteuers sind Sie, glaube ich, ebensogut bekannt wie ich.«

»Ich nehme an«, sagte ich, »beim ersten Grabungsversuch haben Sie die Stelle wohl durch Jupiters Dummheit verfehlt, weil er den Käfer durch das rechte statt das linke Auge des Schädels fallen ließ –«

»Ganz recht. Dieser Fehler ergab für den ›Schuß‹ eine Abweichung von etwa zweieinhalb Zoll – das heißt für die dem Baum am nächsten gelegene Stelle des Pflocks, und hätte sich der Schatz *unter* dem ›Schuß‹ befunden, so wäre der Irrtum nicht weiter bedeutungsvoll gewesen; doch ›der Schuß‹ und der nächste Punkt des Baumes waren lediglich zwei Punkte, die Richtung einer Linie zu bestimmen; so ward der Fehler, mochte er zunächst auch noch so gering sein, natürlich immer größer, je weiter wir die Gerade verlängerten, und als wir fünfzig Fuß weit gegangen waren, hatten wir die rechte Spur dann gänzlich verloren. Wäre ich nicht im tiefsten Innern so fest davon überzeugt gewesen, daß tatsächlich hier irgendwo ein Schatz vergraben läge, so wäre all unsere Mühe wohl gar umsonst gewesen.«

»Ich denke mir«, sagte ich, »auf den absonderlichen Einfall mit dem *Schädel* – eine Kugel durch das Auge fallen zu lassen – war Kidd wohl durch die Piratenflagge gekommen. Ohne Zweifel empfand er so etwas wie poetische Konsequenz darin, sein Geld durch dieses ominöse Standeszeichen wiederzugewinnen.«

»Vielleicht; doch es will mich nicht anders bedünken, als daß der gesunde Menschenverstand genausoviel mit der Sache zu tun hatte wie poetische Konsequenz. Um vom Teufelssitz aus sichtbar zu sein, mußte der Gegenstand, war er klein, unbedingt *weiß* sein; und nichts vermag nun einmal so wie der menschliche Schädel, allen Wetterunbilden ausgesetzt, das Weiß zu bewahren oder gar noch zu bleichen.«

»Doch Ihr pathetisches Gerede und Ihr Gehabe, da Sie den Käfer hin und her schwenkten – wie überaus wunderlich! Ich war sicher, Sie wären verrückt geworden. Und warum haben Sie darauf bestanden, den Käfer statt einer Kugel durch den Schädel fallen zu lassen?«

»Nun, ehrlich gesagt, ich ärgerte mich etwas über Ihre offensichtlichen Zweifel an meinem Verstande, und so beschloß ich, Sie stillschweigend, auf meine eigene Weise, durch ein klein wenig bescheidene Mystifizierung zu bestrafen. Aus diesem Grunde schwenkte ich den Käfer hin und her, und aus diesem Grunde ließ ich ihn vom Baume herunterfallen. Eine Bemerkung Ihrerseits bezüglich seines großen Gewichtes hat letzteren Gedanken mir eingegeben.«

»Ja, ich verstehe; und nun bleibt mir nur noch ein Punkt, der mir Kopfzerbrechen bereitet. Was sollen wir von den Skeletten halten, die wir in dem Loche gefunden haben?«

»Das ist eine Frage, welche ich ebensowenig zu beantworten vermag wie Sie. Es scheint jedoch nur eine einzige plausible Erklärung dafür zu geben – und doch wäre es schrecklich, müßte man an eine solche Greueltat glauben, wie meine Vermutung sie enthielte. Es ist klar, daß Kidd – falls es wirklich Kidd ist, der diesen Schatz versteckt hat, woran ich aber nicht zweifle –, es ist klar, daß er Hilfe bei dem mühseligen Werke gehabt haben muß. Doch als die ärgste Arbeit getan war, mag er es für tunlich gehalten haben, alle Mitwisser seines Geheimnisses zu beseitigen. Da genügten vielleicht schon ein paar Hiebe mit einer Hacke, dieweil die Mithelfer noch in der Grube tätig waren; vielleicht brauchte es auch ein Dutzend – wer will das sagen?«

DER SCHWARZE KATER

Für diese gar schauerliche und doch so einfache Geschichte, die ich hier zu Papier bringen will, erwarte ich weder noch erbitte ich Glauben. Fürwahr, Tollheit wär's, würde ich darauf rechnen in einem Falle, wo selbst die eignen Sinne ihrem eignen Zeugnis nicht trauen wollen. Doch toll bin ich mitnichten – und ganz gewiß auch träume ich nicht. Aber morgen heißt es sterben, und so möchte ich heute meine Seele wohl erleichtern. Der Zweck, den ich unmittelbar mir vorgesetzt, ist dabei der, frei heraus, in bündiger Kürze und ohne zu deuteln der Welt eine Reihe von bloß alltäglichen Ereignissen zu unterbreiten. In ihren Folgen haben diese Geschehnisse mich erschreckt – gepeinigt – vernichtet. Dennoch will ich nichts zu erklären versuchen. Mir haben sie kaum anderes als Grauen gebracht – vielen werden sie wohl weniger schrecklich denn *baroque* anmuten. Vielleicht findet sich hiernach gar ein Verstand, der meine Phantasmen aufs Gewöhnliche zurückführt – ein Verstand, ruhiger, logischer und weit weniger erregbar, als der meinige es ist, der in den Umständen, welche ich mit Grauen hier erzähle, nichts weiter erblickt denn eine gewöhnliche Folge von ganz natürlichen Ursachen und Wirkungen.

Von klein auf war ich bekannt für meinen fügsamen und gutmütigen Charakter. Meine Weichherzigkeit trat gar so auffällig hervor, daß meine Gefährten mich darob gern hänselten. Ganz besonders liebte ich Tiere und ward von meinen Eltern mit gar vielerlei vierbeinigen Lieblingen verwöhnt. Mit diesen verbrachte ich die meiste Zeit, und nie war ich so glücklich, wie wenn ich sie füttern und streicheln durfte. Diese Wesenseigenart wuchs mit meinem Heranwachsen, und im Mannesalter ward sie mir ein

Hauptquell der Freude. Wer einmal Zuneigung zu einem treuen und klugen Hunde gehegt, dem brauche ich wohl kaum zu erklären, welcher Natur beziehungsweise wie intensiv die Befriedigung ist, die daraus entspringt. Es liegt etwas in der selbstlosen und aufopfernden Liebe einer unvernünftigen Kreatur, das unmittelbar jedem zu Herzen geht, dem häufig Gelegenheit ward, die schnöde Freundschaft und wankende Treue des bloßen *Menschen* zu erproben.

Ich heiratete früh und war glücklich, in meinem Weibe eine verwandte Seele zu finden. Als sie meine Vorliebe für Haustiere bemerkte, versäumte sie keine Gelegenheit, deren wohlgefälligste anzuschaffen. Wir hatten Vögel, Goldfische, einen prächtigen Hund, Kaninchen, ein Äffchen und einen *Kater*.

Dieser letztere war ein bemerkenswert großes und schönes Tier, vollkommen schwarz und in erstaunlichem Maße klug. War von seiner Intelligenz die Rede, so kam meine Frau, die im Grunde ihres Herzens nicht wenig von Aberglauben angesteckt war, häufig auf den alten Volksglauben zu sprechen, wonach alle schwarzen Katzen verkleidete Hexen seien. Nicht daß es ihr je *ernst* mit diesem Punkte gewesen wäre – und ich erwähne die Sache überhaupt nur aus keinem besseren Grunde als dem, daß sie mir zufällig eben jetzt eingefallen.

Pluto – so hieß der Kater – war mein Liebling und Spielgefährte. Ich allein fütterte ihn, und er begleitete mich, wohin im Hause auch immer ich mich wandte. Mit Mühe gar nur konnte ich ihn daran hindern, mir auch durch die Straßen zu folgen.

Solcherart währte unsere Freundschaft über mehrere Jahre, während welcher mein allgemeines Temperament und Wesen – durch das Werk des Teufels Alkohol – (ich schäme mich, dies zu gestehen) eine radikale Wandlung zum Schlimmeren erfuhr. Von Tag zu Tag ward ich übellaunischer, reizbarer, rücksichtsloser gegenüber den Gefühlen anderer. Ich ließ mich hinreißen, ausfällige Reden gegen meine Frau zu gebrauchen. Schließlich vergriff ich mich sogar gewalttätig an ihr. Natürlich bekamen auch meine Tiere den Wandel in meiner Gemütsart zu spüren. Ich vernachlässigte sie nicht nur, sondern mißhandelte sie. Für Pluto aber hatte ich mir immerhin noch genügend Rücksicht bewahrt, die mich davon abhielt, ihn zu malträtieren, wie ich es ohne alle Bedenken mit den Kaninchen, dem Äffchen, ja selbst dem Hunde tat, wenn sie mir zufällig oder aus Anhänglichkeit über den Weg liefen. Doch mein Leiden gewann immer mehr Gewalt über mich – denn welches Leiden ist schon dem Alkohol gleich! –, und schließlich begann selbst Pluto, der nun langsam alt und infolgedessen ein wenig grämlich ward – also selbst Pluto begann die Wirkungen meines bösartigen Wesens zu spüren.

Eines Nachts, als ich arg betrunken von einer meiner Wirtshaustouren in der Stadt nach Hause kam, bildete ich mir ein, der Kater meide meine Nähe. Ich packte ihn; woraufhin er mir, ob meiner Heftigkeit erschrocken, mit den Zähnen eine leichte Wunde an der Hand beibrachte. Im Augenblick ward ich von dämonischer Wut besessen. Ich kannte mich selbst nicht mehr. Mir war, als fliehe meine ureigene Seele mit einem Male aus meinem Körper; und eine mehr denn teuflische Bosheit, vom Branntwein genährt, durchschauerte jede Faser meines Leibes. Ich zog ein Federmesser aus meiner Westentasche, klappte es auf, packte das arme Tier bei der Kehle und schnitt ihm mit Bedacht eines seiner Augen aus der Höhle. Ich werde rot, ich brenne, ich schaudere, indes ich diese verdammenswerte Greueltat niederschreibe.

Als mit dem Morgen die Vernunft mir wiederkehrte – als ich den Rausch der nächtlichen Ausschweifung ausgeschlafen hatte –, empfand ich ob des Verbrechens, dessen ich schuldig geworden, ein Gefühl aus Grauen halb und halb aus Reue; doch war es bestenfalls ein schwaches und zwiespältiges Gefühl, und die Seele blieb davon unberührt. Ich stürzte mich aufs neue in den Alkohol und hatte bald jegliche Erinnerung an die Tat im Weine ertränkt.

Unterdessen erholte sich der Kater langsam wieder. Die Höhle des verlorenen Auges bot zwar einen gar gräßlichen

Anblick, doch schien er keine Schmerzen mehr zu leiden. Er streifte ganz wie sonst durchs Haus, doch floh er, wie zu erwarten, in panischem Schrecken, sobald ich näher kam. Noch war mir so viel von meinem alten Herzen geblieben, daß diese offenkundige Abneigung seitens eines Geschöpfes, welches mich einst so geliebt hatte, mich anfangs doch betrübte. Aber bald machte dies Empfinden Verärgerung Platz. Und dann kam, wie um mich endgültig und unwiderruflich zu vernichten, der Geist der WIDERNATUR über mich. Jener Geist, den die Philosophie so gänzlich außer acht läßt. Doch bin ich mir nicht mehr gewiß, daß meine Seele lebt, als ich es bin, daß die Widernatur einer der Urtriebe des menschlichen Herzens ist – eine der unteilbaren Elementarkräfte oder -empfindungen, welche die Richtung des menschlichen Charakters bestimmen. Wer hat sich nicht schon hundertmal dabei ertappt, wie er etwas Schändliches oder Törichtes aus keinem anderen Grunde getan denn aus dem Wissen, daß er es *nicht* sollte? Verspüren wir nicht wider all unsere bessere Einsicht eine fortwährende Neigung, das zu verletzen, was *Gesetz* ist, nur weil wir es als solches verstehen? Dieser Widergeist nun sollte mich, wie gesagt, endgültig vernichten. Es war dies unergründliche Verlangen der Seele, *sich selbst zu quälen* – der eigenen Natur Gewalt anzutun – Unrecht zu tun allein um des Unrechts willen –, das mich dazu trieb, die dem harmlosen Tiere zugefügte Unbill fortzusetzen und schließlich zu vollenden. Eines Morgens legte ich ihm kühlen Blutes eine Schlinge um den Hals und hängte es am Aste eines Baumes auf; – erhängte es, wobei mir die Tränen aus den Augen strömten und die bitterlichste Reue mir das Herz beschwerte; – erhängte es, nur *weil* ich wußte, daß es mich geliebt hatte, und *weil* ich spürte, daß es mir keinerlei Grund zu Ärgernis gegeben; – erhängte es, *weil* ich wußte, daß ich damit eine Sünde beging – eine Todsünde, die meine unsterbliche Seele so gefährden würde, daß sie diese – falls derlei überhaupt möglich – selbst der unendlichen Gnade des Allbarmherzigen und Allschrecklichen Gottes entrückte.

In der Nacht nach jenem Tage, an welchem diese grausame Tat geschehen, ward ich vom Schrei »Feuer!« aus dem Schlafe geweckt. Die Vorhänge meines Bettes standen in Flammen. Das ganze Haus brannte lichterloh. Nur mit knapper Not konnten meine Frau, ein Dienstmädchen und ich der Feuersbrunst entkommen. Es ward alles zerstört. Mein gesamtes irdisches Hab und Gut war dahin, und ich ergab mich hinfort der Verzweiflung.

Ich bin über die Schwäche erhaben, zwischen dem Unglück und der Greueltat etwa einen Folgezusammenhang von Ursache und Wirkung herstellen zu wollen. Doch zähle ich eine Kette von Tatsachen auf – und möchte dabei auch nicht das geringste nur mögliche Glied aus- oder unvollständig lassen. Am Tage nach dem Brand besichtigte ich die Ruinen. Die Mauern waren, bis auf eine, eingestürzt. Und diese eine war eine nicht sehr starke Trennwand etwa in der Mitte des Hauses, an der das Kopfende meines Bettes gestanden hatte. Der Putz hatte hier weitgehend der Einwirkung des Feuers widerstanden – eine Tatsache, welche ich darauf zurückführte, daß er erst vor kurzem aufgetragen worden war. Um diese Mauer hatte sich eine dichte Menschenmenge versammelt, und viele Leute schienen mit recht peinlicher und angelegentlicher Aufmerksamkeit eine bestimmte Stelle zu mustern. Die Worte »sonderbar!«, »merkwürdig!« und andere ähnliche Ausrufe erregten meine Neugier. Ich trat näher und erblickte, gleichsam wie ein Basrelief in die weiße Fläche gemeißelt, die Gestalt einer riesengroßen *Katze*. Der Eindruck war von wahrhaft wunderbarer Genauigkeit. Um den Hals des Tieres lag eine Schlinge.

Als ich zuerst dieser Geistererscheinung ansichtig wurde – denn ich vermochte es kaum für weniger zu nehmen –, war ich außer mir vor Staunen und Entsetzen. Doch schließlich kam mir Nachdenken zu Hilfe. Die Katze hatte, so fiel mir ein, in einem an das Haus angrenzenden Garten gehangen. Auf den Feueralarm hin hatten sich sogleich die Menschen in den Garten gedrängt – und da mußte wohl einer das Tier vom Baume abgeschnitten und durch ein offenes Fenster in meine Schlafkammer geworfen haben. Dies war vermutlich in der Absicht geschehen, mich aus dem Schlafe zu wecken. Der Einsturz der anderen Wände hatte dann das Opfer meiner Grausamkeit in die Masse des frisch aufgeworfenen Putzes gepreßt; dessen Kalk nun hatte im Verein mit den Flammen und dem Ammoniak des Kadavers das Bild zustande gebracht, wie ich es sah.

Wiewohl ich solcherart meiner Vernunft, wenn nicht gänzlich meinem Gewissen, für den erschreckenden Umstand, wie ich ihn soeben geschildert, gar leicht und geschwind eine Erklärung gefunden hatte, verfehlte dieser doch nichtsdestoweniger, auf meine Phantasie einen tiefen Eindruck zu machen. Monatelang vermochte ich mich nicht von dem Bilde des Katers zu befreien; und während dieser Zeit kehrte in meinen Geist ein halbes Gefühl zurück, das Reue schien, aber keine war. Es kam soweit, daß ich den Verlust des Tieres bedauerte und mich in den üblen Spelunken, in denen ich nun Stammgast geworden, nach einem andern Haustiere derselben Art und einigermaßen ähnlicher Erscheinung umsah, das seine Stelle einnehmen sollte.

Eines Nachts, da ich halb betäubt in einer schon mehr als nur verrufenen Kaschemme saß, ward meine Aufmerksamkeit ganz plötzlich auf etwas Schwarzes gelenkt, das oben auf einem der ungeheuren Oxhoftfässer voll Gin oder Rum ruhte, aus denen die Einrichtung des Raumes hauptsächlich bestand. Ich hatte schon minutenlang unverwandt auf dieses Faß gestarrt, und was mir nun gar verwunderlich vorkam, war die Tatsache, daß ich das Ding dort oben nicht schon vorher bemerkt hatte. Ich trat hinzu und berührte es mit der Hand. Es war ein schwarzer Kater – ein sehr großes Tier – genausogroß wie Pluto und ihm in jeder Hinsicht überaus ähnlich, nur in einer nicht. Pluto hatte nirgendwo an seinem Leibe ein weißes Haar besessen; doch dieser Kater hatte einen großen, obgleich nicht scharf umrissenen weißen Fleck, welcher nahezu die ganze Brust bedeckte.

Auf meine Berührung hin erhob er sich sogleich, schnurrte laut, rieb sich an meiner Hand und wirkte ob meiner Aufmerksamkeit recht entzückt. Dies war nun genauso ein Tier, wie ich es suchte. Sogleich erbot ich mich, es dem Wirte abzukaufen; der aber erhob gar keinen Anspruch darauf – kannte das Tier gar nicht – hatte es noch nie zuvor gesehen.

Ich streichelte das Tier immerzu weiter, und als ich mich anschickte, nach Hause zu gehen, zeigte das Tier Neigung, mich zu begleiten. Ich ließ es geschehen; hin und wieder, indes ich auf meinem Weg voranschritt, bückte ich mich und strich ihm übers Fell. Zu Hause angekommen, fühlte es sich sogleich heimisch und ward augenblicklich der Liebling meiner Frau.

Ich für mein Teil aber spürte bald eine Abneigung gegen das Tier in mir aufsteigen. Dies war nun genau das Gegenteil dessen, was ich erwartet hatte; doch – ich weiß nicht, wie es kam und warum das so war – seine offenkundige Zuneigung zu mir empfand ich als lästig und höchlich zuwider. Ganz langsam und allmählich steigerte sich dies Gefühl von Ekel und Verdruß zu erbittertem Haß. Ich mied die Kreatur; ein gewisses Schamgefühl und die Erinnerung an meine frühere grausame Tat hielten mich davon ab, ihr körperlich etwas zuleide zu tun. Es vergingen einige Wochen, da ich sie weder schlug noch anderweitig mißhandelte; doch allmählich – ganz langsam und allmählich – fing ich an, sie mit unsäglichem Widerwillen zu betrachten, und schweigend floh ich ihre verhaßte Gegenwart wie den Hauch der Pestilenz.

Was zweifellos meinen Haß auf das Tier noch verstärkte, war die Entdeckung, welche ich am andern Morgen gemacht, nachdem ich es mit heimgebracht hatte, daß ihm nämlich, genau wie Pluto, auch eines seiner Augen fehlte. Dieser Umstand jedoch machte es meiner Frau nur desto lieber, die, wie ich bereits gesagt habe, in hohem Maße jene Menschlichkeit des Fühlens besaß, wie sie einst auch für mein Wesen kennzeichnend und der Quell vieler meiner schlichtesten und reinsten Freuden gewesen war.

Mit meiner Abneigung gegen diesen Kater schien jedoch dessen Vorliebe für mich zu wachsen. Er folgte mir auf Schritt und Tritt mit einer Hartnäckigkeit, wie sie dem Leser wohl nur schwer begreiflich zu machen ist. Wann immer ich mich niedersetzte, hockte er sich unter meinen Stuhl oder sprang mir auf die Knie, um mich mit seinen widerwärtigen Liebkosungen zu überhäufen. Erhob ich mich, um wegzugehen, drängte er sich mir zwischen die Füße und brachte mich dadurch fast zu Fall, oder er schlug seine langen und scharfen Krallen in meinen Anzug, um auf diese Weise mir bis zur Brust hinaufzuklettern. Wiewohl es mich zu solchen Zeiten danach verlangte, ihn mit einem Hieb zu töten, ward ich dann doch davon zurückgehalten, zum Teil durch die Erinnerung an mein früheres Verbrechen, hauptsächlich aber – ich will es nur gleich bekennen – durch absolute *Furcht* vor diesem Tiere.

Es war dies nicht eigentlich Furcht vor körperlicher Unbill – und doch wüßte ich nicht so recht, wie ich es sonst benennen sollte. Beinahe schäme ich mich zu gestehen – ja, selbst hier in der Verbrecherzelle schäme ich mich beinahe zu gestehen –, daß all das Entsetzen und Grauen, welche das Tier mir eingeflößt, noch größer gar geworden war durch ein Schreckbild, wie es schrecklicher sich nicht denken läßt. Mehr als einmal hatte meine Frau meine Aufmerksamkeit auf die Natur des Flecks von weißem Haar gelenkt, von welchem ich bereits gesprochen habe und der den einzigen sichtbaren Unterschied ausmachte zwischen dem fremden Tiere und jenem, welches ich umgebracht. Der Leser wird sich erinnern, daß diese Markierung zwar groß, ursprünglich aber doch sehr unbestimmt gewesen war; doch nach und nach – so ganz allmählich, ja beinahe unmerklich, so daß mein Verstand sich lange Zeit sträubte, es für etwas anderes denn Einbildung zu nehmen – hatte sie am Ende unerbittlich deutliche Umrisse angenommen. Sie stellte nun einen Gegenstand dar, den zu nennen mich schaudert – und um dessentwillen vor allem ich das Scheusal haßte und fürchtete und mich seiner entledigt hätte, *hätt ich es nur gewagt* – es war nun, wie gesagt, das Abbild eines greulichen – eines gespenstisch grausigen Dinges – es war ein GALGEN! – oh, finstres, gräßlich Werkzeug des Schreckens und des Frevels – der Seelenangst, des Todes!

Und nun war ich wahrlich elender denn alles Elend bloßer Menschennatur. Und *eine unvernünftige Kreatur*, deren Artgenossen ich verachtungsvoll getötet – *ein unvernünftig Vieh* hatt es vollbracht, *mir* – mir, einem Menschen, geschaffen zum Bilde des Höchsten Gottes – so viel unerträglichen Leids zu tun! Ach! weder bei Tage noch bei Nacht kannt ich mehr der Ruhe Segen! Tagsüber ließ das Tier mich nicht einen Augenblick allein; und des Nachts schreckt ich aus dem unaussprechlichen Grauen grausiger Träume wohl stündlich auf, um den heißen Odem *des Dinges* auf meinem Gesicht zu spüren und sein ungeheuerliches Gewicht – ein fleischgewordener Alp – den abzuschütteln ich nicht vermochte – lastend immerdar auf meinem *Herzen*!

Unter dem Drucke solcher Qualen erlag auch der letzte Rest, der noch an Gutem in mir war. Böse Gedanken wurden meine einzigen Vertrauten – die schwärzesten und schlimmsten aller Gedanken. Die Übellaunigkeit meines gewöhnlichen Naturells steigerte sich zum Haß auf alle Dinge und die ganze Menschheit; indes mein Weib, klaglos, ach, die sanftmütigste aller Dulderinnen, unter den häufigen, jähen und zügellosen Zornesausbrüchen, denen ich mich nun blindwütig hingab, am meisten zu leiden hatte.

Eines Tages begleitete sie mich auf irgendeinem Haushaltsgange in den Keller des alten Gebäudes, das unsere Armut uns zu bewohnen zwang. Der Kater folgte mir die steile Treppe hinab, und als ich seinetwegen beinahe kopfüber hinabgestürzt wäre, packte mich rasende Wut. In meinem Zorne vergaß ich die kindische Furcht, welche bislang meiner Hand gewehrt hatte, hob eine Axt und holte zu einem Streiche gegen das Tier aus, der ihm natürlich auf der Stelle tödlich geworden wäre, hätte er getroffen, wie ich es wünschte. Doch dieser Streich ward von der Hand meiner Frau aufgehalten. Ob dieses Eingreifens zu mehr denn teuflischer Wut gereizt, entwand ich meinen Arm ihrem Griffe und grub die Axt ihr ins Gehirn. Ohne ein Stöhnen fiel sie auf der Stelle tot um.

Nachdem diese greuliche Mordtat vollbracht, ging ich sogleich und in vollem Bedachte daran, den Leichnam zu verbergen. Ich wußte, daß ich ihn weder bei Tage noch bei Nacht aus dem Hause schaffen konnte, ohne Gefahr zu laufen, von den Nachbarn gesehen zu werden. So mancher Plan kam mir in den Sinn. Eine Zeitlang dachte ich daran, die Leiche in ganz kleine Teile zu zerstückeln und diese zu verbrennen. Dann wieder war ich entschlossen, im Kellerboden ein Grab dafür auszuheben. Darauf erwog ich, sie in den Brunnen im Hof zu werfen – oder sie unter den üblichen Vorkehrungen wie eine Handelsware in eine Kiste zu packen und diese dann von einem Gepäckträger aus dem Hause holen zu lassen. Schließlich verfiel ich auf etwas, das mir ein weit besseres Verfahren dünkte denn alles Bisherige. Ich beschloß, die Leiche im Keller einzumauern – so wie es im Mittelalter die Mönche mit ihren Opfern getan haben sollen.

Zu einem solchen Zwecke war der Keller wohl geeignet. Seine Mauern waren locker gebaut und erst kürzlich ringsum mit einem groben Mörtel verputzt worden, der in der feuchten Luft noch nicht hart geworden war. Überdies befand sich in einer der Wände ein Vorsprung, wo einmal ein blinder Kamin oder Schornstein gewesen, den man ausgefüllt und dem übrigen Keller angeglichen hatte. Ich zweifelte nicht im mindesten, daß ich an dieser Stelle leicht die Ziegel entfernen, den Leichnam hineinstecken und das Ganze wieder zumauern könne wie zuvor, so daß kein Auge irgend etwas Verdächtiges zu entdecken vermöchte.

Und in dieser Rechnung sah ich mich nicht getäuscht. Mit Hilfe eines Brecheisens entfernte ich leicht die Ziegel, und nachdem ich die Leiche sorgsam gegen die Innenwand gelehnt hatte, stützte ich sie in jener Stellung ab und richtete mit wenig Mühe den ganzen Maueraufbau wieder so her, wie er ursprünglich dagestanden hatte. Nachdem ich mit jeder nur erdenklichen Vorsicht Mörtel, Sand und

Haare beschafft hatte, stellte ich einen Putz her, der von dem alten nicht zu unterscheiden war, und trug ihn sehr sorgfältig auf das Mauerwerk auf. Als ich damit fertig, war ich zufrieden, daß alles in rechter Ordnung sei. Die Mauer bot nicht im mindesten den Anschein irgendeines Eingriffs. Den Schutt auf dem Boden beseitigte ich mit peinlichster Sorgfalt. Triumphierend schaute ich mich um und sprach bei mir: – ›Hier wenigstens ist meine Mühe nicht umsonst gewesen.‹

Als nächstes suchte ich nach dem Tiere, welches die Ursache so vielen Elends gewesen war; denn ich war endlich fest entschlossen, es zu töten. Hätte ich es in diesem Augenblick zu entdecken vermocht, so wäre sein Schicksal besiegelt gewesen; doch wie es schien, war das schlaue Tier ob der Heftigkeit meiner vorherigen Wut gewarnt und vermied es, mir bei meiner derzeitigen Gemütsverfassung unter die Augen zu kommen. Es ist unmöglich, zu beschreiben oder auch nur sich vorzustellen, welch tiefes, welch seliges Gefühl der Erleichterung die Abwesenheit der verhaßten Kreatur mir im Busen weckte. Auch während der Nacht zeigte sie sich nicht – und so schlief ich denn, seit ich sie damals mit ins Haus gebracht hatte, wenigstens eine Nacht tief und fest; jawohl, *schlief*, sogar mit der Last des Mordes auf meiner Seele!

Der zweite und der dritte Tag vergingen, und noch immer kam mein Peiniger nicht. Wieder konnte ich als freier Mensch atmen. In seiner Angst war das Untier für immer aus dem Hause geflohen! Ich müßte es nimmer mehr wiedersehen! Ich war überglücklich! Die Schuld meiner finsteren Tat störte mich dabei nur wenig. Einige wenige Nachforschungen waren erfolgt, doch hatte ich alles prompt und willig beantwortet. Sogar eine Haussuchung hatte man vorgenommen – aber zu entdecken war natürlich nichts gewesen. Ich betrachtete also mein künftiges Glück als gesichert.

Am vierten Tage nach dem Meuchelmord erschien völlig unerwartet eine Abordnung der Polizei im Haus und ging abermals daran, das Anwesen gründlich zu durchsuchen. Doch der Unerforschlichkeit meines Versteckes gewiß, empfand ich nicht die mindeste Beunruhigung. Die Beamten forderten mich auf, sie bei ihrer Suche zu begleiten. Kein Winkel, keine Ecke blieb undurchsucht. Schließlich stiegen sie zum dritten oder vierten Male in den Keller hinab. Ich zitterte mit keinem Muskel. Mein Herz schlug ruhig wie das eines Mannes, der den Schlaf des Gerechten schläft. Ich durchschritt den Keller von einem Ende zum andern. Die Arme über der Brust verschränkt, ging ich leichten Schritts auf und ab. Die Polizisten waren es vollauf zufrieden und schickten sich an zu gehen. Die Freude in meinem Herzen aber war zu groß, als daß ich sie hätte unterdrücken können. Ich brannte darauf, wenigstens ein einziges Wort zu meinem Triumphe zu sagen und sie in ihrer Überzeugung von meiner Schuldlosigkeit doppelt sicher zu machen.

»Meine Herren«, sprach ich schließlich, als die Polizisten die Treppe schon hinaufstiegen, »ich freue mich, daß ich's vermocht, Ihre Verdächtigungen zu zerstreuen. Ich wünsche Ihnen allen Gesundheit und ein wenig mehr Höflichkeit. Übrigens, meine Herren, das – das Haus hier ist sehr gut gebaut.« (In dem tollen Verlangen, etwas leicht dahinzusagen, wußte ich kaum noch, was ich eigentlich redete.) – »Ja, ich darf wohl sagen, ein *ausnehmend* gut gebautes Haus. Diese Wände – Sie wollen schon gehen, meine Herren? –, diese Mauern sind fest zusammengefügt« – und damit pochte ich, im bloßen Überschwange prahlerischer Herausforderung, kräftig mit einem Stocke, den ich in der Hand hielt, genau auf diejenige Stelle der Ziegelmauer, dahinter der Leichnam – das Weib meines Herzens – stand.

Doch möge Gott mich beschützen und aus den Fängen des Erzfeindes erlösen! Kaum war der Widerhall meiner Schläge in Stille verklungen, da gab mir eine Stimme aus dem Grabesinnern Antwort! – ein Schrei, zuerst gedämpft, gebrochen, dem Schluchzen eines Kindes gleich, und dann rasch anschwellend zu einem langen, lauten und anhaltenden Geschrei, ganz widernatürlich und gar nicht menschlich – ein Heulen – ein klagendes Geschrill, aus Grauen halb und halb aus Triumph, wie es allein aus der Hölle aufsteigen mag, vereint aus den Kehlen der Verdammten in ihrer Pein und der Dämonen, die jauchzen und frohlocken ob der Verdammnis.

Torheit wär's, wollte ich davon sprechen, was ich selber da gedacht. Ohnmächtig wankte ich zur gegenüberliegenden Wand. Einen Augenblick lang verharrten die Männer auf der Treppe reglos im Übermaß von Entsetzen und Furcht. Im nächsten aber mühte sich ein Dutzend starker Arme an der Mauer. Sie fiel zusammen. Der Leichnam, bereits stark verwest, das Blut darauf geronnen, stand aufrecht vor den Augen der Betrachter. Auf seinem Kopfe aber saß, den roten Rachen aufgerissen, das einzige Auge feuersprühend, die abscheuliche Bestie, deren Verschlagenheit mich zum Morde verführt und deren anklagende Stimme mich dem Henker überliefert hatte. Ich hatte das Untier mit ins Grab gemauert!

MORGEN AUF DEM WISSAHICCON

Schon oft hat man im Vergleiche die Naturschönheiten Amerikas, im Großen wie im Kleinen, der Landschaft der Alten Welt gegenübergestellt – insbesondere der Europas –, und so groß die Begeisterung, mit welcher die Fürsprecher der jeweiligen Region stritten, so weit klafften ihre Meinungen auseinander. Es ist dies eine Debatte, die wohl nicht so bald ihr Ende finden dürfte, denn obschon auf beiden Seiten gar vieles gesagt worden ist, bleibt doch noch unendlich mehr darüber zu sagen.

Die renommiertesten der britischen Touristen, welche einen Vergleich gewagt, scheinen unsere nördliche und östliche Küste für so ziemlich alles zu halten, was in Amerika, zumindest in den Vereinigten Staaten, Beachtung verdient. Nur wenig sagen sie, weil noch weniger sie gesehen, von der prachtvollen Landschaft im Innern einiger unserer westlichen und südlichen Gegenden – zum Beispiel vom weit-weiten Tal Louisianas –, wo die wild-romantischsten Träume vom Paradiese Wirklichkeit geworden. Meistenteils begnügen sich diese Reisenden mit einer hastigen Besichtigung der *berühmten* Naturmerkwürdigkeiten des Landes – Hudson, Niagara, Catskill-Gebirge, Harper's Ferry, die Seen von New York, der Ohio, die Prärien und der Mississippi. Ja, sehenswert ist dies alles nun wahrlich, selbst für jenen, der da eben noch am burgengekrönten Rheine emporgeklommen oder

am blauen Rauschen der pfeilschnellen Rhône

dahingewandert; doch ist dies nicht *alles*, dessen wir uns rühmen können; ja, fürwahr, kühn wage ich zu behaupten, daß es auf dem Gebiete der Vereinigten Staaten zahllose stille, verborgene und kaum erforschte Winkel gibt, welche dem wahren Künstler oder kunstbeflissenen Liebhaber alles Großartigen und Schönen an Gottes Werken vollkommener dünken wird denn *alle* die wohlverzeichneten und höher geachteten Schauplätze miteinander, auf die ich hingewiesen.

Ja, tatsächlich liegen die wahren Paradiese des Landes weitab vom Pfade unserer eigenen, höchst zielstrebigen Reisenden – wie ungeheuer weitab, wie unerreichbar sind sie dann erst dem Fremden, welcher mit seinem Verleger zu Hause ein Übereinkommen getroffen hat, innerhalb einer vereinbarten Zeit einen Bericht von ganz bestimmtem Umfange über Amerika zu liefern, und nun diese Abmachung auf keine andere Art einzuhalten hoffen darf, als daß er, Notizbuch in der Hand, per Dampfer oder Eisenbahn nur auf den ausgefahrensten Verkehrswegen durchs Land reist.

Ich habe soeben das Tal von Louisiana erwähnt. Von allen weiträumigen Gegenden landschaftlicher Schönheit ist diese vielleicht die schönste. Keine Phantasiewelt kommt ihr gleich. Auch die vortrefflichste Einbildungskraft vermöchte aus ihrer übergroßen Lieblichkeit noch Anregung zu schöpfen. Und wahrlich, allein von *Schönheit* ist's, das sie geprägt. Wenig oder vielmehr nichts hat sie vom Erhabenen. Das Land sanft gewellt, durchwoben von phantastisch kristallenen Gewässern, zwischen blumenübersäten Uferhängen, im Hintergrunde Wälder, gigantisch, schimmernd, mannigfarben, von bunten Vögeln funkelnd, von Düften schwer – all dies fügt sich im Tale von Louisiana zur üppigsten Landschaft auf Erden.

Doch selbst in diesen herrlichen Gefilden sind die lieblicheren Stellen nur auf Nebenwegen zu erreichen. Ja, überhaupt, so der Reisende in Amerika die schönsten Landschaften sehen möchte, darf er diese weder mit der Eisenbahn noch mit dem Dampfschiff suchen, weder mit der Postkutsche noch mit seinem Privatgefährt, ja nicht einmal zu Pferde – sondern zu Fuß. *Wandern* muß er, über Schluchten springen, an jähen Abgründen seinen Hals riskieren oder aber auf den Anblick der wahrsten, reichsten und unaussprechlichsten Herrlichkeiten des Landes verzichten.

Eine solche Notwendigkeit besteht nun im größten Teile Europas nicht. In England schon gar nicht. Noch der allergrößte Dandy kann dort als Tourist jeden sehenswerten Winkel besuchen, ohne daß seine Seidenstrümpfe Schaden litten; so genauestens bekannt sind alle Sehenswürdigkeiten und so wohl organisiert die Mittel und Wege, sie zu erreichen. Dieser Betracht ward und wird nun freilich beim Vergleiche der Alten und Neuen Welt hinsichtlich ihrer Landschaft nie gebührend berücksichtigt. Der gesamten Schönheit der ersteren werden nur die bekanntesten und keinesfalls bemerkenswertesten Stellen in der allgemeinen Schönheit der letzteren gegenübergestellt.

Eine Flußlandschaft vereint in sich fraglos alle Hauptelemente der Schönheit und ist seit undenklichen Zeiten schon des Dichters Lieblingsthema. Doch läßt sich ein gut Teil dieses Ruhmes wohl darauf zurückführen, daß bereits an der Zahl Reisen in Flußgebieten gegenüber Gebirgsgegenden überwiegen. Auf die nämliche Weise ist in allen Ländern den großen Flüssen, weil sie gewöhnlich Verkehrswege darstellen, ein ungehöriges Maß an Bewunderung zuteil geworden. Sie ziehen mehr Blicke auf sich und sind infolgedessen auch weitaus mehr im Gespräch denn weniger aufdringliche, doch oft reizvollere Gewässer.

Ein einzigartiges Beispiel, meine Bemerkungen zu diesem Punkte zu belegen, bietet wohl der Wissahiccon, ein Bach (denn mehr ist er kaum), der sich etwa sechs Meilen westlich von Philadelphia in den Schuylkill ergießt. Nun ist der Wissahiccon von so bemerkenswerter Schönheit, daß er, flösse er in England, eines jeglichen Dichters Gegenstand, einer jeglichen Zunge Gesprächsstoff wäre, wenn, ja wenn nicht gar seine Ufer zu horrenden Preisen als Baugelände für die Villen der Reichen in Parzellen aufgeteilt wären. Doch ist es noch gar nicht lange her, wenige Jahre nur, daß der Wissahiccon mehr als nur vom Hörensagen bekannt, indes das breitere und also leichter schiffbare Gewässer, worein er fließt, lange schon als eines der lieblichsten Beispiele amerikanischer Flußlandschaften gepriesen wird. Der Schuylkill, dessen Schönheiten man stark übertrieben hat und dessen Ufer, zumindest in der Nähe Philadelphias, sumpfig sind wie die des Delaware, ist nun aber als Gegenstand pittoresken Reizes ganz und gar nicht vergleichbar mit dem bescheideneren und weniger bekannten Flüßchen, von dem hier die Rede.

Erst als Fanny Kemble in ihrem launigen Buch über die Vereinigten Staaten die Einwohner von Philadelphia auf die seltene Schönheit eines Gewässers hingewiesen hatte, das vor ihrer Türe lag, ward diese Schönheit von einigen wenigen abenteuerlustigen Spaziergängern aus der näheren Umgebung nicht mehr nur für möglich gehalten. Als aber das ›Tagebuch‹ aller Augen geöffnet hatte, floß der Wissahiccon alsbald gewissermaßen in Berühmtheit dahin. ›Gewissermaßen‹, sage ich, denn tatsächlich offenbart sich die wahre Lieblichkeit des Gewässers erst weit oberhalb der *Route* der philadelphischen Schönheitsjäger, welche nur selten weiter denn eine Meile oder zwei über die Mündung des Baches hinaus vordringen – aus dem gar trefflichen Grunde, weil hier die Fahrstraße endet. Dem Wagemutigen, der die schönsten Stellen sehen möchte, rate ich, auf der Ridge Road, die westwärts aus der Stadt hinausführt, bis zum zweiten Weg hinter dem sechsten Meilenstein zu gehen und diesem dann bis zum Ende zu folgen. So wird er zu einer der schönsten Stellen des Wissahiccon gelangen und kann sich in einem Skiff, oder indem er an den Ufern entlangklettert, flußauf- oder -abwärts begeben, ganz wie es ihm gefällt, und wird in jeder Richtung reich belohnt werden.

Wie ich schon gesagt habe oder doch hätte sagen sollen, ist der Bach recht schmal. Seine Ufer fallen meistens, ja fast überall, steil ab, werden sie doch von hoch aufragenden Hügeln gebildet, welche zum Wasser hin prächtiges Buschwerk bedeckt und in größerer Höhe einige der herrlichsten Waldbäume Amerikas krönen, unter denen das *Liriodendron tulipiferum* besonders auffällt. Die Ufer selbst sind jedoch aus Granit, scharf umrissen oder moosbedeckt, und in seinem sanften Flusse rekelt sich das klare Wasser daran hin, wie die blauen Wellen des Mittelmeeres über die Stufen der Marmorpaläste. Dann und wann ragt aus den Klippen ein kleines, fest umgrenztes *plateau* von üppigem Grase heraus, das einem Haus mit Garten die malerischste Lage böte, wie sie die reichste Phantasie sich vorzustellen vermag. Wie gewöhnlich, wenn die Ufer steil abfallen, schlängelt sich der Fluß in vielen jähen Windungen dahin, und somit ersteht vor dem Auge des dahinwandernden Betrachters der Eindruck einer endlosen Folge schier unbegrenzt verschiedenartiger kleiner Weiher oder, genauer, Bergseen. Den Wissahiccon sollte man jedoch nicht wie das ›schöne Melrose‹ bei Mondschein, auch nicht bei nur wolkigem Wetter besuchen, sondern im hellsten Glanze der Mittagssonne; denn die enge Schlucht, durch die er fließt, die hohen Hänge zu beiden Seiten und das dichte Laubwerk, dies alles zusammen läßt ein Dämmerdunkel, wenn nicht gar völlige Düsterkeit entstehen, die, sofern das helle Tageslicht sie nicht mildert, von der reinen Schönheit des Bildes nur ablenken.

Vor nicht langer Zeit besuchte ich das Flüßchen auf dem beschriebenen Wege und verbrachte den größten Teil eines schwülheißen Tages damit, in einem Skiff auf seinem Schoß dahinzutreiben. Nach und nach übermannte mich die Hitze, und indem ich mich dem Einfluß von Ort und Wetter wie auch der sanft fließenden Strömung überließ, sank ich in einen Halbschlummer, darin meine Phantasie in Visionen des Wissahiccon von dermaleinst schwelgte – der ›guten alten Zeit‹, da es noch nicht den Dämon Maschine gab, da von Picknicks niemand auch nur träumte, da ›Wassergerechtsame‹ weder ge- noch verkauft wurden und da auf den Graten dort droben die Rothaut allein dahinzog, mit dem Elch. Und derweilen diese Phantasiegebilde so nach und nach sich meiner bemächtigten, hatte der träge Bach mich Zoll um Zoll um einen vorspringenden Fels getragen, wo sich mir nun der Anblick eines anderen bot, welcher in einer Entfernung von vierzig oder fünfzig Yards die Sicht begrenzte. Es war eine steile felsige Klippe, die weit in den Fluß hervorragte und ungleich mehr von dem salvatorischen Charakter bot denn irgendein Teil des Ufers, das ich bislang passiert. Was ich auf diesem Felsen sah, obschon gewiß ein Gegenstand höchst ungewöhnlicher Natur in Anbetracht von Ort und Jahreszeit, hat mich zunächst weder verwundert noch erstaunt – so gar vollkommen und harmonisch stimmte es zusammen mit den Halbschlafphantasien, in denen ich befangen war. Ich sah oder träumte, ich sähe, da am äußersten Rande des Abgrunds stand, den Hals vorgereckt, die Ohren gespannt und die Haltung ganz Ausdruck von tieftrauriger Neugier, einer der ältesten und kühnsten jener Elche, die mit den Rothäuten meiner Phantasie verbunden gewesen waren.

Wie gesagt, einige Augenblicke lang war ich weder verwundert noch erstaunt ob dieser Erscheinung. Während dieser Zeit war meine Seele einzig von ungeheurem Mitgefühl erfüllt. Mich dünkte, der Elch blicke ebenso verdrossen wie erstaunt auf die deutliche Veränderung zum Schlechteren – die der Bach und seine Umgebung selbst innerhalb der letzten Jahre durch die harte Hand des Utilitariers erlitten. Doch als das Tier ganz leicht den Kopf bewegte, zerstob sogleich das Traumgespinst, das mich umfing, und ich erwachte, um zutiefst das Nochniedagewesene dieses Abenteuers zu empfinden. Ich erhob mich in meinem Skiff auf ein Knie, und dieweil ich noch zögerte, ob ich meine Fahrt anhalten oder mich näher an den Gegenstand meines Staunens herantreiben lassen sollte, vernahm ich, wie es rasch, aber vorsichtig von oben aus dem Gebüsch »Scht! Scht!« machte. Gleich darauf tauchte ein Neger aus dem Dickicht auf, schob behutsam die Zweige beiseite und schlich auf leisen Sohlen. In der einen Hand trug er etwas Salz und hielt dieses dem Elch entgegen, indes er sich sachte, doch stetig näherte. Das edle Tier, ein wenig unruhig zwar, versuchte nicht zu fliehen. Der Neger kam näher; hielt ihm das Salz hin; und sprach ein paar ermunternde oder auch beschwichtigende Worte. Sogleich senkte der Elch den Kopf und stampfte auf, legte sich dann aber ruhig nieder und bekam ein Halfter angelegt. So endete mein romantisches Erleben mit dem Elch. Es war ein *Haustier*, sehr alt und sehr zahm, und gehörte einer englischen Familie, die eine Villa in der Nähe bewohnte.

DAS DIDDELN ALS EINE DER EXAKTEN WISSENSCHAFTEN BETRACHTET

Heißa, diddel didel,
Die Katze und die Fiedel.

Seit Anbeginn der Welt hat es zwei Jeremiasse gegeben. Der eine schrieb eine Jeremiade über den Wucher und war Jeremy Bentham geheißen. Er ist von Mr. John Neal überaus bewundert worden und war ein großer Mann auf kleine Art. Dem andern verdankt die bedeutendste der exakten Wissenschaften ihren Namen, und er war ein großer Mann auf *große* Art – ja, ich darf wohl sagen, auf die allergrößte Art.

Das Diddeln – oder der abstrakte Begriff, welcher im Verb ›diddeln‹ sich ausdrückt – ist hinlänglich klar und verständlich, geht es doch schlichtweg um ›das Schwindeln oder Betrügen‹. Doch schon das Faktum, die Tat, die Sache des *Diddelns* ist einigermaßen schwierig zu definieren. Eine leidlich deutliche Vorstellung besagter Tätigkeit mögen wir aber gewinnen, wenn wir – nun nicht die Sache, das Diddeln selbst – sondern den Menschen definieren, und zwar als das Lebewesen, das diddelt. Wäre darauf seinerzeit Platon gekommen, wäre ihm die Schmach mit dem gerupften Huhn erspart geblieben.

Ganz zu Recht und zur Sache hatte sich Platon nämlich vor die Frage gestellt gesehen, warum ein gerupftes Huhn, das doch unbestreitbar ein ›zweibeiniges Wesen ohne Federn‹ sei, denn nicht, nach seiner eigenen Definition, ein Mensch wäre? Mir kann nun aber eine derartige Fragerei nichts anhaben. Der Mensch ist ein diddelndes Lebewesen, und es gibt *keinerlei* diddelndes Lebewesen *außer* dem Menschen. Da brauchte es schon einen ganzen Stall voll gerupfter Hühner, um das Gegenteil zu beweisen.

Was nun das Wesen, die nasgewitterte Essenz, das Prinzip des Diddelns oder Schwindelns ausmacht, ist in der Tat nur jener Sorte Mensch eigentümlich, die Männerrock und Beinkleider trägt. Der Rabe stiehlt; der Fuchs betrügt; das Wiesel überlistet; der Mensch aber diddelt. Diddeln ist nachgerade sein Schicksal. ›Der Mensch ward geschaffen zu trauern‹, sagt der Dichter. Aber nicht doch: – zum Diddeln ward er geschaffen. Das ist seines Lebens Ziel und Zweck – das *Ende*, zu welchem er gemacht. Und aus diesem Grunde sagen wir ja auch, hat einer das Diddeln erfahren, er sei *›fertig‹*.

Das Diddeln ist, wenn man es recht bedenkt, ein Kompositum, dessen Ingredienzien lauten: Akribie, Interesse, Standvermögen, Scharfsinnigkeit, Wagemut, *nonchalance*, Originalität, Impertinenz und *Grinsen*.

Akribie: – Der Diddler ist peinlich genau. Er wirkt im kleinen. Sein Geschäft betreibt er *en detail*, gegen bar oder anerkannten Sichtwechsel. Sollte er jemals in Versuchung kommen, sich an hochfliegende Spekulation zu wagen, so geht er sofort seiner Eigenart verlustig und wird das, was wir ›Finanzier‹ nennen. Dies letztere Wort beinhaltet den Begriff des Diddelns in jeder Hinsicht, ausgenommen in puncto Größe. Ein Diddler mag so als ein Bankier *in petto* gelten – eine ›finanzielle Transaktion‹ als Diddeln à la Brobdingnag. Das eine verhält sich zum andern wie Homer zu ›Flaccus‹ – wie ein Mastodon zu einer Maus – wie der Schweif eines Kometen zu einem Schweineschwänzchen.

Interesse: – Der Diddler wird vom Eigennutz geleitet. Er verschmäht es, nur um des bloßen Diddelns *willen* zu diddeln. Er hat ein Ziel vor den Augen – seine Tasche – und die Ihre. Er ist immer auf die große Chance aus. Er sieht nur auf die Nummer Eins. Sie sind Numero Zwei und müssen schon für sich selber sorgen.

Standvermögen: – Der Diddler ist beharrlich. Er verliert nicht leicht den Mut. Und wenn auch die Banken bankrott gehen, ihn kümmert's nicht. Unentwegt verfolgt er sein Ziel und

Ut canis a corio nunquam absterrebitur uncto,

so läßt auch er nie ab von seinem Wilde.

Scharfsinnigkeit: – Der Diddler ist erfinderisch. Er verfügt über einen beträchtlichen konstruktiven Sinn. Er versteht sich auf Ränkeschmieden. Mit Phantasie und List geht er zu Werke. Wäre er nicht Alexander, so wäre er Diogenes. Wäre er nicht ein Diddler, so würde er Patent-Rattenfallen herstellen oder Forellen angeln.

Wagemut: – Der Diddler ist verwegen. – Er ist ein kühner Mann. Er trägt den Krieg nach Afrika. Er nimmt alles im Sturm. Er würde nicht die Dolche der *Frey-Herren* fürchten. Mit ein wenig mehr Klugheit hätte Dick Turpin einen guten Diddler abgegeben; mit etwas weniger Flunkerei auch Daniel O'Connell; mit einem oder zwei Pfund mehr Gehirn sogar Karl der Zwölfte.

Nonchalance: – Der Diddler gibt sich nonchalant. Er ist nie und nirgends nervös. Ja, Nerven hat er gar keine, *nie gehabt.* Er läßt sich nie hinreißen. Nie gerät er aus dem Häuschen – es sei denn, man setzt ihn vor die Türe. Kühl ist er – kalt wie eine Hundeschnauze. Gelassen ist er – ›gelassen wie ein Lächeln von Lady Bury‹. Leichten, ruhigen Sinns ist er – leicht und locker wie ein alter Handschuh oder die jungen Frauenzimmer im alten Bajä.

Originalität: – Der Diddler ist originell – daraus macht er sich ein Gewissen. Seine Gedanken gehören ihm. Er hielte es für verächtlich, die eines andern zu verwenden. Ein alter Trick ist ihm zuwider. Er gäbe eine Geldbörse zurück, da bin ich sicher, sollte sich herausstellen, daß er diese durch unoriginelles Diddeln erbeutet hätte.

Impertinenz: – Der Diddler tritt recht unverschämt auf. Ein Maulheld ist er, der große Reden führt. Er stemmt die Arme in die Seite. Steckt die Hände in die Hosentaschen. Grinst dir höhnisch ins Gesicht. Tritt dir auf die Hühneraugen. Frißt dir dein Essen weg, säuft deinen Wein, pumpt dich an, zieht dich an der Nase, tritt deinen Pudel und küßt deine Frau.

Grinsen: – Der *echte* Diddler beendet alles mit einem Grinsen. Doch das sieht niemand denn er selber. Er grinst, wenn sein Tagwerk vollbracht ist – wenn die ihm auferlegten Mühen getan – des Abends in seinem eignen Kämmerlein und gänzlich zu seinem Privatvergnügen. Er geht nach Hause. Verschließt die Türe. Legt die Kleider ab. Löscht die Kerze. Steigt ins Bett. Legt den Kopf aufs Kissen. Und ist all dies getan, dann *grinst* der Diddler. Das ist keine Hypothese. Es versteht sich ganz von selbst. Ich urteile *a priori*, und ohne Grinsen wäre Diddeln kein Diddeln.

Der Ursprung des Diddelns oder Schwindelns geht in die Kindheit des Menschengeschlechts zurück. Vielleicht war Adam der erste Diddler. Jedenfalls können wir die Wissenschaft weit zurück ins graue Altertum verfolgen. Die Neueren haben es nun freilich zu einer Perfektion gebracht, wie sie sich unsere dickschädligen Altvordern nie hätten träumen lassen. Ohne mich denn bei den ›alten Sprüchen‹ aufzuhalten, möchte ich mich also mit einer gedrängten Darstellung einiger der mehr ›neueren Exempel‹ begnügen.

Ein sehr guter Schwindel ist der folgende. Eine Hausmutter zum Beispiel, die ein Sofa wünscht, sieht man mehrere Möbelmagazine aufsuchen. Schließlich kommt sie zu einem, das eine vortreffliche Auswahl anbietet. An der Türe spricht sie ein höflicher und wortgewandter Mensch an und lädt sie ein, doch näher zu treten. Sie findet auch ein Sofa, welches ihren Zwecken wohl entspricht, und als sie nach dem Preise fragt, ist sie freudig überrascht, eine Summe genannt zu hören, welche um wenigstens zwanzig Prozent niedriger liegt, als sie erwartet hätte. Eilig schließt sie den Handel ab, erhält Rechnung und Quittung, hinterläßt ihre Adresse mit der Bitte, ihr das erworbene Stück doch so schnell wie möglich nach Hause zu liefern, und entfernt sich unter vielen Verbeugungen seitens des Ladeninhabers. Der Abend kommt, aber kein Sofa. Der nächste Tag vergeht, und noch immer keins. Ein Bediensteter wird ausgeschickt, sich wegen der Verzögerung zu erkundigen. Und da leugnet man doch den ganzen Handel. Man hat gar kein Sofa verkauft – kein Geld in Empfang genommen – solches hat nur der Diddler, der zu diesem Zwecke eben einmal den Geschäftsinhaber gespielt hatte.

Unsere Möbelmagazine sind ja gänzlich ohne Aufsicht

und bieten sich somit für einen Trick dieser Art geradezu an. Kunden treten ein, schauen sich die Möbelstücke an und gehen wieder, unbeachtet und ungesehen. Sollte einmal einer etwas kaufen oder den Preis eines Artikels erfragen wollen, so ist eine Glocke zur Hand, und dies wird für völlig ausreichend erachtet.

Gleichfalls ganz respektabel ist der folgende Diddelfall. Ein gut gekleidetes Individuum betritt einen Laden; macht eine Erwerbung im Werte von einem Dollar; entdeckt sehr zu seinem Ärger, daß seine Brieftasche in einem anderen Rocke steckengeblieben sein müsse, und sagt also zu dem Ladeninhaber – »Mein verehrter Herr, macht nichts! – wenn Sie die Güte haben wollen, mir das Paket nach Hause zu schicken? Doch halt! Ich glaube in der Tat, ich habe auch *dort* kein kleineres Geld als einen Fünf-Dollar-Schein. Doch Sie können mir ja vier Dollar als Wechselgeld *mit* dem Paket mitschicken, ja?«

»Sehr wohl, Sir«, erwidert der Ladeninhaber, welcher sogleich eine recht hohe Meinung von der Großherzigkeit seines Kunden hegt. ›Ich kenne welche‹, sagt er bei sich, ›die hätten sich die Sachen einfach unter den Arm geklemmt und wären mit dem Versprechen verschwunden, den Dollar zu bezahlen, wenn sie am Nachmittag wieder vorbeikämen.‹

Ein Laufbursche wird nun mit dem Paket samt Wechselgeld losgeschickt. Unterwegs begegnet ihm ganz zufällig der Käufer, der ausruft: »Ah! da ist ja mein Paket, wie ich sehe – ich dachte, du hättest es schon längst zu Hause abgegeben. Na schön, geh nur! Meine Frau, Mrs. Trotter, wird dir die fünf Dollar geben – ich habe diesbezüglich Anweisungen zurückgelassen. Das Wechselgeld könntest du aber genauso gut gleich *mir* geben – ich werde auf der Post etwas Silber brauchen. Sehr gut! Eins, zwei – ist das auch ein guter Vierteldollar? – drei, vier – stimmt! Sag nur Mrs. Trotter, daß du mich getroffen hast, und nun lauf zu und trödle ja nicht unterwegs.«

Der Junge trödelt mitnichten – aber er braucht doch sehr lange, bis er von seinem Botengange zurückkehrt –

denn da will sich nun gar keine Dame eben des Namens Mrs. Trotter finden lassen. Jedoch tröstet er sich damit, daß er nicht so dumm gewesen ist, die Sachen ohne das Geld dazulassen, und als er, darob mit sich selber zufrieden, den Laden dann wieder betritt, fühlt er sich empfindlich verletzt, ja indigniert, als sein Chef ihn fragt, was denn aus dem Wechselgelde geworden sei.

Ein sehr einfaches Diddelmanöver geht so: Dem Kapitän eines Schiffes, welches im Begriffe steht, unter Segel zu gehen, wird von einer amtlich aussehenden Person eine ungewöhnlich niedrige Rechnung über kommunale Gebühren präsentiert. Froh, so billig davonzukommen, und im Durcheinander hunderterlei Pflichten, die alle gleichzeitig auf ihn einstürmen, bezahlt er die geforderte Summe auf der Stelle. Etwa fünfzehn Minuten später wird ihm eine neuerliche und weit weniger wohlfeile Rechnung überreicht, und zwar von einem Manne, der alsbald keinen Zweifel daran läßt, daß der erste Kassierer ein Diddler gewesen und die ursprüngliche Kassierung ein Schwindel.

Und hier gleich noch etwas Ähnliches. Ein Dampfer macht soeben vom Kai los. Da sieht man, wie ein Reisender, einen Koffer in der Hand, in größter Eile angerannt kommt. Auf einmal hält er urplötzlich inne, bückt sich und hebt in höchlich aufgeregter Manier etwas vom Boden auf. Es ist eine Brieftasche, und – »Hat irgendein Herr seine Brieftasche verloren?« ruft er. Nun kann eigentlich keiner behaupten, er habe seine Brieftasche verloren; doch hebt große Aufregung an, als sich der Inhalt der Geldtasche als sehr wertvoll erweist. Das Schiff darf nun freilich nicht aufgehalten werden.

»Zeit und Flut warten auf niemand«, sagt der Kapitän.

»Um Gottes willen, so warten Sie doch nur noch ein paar Minuten«, sagt der Finder der Brieftasche – »der rechtmäßige Besitzer wird ja gleich auftauchen.«

»Kann nicht warten!« erwidert der Gewaltige; »losmachen, verstanden?«

»Was *soll* ich bloß machen?« fragt der Finder in großer Drangsal. »Ich bin dabei, das Land auf einige Jahre zu verlassen, und ich kann doch nicht guten Gewissens diese große Summe einfach in meinem Besitz behalten. Ich bitte Sie *vielmals* um Verzeihung, Sir« (hier wendet er sich an einen Herrn an Land), »aber Sie sehen wie ein ehrlicher Mann aus. *Wollen* Sie mir den Gefallen erweisen, diese Brieftasche an sich zu nehmen – ich *weiß*, ich kann Ihnen vertrauen – und eine Annonce aufzugeben? Die Scheine darin, sehen Sie, belaufen sich auf eine recht beträchtliche Summe. Der Eigentümer wird zweifellos darauf bestehen, Sie für Ihre Mühe zu belohnen –«

»*Mich!* – nein, *Sie!* – *Sie* haben doch die Tasche gefunden.«

»Naja, wenn Sie *unbedingt* wollen – dann nehme ich mir eben eine kleine Belohnung – nur damit Sie beruhigt sind. Lassen Sie mich mal sehen – o je, das sind ja alles Hunderter – du meine Güte! ein Hunderter, nein, so viel kann ich nicht nehmen – fünfzig würden völlig genügen, ganz gewiß –«

»Ablegen!« ruft der Kapitän.

»Aber ich kann gar nicht herausgeben auf hundert, und überhaupt, *Sie* sollten lieber –«

»Ablegen!« ruft der Kapitän.

»Schon gut!« schreit der Gentleman an Land, der soeben seine eigene Brieftasche in Augenschein genommen hat – »schon gut! *Ich* kann, ich mach das schon – hier ist ein Fünfziger der Bank von Nordamerika – werfen Sie mir die Tasche herüber.«

Und der übergewissenhafte Finder nimmt die fünfzig mit einem merklichen Zögern entgegen und wirft dem Gentleman, ganz wie gewünscht, die Brieftasche zu, indes der Dampfer sich qualmend und zischend auf die Reise macht. Etwa eine halbe Stunde nach seiner Abfahrt stellt sich die ›große Summe‹ als ›nachgeahmtes Gleichnis‹ nur heraus und das Ganze als ein kapitaler Diddelstreich.

Recht dreist ist auch die folgende Diddelei: Eine religiöse Versammlung oder dergleichen soll an einem bestimmten Orte im Freien abgehalten werden, der nur über eine abgabenfreie Brücke zu erreichen ist. An dieser Brücke nun postiert sich ein Diddler und setzt höflich alle Passanten von dem neuesten Bezirksgesetz in Kenntnis, wonach ein Brückenzoll zu entrichten sei, und zwar für Fußgänger ein Cent, für Pferde und Esel zwei und so weiter und so fort. Manche murren wohl, doch alle fügen sich, und der Diddler geht um ein paar fünfzig oder sechzig Dollar reicher nach Hause, wohlverdient. Denn dieses Abkassieren einer großen Menschenmenge ist ein ausgesprochen beschwerliches Geschäft.

Ein gefälliger Schwindel ist dieser: Ein Freund besitzt eine Schuldverschreibung des Diddlers, die ordnungsgemäß auf den gewöhnlichen, rot gedruckten Formularen ausgefüllt und unterschrieben ist. Der Diddler erwirbt nun ein oder zwei Dutzend dieser Vordrucke, und jeden Tag tunkt er einen davon in seine Suppe, läßt seinen Hund danach springen und gibt es ihm schließlich als *bonne bouche*. Wird nun der Wechsel fällig, geht der Diddler mit seinem Hunde zu dem Freund und bringt die Rede auf den Schuldschein. Der Freund holt diesen aus seinem *escritoire*, und wie er im Begriffe ist, diesen dem Diddler zu überreichen, da springt dessen Hund auf und verschlingt ihn sogleich. Der Diddler zeigt sich nicht nur überrascht, sondern verärgert und erzürnt ob des absurden Verhaltens seines Hundes und erklärt sich zur Gänze bereit, die Verpflichtung jederzeit zu tilgen, wenn der Beweis dafür wieder zum Vorschein kommen sollte.

Sehr geringfügig ist dieses Diddelstückchen: Eine Dame wird auf der Straße von einem Komplizen des Diddlers belästigt. Der Diddler selber eilt nun ihr zu Hilfe, und nachdem er seinem Freunde eine gehörige Tracht Prügel verabreicht hat, tut er es nicht anders, als daß er die Dame bis an ihre Haustüre begleitet. Die Hand auf dem Herzen, verbeugt er sich dort nun und verabschiedet sich von ihr mit höchster Ehrerbietung. Sie bittet ihn, als ihren Retter, doch einzutreten und sich ihrem großen Bruder und dem Herrn Papa vorstellen zu lassen. Unter Seufzen lehnt er ab. »Gibt es denn gar keine Möglichkeit, Sir«, murmelt sie, »wie ich Ihnen meine Dankbarkeit beweisen könnte?«

»Nun ja, Madam, schon. Wollen Sie so freundlich sein, mir ein paar Shilling zu leihen?«

Im ersten Schreck des Augenblicks ist die Dame entschlossen, geradewegs in Ohnmacht zu fallen. Nach nochmaliger Überlegung aber öffnet sie ihre Börse und spendiert klingende Münze. Dies ist nun, wie gesagt, nur eine winzigkleine Diddelei – denn eine ganze Hälfte der geborgten Summe ist ja an den Gentleman zu zahlen, der die Mühe des schimpflichen Spiels auf sich genommen hatte und obendrein noch stillhalten mußte, um sich dafür verprügeln zu lassen.

Um einen recht geringen, doch immer noch wissenschaftlichen Schwindel handelt es sich bei folgendem: Der Diddler begibt sich an die Theke eines Wirtshauses und verlangt ein paar Rollen gesponnenen Tabaks. Man reicht ihm diese, woraufhin er nach flüchtiger Begutachtung sagt: »Dieser Tabak gefällt mir nicht recht. Hier, nehmen Sie ihn wieder und geben Sie mir dafür ein Glas Brandy mit Wasser.«

Brandy und Wasser werden hingestellt, getrunken, und der Diddler wendet sich zur Tür. Doch gebietet ihm da die Stimme des Wirts Einhalt.

»Sir, Sie haben wohl vergessen, Ihren Brandy mit Wasser zu bezahlen.«

»Meinen Brandy mit Wasser zu bezahlen! – habe ich Ihnen denn nicht den Tabak für den Brandy mit Wasser gegeben? Was wollen Sie denn noch?«

»Aber, Sir, mit Verlaub, ich kann mich nicht erinnern, daß Sie den Tabak bezahlt hätten.«

»Was soll das heißen, Sie Schuft? – Habe ich Ihnen denn nicht den Tabak wiedergegeben? Ist *das*, was *dort* liegt, etwa nicht Ihr Tabak? Soll ich gar für etwas bezahlen, das ich überhaupt nicht genommen habe?«

»Aber, Sir«, sagt der Wirt, der nun nicht mehr recht weiß, was er sagen soll, »aber, Sir –«

»Kein Aber, Sir«, unterbricht ihn der Diddler, scheinbar

ungeheuer aufgebracht, und knallt die Tür hinter sich zu, als er sich aus dem Staube macht. – »Kein Aber, Sir, und bitte auch keinen Ihrer Tricks an Reisenden.«

Hier fällt mir nun wiederum eine sehr gewiefte Diddelei ein, die sich nicht zuletzt ob ihrer Einfachheit empfiehlt. Wurden in einer großen Stadt tatsächlich ein Portemonnaie oder eine Brieftasche verloren, setzt der Verlierer gewöhnlich in *eine* der Tageszeitungen ein Inserat mit ausführlicher Beschreibung.

Daraufhin nun kopiert unser Diddler die *Tatsachen* dieser Anzeige, doch ändert er die Überschrift, die allgemeine Ausdrucksweise und die *Adresse*. Das Original zum Beispiel ist lang und weitschweifig, trägt die Überschrift ›Brieftasche verloren!‹ und bittet darum, den Schatz, falls er gefunden werde, in der Tom Street Nr. 1 abzugeben. Die Kopie ist kurz und bündig, lediglich mit ›Verloren‹ überschrieben und nennt die Dick Street Nr. 2 oder Harry Street Nr. 3 als den Ort, wo der Eigentümer anzutreffen sei. Außerdem wird sie in mindestens fünf oder sechs Tageszeitungen des Datums aufgegeben, indes sie, was den Zeitpunkt betrifft, nur wenige Stunden nach dem Original erscheint. Sollte der tatsächliche Verlierer der Brieftasche dies lesen, so würde er wohl kaum argwöhnen, dies habe irgendeinen Bezug zu seinem eigenen Malheur. Aber natürlich stehen die Chancen fünf oder sechs zu eins, daß der Finder sich zu der vom Diddler bezeichneten Adresse begibt statt zu der, welche der rechtmäßige Besitzer angegeben hat. Der erstgenannte zahlt die Belohnung, steckt die Beute in die Tasche und empfiehlt sich.

Ganz ähnlich verhält es sich auch bei dieser Diddelei: Eine Dame von Welt hat irgendwo auf der Straße einen höchst wertvollen Diamantring verloren. Für dessen Wiedererlangung bietet sie vielleicht vierzig oder fünfzig Dollar Belohnung – in ihrer Anzeige gibt sie eine überaus genaue Beschreibung des Edelsteins und seiner Fassung und erklärt, daß die Belohnung, würde der Ring in der und der Straße Nummer soundso wieder abgegeben, unverzüglich gezahlt werde, ohne auch nur eine einzige Frage zu stellen.

Ein oder zwei Tage später, die Dame weilt außer Haus, läutet es an der Tür von Nummer soundso in der und der Straße; ein Dienstmädchen erscheint; die Dame des Hauses wird gewünscht, diese sei nicht da, heißt es, ob welcher überraschenden Mitteilung der Besucher sein bitterstes Bedauern äußert. Sein Anliegen sei überaus wichtig und betreffe die Dame höchstpersönlich. Ja, er habe das außerordentliche Glück gehabt, ihren Diamantring zu finden. Doch wäre es wohl am besten, wenn er ein andermal wiederkäme. »Keineswegs!« sagt das Dienstmädchen; und »Keineswegs!« sagen auch der Dame Schwester und Schwägerin, die sogleich herbeigerufen werden. Der Ring wird unter allerlei Lärm identifiziert, die Belohnung gezahlt und der Finder beinahe zur Tür hinausgeworfen. Die Dame kehrt zurück und zeigt sich nun durchaus ein wenig unzufrieden mit ihrer Schwester und Schwägerin, weil diese ganz zufällig vierzig oder fünfzig Dollar für eine Fälschung ihres Diamantringes gezahlt haben – eine Fälschung aus echtem Talmi und unzweifelhaftem Straß.

Doch da des Diddelns wirklich kein Ende ist, so fände auch dieser Essay keines, wollte ich auch nur der Hälfte all der Variationen oder Modifikationen andeutungsweise Erwähnung tun, welche diese Wissenschaft zuläßt. Ich muß diesen Aufsatz gewaltsam zum Schlusse bringen, und dies kann ich wohl am besten dadurch, daß ich summarisch von einem sehr ehrbaren, aber bis ins einzelne ausgeklügelten Diddelstreiche berichte, dessen Schauplatz, es ist noch gar nicht lange her, unsere Stadt gewesen und der später mit Erfolg in anderen, noch unbedarfteren Örtlichkeiten der Union wiederholt worden ist. Ein Herr mittleren Alters kommt aus unbekannter Gegend in die Stadt. In seinem Auftreten ist er bemerkenswert korrekt, vorsichtig, gesetzt und besonnen. Seine Kleidung ist peinlich sauber, doch einfach und unauffällig. Er trägt eine weiße Krawatte, eine weite Weste, die nur mit Blick auf Behaglichkeit gefertigt worden; dicksohlige, bequem aussehende Schuhe und Hosen ohne Steg. Ja, tatsächlich wirkt er ganz und gar wie der wohlhabende, ernste, korrekte und respektable ›Geschäftsmann‹ *par excellence* – einer jener Sorte Menschen mit rauher Schale und weichem Kern, wie wir sie ständig in den ach so überaus witzigen Gesellschaftskomödien zu sehen bekommen – Kerle, deren Worte ebenso viele Obligationen darstellen und die dafür bekannt sind, daß sie mit der einen Hand Guineen um Gotteslohn wegschenken, während sie mit der andern um des bloßen geschäftlichen Vorteils willen auch den allerletzten Bruchteil eines Hellers eintreiben.

Er macht viel Wesens darum, ehe er ein passendes Logis gefunden hat. Er mag keine Kinder. Er ist Ruhe gewohnt. Seine Gewohnheiten sind methodisch – und dann würde er es überhaupt vorziehen, bei einer privaten und achtbaren kleinen Familie von gottesfürchtiger Gesinnung unterzukommen. Der Preis spielt jedoch keine Rolle – nur *muß* er darauf bestehen, seine Rechnung am Ersten jedes Monats zu begleichen (jetzt ist der Zweite), und er bittet seine Wirtin, da er schließlich eine nach seinem Geschmack findet, auf *gar keinen* Fall seine Instruktionen zu diesem Punkte zu vergessen – sondern Rechnung *und* Quittung präzise um zehn Uhr am *ersten* Tage jedes Monats hereinzuschicken und dies unter gar keinen Umständen etwa auf den zweiten zu verschieben.

Nachdem diese Regelung also getroffen, mietet unser Geschäftsmann ein Büro in einem eher angesehenen denn vornehmen Viertel der Stadt. Nichts verabscheut er mehr als den bloßen Schein. »Hinter einer glanzvollen Fassade«, sagt er, »verbirgt sich selten etwas wirklich Solides« – eine Bemerkung, die auf das Gemüt seiner Wirtin einen so abgrundtiefen Eindruck macht, daß sie diese auf der Stelle mit einem Bleistift in ihre große Familienbibel einträgt, auf den breiten Rand der Sprüche Salomonis.

Der nächste Schritt besteht darin, etwa auf die folgende Art in den wichtigsten Sixpence-Geschäftsblättern unserer Stadt zu inserieren – die Zeitungen, die nur einen Cent kosten, werden als nicht respektabel gemieden – auch verlangen sie für alle Annoncen Vorauszahlung. Unser Geschäftsmann hält es nun aber mit dem Glaubensartikel, daß eine Arbeit nie bezahlt werden solle, bevor sie getan ist.

Gesucht! – Die Unterzeichneten, welche im Begriffe stehen, in der hiesigen Stadt ausgedehnte geschäftliche Unternehmungen zu beginnen, benötigen dafür die Dienste von drei oder vier intelligenten und tüchtigen Sekretären, welchen ein großzügiges Gehalt gezahlt wird. Erwartet werden die allerbesten Referenzen, nicht so sehr die Befähigung, sondern vornehmlich die Integrität betreffend. Da allerdings die zu erfüllenden Pflichten hohe Verantwortung einschließen und große Geldsummen notwendigerweise durch die Hände jener Angestellten gehen müssen, erachten wir es für ratsam, die Hinterlegung eines Pfandes von fünfzig Dollar von jedem bei uns beschäftigten Sekretär zu verlangen. Es braucht sich daher niemand zu bewerben, der nicht bereit ist, diese Summe den Unterzeichneten als Besitz zu überlassen, und der nicht höchst zufriedenstellende Zeugnisse seiner tadelsfreien Gesittung beibringen kann. Junge Herren mit gottesfürchtiger Gesinnung werden bevorzugt. Bewerber wollen sich zwischen zehn und elf Uhr vormittags und vier und fünf Uhr nachmittags melden bei Fa.

Boggs, Hogs, Logs, Frogs & Co.
Dog Street Nr. 110.

Bis zum Einunddreißigsten des Monats hat dieses Inserat etwa fünfzehn oder zwanzig junge Herren von gottesfürchtiger Gesinnung in das Büro der Herren Boggs, Hogs, Logs, Frogs und Compagnie geführt. Doch unser Geschäftsmann hat es nicht eilig, mit auch nur einem einen Vertrag abzuschließen – kein Geschäftsmann handelt *je* überstürzt –, und erst nach strengster Befragung eines jeden jungen Herren hinsichtlich der gottesfürchtigen Gesinnung werden seine Dienste engagiert und ihm die fünfzig Dollar quittiert, *lediglich* zur angemessenen Vorsorge seitens der respektablen Firma Boggs, Hogs, Logs, Frogs und Compagnie. Am Morgen des ersten Tages im nächsten Monat legt die Wirtin *nicht*, wie versprochen, die Rechnung vor – ein Versäumnis, dessentwegen sie zweifellos der höchst zufriedene Prinzipal der auf *ogs* endenden Firma streng getadelt hätte, hätte er es über sich gebracht, zu diesem Zwecke noch einen oder zwei Tage länger in der Stadt zu bleiben.

Wie die Dinge liegen, haben die Konstabler deswegen nun ihre liebe Not gehabt, viel Rennerei, hierhin und dorthin, und können am Ende doch weiter nichts tun denn mit höchstem Nachdruck zu erklären, unser Geschäftsmann sei ein ›Henn-ei‹ – womit sie, wie manche Leute meinen, zu verstehen geben wollten, er sei tatsächlich n. e. i. – worunter nun hinwiederum wohl der höchst klassische Ausdruck *non est inventus* begriffen werden dürfe. Unterdessen sind die jungen Herren allesamt nicht mehr ganz so gottesfürchtig gesonnen wie zuvor, derweil die Wirtin zum Preise von einem Shilling den besten Radiergummi ersteht und recht sorgfältig damit wegradiert, was irgendein Dummkopf mit Bleistift in ihrer großen Familienbibel vermerkt hat, auf dem breiten Rand der Sprüche Salomonis.

DIE BRILLE

Vor vielen Jahren war es Mode, den Begriff der ›Liebe auf den ersten Blick‹ ins Lächerliche zu ziehen; doch haben die Nachdenklichen nicht weniger denn die tief Empfindsamen stets vertreten, daß es sie gebe. Ja, moderne Entdekkungen auf dem Gebiete dessen, was man ethischen Magnetismus oder Magneto-Ästhetik heißen mag, machen es nun wahrscheinlich, daß die natürlichsten und folglich echtesten und intensivsten der menschlichen Leidenschaften jene seien, welche im Herzen gleichsam durch elektrische Sympathie, wie wenn ein Funke überspringt, entfacht werden – mit einem Worte, daß die vielversprechendsten und festesten seelischen Bande jene seien, welche auf den ersten Blick geknüpft werden. Das Bekenntnis, das abzulegen ich mich anschicke, fügt den bereits fast unzähligen Beispielen für die Wahrheit der Behauptung noch ein weiteres hinzu.

Meine Geschichte verlangt, daß ich ein wenig ins Detail gehe. Ich bin ein noch sehr junger Mann – nicht einmal zweiundzwanzig Jahre alt. Zur Zeit trage ich einen sehr gewöhnlichen und recht plebejischen Namen – Simpson. Ich sage ›zur Zeit‹, denn es ist noch gar nicht lange her, daß ich so heiße – habe ich doch erst im letzten Jahre diesen Familiennamen gesetzlich angenommen, um eine große Erbschaft antreten zu können, welche mir von einem entfernten Verwandten, Wohlgeboren Adolphus Simpson, hinterlassen ward. An das Vermächtnis war die Bedingung geknüpft, daß ich den Namen des Erblassers anzunehmen hätte; den Familien-, nicht den Vornamen; mein Taufname ist Napoleon Bonaparte – oder genauer, so lauten mein erster und mittlerer Rufname.

Den Namen Simpson nahm ich mit einigem Widerstreben an, da ich für meinen wirklichen Vatersnamen, Froissart, höchst verzeihlichen Stolz hegte – glaubte ich doch, daß ich eine Abstammung von dem unsterblichen Autor der ›Chroniken‹ herleiten könne. Apropos, da wir gerade beim Thema Namen sind, darf ich wohl, was die Namen einiger meiner unmittelbaren Vorfahren betrifft, eine einzigartige Koinzidenz des Klanges erwähnen. Mein Vater war ein Monsieur Froissart aus Paris. Seine Frau – meine Mutter, die er fünfzehnjährig heiratete – war eine Mademoiselle Croissart, älteste Tochter des Bankiers Croissart; dessen Frau wiederum, erst sechzehn, als sie in den Ehestand trat, war die älteste Tochter eines gewissen Victor Voissart. Monsieur Voissart hatte nun, wie gar sonderbar, eine Dame ganz ähnlichen Namens geehelicht – eine Mademoiselle Moissart. Auch sie war noch ein rechtes Kind, als sie sich vermählte; und insgleichen war ihre Mutter, Madame Moissart, erst vierzehn, als sie zum Altar geführt wurde. Diese frühen Eheschließungen sind in Frankreich so üblich. Hier aber haben wir nun Moissart, Voissart, Croissart und Froissart, alle in der geraden absteigenden Linie. Mein eigener Name freilich wurde dann, wie gesagt, Simpson, durch Gesetzesakt und mit so großem Widerwillen meinerseits, daß ich eine Zeitlang tatsächlich zögerte, ob ich die Erbschaft mit der daran geknüpften sinnlosen und ärgerlichen *Klausel* überhaupt antreten sollte.

Was das Äußere angeht, so hat mich die Natur keineswegs mangelhaft ausgestattet. Im Gegenteil, ich glaube, daß ich recht wohl geraten bin und das besitze, was neun Zehntel der Welt ein hübsches Gesicht nennen würden. An Körpergröße messe ich fünf Fuß und elf Zoll. Mein Haar ist schwarzlockig. Meine Nase leidlich gut. Meine Augen sind groß und grau; und wiewohl tatsächlich in einem sehr lästigen Grade schwachsichtig, so dürfte dennoch ihr Aussehen keinerlei solchen Defekt vermuten lassen. Die Sehschwäche selbst hat mich allerdings stets sehr inkommodiert, und ich habe keine Mittel unversucht gelassen – nur Augengläser habe ich nie getragen. Ein gutaussehender junger Mann, der ich bin, mag ich solche schon von Natur aus nicht und habe es stets entschieden abgelehnt, davon

Gebrauch zu machen. Ja, ich wüßte nichts, was das Gesicht eines jungen Menschen derart entstellt oder seinen Zügen in Gänze einen solchen Ausdruck von Ehrbarkeit aufprägt, wenn nicht gar von Frömmigkeit und Alter. Eine Lorgnette andererseits verleiht ausgesprochen einen geckenhaften und affektierten Anstrich. Bislang bin ich denn, so gut ich es eben vermochte, ohne beides ausgekommen. Doch schon zuviel dieser rein persönlichen Details, die schließlich von geringem Belange sind. Ich will mich damit begnügen, nur noch hinzuzufügen, daß ich von sanguinischem Temperamente bin, ein Heißsporn, unbesonnen und schwärmerisch – und daß ich mein ganzes Leben lang ein ergebener Frauenverehrer gewesen bin.

Eines Abends im letzten Winter betrat ich, in Gesellschaft eines Freundes, Mr. Talbot, eine Loge im P...-Theater. Es ward eine Oper gegeben, und das Programm verhieß eine höchst seltene Attraktion, so daß das Haus brechend voll war. Wir erschienen jedoch noch rechtzeitig, um die Vorderplätze zu bekommen, die man für uns reserviert hatte und zu denen wir uns unter einiger Mühe durchdrängten.

Zwei Stunden lang widmete mein Begleiter, der ein *fanatico* der Musik war, seine ungeteilte Aufmerksamkeit der Bühne; indessen vergnügte ich mich damit, das Publikum zu beobachten, das vorwiegend aus der eigentlichen *élite* der Stadt bestand. Nachdem ich mich in diesem Punkte zufriedengestellt, wollte ich meine Augen eben der *prima donna* zuwenden, als sie in einer der Privatlogen, welche bislang meiner Aufmerksamkeit entgangen waren, von einer Gestalt angezogen und gefesselt wurden.

Und würde ich tausend Jahre alt, nie könnte ich die heftige Gefühlswallung vergessen, mit der ich diese Gestalt betrachtete. Es war die eines weiblichen Wesens, des herrlichsten, das je ich geschaut. Das Gesicht war so weit der Bühne zugekehrt, daß mir einige Minuten lang kein Blick davon vergönnt war – doch die Form war *göttlich*; kein anderes Wort vermöchte zu genügen, sein wundervolles Ebenmaß auszudrücken – und selbst der Begriff ›göttlich‹ will mich jetzt, da ich ihn niederschreibe, geradezu lächerlich schwach bedünken.

Der Zauber lieblicher Frauengestalt – die Magie weiblicher Anmut – war stets eine Macht, der zu widerstehen mir unmöglich gewesen; hier aber fand sich der personifizierte, leibhaftige Liebreiz, das *beau idéal* meiner wildesten, schwärmerischsten Phantasiegesichte. Die Gestalt, welche der Logenbau nahezu in Gänze zu sehen erlaubte, war etwas über mittelgroß und näherte sich schon fast, ohne es wirklich zu erreichen, dem Majestätischen. Ihre vollkommene Fülle und *tournure* waren köstlich. Der Kopf, mir nur von hinten sichtbar, wetteiferte im Umriß mit dem der griechischen Psyche und ward eher ent- denn verhüllt von einer eleganten Haube aus *gaze aérienne*, die mich an des Apuleius *ventum textilem* erinnerte. Der rechte Arm hing über die Logenbrüstung, und sein erlesenes Ebenmaß machte jeden Nerv in mir erbeben. Oben war er in einen jener losen offenen Ärmel gehüllt, wie sie jetzt Mode sind. Dieser reichte nur wenig über den Ellbogen hinab. Darunter trug sie einen Ärmel aus zartem Gewebe, der dicht anlag und in einer Krause aus reicher Spitze endigte, welche höchst anmutig den Handrücken umspielte und einzig die zierlichen Finger frei ließ, an deren einem ein, wie ich sogleich erkannte, außerordentlich wertvoller Diamantring funkelte. Die herrliche Rundung des Handgelenks ward noch aufs feinste hervorgehoben von einem Armbande, das es umschloß und das ebenfalls von einer prächtigen *aigrette* aus Juwelen geschmückt und verschlossen ward – in nicht mißzuverstehenden Worten kündete es vom Reichtum wie dem verwöhnten Geschmack seiner Trägerin gleichermaßen.

Ich starrte wohl mindestens eine halbe Stunde zu dieser königlichen Erscheinung hinüber, wie wenn ich plötzlich zu Stein verwandelt worden wäre; und derweil spürte ich die volle Kraft und Wahrheit all dessen, was da über ›Liebe auf den ersten Blick‹ gesagt oder gesungen. Meine Empfindungen waren gänzlich anders denn alle, die ich bislang, selbst angesichts der gefeiertsten Proben weiblicher Schönheit, erfahren hatte. Eine unerklärliche und – ich muß es schon für eine solche nehmen – *magnetische* Sympathie von Seele zu Seele schien nicht nur meine Blicke, sondern meine ganzen Verstandes- und Gefühlskräfte auf diesen bewundernswürdigen Gegenstand vor mir zu bannen. Ich sah – ich spürte – ich wußte, daß ich zutiefst, wahnsinnig, unwiderruflich in Liebe entbrannt war – und dies sogar, ehe ich noch das Antlitz der Geliebten geschaut. Ja, so heftig war die Leidenschaft, die mich verzehrte, daß ich wahrlich glaube, sie wäre, wenn überhaupt, nur um weniges gemildert worden, hätten sich die noch ungeschauten Züge als nur von gewöhnlichem Charakter erwiesen; so gänzlich wider alle Norm ist die Natur der einzig wahren Liebe – der Liebe auf den ersten Blick –, und so wenig hängt sie in Wirklichkeit von den äußeren Bedingungen ab, welche sie nur zu schaffen und zu beherrschen scheinen.

Dieweil ich solcherart ganz in Bewunderung für diesen lieblichen Anblick versunken war, ließ eine plötzliche Unruhe im Publikum sie ihren Kopf mir halb zuwenden, so daß ich ihr Antlitz ganz im Profil erblickte. Seine Schönheit übertraf gar noch meine Erwartungen – und doch hatte es etwas an sich, das mich enttäuschte, ohne daß ich genau zu sagen wüßte, was dies war. Ich sagte, es ›enttäuschte‹ mich, doch trifft es dies Wort ganz und gar nicht. Meine Empfindungen waren beruhigt und verzückt zugleich. Weniger Hingerissensein lag darin und mehr stilles Entzücken – begeisterte Ruhe. Dieser Gefühlszustand mochte wohl aus dem madonnengleichen und matronenhaften Ausdruck des Gesichts herrühren; und doch erkannte ich sogleich, daß er nicht gänzlich hiervon hatte kommen können. Da war noch etwas anderes – irgendein Geheimnis, das ich nicht zu entdecken vermochte – irgend etwas im Ausdruck ihrer Züge, das mich leicht verwirrte, mich zugleich aber höchlich fesselte. Ja, ich befand mich genau in jener Gemütsverfassung, welche einen erregbaren jungen Mann zu allen möglichen Extravaganzen bereit macht. Wäre die Dame allein gewesen, ich hätte ganz zweifellos ihre Loge betreten und sie auf alle Fälle angesprochen; zum Glück aber befand sie sich in zwiefacher Begleitung – eines Herrn und einer auffallend schönen Frau, allem Anscheine nach ein paar Jahre jünger denn sie selber.

Ich wälzte in meinem Kopfe tausenderlei Pläne, wie ich es hiernach bewerkstelligen könnte, der älteren Dame vorgestellt zu werden oder doch jedenfalls erst einmal einen deutlicheren Blick von ihrer Schönheit zu erlangen. Gern hätte ich mich auf einen dem ihren näher gelegenen Platz begeben, doch war dies bei dem vollbesetzten Theater unmöglich; und die strengen Vorschriften des guten Tons untersagten seit kurzem in einem Falle wie diesem kategorisch den Gebrauch des Opernglases, selbst wenn ich mich so glücklich geschätzt hätte, eines bei mir zu haben – was ich aber nicht hatte –, und so saß ich denn verzweifelt da.

Endlich beschloß ich, meinen Begleiter darum zu bitten. »Talbot«, sagte ich, »*Sie* haben doch ein Opernglas. Geben Sie es mir.«

»Ein Opernglas! – nein! – was, meinen Sie, sollte *ich* wohl mit einem Opernglase anfangen?« Damit wandte er sich ungeduldig wieder der Bühne zu.

»Aber, Talbot«, fuhr ich fort und zog ihn an der Schulter, »so hören Sie doch, ja? Sehen Sie die Proszeniumsloge? – da! nein, die nächste! – Haben Sie jemals schon eine so schöne Frau gesehen?«

»Sie ist sehr schön, kein Zweifel«, sagte er.

»Wer mag das bloß sein?«

»Nanu, bei allen Engeln, Sie *wissen wirklich* nicht, wer das ist? ›Kennt Ihr sie nicht, erweist Ihr unbekannt Euch selbst.‹ Sie ist die berühmte Madame Lalande – die Schönheit des Tages *par excellence* und das Gespräch der ganzen Stadt. Dazu enorm reich – Witwe – und eine großartige Partie – ist gerade erst aus Paris gekommen.«

»Kennen Sie sie?«

»Ja – ich habe die Ehre.«

»Würden Sie mich ihr vorstellen?«

»Aber gewiß – mit dem größten Vergnügen; wann soll es sein?«

»Morgen um eins, ich treffe Sie bei B – –s.«

»Sehr schön; und nun *halten* Sie aber den Mund, *wenn* Sie können.«

Was dies letztere betrifft, so mußte ich Talbots Rat wohl folgen; denn gegen jede weitere Frage oder Andeutung zeigte er sich hartnäckig taub und war für den Rest des Abends ausschließlich mit dem beschäftigt, was auf der Bühne vor sich ging.

Unterweilen wandte ich kein Auge von Madame Lalande und hatte schließlich das Glück, daß mir ein voller Blick von vorn auf ihr Gesicht zuteil ward. Es war von ganz köstlicher Schönheit: dies hatte mein Herz mir natürlich schon vorher gesagt, auch wenn in diesem Punkte mir nicht von Talbot volle Gewißheit geworden wäre – doch noch immer beunruhigte mich jenes unbegreifliche Etwas. Endlich kam ich zu dem Schlusse, daß meine Sinne von einem gewissen ernsten, traurigen oder, genauer noch, müden Ausdruck beeindruckt seien, der dem Antlitz etwas von seiner Jugend und Frische nahm, doch nur, um ihm seraphische Zartheit und Majestät zu verleihen und damit natürlich meinem begeisterten und romantischen Temperament zehnmal so reizvoll zu erscheinen.

Während ich meine Augen solcherart weidete, merkte ich schließlich zu meiner tiefen Bestürzung an einem kaum wahrnehmbaren Stutzen seitens der Dame, daß sie plötzlich meines intensiven Starrens gewahr geworden. Doch war ich vollkommen in ihrem Banne und konnte den Blick nicht abwenden, auch nicht für einen Augenblick. Sie kehrte das Gesicht zur Seite, und abermals sah ich nur die gemeißelte Kontur ihres Hinterhauptes. Nach einigen Minuten, gleichsam von Neugier getrieben, ob ich noch immer zu ihr sähe, wandte sie langsam das Gesicht wieder herum und begegnete erneut meinem brennenden Blick. Sogleich schlug sie die großen dunklen Augen nieder, und eine tiefe Röte färbte ihre Wange. Doch wie groß war mein Erstaunen, als ich bemerkte, daß sie ein zweites Mal nicht nur den Kopf nicht abwandte, sondern doch wahrhaftig aus ihrem Gürtel eine Lorgnette zog – diese an die Augen hob – sie adjustierte – und mich dann hindurch betrachtete, unverwandt und mit Bedacht, mehrere Minuten lang.

Wäre mir zu Füßen ein Blitz herniedergefahren, ich hätte nicht gründlicher verblüfft sein können – doch nur verblüfft – nicht im mindesten gar beleidigt oder empört; wiewohl solch kühne Handlung bei jeder anderen Frau wahrscheinlich beleidigend oder empörend gewirkt hätte. Doch das Ganze geschah mit so viel Gleichmut – so viel *nonchalance* – so viel Gelassenheit – kurz, mit einem so offenkundigen Air höchster Lebensart –, daß nichts von bloßer Unverfrorenheit zu merken war und ich einzig Bewunderung und Überraschung empfand.

Ich beobachtete, wie sie es, da sie zuerst die Lorgnette gehoben, offenbar mit einer flüchtigen Betrachtung meiner Person zufrieden war und das Instrument schon sinken ließ, als sie, wie wenn sie sich anders besonnen, es wieder aufhob und so weiter mit unverwandter Aufmerksamkeit mich musterte, mehrere Minuten lang – ganz sicher und zu allermindest fünf Minuten lang.

Dies in einem amerikanischen Theater so auffallende Verhalten erregte nun das allgemeine Augenmerk und ließ im Publikum eine unbestimmte Bewegung aufkommen, ein *Geraune*, das mich einen Augenblick mit Verwirrung erfüllte, doch auf die Miene Madame Lalandes keinen ersichtlichen Eindruck machte.

Nachdem sie ihre Neugier – wenn es welche gewesen – gestillt, ließ sie das Glas sinken und widmete ihre Aufmerksamkeit wieder ruhig der Bühne; das Profil wie zuvor zu mir jetzt gewendet. Ich starrte weiter unablässig zu ihr hin, wiewohl ich mir der Unmanierlichkeit solchen Tuns voll bewußt war. Alsbald sah ich, wie der Kopf langsam und leicht die Stellung änderte; und gleich darauf war ich überzeugt, daß die Dame, derweilen sie vorgab, zur Bühne hin zu schauen, in Wirklichkeit mich recht angelegentlich betrachtete. Unnötig zu sagen, welche Wirkung dies Verhalten seitens einer so bezaubernden Frau auf mein erregtes Gemüt ausübte.

Nachdem sie mich wohl eine Viertelstunde lang auf

diese Weise gemustert hatte, wandte sich der schöne Gegenstand meiner Leidenschaft an den Herrn, der sie begleitete, und während sie sprach, konnte ich deutlich an den Blicken beider sehen, daß das Gespräch sich auf mich bezog.

Als es geendet, wandte sich Madame Lalande wieder der Bühne zu und schien für einige Minuten von der Vorstellung gefesselt. Als aber diese Zeit verstrichen war, geriet ich in äußerste Erregung, da ich sah, wie sie nun zum zweiten Male die Lorgnette aufklappte, welche ihr zur Seite hing, um sie wie schon zuvor direkt auf mich zu richten und ungeachtet des neuerlichen Gemurmels im Publikum mich von Kopf bis Fuß zu mustern mit eben der nämlichen wundersamen Gelassenheit, wie sie mir schon zuvor die Seele so entzückt hatte und so verwirrt.

Dieses außerordentliche Verhalten diente mir, indem es mich in einen wahren Taumel der Erregung stürzte – in ein vollkommenes Delirium der Liebe –, eher zur Ermutigung, denn daß es mich aus der Fassung gebracht hätte. Im wahnsinnigen Überschwange meiner Verehrung vergaß ich alles um mich her außer der Gegenwart und der majestätischen Schönheit des Bildes, das sich meinem starren Blicke bot. Und als ich das Publikum vollauf mit der Oper beschäftigt wähnte, ergriff ich endlich die Gelegenheit, suchte Madame Lalandes Blick und machte ihr sogleich eine leichte, doch unmißverständliche Verbeugung.

Sie errötete gar sehr – wandte dann die Augen ab – schaute sich dann langsam und vorsichtig um, offenbar um zu sehen, ob meine tollkühne Tat bemerkt worden sei – neigte sich dann zu dem Herrn hinüber, der neben ihr saß.

Ich empfand nun brennend die Ungehörigkeit, die ich begangen hatte, und erwartete nichts weniger, denn daß ich augenblicklich bloßgestellt mich sähe; derweil erschaute ich im Geiste die morgigen Pistolen, die in raschen und beunruhigenden Bildern an mir vorüberzogen. Jedoch spürte ich sogleich ungeheure Erleichterung, als ich sah, wie die Dame lediglich dem Herrn wortlos einen Theaterzettel reichte; der Leser aber mag sich einen schwachen Begriff von meinem Erstaunen machen – von meiner *abgrundtiefen* Verblüffung – meiner wahnsinnigen Verwirrung von Herz und Seele –, da sie gleich darauf, nachdem sie sich wieder verstohlen umgeschaut, ihre strahlenden Augen voll und unverwandt auf den meinen ruhen ließ, um dann mit leisem Lächeln eine schimmernde Reihe perlengleicher Zähne zu enthüllen und zweimal klar und bestimmt und unverkennbar zustimmend den Kopf zu neigen.

Natürlich ist es nutzlos, bei meiner Freude zu verweilen – bei meiner Verzückung – meinem grenzenlosen Herzensüberschwang. Wenn je ein Mensch toll war vor übermäßigem Glück, so ich in jenem Augenblick. Ich liebte. Liebte zum *ersten* Male – so empfand ich es. Es war erhabenste – unbeschreibliche Liebe. Es war ›Liebe auf den ersten Blick‹; und auf den ersten Blick war gleichfalls sie erkannt und *erwidert* worden.

Ja, erwidert. Wie und warum sollte ich daran auch einen Augenblick zweifeln? Wie anders vermöchte ich ein solches Verhalten wohl zu deuten – seitens einer Dame, die so schön – so reich – offenbar so wohlgebildet – von so feiner Lebensart – so hoher gesellschaftlicher Stellung – in jeder Hinsicht so ganz und gar respektabel war, wie ich es bei Madame Lalande doch versichert sein konnte? Ja, sie liebte mich – sie erwiderte die Schwärmerei meiner Liebe mit einer Schwärmerei, die ebenso blind – ebenso unnachgiebig – so unberechnend – so rückhaltlos – und so völlig grenzenlos war wie die meine! Diese köstlichen Phantasien und Gedanken wurden nun jedoch unterbrochen, da der Zwischenakt-Vorhang fiel. Die Zuschauer erhoben sich; und sogleich herrschte der übliche Tumult. Ich ließ Talbot abrupt stehen und gab mir alle Mühe, mir einen Weg in größere Nähe zu Madame Lalande zu bahnen. Nachdem mir dies in dem Gedränge nicht gelungen, gab ich schließlich die Jagd auf und wandte meine Schritte heimwärts; über meine Enttäuschung, daß ich es nicht vermocht hatte, wenigstens ihres Kleides Saum anzurühren, tröstete ich mich mit dem Gedanken, daß ich am andern Tage ja in geziemender Form von Talbot bei ihr eingeführt werden sollte.

Und dieser Tag kam schließlich; das heißt, nach einer langen und sich ungeduldig hinquälenden Nacht dämmerte endlich der Morgen herauf; und dann schlichen die Stunden bis eins im Schneckentempo dahin, langweilig und unzählbar. Doch selbst Stambul, so heißt es, hat ein Ende, und ein Ende nahm auch diese lange Frist. Die Uhr schlug. Als das letzte Echo verhallt, trat ich bei B – – s ein und fragte nach Talbot.

»Fort«, sagte der Diener – Talbots eigener.

»Fort!« erwiderte ich und taumelte ein halbes Dutzend Schritte zurück – »hören Sie mal gut zu, Sie Bürschchen, das ist ein Ding der Unmöglichkeit; das geht überhaupt nicht. Mr. Talbot ist *nicht* fort. Was soll das heißen?«

»Nichts, Sir: nur daß Mr. Talbot nicht da ist. Das ist alles. Er ist gleich nach dem Frühstück nach S – – hinübergeritten und hat Bescheid hinterlassen, daß er nicht vor einer Woche wieder in der Stadt wäre.«

Wie versteinert stand ich da vor Wut und Entsetzen. Ich bemühte mich um eine Antwort, doch die Zunge versagte mir den Dienst. Schließlich machte ich auf dem Absatz kehrt, bleiern fahl vor Grimm, und wünschte innerlich die ganze Sippschaft der Talbots in die tiefsten Tiefen des Erebos. Es lag auf der Hand, daß mein rücksichtsvoller Freund, *il fanatico*, seine Verabredung mit mir vollkommen vergessen hatte – sie vergessen hatte, sobald sie getroffen war. Zu keiner Zeit war er ein Mann, der sich sonderlich gewissenhaft an sein Wort hielt. Da war nichts zu machen; also unterdrückte ich meinen Ärger, so gut ich konnte, und schlenderte niedergeschlagen die Straße dahin, wobei ich jedem Bekannten, den ich traf, mit unnützen Erkundigungen nach Madame Lalande zusetzte. Vom Hörensagen, so fand ich, kannten sie alle – viele vom Sehen –, doch weilte sie erst ein paar Wochen in der Stadt, und daher gab es nur sehr wenige, die sich ihrer persönlichen Bekanntschaft rühmen konnten. Diese wenigen aber waren dennoch verhältnismäßig Fremde für sie, und so konnten oder wollten sie sich nicht die Freiheit nehmen, mich durch die Formalität eines Vormittagsbesuches bei ihr einzuführen. Während ich so noch verzweifelt dastand und mich mit einem Freundestrio über dies allbeherrschende Thema meines Herzens unterhielt, wollte es der Zufall, daß dieses Thema leibhaftig des Weges kam.

»So wahr ich lebe, da ist sie ja!« rief einer.

»Ausnehmend schön!« ein zweiter.

»Ein Engel auf Erden!« ein dritter.

Ich sah auf; und in einer offenen Kutsche, die langsam die Straße herab näher kam, saß die bezaubernde Erscheinung aus der Oper, begleitet von der jüngeren Dame, die mit ihr die Loge geteilt hatte.

»Ihre Begleiterin hat sich auch bemerkenswert gut gehalten«, sagte derjenige meines Trios, der zuerst gesprochen hatte.

»Erstaunlich«, sagte der zweite; »noch immer ein glänzendes Auftreten; aber die Kunst tut Wunder. Auf mein Wort, sie sieht sogar besser aus als vor fünf Jahren in Paris. Noch immer eine schöne Frau – meinen Sie nicht auch, Froissart? – Simpson, natürlich.«

»Noch immer!« sagte ich, »und warum auch nicht? Doch verglichen mit ihrer Bekannten ist sie wie ein Nachtlicht gegen den Abendstern – ein Glühwürmchen gegen den Antares.«

»Ha! ha! ha! – also, Simpson, Sie haben ein erstaunliches Feingefühl, Entdeckungen zu machen – originelle, meine ich!«

Und damit trennten wir uns, indes einer aus dem Trio einen kecken *vaudeville* zu summen begann, von dem ich nur die Zeilen verstand –

Ninon, Ninon, Ninon à bas –
A bas Ninon de Lenclos!

Während dieser kleinen Szene jedoch hatte eines mir gar sehr zum Troste gereicht, obgleich es die Leidenschaft nur nährte, von der ich verzehrt ward. Als der Wagen von Madame Lalande an unserer Gruppe vorüberrollte, hatte ich gemerkt, daß sie mich erkannte; ja, mehr noch, sie hatte mich mit dem engelhaftesten Lächeln beglückt, das sich denken läßt, unzweifelhaft zum Zeichen des Erkennens.

Was nun eine Einführung bei ihr betraf, so sah ich mich gezwungen, alle Hoffnung darauf aufzugeben, bis Talbot es für gut befinden würde, vom Lande zurückzukehren. In der Zwischenzeit suchte ich beharrlich sämtliche reputierlichen öffentlichen Vergnügungsstätten auf; und schließlich widerfuhr mir im Theater, da ich sie zum ersten Male gesehen, die übergroße Seligkeit, sie zu treffen und abermals mit ihr Blicke tauschen zu können. Dies geschah freilich erst, nachdem zwei Wochen ins Land gegangen waren. Unterweilen hatte ich jeden Tag nach Talbot in seinem Hotel gefragt, und jeden Tag hatte ich einen Wutanfall erlitten beim ewiggleichen ›Noch nicht heimgekommen‹ seines Dieners.

An besagtem Abend befand ich mich daher in einem Zustand, der schon bald an Wahnsinn grenzte. Madame Lalande, so hatte man mir erzählt, war Pariserin – war kürzlich erst aus Paris hierher gekommen – könnte sie nicht ganz plötzlich dahin zurückkehren? – zurückkehren, noch ehe Talbot wiederkäme – und könnte sie nicht so auf immer mir verloren sein? Der Gedanke war zu schrecklich, unerträglich. Da mein zukünftiges Glück auf dem Spiel stand, faßte ich den Vorsatz, mit mannhafter Entschlossenheit zu handeln. Kurzum, als das Theater zu Ende gegangen, folgte ich der Dame bis zu ihrer Wohnung, notierte mir die Adresse und sandte ihr am nächsten Morgen einen ausführlichen und sorgfältig abgefaßten Brief, darin ich mein ganzes Herz ausschüttete.

Kühn sprach ich, frei – mit einem Wort, ich sprach mit Leidenschaft. Ich verhehlte nichts – nicht einmal meine Schwäche. Ich ging auf die romantischen Umstände unserer ersten Begegnung ein – selbst auf die Blicke, die zwischen uns gewechselt worden waren. Ich ging so weit zu behaupten, daß ich von ihrer Gegenliebe überzeugt sei; indes ich diese Gewißheit und die Heftigkeit meiner eigenen Verehrung als zwei Entschuldigungen für mein ansonsten unverzeihliches Betragen anführte. Als dritte nannte ich meine Angst, sie könne die Stadt verlassen, noch ehe mir die Gelegenheit einer formellen Vorstellung würde. Ich schloß die glühendste schwärmerischste Epistel, die je verfaßt worden, daß ich offen meine weltlichen Umstände – meinen Reichtum – darlegte und ihr mein Herz und meine Hand antrug.

In unsäglich bang-gespannter Erwartung harrte ich der Antwort. Nachdem ein Jahrhundert, wie mich dünkte, verstrichen, kam sie.

Ja, *tatsächlich, sie kam.* So romantisch dies alles auch erscheinen mag, ich erhielt wirklich einen Brief von Madame Lalande – der schönen, der reichen, der abgöttisch verehrten Madame Lalande. – Ihre Augen – ihre wundervollen Augen – hatten ihr edles Herz nicht Lügen gestraft. Wie eine echte Französin, die sie war, hatte sie den freimütigen Geboten ihres Verstandes gehorcht – den großherzigen Regungen ihrer Natur – und alle konventionellen Prüderien der Welt geringgeachtet. Sie hatte meinen Antrag *nicht* verlacht. Sie hatte sich *nicht* in Schweigen geflüchtet. Sie hatte meinen Brief *nicht* ungeöffnet zurückgeschickt. Sie hatte mir sogar Antwort gesandt, geschrieben von ihren eigenen köstlichen Fingern. Der Brief lautete folgendermaßen:

›Monsieur Simpson wird geben Pardon, daß ich das schöne Sprache von sein Land nicht kann so gut schreiben wie möchte. Es ist nicht lange, daß ich bin angekommen, und habe noch nicht Gelegenheit, zu – *l'étudier.*

Was die Entschuldigung für die *manières*, ich will nun sagen, daß, *hélas!* – Monsieur Simpson haben nur zu gut erraten. Muß ich sagen mehr? *Hélas!* hab ich nicht sprechen zu viel?

Eugénie Lalande.‹

Dieses edelgesinnte *billet* küßte ich wohl millionenmal und beging seinetwegen ohne Zweifel tausend andere Überspanntheiten, die meinem Gedächtnis nun entfallen sind. Doch Talbot *wollte* noch immer nicht wiederkehren. Ach! hätte er sich auch nur die leiseste Vorstellung davon machen können, was sein Freund durch seine Abwesenheit erdulden mußte, wäre nicht seine mitfühlende Natur unverzüglich zu meiner Rettung herbeigeeilt? Doch immer noch kam er *nicht.* Ich schrieb. Er antwortete. Dringende Geschäfte hielten ihn auf – doch werde er in Kürze wiederkehren. Er bat mich, doch nicht ungeduldig zu sein – meine Erregung zu mäßigen – empfahl mir beruhigende Lektüre – nichts Stärkeres zu trinken als Rheinwein – und bei den Tröstungen der Philosophie Beistand zu suchen. Der Dummkopf! wenn er denn schon nicht selber kommen konnte, warum hat er dann nicht um der lieben Vernunft willen mir einen Empfehlungsbrief beilegen können? Ich schrieb wieder, flehte ihn an, mir doch sogleich einen zu senden. Mein Brief ward von eben *jenem* Diener mit dem folgenden Bleistiftvermerk auf der Rückseite *retour* geschickt. Der Schuft hatte sich also zu seinem Herrn aufs Land begeben:

›Ist gestern aus S – – fort, Ziel unbekannt – sagte nicht, wohin – oder wann zurück – ich hielt es daher für das beste, Ihren Brief retour gehen zu lassen, da ich Ihre Handschrift kenne und es Ihnen immer mehr oder weniger eilt.

Ergebenst

STUBBS.‹

Danach bedarf es wohl keiner besonderen Erwähnung, daß ich Herrn und Diener gleichermaßen in die Hölle wünschte – doch gereichte Zorn wenig zum Nutzen und Jammern mitnichten zum Trost.

Doch blieb mir ja noch ein Ausweg in meiner angeborenen Kühnheit. Bislang hatte sie mir gute Dienste erwiesen, und so beschloß ich denn, daß sie mir zum Ende verhelfen sollte. Außerdem, welchen Akt bloßen Formverstoßes *könnte* ich nach den Briefen, die zwischen uns gewechselt worden, in Grenzen, noch begehen, daß Madame Lalande daran Anstoß nehmen müßte? Seit der Affäre mit dem Brief hatte ich die Gewohnheit angenommen, ihr Haus zu beobachten, und so entdeckt, daß sie zur Dämmerung auf einem unter ihren Fenstern liegenden öffentlichen Platze zu promenieren pflegte, nur von einem Neger in Livree begleitet. Hier, in dem üppigen und schattigen Haine, im grauen Dämmer eines lieblichen Mittsommerabends, nahm ich meine Gelegenheit wahr und sprach sie an.

Um den sie begleitenden Diener desto besser zu täuschen, tat ich dies mit dem sicheren Auftreten eines alten und vertrauten Bekannten. Mit echt Pariser Geistesgegenwart verstand sie den Wink sogleich und streckte mir zum Gruße die bezauberndste kleine Hand hin. Der Diener blieb sogleich zurück; und nun sprachen wir, die Herzen bis zum Überfließen voll, lange und rückhaltlos von unserer Liebe.

Da Madame Lalande das Englische sogar noch weniger fließend sprach, als sie es schrieb, konversierten wir notwendigerweise in Französisch. In dieser lieblichen Zunge, der Leidenschaft so gut anstand, ließ ich der schwärmerischen Begeisterung meines Naturells freien Lauf und erflehte mit aller mir zu Gebote stehenden Beredsamkeit ihre Zustimmung zu einer sofortigen Heirat.

Ob dieser Ungeduld lächelte sie. Sie brachte die alte Geschichte vom Dekorum vor – jenem Popanz, der so viele von der Seligkeit abhält, bis die Gelegenheit zum Seligsein für immer dahin ist. Höchst unklug hätte ich unter meinen Freunden bekanntgemacht, bemerkte sie, daß ich ihre, Madame Lalandes, Bekanntschaft wünschte – somit, daß ich diese nicht besäße – somit gäbe es wiederum keine Möglichkeit, das Datum unseres ersten Kennenlernens zu verheimlichen. Und dann wies sie unter Erröten darauf hin, wie allerjüngsten Datums dies doch sei. Eine sofortige Heirat wäre völlig unschicklich – wäre gegen alle Regeln – wäre *outré*. All dies sagte sie mit einer bezaubernden *naïveté*, welche mich hinriß, dieweil sie mich doch auch betrübte und überzeugte. Sie ging sogar so weit, mich lachend der Voreiligkeit – ja, der Unklugheit zu zeihen. Sie bat mich, doch daran zu denken, daß ich wirklich nicht einmal wüßte, wer sie sei – wie ihre Aussichten wären, ihre Verbindungen, ihre Stellung in der Gesellschaft. Sie bettelte, doch unter Seufzen, meinen Antrag noch einmal zu überdenken, und nannte meine Liebe eine Verblendung – ein Irrlicht – eine augenblickliche Laune oder Einbildung – eine grundlose und unstete Schöpfung eben der Phantasie statt des Herzens. All dies äußerte sie, während die Schatten der lieblichen Dämmerung uns dunkel und immer dunkler umfingen – und dann stieß sie mit einem sanften Druck ihrer elfengleichen Hand in einem einzigen süßen Augenblick das ganze Gebäude ihrer Argumentation wieder um, das sie errichtet hatte.

Ich antwortete, so gut ich es vermochte – wie es nur ein wahrhaft Liebender vermag. Lange und voller Beharrlichkeit sprach ich von meiner Verehrung, meiner Leidenschaft – von ihrer übergroßen Schönheit und meiner eigenen schwärmerischen Bewunderung. Zum Schluß ging ich mit überzeugendem Nachdruck auf die Gefahren ein, die der Liebe Lauf umlauern – jenen ›Strom der treuen Liebe, der nie sanft rann‹ –, und leitete daraus ab, wie offensichtlich prekär es also sei, diesen Strom unnötig lang zu machen.

Dies letztere Argument schien schließlich ihre strenge Entschlossenheit zu erweichen. Sie gab nach; doch sei da noch ein Hindernis, sagte sie, das ich, des sei sie sicher, nicht gebührend bedacht. Dies sei nun ein etwas heikler Punkt – ganz besonders, da ihn eine Frau geltend machen solle; sie sehe aber, daß sie darauf hinweisen und ihre Gefühle opfern müsse; doch sei für *mich* kein Opfer zu groß. Sie spiele auf das Thema *Alter* an. Sei ich mir denn bewußt – sei ich mir denn vollkommen dessen bewußt, welcher Altersunterschied zwischen uns bestehe? Daß das Alter des Ehemannes das seiner Frau um ein paar Jahre – ja, um fünfzehn oder zwanzig gar – übertreffe, gelte in den Augen der Welt für zulässig, ja sogar für richtig; doch sei sie stets der Auffassung gewesen, daß *niemals* die Frau an Jahren den Mann übertreffen solle. Eine Diskrepanz von so unnatürlicher Art führe, ach! nur allzu häufig zu einem unglücklichen Leben. Nun wisse sie wohl, daß mein Alter zweiundzwanzig nicht übersteige; und im Gegensatze dazu sei ich hinwiederum mir vielleicht doch *nicht* darüber klar, daß die Jahre meiner Eugénie gar beträchtlich über diese Zahl hinausgingen.

In alledem lag ein Seelenadel – eine edle Aufrichtigkeit –, die mich entzückte – bezauberte – auf ewig in Fesseln schlug. Kaum vermochte ich der überschwenglichen Freude Einhalt zu tun, die mich gepackt.

»Meine allerliebste Eugénie«, rief ich, »was reden Sie da alles daher? Ihre Jahre übertreffen in einigem Maße die meinen. Doch was soll's? Die Sitten dieser Welt sind doch nur ebenso viele konventionelle Torheiten. Inwiefern unterscheidet sich denn Liebenden, wie wir es sind, ein Jahr von einer Stunde? Ich bin zweiundzwanzig, sagen Sie; zugegeben; ja, Sie dürfen mich genausogut sogleich dreiundzwanzig nennen. Und nun Sie, meine liebste Eugénie, Sie können doch nicht mehr Jahre zählen als – können doch nicht mehr zählen als – nicht mehr als – als – als – als –«

Hier hielt ich einen Augenblick inne, in der Erwartung, Madame Lalande werde mich unterbrechen und ihr wahres Alter ergänzen. Doch eine Französin ist selten direkt und hat auf eine peinliche Frage stets irgendeine, ihr eigene, kleine praktische Erwiderung parat. Im gegenwärtigen Falle nun ließ Eugénie, die schon eine Weile anscheinend nach etwas in ihrem Busen gesucht hatte, schließlich eine Miniatur ins Gras fallen, welche ich sogleich aufhob und ihr reichte.

»Behalten Sie dies!« sagte sie und lächelte auf ihre so hinreißende Weise. »Behalten Sie dies um meinetwillen – um deretwillen, die es nur allzu schmeichelhaft darstellt. Außerdem mögen Sie auf der Rückseite des Schmuckes vielleicht genau die Auskunft finden, welche Sie zu wünschen scheinen. Es wird jetzt freilich schon recht dunkel – doch können Sie's ja am Morgen in aller Muße sich betrachten. Inzwischen sollen Sie mich heute abend nach Hause begleiten. Meine Freunde wollen eine kleine musikalische *levée* halten. Ich kann Ihnen auch guten Gesang in Aussicht stellen. Wir Franzosen nehmen es nicht annähernd so pedantisch genau wie Sie hier in Amerika, und ich werde Sie ohne weiteres als einen alten Bekannten einschmuggeln können.«

Damit nahm sie meinen Arm, und ich geleitete sie heim. Die Wohnung war recht nobel und, wie ich glaube, geschmackvoll eingerichtet. Über dies letztere bin ich freilich kaum befugt zu urteilen; denn als wir ankamen, war es schon dunkel; und in amerikanischen Häusern der gehobenen Schicht sind während der Sommerhitze nur selten zu dieser, der angenehmsten Tageszeit Lichter zu sehen. Etwa eine Stunde nach meinem Eintreffen freilich ward eine abgeschirmte Argandsche Lampe im Hauptsalon entzündet; und dieser Raum, wie ich denn sehen konnte, war überaus geschmackvoll, ja sogar prächtig ausgestattet; doch zwei weitere Räume in der Flucht, in welchen die Gesellschaft sich hauptsächlich versammelt hatte, blieben während des ganzen Abends in sehr angenehmem Dunkel. Es ist dies ein wohlüberlegter Brauch, läßt er den Gästen doch wenigstens die Wahl zwischen Licht und Schatten, und unsere Freunde jenseits des Wassers konnten gar nichts Besseres tun, denn diesen Brauch unverzüglich zu übernehmen.

Der Abend, den ich so verbrachte, war fraglos der köstlichste meines Lebens. Madame Lalande hatte die musikalischen Talente ihrer Freunde keineswegs überschätzt; und ein Gesang, wie ich ihn hier hörte, ist mir außerhalb Wiens in privatem Kreise wohl nie vortrefflicher zu Gehör gekommen. Der Instrumentalisten waren es viele, und alle verrieten sie außergewöhnliche Begabung. Die Vokalisten waren vorwiegend Damen, und nicht eine sang schlechter denn gut. Schließlich, da kategorisch nach ›Madame Lalande‹ gerufen ward, erhob sich diese unverweilt, ohne alles Zieren oder Sträuben, von der *chaise longue*, darauf sie neben mir gesessen, und begab sich, begleitet von einem oder zwei Herren und ihrer Freundin aus der Oper, zu dem Pianoforte im Hauptsalon. Ich hätte sie ja selbst dorthin begleitet, doch hielt ich es, unter den Umständen meiner Einführung im Haus, doch für besser, unbemerkt zu bleiben, wo ich war. So kam ich zwar um das Vergnügen, sie singen zu sehen, zu hören vermochte ich sie gleichwohl.

Der Eindruck, den sie bei der Gesellschaft hervorrief, schien geradezu elektrisierend – doch die Wirkung auf mich selber war gar mehr noch. Ich weiß nicht, wie ich sie angemessen beschreiben könnte. Zum Teil rührte sie zweifellos vom Gefühl der Liebe her, von welchem ich durchdrungen war; doch in der Hauptsache wohl daher, daß ich von der höchsten Empfindsamkeit der Sängerin überzeugt war. Es steht nicht in der Macht der Kunst, Arie oder Rezitativ leidenschaftlicheren *Ausdruck* zu verleihen, als es der ihre war. Ihr Vortrag der Romanze aus dem ›Otello‹ – die Schattierung, mit der sie die Worte *›Sul mio sasso‹* aus den ›Capuletti‹ wiedergab – klingt mir noch im Gedächtnis nach. Ihre tiefen Töne waren nun gänzlich wunderbar. Ihre Stimme umfaßte drei vollständige Oktaven und reichte vom D im Kontraalt bis zum hohen D des Soprans, und obgleich sie mächtig genug war, das San Carlo zu füllen, führte sie doch jede Schwierigkeit der Gesangskomposition mit peinlichster Präzision aus – Tonleitern auf- und abwärts, Kadenzen oder *fioritures.* Im Finale der ›Sonnambula‹ erzielte sie eine bemerkenswerte Wirkung bei den Worten –

Ah! non giunge uman pensiero
Al contento ond 'io son piena.

Hier modifizierte sie, in Anlehnung an die Malibran, die ursprüngliche Phrase Bellinis, insofern als sie ihre Stimme bis zum Tenor-G niedersteigen ließ, um dann in raschem Übergange das dreigestrichene hohe G anzuschlagen, wobei sie ein Intervall von zwei Oktaven übersprang.

Als sie nach diesen Wundern der Gesangeskunst sich vom Pianoforte erhob, nahm sie ihren Platz an meiner Seite wieder ein; woraufhin ich ihr in höchlichst begeisterten Worten mein Entzücken ob ihrer Darbietung zum Ausdruck brachte. Von meiner Überraschung erwähnte ich nichts, und doch war ich ganz aufrichtig überrascht; denn eine gewisse Kraftlosigkeit oder vielmehr ein gewisses zittriges Schwanken der Stimme im gewöhnlichen Gespräch hatten mich nicht ahnen lassen, daß sie als Sängerin besonderes Talent beweisen würde.

Unsere Unterhaltung war nun lang, ernst, ununterbrochen und völlig rückhaltlos. Sie ließ mich so mancherlei der früheren Begebnisse meines Lebens erzählen und lauschte jedem Wort meines Berichts mit atemloser Aufmerksamkeit. Ich verschwieg nichts – war ich doch der Meinung, ich habe ein Recht darauf, ihrer vertrauensvollen Zuneigung nichts zu verschweigen. Ermutigt von der Offenheit, die sie beim delikaten Punkte ihres Alters bezeigt, ging ich mit völliger Freimütigkeit nicht nur ausführlich auf viele meiner geringeren Fehler ein, sondern legte ein volles Bekenntnis jener innerlichen, ja sogar jener körperlichen Gebrechen ab, deren Eingeständnis ein so viel höheres Maß an Mut erfordert und einen desto sichereren Liebesbeweis darstellt. Ich berührte meine College-Flegeleien – meine Extravaganzen – meine Zechereien – meine Schulden – meine Liebeleien. Ich verstieg mich sogar dazu, ihr von einem leicht hektischen Husten zu sprechen, welcher mich einmal geplagt – von einem chronischen Rheumatismus – vom stechenden Schmerze einer ererbten Gicht – und zum Schlusse von der unangenehmen und lästigen, doch bislang sorgsam verheimlichten Schwäche meiner Augen.

»Was diesen letzteren Punkt betrifft«, sagte Madame Lalande lachend, »so war es sicherlich unklug von Ihnen, ihn zu gestehen; denn ohne dies Geständnis, das möchte ich doch für erwiesen annehmen, hätte wohl niemand Sie dieses Verbrechens geziehen. Apropos«, fuhr sie fort, »können Sie sich erinnern« – und hier bildete ich mir ein, wie sogar durch das Dunkel des Zimmers deutlich auf ihren Wangen ein Erröten sichtbar ward – »können Sie sich, *mon cher ami*, an diese kleine Sehhilfe erinnern, die nun an meinem Halse hängt?«

Bei diesen Worten drehte sie zwischen den Fingern die nämliche Lorgnette, welche mir in der Oper so viel Verwirrung bereitet hatte.

»Aber ja – ach! und ob ich mich daran erinnere«, rief ich aus und drückte leidenschaftlich die zarte Hand, welche mir die Gläser zur Ansicht hinhielt. Sie bildeten ein kompliziertes und großartiges Spielzeug, reich ziseliert und mit Filigran geschmückt, funkelnd von wertvollen Juwelen, wie selbst bei der mangelhaften Beleuchtung nicht zu übersehen war.

»Eh bien! mon ami«, hob sie wieder mit einem gewissen *empressement* an, der mich überraschte – *»eh bien, mon ami*, Sie haben inständig eine Gunst von mir erbeten, die unschätzbar zu nennen Ihnen gefiel. Sie haben mich gleich morgen um meine Hand gebeten. Sollte ich Ihrem Drängen – und, so darf ich hinzufügen, der Stimme meines eigenen Herzens – willfahren, hätte ich dann nicht das Recht, Sie um eine sehr – sehr kleine Gegengabe zu bitten?« – »Sprechen Sie!« rief ich mit einem Feuer, daß die Gesellschaft beinahe auf uns aufmerksam geworden wäre, und einzig deren Gegenwart hielt mich davon ab, mich meiner Angebeteten ungestüm zu Füßen zu werfen. »Sprechen Sie, meine Geliebte, meine Eugénie, mein ein und alles! – sprechen Sie – doch, ach! es ist ja schon gewährt, noch ehe es ausgesprochen.«

»So sollen Sie denn, *mon ami*«, sagte sie, »der Eugénie zuliebe, der Sie Ihr Herz geschenkt, diese kleine Schwäche überwinden, die Sie zuletzt gestanden – diese eher innerliche denn körperliche Schwäche – und die, lassen Sie sich versichert sein, dem Adel Ihrer wahren Natur so wenig ansteht – die so gar nicht zu der Aufrichtigkeit Ihres sonstigen Charakters passen will – und die Sie, falls man sie weiter gewähren läßt, ganz gewiß früher oder später in sehr mißliche Verlegenheiten bringen wird. Überwinden Sie um meinetwillen diese Affektation, die Sie, wie Sie ja selber zugeben, dazu verleitet, Ihre Sehschwäche stillschweigend oder indirekt zu leugnen. Denn indem Sie sich weigern, die üblichen Mittel zu ihrer Linderung zu gebrauchen, bestreiten Sie praktisch diese Schwäche. So werden Sie mich also wohl verstehen, wenn ich Sie bitte, doch eine Brille zu tragen: – ah, still! – Sie haben ja bereits eingewilligt, eine zu tragen, *mir zuliebe*. Sie werden also das kleine Spielzeug annehmen, das ich jetzt in meiner Hand halte und das, zwar bewundernswert als Sehhilfe, als Schmuckstück aber wirklich keinen sehr großen Wert besitzt. Sie sehen, daß es durch eine winzige Veränderung so – oder so – in Form einer Brille vor die Augen gesetzt oder in der Westentasche als Augenglas getragen werden kann. Doch haben Sie ja bereits eingewilligt, es *mir zuliebe* in der ersteren Weise und gewohnheitsmäßig zu gebrauchen.«

Diese Bitte – muß ich es gestehen? – verwirrte mich in nicht geringem Maße. Die Bedingung aber, mit der sie verknüpft war, ließ ein Zögern natürlich gar nicht in Frage kommen.

»Es gilt!« rief ich mit der ganzen Begeisterung, die ich im Augenblick aufbieten konnte. »Es gilt – von Herzen froh ist's abgemacht. Ihnen zuliebe opfere ich jede Empfindlichkeit. Heute abend noch trage ich dieses teure Augenglas *als* Augenglas und auf meinem Herzen; doch sobald der Morgen dämmert, der mir die Freude beschert, Sie mein angetrautes Weib nennen zu dürfen, will ich es mir auf die – auf die Nase setzen – und es hinfort stets dort tragen, in der weniger romantischen und weniger modischen, doch gewiß weit zweckdienlicheren Weise, wie Sie es wünschen.«

Unser Gespräch wandte sich nun den Einzelheiten zu, wie wir am nächsten Morgen alles halten wollten. Talbot, so erfuhr ich von meiner Anverlobten, sei soeben in der Stadt eingetroffen. Ich solle ihn gleich aufsuchen und eine Kutsche besorgen. Die *soirée* werde kaum vor zwei Uhr zu Ende gehen; und zu dieser Stunde solle das Gefährt dann vor der Türe stehen; dann, in dem Durcheinander, welches beim Aufbruch der Gesellschaft entstehen würde, könne Madame L. leicht unbemerkt einsteigen. Dann sollten wir beim Hause eines Geistlichen vorsprechen, der dienstbereit sei, dort getraut werden, Talbot absetzen und auf eine kurze Reise nach Osten weiterfahren; die vornehme Welt mochte zu Hause bleiben und die Lästerzungen betätigen, soviel sie nur wollte.

Nachdem wir dies alles geplant, verabschiedete ich mich sogleich und begab mich auf die Suche nach Talbot, konnte es unterwegs aber nicht lassen, in ein Hotel zu treten, um die Miniatur zu betrachten; und dies tat ich mit der wirksamen Hilfe der Lorgnette. Das Antlitz war über die Maßen schön! Diese großen leuchtenden Augen! – diese stolze griechische Nase! – diese dunklen üppigen Locken! – »Ah!« sprach ich frohlockend zu mir selber, »das ist nun in der Tat ein sprechend ähnliches Bildnis meiner Geliebten!« Ich wendete es auf die Rückseite und entdeckte die Worte – ›Eugénie Lalande – im Alter von siebenundzwanzig Jahren und sieben Monaten‹.

Ich traf Talbot zu Hause an und ging sogleich daran, ihn mit meinem glücklichen Geschick bekannt zu machen. Er bezeigte natürlich höchstes Erstaunen, doch wünschte er mir von Herzen Glück und bot mir jede Unterstützung an, die in seiner Macht stünde. Kurz, wir führten unseren Plan auf den Buchstaben getreu aus; und um zwei Uhr morgens, genau zehn Minuten nach der Trauungszeremonie, fand ich mich mit Madame Lalande – mit Mrs. Simpson, sollte es heißen – in einem geschlossenen Wagen, und mit großer Geschwindigkeit fuhren wir in nordöstlicher Richtung zur Stadt hinaus, genauer in halb nördlicher oder nordnordöstlicher Richtung.

Da wir die ganze Nacht über aufbleiben würden, so hatte es Talbot für uns bestimmt, sollten wir unsere erste Rast in C – – machen, einem etwa zwanzig Meilen von der Stadt entfernten Dorfe, dort ein zeitiges Frühstück einnehmen und etwas ausruhen, ehe wir unsere Reise fortsetzten. Genau um vier Uhr fuhr denn auch die Kutsche an der Tür des vornehmen Gasthofs vor. Ich half meinem angebeteten Weibe hinaus und bestellte sogleich das Frühstück. Inzwischen geleitete man uns in ein kleines Gastzimmer, und wir setzten uns dort nieder.

Es war jetzt fast, wenn nicht schon gänzlich, heller Tag; und als ich verzückt auf den Engel an meiner Seite blickte, kam mir auf einmal der sonderbare Gedanke in den Sinn, daß dies nun wirklich der allerallererste Augenblick seit meiner Bekanntschaft mit der gefeierten Schönheit Madame Lalandes sei, da mir eine nähere Betrachtung dieser Schönheit bei Tageslicht vergönnt.

»Und nun, *mon ami*«, sagte sie, nahm meine Hand und unterbrach so diesen Gedankengang, »und nun, *mon cher ami*, da wir unauflöslich eins sind – da ich deine leidenschaftlichen Bitten erhört und meinen Teil unserer Abmachung erfüllt habe –, darf ich wohl annehmen, du hast nicht vergessen, daß auch du eine kleine Gunst zu erweisen hast – ein kleines Versprechen, das du doch gewiß zu halten gedenkst. Ah! – laß mich sehen! Laß mich nachdenken! Ja; ganz leicht erinnere ich mich der genauen Worte des teuren Versprechens, das du Eugénie gestern abend gegeben. Hör zu! Folgendes waren deine Worte: ›Es gilt! – von Herzen froh ist's abgemacht. Ihnen zuliebe opfere ich jede Empfindlichkeit. Heute abend noch trage ich dies teure Augenglas als Augenglas und auf meinem Herzen; doch sobald der Morgen dämmert, der mir das Vorrecht gewährt, Sie mein angetrautes Weib nennen zu dürfen, will ich es mir auf die – auf die Nase setzen – und es hinfort stets dort tragen, in der zwar weniger romantischen und weniger modischen, doch gewiß weit zweckdienlicheren Weise, wie Sie es wünschen.‹ So lauteten die genauen Worte, mein geliebter Gatte, nicht wahr?«

»Gewiß«, sagte ich; »du hast ein hervorragendes Gedächtnis; und sei versichert, meine schöne Eugénie, ich meinerseits verspüre keinerlei Neigung, mich der Ausführung des geringfügigen Versprechens, welches sie enthalten, zu entziehen. Sieh mal! Schau her! Sie steht mir sogar – einigermaßen – nicht wahr?« Und hiermit rückte ich die Gläser, nachdem ich sie in die gewöhnliche Brillenform gebracht hatte, bedächtig an die rechte Stelle; Madame Simpson schob derweilen ihre Haube zurecht, verschränkte die Arme und setzte sich kerzengerade in ihrem Stuhl auf, in einer ein wenig steifen und gezierten, ja, ein wenig würdelosen Haltung.

»Du meine Güte!« entfuhr es mir beinahe im gleichen Augenblicke, da das Brillengestell mir auf der Nase saß – »Ach, du meine Güte! – nanu, was, was *mag* denn bloß mit dieser Brille sein?«, und schon hatte ich sie abgenommen, wischte sie sorgfältig mit einem seidenen Taschentuch ab und setzte sie wieder auf.

Doch wenn im ersten Augenblick mir etwas vor Augen gekommen war, das mich überraschte, so steigerte sich im zweiten diese Überraschung zu Staunen; und dies Staunen traf mich nun im Innersten – so ungeheuerlich war es – ja, ich darf wohl sagen, so – so entsetzlich. Was, im Namen alles Gräßlichen, hatte dies zu bedeuten? Konnte ich meinen Augen trauen? – *konnte* ich? – das war die Frage. War das – war das – war das etwa *rouge*? Und waren dies – und waren dies – waren dies *Runzeln* auf dem Gesicht von Eugénie Lalande? Und oh! oh, Jupiter! und all ihr Götter und Göttinnen, klein und groß! – was – was – was – *was* war aus ihren Zähnen geworden? Heftig schleuderte ich die Brille zu Boden, sprang auf und stand hoch aufgerichtet mitten im Zimmer vor Mrs. Simpson, die Arme in die Seite gestemmt, die Zähne fletschend und wutschnaubend, zugleich aber völlig sprach- und hilflos vor Schreck und vor Zorn.

Nun habe ich bereits gesagt, daß Madame Eugénie Lalande – will sagen, Simpson – die englische Sprache nur sehr wenig besser sprach, als sie diese schrieb; und aus diesem Grunde hat sie es zu Recht nie gewagt, sich ihrer zu gewöhnlichen Anlässen zu bedienen. Doch Wut treibt eine Dame zum Äußersten; und im vorliegenden Falle trieb sie Mrs. Simpson zum Aller-, Alleräußersten, nämlich zu dem Versuch, ein Gespräch in einer Sprache zu führen, die sie ganz und gar nicht beherrschte.

»Nun, Monsieur«, sagte sie, nachdem sie mich einige Augenblicke mit offenbar großer Verwunderung gemustert hatte – »nun, Monsieur! – und was denn? – was ist los? 'aben Sie etwa Tanz von Sankt Veit? Wenn isch Sie nischt gefallen, warum kaufen Sie den Katze im Sack?«

»Du elendes Miststück!« sagte ich und holte tief Luft, »du – du – du gemeine alte Hexe!«

»Exe? – alte? – isch bin doch garr nisch so serr alt! isch nisch eine Tag mehr als zweiundachtzig.«

»Zweiundachtzig!« stieß ich hervor und taumelte gegen

die Wand – »zweiundachtzig hunderttausend Paviane! Auf der Miniatur stand doch siebenundzwanzig Jahre und sieben Monate!«

»Abber gewiß! – Das is so! Schtimmt genau! abber der Bildnis sein gemacht vor fünfundfünfzig Jahr. Wie isch mein zweites Mann, Monsieur Lalande, 'ab ge'eiratet, da 'ab isch lassen machen den Bild fürr mein Tochter von mein erstes Mann, Monsieur Moissart.«

»Moissart!« sagte ich.

»Ja, Moissart«, sagte sie, indem sie meine Aussprache nachäffte, die, um die Wahrheit zu sagen, nicht die allerbeste war; »und was denn? Was wissen denn *Sie* von Moissart?«

»Nichts, du alte Vogelscheuche! – Ich weiß überhaupt nichts von ihm; ich hatte nur einmal einen Vorfahr dieses Namens.«

»Dies Name! Und was 'aben Sie zu sagen zu das Name? Is ein serr gutes Name; und auch Voissart – ist auch ein serr gutes Name. Mein Tochter, Mademoiselle Moissart, sie 'eiraten Monsieur Voissart; und die Name sind beide serr respektaabl Name.«

»Moissart?« rief ich, »und Voissart! nanu, was soll das heißen?«

»Was das soll 'eißen? – Isch meinen Moissart und Voissart; und wegen das, isch meinen auch Croissart und Froissart, wenn es misch paßt. Mein Tochter ihr Tochter, Mademoiselle Voissart, sie 'eiraten Monsieur Croissart, und dann wieder, mein Tochter ihr Enkeltochter, Mademoiselle Croissart, sie 'eiraten ein Monsieur Froissart; und isch denk, Sie sagen, *das* is keine serr respektaabl Name.«

»Froissart!« sagte ich, einer Ohnmacht nahe, »nun, aber gewiß, du willst doch nicht sagen Moissart und Voissart und Croissart und Froissart?«

»Doch«, erwiderte sie, lehnte sich ganz in ihrem Stuhl zurück und streckte ihre unteren Gliedmaßen lang aus; »doch, Moissart und Voissart und Croissart und Froissart. Abber Monsieur Froissart, er warr, was Sie nennen eine sehr große Dummkopf – ein serr großes Trottel wie Sie,

Monsieur – weil er 'at verlassen *la belle France*, um nach die dumme *Amérique* zu gehen – und wie er 'ier 'erkommen, 'at er ein serr dummes, ein serr, serr dummes Sohn gekriegt, so 'ab isch ge'ört, abber isch 'ab noch nisch den *plaisir*, ihn zu kennen – isch nisch und auch nisch mein Begleiterin, die Madame Stéphanie Lalande. Er 'eißen Napoleon Bonaparte Froissart, und isch denk, Sie sagen, das is auch keine serr respektaabl Name.«

Es mochte an der Länge oder am Charakter dieser Rede liegen, jedenfalls steigerte sich Mrs. Simpson in gar ungeheuerliche Erregung; und als sie unter großer Mühe zum Ende gekommen war, sprang sie wie behext von ihrem Stuhle hoch und ließ dabei ein ganzes Universum von Tournüren zu Boden fallen, als sie aufsprang. Einmal auf den Füßen, knirschte sie mit den Zähnen, fuchtelte mit den Armen, rollte die Ärmel hoch, hielt mir drohend die Faust vors Gesicht und schloß den Auftritt damit, daß sie sich die Haube vom Kopfe riß und mit ihr eine riesige Perücke vom wertvollsten und schönsten schwarzen Haar; mit gellendem Geschrei schleuderte sie das Ganze zu Boden, um dann darauf herumzutrampeln und rasend, außer sich vor Wut, einen Fandango darauf zu tanzen.

Unterdessen ließ ich mich entsetzt auf den Stuhl fallen, welchen sie frei gemacht hatte. »Moissart und Voissart!« wiederholte ich gedankenvoll, als sie eben einen ihrer Luftsprünge vollführte, und »Croissart und Froissart!«, dieweil sie einen anderen absolvierte – »Moissart und Voissart und Croissart und Napoleon Bonaparte Froissart! – na, du unsägliche alte Schlange, das bin *ich* – das bin *ich* – hörst du? – das bin *ich*« – hier schrie ich aus Leibeskräften – »das bin *i-i-ch*! *Ich* bin Napoleon Bonaparte Froissart! und auf ewig verdammt will ich sein, wenn ich nicht meine eigene Ururgroßmutter geheiratet habe!«

Madame Eugénie Lalande, *das heißt* Simpson – vormals Moissart –, war, so die nüchterne Tatsache, meine Ururgroßmutter. In ihrer Jugend war sie sehr schön gewesen, und selbst mit zweiundachtzig besaß sie noch die majestätische Größe, die statuarische Kopfform, die schönen Augen und die griechische Nase ihrer Mädchenzeit. Mittels dieser sowie Perlweiß, Rouge, falschem Haar, falschen Zähnen und falscher *tournure* wie auch der tüchtigsten Modistinnen von Paris gelang es ihr, unter den Schönheiten, *un peu passées*, der französischen Metropole eine achtbare Stellung zu behaupten. In diesem Betrachte mochte sie wirklich der berühmten Ninon de Lenclos nur wenig nachstehen.

Sie war unermeßlich reich, und als sie zum zweiten Male kinderlos Witwe geworden, besann sie sich auf meine Existenz in Amerika, und in der Absicht, mich zum Erben einzusetzen, stattete sie nun den Vereinigten Staaten einen Besuch ab, in Begleitung einer entfernten, ungemein schönen Verwandten ihres zweiten Gatten – einer Madame Stéphanie Lalande.

In der Oper nun war meine Ururgroßmutter durch mein Hinstarren auf mich aufmerksam geworden; und als sie mich durch ihre Lorgnette gemustert, war ihr eine gewisse Familienähnlichkeit mit ihr selber aufgefallen. Da ihr Interesse solcherart geweckt war und sie wußte, daß der Erbe, den sie suchte, sich tatsächlich in der Stadt aufhielt, erkundigte sie sich bei ihren Begleitern nach mir. Der Herr, der sich in ihrer Gesellschaft befand, kannte mich und erzählte ihr, wer ich sei. Die Auskunft, die sie nun erhalten, bewog sie zu erneuter Musterung; und dieser prüfende Blick nun war es, der mich so erkühnt hatte, daß ich mich in der bereits beschriebenen absurden Weise betrug. Sie jedoch erwiderte meine Verneigung unter dem Eindruck, ich hätte durch irgendeinen sonderbaren Zufall entdeckt, wer sie war. Als ich, von meiner Sehschwäche und den Toilettenkünsten getäuscht über Alter und Reize der fremden Dame, so begeistert von Talbot zu wissen verlangte, wer sie sei, nahm er selbstverständlich an, daß ich die jüngere Schönheit meinte, und teilte mir also vollkommen wahrheitsgemäß mit, sie sei ›die gefeierte Witwe, Madame Lalande‹.

Am nächsten Morgen traf meine Ururgroßmutter Talbot, den sie von Paris her kannte, auf der Straße; und ganz natürlich kam die Rede auch auf mich. Meine Sehschwäche ward nun erklärt, denn die war stadtbekannt, wenngleich ich von dieser traurigen Berühmtheit nicht das mindeste ahnte; und meine gute alte Verwandte mußte zu ihrem großen Verdrusse feststellen, daß sie sich getäuscht hatte, als sie annahm, ich wüßte, wer sie sei, und daß ich mich bloß zum Narren gemacht hatte, indem ich im Theater einer unbekannten alten Frau in aller Öffentlichkeit den Hof machte. Um mich für diese Unbedachtsamkeit zu strafen, heckte sie mit Talbot ein Komplott aus. Er ging mir absichtlich aus dem Wege, damit er mich nicht bei ihr vorstellen müsse. Die Erkundigungen, die ich auf der Straße über ›die liebliche Witwe, Madame Lalande‹ einzog, wurden natürlich auf die junge Dame bezogen; und so erklärt sich sehr leicht die Unterhaltung mit den drei Herren, welche ich getroffen, kurz nachdem ich Talbots Hotel verlassen hatte, ebenso ihre Anspielung auf Ninon de Lenclos. Ich hatte keinerlei Gelegenheit, Madame Lalande bei Tageslicht aus der Nähe zu sehen, und auf ihrer musikalischen *soirée* hinderte mich meine alberne Schwäche, welche mich die Hilfe einer Brille verschmähen ließ, wirksam daran, ihr Alter zu entdecken. Als ›Madame Lalande‹ zum Singen aufgefordert wurde, war die jüngere Dame gemeint; und sie war es auch, die aufstand, dem Ruf Folge zu leisten; um die Täuschung zu befördern, erhob sich meine Ururgroßmutter im gleichen Augenblick und begleitete sie ans Pianoforte im großen Salon. Hätte ich mich entschlossen, sie dahin zu begleiten, so habe sie vorgehabt, mir nahezulegen, aus Schicklichkeit zu bleiben, wo ich war; doch meine eigene kluge Einsicht machte dies unnötig. Die Gesänge, die ich so sehr bewunderte und die mich derart im Eindruck von der Jugend meiner Geliebten bestärkten, wurden von Madame Stéphanie Lalande vorgetragen. Das Augenglas ward deswegen überreicht, um den Schwindel noch mit Tadel zu würzen – das Epigramm der Täuschung noch mit Schärfe. Die Überreichung bot Gelegenheit, mir über Affektation die Lektion zu erteilen, mit der ich gar erbaulich bedacht ward. Beinahe überflüssig ist es, hinzuzufügen, daß die Gläser des Instruments von der alten Dame, die es zuvor getragen, gegen ein Paar ausgetauscht worden waren, welche besser zu meinen Jahren paßten. Tatsächlich paßten sie mir aufs genaueste.

Der Geistliche, der lediglich zum Scheine den fatalen Knoten geknüpft, war ein fideler Zechbruder Talbots und gar kein Priester. Er war jedoch ein vortrefflicher ›Kutscher‹; und nachdem er die Soutane gegen einen Überzieher getauscht hatte, lenkte er die Mietdroschke, die das ›glückliche Paar‹ aus der Stadt hinausfuhr. Talbot nahm neben ihm Platz. Die beiden Schurken waren also dabei, als ›der Fuchs zur Strecke gebracht‹ wurde, und durch ein halboffenes Fenster des Hinterzimmers im Wirtshaus amüsierten sie sich dann grinsend über das *dénouement* des Dramas. Ich glaube, ich werde sie wohl beide fordern müssen.

Nichtsdestoweniger bin ich *nicht* der Mann meiner Ururgroßmutter; und das ist ein Gedanke, der mir unendliche Erleichterung verschafft – doch *bin* ich der Mann von Madame Lalande – von Madame Stéphanie Lalande –, zwischen der und mir es sich meine gute alte Verwandte, ganz abgesehen davon, daß sie mich zu ihrem Alleinerben macht, wenn sie stirbt – falls dies jemals geschieht –, nicht die Mühe hat nehmen lassen, die Heirat zustande zu bringen. Und schließlich und endlich; mit *billets-doux* ist es bei mir ein für allemal vorbei, und nie und nimmer mehr sieht man mich ohne Brille.

EINE GESCHICHTE AUS DEN RAGGED MOUNTAINS

Im Herbst des Jahres 1827, als ich in der Nähe von Charlottesville, Virginia, wohnte, machte ich zufällig die Bekanntschaft von Mr. Augustus Bedloe. Dieser junge Gentleman war in jeder Hinsicht bemerkenswert und weckte in mir höchste Teilnahme und Neugier. Unmöglich fand ich's, ihn zu begreifen, weder in seiner geistigen noch physischen Eigenart. Über seine Familie konnte ich keinen zufriedenstellenden Aufschluß gewinnen. Woher er kam, habe ich nie mit Gewißheit erfahren. Selbst bezüglich seines Alters – zwar nenne ich ihn einen jungen Gentleman – gab es etwas, das mich in nicht geringem Maße verwirrte. Ganz gewiß *wirkte* er jung – und er ließ es sich auch angelegen sein, von seiner Jugend zu sprechen – , doch gab es Augenblicke, da es mir nicht schwergefallen wäre, ihn mir als hundert Jahre alt vorzustellen. Aber in keinem Betrachte war er absonderlicher denn in seiner persönlichen Erscheinung. Er war ungemein groß und dünn. Ging stark gebeugt. Seine Gliedmaßen waren über die Maßen lang und mager. Die Stirn war breit und niedrig. Seine Gesichtsfarbe gänzlich blutlos. Der Mund groß und beweglich, und seine Zähne waren, zwar gesund, so doch in so wild-schauerlicher Weise uneben, als ich es je in eines Menschen Haupt gesehen. Sein Lächeln wirkte jedoch keineswegs etwa unfreundlich, wie man annehmen mochte; allerdings kannte es keinerlei Wandelbarkeit. Es war voll tiefer Schwermut – voll unveränderlichen und nie endenden Trübsinns. Seine Augen waren abnorm groß und rund wie die einer Katze. Auch verengten oder weiteten sich die Pupillen bei jedem Stärker- oder Schwächerwerden des Lichts ganz so, wie man es bei der Familie der Katzen beobachten kann. In Augenblicken der Erregung leuchteten die Augen in beinahe unvorstellbarem Maße; da schien ein Strahlenglanz von ihnen auszugehen, nicht reflektierten, sondern eigenes Lichts, wie eine Kerze oder die Sonne es entsendet; doch gewöhnlich blickten sie so völlig schal, verschleiert und stumpf, daß sie an die Augen eines lang begrabenen Leichnams erinnerten.

Diese Absonderlichkeiten des Äußeren bereiteten ihm offenbar viel Verdruß, und beständig spielte er in halb erklärender, halb entschuldigender Art darauf an, was mich, als ich es zum ersten Male hörte, sehr peinlich berührte. Bald hatte ich mich jedoch daran gewöhnt, und mein Unbehagen schwand. Es schien seine Absicht zu sein, nicht direkt zu behaupten als vielmehr nur anzudeuten, daß er körperlich nicht immer gewesen sei, was er jetzt war – daß eine lange Reihe neuralgischer Anfälle seine einst mehr denn gewöhnliche Schönheit des Äußeren zu dem gemacht hätten, was ich nun sah. Seit vielen Jahren ward er nun schon von einem Arzte namens Templeton behandelt – einem alten Herrn von vielleicht siebzig Jahren –, dem er zuerst in Saratoga begegnet war und von dessen Beistand er dort große Wohltat empfangen oder doch zu empfangen vermeint hatte. Und so ergab sich denn, daß Bedloe, der recht vermögend war, mit Doktor Templeton eine Übereinkunft traf, wonach der letztere gegen eine reichlich gewährte Jahresvergütung darein willigte, seine Zeit und ärztliche Erfahrung ausschließlich der Pflege dieses Kranken zu widmen.

Doktor Templeton war in seinen jüngeren Jahren weit gereist, und in Paris hatte er sich in großem Maße zu den Lehren Mesmers bekehrt. Und gänzlich vermittels magnetischer Heilverfahren war es ihm denn gelungen, die heftigen Schmerzen seines Patienten zu lindern; und dieser Erfolg hatte nun ganz natürlich dem letzteren einen gewissen Grad an Vertrauen zu den Anschauungen eingeflößt, daraus diese Heilmittel hergeleitet. Der Doktor freilich hatte, wie alle Enthusiasten, sein Möglichstes getan, seinen Schüler vollends zu bekehren, und sein Ziel schließlich auch insoweit erreicht, als er den Leidenden zu bewegen vermochte, sich zahlreichen Experimenten zu unterziehen.

Durch deren häufige Wiederholung war ein Ergebnis zustande gekommen, welches in unseren Tagen so gang und gäbe geworden ist, daß es wenig oder gar keine Aufmerksamkeit mehr auf sich zieht, welches jedoch zu der Zeit, von der ich schreibe, in Amerika kaum bekannt gewesen. Ich will damit sagen, daß zwischen Doktor Templeton und Bedloe nach und nach ein sehr bestimmter und stark ausgeprägter *rapport* oder eine magnetische Beziehung entstanden war. Allerdings möchte ich damit keinesfalls behaupten, daß dieser *rapport* über die Grenzen der einfachen einschläfernden Kraft hinausgegangen wäre; doch diese Kraft selbst war zu großer Intensität gediehen. Der erste Versuch, die magnetische Somnolenz herbeizuführen, war dem Mesmeristen gänzlich fehlgeschlagen. Der fünfte oder sechste zeitigte Erfolg, wenngleich nur sehr partiell und nach lang anhaltender Bemühung. Erst beim zwölften ward es ein vollständiger Triumph. Hiernach unterlag der Wille des Patienten dann rasch dem des Arztes, so daß zu der Zeit, da ich die beiden Herren kennenlernte, der Schlaf sich beinahe augenblicklich, nur durch die bloße Willensäußerung des Arztes einstellte, selbst wenn dem Kranken dessen Gegenwart gar nicht bewußt war. Erst jetzt, im Jahre 1845, da täglich Tausende zu Zeugen ähnlicher Wundertaten werden, wage ich diese anscheinende Unmöglichkeit als eine ernsthafte Tatsache zu berichten.

Bedloes Temperament war im höchsten Grade empfindsam, reizbar, schwärmerisch. Er besaß eine einzigartige lebhafte und schöpferische Phantasie; und diese ward zweifellos noch zusätzlich durch den gewohnheitsmäßigen Genuß von Morphium gestärkt, welches er in großen Mengen schluckte und ohne das er unmöglich existieren zu können meinte. Gewöhnlich nahm er allmorgendlich gleich nach dem Frühstück eine sehr beträchtliche Dosis davon zu sich – oder vielmehr unmittelbar nach einer Tasse starken Kaffees, denn er aß vormittags nichts – und machte sich dann allein oder nur in Begleitung eines Hundes auf, die Kette der wilden und öden Hügel zu durchstreifen, welche westlich und südlich von Charlottesville liegen und dort mit dem anspruchsvollen Namen ›Ragged Mountains‹, ›Rauhe Berge‹, benannt sind.

An einem trüben, warmen, nebligen Tage gegen Ende November und während des wunderlichen nachsommerlichen *Interregnums* zwischen den Jahreszeiten, das in Amerika ›Indianersommer‹ heißt, brach Mr. Bedloe wie gewöhnlich nach den Hügeln auf. Der Tag verging, und noch immer war er nicht zurückgekehrt.

Gegen acht Uhr des Abends standen wir schon im Begriffe, ob seines langen Ausbleibens nun doch in ernsthafter Sorge, uns nach ihm auf die Suche zu begeben, als er völlig unerwartet erschien, bei nicht schlechterem Befinden als sonst und in weit besserer denn seiner gewöhnlichen Stimmung. Was er von seinem Ausfluge und von den Begebnissen, die ihn aufgehalten, berichtete, war nun in der Tat recht sonderbar.

»Sie werden sich erinnern«, sagte er, »daß es heute morgen gegen neun Uhr war, als ich Charlottesville verließ. Ich lenkte meine Schritte augenblicklich zu den Bergen hin und trat gegen zehn in eine Schlucht, die mir gänzlich neu war. Höchlichst interessiert folgte ich den Windungen dieses Engpasses. Die Szenerie, die sich allerorten bot, dürfte zwar kaum großartig zu nennen sein, doch hatte ihre Erscheinung einen unbeschreiblichen und für mich köstlichen Anblick düster-einsamer Öde an sich. Die Abgeschiedenheit wirkte gänzlich unberührt. Ich konnte mich des Eindrucks nicht erwehren, daß der grüne Rasen und der graue Fels, darauf ich schritt, noch nie zuvor von eines Menschen Fuß betreten worden seien. So vollkommen abgelegen, ja unzugänglich, wenn nicht eine Reihe von Zufällen zu Hilfe kommen, liegt der Eingang der Schlucht, daß es keinesfalls unmöglich ist, daß ich tatsächlich der erste Abenteurer war – der allererste und einzige Abenteurer, der jemals in ihre verborgenen Tiefen eingedrungen.

Der dicke und eigentümliche Dunst oder Schleier, der dem Nachsommer eigen ist und der nun schwer über allem hing, trug ohne Zweifel dazu bei, die unbestimmten Eindrücke zu vertiefen, welche dies alles hervorrief. So dicht war dieser angenehme Nebel, daß ich zu keiner Zeit weiter denn ein Dutzend Ellen auf dem Pfade vor mir zu sehen vermochte. Dieser Pfad schlängelte sich in unendlichen Windungen dahin, und da die Sonne nicht sichtbar war, verlor ich bald jeglichen Sinn für die Richtung, in welcher ich wanderte. Unterdessen tat das Morphium seine gewohnte Wirkung – und zwar, der gesamten Außenwelt einen ungeheuren Reiz zu verleihen. Im Beben eines Blattes – im Farbschatten eines Grashalms – in der Form eines Kleeblattes – im Summen einer Biene – im Glitzern eines Tautropfens – im Hauch des Windes – in den linden Düften, die vom Wald herüberwehten – in alledem offenbarte sich ein ganze Welt von Suggestionen – eine kunterbunte Kette rhapsodisch verworrener Gedanken.

Darein versunken, wanderte ich stundenlang dahin, indes der Nebel um mich herum sich in solchem Maße verdichtete, daß ich schließlich gezwungen war, mir den Weg nur noch zu ertasten. Und da ergriff mich nun ein unbeschreibliches Unbehagen – eine Art nervösen Stockens und Bebens. Kaum wagte ich noch, einen Schritt zu tun, aus Angst, in einen Abgrund zu stürzen. Auch erinnerte ich mich seltsamer Geschichten, die man sich von diesen ›Ragged Hills‹ erzählte, und von dem unheimlichen und wilden Menschenschlag, der in ihren Hainen und Höhlen hause. Tausenderlei verschwommene Phantasien bedrückten und beunruhigten mich – Phantasien, die, eben weil sie verschwommen, um so mehr peinigten. Auf einmal ward meine Aufmerksamkeit von lautem Trommelschlag gefesselt.

Ich war natürlich baß erstaunt. Eine Trommel in diesen Bergen war ein nie gekanntes Ding. Wäre die Posaune des Erzengels erschallt, ich hätte nicht überraschter sein können. Doch da tat sich dem Interesse und der Verblüffung schon eine neue und noch erstaunlichere Quelle auf. Es erklang ein wildes Gerassel oder Geklirr, wie von einem Bunde gewaltiger Schlüssel – und im selben Augenblicke stürzte ein dunkelgesichtiger, halbnackter Mann schreiend an mir vorüber. Er kam mir so nahe, daß ich seinen heißen

Atem auf meinem Gesichte spürte. In der einen Hand trug er ein Instrument, das aus einer Reihe von Stahlringen bestand, welche er beim Laufen kräftig schüttelte. Kaum war er im Nebel verschwunden, als mit weit aufgerissenem Maul und funkelnden Augen ein riesiges Tier ihm lechzend hinterdreinstürmte. Wes Art dies war, darob konnte ich mich nicht irren. Es war eine Hyäne.

Der Anblick dieses Ungeheuers linderte meine Schrekken eher, denn daß er sie erhöhte – war ich mir doch jetzt gewiß, daß ich träumte, und ich versuchte, mich wieder zu wachem Bewußtsein aufzurütteln. Verwegen, rasch schritt ich aus. Ich rieb mir die Augen. Rief laut. Kniff mir die Glieder. Ein kleiner Springquell bot sich meinem Blick, und hier bückte ich mich und netzte mir Hände, Gesicht und Nacken mit dem Wasser. Das schien die zweifelhaften Empfindungen, die mich bislang gequält hatten, zu zerstreuen. Als ein neuer Mensch, wie mich dünkte, erhob ich mich und schritt stetig und zufrieden weiter auf meinem unbekannten Weg.

Schließlich, von der Anstrengung und einer gewissen bedrückenden Schwüle der Atmosphäre ermüdet, ließ ich mich unter einem Baume nieder. Alsbald kam matt schimmernd der Sonnenschein hindurch, und schwach, aber deutlich warf der Baum seinen Blätterschatten auf das Gras. Auf diesen Schatten starrte ich verwundert viele Minuten lang. Seine Beschaffenheit machte mich ganz starr vor Staunen. Ich blickte empor. Der Baum war eine Palme.

Nun erhob ich mich hastig und in einem Zustande fürchterlicher Erregung – denn die Einbildung, daß ich träume, wollte mir nicht länger mehr dienen. Ich sah – ich spürte, daß ich meiner Sinne vollkommen mächtig war – und diese Sinne brachten meiner Seele eine Welt ganz neuer und einzigartiger Empfindung. Die Hitze ward mit einem Male unerträglich. Ein sonderbarer Geruch hing schwer im Wind. Leis anhaltendes Rauschen, wie es aus einem vollen, doch sanft dahinfließenden Strome aufsteigt, drang mir ans Ohr, vermischt mit dem eigentümlichen Stimmengewirr einer großen Menschenmenge.

Indes ich noch in äußerstem Erstaunen lauschte, welches ich wohl nicht zu beschreiben versuchen muß, trieb ein starker, doch kurzer Windstoß den drückenden Nebel hinweg, als hätte ein Zauberer seinen Stab geschwungen.

Ich fand mich am Fuße eines hohen Berges und schaute hinab in eine weite Ebene, durch welche sich ein majestätischer Strom wand. Am Ufer dieses Flusses erhob sich eine morgenländisch anmutende Stadt, ganz so, wie wir es in ›Tausendundeiner Nacht‹ gelesen, die in ihrer Art aber gar noch einzigartiger wirkte denn alles, was wir dort geschildert finden. Von meinem Standort aus, hoch oben über der Stadt, vermochte ich alle Ecken und Winkel zu erblicken, wie wenn sie auf einer Karte eingezeichnet wären. Da schienen unzählige Straßen zu sein, die einander unregelmäßig nach allen Richtungen hin kreuzten, doch waren es eher lange, sich schlängelnde Gassen denn Straßen, in denen es von Menschen nur so wimmelte. Die Häuser wirkten pittoresk. Allenthalben zeigte sich ein Gewirr von Balkonen, Veranden, Minaretten, von Nischen und phantastisch geschnitzten Erkern. Da war ein Basar am andern; und dort lagen in unendlicher Vielfalt und Fülle prächtige Waren aus – Seiden, Musselin, die erstaunlichste Kunst der Messerschmiede, der herrlichste Schmuck, die köstlichsten Edelsteine. Daneben sah man allüberall Banner und Palankine, Sänften mit dicht verschleierten vornehmen Damen, prächtig herausgeputzte Elefanten, wunderlich-phantastisch geformte Götzenbilder, Trommeln, Fahnen und Gongs, Speere, silbern- und goldglänzende Keulen. Und inmitten der lärmenden Menge und des allgemeinen wirren Durcheinanders – inmitten unzähliger schwarzer und gelber Menschen in Turbanen und langen Gewändern und mit wallenden Bärten, da zogen zahllose Scharen von heiligen, mit Kopfbändern geschmückten Stieren dahin, während ungeheure Legionen von schmutzigen, doch heiligen Affen schnatternd und schreiend auf den Gesimsen der Moscheen herumkletterten oder auf den Minaretten und Erkern hockten. Vom Gewimmel der Straßen führten unzählige Stufen hinab zu den Badestellen an den Ufern des

Stromes, während der Fluß selbst sich nur mit Mühe seinen Weg durch die riesigen Flotten schwerbeladener Schiffe zu bahnen schien, die weit und breit seinen Wasserspiegel versperrten. Hinter der Stadt ragten allenthalben in majestätischen Gruppen die Palmen und die Kokosbäume auf, zusammen mit anderen gigantischen und unheimlich-zauberhaften Bäumen von gewaltigem Alter; und hier und da schimmerte wohl ein Reisfeld, die strohgedeckte Hütte eines Bauern, eine Zisterne, ein vereinzelter Tempel, ein Zigeunerlager oder ein einzelnes anmutiges Mädchen, das, einen Krug auf dem Kopfe, zu den Ufern des herrlichen Flusses auf dem Wege war.

Sie werden jetzt natürlich sagen, ich hätte geträumt; doch dem war nicht so. Was ich sah – was ich hörte – was ich fühlte – was ich dachte – das alles hatte nichts von der unverwechselbaren Eigenart des Traumes an sich. Alles war streng konsequent. Zuerst stellte ich, noch im Zweifel, ob ich wirklich wach sei, eine Reihe von Versuchen an, die mich bald davon überzeugten, daß ich es wahrhaftig war. Nun, wenn einer träumt und im Traume argwöhnt, daß er träume, so wird sich dieser Verdacht *unfehlbar bestätigen*, und der Schläfer wacht fast augenblicklich auf. So irrt Novalis nicht, wenn er sagt: ›Wir sind dem Aufwachen nah, wenn wir träumen, daß wir träumen.‹ Hätte ich die Vision, wie ich sie beschreibe, ohne den Verdacht gehabt, sie sei ein Traum, dann hätte sie durchaus auch ein Traum sein können, doch so, wie sie sich zutrug und sich dazu noch im Lichte von Argwohn und Prüfungen darstellte, sehe ich mich gezwungen, sie anderen Phänomenen zuzurechnen.«

»Darin haben Sie wohl auch nicht unrecht«, bemerkte Dr. Templeton, »doch fahren Sie fort. Sie erhoben sich nun und stiegen hinunter in die Stadt.«

»Ja, ich erhob mich«, setzte Bedloe fort, wobei er den Arzt mit einem Ausdrucke äußersten Erstaunens ansah, »ich erhob mich, wie Sie sagen, und stieg hinunter in die Stadt. Auf meinem Wege geriet ich in eine gewaltige Menschenmenge, welche sich durch alle Straßen in ein und dieselbe Richtung drängte und im ganzen Gebaren wildeste Erregung zeigte. Auf einmal und aus einem unbegreiflichen Antriebe packte mich ein ungeheures persönliches Interesse an dem, was da vor sich ging. Mir war, ich hätte eine wichtige Rolle zu spielen, ohne daß ich genau verstanden, welcherart diese sei. Gegen die Menge, die mich umwogte, empfand ich jedoch eine zutiefst feindselige Gesinnung. Ich entzog mich ihr, und rasch, auf einem Umwege, erreichte und betrat ich die Stadt. Hier befand sich alles in wildestem Tumulte und Streit. Eine kleine Gruppe von Männern, halb indisch, halb europäisch gekleidet und befehligt von teils britisch uniformierten Herren, stritt aufs heftigste mit dem Gassenpöbel, der sich lärmend zusammendrängte. Ich schloß mich der schwächeren Partei an, rüstete mich mit den Waffen eines gefallenen Offiziers und kämpfte, ich weiß nicht, gegen wen, mit dem wilden Mut der Verzweiflung. Wir erlagen bald der Übermacht und mußten in einer Art Pavillon Zuflucht suchen. Hier verbarrikadierten wir uns und waren fürs erste sicher. Durch ein Guckloch nahe beim Dachfirst erblickte ich eine ungeheure, furchtbar aufgebrachte Menschenmenge, welche einen glänzenden Palast, der über den Fluß hinausgebaut war, umzingelte und angriff. Alsbald ließ sich aus einem oberen Fenster dieses Palastes ein weibisch anmutender Mann herab, und zwar an einem aus den Turbanen seiner Diener gedrehten Strange. Ein Boot war zur Stelle, in welchem er an das gegenüberliegende Ufer des Stromes flüchtete.

Und nun bemächtigte sich meiner Seele ein neues Ziel. Ich sprach ein paar hastige, doch energische Worte zu meinen Gefährten, und nachdem es mir gelungen, einige wenige von ihnen für mein Vorhaben zu gewinnen, brachen wir in einem wütenden Ausfall aus dem Pavillon hervor. Wir stürzten uns mitten in die Menge, die ihn umwogte. Zunächst wich sie vor uns zurück. Dann sammelte sie sich wieder, kämpfte wie rasend und wich erneut zurück. Unterdessen wurden wir vom Pavillon weit fortgetrieben und verirrten und verstrickten uns in den engen Straßen unter hohen hervorstehenden Häusern, in Winkel, wohin nie ein

Sonnenstrahl gedrungen. Der Mob drang heftig auf uns ein, unablässig flogen die Speere, und ein wahrer Hagel von Pfeilen ging auf uns nieder. Diese letzteren waren sehr bemerkenswert und ähnelten in gewisser Hinsicht dem gekrümmten Kris der Malaien. Sie sollten den Leib einer kriechenden Schlange nachbilden und waren lang und schwarz mit einem vergifteten Widerhaken. Einer von ihnen traf mich an der rechten Schläfe. Ich taumelte und stürzte zu Boden. Sogleich überkam mich tödliche Übelkeit. Ich würgte – ich rang nach Luft – ich starb.«

»*Jetzt* werden Sie doch wohl kaum noch darauf bestehen«, sagte ich lächelnd, »daß Ihr ganzes Abenteuer kein Traum gewesen sei. Sie wollen doch nicht etwa behaupten, Sie wären tot?«

Als ich diese Worte sprach, erwartete ich natürlich, daß Bedloe schlagfertig mit einer witzigen Erwiderung parieren würde; zu meinem Erstaunen aber zögerte er, zitterte, ward entsetzlich bleich und schwieg. Ich blickte Templeton an. Der saß starr aufgerichtet auf seinem Stuhle – die Zähne klapperten ihm, und die Augen wollten ihm bald aus den Höhlen springen. »Weiter!« sagte er schließlich heiser krächzend zu Bedloe.

»Minutenlang«, so fuhr der letztere fort, »empfand ich – spürte ich nichts – als Dunkelheit und Nicht-Sein, im Bewußtsein des Todes. Endlich war es mir, als erschüttere meine Seele ein heftiger und jäher Schlag, wie von Elektrizität. Mit ihm kam das Gefühl von Spannkraft und von Licht. Dies letztere sah ich nicht – ich spürte es. Sogleich schien ich mich vom Boden zu erheben. Doch besaß ich keine körperliche, keine sichtbare, hörbare oder fühlbare Gestalt. Die Menge war verschwunden. Der Aufruhr hatte sich gelegt. Die Stadt befand sich in verhältnismäßiger Ruhe. Unter mir lag mein Leichnam, den Pfeil in der Schläfe, der ganze Kopf stark angeschwollen und entstellt. Doch all dies spürte ich nur – ich sah es nicht. Ich hatte für nichts Interesse. Selbst der Leichnam schien etwas zu sein, das mich nichts anging. Willenskraft besaß ich keine, doch war es, als würde ich vorwärtsgetrieben und schwebe gleichsam aus der Stadt hinaus, auf dem nämlichen Umwege, auf welchem ich sie betreten. Als ich die Stelle der Schlucht in den Bergen erreicht hatte, wo mir die Hyäne begegnet war, da erfuhr ich abermals einen Schock wie von einer galvanischen Batterie; das Gefühl der Schwere, des Willens, der Körperlichkeit kehrte zurück. Ich wurde wieder zu dem Ich, das ich gewesen, und lenkte meine Schritte stürmisch heimwärts – doch das Vergangene hatte nicht die Lebendigkeit des Realen verloren – und auch jetzt vermag ich es nicht, und wäre es nur für einen Augenblick, meinen Verstand dazu zu nötigen, es für einen Traum zu halten.«

»Das war auch keiner«, sagte Templeton mit tiefernster Miene, »doch wäre es schwierig zu sagen, wie sonst man es nennen sollte. Wir wollen es bei der Annahme bewenden lassen, daß die Seele des Menschen von heute kurz vor einigen wunderbaren psychischen Entdeckungen steht. Begnügen wir uns mit dieser Annahme. Was den Rest betrifft, so habe ich etwas zu erklären. Hier ist eine Aquarellzeichnung, welche ich Ihnen schon früher hätte zeigen sollen, doch hat mich bislang ein unerklärliches Gefühl des Grauens davon abgehalten.«

Wir schauten auf das Bild, das er uns hinhielt. Ich konnte daran nichts Außergewöhnliches erkennen; doch seine Wirkung auf Bedloe war ungeheuerlich. Er war einer Ohnmacht nahe, da er es ansah. Und doch war es lediglich ein Miniaturporträt – von wunderbarer Genauigkeit freilich – seiner eigenen recht bemerkenswerten Züge. Zumindest war dies mein Gedanke, als ich es mir betrachtete.

»Sie werden«, sagte Templeton, »das Datum dieses Bildes erkennen können – es steht, kaum sichtbar, hier in dieser Ecke – 1780. In diesem Jahre ward das Porträt gemalt. Es ist das Ebenbild eines toten Freundes – eines Mr. Oldeb –, zu dem ich während der Amtszeit von Warren Hastings in Kalkutta eine starke Zuneigung gefaßt hatte. Ich war damals gerade erst zwanzig Jahre alt. Als ich Sie, Mr. Bedloe, in Saratoga das erste Mal erblickte, war es die wunderbare Ähnlichkeit zwischen Ihnen und dem Bilde, welche mich bewog, mich Ihnen zu nähern, Ihre

Freundschaft zu suchen und jene Vereinbarungen mit Ihnen zu treffen, in deren Folge ich Ihr ständiger Begleiter ward. Dies zu erreichen, trieb mich zum Teil und vielleicht hauptsächlich die kummervolle Erinnerung an den Verstorbenen, doch zum Teil auch eine beklemmende und nicht gänzlich von Grauen freie Neugier bezüglich Ihrer Person.

In Ihrer minutiösen Schilderung der Vision, welche sich Ihnen inmitten der Hügel bot, haben Sie, und zwar haargenau, die indische Stadt Benares am Heiligen Strome beschrieben. Der Aufruhr, die Kämpfe, das Massaker waren tatsächliche Ereignisse beim Aufstande des Cheyte Singh, der 1780 stattfand und bei dem Hastings unmittelbare Lebensgefahr drohte. Der Mann, der an dem Seil aus Turbanen entkam, war Cheyte Singh selbst. Die Gruppe in dem Pavillon waren Sepoys und britische Offiziere unter der Führung von Hastings. Zu ihnen gehörte auch ich, und ich tat alles, was ich konnte, den tollkühnen und verhängnisvollen Ausfall des Offiziers zu verhindern, der dann im Menschengewimmel der Gassen durch den vergifteten Pfeil eines Bengalen fiel. Dieser Offizier war mein liebster Freund. Es war Oldeb. Aus diesen Manuskripten können Sie sehen« (hier brachte der Sprecher ein Notizbuch zum Vorschein, in welchem offenbar mehrere Seiten frisch beschrieben worden waren), »wie genau zu der Zeit, da in den Bergen Sie diese Dinge in Ihrer Vorstellung erlebten, ich hier zu Hause damit beschäftigt war, sie ausführlich zu Papier zu bringen.«

Etwa eine Woche nach diesem Gespräch erschien in einer Zeitung in Charlottesville der folgende Artikel:

›Wir haben die schmerzliche Pflicht, den Tod von Mr. Augustus Bedlo bekanntzugeben, einem Gentleman, den die Bürger von Charlottesville seit langem ob seiner Liebenswürdigkeit und vieler Tugenden schätzten.

Mr. B. litt bereits seit einigen Jahren an Neuralgie, welche schon des öfteren einen tödlichen Ausgang zu nehmen drohte; sie kann aber nur als mittelbare Ursache seines Ablebens gelten. Die unmittelbare Ursache war von ganz besonderer Einzigartigkeit. Bei einem Ausflug in die Ragged Mountains vor ein paar Tagen hatte sich der Verstorbene eine leichte Erkältung und Fieber zugezogen, und es kam zu einem starken Blutandrang zum Kopfe. Zu dessen Linderung wandte Dr. Templeton einen örtlichen Aderlaß an. Blutegel wurden an den Schläfen angesetzt. In erschrekkend kurzer Zeit verstarb der Patient, woraufhin sich zeigte, daß in das Gefäß, welches die Blutegel enthielt, aus Versehen eine der giftigen wurmartigen *sangsues* geraten war, die hin und wieder in den umliegenden Teichen vorkommen. Dieses Tier saugte sich an einer kleinen Arterie in der rechten Schläfe fest. Wegen seiner starken Ähnlichkeit mit dem Echten Blutegel wurde dieses Versehen erst bemerkt, als es zu spät war.

NB. Die giftige *sangsue* von Charlottesville läßt sich vom Echten oder Deutschen Blutegel stets durch ihre schwarze Färbung unterscheiden, besonders aber durch ihre schlängelnden oder wurmartigen Bewegungen, welche denen einer Schlange ungemein ähneln.‹

Ich sprach nun mit dem Herausgeber des genannten Blattes über diesen bemerkenswerten Unglücksfall, als mir die Frage einfiel, wie es denn käme, daß man den Namen des Verstorbenen mit Bedlo angegeben hatte.

»Ich nehme an«, sagte ich, »Sie können diese Schreibung belegen, doch war ich nun immer der Meinung, der Name schreibe sich am Ende mit einem *e*.«

»Belegen? – nein«, erwiderte er. »Das ist bloß ein Druckfehler. Der Name Bedloe endet in der ganzen Welt auf *e*, und ich habe ihn mein Lebtag noch nicht anders geschrieben gesehen.«

»Dann«, stammelte ich, als ich auf dem Absatz kehrtmachte, »dann hat es sich in der Tat erwiesen, daß eine einzige Wahrheit wunderlicher ist denn alle Erfindung – denn Bedlo ohne *e*, was ist es anders als die Umkehrung von Oldeb? Und da redet dieser Mann von einem Druckfehler.«

DIE LÄNGLICHE KISTE

Vor einigen Jahren nahm ich einmal auf dem schönen Postschiff ›Independence‹, Kapitän Hardy, Passage von Charleston, Süd-Carolina, nach der Stadt New York. Wenn es das Wetter zuließ, sollten wir am Fünfzehnten des Monats (Juni) unter Segel gehen; und am Vierzehnten begab ich mich an Bord, um in meiner Kajüte noch einiges zu ordnen.

Wie ich feststellen konnte, sollten wir recht viele Passagiere haben, darunter eine mehr denn gewöhnliche Anzahl Damen. Auf der Liste standen mehrere Bekannte von mir; unter anderen Namen entdeckte ich zu meiner Freude den von Mr. Cornelius Wyatt, einem jungen Künstler, für den ich Gefühle inniger Freundschaft hegte. Er hatte mit mir gemeinsam an der C – – Universität studiert, wo wir seinerzeit sehr viel zusammen gewesen waren. Er besaß das gewöhnliche Temperament des Genies und stellte eine Mischung dar, darin sich Menschenhaß, Empfindsamkeit und Enthusiasmus vereinten. Mit diesen Eigenschaften verband er das wärmste und treueste Herz, welches je in eines Menschen Brust geschlagen.

Ich bemerkte, daß sein Name auf den Karten *dreier* Kabinen stand; und als ich noch einmal in der Passagierliste nachsah, fand ich, daß er für sich selbst, seine Frau und zwei Schwestern – seine eigenen – Passage gebucht hatte. Die Kajüten waren ausreichend geräumig, und jede besaß zwei Kojen, eine über der anderen. Diese Kojen waren freilich so überaus schmal, daß sie mehr denn einer Person nicht Platz boten; dennoch konnte ich nicht so recht begreifen, warum diese vier Personen *drei* Kabinen brauchten. Ich befand mich damals gerade in einer jener launischen Gemütsverfassungen, die einen Menschen ganz unnatürlich neugierig bezüglich Kleinigkeiten machen; und zu meiner Schande muß ich gestehen, daß ich ob der überzähligen Kabine mancherlei ungehörige und alberne Vermutungen anstellte. Das ging mich nun ganz gewiß nichts an; doch mit darum nicht geringerer Hartnäckigkeit beschäftigte ich mich damit, nach einer Lösung des Rätsels zu suchen. Endlich gelangte ich zu einem Schlusse, bei welchem ich mich höchlich wunderte, warum ich nicht früher darauf gekommen war. »Ein Dienstmädchen natürlich«, sagte ich; »wie dumm von mir, daß ich nicht eher an eine so einleuchtende Lösung gedacht habe!« Und dann nahm ich noch einmal die Liste zur Hand – doch hieraus war klar zu ersehen, daß *keinerlei* Dienstpersonal mitkommen sollte; wiewohl dies eigentlich vorgesehen gewesen war – denn die Worte ›und Dienstmädchen‹ waren zuerst hingeschrieben und dann durchgestrichen worden. ›Oh, gewiß ist es dann Extra-Gepäck‹, sagte ich nun bei mir – ›etwas, das nicht in den Laderaum soll – etwas, das er selbst im Auge behalten möchte – ah, ich hab's – ein Gemälde oder dergleichen – und darum hat er auch mit Nicolino, dem italienischen Juden, gehandelt.‹ Mit diesem Gedanken war ich es zufrieden, und für diesmal ließ ich es mit meiner Neugier gut sein.

Die beiden Schwestern Wyatts kannte ich sehr gut, sie waren äußerst liebenswerte und gescheite Mädchen. Geheiratet hatte er erst kürzlich, und so hatte ich seine Frau noch nie gesehen. Jedoch hatte er in meiner Gegenwart oft von ihr gesprochen, und zwar in der ihm eigenen schwärmerischen Art und Weise. Er beschrieb sie als überaus schön, geistvoll und gebildet. Daher war ich schon recht gespannt darauf, ihre Bekanntschaft zu machen.

An dem Tage, da ich das Schiff aufsuchte (dem Vierzehnten), sollten auch Wyatt und seine Begleitung kommen – so ließ mich der Kapitän wissen –, und in der Hoffnung, der jungen Frau vorgestellt zu werden, wartete ich eine Stunde länger an Bord, als ich eigentlich vorgehabt hatte; doch dann kam eine Entschuldigung. Mrs. W. sei ein wenig unpäßlich und wolle also nicht vor morgen, zur

Stunde der Abreise, an Bord kommen. Als der nächste Morgen gekommen war, machte ich mich von meinem Hotel zum Pier auf den Weg, als ich Kapitän Hardy traf, der mir mitteilte, ›umständehalber‹ (eine alberne, aber bequeme Redensart) werde die ›Independence‹ wohl erst in ein oder zwei Tagen auslaufen, und er werde, wenn es soweit wäre, herschicken und mir Bescheid geben. Dies dünkte mich recht seltsam, denn es wehte eine steife südliche Brise; doch da ›die Umstände‹ nicht zum Vorschein kommen wollten, so hartnäckig ich sie auch zu erforschen suchte, blieb mir nichts übrig, als wieder umzukehren und meine Ungeduld mit Muße zu verwinden.

Bald eine Woche lang blieb die erwartete Nachricht vom Kapitän aus. Endlich aber traf sie dann doch ein, und ich begab mich unverzüglich an Bord. Auf dem Schiff drängten sich die Passagiere, und allerseits herrschte das lärmende Treiben, wie es vor der Abfahrt eines Schiffes üblich ist. Wyatt und die Seinigen trafen etwa zehn Minuten nach mir ein. Da waren also die beiden Schwestern, die junge Frau und der Künstler – der letztere hatte gerade eine seiner üblichen Anwandlungen von mürrischer Misanthropie. Ich war nun freilich diese viel zu sehr gewohnt, um sonderlich darauf zu achten. Er stellte mich nicht einmal seiner Frau vor – diese Höflichkeit oblag nun notgedrungen seiner Schwester Marian – einem überaus reizenden und intelligenten Mädchen, die uns in wenigen hastigen Worten bekannt machte.

Mrs. Wyatt war dicht verschleiert gewesen; und als sie, mir für meine Verbeugung zu danken, den Schleier hob, muß ich gestehen, war ich doch recht befremdet. Doch wäre mein Befremden noch weit größer gewesen, hätte nicht lange Erfahrung mich gewarnt, den begeisterten Schilderungen meines Freundes, des Künstlers, nicht allzu blind zu vertrauen, wenn er in Kommentaren über des Weibes Schönheit sich erging. Sobald von Schönheit die Rede, das wußte ich sehr wohl, entschwebte er mit Leichtigkeit in die Gefilde des reinen Ideals.

Die Wahrheit ist, ich konnte nicht anders, als Mrs. Wyatt für eine ganz und gar unansehnliche Frau zu halten. Wenn sie auch nicht ausgesprochen häßlich war, so fehlte doch, meine ich, nicht allzuviel daran. Gekleidet war sie freilich in vorzüglichem Geschmack – und so hegte ich denn keinen Zweifel, daß sie meines Freundes Herz durch die dauerhafteren Reize des Geistes und der Seele bezaubert habe. Sie sprach nur sehr wenige Worte und ging sogleich mit Mr. W. in ihre Kajüte.

Nun war meine alte Neugier wieder geweckt. Ein Dienstmädchen war *nicht* dabei – *das* stand fest. Daher hielt ich nach dem Extragepäck Ausschau. Nach einiger Wartezeit erschien ein Karren auf dem Kai mit einer länglichen Kiste aus Fichtenholz, anscheinend das einzige, worauf man gewartet hatte. Gleich nachdem sie eingetroffen, gingen wir unter Segel, und schon bald hatten wir die Barre sicher hinter uns gelassen und lagen nach See zu.

Die fragliche Kiste war, wie schon gesagt, länglich. Sie maß etwa sechs Fuß in der Länge und zweieinhalb in der Breite – ich habe sie mir aufmerksam angesehen und bin auch gern genau. Nun war diese Form doch recht *merkwürdig*, und kaum hatte ich sie gesehen, da rechnete ich es mir zur Ehre an, wie genau meine Vermutung zutraf. Ich war, so wird man sich erinnern, zu dem Schlusse gekommen, das Extragepäck meines Künstlerfreundes werde aus Bildern oder wenigstens einem Bilde bestehen; denn ich wußte, er hatte wochenlang mit Nicolino in Verhandlung gestanden: – und nun war hier eine Kiste, welche ihrer Form nach möglicherweise nichts anderes auf der Welt enthalten konnte als ein Kopie von Leonardos ›Abendmahl‹; und eine Kopie eben des ›Abendmahls‹, angefertigt von Rubini dem Jüngeren zu Florenz, wußte ich schon geraume Zeit im Besitze Nicolinos. Diesen Punkt betrachtete ich daher zur Genüge geklärt. Beim Gedanken an meinen Scharfsinn mußte ich tüchtig in mich hineinlachen. Es war das erste Mal, soviel ich wußte, daß Wyatt mir eines seiner künstlerischen Geheimnisse vorenthielt; doch hier hatte er offenbar vor, mir ein Schnippchen zu schlagen und ein schönes Bild direkt unter meiner Nase nach New York zu schmuggeln, in der Annahme, ich wüßte nichts davon. Ich beschloß, ihn jetzt und fürderhin *ausgiebig* damit zu nekken.

Eine Sache freilich bereitete mir nicht wenig Kopfzerbrechen. Die Kiste kam *nicht* in die Extra-Kabine. Sie ward in Wyatts eigene gestellt; und dort blieb sie auch und nahm fast den ganzen Fußboden ein – zweifellos zur gar großen Beschwerlichkeit für den Künstler und seine Frau – dies um so mehr, als der Teer oder die Farbe, mit welcher sie in riesigen Großbuchstaben beschriftet war, einen scharfen, unangenehmen und für *meinen* Geschmack ausgesprochen widerlichen Geruch ausströmte. Auf den Deckel waren die Worte gemalt – ›Mrs. Adelaide Curtis, Albany, New York. Fracht von Cornelius Wyatt, Esq. Diese Seite nach oben! Vorsicht! Nicht stürzen!‹

Nun war mir bekannt, daß Mrs. Adelaide Curtis in Albany die Schwiegermutter des Künstlers war – doch dann hielt ich die ganze Adresse für ein Täuschungsmanöver, welches speziell mich in die Irre führen sollte. Natürlich war ich fest davon überzeugt, daß die Kiste samt Inhalt niemals weiter nach Norden gelangen würden als bis zum Atelier meines misanthropischen Freundes in der Chambers Street, New York.

Die ersten drei oder vier Tage hatten wir schönes Wetter, obgleich der Wind recht voraus wehte; war er doch in nördliche Richtung umgeschlagen, sobald wir die Küste aus den Augen verloren hatten. Die Passagiere befanden sich folglich in guter Stimmung und zeigten sich zu Geselligkeit aufgelegt. Wyatt und seine Schwestern *muß* ich davon allerdings ausnehmen, sie verhielten sich gegenüber der übrigen Gesellschaft steif und, ich konnte mir nicht helfen, geradezu unhöflich. *Wyatts* Benehmen kümmerte mich dabei gar nicht sonderlich. Er war trüben Sinnes, sogar mehr noch als sonst – ja, er gab sich geradezu *grämlich* –, doch bei ihm war ich auf exzentrisches Gebaren gefaßt. Für die Schwestern freilich konnte ich keine Entschuldigung finden. Während des größten Teils der Fahrt zogen sie sich in ihre Kajüten zurück und weigerten sich entschieden, obwohl ich wiederholt in sie drang, mit irgendeinem Menschen an Bord Umgang zu pflegen.

Mrs. Wyatt selbst gab sich weitaus liebenswürdiger. Das heißt, sie war recht *geschwätzig*; und Geschwätzigkeit ist keine geringe Empfehlung auf See. Sie stand sich *außerordentlich* vertraut mit den meisten Damen; und zu meinem größten Erstaunen legte sie eine unzweifelhafte Neigung an den Tag, mit den Männern zu kokettieren. Sie amüsierte uns alle sehr. Ich sage ›amüsierte‹ – und weiß eigentlich kaum, wie ich es erklären soll. Die Wahrheit ist, ich fand bald heraus, daß man weit öfter *über* Mrs. Wyatt lachte denn *mit* ihr. Die Herren äußerten sich nur wenig über sie; die Damen aber nannten sie schon nach kurzer Zeit ›ein gutherziges Ding von nichtssagendem Äußeren, total ungebildet und ausgesprochen gewöhnlich‹. Das große Fragezeichen war nun, wie Wyatt überhaupt in eine solche Heirat geraten war. Gemeinhin hieß die Lösung Reichtum – doch dies, so wußte ich, traf hier ganz und gar nicht zu; denn Wyatt hatte mir erzählt, daß sie ihm keinen Dollar mitbrächte noch aus irgendeiner Quelle irgend etwas zu erwarten hätte. Geheiratet, so sagte er, habe er aus Liebe, einzig und allein aus Liebe; und seine Frau sei seiner Liebe mehr als wert. Wenn ich an diese Äußerungen von seiten meines Freundes dachte, so muß ich gestehen, sah ich mich vor einem Rätsel. Konnte es möglich sein, daß er langsam den Verstand verlor? Was sollte ich sonst davon halten? *Er*, ein so feingebildeter Mensch, so hochintelligent, so wählerisch, mit einem so empfindlichen Gespür für alles Mangelhafte und so überaus empfänglich für alles Schöne! Gewiß, die Dame schien *ihm* ja nun gar sehr zugetan zu sein – ganz besonders in seiner Abwesenheit – wo sie sich geradezu zum Gespött machte, weil sie beständig zitierte, was ihr ›geliebter Gatte, Mr. Wyatt‹ gesagt hatte. Das Wort ›Gatte‹ schien ihr auf immer und ewig – um einen ihrer delikaten Ausdrücke zu gebrauchen –, auf immer und ewig ›auf der Zungenspitze‹ zu liegen. Unterdessen merkten alle an Bord, daß *er sie* in der auffälligsten Weise mied und sich zumeist allein in seiner Kajüte einschloß, ja, man durfte tatsächlich sagen, daß er überhaupt nur dort weilte und seiner Frau völlige Freiheit ließ, sich nach Belieben in der allgemeinen Gesellschaft der Hauptkabine zu amüsieren.

Nach allem, was ich sah und hörte, schloß ich, daß der Künstler durch irgendeine unerfindliche Schicksalslaune, vielleicht auch in irgendeiner Anwandlung von schwärmerischer und eingebildeter Leidenschaft veranlaßt worden sei, sich mit einer Person zu verbinden, die weit unter ihm stand, und daß sich ganz naturgemäß baldiger und vollkommener Ekel eingestellt habe. Ich bedauerte ihn aus tiefstem Herzensgrunde – konnte ihm aber deswegen doch nicht ganz seine Verschwiegenheit in Sachen ›Abendmahl‹ verzeihen. Diese, so beschloß ich, sollte er mir noch büßen.

Eines Tages kam er an Deck, und wie ich es früher gewohnt gewesen, nahm ich seinen Arm und schlenderte mit ihm auf und ab. Seine düstere Stimmung jedoch (die mich unter den obwaltenden Umständen ganz natürlich bedünkte) schien gänzlich unvermindert anzuhalten. Er redete wenig, und dieses Wenige brachte er niedergeschlagen und mit offensichtlicher Anstrengung heraus. Ein- oder zweimal wagte ich einen Scherz, und er versuchte ein Lächeln, daß es einen erbarmen konnte. Der Ärmste! – wenn ich an *seine Frau* dachte, so mußte ich mich gar noch wundern, daß er es überhaupt übers Herz brachte, sich auch nur den leisesten Anschein von Heiterkeit zu geben. Schließlich wagte ich einen Vorstoß zur Sache. Ich beschloß, eine Reihe versteckter Insinuationen oder Anspielungen hinsichtlich der länglichen Kiste loszulassen – nur um ihm nach und nach zu erkennen zu geben, daß ich *keineswegs* die Zielscheibe oder das Opfer seines kleinen lustigen Täuschungsmanövers war. Meine erste Bemerkung sollte wie eine verdeckte Batterie das Feuer eröffnen. Ich sagte etwas über die ›merkwürdige Form *jener* Kiste‹; und während ich diese Worte sprach, lächelte ich wissend, zwinkerte ihm zu und tippte ihm mit dem Zeigefinger sacht gegen die Rippen.

Die Art, in der Wyatt diese harmlose Neckerei aufnahm,

überzeugte mich sogleich, daß er wahnsinnig sei. Zunächst starrte er mich an, als wäre es ihm unmöglich, den Witz meiner Bemerkung zu fassen; doch als deren Pointe seinem Gehirn langsam zu dämmern schien, sah es aus, als wollten ihm ebenso langsam die Augen aus den Höhlen treten. Dann wurde er hochrot – darauf schrecklich bleich – und dann brach er, als wäre er höchlichst amüsiert über das, was ich angedeutet hatte, in schallend lautes Gelächter aus, welches zu meiner Bestürzung allmählich immer kräftiger anschwoll und zehn Minuten oder gar länger anhielt. Zum Schlusse fiel er flach und schwer aufs Deck. Als ich hinzusprang, ihn aufzuheben, sah er aus wie *tot.*

Ich rief Hilfe herbei, und mit großer Mühe brachten wir ihn wieder zu sich. Als ihm das Bewußtsein wiederkehrte, redete er eine Weile unzusammenhängend vor sich hin. Schließlich ließen wir ihn zur Ader und brachten ihn zu Bett. Am nächsten Morgen hatte er sich wieder völlig erholt, soweit es jedenfalls seine körperliche Gesundheit betraf. Von seinem Geisteszustand möchte ich natürlich lieber nichts sagen. Während der restlichen Fahrt ging ich ihm aus dem Wege, wozu mir der Kapitän geraten hatte, der meine Ansichten bezüglich seines Wahnsinns zu teilen schien, mich aber warnte, doch diesbezüglich nichts irgend jemand an Bord gegenüber verlauten zu lassen.

Unmittelbar nach diesem Anfall Wyatts ereigneten sich diverse Umstände, welche dazu beitrugen, die Neugier, die mich bereits plagte, noch zu erhöhen. Unter anderem folgendes: Ich war nervös gewesen – hatte zuviel starken grünen Tee getrunken und schlief nachts darauf dann schlecht – ja, zwei Nächte konnte ich wirklich nicht behaupten, überhaupt geschlafen zu haben. Nun ging meine Kajüte wie die aller alleinreisenden Männer an Bord auf die Hauptkabine oder den Speisesaal hinaus. Wyatts drei Kajüten aber lagen nahe der Achterkabine, von der Hauptkabine nur durch eine leichte Schiebetür getrennt, die nie verschlossen war, nicht einmal nachts. Da wir fast ständig hart am Winde segelten und eine ganz schön steife Brise wehte, krängte das Schiff ganz beträchtlich nach Lee; und immer wenn die Steuerbordseite nach Lee hing, ging die Schiebetür zwischen den Kabinen auf und blieb offen, da niemand sich die Mühe nahm, aufzustehen und sie zu schließen. Meine Koje lag nun aber so, daß ich, wenn meine eigene Kajütentür offenstand ebenso wie die bewußte Schiebetür (und meine Tür war der Hitze wegen *stets* geöffnet), ganz deutlich in die Achterkabine blicken konnte, und zwar genau in den Teil davon, wo die Kajüten von Mr. Wyatt lagen. Nun, während der beiden (*nicht* aufeinanderfolgenden) Nächte, in denen ich wach lag, sah ich ganz klar, wie Mrs. W. sich gegen elf Uhr jede Nacht aus Mr. W.s Kajüte stahl und den Extra-Raum betrat, wo sie bis Tagesanbruch blieb, woraufhin sie von ihrem Gatten gerufen ward und zurückkehrte. Daß sie praktisch schon getrennt lebten, war deutlich. Sie hatten getrennte Zimmer, zweifellos in der Absicht einer endgültigeren Scheidung; und hierin läge also nun, so dachte ich, das Geheimnis der Extrakajüte.

Noch einen weiteren Umstand fand ich von höchstem Interesse. Während der beiden besagten schlaflosen Nächte und unmittelbar nachdem Mrs. Wyatt in der Extrakajüte verschwunden war, fielen mir gewisse sonderbare, behutsame, gedämpfte Geräusche in der Kajüte ihres Mannes auf. Nachdem ich eine Zeitlang mit gespannter Aufmerksamkeit darauf gelauscht, gelang es mir schließlich vollkommen, mir ihre Bedeutung zu erklären. Diese Geräusche entstanden, als der Künstler die längliche Kiste mittels Stemmeisen und Holzhammer öffnete – wobei der letztere offenbar mit weichem wollenen oder baumwollenen Zeug umwickelt oder gedämpft wurde, worein der Hammerkopf gehüllt war.

Auf diese Art bildete ich mir ein, genau den Augenblick unterscheiden zu können, da er den Deckel gänzlich losgestemmt hatte – und gleichfalls bestimmen zu können, wann er ihn dann überhaupt abnahm und auf die untere Koje in seiner Kajüte legte; dies letztere erkannte ich zum Beispiel an gewissen leisen Klopfgeräuschen, die entstanden, wenn der Deckel gegen die Holzkanten der Koje stieß, da Wyatt sich bemühte, ihn *sehr* sacht hinzulegen – auf dem Boden war kein Platz mehr dafür. Danach herrschte Totenstille, und beide Male konnte ich bis kurz vor Tagesanbruch nichts weiter vernehmen; es sei denn, ich darf vielleicht ein leises Geräusch, wie Schluchzen oder Murmeln, erwähnen, allerdings so unterdrückt, daß es kaum zu hören war – wenn nicht gar all diese letzteren Geräusche meiner eigenen Einbildung nur entsprangen. Wie gesagt, es *klang wie* Schluchzen oder Seufzen – doch natürlich konnte es keines von beidem gewesen sein. Eher möchte ich denken, daß ich Ohrenklingen hatte. Zweifellos ließ Mr. Wyatt, wie es seine Gewohnheit war, nur einem seiner Steckenpferde die Zügel schießen – frönte einer seiner Anwandlungen von Kunstbegeisterung. Er hatte seine längliche Kiste geöffnet, um seine Augen an dem Bilderschatz darin zu weiden. Daran war ja nun wirklich nichts, weswegen er *schluchzen* müßte. So wiederhole ich denn, daß mir meine Phantasie da einfach einen Streich gespielt haben muß, vom grünen Tee des guten Kapitäns Hardy ein wenig durcheinandergebracht. In jeder der beiden Nächte, von denen ich spreche, kurz vor Morgengrauen, vernahm ich deutlich, wie Mr. Wyatt den Deckel wieder auf die längliche Kiste legte und mit dem umwickelten Holzhammer die Nägel an ihren alten Stellen hineinschlug. Nachdem er dies vollbracht, trat er vollkommen angekleidet aus seiner Kajüte und ging, Mrs. W. aus der ihren zu holen.

Wir waren nun schon sieben Tage auf See und befanden uns auf der Höhe von Kap Hatteras, als aus Südwesten schwerer Sturm aufkam. Wir waren freilich bis zum gewissen Grade darauf gefaßt, da im Wetter sich schon geraume Zeit bedrohliche Vorboten bemerkbar gemacht hatten. Alles wurde also auf Sturm vorbereitet, unten wie oben in der Takelung; und als der Wind beständig auffrischte, lagen wir schließlich unter doppelt gerefftem Besan- und Vormarssegel beigedreht.

So getrimmt, fuhren wir achtundvierzig Stunden lang recht sicher dahin – das Schiff erwies sich als in vielerlei Hinsicht hervorragend seetüchtig und nahm in kaum nen-

nenswertem Maße Wasser auf. Danach jedoch hatte sich der Sturm zum Orkan verstärkt, und unser Achtersegel zerriß in Fetzen, wodurch wir so tief in ein Wellental gerieten, daß wir mehrere gewaltige Sturzseen übernahmen, eine unmittelbar nach der anderen. Durch dieses Malheur verloren wir drei Mann, die mitsamt der Kombüse über Bord gingen, und nahezu die ganze Backbordreling. Kaum waren wir wieder zur Besinnung gekommen, da ging das Vormarssegel in Fetzen, woraufhin wir ein Sturmstagsegel setzten, und mit diesem ging es einige Stunden lang recht gut, das Schiff lag nun weitaus stetiger auf den Wellen als zuvor.

Doch der Sturm hielt noch an, und es waren keinerlei Anzeichen für ein Abflauen zu erkennen. Die Takelage, so stellte sich heraus, war schlecht gesetzt und zu straff gespannt; und am dritten stürmischen Tag, gegen fünf Uhr nachmittags, ging bei einem heftigen Ruck nach Luv der Besanmast über Bord. Eine Stunde oder länger versuchten wir vergeblich, ihn loszuwerden, so gewaltig schlingerte das Schiff; und ehe es uns noch gelungen war, kam der Zimmermann achtern und meldete vier Fuß Wasser im Schiffsraum. Um unsere Not noch zu verschlimmern, mußten wir zu allem Unglück auch noch feststellen, daß die Pumpen verstopft und so gut wie unbrauchbar waren.

Nun war alles eitel Aufruhr und Verzweiflung – doch versuchte man, das Schiff dadurch zu erleichtern, daß man soviel von der Ladung über Bord warf, wie man erreichen konnte, und die beiden noch verbliebenen Masten kappte. Dies gelang uns schließlich auch – doch noch immer waren wir nicht imstande, etwas an den Pumpen zu unternehmen; und in der Zwischenzeit ward das Leck rasch größer und größer.

Bei Sonnenuntergang hatte der Sturm merklich an Heftigkeit nachgelassen, und als damit sich auch die See beruhigte, hegten wir noch die schwache Hoffnung, uns in den Booten retten zu können. Um acht Uhr abends rissen die Wolken luvwärts auf, und uns ward der Vorteil eines vollen Mondes – ein Glücksumstand, der aufs wunderbarste dazu beitrug, unseren verzweifelten Mut wieder aufzurichten.

Nach unsäglicher Mühe gelang es uns schließlich, die Pinasse ohne wesentlichen Zwischenfall über Bord hinabzulassen, und dahinein drängte sich nun die gesamte Mannschaft sowie die meisten der Passagiere. Diese Gruppe fuhr unverzüglich ab und erreichte nach vielen Leiden schließlich am dritten Tage nach dem Schiffbruch sicher Ocracoke Inlet.

Vierzehn Passagiere, dazu der Kapitän, blieben an Bord, entschlossen, ihr Schicksal der Jolle im Heck anzuvertrauen. Wir ließen diese ohne Schwierigkeit hinab, wiewohl wir sie nur durch ein Wunder davor bewahrten, daß sie volllief und unterging, als sie auf dem Wasser aufsetzte. Sobald die Jolle flott war, nahm sie den Kapitän und seine Frau, Mr. Wyatt und die Seinen, einen mexikanischen Offizier mit Frau und vier Kindern sowie mich selbst samt einem Negerdiener auf.

Natürlich hatten wir keinen Platz, irgend etwas anderes mitzunehmen außer einigen wenigen unbedingt nötigen Gerätschaften, etwas Proviant und die Kleider, die wir auf dem Leibe trugen. Niemandem wäre es eingefallen, auch nur zu versuchen, noch mehr zu retten. Wie groß mußte daher das Erstaunen aller gewesen sein, als Mr. Wyatt – wir waren schon ein paar Faden weit vom Schiffe fort – in den Achtersitzen aufstand und kühl von Kapitän Hardy verlangte, daß das Boot zurückkehren solle, um seine längliche Kiste aufzunehmen!

»Setzen Sie sich, Mr. Wyatt«, erwiderte der Kapitän einigermaßen streng; »Sie bringen uns noch zum Kentern, wenn Sie nicht ganz still sitzen bleiben. Unser Dollbord ist jetzt schon fast im Wasser.«

»Die Kiste!« schrie Mr. Wyatt, noch immer im Stehen – »die Kiste, sage ich! Kapitän Hardy, das können, das *werden* Sie mir nicht verweigern. Sie wiegt so gut wie nichts – kaum etwas – nicht das mindeste. Bei der Mutter, die Sie geboren – bei der himmlischen Liebe – bei Ihrer Hoffnung auf das Heil beschwöre ich Sie, ich *flehe* Sie an, kehren Sie um und holen Sie die Kiste!«

Einen Augenblick lang schien es, als wäre der Kapitän

von der inständigen Bitte des Künstlers gerührt, doch dann gewann er seine unnachgiebige Haltung wieder und sagte nur – »Mr. Wyatt, Sie sind *wahnsinnig*. Ich kann nicht auf Sie hören. Setzen Sie sich, sage ich, oder Sie bringen das Boot zum Sinken. Halt! – haltet ihn! – packt ihn! – er will über Bord springen! Da – hab ich's doch gewußt – er ist über Bord!«

Bei diesen Worten des Kapitäns sprang Mr. Wyatt tatsächlich aus dem Boot, und da wir uns noch im Windschatten des Wracks befanden, gelang es ihm mit beinahe übermenschlicher Anstrengung, ein Seil zu ergreifen, das von der Fockrüste herabhing. Gleich darauf war er an Bord und stürzte wie rasend hinunter in die Kabine.

Unterdessen hatte es uns achteraus vom Schiff und damit ganz aus seinem Windschatten getrieben, und wir waren nun auf Gnade oder Ungnade der noch immer hochgehenden See ausgeliefert. Wir mühten uns verzweifelt, umzukehren, doch unser kleines Boot war wie eine Feder im Sturmeshauch. Wir erkannten auf einen Blick, daß das Schicksal des unglücklichen Künstlers besiegelt war.

Während unsere Entfernung vom Wrack nun ungeheuer rasch wuchs, sahen wir, wie der Verrückte (denn nur dafür konnten wir ihn halten) von der Kajütentreppe auftauchte und mit geradezu gigantischer Kraft doch tatsächlich die längliche Kiste schleppte. Dieweil wir in grenzenloser Verwunderung hinüberstarrten, schlang er eilends mehrere Male ein dreizölliges Tau zuerst um die Kiste und dann um seinen Leib. Im nächsten Augenblick dann waren Mensch wie Kiste im Meer – und im Nu verschwunden, ein für allemal.

Eine Weile ließen wir in Trauer die Riemen ruhen, die Augen auf die Stelle geheftet. Schließlich ruderten wir fort. Wohl eine ganze Stunde brach keiner das Schweigen. Endlich wagte ich eine Bemerkung.

»Haben Sie gesehen, Kapitän, wie plötzlich sie untergegangen sind? War das nicht höchst merkwürdig? Ich muß gestehen, ich hatte die leise Hoffnung, daß er zu guter

Letzt doch gerettet würde, als ich sah, wie er sich an der Kiste festband und sich mit ihr dem Wasser anvertraute.«

»Selbstverständlich mußten sie sinken«, erwiderte der Kapitän, »und dazu blitzschnell. Freilich werden sie bald wieder hochkommen – *doch erst, wenn das Salz schmilzt.*«

»Das Salz!« rief ich.

»Still!« sagte der Kapitän und wies auf die Frau und die Schwestern des Verstorbenen. »Wir sollten zu passenderer Zeit über diese Dinge sprechen.«

Wir litten viel und entkamen mit knapper Not; doch das Glück war uns hold ebenso wie unseren Leidensgefährten in der Pinasse. Endlich landeten wir nach vier Tagen ungeheurer Qual mehr tot als lebendig am Strand gegenüber Roanoke Island. Hier blieben wir eine Woche, hatten nicht unter den Strandräubern zu leiden und bekamen schließlich Passage nach New York.

Etwa einen Monat nach dem Untergang der ›Independence‹ traf ich Kapitän Hardy zufällig auf dem Broadway. Natürlich wandte sich unser Gespräch dem Unglück zu, besonders aber dem traurigen Schicksal des armen Wyatt. So erfuhr ich denn die folgenden Einzelheiten.

Der Künstler hatte für sich, seine Frau, zwei Schwestern und ein Dienstmädchen Passage gebucht. Seine Frau war tatsächlich, wie er sie geschildert hatte, eine überaus schöne und gebildete Dame. Am Morgen des vierzehnten Juni (dem Tage, an welchem ich zum ersten Male das Schiff aufsuchte) ward sie ganz plötzlich krank und starb. Der junge Gatte war außer sich vor Schmerz – doch die Umstände ließen eine Verschiebung seiner Reise nach New York auf keinen Fall zu. Nun war es einerseits notwendig, den Leichnam seines vergötterten Weibes zu seiner Schwiegermutter zu bringen, und andererseits war das allgemeine Vorurteil nur zu gut bekannt, das ihn hindern würde, dies in aller Offenheit zu tun. Neun von zehn Passagieren wären eher von Bord gegangen, als daß sie zusammen mit einer Leiche die Fahrt angetreten hätten.

In diesem Dilemma richtete es nun Kapitän Hardy so

cin, daß die Tote – nachdem sie zunächst teilweise einbalsamiert und dann mit einer großen Menge Salz in einer Kiste passender Größe verstaut war – als Handelsgut an Bord gebracht werden sollte. Vom Ableben der Frau sollte nichts verlauten; und da es nun aber wohlbekannt war, daß Mr. Wyatt für seine Gattin die Fahrt gebucht hatte, erwies es sich als notwendig, daß während der Reise irgend jemand ihre Rollen spielen müßte. Hierzu ließ sich die Kammerzofe der Verstorbenen unschwer bewegen. Die Extrakajüte, zu Lebzeiten der Herrin ursprünglich für dieses Mädchen bestellt, ward nun einfach behalten. In dieser Kajüte schlief die Pseudo-Gattin natürlich jede Nacht. Tagsüber spielte sie, so gut sie es vermochte, die Rolle ihrer Herrin – die in Person, so hatte man umsichtig erkundet, keinem der Passagiere an Bord bekannt war.

Meine eigenen Irrtümer ergaben sich ganz natürlich aus meinem zu sorglosen, zu neugierigen und zu impulsiven Temperament. Doch in letzter Zeit geschieht es nur selten, daß ich des Nachts ruhig schlafe. Ich mag mich drehen und wenden, wie ich will, da ist ein Gesicht, das mich verfolgt. Und immerzu ist da ein hysterisches Lachen, das mir in den Ohren klingt.

EDGAR ALLAN POE
SÄMTLICHE ERZÄHLUNGEN

Alphabetische Inhaltsübersicht
der vier Einzelbände

Autographen · I 185
Berenicë · I 151
Bon-Bon · I 76
Cabs · I 377
Das Diddeln als eine der exakten Wissenschaften betrachtet · II 307
Das Faß Amontillado · III 252
Das Geheimnis um Marie Rogêt · II 169
Das Gespräch zwischen Eiros und Charmion · I 321
Das Gespräch zwischen Monos und Una · II 82
Das literarische Leben des Herrn Dingsbums Bob, Wohlgeboren · III 148
Das ovale Porträt · II 124
Das Tagebuch des Julius Rodman · IV 290
Das unvergleichliche Abenteuer eines gewissen Hans Pfaall · IV 9
Das verräterische Herz · II 235
Der Ballon-Ulk · III 107
Der Bericht des A. Gordon Pym · IV 72
Der Duc de l'Omelette · I 28
Der Engel des Seltsamen · III 134
Der entwendete Brief · III 27
Der fehlgeschlagene Handel · I 64
Der Folio-Klub · I 13
Der Geschäftsmann · I 365
Der ge-x-te Ardickel · III 321
Der Goldkäfer · II 242
Der Landschaftspark · II 156
Der Leuchtturm · III 374
Der Löwe des Tages · I 135
Der Mann in der Menge · I 378

Der Mann, von dem nichts übrigblieb · I 284
Der Park von Arnheim · III 261
Der schwarze Kater · II 288
Der Teufel im Glockenturm · I 273
Der Untergang des Hauses Usher · I 297
Der verlorene Atem · I 48
Der Wider-Geist · III 225
Die Brille · II 321
Die Flaschenpost · I 107
Die Grube und das Pendel · II 136
Die längliche Kiste · II 365
Die Macht der Worte · III 220
Die Maske des Roten Todes · II 128
Die Methode Doktor Theer und Professor Feddern · III 51
Die Morde in der Rue Morgue · II 9
Die Schweizer Glockenspieler · III 146
Die Sphinx · III 246
Die Tatsachen im Falle Valdemar · III 233
Die tausendundzweite Erzählung der Scheherezade · III 174
Die Verabredung · I 120
Drei Sonntage in einer Woche · II 115
Du bist der Mann · III 88
Ein kritisierter Kritiker · III 364
Ein merkwürdiger Brief · III 349
Ein Möchtegern-Crichton · III 282
Ein schwerwiegender Verlust · I 38
Ein Traum · I 9
Eine Geschichte aus den Ragged Mountains · II 352
Eine Geschichte aus Jerusalem · I 33
Eine Vorhersagung · III 361
Eleonora · II 107
Feeneiland · II 75
Hopp-Frosch · III 299
Instinkt contra Verstand. Eine schwarze Katze · I 362
König Pest · I 169
Landors Haus · III 283
Lebendig begraben · III 9
Ligeia · I 228

Mellonta Tauta · III 330
Mesmerische Offenbarung · III 74
Metzengerstein · I 17
Mit dem Teufel ist schlecht wetten · II 94
Morella · I 162
Morgen auf dem Wissahiccon · II 301
Mystifikation · I 217
Schatten. Eine Parabel · I 142
Schweigen. Eine Fabel · I 146
Streitgespräch mit einer Mumie · III 198
Sturz in den Malström · II 53
Theaterratten · III 245
Unsignierte Beiträge für den ›Public Ledger‹ · III 124
Vier Tiere in einem · I 97
Von Kempelens Erfindung · III 311
Warum der kleine Franzose die Hand in der Schlinge trägt · I 355
Wie man einen ›Blackwood‹-Artikel schreibt · I 248
William Wilson · I 329

ZU DIESER AUSGABE

insel taschenbuch 1529
Edgar Allan Poe
Die Morde in der Rue Morgue
und andere Erzählungen

Die Erzählungen sind folgender Ausgabe entnommen: Edgar Allan Poe, Ausgewählte Werke in drei Bänden. Herausgegeben und mit einem Vorwort versehen von Günter Gentsch. Aus dem Amerikanischen übertragen von Karl Heinz Berger, Barbara Cramer-Nauhaus, Heinz Czechowski, Klaus Jürgen Fritsch, Günter Gentsch, Erika Gröger, Uwe Grüning, Rainer Kirsch, Peter Meier, Thilo Meyer, Andrea Sachs, Heide Steiner und Ruprecht Willnow. Erster Band: Erzählungen und Skizzen; Zweiter Band: Erzählungen und Skizzen. Reflexionen, Essays und Kritiken. Insel Verlag Frankfurt am Main 1990.

Die Morde in der Rue Morgue, S. 9. Originaltitel: The Murders in the Rue Morgue. Erstveröffentlichung: Graham's Magazine, April 1841. Textvorlage der Übersetzung von Barbara Cramer-Nauhaus: J.-Lorimer-Graham-Exemplar. Aus: op. cit., Bd. 1, S. 376–419

Sturz in den Malström, S. 53. Originaltitel: A Descent into the Maelström. Erstveröffentlichung: Graham's Magazine, Mai 1841. Textvorlage der Übersetzung von Heide Steiner: J.-Lorimer-Graham-Exemplar. Aus: op. cit., Bd. 1, S. 420–441

Feeneiland, S. 75. Originaltitel: The Island of the Fay. Erstveröffentlichung: Graham's Magazine, Juni 1841. Textvorlage der Übersetzung von Heide Steiner: The Works of the Late Edgar Allan Poe, Erster Teil, New York 1850. Aus: op. cit., Bd. 1, S. 442–448

Das Gespräch zwischen Monos und Una, S. 82. Originaltitel: The Colloquy of Monos and Una. Erstveröffentlichung: Graham's Magazine, August 1841. Textvorlage der Übersetzung von Heide Steiner: Tales. New York 1845. Aus: op. cit., Bd. 2, S. 499–510.

Mit dem Teufel ist schlecht wetten. Eine Geschichte mit einer Moral, S. 94. Originaltitel: Never bet the Devil your Head. A Tale with a Moral. Erstveröffentlichung: Graham's Magazine, September 1841. Textvorlage der Übersetzung von Heide Steiner: The Works of the Late Edgar Allan Poe, Zweiter Teil, New York 1850. Aus: op. cit., Bd. 1, S. 449–461

Eleonora, S. 107. Originaltitel: Eleonora. Erstveröffentlichung: The Gift: a Christmas and New Years Present for 1842, 1841. Textvorlage der Übersetzung von Heide Steiner: Broadway Journal, 24. Mai 1845. Aus: op. cit., Bd. 1, S. 462–469

Drei Sonntage in einer Woche, S. 115. Originaltitel: Three Sundays in a Week. Erstveröffentlichung unter dem Titel: A Succession of Sundays, in: Saturday Evening Post, Philadelphia 27. November 1841. Textvorlage der Übersetzung von Heide Steiner: The Works of the Late Edgar Allan Poe, Zweiter Teil, New York 1850, mit aus der Erstveröffentlichung übernommenen Korrekturen. Aus: op. cit., Bd. 1, S. 470–478

Das ovale Porträt, S. 124. Originaltitel: The Oval Portrait. Erstveröffentlichung unter dem Titel: Life in Death, in: Graham's Magazine, April 1842. Textvorlage der Übersetzung von Heide Steiner: The Works of Late Edgar Allan Poe, Erster Teil, New York 1850. Aus: op. cit., Bd. 1, S. 479–482

Die Maske des Roten Todes, S. 128. Originaltitel: The Masque of the Red Death. Erstveröffentlichung unter dem Titel: The Mask of the Red Death. A Fantasy, in: Graham's Magazine, Mai 1842. Textvorlage der Übersetzung von Erika Gröger: The Works of the Late Edgar Allan Poe, Erster Teil, New York 1850. Aus: op. cit., Bd. 1, S. 483–490

Die Grube und das Pendel, S. 136. Originaltitel: The Pit and the Pendulum. Erstveröffentlichung: The Gift: a Christmas and New Years Present MDCCXLII, 1842. Textvorlage der Übersetzung von Erika Gröger: The Works of the Late Edgar Allan Poe, Erster Teil, New York 1850. Aus: op. cit., Bd. 1, S. 491–510

Der Landschaftspark, S. 156. Originaltitel: The Landscape Garden. Erstveröffentlichung: Snowden Ladies' Companion, Oktober 1842. Textvorlage der Übersetzung von Heide Steiner: The Works of the Late Edgar Allan Poe, Vierter Teil, New York 1856. Aus: op. cit., Bd. 1, S. 511–523

Das Geheimnis um Marie Rogêt. Eine Fortsetzung zu den ›Morden in der Rue Morgue‹, S. 169. Originaltitel: The Mystery of Marie Rogêt. A Sequel to ›The Murders in the Rue Morgue‹. Erstveröffentlichung: Snowdens Ladies' Companion, November und Dezember 1842 und Februar 1843. Textvorlage der Übersetzung von Heide Steiner: J.-Lorimer-Graham-Exemplar. Aus: op. cit., Bd. 1, S. 524–589

Das verräterische Herz, S. 235. Originaltitel: The Tell-Tale Heart. Erstveröffentlichung: Pioneer, Boston Januar 1843. Textvorlage der Übersetzung von Heide Steiner: The Works of the Late Edgar Allan Poe, Erster Teil, New York 1850. Aus: op. cit., Bd. 1, S. 590–596

Der Goldkäfer, S. 242. Originaltitel: The Gold Bug. Erstveröffentlichung: Teilabdruck in der Dollar Newspaper, 21. Juni 1843. Vollständiger Abdruck in der Ausgabe vom 28. Juni 1843. Textvorlage der Übersetzung von Heide Steiner: J.-Lorimer-Graham-Exemplar. Aus: op. cit., Bd. 1, S. 597–642

Der schwarze Kater, S. 288. Originaltitel: The Black Cat. Erstveröffentlichung: United States Saturday Post, 19. August 1843. Textvorlage der Übersetzung von Heide Steiner: Tales, New York 1845. Aus: op. cit., Bd. 1, S. 643–655

Morgen auf dem Wissahiccon, S. 301. Originaltitel: Morning on the Wissahiccon. Erstveröffentlichung: The Opal: A Pure Gift for the Holy Days, 1844. Textvorlage der Übersetzung von Heide Steiner: The Opal: A Pure Gift for the Holy Days, 1844. Aus: op. cit., Bd. 1, S. 656–661

Das Diddeln als eine exakte Wissenschaft betrachtet, S. 307. Originaltitel: Diddling Considered as One of the Exact Sciences. Erstveröffentlichung unter dem Titel: Raising the Wind; or, Diddling Considered as One of the Exact Sciences, in: Saturday Courier, 14. Oktober 1843. Textvorlage der Übersetzung von Heide Steiner: Broadway Journal, 13. September 1845. Aus: op. cit., Bd. 1, S. 662–675

Die Brille, S. 321. Originaltitel: The Spectacles. Erstveröffentlichung: Dollar Newspaper, 27. März 1844. Textvorlage der Übersetzung von Heide Steiner: The Works of the Late Edgar Allan Poe, New York 1850. Aus: op. cit., Bd. 1, S. 676 bis 706

Eine Geschichte aus den Ragged Mountains, S. 352. Originaltitel: A Tale of the Ragged Mountains. Erstveröffentlichung: Godey's Magazine and Lady's Book, April 1844. Textvorlage der Übersetzung von Heide Steiner: Broadway Journal, 29. November 1845. Aus: op. cit., Bd. 1, S. 722–734

Die längliche Kiste, S. 365. Originaltitel: The Eblong Box. Erstveröffentlichung: Godey's Lady's Book, September 1844. Textvorlage der Übersetzung von Heide Steiner: The Works of the Late Edgar Allan Poe, Zweiter Teil, New York 1850. Aus: op. cit., Bd. 1, S. 707–721

EDGAR ALLAN POE
IM INSEL VERLAG

Ausgewählte Werke in drei Bänden

Herausgegeben und mit einem Vorwort versehen von Günter Gentsch. Aus dem Amerikanischen übertragen von Barbara Cramer-Nauhaus, Erika Gröger, Karl Heinz Berger und anderen. Leinen in Kassette.

Erster Band: Erzählungen und Skizzen.
Zweiter Band: Erzählungen und Skizzen. Reflexionen. Essays und Kritiken.
Dritter Band: Dichtungen und Briefe. Zeittafel und Bibliographie von Günter Gentsch. Werkregister von Tilo Meyer.

Sämtliche Erzählungen

Vier Bände in Kassette. Herausgegeben von Günter Gentsch. Die Bände sind auch einzeln lieferbar:

Erster Band: Der Teufel im Glockenturm und andere Erzählungen. Aus dem Amerikanischen von Barbara Cramer-Nauhaus und Erika Gröger. it 1528
Zweiter Band: Die Morde in der Rue Morgue und andere Erzählungen. Aus dem Amerikanischen von Barbara Cramer-Nauhaus, Erika Gröger und Heide Steiner. it 1529
Dritter Band: Streitgespräch mit einer Mumie und andere Erzählungen. Aus dem Amerikanischen von Heide Steiner. it 1530
Vierter Band: Das Tagebuch des Julius Rodman und andere Erzählungen. Aus dem Amerikanischen von Erika Gröger, Andrea Sachs und Ruprecht Willnow. it 1531

Einzelausgaben

Der Bericht des A. Gordon Pym. Erzählungen. Übertragen von Barbara Cramer-Nauhaus, Erika Gröger und Heide Steiner. it 1449
Der entwendete Brief und andere Erzählungen. Ausgewählt von Franz-Heinrich Hackel. Übertragen von Barbara Cramer-Nauhaus, Erika Gröger und Heide Steiner. Mit Holzstichen von Fritz Eichenberg. Großdruck. it 2309
Das Geheimnis der Marie Rogêt und andere Erzählungen. Aus dem Amerikanischen von Werner Beyer, Felix Friedrich und anderen. it 783
Grube und Pendel. Und andere Erzählungen. Aus dem Amerikanischen von Günther Steinig. ›Grube und Pendel‹ wurde von Elisabeth Seidel übersetzt. it 362
Der Rabe. In der Übertragung von Hans Wollschläger. Zweisprachig. Mit dem Essay ›Die Methode der Komposition‹ von Edgar Allan Poe in der Übersetzung von Ursula Wernicke. Mit einem Nachwort von E. Y. Meyer. Holzschnitte von d'Aragues. IB 1006
Der Untergang des Hauses Usher. Meistererzählungen. Aus dem Amerikanischen von Barbara Cramer-Nauhaus, Erika Gröger und Heide Steiner. it 1373

Englische und amerikanische Literatur im insel taschenbuch

Elizabeth von Arnim: Alle meine Hunde. Aus dem Englischen von Karin von Schab. it 1502
– April, May und June. Aus dem Englischen von Angelika Beck. Mit einem Nachwort von Kirsten Jüngling und Brigitte Roßbeck. it 1722
– Elizabeth und ihr Garten. Aus dem Englischen von Adelheid Dormagen. it 1293 und Großdruck. it 2338
– Der Garten der Kindheit. Aus dem Englischen übersetzt von Leonore Schwartz. Großdruck. it 2361
– In ein fernes Land. Roman. Aus dem Englischen von Angelika Beck. it 1927
– Jasminhof. Roman. Aus dem Englischen von Helga Herborth. it 1677
– Liebe. Roman. Aus dem Englischen von Angelika Beck. Deutsche Erstausgabe. it 1591
– Die Reisegesellschaft. Roman. Aus dem Englischen von Angelika Beck. it 1763
– Sallys Glück. Roman. Aus dem Englischen von Schamma Schahadat. it 1764
– Vater. Roman. Aus dem Englischen von Anna Marie von Welck. Neuübersetzung. it 1544
– Vera. Roman. Aus dem Englischen von Angelika Beck. it 1808
– Verzauberter April. Roman. Aus dem Englischen von Adelheid Dormagen. Mit Fotos aus dem gleichnamigen Film. it 1538
– Verzauberter April. Roman. Aus dem Englischen von Adelheid Dormagen. Großdruck. it 2346

Jane Austen: Die Abtei von Northanger. Aus dem Englischen von Margarete Rauchenberger. Mit Illustrationen von Hugh Thomson. it 931
– Anne Elliot. Aus dem Englischen von Margarete Rauchenberger. Mit Illustrationen von Hugh Thomson. it 1062
– Emma. Aus dem Englischen von Charlotte Gräfin von Klinckowstroem. Mit Illustrationen von Hugh Thomson. it 511
– Die großen Romane. Mit den Illustrationen von Hugh Thomson. Sieben Bände in Kassette. it 511, it 787, it 931, it 1062, it 1192, it 1503 und it 1615
– Lady Susan. Ein Roman in Briefen. Aus dem Englischen von Angelika Beck. Mit zwei Romanfragmenten: Die Watsons. Sanditon. Aus dem Englischen von Elizabeth Gilbert. it 1192
– Mansfield Park. Aus dem Englischen von Angelika Beck. Mit Illustrationen von Hugh Thomson. it 1503
– Stolz und Vorurteil. Aus dem Englischen von Margarete Rauchenberger. Mit Illustrationen von Hugh Thomson und mit einem Essay von Norbert Kohl. it 787

153/1/12.96

Englische und amerikanische Literatur im insel taschenbuch

Jane Austen: Verstand und Gefühl. Roman. Aus dem Englischen von Angelika Beck. Mit Illustrationen von Hugh Thomson. it 1615

Francis Bacon: Essays. Herausgegeben und mit einem Nachwort versehen von Helmut Winter. it 1514

Harriet Beecher-Stowe: Onkel Toms Hütte. In der Bearbeitung einer alten Übersetzung. Herausgegeben und mit einem Nachwort versehen von Wieland Herzfelde. Mit 27 Holzschnitten von George Cruikshank aus der englischen Ausgabe von 1852. it 272

Ambrose Bierce: Aus dem Wörterbuch des Teufels. Auswahl, Übersetzung und Nachwort von Dieter E. Zimmer. it 440

– Mein Lieblingsmord. Erzählungen. Mit einem Nachwort von Edouard Roditi. Aus dem Amerikanischen von Gisela Günther. it 39

Anne Brontë: Agnes Grey. Aus dem Englischen von Elisabeth von Arx. it 1093

– Die Herrin von Wildfell Hall. Roman. Aus dem Englischen neu übersetzt von Angelika Beck. it 1547

Charlotte Brontë: Jane Eyre. Eine Autobiographie. Aus dem Englischen von Helmut Kossodo. Mit einem Essay und einer Bibliographie herausgegeben von Norbert Kohl. it 813

– Der Professor. Aus dem Englischen von Gottfried Röckelein. it 1354

– Shirley. Aus dem Englischen von Johannes Reiher und Horst Wolf. it 1145

– Über die Liebe. Herausgegeben von Elsemarie Maletzke. Übertragen von Eva Groepler und Hans J. Schütz. it 1249

– Villette. Roman. Aus dem Englischen von Christiane Agricola. it 1447

Emily Brontë: Die Sturmhöhe. Aus dem Englischen von Grete Rambach. it 141 und Großdruck. it 2348

Edward George Bulwer-Lytton: Die letzten Tage von Pompeji. Aus dem Englischen von Friedrich Notter. it 801

Lewis Carroll: Alice hinter den Spiegeln. Mit einundfünfzig Illustrationen von John Tenniel. Übersetzt von Christian Enzensberger. it 97

– Alice im Wunderland. Mit zweiundvierzig Illustrationen von John Tenniel. Übersetzt und mit einem Nachwort von Christian Enzensberger. it 42

– Briefe an kleine Mädchen. Aus dem Englischen übersetzt und herausgegeben von Klaus Reichert. Mit Fotografien des Autors. it 1554

Geoffrey Chaucer: Die Canterbury-Erzählungen. Vollständige Ausgabe. Aus dem Englischen übertragen und herausgegeben von Martin Lehnert. Mit Illustrationen von Edward Burne-Jones. it 1006

153/2/12.96

Englische und amerikanische Literatur im insel taschenbuch

Gilbert Keith Chesterton: Alle Pater-Brown-Geschichten. 2 Bände in Kassette. it 1263/1149

– Die schönsten Pater-Brown-Geschichten. it 2332

Joseph Conrad: Herz der Finsternis. Erzählung. Aus dem Englischen von Reinhold Batberger. it 1730

James Fenimore Cooper: Der letzte Mohikaner. Vollständige Ausgabe. Mit Illustrationen von O. C. Darley und einer Nachbemerkung von Peter Härtling. it 1773

Daniel Defoe: Glück und Unglück der berühmten Moll Flanders, die, im Zuchthaus Newgate geboren, nach vollendeter Kindheit noch sechzig wertvolle Jahre durchlebte, zwölf Jahre Dirne war, fünfmal heiratete, darunter ihren Bruder, zwölf Jahre lang stahl, acht Jahre deportierte Verbrecherin in Virginien war, schließlich reich wurde, ehrbar lebte und reuig verstarb. Beschrieben nach ihren eigenen Erinnerungen. Deutsch von Martha Erler. Mit Illustrationen von William Hogarth und einem Essay von Norbert Kohl. it 707

– Robinson Crusoe. Mit Illustrationen von Ludwig Richter. In der Übersetzung von Hannelore Novak. it 41

Charles Dickens: Bleak House. Aus dem Englischen von Richard Zoozmann. Mit Illustrationen von Phiz. it 1110

– David Copperfield. Mit Illustrationen von Phiz. it 468

– Eine Geschichte aus zwei Städten. Mit Illustrationen von Phiz. it 1033

– Große Erwartungen. Aus dem Englischen von Margit Meyer. Mit Illustrationen von F. W. Pailthorpe. it 667

– Harte Zeiten. Aus dem Englischen von Paul Heichen. Mit Illustrationen von F. Walker und Maurice Greiffenhagen. it 955

– Nikolaus Nickleby. Mit Illustrationen von Phiz. it 1304

– Oliver Twist. Aus dem Englischen von Reinhard Kilbel. Mit einem Nachwort von Rudolf Marx und 24 Illustrationen von George Cruikshank. it 242

– Die Pickwickier. Mit Illustrationen von Robert Seymour, Robert William Buss und Phiz. it 896

– Weihnachtserzählungen. Mit Illustrationen von Leech, Stanfiels, Stone u. a. it 358

Henry Fielding: Tom Jones. Die Geschichte eines Findelkindes. 2 Bde. Mit Illustrationen von Gravelot und Moreau le jeune. Herausgegeben und mit einem Nachwort von Norbert Kohl. it 504

Penelope Fitzgerald: Frühlingsanfang. Roman. Aus dem Englischen von Christa Krüger. it 1693

153/3/12.96

Englische und amerikanische Literatur im insel taschenbuch

James Joyce: Die Katze und der Teufel. Deutsche Übertragung von Fritz Senn. Farbig illustriert von Roger Blachon. Mit einem Vorwort von Stephen J. Joyce. it 1610

D. H. Lawrence: Liebesgeschichten. Aus dem Englischen von Heide Steiner. it 1678

Edward Lears kompletter Nonsens. Limericks, Lieder, Balladen und Geschichten. Ins Deutsche geschmuggelt von Hans Magnus Enzensberger. Mit Illustrationen von Edward Lear. it 1119

Matthew Gregory Lewis: Der Mönch. Aus dem Englischen von Friedrich Polakovics. Mit einem Essay und einer Bibliographie von Norbert Kohl. it 907

Lord Byron. Ein Lesebuch mit Texten, Bildern und Dokumenten. Herausgegeben von Gert Ueding. it 1051

Katherine Mansfield: Das Gartenfest und andere Erzählungen. Aus dem Englischen von Heide Steiner. it 1724

– Über die Liebe. Herausgegeben von Ida Schöffling. it 1703

Herman Melville: Moby Dick. 2 Bde. Aus dem Amerikanischen von Alice und Hans Seiffert. Mit Zeichnungen von Rockwell Kent und einem Nachwort von Rudolf Sühnel. it 233

James Morier: Die Abenteuer des Hadji Baba. Ein orientalischer Abenteuerroman. Herausgegeben von Hermann Rosenau. it 1731

Samuel Pepys: Das geheime Tagebuch. Herausgegeben von Anselm Schlösser und übertragen von Jutta Schlösser. Mit Abbildungen. it 637

Edgar Allan Poe: Sämtliche Erzählungen in vier Bänden. In Kassette. Herausgegeben von Günter Gensch. (Die Bände sind auch einzeln erhältlich)

- Band 1: Der Teufel im Glockenturm und andere Erzählungen. Aus dem Amerikanischen von Barbara Cramer-Nauhaus und Erika Gröger. it 1528
- Band 2: Die Morde in der Rue Morgue und andere Erzählungen. Aus dem Amerikanischen von Barbara Cramer-Nauhaus, Erika Gröger und Heide Steiner. it 1529
- Band 3: Streitgespräch mit einer Mumie und andere Erzählungen. Aus dem Amerikanischen von Heide Steiner. it 1530
- Band 4: Das Tagebuch des Julius Rodman und andere Erzählungen. Aus dem Amerikanischen von Erika Gröger u.a. it 1531 (nicht einzeln)

Edgar Allan Poe: Der Bericht des A. Gordon Pym. Erzählungen. Übertragen von Barbara Cramer-Nauhaus, Erika Gröger und Heide Steiner. it 1449

153/4/12.96

Englische und amerikanische Literatur
im insel taschenbuch

Edgar Allan Poe: Das Geheimnis der Marie Rogêt und andere Erzählungen. Aus dem Amerikanischen von Werner Beyer, Felix Friedrich und anderen. it 783
– Grube und Pendel. Und andere Erzählungen. Mit einem Nachwort von Franz Rottensteiner und Illustrationen von Harry Clarke. Aus dem Amerikanischen von Günther Steinig. ›Grube und Pendel‹ wurde von Elisabeth Seidel übersetzt. it 362
– Grube und Pendel. Schaurige Erzählungen. Aus dem Amerikanischen von Erika Gröger. Großdruck. it 2351
– Der Untergang des Hauses Usher. Meistererzählungen. Aus dem Amerikanischen von Barbara Cramer-Nauhaus, Erika Gröger und Heide Steiner. it 1373
Gwen Raverat: Eine Kindheit in Cambridge. Roman. Aus dem Englischen übertragen von Leonore Schwartz. it 1592
Walter Scott: Ivanhoe. Roman. Deutsch von Leonhard Tafel. Textrevision und Nachwort von Paul Ernst. it 751
Charles Sealsfield: Das Kajütenbuch oder Nationale Charakteristiken. Herausgegeben von Alexander Ritter. it 1163
William Shakespeare: Hamlet. Prinz von Dänemark. Aus dem Englischen von August Wilhelm von Schlegel. Durchgesehen von Levin L. Schücking. Mit Illustrationen von Eugène Delacroix. Herausgegeben und mit einem Essay versehen von Norbert Kohl. it 364
– Romeo und Julia. Aus dem Englischen von Thomas Brasch. it 1383
– Die Tragödie des Macbeth. Aus dem Englischen von Thomas Brasch. it 1440
– Was ihr wollt. Aus dem Englischen von Thomas Brasch. it 1205
– Wie es euch gefällt. Übersetzt und bearbeitet von Thomas Brasch. it 1509
Mary W. Shelley: Frankenstein oder Der moderne Prometheus. Aus dem Englischen von Karl Bruno Leder und Gerd Leetz. Mit Fotos aus *Frankenstein*-Filmen und einem Essay und einer Bibliographie von Norbert Kohl. it 1030
Laurence Sterne: Leben und Meinungen von Tristram Shandy Gentleman. In der Übersetzung von Adolf Friedrich Seubert. Durchgesehen und revidiert von Hans J. Schütz. Mit einem Essay und einer Bibliographie von Norbert Kohl. Illustrationen von George Cruikshank. it 621
Robert Louis Stevenson: Die Schatzinsel. Aus dem Englischen von Karl Lerbs. Mit Illustrationen von Georges Roux. it 65

153/5/12.96

Englische und amerikanische Literatur im insel taschenbuch

Robert Louis Stevenson / Lloyd Osbourne: Die falsche Kiste. Roman. Aus dem Englischen von Annemarie und Roland U. Pestalozzi. Mit einem Nachwort von Norbert Miller. it 1605

Bram Stoker: Dracula. Aus dem Englischen von Karl Bruno Leder. it 1086

– Im Haus des Grafen Dracula. Erzählungen. Aus dem Englischen von Burkhart Kroeber, Michael Krüger, Norbert Miller, Friedrich Polakovics und Wilfried Sczepan. it 1522

Jonathan Swift: Betrachtungen über einen Besenstiel. Ein Lesebuch zum 250. Todestag. Mit einem Essay von Martin Walser. Zusammengestellt von Norbert Kohl. it 1767

– Gullivers Reisen. Mit Illustrationen von Grandville und einem Vorwort von Hermann Hesse. Aus dem Englischen übersetzt von Franz Kottenkamp. Vervollständigt und bearbeitet von Roland Arnold. it 58

William Makepeace Thackeray: Jahrmarkt der Eitelkeit. Ein Roman ohne Held. 2 Bde. Mit Illustrationen von Thackeray. Herausgegeben und mit einem Nachwort von Norbert Kohl. Dem deutschen Text wurde eine Übertragung aus dem Nachlaß von H. Röhl zugrunde gelegt. it 485

Mark Twain: Mark Twains Abenteuer. Herausgegeben von Norbert Kohl. it 1891-1895

– Tom Sawyers Abenteuer. Aus dem Englischen von Karl Heinz Berger. it 1891

– Huckleberry Finns Abenteuer. Aus dem Englischen von Barbara Cramer-Nauhaus. it 1892

– Ein Yankee am Hofe des Königs Artus. Aus dem Englischen von Maja Ueberle. it 1893

– Die Arglosen im Ausland. Aus dem Englischen von Ana Maria Brock. it 1894

– Bummel durch Europa. Aus dem Englischen von Gustav Adolf Himmel. it 1895

– Reisen ums Mittelmeer. Vergnügliche Geschichten. Ausgewählt von Norbert Kohl. it 1799

H. G. Wells: Mr. Polly steigt aus. Roman. Aus dem Englischen von Günther Blaicher. it 1780

– Wie wird man Millionär? Aus dem Englischen von Johann Wagner. it 1716

153/6/12.96

Englische und amerikanische Literatur im insel taschenbuch

Oscar Wilde: Gesammelte Werke in zehn Bänden. Herausgegeben von Norbert Kohl. it 582

- Band 1: Das Bildnis des Dorian Gray
- Band 2: Märchen und Erzählungen
- Band 3: Theaterstücke I
- Band 4: Theaterstücke II
- Band 5: Gedichte
- Band 6: Essays I
- Band 7: Essays II
- Band 8: Briefe I
- Band 9: Briefe II
- Band 10: Briefe III

– Aphorismen. Herausgegeben von Frank Thissen. it 1020

– Das Bildnis des Dorian Gray. Deutsch von Hedwig Lachmann und Gustav Landauer. Mit einem Essay, einer Auswahlbibliographie und einer Zeittafel herausgegeben von Norbert Kohl. it 843

– Die Erzählungen und Märchen. Mit Illustrationen von Heinrich Vogeler. Aus dem Englischen übersetzt von Felix Paul Greve und Franz Blei. it 5

– Gedichte. Herausgegeben von Norbert Kohl. it 1455

– Das Gespenst von Canterville. Erzählung. Mit Illustrationen von Oski. Aus dem Englischen von Franz Blei. it 344

– Der glückliche Prinz und andere Märchen. Aus dem Englischen von Franz Blei. Mit Illustrationen von Michael Schroeder und einem Nachwort von Norbert Kohl. it 1256

– Lord Arthur Saviles Verbrechen und andere Geschichten. Mit Illustrationen von Michael Schroeder. Aus dem Englischen von Christine Hoeppner. it 1151

– Salome. Dramen, Schriften, Aphorismen und ›Die Ballade vom Zuchthaus zu Reading‹. Mit Illustrationen von Marcus Behmer. it 107

– Die schönsten Märchen. Großdruck. it 2355

153/7/12.96

Italienische und spanische Literatur im insel taschenbuch

Die Wahrheiten des G. G. Belli. Römer, Huren und Prälaten. Eine Auswahl seiner frechen und frommen Verse. Vorgestellt und aus dem Italienischen übertragen von Otto Ernst Rock. it 754

Die Blümlein des heiligen Franziskus von Assisi. Aus dem Italienischen nach der Ausgabe der Tipografia Metastasio, Assisi 1901, von Rudolf G. Binding. Mit Initialen von Carl Weidemeyer. it 48

Boccaccio: Das Dekameron. Mit 110 Holzschnitten der italienischen Ausgabe von 1492. Deutsch von Albert Wesselski. Mit einer Einleitung von André Jolles. Zwei Bände in Kassette. it 7/8

Roberto Calasso: Die Hochzeit von Kadmos und Harmonia. Aus dem Italienischen von Moshe Kahn. it 1476

Benvenuto Cellini: Leben des Benvenuto Cellini florentinischen Goldschmieds und Bildhauers. Von ihm selbst geschrieben, übersetzt und mit einem Anhange herausgegeben von Johann Wolfgang Goethe. Mit einem Nachwort von Harald Keller. it 525

Miguel de Cervantes Saavedra: Die Novellen. Übersetzt von Konrad Thorer. it 1007

– Der scharfsinnige Ritter Don Quixote von der Mancha. 3 Bde. Mit einem Essay von Iwan Turgenjew und einem Nachwort von André Jolles. Mit Illustrationen von Gustave Doré. Textrevision nach der anonymen Ausgabe 1837 von Konrad Thorer. it 109

Carlo Collodi: Pinocchios Abenteuer. Aus dem Italienischen von Heinz Riedt. Zweisprachige Ausgabe. it 1516

Hernán Cortés: Die Eroberung Mexikos. Drei Berichte von Hernán Cortés an Kaiser Karl V. Mit 112 Federlithographien von Max Slevogt. Übersetzungen von Mario Spiro und C.W. Koppe. Herausgegeben von Claus Litterscheid. it 393

Dante: Die Göttliche Komödie. Mit fünfzig Holzschnitten von Botticelli. Deutsch von Friedrich Freiherr von Falkenhausen. 2 Bde. it 94

Federico García Lorca: Die dramatischen Dichtungen. Deutsch von Enrique Beck. it 3

Bartolomé de Las Casas: Kurzgefaßter Bericht von der Verwüstung der Westindischen Länder. Herausgegeben von Hans Magnus Enzensberger. Deutsch von D.W. Andreä. it 553

Machiavelli für Manager. Sentenzen. Ausgewählt von Luigi und Elena Spagnol. it 1733

Niccolò Machiavelli: Der Fürst. Aus dem Italienischen von Friedrich von Oppeln-Bronikowski. Mit einem Nachwort von Horst Günther. it 1207

168/1/12.96

Italienische und spanische Literatur
im insel taschenbuch

Paolo Maurensig: Die Lüneburg-Variante. Roman. Aus dem Italienischen von Irmela Arnsperger. it 1876

168/2/12.96